忽然单身

［爱尔兰］希拉·奥弗拉纳根——著

李潇——译

新星出版社 NEW STAR PRESS

图书在版编目（CIP）数据

忽然单身 ／（爱尔兰）奥弗拉纳根（O'Flanagan, S.）著；李潇译.
—北京：新星出版社，2012.10
ISBN 978-7-5133-0799-4

Ⅰ.①忽… Ⅱ.①奥… ②李… Ⅲ.①长篇小说－爱尔兰－现代 Ⅳ.①I562.45

中国版本图书馆CIP数据核字（2012）第169364号

橘子街 *Orange street*

忽然单身

[爱尔兰] 希拉·奥弗拉纳根 著　李潇 译

统筹编辑：高　磊
责任编辑：向小佳
责任印制：韦　舰
封面设计：天行健设计

出版发行：新星出版社
出 版 人：谢　刚
社　　址：北京市西城区车公庄大街丙3号楼　100044
网　　址：www.newstarpress.com
电　　话：010-88310888
传　　真：010-65270449
法律顾问：北京市大成律师事务所

读者服务：010-88310800　service@newstarpress.com
邮购地址：北京市西城区车公庄大街丙3号楼　100044

印　　刷：北京佳顺印务有限公司
开　　本：660mm×970mm　1/16
印　　张：26.75
字　　数：297千字
版　　次：2012年10月第一版　2012年10月第一次印刷
书　　号：ISBN 978-7-5133-0799-4
定　　价：39.00元

献给：

卡罗尔·布莱克，
她的支持和友谊伴我度过了最艰难的时
光。她是我最好的出版编辑。

安妮·威廉姆斯，
一直很有耐心地给我鼓励。

幸存者组合，特别是帕翠莎，
感谢你们为我所做的一切！

BRC射击俱乐部的戴米恩·高曼，
感谢他的建议。

再一次感谢我的家人——每一个人都非
常重要。

考尔姆，
一如既往地感谢你。

Sheila O'Flanagan

希拉·奥弗拉纳根

第 一 章

阿丽克丝·卡拉汉噌的一声站起来，桌角一下子把她的连裤袜划开了一道大口子。

"该死！"她仔细检查了大腿外侧划开的裂痕，"今天早上才穿上的！为什么老是在我要去开会的时候发生这种事呢？"

"自然法则之一嘛，"珍妮·史密斯回答道，"连裤袜永远在关键时刻拖女人的后腿。"

阿丽克丝咧嘴一笑，打开了抽屉。"还有另外一条法则——时刻准备着。"她一边对珍妮说，一边从抽屉里翻找出另外一条连裤袜，"特别是在欧洲银行工作，而且面临董事总经理随时随地都有可能开会的情况时。要是他找我，告诉他五分钟后我就到楼下。"她一把抓起挎包和连裤袜，冲到门口，随即转头嘱咐一句："他很可能会打电话过来，你也知道他一向很严厉。哦，天哪！"她差点撞上了同时推门而入的高级交易员戴夫·布赖恩特。他手里拿着一个牛皮纸袋，里面装着今天的午餐——两个法式长面包、一个奶油香蕉太妃派和一听健怡可乐。

"我赶着去开管理层会议了。"阿丽克丝说，"记住，我们的策略不变——继续持有美元，但额度不要太多，一定要保持这种状况。会应该不会开太久，我真不知道伟大的领导能有什么新指示。"

"好吧。"戴夫说，"难道玛莎百货也是会议内容吗？"

阿丽克丝瞪着他。"你在说什么？"

"那你干吗带着连裤袜去开会？"

她扫了一眼手里拎着的连裤袜。"我应急用的，"她冷冷地说，"而且，这不是玛莎百货的，是贵得要死的 DKNY①，上次我从巴黎回来时在免税店买的。"

---

① Donna Karan New York 的缩写，为美国时装、香水等产品品牌。下同。——译者注

1

戴夫笑了起来。"我对此完全不感兴趣，就像我从来不了解女人的内衣一样。"

"但愿如此，"阿丽克丝说，"不然我不知道得多担心你呢。"

"噢，不过我懂丝袜哦。"戴夫说，"我是长筒袜的坚决拥护者，所以对连裤袜的存在难以理解。从根本上我就抵触它。"

"长筒袜也有它的用处，"阿丽克丝同意道，"但不是上班穿的，起码我上班不穿。"她对他笑了一下，"一会儿见。"

她是最后一个到达会议室的。道歉之后，她照例坐在了德斯·科伊尔的对面。他是欧洲银行都柏林分行的董事总经理。

"今天我们来讨论一下赢利模式。"德斯说，"帕特有一些新想法要和大家分享。"

帕特·恩赖特——银行的首席会计师，开始了自己滔滔不绝的发言。阿丽克丝心不在焉地听着。尽管她十分关心银行的整体效益，但是交易部赢利与否才是她最关心的。她当了好几年都柏林分行财富中心的头儿了，在这期间每年都会超额完成赢利目标。在解决问题、发掘新的赢利模式以及成交量等方面，她的业绩无人能敌、不可逾越。当帕特兴致勃勃地讲述信用部的赢利模式（之前因为联合贷款的问题而失利）时，阿丽克丝正在脑海中筹划一个为客户买入日元再转换成欧元的策略。

"交易部怎么样？"德斯打断了她的思考，"上个月业绩依然不错，阿丽克丝。"

"是啊，"她答道，"我们给资生堂和江诗丹顿做了几个大单子，而且做多美元和美国债券，发展势头都很好。"

"干得漂亮。"德斯赞许地一笑，"继续发扬。"

她点了点头。从来没有人会对交易部发表任何评论，也没人知道他们在做什么。开会的五个男人多多少少都有些惧怕阿丽克丝，他们不想问她一些让自己显得很愚蠢的问题。阿丽克丝有个癖好，就是揭别人无知的短。欧洲银行没有人惹得起她，至少在开会的时候没有。

会议终于结束了，阿丽克丝飞奔上楼，回到交易部。在她推门的一瞬间，戴夫慌忙关掉了正在浏览的《爱尔兰时报》体育版主页。

"怎么样？"她问道。

"没劲。"戴夫说，"我们又买进了一些美元，但汇率还是没变。今天没有任何收获。"

"千万别这么说，"她一屁股坐在椅子上，"这样做太冒险了。这周业绩本来不错，别给搞砸了。"她环视了四周，问："加文去哪了？"加文·唐纳利是交易部新来的最年轻的员工。

"他在安达卢西亚银行跟阿方索吃午饭呢。"珍妮告诉她，"你知道的，他很喜欢和竞争对手共进午餐。"

阿丽克丝冷笑了一下。"他总想知道谁比他赚得多，身份、地位这种事情他一向很热衷。"

"我知道，"珍妮说，"的确如此。"

"噢，不用担心，"戴夫说，"他也就是年轻气盛而已。"

"我会让他年轻气盛的。"阿丽克丝不屑一顾，"不过不管怎样，他都得清楚地知道自己现在该回来了。"

下午四点钟加文终于吃完午饭回来了。在他推门进来的时候，阿丽克丝死死地盯着手表给他掐算时间。

"我知道今天是星期五，"她说，"而且今天并不怎么忙。但是你，加文，你应该知道，两点半你就应该吃完午饭回来的。你到底在这段该死的时间里干吗去了？"其实她根本不用问，很明显，加文和阿方索一起吃饭喝酒去了——加文的眼神还迷迷糊糊的。

"我和阿方索·莫亚谈事儿呢。"加文抵触地说，"能套到竞争对手的信息还是很不错的，他们这周搞了一个五年的英镑交易项目。"

"真是个令人激动的消息啊，"阿丽克丝的语气里不带任何感情，"额度是多少？"

加文轻轻地打了个饱嗝。"我没问。问这种问题可不是你的风格啊，阿丽克丝，你明知道我不可能问到的。"

"你说得完全正确。"阿丽克丝故意用甜甜的语调说，"那么他们就是在利用这个项目赚钱，是吗？"

"是啊。"加文回答道。

"就是你上星期赔掉六千英镑的项目？"

加文很生气地瞪着她。眼看争锋就要升级，珍妮赶紧装做忙着打电话，戴夫也一头埋在成堆的文件里。

"加文，你应该学着成熟点了，"阿丽克丝说，"不要轻易相信别人的话，也不要在没得到我的批准之前吃四个小时的午饭。还有，整理好自己的裤子，别让人一眼就看出来你这是刚喝完酒的形象。"阿丽克丝说完，起身走出了房间。

戴夫和珍妮面面相觑，都强忍着不笑出声来。

"她就是个贱人！"加文愤怒地扯下自己的领带，"她以为自己他妈的很高傲、很了不起吗？呸！才不是呢！比她强的人多了去了！她肯定觉得自己聪明得不可一世了！走着瞧，总有一天我会加倍还给她的！"

"不过你的确有点晚了。"珍妮温和地说。

"哦，我早该想到你会向着她的。"加文对珍妮说，"不过珍妮·史密斯，你也不会有什么升职空间，因为她不会给其他女人任何帮助，她就喜欢自己掌控全局。不过风水轮流转，她肯定也会有让我嘲笑的一天！"

阿丽克丝下楼去了德莫特·科伦的办公室。她不能在交易部待下去了，因为当她告诉加文整理好裤子的时候，加文一脸受伤的表情让她非常想笑。加文·唐纳利是很有潜力的，阿丽克丝想，但他必须学会如何发掘它们，起码吃四个小时的午饭不是什么好方法。

她敲了敲德莫特的门，走了进去。他是结算部的头儿，上个星期出现的一个问题让他们损失了很多钱。

她径直坐在了他的对面，问道："是个普通错误呢，还是我们的系统出现问题了？"

"只是个错误而已，"德莫特说，他也没有必要骗她。"诺琳不该犯这个错误的，她觉得很对不起我们。"

"这个错误的代价太昂贵了，他们事先应该发现的。"阿丽克丝的眼睛里泛着绿光。

这不是个好的预兆，德莫特想。银行里的人都知道：阿丽克丝放松的时候，眼睛会变成暗淡的灰色；而当她生气或激动地时候，眼睛就会变绿。他不想惹她生气，因为交易员都出了名的容易发脾气。而且，德莫特觉得：女交易员比男交易员更恐怖。

"会解决的，"他告诉她，"我保证不会再发生了。"

"希望如此。"阿丽克丝说，"赚钱的时候还得顾着钱别溜走，真是太辛苦了。"

"非常感谢你的理解。"德莫特说，"不过你要知道，诺琳刚接触这个工作不久，而且上周她的工作太多，压力实在很大。"

阿丽克丝轻蔑地笑了一下。"你说得对，"她对德莫特说道，"不过你是完全了解我们的工作的，每个人都有很大的压力。"

"你在针对我吗？"德莫特叹了口气，"我需要更多的员工，但是财政预算不允许啊。"

"我知道。"阿丽克丝站起身走到门口，"其他的事情怎么样？"

"都挺好的。"

"不错。"她朝他笑了一下，眼睛又恢复成灰色，"我要回楼上看看了。"

"再见，阿丽克丝。"看见她一脚跨出房门，德莫特松了一口气。每次阿丽克丝踏入结算部的门，他都十分烦躁。不过她说得也对，他们本应该发现那个错误的。

"有何进展？"阿丽克丝一脚踏入交易部，一边开口问道。

"没什么。"珍妮摇了摇头，"波澜不惊。薇安打电话来提醒你给她找保姆的事，她说不着急，但是要确保你记着这事儿。她还说，要是不提醒你你永远不会记得家里的事。"阿丽克丝朝她做了个鬼脸，珍妮笑了。"还有你的朋友索菲娅打电话了，问你去不去下个月伦敦的外汇研讨会。"

"我才没空。"阿丽克丝说着，拿起话筒按下回拨键，"简直就是浪费时间嘛！那种讲座我自己都会讲。"

"我是索菲娅·雷蒙德，"听筒里响起了电话留言的声音，"我现在不在位子上，请留下您的姓名和电话，我会尽快给您回过去，谢谢！"

"该死的电话留言！"阿丽克丝嘟哝道，"嗨，索菲！是我，给你回电话呢，下个月我不去伦敦的研讨会了，不过我有可能过去购物。回头再聊！"挂了电话她看了看手表，对珍妮说："我今天应该早点回去，给保罗一个惊喜！"

"你该不会是忘了埃米尔的酒会了吧？"戴夫惊讶地看着她。

"哦，天哪！"她一下子捂住了嘴巴，"我真给忘了。我怎么能忘了呢？刚刚我还跟德莫特·科伦聊天来着。"

"难道周末有更好玩的事？"戴夫八卦地问道。

"我倒想呢。"阿丽克丝笑着说。

"那你会来参加酒会咯？"

"当然了，唯一一个像样的结算员要走，哪能不去打个招呼呢？话说她要是周二还在的话，美元账户就不会有问题了。"

阿丽克丝往家里打了电话，但是没有人接听，很显然保罗不在家。她十分生气地想：他就不会把电话留言打开吗？她又打他的手机，也是关机。"哦，真麻烦。"她嘟哝道。她了解保罗，他就是不想任何人去打扰他。只不过，在她回家晚了之后他又会生气。

埃米尔·弗莱厄蒂，那个刚辞职的女孩，在奥赖莱酒吧举办了小型酒会。交易部的同人都到了，埃米尔点了几打啤酒。

"你好像等了很久了啊。"戴夫对朝他眨眼的埃米尔笑了一下。

"我都站不起来了。"她承认道。

"中午喝了不少吧？"阿丽克丝问道，声音里不含半点同情。

"差不多吧，"埃米尔的眼神有些迷离，"不过很开心。"

"你没跟加文·唐纳利一起喝酒吧？"

"加文？没有啊。怎么了？"

"他中午也喝酒了，"阿丽克丝告诉她，"四点钟才醉醺醺地、衣冠不整地跑回交易部。"

埃米尔笑了。"可怜的加文。"

"他可怜？你什么意思？"阿丽克丝追问道。

"我敢打赌你肯定好好训了他一顿，然后把他赶出去了。"埃米尔说。

"我没这样，"阿丽克丝争辩道，"我还是很客气的。"

珍妮加入了她们的谈话，埃米尔还在笑。

"弗莱厄蒂，接下来你打算做什么呢？"珍妮问道。

"我会把全部精力放在孩子身上的，"埃米尔答道，"虽然他们一点都不领我的情，也不会理解我为了他们离开了无上光荣的德斯·科伊尔和欧洲银行是作出了多大的牺牲。"

她们哈哈大笑。

"我觉得你好幸运，"珍妮说，"辞了这份工作感觉一定很好。"

"我也不知道。"埃米尔喝了满满一大口百威，"老是匆匆忙忙跑来跑去、把每件事情都做对真是太辛苦了。每次在幼儿园跟汤姆说再见的时候，每次从托儿所离开科琳娜的时候，我都有很强烈的负罪感。不过我怕我的心思会飞走了。"

"飞到哪儿去？"阿丽克丝问。

"就是飞走了，到时候我所有的话题都会变成尿布啊学前班啊之类的乱七 八糟的东西了。"

"我保证你绝不会去关注那些东西的。"珍妮说。

"但愿吧，"埃米尔忧心忡忡，"怕是到时候我也只能关注那些东西了。"

"噢，我不知道会不会这样。"阿丽克丝笑道，"你可以跟其他父母聊聊电子转账系统、外汇交换、票据中心之类的话题。"

埃米尔朝她笑了一下。"那肯定会在家长会的时候吓着他们的。我得学着去跟他们聊聊家长里短的东西，虽然这对美国的百万美元交易没有任何用处。"

"你多幸运啊，埃米尔·弗莱厄蒂！"琳达·卡洛莎——银行的一名会计师加入了他们的谈话，"不用天天一大早就起床，晚上还要没完没了地加班了。我跟你说啊，总有一天我也会辞掉这份工作的。"

"那在辞职之前，你得像埃米尔一样先找个人又好又能赚钱的医生老公啊！"珍妮犀利地说。

"以前上学的时候都是我支持他，"埃米尔说，"现在他也只能为我做这些了。"

阿丽克丝感到极度饥饿。午餐开会的时候有很多切得很漂亮的三明治，可她都没有来得及吃。现在她面前站了一个端着鸡尾香肠的服务生，她一下子抓了三个就往嘴里塞。

"啊！"她大叫起来，"烫死我了。"

"本来就是嘛。"戴夫·布赖恩特拿了四个，"我可喜欢这个了。"

"我舌头上肯定烫出水泡来了。"阿丽克丝抱怨道。

"那你就可以闭嘴安静一会了。"

"真是好笑啊。"阿丽克丝灌了几口啤酒，试图给嘴巴降温。

"好点了吗？"

"好点了。"

"我们这周业绩很好呢。"戴夫说。

"还不错。"为了防止再次被烫，阿丽克丝小心地吹了吹香肠，"还是老样子。帕特在午餐会议上讲了他的整体赢利模式。"

"不怎么样吗？"戴夫问道。

"还可以更好。"阿丽克丝说。

"不管怎么样，只要我们在赢利就行了。"戴夫安慰她。

"我知道，"阿丽克丝回答，"老板给我们开工资就是为了这个。"

"为了什么啊？"德斯·科伊尔——银行的董事总经理听到他们的谈话问道。

"给你赚钱呗。"阿丽克丝回答。

"必须的，"德斯说道，"而且你做得相当漂亮！"

她对他笑了一下，德斯轻抚她的头发。不过他要伸着胳膊才能够着，因为阿丽克丝即使穿着平底鞋也比他高出一截。

"烟？"珍妮的眼神开始迷离了。

"不用了，谢谢，"阿丽克丝机械地说，"我戒了。"

"不是，我的意思是你有没有烟？"

"我告诉你了，我戒了。"

"别给我来这一套，"珍妮说，"我明明见你抽屉里还有一盒呢。"

"那是救急用的，"阿丽克丝说，"而且我现在真没带在身上。"

阿丽克丝看了看手表，已经快十点了，该走了。六点的时候她给保罗打电话，想告诉他自己晚点回去，让他自己先吃点东西。但他还是不在家，手机还是没开。她也没多想，尽管知道自己喝得醉醺醺地回家会惹他生气。这是一件既令她担忧又无法抗拒的事。有人开车带她到处逛，能在需要的时候给自己依靠，感觉还是很好的。不过当她东倒西歪地走上楼梯，他用极度不满的眼神望着她时，感觉依然很糟糕。

"埃米尔！"她挥手再见，"我该回去了，还要见个人办点事。"

"好的，阿丽克丝，我们会再见的，我保证！"

"以后好好混啊！"阿丽克丝回应道，"别太想我们啊！"

"放心吧！"

阿丽克丝跌跌撞撞地走下楼梯。她本不想喝那么多酒，因为她不喜欢喝醉。平时她喜欢喝上几杯，但最多也就三四瓶啤酒，而今晚远远超过了这个数字。

夜晚的清风吹得她有些眩晕。她招手叫了一辆出租车。真幸运还能打到空车，她一边想一边闭上了眼睛。尽管已经很晚了，但城市里到处都是人，游客如织。由于天气出奇暖和，大家都穿着T恤衫和短裤，而阿丽克丝还穿着深咖啡色的西服套装和棕色高跟鞋，她十分怀疑自己穿多了。她上一份工作还可以穿牛仔裤和休闲装，虽然不能穿T恤。她多么希望在欧洲银行也能这么穿啊。

路上的车辆依然不见减少，出租车沿着路边开到圣史蒂芬斯·格林大道时，终于完全被困，走不动了。

她将身子朝司机倾了一下说："就把我放这儿吧，剩下的路我自己走回去。"

"好的。"司机回答。

班格特大街就安静多了。她一边打着哈欠，一边走过乔治安庄园，像往常一样猜想住在这儿的生活会是什么样子。住在这样的地方简直太幸福了，她想。而相比之下，除了是复式住宅和房产中介的溢美之词，帕西公寓真是又小又窄。

她走上台阶，开始在包里翻找钥匙。她真不想带一个装满乱七八糟的东西的包，什么也找不到。她抓着包使劲晃了几下，却没有听到钥匙的撞击声。

"真倒霉。"她一边自言自语，一边按下门铃。

"谁啊？"保罗从门内应道。

"是我，不好意思我回来晚了。"她对着对讲机说，"我找不到钥匙了。"

她听到开门的铃声响了，随即楼门打开。她脱掉鞋，只穿着连裤袜穿过了走廊。保罗已经帮她打开了公寓的门。

"你好，艾丽克桑德拉。"

"亨特夫人。"看到保罗的母亲站在门口，阿丽克丝惊奇地眨了眨眼，"你好吗？"

"我很好。"她答道，"你怎么样？"

"我也很好。"阿丽克丝回答，"我之前不知道你今晚要来……"

"你当然知道的，"保罗面无表情地说，"我周三就告诉你了，你说今天没什么事。"

"呃，我之前的确没什么安排。"阿丽克丝有些尴尬地解释道，"真的非常抱歉，今天有个女孩离职，所以晚上大家欢送了一下她。我之前给你打电话了，可是你不在家，而且手机关机了。"

"我去接我妈了。"保罗说。

"我现在知道了。"阿丽克丝后悔地说，"对不起。"

"没关系的，"亨特夫人干笑了一下，眼睛里却没有丝毫笑意，"我知道你有更重要的事。"

"其实没什么重要的事……"阿丽克丝试图辩解，"说实话，要是我没忘……"看到保罗用眼睛提醒她别说了，她赶紧住了口。

"喝杯咖啡吗？"保罗问道。

"有的话就给我一杯吧"

"我们刚喝完。"亨特夫人冷冷地说，"不过保罗不会介意为你再泡一杯的，我相信。"

"不用了，"她急忙说，"别去弄了，保罗。"

然而保罗已经去清洗咖啡壶了。

阿丽克丝开始头疼。该死，自己怎么能把这个母老虎忘了呢？

保罗的母亲不喜欢她。她从来没给过她好脸色，阿丽克丝自己都不知道为什么。或许因为保罗是她唯一的孩子，所以她情感上排斥他的女朋友；或许因为她的工作，亨特夫人看过《华尔街》①和《抢钱世界》②，对这种工作极度反感；也或许是因为阿丽克丝和保罗根本没有任何要结婚的迹象，尽管两人已经同居了三年。但无论是什么原因，总之，到目前为止，两人都互相看不顺眼。

"给你。"保罗递给她一杯没有过滤的咖啡。

"谢谢。"

"今天怎么样？"他问道。

"挺忙的，你呢？"

"也挺忙。"他干巴巴地说。

保罗是个自由职业记者。他们第一次见面是他采访她写一篇专访，叫做《职场女性：当事业如日中天》。她后来对他说，当时对他一见钟情。几星期之后，两人就搬到了一起。至今她仍然觉得他是她见过的最性感的男人，尽管对他的母亲感到很遗憾。

她一口气喝光了杯里的咖啡，笑着对保罗说："谢谢，那我马上就去休息了。"

"好的。"他简短地说。

"晚安，亨特夫人。"

"晚安，艾丽克桑德拉。"

这个女人真讨厌，她一边打开卧室的门一边想，她明明知道我的名字是阿丽克丝，简单明了，又不是什么其他名字的缩写，就只是阿丽克丝嘛。

她重重地关上了身后的门。

---

①美国商战电影，揭示了股市内部交易的内幕。——译者注
②美国电影，有商战背景。——译者注

第 二 章

凌晨三点她就醒了。卧室里又热又闷，她的嘴唇干得像要裂开一样。她完全没有听到保罗进来睡觉的声音，然而他就睡在她身边，打着鼾，胳膊搭在羽绒被上。

阿丽克丝轻轻地从床上滑下来，蹑手蹑脚地走进厨房给自己倒了一杯橙汁，然后打开了阳台的门。

夜风依然很温暖。她走上阳台，轻轻地倚靠在栏杆上。脚下的运河又黑又脏，她永远不明白为什么人们夏天都喜欢去河里游泳。这条河也是房产中介宣传的另一个卖点，在广告上声情并茂地描绘阳光洒在河面上、人们坐在河边享受诗情画意的情景。可是却只字不提河边经常乱窜的老鼠。

阿丽克丝坐在藤椅上抿着橙汁。

她真希望自己没把保罗母亲要来的事儿忘掉。保罗现在肯定生她的气了。她并不怪他，她只能怪自己。一想到骄傲的亨特夫人回到她史蒂罗甘路上那空空的小屋后，开始叹息自己深爱的儿子怎么跟阿丽克丝·卡拉汉这种女人在一起的时候，阿丽克丝就特别气愤。亨特夫人希望儿子同更好的，能支持他、照顾他、崇拜他的那种女孩在一起。

阿丽克丝喝完了杯里的橙汁。她的确很支持保罗，当然不是他母亲所希望的那种支持——一天到晚陪着他，在他写稿子没有思绪的时候支持他、鼓励他。她支持的方式就是赚比他多三倍的钱，每天大部分的时间都在上班，宝马车给他随意使用，工作的时候绝不去打扰他。而且她也很照顾他啊，她带他逛街，给他买体面的衣服，让他不用穿连锁店的牛仔裤和廉价 T 恤衫。她不做饭是因为自己太不擅长了——没有玛莎百货的速食快餐和微波炉的话，她什么也吃不上。而保罗显然是烹饪专家，并且他喜欢做好吃的，所以这个不算。而且她也崇拜他，虽然亨特夫人不这么想。她时常惊讶于保罗的一种天赋——可以把没有意思的故事讲得绘声绘色，在陈词滥调中发掘出新意。

阿丽克丝深爱着保罗，但她真希望保罗能有个不同的母亲。

"阿丽克丝？"

她听到他的声音便睁开了眼睛，使劲眨了几下，发现已是清晨。

"阿丽克丝，你还好吧？"

"嗯，我……阿嚏！"阿丽克丝揉了揉酸痛的脖子。她竟然只穿着一件真丝睡衣在藤椅上睡着了。

"你在这儿干吗？"保罗惊奇地看着她。

"我热醒了，就出来呼吸一下新鲜空气。"

"说实话，阿丽克丝！"他的眉毛竖了起来，"就穿成这样？"

"我出来的时候天还是黑的。"她辩解道，"反正这儿这么高，也没人能看见我。"

"我可不确定，或许有闲人从对面往这边看？"

"在凌晨四点？"

"反正你也不会知道。"他靠在阳台栏杆上，向外伸展了一下身体。

"保罗，我很抱歉昨晚回来晚了。"

"我说了没关系。"他的语气冷冰冰的。

"我知道你说了，但你不是那个意思吧。"

他沉默。

"我真的很努力地想和你母亲搞好关系，"阿丽克丝继续说，"可是她不喜欢我，她一点都不理解我。"

"我妈很好，"保罗说，"只是可能思维比较过时了。"

"我不可能变成她想要的那种人的，"阿丽克丝从藤椅上起身，站在他的旁边，"我就是自己这种人。"

"哪种人？"

"哦，我也不知道。"阿丽克丝的手滑到他的衣服里面，"淘气，随意，性感？"

"别这样，阿丽克丝。"他说。

"好！"她将手抽回来，"好！你妈对我的看法比我更重要是吧？很好，我变成那样就是了！"

"也不全是这样。"保罗说。

"本来就是！你总是表现得好像她是你生命中唯一的女人！你该长大了，保罗！"

"是吗？"他的声音很冷，"我不觉得是我该长大。起码我没喝得醉醺醺地回家，然后把钥匙弄丢，对吧？"

"我没喝醉！"阿丽克丝抗议道，"我也没弄丢钥匙！只不过在包里不好拿。"

"你醉得都没有人样了！"保罗吼道，"而且你那包里找不到任何东西。"

"你吼什么啊？"阿丽克丝大叫，"真可笑。"

"是啊，"保罗说，"就是可笑。"他转身走回了房间。阿丽克丝待在原地，握紧了拳头。

他留了张字条，说去卡洛做一个采访。他离开的时候阿丽克丝还在床上蒙头大睡。她醒来的时候接近十一点了，无论如何也不能确定自己昨晚是真的在阳台上待了半天，还是只是一个模糊不清的梦。不过她清楚地记得昨晚自己回家晚了，喝了个烂醉，然后发现保罗的母亲一脸厌恶地坐在客厅里。这个女人真是眼中钉，阿丽克丝抱着一个绝好的不跟保罗结婚的理由，就是他有个这样的母亲！

为了弥补她昨晚的过错，向保罗表示歉意，她在多宾斯餐厅预定了晚餐。保罗非常喜欢多宾斯的饭菜，而且他们已经很久很久没有一起出去吃饭了。这样或许能令他高兴一点吧，她想，任何一个男人都不会抗拒美食的诱惑的。

保罗回到家已经晚上八点多了。

"采访那些名人忙了一天，肯定很辛苦吧！"阿丽克丝露出一脸灿烂的笑容迎接保罗的归来。

"是啊。"保罗淡淡地说。

"我在多宾斯餐厅订了座位，八点半的。"她告诉他，"你正好有时间先去冲个澡。"

他盯着她，问："为什么订餐？"

"我觉得你可能喜欢出去吃饭，我们很久没出去吃饭了吧？而且省得你还得做，要不就是我做的东西不知道能不能吃。"

"我不想出去。"保罗说。

阿丽克丝微笑地看着他。"你肯定想出去吃，你这么累了……"她看着他的表情，声音有些颤抖。他显然还在生气，还没有忘记昨天那些事情。她只好改口道："好吧，昨天你母亲的事情，我非常非常抱歉。我已经说过无数遍了，真的，我不会再这样了。但是现在你再生这种气根本没有任何意义，没用的。"

"我知道。"他说。

"那就好。"她继续笑着对他说，"那我们忘记昨晚的不愉快，出去吃饭吧！"

他用手拢了拢乌黑的头发，说："不去。"

她耸了耸肩。"如果你不想去，可以，没问题。之前我没有征得你同意，不好意思。我本来以为你会喜欢的。"她转身走开。

"阿丽克丝，不是说这个。"他跟上去，将手搭在她的肩膀上，"跟昨晚的事情没有关系，真的。呃，"他叹了口气，"或许也有吧，一部分。"

她转过身，看到他的蓝色眼睛里泛着迟疑。"怎么了？"她问道。

"我们谈谈吧。"保罗说。

阿丽克丝大为吃惊。保罗并不喜欢谈论生活，他要么去写一些事情，要么去实践。她还从来没有和他进行过生活上深入的谈话，而且她也不知道现在是不是想跟他谈。

"好吧。"她最终开了口，"你想谈什么？"

"我们。"保罗说。她差点被噎住。

"我们怎么了？"

"说这个我真是难以启齿。"保罗说，"我想了很久，但是要说出来的话还是需要一定勇气的。"

"说什么啊？"阿丽克丝不喜欢保罗说话的语气。

"我很关心你，阿丽克丝。我知道你对我很好，以你自己认为最好的方式——物质上的，但是还有远比物质重要的东西。"

"我知道有比物质重要的东西！"阿丽克丝瞪着他，"而且我不只是在物质上照顾你。真不愿意说这件事。"

"我知道，但结果证明这是个错误。我就是这个意思，我不知道该怎么说。"

"听着，保罗，你是不是想告诉我我们完了？"

"我……"他有些局促不安。

阿丽克丝不知道该说什么了。她爱保罗，她以为他也是爱着自己的。她不敢相信保罗竟然要离开她。

"为什么？"她问道。

"我们在一起三年了，"保罗说，"可是我们的关系没有什么实质性的进展，对吧？"

"那你对我们的关系是怎么规划的呢？"她刻薄地问。

"你明白我的意思。"他的声音变得沉重起来，"我们还是住在这里，你还是做着同样的事情，我们一天天变老，生活却还是一如既往。"

"那你想生活发生什么变化呢？"阿丽克丝惊讶极了，她就是想不明白到底什么事情让保罗如此为难。

"我想结婚，组建一个家庭。"保罗说，"我想换份工作，安稳下来。"

"安稳？"她吃惊地看着他，"你是我见过的最安稳的人了。你又不像那些模式化的记者似的老去泡吧，你每天都在工作，然后回家，整晚写东西——你还能再怎样安稳呢？"

"那是我喜欢的生活，"保罗说，"但不是我生活的全部，跟你每天的银行生活对你的意义不一样。我不是事业型的人，阿丽克丝。我喜欢工作，喜欢写东西，但我没有那个野心去得什么普利策奖或者变成知名媒体人。你要是个记者的话肯定有这个野心吧。"

阿丽克丝有些尴尬，他或许是对的。"那你想怎么样？"她问道。

"我拿到了爱尔兰国家广播电视台的录用通知，薪水不错，就是不能像现在这么自由了。"

"那很好啊！"阿丽克丝开心地对他笑着，"真的很不错。虽然你之前都没有告诉我你申请了。"

"我不想告诉你。万一我去不了呢？"

"但是你成功了啊。"她轻轻地在他脸颊上吻了一下。

"是啊，"他说，"对我来说，这是一个新生活的开始。"

"因为这个你才想成家的吧？"

"或许吧。"

"那你接下来想怎么样？我们结婚？然后我怀孕、离职？我要是离职的话我们会供不起这儿的房子的。除非电台能给你一大笔钱。"

"这是你的房子，不是我的。"保罗说，"我在马拉海德附近有栋房子，可是你不会住在城外那么远的地方。"

"不是我不会去，"阿丽克丝说，"只是现在我可以住这儿，住那么远岂不是太傻了。"

"你看，"保罗说，"我们总是按照你的方式做事，阿丽克丝，你从来不会考虑我想要什么或者我喜欢什么。"

"可是你住哪儿都一样啊！"阿丽克丝大叫，"你住在这里也很方便啊！到城里上班更快一些。"

"真没意义，"保罗说，"我们竟然在争吵谁该住哪儿。"

"你要是想结婚、组建家庭，那么我们就该坐下来好好谈谈。"阿丽克丝说，"而不是像两个小孩儿似的没意义地吵架。"

"这就是关键。"保罗说，"很多时候你的想法跟二十二岁似的。阿丽克丝，你已经三十二岁了，我三十四了，我们不能再像二十几岁的时候一样过日子了。"

她叹了口气。"我没像二十几岁似的过日子啊。"

"你就是那样。"保罗说，"你每天晚上都在疯狂地工作，它能带给你像风筝一样高高在上的感觉。周五晚上，你喜欢去酒吧，而我则喜欢待在家里。而且你有一半的时间往返于伦敦和巴黎之间开无数的会。这不是想要安稳生活的状态。"

"我们已经很安稳了。"阿丽克丝冷冷地说，"我去伦敦和巴黎是为了工作出差，而且我从来不浪费时间，你知道的。是，我周五是喜欢去喝一杯，可是我又不会多喝，而且我也不知道你有多想我，你总是在电脑前面坐着不动。顺便说一句，电脑也是我买的。"

"我就知道你会提到这个，"保罗说，"用你超能赚钱的能力打败我。"

"别那么荒唐，"阿丽克丝尖叫，"我们有一个共同账户的啊。"

"但是你没把所有的钱都存进去啊。"保罗说。

她瞪着他。"这句话，我当你没说。"

"谢谢。"保罗叹了口气，"对不起，我不是这个意思。"

她走到沙发旁边坐下。她希望坐下之后能缓解一下房间里紧张的气氛。今晚的保罗是怎么了，令人捉摸不透。他为什么忽然想"安稳"了，而且他从来没想过要孩子。真是太不寻常了。

"你是怎么会有这些想法的？"她问。

"我思考了很久了。"保罗说。

"可是你什么都没说过。"

"没有合适的机会可以说。"

"保罗，"她对他笑了一下，"我们之前也经历过很多事情，这次我们也可以解决的，对吗？"

他没吭声。

"我们一定可以解决的。"她仔细地盯着他。

"我不这么认为。"他终于开口了。

"为什么？"

他不安地看着阿丽克丝，她忽然觉得一股冷气蹿入了自己的心脏。

"为什么？"

"因为我对我们没有信心。"保罗说。

"为什么？"阿丽克丝充满警觉地问。

"我……可能遇到了一个人。"

"你可能遇到了一个人？"

"我遇到了一个人，我很喜欢她。"

阿丽克丝忍了一下。"你爱她吗？"

"我不知道。我怎么知道？"

"所以你的意思是：你遇到了一个人，所以就不想给我们重新开始的机会了——这就是你要说的吗？"

"不，不是的。"保罗凝视着她，"别把两件事混到一块儿去，阿丽克丝。我遇到一个人，她是我喜欢的类型，我想有更多时间和她相处。"

"她叫什么名字，这个人？"阿丽克丝问。

"萨拜因。"

"萨拜因？"

"萨拜因·布拉赛特。"

"听起来像个法国名字。"阿丽克丝吸了吸鼻子。

"她是法国人。"保罗说。

"你在哪儿遇到她的？"

保罗慢慢地呼了口气，说："在巴黎。"

"巴黎？"阿丽克丝重复着，"你什么时候在巴黎遇见她的？"

"你觉得是什么时候呢？"

阿丽克丝站起身。"你是说在欧洲银行巴黎分行开业庆典的时候，我们出差去巴黎的那次？你那个时候认识的这个萨拜因？"

保罗局促地回答："是的。"

"我不信！"阿丽克丝使劲盯着他，"我带你去的巴黎！你还收获了很多素材，写出了一篇伟大的稿子！"

"我知道。"保罗说。

"然后你就认识了一个法国女人，想跟她筑起爱巢、生儿育女？"

"阿丽克丝，不是这样的。"

"好啊！那是怎样的？"阿丽克丝逼问。

"我遇见她，然后和她聊天，保持联系。和她在一起，使我重新考虑我们俩之间的关系。就是这样。"

"和她在一起？"阿丽克丝重复着，"你跟她在一起多久？她是谁？我怎么不记得。她是交易员吗？或者是交易员的老婆？总之巴黎嘛，什么事情都有可能。"

"阿丽克丝，别说了。"保罗的声音非常刺耳，"她不是交易员，她是个设计师。"

"设计师！"

"是的，"保罗说，"做一些色彩方案之类的工作。对了，交易室的行情牌价板就是她设计的。"

阿丽克丝记起了交易室墙上巨大的牌价板，她怎么也搞不明白那设计称得上有智慧呢，还是只是一味的自负。当然，那一行"前进、前进、再前进"的标语设计得比较灵巧，可是在阿丽克丝看来，交易员并不需要在业务上如此大胆，再多一些仔细谨慎就更好了。

"你到底怎么和她搭上话的？"她气势汹汹地问。

"我没和她搭话。"保罗说，"我就是出门呼吸一下新鲜空气，正好她也在，我们就聊了会儿天。"

"所以就是和这个叫萨拜因的女人短短十五分钟的聊天，你就决定断绝我们的关系而和她结婚生子，是吧？"阿丽克丝的眼睛里闪烁着气愤的火焰，"还是我错过了什么精彩过程？"

"不仅仅是那十五分钟的聊天。"保罗说。

"哦？那还有什么？"阿丽克丝追问，"你还有什么时间和她聊……"她的声音突然弱了下来。"第二天早上，"她慢慢地说，"是不是？你宣称要去晨跑，我还在睡觉，你就去见她了？"

保罗一阵不安，答道："是的。"

"浑蛋！"阿丽克丝已经气得说不出话来，但她还是竭力喊出了这几个字，"你就是个大浑蛋！趁我睡觉的时候你竟然去和那法国女人卿卿我我！"

"阿丽克丝，别无理取闹。"保罗说，"我没和她卿卿我我，都是你在添油加醋。我们遇到了，然后聊天，就是这样。"

"然后呢？她是不是跟你说想生孩子，然后你们就有了？是不是？"

"不是。"保罗说。

"那是什么？"阿丽克丝大喊，"我搞不清楚状况，保罗，说实话，我真的不明白这是怎么回事：昨天晚上你对我发飙，因为我没有按时回家见你那个讨厌我的吓人的妈；今天晚上你又告诉我你想离开我和一个刚认识的女人结婚生孩子。"

"阿丽克丝，别把事情搅到一块儿。"

"我可不这么认为。"

"你就是瞎琢磨。"保罗说，"我不知道我会不会和萨拜因结婚，我还不了解她。但是我知道我们的关系不能继续下去了，我需要重新回到我自己的生活。"

"哦，那不错啊。"阿丽克丝狠狠地说。

"你不想结婚生孩子，是吧？"保罗问她，"我的意思是，伟大的阿丽克丝·卡拉汉的五年计划里没有这一条，对吧？"

"我没有什么五年计划。"阿丽克丝说。

"你没有吗？你那天晚上跟那个有钱的法国佬，叫什么盖伊的说什么了？'我想在三十五岁之前当上总监'？这跟结婚生子好像完全不搭调，对吧？"

"盖伊·德库尔塞勒，三十六岁，已婚，两个女儿。对他来说没有什么问题啊。"阿丽克丝冷冷地说。

"哦，阿丽克丝，你知道他跟你不一样。"

"为什么？"

"因为你要腾出时间来生孩子啊。而且你现在也不准备腾时间吧。你听不到自己的生物钟一步一步在走，可是我们都是在变老的！我现在想要孩子了，我可以带他们玩，享受和他们在一起的生活。我不想让他们变成我生命中精心设计的计划来执行，非常感谢你。"

"保罗，我真的打算要孩子的，不过我承认，不是现在。这是一个我必须去作的决定，当这一天来临的时候，我想和你一起养育他们。我爱你，保罗。"阿丽克丝的眼睛里突然噙满了泪水，她使劲不让泪水流出来。阿丽克丝为自己没有变成在争吵中流泪的女人而骄傲，她讨厌流泪的女人。

"或许会这样吧。"保罗说，"阿丽克丝，难道你看不出来吗？我就是不知道该怎么办了，我需要时间和空间来想清楚这些事，所以我才想搬出去一段时间。"

"那你想搬去哪儿呢？"阿丽克丝苦笑着问，"巴黎？"

"不，"保罗叹了口气，"马拉海德的那栋房子下个月到期，我打算搬那儿去。"

"那这期间……"

"跟我妈一起住。"

阿丽克丝盯着他，问道："这就是昨晚她来我家的原因？你们俩就是这么决定之后才通知我的？"

保罗摇摇头。"没有。我已经邀请过她了，记得吗？但是我们已讨论过了，就是你还没有回家的时候，她问我是怎么看你的。"

"然后你就说没什么，然后就打算和那个法国婊子同居了吧？"

"阿丽克丝！不准这么说萨拜因。我不会和她同居的，她只是一个催化剂而已。"

"典礼之后你又见过她吗？"阿丽克丝问道，"有多久了？两个月前吧？"

"我跟她通过电话。"保罗说。

"那她什么时候来都柏林？"阿丽克丝问。

"现在还不会来，"保罗说，"我们还不确定。是我还不确定。这不是选择你还是萨拜因的问题，阿丽克丝，是我选择未来的生活。"

"都是放屁！"阿丽克丝说着走出了房间。

第 三 章

她没指望他在那儿继续待下去，但是他没有离开的意思。她大踏步地走出公寓，发动起宝马车，驶过收费吊桥，沿着海岸线一路开到都柏林湾北部郊区的多利蒙特。她把车停在一边，徒步走上有着巨大公牛塑像的旧木桥，然后坐在了又大又丑的玛丽女王雕像下面。阿丽克丝喜欢这个地方——清净的环境有助于她思考。

她不敢相信刚刚发生过的事情，就好像这些事发生在别人身上一样。她不知道保罗工作的事，不知道萨拜因，不知道保罗为什么突然想变成另外一种人，想成为那些周末去母婴中心或去参加兴趣小组的人。这不是他们刚住在一起时所想象的生活。那时候，他们将大部分时间用在了在床上嬉戏，浑身涂满了草莓酱和乳液；周日上午会去爪哇咖啡馆吃早午餐；周末要么在科克区，要么在高尔维，不然就是在伦敦或者巴黎。

那时候生活多么美好啊。

她想到有了孩子，天天早上早起、洗臭不可闻的尿布、晚上睡不好的日子，不禁皱了皱眉头。她决定，这种日子还是让他一个人去承受吧。他的想法变得可真快。

她回到家，他还在。"我不想就这么走了，连再见都不说。"

她看了看他身后打好包的箱子和袋子。

"简直是无理取闹。"她说，"我不相信你竟然都不坐下和我好好谈谈。我以为你是爱我的，保罗。"

"我以前的确很爱你，"保罗看起来很迷惑，"可我现在不知道了，阿丽克丝。"

她轻蔑地瞥了他一眼："这种记者式的诚实真是刻薄啊。"

"对不起。"

"好吧，"她决定表现得理智一些，这样他就不会觉得她是那种又哭又闹变着法儿讨好他的女人了，"如果只能这样的话。你准备回史蒂罗甘路那边了？"

"待几个星期吧。"

"我敢肯定你妈妈一定很得意。"

他淡淡地笑了一下。"高兴，我想。"

"她是不是从来没喜欢过我？"

"是的。"他又笑了一下。

"你叫车了吗？"

"我一直在等你回来。"

"我开车送你。"阿丽克丝说。

"不用，阿丽克丝……"

"行了，又不远。"

"可是……"

"哦，天哪，保罗，现在跟我争论这个没有任何意义，对不对？"

他耸了耸肩，拎起自己的箱子。阿丽克丝帮他提着塑料袋。

十分钟的路程，两人一路无话。

阿丽克丝把车停在保罗的房子前面，"记得给我打电话。"她说。

"哦，阿丽克丝……"

"我得赶紧走了，四频道上有个节目，关于英国和欧元的报道，半小时后开始。"

四目相对，她看到了他眼神里的怜爱。她讨厌这样。

"再见。"她说完飞快地钻进了车里。

她茫然地坐在阳台上，双眼无神地望着河面。她想起了那些照片。在欧洲银行巴黎分行开业庆典的那天晚上，他们拍了好多好多照片。她想起了进门时和保罗一起摆姿势，在大理石和玻璃相间的休息室里拍了不少。在那间最时尚的交易室里则留下了更多记忆，也就是在萨拜因·布拉赛特的创意装点了整个墙面的那间。这些照片她都收进了一个文件夹里放起来了。

她从墙上的柜子里抽出了一个盒子，在里面翻来找去。一大堆照片滑落到地板上。

她咬紧了嘴唇。这是她和保罗第一次去巴黎的时候拍的，那时他刚搬进她的公寓一个月。一张是她站在一家甜品店门口，瞪大眼睛望着诱人的蛋糕。另一张是她站在塞纳河旁边故作优雅，反而显得又肥又壮。还有一张是她坐在凡尔赛宫的花园里，虽然也略显臃肿，但被身边的美景衬托得恰到好处。这就是在巴黎度过的第一个浪漫周末留下的照片。

她终于找到了她想找的照片。有一张她和保罗在进门之前拍的照片；还有一张在交易室里所有人的合影，她站在盖伊·德库尔塞勒的旁边，笑得十分灿烂；还有一张拍的是人头攒动的房间。

她拿起了那张房间里满是人的照片仔细端详。在右上角有一抹耀眼的红色。那天晚上，几乎每个人都穿了黑色的衣服，包括她自己。她穿了一袭贾斯珀·康兰的真丝长裙，所有人都赞赏她穿这件衣服散发出惊人的美丽。但是设计师却穿

22

了红色的衣服，她记得有人注意到了这一点。虽然模糊不清，不在焦点上，但穿着鲜艳的红色衣服，金发披肩，那就肯定是她了。

阿丽克丝现在可以很清楚地记起她了。盖伊还给她们互相介绍来着，然后她笑了——对这个贱女人笑着，还夸奖她那些行情牌价板设计得太棒了。此时，她又想到了"前进、前进、再前进"的标语。

萨拜因的确前进得够快的。阿丽克丝放下手上的照片，叹了口气。萨拜因竟然如此大胆，从她的鼻子底下把保罗抢走了，而她甚至一点都不知情。

她死死盯着照片。虽然照片上的萨拜因·布拉赛特不是焦点，但她的确看起来又漂亮又年轻。"该死的法国女人！"她大声咒骂道，"该死的、天杀的法国女人！"

周一早上，她是第一个到达交易部的。她给伦敦的一个买家打电话，卖出了一千万美元。然后她看了一下自己这周的行程安排。尽管阿丽克丝喜欢工作上的买入卖出胜于其他任何事，可是她的行程安排上都是要去拜访既有客户或者潜在客户这些事。有的时候她会很幸运不用出去见客户，一天到晚坐在办公桌前，但很显然这个星期没有那么幸运，她大部分的时间都要用来出门拜访。

"周末过得不错吧？"珍妮一边把夹克挂在身后的椅子上，一边问道。

"还好。"阿丽克丝答道。她不想谈论保罗，因为她从来不在办公室讨论私人生活。

"你看起来很累的样子。"珍妮打开了她面前的电脑，"昨晚很辛苦吧？"

阿丽克丝很早就上床休息了，可是没有睡好。她在床上翻来覆去，不断碰触那片本该是保罗睡觉的地方。

"没有。"她说，"珍妮，你能帮我整理一下下次 G7 峰会①的背景资料吗？"

珍妮不解地看着她："什么类型的背景资料？"

"背景资料，"她的上司严厉地说，"就是背景资料。"

"阿丽克丝，我想买进两千万美元。"查理·马尔霍兰说，"我想存到下星期转换成欧元。阿丽克丝，给我个好的汇率啊！"

----

①西方七国（法国、美国、德国、日本、英国、意大利、加拿大）首脑会议，是主要工业国家会晤和讨论政策的论坛。——译者注

"你老是要好汇率，"阿丽克丝一边看着电脑屏幕，一边笑着说，"难道我每次给你的不好吗？"

"你的确总会在竞争中胜出，"查理承认道，"不过这只能说明竞争对手太烂了。"

"说什么呢！"阿丽克丝按下了电话上的静音键不让查理听到。"加文，给我接丹·琼斯，他长期持有美元，会给我一个好价钱的。珍妮，你帮我问一下妮吉·布朗的出价，她今早卖出了一些。"

"全部都要吗？"加文问道。

"是的，"阿丽克丝说，"我们自己也做空美元了，你难道没发现吗？"她一小时之前卖出去的一千万美元没有赚到任何利润，价格一点都没变。

"阿丽克丝，怎么回事？"查理单刀直入地问，"你知道我有两处报价，另外一处已经给我价格了，你的呢？"

"稍等一下，查理。"她又掐断了电话，"快点，同志们，怎么样？"

"价格生成太慢了。"加文说。

"妮吉不在，"珍妮说，"她的助手在帮我查报价。"

"天哪，该死！"阿丽克丝扫了一眼屏幕，然后接上了电话，"查理，我们报价八十。"

"八十？"查理的声音像被噎到了，"我可以有更好的价格。"

"有多好？"阿丽克丝问道。

"好多了。"查理说。

她又看了一眼屏幕。查理的公司——多尔蒂金融投资公司是个不错的客户，而且两千万美金也不是个小数目，做不成太可惜了。她脑子里闪过了提价的念头，但立刻打消了。她们已经美元短缺了，市场没有像她预想的那样发展，所以她不能再继续这么扔钱了。

"对不起，查理，"她坚定地说，"八十是我们能出的最高价。"

"那就算了。"他说。

她挂了电话。"他得到的价格比我们的高多了。"

"你可以拖延他一下嘛，"加文埋怨道，"我还可以高出两个点的。"

"我不这么认为。"阿丽克丝说，"而且我不喜欢搞一个报价需要那么长时间。市场基本没什么动静啊，他们应该动作快些。"

"我们自己做空美元，帮不上什么忙。"加文说。

"我知道。"阿丽克丝说。

加文做了个鬼脸。"你一大早卖掉它干吗？"他问道，"上周末前你还不想少于五千万美元的，而且汇率也没什么变化，干吗卖掉？"

"当时我以为可以卖个好价钱的。"阿丽克丝疲惫地回答。

加文惊奇地看着她。平常如果他问这种让她显得没有面子的问题的话，她一定会狠狠骂他的。

戴夫接了电话，递给阿丽克丝："找你的，还是马尔霍兰。"

阿丽克丝把电话转过来："你好查理，还想再买一些吗？"

"不是，"查理气愤地说，"另外那个卖家耍我，我刚回去他就把价格降下来了。"

"哦？"阿丽克丝扬起了眉毛，"所以你们没有成交？"加文和珍妮停止了讨论这单失去的生意，同时看着她。"他们给你的报价是多少？"

"八十五。"查理说。

"查理，我是真的很想帮你，但我真的不能给出比八十更好的价格了。"她用手势示意加文和珍妮，当她打开交易页面，他俩就忙着又开始打电话询价了。

"要是你能买到两千万美元，我就成交。"查理的声音听起来想放弃了。

屏幕上的价格不断跳动着，但是阿丽克丝相信能够至少以卖给查理的价格买入美元。而且，幸运的话，价格按照她所设想的趋势走，她就可以将之前卖出去的美元再买回来，这样就可以保持在上周末之前的五千万美元了。这时候，她顾不了那么多了。

"好的，查理。成交。"

"太好了，谢谢，阿丽克丝！要快啊！"

"没问题，马上搞定。"

"我可以在八十一买入一千万。"珍妮说。

阿丽克丝一边挂电话，一边点头同意。"买下。"

"八十是我的最高价了，"加文失望地说，"哦，不，对不起——汇率变了——八十三一千万！阿丽克丝！"他的声音一下子高了起来，看着价格正在向他们预期的方向发展。

"买。"阿丽克丝说，"再问问一千五百万是什么价格。"

"哪来的一千五百万？"加文点头示意已经成交。

"阿丽克丝，妮吉·布朗回来了。"珍妮打断了他们的谈话，"她可以出八十六的价格买两千万！"

"给她一千五百万。"阿丽克丝说，"加文，那个就不用问了。"

"好的。"他答道。

"好了，谢谢，妮吉。"珍妮一边说，一边往电脑输入这笔交易。"太棒了，你也是。"珍妮笑了。"好了，都成交了。"

他们各自回到了自己的座位。

"做得漂亮！"阿丽克丝说，"做得好！"

珍妮和加文互相笑了一下。

"真是不错。"戴夫·布赖恩特刚刚挂掉一个客户的电话，刚才他们在讨论澳大利亚的交易状况。他指着屏幕说："看看现在的价格！"

阿丽克丝以1.2280的汇率将美元卖给了查理，也就是说，查理给她100万欧元，她就要卖给查理1 228 000美元。他们从市场上以更高的比价买入，意味着他们每一欧元赚取的美元更多。不过，眼看着价格上涨，也立刻跌了下来，现在的汇率已经是1.2270了。

"时间就是一切。"阿丽克丝接起另一个电话时说道，"一定要时刻记住，珍妮，时间就是一切！"

阿丽克丝的第一个会议约在十点钟。对方是一家连锁超市集团的财务总监，这家公司最近才开始和欧洲银行做生意。本来她可以不用去参加的，但这次会议是詹姆斯·克拉克——他们的业务发展经理组织的，所以她想去看看，可能会有一些业务方面的信息。

"美元尽量别动，"她离开之前叮嘱戴夫，"曾经我不看好美元，但现在我也不确定。"

"好的。"戴夫答道，"你还好吧，阿丽克丝？你看起来很累的样子。"

"在这种工作中谁都会累。"她说，"等会见。"

"她看起来太恐怖了，"加文说，"我猜是美元汇率的事儿吧，能以这个价格成交真是太幸运了！比她早上卖出的价格高多了。要是马尔霍兰没再打回来买进美元的话，她肯定不会补回来的，那样的话我们就赔大了……"

"歇会吧你，"珍妮说，"你的嘴就没停过。"

"我就是想说……"

"加文！"戴夫的声音听起来很可怕，"别说了。"

"不过，你说她看起来很恐怖是真的，"过了几秒钟，珍妮开口说道，"今天早上她苍白得跟纸一样。"

"她没怀孕吧？"加文的眼睛突然亮了起来，"或许她要当妈妈了，要休三个月产假？"

"加文！"

"呃，她要是真怀孕了会休产假的。"加文固执地说。

威廉·泰勒，连锁超市的财务管理员，拥有在阿丽克丝看来最令人昏昏入睡的声音。她根本无法集中精力听他在讲什么，再说他讲的东西跟她也没有多大关系。她一点也不关心超市货架上那些全麦产品的去向。

她还在思考美元和欧元转换的事。今天早上把美元卖出真是个错误，尽管她想尽办法弥补回来了，但依旧是个极大的错误。上周五纽约牌价的美元没有下跌，她本应该估算到这周一美元的走向。可是她没有，她只是硬闯入市然后想都没想地把它卖掉了。这很有可能造成灾难性失误。加文有可能是对的。

她捏了捏后脑勺。头疼，好累。她一点都不想在这儿开会，而且自己抑制不住地想念保罗。

真是不可思议。这个男人竟然明确地表示他看不到他们在一起的未来。她实在无法接受。她不能就这样让他若无其事地走开，然后走进那个妖艳的法国女人怀里。天知道，她在他身上投资了多少。她在他身上投资了三年，她告诉他她爱他。他也说过他爱她。但是现在，由于一些所谓的男性中年危机（但是他的年龄相对于中年危机还为时尚早呢），他竟然决定要离开她。

不过，她没有打算妥协。他告诉她的时候，她只是太惊讶了，以至于没有好好想想事情的前因后果。不过她现在要做的，就是整理出事情的先后顺序，想想自己的生活，想想怎么把保罗夺回来。这才是她现在需要做的。她不会让他和那个法国女人享受夕阳下的华尔兹，再说那个法国女人肯定不会为他生孩子。一个在所有人都穿黑色的典礼上独自穿红色的女人肯定不是家庭主妇或者育儿专家。根本就不是所谓的安稳的事儿，那就只是个借口，或许就是因为性爱。

一想到保罗和萨拜因做爱的样子，她就像被沙子卡住了喉咙。他虽然否认了，但他肯定不会承认的吧。而且，保罗在做爱方面还是很棒的。她咬了咬嘴唇。真的是很棒，她想起了……

"你认为呢，阿丽克丝？"

她的脸刷地红了，抬头看着威廉·泰勒。她听说男人平均每六秒钟就会想到性，她在想这会不会是真的。她将自己的思绪从和保罗共度的第一晚拉回来，然后对威廉微笑着。她之前听过这件事情的背景，思考了一秒钟之后回答道："不会有问题的。"她希望自己的回答是对的。

"非常好。"他咧开嘴朝她笑了一下。

"好了，那我们就到此为止吧，威廉。"詹姆斯站了起来。

"见到你真高兴。"威廉说，"还有你，阿丽克丝。"他向前探了探身子，和她握手。他的手有气无力，像死鱼一般。她瞬间就想把他的账户分给加文来做。

"进行得不错。"他们坐进车里的时候，詹姆斯说。

"很好。"阿丽克丝说。

"你还好吧？"他问，"你今天出奇安静，我觉得。"

"太忙了。"她答道。

他看了她一眼，但是她转过头往车窗外望去。他做了个鬼脸，开车回办公室。

她还有一个会议，这次是和德累斯顿银行的一个交易员，他主动来办公室找她的。他们探讨了合作中的一些局限，分析了一些出色的交易。她还是不能集中精力探讨，因为她满脑子都在想保罗和萨拜因在床上的样子，还有草莓酱和乳液。她觉得自己快要疯了。德累斯顿银行的交易员走后，她就打开抽屉四处摸索，然后站起来冲进了交易室。

"谁拿走了我的烟？"她厉声问道。

"没人拿。"正在看书的戴夫抬起头，他正在看一篇道琼斯指数可能急剧下跌的报导。

"肯定有人拿了，上周还在呢。"

"我以为你戒了，"珍妮说，"你跟我说你戒烟了。"

"我是戒了。"阿丽克丝大叫，"我就想知道它们在哪儿。"

"那你还管它干吗？"戴夫问。

"听着，别烦我，快告诉我烟在哪儿！"

"说实话，阿丽克丝，我真不知道。"珍妮说，"如果你想要的话我给你几块戒烟糖。”

“不用了，谢谢。”阿丽克丝向门口走去，“我一会儿就回来。”

“哦，阿丽克丝，不要放弃啊！”加文加入了他们的谈话，“如果你都戒不了的话，谁还能戒？”

“闭嘴！小屁孩。”阿丽克丝说着走出了房间。

余下的人在房间里面面相觑。

“该死的，她到底怎么了？”加文问道。

戴夫耸了耸肩：“生理期到了吧。”

“哦，戴夫！”珍妮冲他做了个鬼脸。

“要么就像加文说的，她怀孕了呗。”戴夫朝她笑了一下。

“不管是什么，肯定是荷尔蒙作怪。”加文说，“她肯定没想过那样跟我说话。”

“不管它了，”戴夫拿起电话，“我们还有其他事要做呢。来吧，我们看看远期利率市场吧。”

阿丽克丝坐电梯到了一层，然后走出了欧洲银行的大楼。她眯起眼睛，看着阳光倾泻在门外的白色石板路上。走了一阵子，到了一个报刊亭前面。

“你好，马蒂。老样子，来一包。”

“阿丽克丝！”马蒂·史蒂芬斯，报刊亭的老板，十分惊讶地问道，“我以为你戒了。”

“我是戒了，”阿丽克丝说，“不过我现在要抽一根。”

“这可不是好兆头，”他告诉她，“要不要来一块戒烟糖？”

阿丽克丝咬了咬牙。“要是我想要戒烟糖，我会买戒烟糖的。我要烟，马蒂，现在就要。”

“好吧。”他叹了口气，开始在袋子里翻找，“可是再抽回去真的不好。到底怎么了？市场效果不理想？”

她摇了摇头，差点没流出眼泪。“不是，不是那回事。”

“你怎么了，阿丽克丝？”

“我没事。”她把钱递给他，走出了店铺。她不想在报刊亭里哭出来。

办公大楼里有禁止吸烟的规定。阿丽克丝坐在外面的台阶上，深深地吸了一口。烟流动在她的身体里，让她瞬间有一种放松的感觉。她有些懊悔没有控制住抽烟的欲望，但她真的身不由己。早先在交易室，她几乎要迷失自己了。与马尔霍兰的交易本来很不错，但差点被自己弄糟了，她想，还有和加文的冲突。她觉得很不舒服，好像失去了平时固有的权威。好像因为没有了保罗，她也丧失了对自己的信心。而且她也想不明白，在遇到保罗之前，她也是自信满满的啊，可是现在她为什么变得这么脆弱了呢？

"你应该戒了。"在她抽完烟用鞋跟捻烟头的时候，一个路人对她笑了一下，说道。

"我已经戒了。"她说。

"那这是最后一根了？"他问道，"难道我目击了某人抽生平最后一根烟？"

"或许吧。"她说。她不习惯这种搭讪时的幽默，尽管他显然是银行的客户，她也不想表现出客气的样子。

"你难道不觉得一个人在外面抽烟很不合群吗？"

"我没想抽烟，只是出来放松一下。"

"为什么？今天很辛苦？"

"听着，"阿丽克丝捋了捋裙子，"我现在没有心情谈话。我知道抽烟有害健康，我知道自己疏离社会，但是我现在一点都不想谈话，明白吗？"

"好吧。"他说。

"那就好。"她推开了玻璃大门走进大楼。

他走向了前台。"我是雅纳电子的马特·康纳利，约了阿丽克丝·卡拉汉见面。"他的声音穿过门厅，传到了正在等电梯的阿丽克丝耳朵里。

她抱怨了一声。看来今天又是糟糕的一天了。

第 四 章

阿丽克丝转身走向前台。

"我是阿丽克丝·卡拉汉。"她一边说一边伸出手来，"不好意思我刚才没认出您来。"

　　马特·康纳利对她笑了一下。"没关系，我来早了。很抱歉刚才打扰了你的个人时间。"

　　"没什么，"她轻快地说，"就是出来透透气。"

　　"今天很忙？"她带他走向电梯，他满是同情地问道。

　　"跟平时一样。"她按下了三楼的按钮。

　　电梯向上运行中，阿丽克丝一句话也没说。被客户看到自己无所事事地坐在台阶上，好像没有什么事情可做一样，令她十分生气。她还痛恨自己跟他有一搭没一搭地聊天。她本应该在客户面前表现得自信而专业，可她自己知道刚才的表现一点都不专业。他来得太不是时候，那时候她正在脑海里描绘在欧洲银行巴黎分行开业庆典之后，自己在床上呼呼大睡，而保罗却和萨拜因偷偷约会的情景。她脑海中浮现出一幕幕画面：两个人背着她走到了一起，彼此拥抱，然后萨拜因问他这样见面是否合适，保罗回答没问题，因为他知道阿丽克丝此时正酣睡在奢华的乔治五世酒店，中午之前是不会醒来的。

　　毫无疑问，这才是最令她伤心的。她从来没有想过保罗会对他们两人的关系产生质疑。她虽然知道自己有时候急性子，在规划人生方面有些自私，但她真的十分相信保罗也很乐意接受这些事情。她怎么能这么愚蠢呢？

　　电梯停了，发出轻微的响声。

　　"这边请。"阿丽克丝简短地说。她带领马特穿过交易室，来到大厦一角的一个小会议室里，这里可以清楚地看到整个城市的风景。

　　"你想了解些什么？"阿丽克丝开门见山，尽管这样有些不礼貌。一般情况下她见新客户的时候都会表现得十分客气，并乐意效劳。她从不放过他们交谈中的任何一丝细微的信息来判断他们的好恶。她甚至会插入一些毫无意义的谈话作为衡量他们喜好的工具。但是现在她一点儿都没有这个心情。

　　马特·康纳利打开了手提箱，拿出一沓文件递给她。"这是我们公司的一些背景资料。这些是一些发展中的项目介绍；这些是赢利手段，你可以看到我们大多都是交易美元，但也有很多其他货币交易，远东的也有。我想将这些手续简化，提高赢利效率。之前我跟你们信用部的约翰·科林斯聊过，我们很快就会达成共识的。"他对她笑了一下。他有着碧绿的眼睛，但没有保罗的颜色深。马特的眼睛泛着一种浅蓝色，让阿丽克丝想起了斯堪的纳维亚人的祖先，他们有着小麦色的

31

头发和棕褐色的皮肤。

她快速浏览着这些资料。雅纳电子是一家做电脑动画的企业，如果他提供的数字可信的话，它的确发展很快。这应该是一家不错的客户。

"好的。"阿丽克丝说，"我觉得你们应该……"

接下来的十分钟里，阿丽克丝滔滔不绝地介绍了一系列银行产品，而且越说越自信。她忘记了一开始在大厦的台阶上和他尴尬的会面，忘记了那些令她心碎的事情。在她讲述现货汇率、期货汇率、期货期权的时候，他听得很认真，偶尔打断她，对信息作一些确认。

"谢谢。"她讲完之后，他由衷地说，"我们也想到过其中的一些方式，我要回去跟公司的人再讨论一下这些方案。"

"没问题。"阿丽克丝说，"如果你还需要其他信息，或者需要我登门拜访作一下介绍，给我打电话就可以。"

"我会的。"他笑了笑，低头看了一下手表，"如果你不忙的话，现在能否和我共进午餐？"

"午餐？"她惊讶地看着他。

"已经一点多了，"他说，"我很饿。"

"谢谢你的邀请。不过我很忙。"

"那就太遗憾了。"

"我今天一上午都在外面忙，"她说，"现在得回办公室看看了。"

"明白了。"他又对她笑了一下，"改天吧。"

"好的。或许吧，这也得看你和你公司的人商议得如何了，或许以后我们会整天见面、一起吃午饭了。"

马特叹了口气，说："但愿吧。"

她看着他，开玩笑地问道："你还要见约翰·科林斯或者其他什么人吗？"

他摇了摇头。"我只是来见你的。终于能见到你，我很高兴。"

"终于？"

"哦，我在一次企业财务晚宴上跟一个人说我今天要来见你，他对你大加赞赏来着，他叫马尔霍兰。"

她笑了。"查理是个很好的客户。"

"他跟我说你是他接触过的最好的交易员。"

"真的吗？"她笑着问道，继而想起今天上午他表现出的鲁莽。

"我要走了，剩下的乱七八糟的事情就交给你了，那都是你的工作了。"

"谢谢。"她说，"再见。"

当她走进交易室的时候，听到加文大喊："成了！成了！"

"怎么回事？"她问戴夫。

"我知道你之前叮嘱过要继续持有美元，"他说，"但是加文从一些纽约的买家那里搞到了一些消息，我们挑了几个买家，正在说服他们和我们形成统一战线。"

她扫了一眼牌价。美元自从早上以来一直很强劲，感谢苍天，她补回了之前卖出的一千万的空缺，要不然，现在她就只能自己躲起来舔伤口了。

"怎么样了，加文？"戴夫问道。

"在五十的时候卖出了。"加文得意地笑着，对自己十分满意。

"赚了多少？"阿丽克丝问。

"一万美金。"加文答道。

"做得好！"她赞赏道。

"谢谢。"他又笑了一下，"听从你的建议，阿丽克丝，我没那么贪婪，尽管美元有可能还会涨。有些人传说索罗斯也在买呢。"

"哦，真的吗？"

如果乔治·索罗斯——全球最大的投资家也在投资美元的话，那么加文的决定应该是正确的了。但是阿丽克丝从心底里还是觉得美元汇率会下跌，继而影响到其他货币。美国联邦储备局周四准备召开月度会议，届时应该会有一些关于汇率的政策宣告。阿丽克丝认为他们会降低美元汇率，因为决策委员会中一个一直反对降低汇率的人最近辞职了。但是詹尼斯·克里干是委员会的唯一成员，而且乔治·索罗斯跟他的关系显然比阿丽克丝同他的好。索罗斯应该会更正确吧。

"你应该多出去开会，"加文说，"你不在的时候我做得比你好多了。"

"我记住你的话了。"阿丽克丝干巴巴地说，然后拿起了电话。

一个人住公寓的感觉很不一样。保罗还在这儿的时候，她从来没有感觉过孤独，即使他不在家。其实她自己是喜欢安静和独处的，但是现在情况完全不同了。现在她知道他晚上不会回家了，因此到处充满了孤独感。她从冰箱里拿出一瓶米勒酒，走进了另一个卧室，那是保罗以前工作的房间。

房间里整洁得令人惊叹。保罗是个细致、干净的人，他工作的时候绝对没有成堆的文件放得到处都是，但是曾经有许多这样的东西：桌边叠得整整齐齐的报纸、他发表过文章的杂志和墙边的参考书。他几乎带走了所有的东西。

她呷了几口酒，把酒瓶放在桌子上，打开了电脑。

尽管保罗平时经常使用电脑，但电脑的终端是连在她那儿的。她虽然不能从家里操控交易，但总可以了解行情牌价。美元的势头越发强劲，她又长长地舒了一口气，庆幸自己今天作了一个正确的决定。

电话突然响了，吓了她一跳，不小心把桌上的啤酒打翻了。她赶紧将酒瓶扶起，洒出的啤酒在桌子中央形成了一汪金黄色的水。

"你好。"她接起电话。

"你好，阿丽克丝，是我。"

"保罗。"他们仅仅分开了几天，但感觉像是分开了很久了一样。"你好吗？"

"还不错。"保罗说，"你呢？"

"很好。"

他清了清嗓子。"我打电话是因为我落下了一些东西在你那儿。"

"是吗？"她环视了一圈他的房间，看起来并没有什么东西落下了。

"是的，在文件柜里，有一些文件和光盘。你还记得在佐治亚酒店时我写的系列专栏吗？还有一些 CD 要拿。不好意思，但是我想知道我什么时候可以过去拿？"

"你打算什么时候来？"

"下午吧。"

"我下午都不在。"阿丽克丝说。

"我知道。"

"那你怎么进来？"

"我有钥匙。我把自己的钥匙还给你了，但忘记我妈那儿还有钥匙了。我会给你放在房间的。"

"你现在不能过来吗？"阿丽克丝问道。

"不能。"保罗说。

"为什么？"

"就是不能。"

"随便吧。"阿丽克丝说道，"我不管了。"

"阿丽克丝？"

"怎么了？"

"听着……我十分抱歉。"

"哦，滚开，别说了。"阿丽克丝说完就挂掉了电话。

她拿了块桌布把桌子上的啤酒擦干净。他现在不过是因为他害怕见到她，怕自己一下醒悟了，发现对她有多么不好。而且她知道，即使他不愿承认他爱过她，他还是爱着她的。他们一起生活过，她了解他。

她走进客厅，将疲惫的身体靠在沙发上。如果有了孩子，生活会是什么样子呢？她之前从来不会考虑这种问题。这不是在学校的时候扮演父母的角色了。孩子是长大成熟的人才有的，他们需要时间和精力去培养。而且养孩子需要大房子和花园，而不是脏兮兮的运河边上的小公寓。孩子是另一个世界的人，又乱又吵，还有自己的处事方式。

如果他们有了孩子，会是什么样子呢？他们会长得黑黑的，拥有保罗那样海蓝色的眼睛吗？或者长得像她？她站起身来，仔细地盯着镜子里的自己看。椭圆形的脸庞上嵌着两颗暗绿色的眼睛，收在耳后的深棕色的头发泛着点点红色。丰满的嘴唇，很适合接吻——保罗有一次就是这么告诉她的。

她又向镜子靠了靠，突然倒吸了一口凉气。她不敢相信。她解开扎头发的发带，仔细地用指尖在发丝间穿梭抚摸。的确，她没有看错。

白头发！不是之前她发现的零星的白发，不是一根一根长得稀疏的白发，这次是真的白头发，至少六根一撮。她用手抖了抖头发，又发现了更多。虽然不是长在一起，是散在发丝间的，但是仍然有不少。

她长白头发了。她老了。保罗是对的，她肯定是哪里出现问题了，以至于自己此前都没有意识到生物钟的持续转动。她甚至能听到警钟鸣响。你是一个三十多岁的女人，她对自己说，你已经老得超过要第一个孩子的年龄了，你都有白头发了！

这就是保罗离开她的原因吗？他是不是发现了她的白头发，然后觉得阿丽克丝对他来说已经太老了？这就是他对年轻的萨拜因有欲望的原因吗？她摇了摇头，自己又开始胡思乱想了。保罗也长了灰白色的头发，可是男人长白头发能显示出一种骄傲，只有女人长白头发才会显老。

她把面前的头发又拢回去。其实不仔细寻找的话，还是很难发现白头发存在的。除非使劲盯着她看，才会发现的确有一些白头发。

她要尽快去染头发，越快越好。

第 五 章

加文伸了个懒腰，靠在椅背上。今天是周四，美联储开会的日子。交易市场一片寂静，现在不会从美国传出什么消息，而且欧洲的交易者也不会在这时大手笔地买卖基金或者货币。阿丽克丝和一个客户去吃午餐，珍妮说出去走走，只有加文和戴夫两人在交易室里。

"真安静。"加文说。

戴夫从《菲尼克斯》[①]上抬起眼睛，问道："什么？"

"真安静，这里。没有阿丽克丝到处指手画脚，也没有珍妮老是拍她马屁。"

戴夫合上了杂志。"你真的很讨厌她，是吧？"

"也不是，"加文说，"但是她老表现出一副至高无上的样子。而且我很讨厌她说教。"

戴夫笑了起来："说教？"

"会让我想起之前的一个老师，"加文说，"老是被她说来说去，好像自己从来就没做对过什么。"

"这样说对她有些不公平啊，"戴夫说，"她很多时候都很正确。"

"但这周不是。"加文在电脑键盘上飞速地打字，调出赢利和亏损的客户，"她这周的交易实在都不怎么样。"

---

①原文为 *The Phoenix*。——译者注

"这不是她的最佳状态，"戴夫承认道，"但周一还是不错的嘛。"

"那是因为我，"加文反驳道，"是我得到索罗斯买入的消息，是因为我的交易我们才挣到钱的，然后她给几个客户打电话，紧跟着我们通过他们的交易而赢利。但是，是我让这一切运转的！换做是她的话，我们仍然做空美元，恐怕我们连屁股都要露在窗外了！"

戴夫笑着说："那么你想让我说什么呢？做得很好，加文？"

"不，"加文说道，"我只是想你应该给我多一些支持。明明你可以做得一样好，当这个女人很可能挣的是你两倍的钱的时候，为什么你还要和她站在同一立场？你对此太消极了。"

"她总是那么孜孜不倦，"戴夫说，"我知道自己不像你一样野心勃勃。她现在进展得不错，我跟你打赌明年她会和她男朋友结婚并且开始准备生孩子，而这正是你愿意看到的。"

"你这么认为吗？"

"当然。几个月前我见到保罗了，他低声地说他想过安定的生活，想要组建自己的家庭和一些类似的话。所以她现在可能在减肥，但是几个月之内肯定会有不同的故事。"

"出个价吧。"加文说道。

戴夫咧着嘴笑道。"关于什么的呢？"

"还有多少个星期她会订婚。"

戴夫想了想说；"十到十五周吧，一周五英镑。"

"你真了解我啊，"加文抱怨道，"你出的这价格够你坐公共汽车的了。"

"这不是一个很容易看透的市场啊。"

"我还以为你很确信呢。"

"我知道我在想什么，"戴夫朝他笑着说，"你觉得呢？"

"哦，好吧，你赌是十五个星期。"加文说道，"如果她在十五周结束之前订婚了，那你就赢了；如果是十五周之后的话，那我可就要收钱了。"

"成交。但是你会付给我钱的，加文。"

"那也值了。"他说，"如果有人在十五周结束之前从我们手中把她带走的话，我会很乐意付给你钱的。"

戴夫笑道："她可能会订婚，但她不会离开这里。"

"如果她订婚的话，她在之后会很快结婚的。为什么她还要等呢？如果她结了婚的话，之后她会有很多流着鼻涕的小孩子的。我几乎都不敢相信自己了。"

"相信什么呀？"珍妮走进交易室，把她的夹克搭在自己的椅子上。

"没什么。"加文说。

"没什么。"戴夫说道。

珍妮轮流看了看他们俩。"男人之间的事情，对吧？"

那两个家伙都笑了。

"但愿如此，"加文说道，"但愿如此。"

阿丽克丝回来的时候已经接近三点。她径直走向了角落边自己的小办公室，从抽屉里的药盒里拿出几片止痛药。她头疼得厉害。午饭时间比她预计的要久，而与她共进午餐的客户——法格斯·雷利一直劝她再喝第二瓶红酒，还让她不要担心，他会帮她叫出租车回去。法格斯是个很好的客户，通常她会和他一起享受午餐，但今天她显然不在状态。在法格斯一如既往地讲一些令她开心的黄色笑话时，她发现自己很难笑出来。而且她一开始就不明白自己为什么会在这儿和他一起吃饭。

在侍者给她倒满了一杯黑比诺干红葡萄酒时，她自己想道：如果我现在结婚有了孩子，我现在应该会坐在花园里陪他们玩吧。那时肯定是发自内心地开心，而不是像现在这样在根本不好笑的笑话面前装笑。

你疯了吗？当她又一次想到这些时，她问自己。她坐直身子，用手敲了敲自己的后脑勺：你不是不喜欢在花园里看着一群小孩的生活吗？

"阿丽克丝，四号线电话！"戴夫的声音将她从幻想中拉了回来，"是克里斯蒂·里登。"

"我去接。"她回答道。

克里斯蒂是一家制造公司的财务总监，她打电话来想了解一下适合购买的汇率。阿丽克丝一边和她讲电话，一边按摩自己的后脑勺，希望能缓解红酒对她的威力。

"你今晚打算做什么？"看到她挂上电话，戴夫问道。

"什么事情？"

"我们的策略。我们一直在货币上保持稳定，但还持有一些国家债券。你就想

38

这么放着吗？"

阿丽克丝摸了摸自己的鼻梁。她依然对汇率和美元十分敏感，但在听说索罗斯的动作之后就变得没有那么自信了。

"你觉得应该怎么办？"她问道。

戴夫靠在椅背上说："保持货币稳定，把债券卖掉。只要克里干没有动静，美联储应该不会有什么政策的。我知道，你觉得他们会降低美元汇率，但我不认为他们现在就会这么做。"

阿丽克丝叹了口气。"戴夫，不管你怎么想，我现在都要先走了。"

"现在？"戴夫瞥了一眼手表，才四点，阿丽克丝很少在五点之前离开办公室的。

"是的，现在。我有些头痛。"

珍妮也惊奇地看着阿丽克丝，之前阿丽克丝从来不会因为头痛而提前回去的。

"加文，如果你从美国朋友那儿又听到什么新消息，一定要听从戴夫的安排，明白吗？"阿丽克丝一边说一边穿上夹克拎起包，"别自逞英雄。"

"好的，"加文说，"但是还要有人……"

"加文！"阿丽克丝警告道。

他叹息了一下，不说话了。

"明天见。"阿丽克丝说着走出了房间。

剩下三个人面面相觑。

"我早就说嘛，"加文说，"她现在疯疯癫癫的。"

"加文！"珍妮生气地看着他。

"她肯定是。"加文盛气凌人地说。

"我倒是不相信。"珍妮干巴巴地说，"她要是怀孕了，肯定不会吃止痛药的。你们都知道，她在这方面很遵医嘱。"

加文看起来有些失望。"或许吧。不过肯定有什么地方不对，而且这对我们来说都是不错的机会。"

"你真让我恶心。"珍妮说道，"你跟秃鹫似的咄咄逼人。还有你，"她转向戴夫说，"你也好不到哪儿去。"

"我什么都没说啊。"戴夫一脸无辜地说。

"你不用说！"她怒斥道。

保罗的光盘还在桌上放着。阿丽克丝非常肯定他会在今天下午过来拿，因为保罗周四一般不会安排什么事。她本来没想故意在家等他来拿东西，但在和克里斯蒂讲电话的时候她突然想到了这件事。从那时开始，她就想回家看看他。

她揉了揉眼睛。她太累了，自从保罗走了之后她就没睡好过。她有时也痛恨自己为什么这么在乎他。

她对保罗的感觉此起彼伏。有时候她想：或许他走了是件好事——他苛求，过分注意细节，对她的一些行为不满，让她觉得自己像是个没有责任感的小孩子。有的时候又想他想得很厉害，令她难以自持。不过无论怎样她都要见见他，只有见到他之后，她才能确定哪一种想法是正确的。

将近五点的时候，她终于听到了门锁里传来钥匙转动的声音。她心跳加速，甚至能感觉到血液在身体里激动地乱窜。他走进房间看到她在，一脸惊讶。

"这个时候你在家干吗？"

"头痛。"她说，"我中午和客户吃饭，红酒喝多了一些，没法工作。"话刚出口她就后悔自己说了喝酒的事。保罗非常反对她在午饭的时候喝酒。

"我之前不知道你会在家。"保罗说。

"看电脑看得更头疼了。"她告诉他，"不过我明天一定得好起来，明晚还有银行的聚餐呢。"

"哦，对哦。"保罗一副突然想起什么的表情，"我差点都忘了。"

"你没必要记得啊。"阿丽克丝说，"反正你又不会去，对吧？"

"你是说真的？"保罗问。

"不是，"她说，"虽然名单上有你的名字。"

第二天晚上的聚餐是为了庆祝都柏林分行开业十周年的。所有的银行职员和他们的另一半，加上一些受邀的客户都会来参加。

"你告诉他们我不去了吗？"保罗问道。

她耸耸肩。"没必要。反正是自助餐，我估计至少有一半说要去的人不会去的。放心吧，他们不会想你的。"

"谢谢。"他苦笑着说。

她微笑着看看他："对不起，我说话太重了。"

"没关系。"保罗走向放光盘的桌子，阿丽克丝已经给他打好包。

"这是所有的吗？"

她点了点头，这令她的头痛得更加厉害了。

"我以为我都打包带走了呢。"他一边说一边把光盘放进随身带来的一个盒子里，"我完全忘记这些了。"

"没关系。"她仔细端详着他。他看起来很好，她想。他一点也不像一个星期都睡不好的样子，胡子刮得很干净，眼睛清澈明丽，穿了一件棉衬衫和牛仔裤，看起来身材很好。

阿丽克丝回家后换了一条印有图案的蓝裤子和一件白色莱卡运动上衣，她知道保罗喜欢这套衣服。但现在她又后悔了，她不想让他觉得自己是刻意为他而穿的。

"你最近跟萨拜因联系了吗？"话一出口，想后悔也来不及了。

"昨天，"他说，"就聊了几分钟。"

"她决定什么时候搬过来了吗？"

"为什么问这个？"保罗问道。

"我就是想知道而已。"她耸耸肩，"对不起，这不关我的事。"

"还没决定。"保罗简短地说。

阿丽克丝舔了舔嘴唇。"想喝一杯吗？"

"不了，谢谢。"他摇了摇头，"我得快点回去。"

"有什么重要的事情吗？"

"挺多事儿的。"

"好吧。"阿丽克丝说。

"我先走了，"他不安地说，"还有其他事情要做。"

"好的。"她站起来。

保罗伸出手，说："这是你房间的钥匙，最好不要带在我身上了吧。"

"最好不要。"阿丽克丝接过钥匙，微笑着说。

"阿丽克丝——你真的做得很好。"他一边拿起打包的光盘一边说，"如果我伤害了你，我真的很抱歉。"

"如果？"阿丽克丝回敬一句。

他的表情很不自然。"好吧，我已经伤害你了——对不起。"

"哦，我能走出来的。"她说，"你了解我的。"

"这是我敬佩你的地方之一，"保罗说，"你是一个坚强的女人，阿丽克丝，你不会被任何事情打败的。"

"但是你不需要一个坚强的女人，"阿丽克丝说，"你想要一个柔弱女子在家给你带孩子。"

"不是这样的，"他断然否决，"一个持家的女人不代表就柔弱！天哪，阿丽克丝，你的女性朋友们要是知道你这样说还不得把你活剥了。"

"我可没说持家的女人就柔弱，"阿丽克丝辩解道，"我只是说你喜欢柔弱的女人。"

"阿丽克丝，我们已经吵过架了，"保罗说，"我们没必要接着吵下去，对吧？"

"当然。"阿丽克丝说，"我只是想表明我的想法。"

"听着，阿丽克丝，"他伸出双手，把她的手紧紧握住，"不是我不在乎你，我在乎。也不是你太坚强太独立了。只是我需要一个依靠我的人，而你却谁也不需要！"

"如果我需要了又怎样？"她问道，"如果我辞了工作依附你生活，又怎样？"

"那你就不是阿丽克丝·卡拉汉了。"保罗说。

"但这样就可以变成你想一起生活的人了啊。"

"那你就变成另外一个人了。"

她笑了。"我可以变成另外很多种人——你真应该见识见识我上班时的样子。"

"我得走了。"他把手抽了回去。

"是啊，当然。"她说。她靠在他身上，轻轻亲吻了他的脸颊。"我等着看你的好文章。"

"我也会想着你的。"他说，"再见，阿丽克丝。"

"再见，保罗。"

她走着去了市中心。天气很暖和，夕阳的余晖洒落在斑马线上，让她觉得很刺眼。头还是很痛，特别是右眼后面的部分。

市中心人很多，而且她注意到，大多数都是成双成对的。格拉夫顿大街上来来往往的男男女女，有的亲热地牵着手，有的互相对视，有的在说悄悄话。

她走进一家酒吧点了一瓶啤酒。她选择来这儿是因为这儿不是个适合情侣约会的地方，但是这儿还是坐了许多的情侣。还有一群女生，歇斯底里地大笑着将面纱蒙上其中一位女生的脸，然后举着一块布围在她身边，布上写着"官方单身女生晚会"。

"下一个轮到你了，丽萨！"准新娘喊道，"我会在婚礼上把花束扔给你的！"

那个叫丽萨的女孩笑着亲吻了她的朋友，而阿丽克丝却从她的眼中看到了一丝绝望。

真的是完全不同的世界，她想。如果你成了婚姻中的一分子，你也就完全属于这个世界。无论你的工作多牛，你将自己的生活经营得多好，或者你赚了多少钱，只要你是女人，在大家的期望中，你就应该变成某人的妻子。而一旦成为妻子，他们又会期望你变成母亲。她叹息。这个想法从头到尾都很恐怖。她不想每天晚上泡在酒吧找寻可能的对象，也不想见到每个男人都会想想他会不会适合自己。她不想单身，她想要保罗。

一瓶啤酒喝完后，她出门拦了一辆出租车送她回家。她依旧头痛。虽然明知在这种情况下不能再多喝酒，可今晚她还是喝了。

她打开了冰箱门，冰箱里还有一大盒哈根达斯。曲奇和冰激凌是她的最爱。她从抽屉里拿出一个勺子，端着冰激凌走上阳台。

吃完一大桶冰激凌后，她感觉好多了。于是她走回房间，靠在沙发上，闭上了眼睛。

她醒来的时候已经十点了。她一激动，忽然想到了自己完全忘记了美联储会议。戴夫有可能是对的，她这么想着，打开了电脑。在克里干有动静之后，美联储不会这么快降低汇率的。

"哦，该死！"她看着屏幕上的头条新闻惊呼，"该死！该死！该死！"

美联储降低了二十五个基本点。她本该相信自己的直觉的——美元已经如她曾预测般的下跌了。

第 六 章

第二天早上七点钟，她就已经坐在了办公室电脑前。美元依旧疲软。她核查了一下目前持有的货币情况，看看戴夫有没有将债券卖掉。他果然依旧卖掉了，由于美元汇率降低导致债券价值飙升，戴夫昨天卖了一个不错的价钱。但她今天看来远可以高于这个价格卖掉。

阿丽克丝叹了口气。状况原本会更糟的，他们原想持有大量美元，那么今早就只能眼睁睁地看着资金溜走。如果她相信自己的直觉的话，她还可以赚更多钱。但她现在已经非常厌恶这种想法了。归根结底，她已经彻底不在状态了。因为她累了；因为她满脑子想的都是保罗，而不是工作。

这种事发生在其他人身上也会这样吗？她想。如果是她把保罗甩了，他会不会也坐在电脑前，呆呆地望着空白屏幕绞尽脑汁却写不出一个词？他会不会也忽略头条新闻，无法集中精力看书，最终无趣地乱翻书？还是他会将这些痛苦都深埋在心底，全力以赴地工作，写出一如既往的好文章？

但她内心里却不想知道真正的答案。

戴夫慌慌张张地跑进办公室，打断了她的思绪。

"真该死！"他说道，"我没想到他们会这么做。"

阿丽克丝苦笑着说："我也没想到。要不然我就会告诉你少持有美元，多存着债券了。"

"你的决定是对的。"戴夫说，"机会永远青睐那些伺机而动的人。两边都有动作的话就太冒险了。"

"我本来应该冒一方的风险的。"阿丽克丝说，"听到克里干的消息之后我就很确定会这样。不这样就太愚蠢了。"

"但是如果他们没什么动静的话，美元就会继续升值，债券持续跌落，那我们就会赔好多钱的。至少现在我们没有赔，相当于什么都没做。"

"我知道。"阿丽克丝说，"但我不喜欢什么都没做，这样感觉跟赔钱一样。"

下午她又赔钱了。她以为英镑会下跌，就将英镑卖给了一个零售业的客户，然而之后发现英镑持续上涨，结果赔了两千英镑。她越来越怀疑自己的能力了。

而这时加文却在和一个新客户的交易中赚了五千美金，正在得意地和戴夫击掌庆祝自己今天的第二次成功交易。他不经意间流露出的自信让阿丽克丝望尘莫及。

五点的时候他们总共赚了一万美元，虽然不是特别的出色，但也足够了。

"我先回去了。"阿丽克丝说，"七点我会在聚会上和你们碰头。别迟到了——你们知道德斯很讨厌迟到的。"

"我们要去酒吧先待一会儿，然后直接过去。"戴夫说。

"你们都去？"阿丽克丝环视了一下他们。

"我就去一会儿，然后回家换衣服。"珍妮说。

"哦，好吧。"她拎起了包，"那等会儿见。千万别晚了，七点啊。"

他们目送她出了门。

"我们去喝酒不叫她，她好像不高兴了。"珍妮说。

"她脖子疼了一天了，"戴夫说，"都是美元下跌搞的。让她回家自己休息恢复一下会更好。"

"她只需要男朋友的关心呵护就好了。"加文说。

"哦，加文，别这么说。"珍妮对他使了个脸色。

"那是她的问题。"加文说，"她受到的呵护太少了。"

"你那天还说她怀孕来着。"

"我说了，但我还是很钦佩您在这个问题上的惊人见解。"加文对她笑了一下，"或许你是对的，她要是怀孕的话就不会去喝酒了。"

"她本来不应该这样的。"珍妮说。

"你们为什么不去和她一起吃饭谈谈，看到底哪儿不对了？"戴夫建议道，"我们不能在这儿凭空猜想，而且阿丽克丝很显然是有什么事情瞒着我们。"

"或许她男朋友把她甩了。"加文说，"你们女人被甩了之后都是这样，对吧，珍妮？整天闷闷不乐，无法集中精力。"

"我才不知道呢，"珍妮尖刻地说，"都是我甩别人。你为什么不从自己的经历上看呢，加文？当你女朋友把你甩了跟别的男人跑了之后，你是什么感觉？"

"她就是个傻子。"加文说，"我出门撒了泡尿，就遇到了一个比她好一万倍的女人。"

珍妮大笑起来。"这么说你也没闷闷不乐啊，是吧，唐纳利？"

"没有。"他也笑了起来。

"走吧，"戴夫催促道，"我们去奥赖莱酒吧。"

阿丽克丝在美发店坐下，跟设计师说要把白发染回来。

"还没那么糟糕。"设计师蒂娜对她的客户说。

"已经够糟糕的了。"阿丽克丝说，"我今晚一定要看上去精神点，晚上有个银行聚会。我可不想变成什么又邋遢又老的中年妇女。"

"阿丽克丝，你永远都不会邋遢的。"蒂娜说，"你只是没有协调好一些事情，你不觉得吗？"

"不是，"阿丽克丝说，"我就是受不了白头发。货币交易是年轻人玩的游戏，我都快老得看起来像老奶奶了，没戏了。"

蒂娜笑了。"那你为什么不尝试一下其他的事情呢？"

"比如说？"阿丽克丝问道。

"我也不知道。"蒂娜说，"不过你不应该做由头发颜色决定的事情。你又不是超模。"

"说得对。"阿丽克丝注视着镜子中的自己，"我真难看，蒂娜。"

"做完头发你会眼前一亮的。"设计师允诺道，"我给你染成与头发相近的颜色，然后加一些红色的挑染。会很好看的。"

"谢谢。"阿丽克丝坐回椅子上，等待设计师为她打造新发型。

漂亮极了。她回家站在卧室的镜子前端详着做完头发后的自己。蒂娜兑现了自己的承诺，将阿丽克丝的头发染上了点点红色和褐色，它们在夕阳照耀下闪烁着。由于今晚有银行的聚会，她必须让蒂娜给她做发型，让她看起来更高更优雅。要不是眼睛里布满了红色的血丝，我应该看起来还不错，她想。

眼睛里的血丝是睡眠不足和长期看电脑导致的。

她走进浴室滴了几滴眼药水，眨了几下眼睛，至少自己现在看起来不那么疲惫了。她花了十分钟化妆。阿丽克丝从来不在化妆上花费太多时间，而且她基本上也不需要化什么。她戴上祖母绿的耳环和缀有祖母绿宝石的金项链，这些珠宝是她用去年的奖金买的。

她把贾斯珀·康兰的黑色长裙从衣柜里拿出来。这就是她在保罗遇到萨拜因那晚穿的裙子，那也是她第一次穿这条裙子。她知道，这要是搁在有些女人身上，肯定再也不会穿它了。但是她很喜欢这条裙子，而且它正适合今晚穿。当她拉上拉链的时候，她突然一阵愤怒。上次是保罗帮她拉上拉链的。她咬了咬牙。它只是一条裙子，她告诉自己，它不代表任何东西。

当她到达的时候，银行招待会会场已经挤满了人。德斯·科伊尔吻了她的面颊之后便开始四处张望。

"保罗在哪儿呢？"

"很不幸，他来不了了。"阿丽克丝说道，"他让我代他向大家致意。"

"好吧。"德斯拉着她穿过人群，"跟诺曼·科恩说说话，行吧？他就自己一个人待在这儿，我想他在这儿一个人也不认识。"

"好吧。"阿丽克丝从经过的酒水服务员的盘子里拿了一杯酒，径直朝那个客户走去。"诺曼！"她叫道，"好久不见，一切都还好吧？"

她端着酒杯，一个客户一个客户地打招呼，她会说自己见到他们是多么的开心，也会就市场和他们交流几句，并问一问他们家人的情况。阿丽克丝知道她很擅长和这些客户打交道。他们都很喜欢她，而且大部分客户都很信任她。通常情况下，在这样的社交场合，她会想到保罗的温文尔雅的仪表。保罗不是一个狂热的新闻工作者，也没有什么强烈的社会主义信仰，但是即使每次是被她强拉着来出席这种商务聚会，他总能以一种开玩笑的方式来应对。

"这全是欺骗。"他会这么说，"你假装很喜欢这些家伙，而他们也会假装很喜欢你，每个人都在想他们能不能装得比其他人更像是真的。真的是很悲哀！"

"你净在那儿胡说。"她会依偎在他身旁，吻着他的面颊，"你知道，我们现在正处在生意的最关键时刻。"

"并且你总是试着超越其他所有的人，并且想要比别人挣更多的钱。"

"别说这些了，保罗。"然后，他会吻着她。有时他们会因为这而迟到，不管这种社交场合是什么性质的。

今晚他却不和她在一起。在巴黎那晚的欧洲银行招待会上她几乎很少和保罗说话，但是她却因为他能够在那里而很高兴。让她高兴的还有当瑞士公司的罗夫·施威默悄悄地走近她并问她那天晚上她要住在哪儿的时候，她能够指着保罗告诉罗夫说她会跟那边的那个男人在一起。她很高兴保罗是那种传统意义上的高大、深藏不露而又英俊的男人，而罗夫·施威默却是那种矮胖、眉毛上满是汗珠的形象。

"你好，阿丽克丝。"

她四处看了看，觉得这声音有点儿熟悉。马特·康纳利朝她笑着，"你还好吧？"

"很好啊。"她说道，"你呢？"

"很不错。"

"这是一个美妙的夜晚，不是吗？"

"当然。你们这些家伙排场真是不小啊，你们这是想进口埃菲尔铁塔啊！"

阿丽克丝微笑着。自助餐台中心的装饰品是一个巨大的埃菲尔铁塔冰雕，这吸引了所有人羡慕的眼神。

"这确实是一个精心设计的特别的聚会。"她郑重地说道。

马特笑道："它已经在形状上变小了一些。"

"这儿温度高。"

阿丽克丝说得对。招待会会场差不多有两百个人，这使大家连移动都变得越来越困难。

"外面也很热啊。"马特说。

阿丽克丝点了点头，当她看到加文·唐纳利和德斯·科伊尔交谈的景象时，她的注意力有些分散了。她不喜欢像加文这样机灵又好斗的家伙和董事总经理相谈甚欢，这使她感到些许的担心。她四周张望，想看看能不能找到戴夫或者是珍妮，但是在人群中辨认出他们是不可能的。

"不好意思，"她看着马特，"我没有听清你在说什么。"

"我问你有没有吃饭。"

阿丽克丝摇了摇头。"说实话我不饿。特别是在这种场合。"

"那太遗憾了。"马特说，"我以为这时候端个盘子在外面大吃大喝是件很享受的事情呢。"

"放开吃就行，"阿丽克丝告诉他，"想吃多少就吃多少。"

"我的意思是，和你一起。"

她盯着他。"我还要和其他客户说说话。"她告诉他。

"你还没跟客户打完招呼？"

"当然没有。"她对他笑了笑，表明她没有因为他失礼的话而生气。

"我跟我们董事总经理说了。"马特说，"下周或再下一周你是否有时间，我去拜访贵公司，来讨论一下你的几个提案。"

"没问题。"她对他灿烂一笑，他看到了她眼中隐约泛出的绿光。"周一给我个电话，我们安排好时间。不好意思我失陪一下，我得跟一个人打个招呼。"她径直离开他，然后在珍妮的肩膀上拍了一下："嗨。"

"哦，阿丽克丝，这儿人多得是不是就像人脸上的麻子？太拥挤了。"

48

"是啊。"

"你看起来不错哎。"珍妮告诉她，"你五点下班的时候还挺失落的，怎么现在这么精神？"

"或许因为我没在酒吧喝几个小时酒。"

"我没待多久，"珍妮解释说，"喝了一瓶就走了。"

"我不在的时候你们都干吗了？"阿丽克丝问道，"那两个男生又密谋什么呢？"

"密谋？"珍妮扬起眉毛。

"别那么看着我。"阿丽克丝说，"我看见他俩凑到一块了。他们肯定在商量什么事，我想知道。"

"他们没商量什么，"珍妮说，"真的没有。"

"你确定？"阿丽克丝问。

"确定。你了解他们的，他们也就是赌个赛马什么的。"

"你这么认为？"阿丽克丝并不相信，珍妮看得出来。

"是的。"珍妮尽可能自信地说。

"阿丽克丝！好久不见你了！"

珍妮感到连呼吸都变得轻松了许多，因为她看到他们公司的一个客户斯图尔特·菲利普斯正在向阿丽克丝挥手。差一点她就要告诉阿丽克丝戴夫和加文想要改变交易室的美梦。珍妮感到很不自在。珍妮知道自己的交易员职业生涯得益于阿丽克丝给她的机会，所以她不愿意看到阿丽克丝被人家在背后密谋着使坏。如果珍妮愿意的话，可能有更好的机会在等着她。你不可能永远对一个人报恩。

珍妮一直在等着，直到她的上司和斯图尔特聊完，然后她径直走向酒水区。而戴夫正在那儿和结算部门的一个女孩聊得起劲。

"戴夫，跟你说几句话。"她一边说着一边把戴夫拉走了。"不好意思，杰基，一会儿就把他还给你。"

"你要干什么呀？"戴夫质问道，"我跟她正聊到关键的地方呢。"

"别那么可笑了，"珍妮伶俐地说道，"杰基·沃尔什不会对你有丝毫的兴趣的。"

"你怎么知道呢？"他语气强烈地问道。

"因为她正和理查德·科威尔约着一起出去呢。"

"好吧，她可能会和理查德出去约会，但是她跟我聊天的时候没准又有什么其他的想法呢，"戴夫告诉她，"我们在一起喝酒喝得正高兴呢。"

"哦，忘记她吧。"珍妮不耐烦地说，"我刚刚跟阿丽克丝说话了，她想知道你和加文都在密谋着什么。"

"密谋？我们什么也没做啊。"戴夫说道。

"哦，别装了，戴夫。不会忘了这周我们所有的谈话吧？你清楚地知道你们正密谋怎么能得到她的职位呢。"

"对她只有以牙还牙。"戴夫说，"让我们面对吧，珍妮，只要她在挣钱，我们就什么也做不了。"

"但是她知道你们心里有鬼，"珍妮说道，"她知道了——"

"她什么也不知道，"戴夫说，"因为没有任何东西可让她知道的。如果她工作得很好，那么我和加文就没有任何希望把她赶走。但是如果她还是像这周这样的话，那我们就要开始挣钱了，因为她没有做好。"

"她是可以挣钱的，如果她昨天晚上抛售美元的话。"珍妮答道。

"都是她的主意。她本应该开仓挣钱，但是她却没那么做。"戴夫耸了耸肩。

"是你建议卖掉债券的。"

"她问了我的意见，我也说出了我的意见。你看到没有，你不能责怪我，因为我告诉她不要参与这个市场。"

"不，"珍妮说道，"如果这只是你个人的决定的话，你还会按兵不动吗？"

戴夫叹息道："可能吧，也可能不。这周就是混乱的一周，没有哪一周能比这周再混乱了。她对自己的主意一点也没有信心，所以我就给了她一个保守的建议。"

珍妮有些不大自然地看着他。"我喜欢阿丽克丝。"她说。

"我也是，"戴夫说，"我不打算把她逼上绝路，珍妮。但是如果她自己毁掉自己的话，那我就会取代她的位置。对此我毫无困难。"

阿丽克丝徘徊着到了楼上的交易部。她喜欢独自待在这儿的感觉。她打开显示器，想看看东京交易市场的情况如何。美元仍然在下跌。她没有根据自己的直觉去行动，而做了一件如此愚蠢的事。只是因为她感到疲惫并且头痛，就没有保持很好的状态来作出有建设性的决定。她之前从来没有过这样的感觉，这是很愚蠢的，真的很愚蠢。

她坐在了她的高背椅上，闭上了眼睛。以前，所有的事情都进展得很好，直到保罗提出要跟她分手。现在，她感到她的生活很崩溃，并且她不能理解这到底是为什么。在遇到保罗之前，她是一个雄心勃勃的人。在他搬来和她住在一起之前，她在事业上是非常成功的。她对着屏幕的时候忽然感到很害怕，她不知道为什么。自己的信心都到哪里去了呢？

她看了看手表，几乎已是午夜时分了。楼下的人群也越来越稀疏了。

闪烁的电脑屏幕上突然出现了一个人影，这使她抬起头向上看。

马特·康纳利正站在交易部玻璃墙的外面，探着头朝里面看着她。她站起来打开了门。

"我知道这听起来像一部很糟糕的间谍电影中才会说的话，"她告诉马特，"但是我得说——这是一个保密的区域，你不应该出现在这儿的。"

"我明白。"他说道，"我要回家了，只是想来跟你告个别。你的一个同事说你很可能在这儿。"

"真的吗？"她轻轻地笑了笑，"我没有意识到我是这么容易被大家猜到。"

"你为什么坐在光线这么暗的房间里？"他问。

"没必要开灯。"

"市场怎么样？"

"美元又下跌了。"她告诉他，"东京市场上日元呈现出非常好的止跌回升的趋势。"

"那你热爱这些吗？"他好奇地问，"所有这些？"

"这些都是我想做的事。"阿丽克丝说，"当我还在上大学的时候，所有的人都在谈论银行和金融，好像这些都是某些非常神秘的亚文化。我总想能够投身其中。当我学习金融的时候，我热爱资本市场的理念——能够在全球范围内移动资金，进行金融交易，所有这些。"

马特微笑着看着她。"那现在你已经耗尽精力了吗？"

"我看上去像耗尽精力的样子吗？"她笑道。

"不，"马特答道，"你看上去很可爱。"

阿丽克丝已经好多年没有脸红了，但此时此刻她感到面颊突然变红，也暗自庆幸房间里的灯光不是很亮。

"奉承交易员对你交易价格的变好可没有任何必要啊。"她跟他说。

他笑了笑。"惭愧，但我想我是因为无法抗拒。"

"我可以抗拒任何东西，除了巧克力。"当她再次关掉电脑显示器的时候她说道，"走吧，我最好到楼下去。如果有人离开的话，起码我还能同他们说声再见。"她等他先离开房间，跟着他走向电梯。

"你不工作的时候都做些什么呢？"马特问她。

"我一周去几次健身房，"她说，"我知道这听起来非常的乏味。而且我还练射击。"

"你怎么着？"

"练射击啊。"她说。

"你的意思是打猎吗？狐狸或兔子，或者类似的东西？"

她轻笑道："不。打靶。"

"什么样的靶子呀？"

"平常的那些——有环数的，和一些有轮廓的。"

"轮廓？"

"听起来很可怕吧。但只是一些小的形状，像小鸡啊，兔子啊，小羊啊什么的。它们距射击者有不同的距离。你射击它们的时候可以得分。"

"天啊！"他凝视着她，"你很擅长这个吗？"

"还不赖啊，"她说，"我赢过一些比赛。"

他带着一种别样的尊敬看着她。"我想我最好不要和你站在不同的立场上。"

"我想你最好不要。"她朝她笑了笑，然后走进了电梯。

戴夫、加文和珍妮，加上几个结算部门的员工正准备去河畔俱乐部。

"阿丽克丝，你也来吗？"珍妮问道。

"为什么不呢？"她说。她注意到戴夫和加文交换了眼神。这两个浑蛋在密谋着什么。她知道他们在密谋着什么，不管珍妮会不会说。

她环顾了四周想跟马特·康纳利道个别，但是再也看不到他了。很可能是在她告诉他关于射击俱乐部的事情之后他就对自己敬而远之了吧。她独自笑了笑。明天她将会去俱乐部练习射击，她有差不多一个月的时间没有去过那里了。射击能让自己很放松。

52

这个夜总会人头攒动，很是拥挤，音乐的声音也很大。阿丽克丝买了两瓶酒，给所有人都倒上了。戴夫和杰基消失在人群中。加文·唐纳利和皮特·斯特朗——结算部门的一个家伙，正在聊着站在酒吧里的那些非常吸引人的女孩们。

这让她想起了她遇到保罗之前的日子，那时候她几乎每天都会去逛夜总会，期望（而非真的相信）在某个夜晚能够遇到完全改变她生活的那个男人。

我为什么要这么做呢？环顾自己四周的时候她想知道答案，我真的不喜欢待在这儿。

"你还好吧？"珍妮问她。

"还好。"阿丽克丝说。她朝珍妮敷衍地笑了笑。"我开始想在这种场合我是不是有点老了，就是这些。"

"哪儿的话呀。"珍妮说。

"我很高兴你能这么想。"阿丽克丝喝了一小口酒，"我只是有时会这么想，珍妮。我也不知道这种挣扎值不值得。"

"你这是什么意思啊？"

"你看看他们。"阿丽克丝用头朝戴夫和加文的方向示意了一下，"他们让我很纠结。我想知道他们是不是想要欺骗我。"

珍妮喝了一大口酒。再也不能这样了，她想。阿丽克丝是如此的擅长于察觉问题。

"你要告诉我，珍妮，不是吗？"阿丽克丝说，"不管他们在密谋些什么。"

"我——呃，是的。"珍妮很不自在地看着阿丽克丝。

阿丽克丝注视着她这个年轻的同事。珍妮的脸刷地红了。

"他们正在谋划着什么，不是吗？"她语气强烈地问，"这些混账东西在密谋着什么。"

"不完全是。"珍妮说道，"坦率地说，阿丽克丝，不完全是。"

"然后又怎么样呢？"阿丽克丝问她，"珍妮，别想跟我撒谎。"

"这只是——只是他们觉得你有些事情做错了，而他们想这或许是他们擅长的东西。"

"我做错什么事了？"阿丽克丝瞪着眼看着她。

"你整个一周都表现得很奇怪，他们想你应该是怀孕了。"

"什么！"突然，阿丽克丝开始笑了起来，这是自从上一周以来她第一次真正笑了起来。珍妮迟疑地咧嘴笑着。"我没有怀孕,"阿丽克丝说道,"根本不可能!"

"好吧。"珍妮说。

"为什么这么说?"

"加文给我开价,我跟他打赌了。那他就欠我二十英镑了。"

阿丽克丝再次笑了起来。"你看,珍妮,你还是年轻人吧,"她说,"跟我站在一起,我总能挣到我们两个人的钱的。"

她到家的时候已经是凌晨两点了,房间里死一般的寂静。没有保罗抱怨她整晚饮酒。她在床上睡觉时也不会被保罗挤得挪动了地方。

她倒了一杯橙汁喝掉了。她从来不喜欢独自一个人躺在床上。

第 七 章

阿丽克丝调整了一下姿势,从枪的瞄准镜中看了出去。她缓慢、轻松地呼吸,让自己进入到缓和的节奏中去,这样视野会更好,她就能更好地瞄准靶子了。她轻轻扣动扳机,当看到子弹打中那个离公牛图案最近的环的时候,她非常的开心。当你射击的时候,你必须让自己放松下来,这也是她为什么如此享受这项运动的原因。她不擅长于坐在那儿什么事也不做,但是她能在做事情的同时强迫自己放松下来。她又再次扣动了扳机。

"打得怎么样啊?"当她打完后收集靶标的时候,俱乐部的主席尼尔·罗克问道。

"一百八十七中。"她答道。

"你应该经常来啊。"尼尔朝她露齿一笑,"我们能让你两百发全中。"

"我更倾向于认为自己并不完美。"她笑着说,"我准备去打小羊了。"

她走向射击区,瞄向了两百米远处的一个小的金属质地的小羊的图案。子弹打中了小羊，它从靶标上掉了下去。

"多么可怜无辜的小动物啊。"尼尔在她的耳边低语道，"你朝它射击的时候看上去很是怀有恶意啊。"

"我？"她嘀咕道，"从来没有。"

她朝着小羊图案打了二十发子弹，中了十九发。"你是对的，"她告诉尼尔，"我需要更多的练习，我开枪开得太慢了。"

"你打得很好，"他说，"你想参加下一次的比赛吗？"

"或许吧。"她从步枪上撤下瞄准镜，"我没有太多的时间，尼尔。我想我可能要去巴黎开个会，可能不久之后又要去伦敦。"

"经理人的生活可能就是这样紧张吧。"他说道。

"我敢打赌你肯定生活得比我要好，"她跟他说道，"如果你整天在那里开会的话，伦敦和巴黎也是非常无趣的。"

"巴黎从来都不会无趣的。"尼尔说，"我已经好多年没有去过那儿了，我很乐于再回到那里。"

"下次你代替我去那儿吧。"她看了看自己的手表，诧异地喘了口气，"都已经这么久了？我现在最好该冲回去了，今晚我还要替我姐姐照顾孩子呢。"她吻了吻他的面颊说："过不了多久我会再来的。"

"下次要把男朋友也带来啊，"尼尔说，"我想他也会喜欢加入其中的。"

"哦，你也知道这些记者的风格的，"她轻轻地说道，"他们可能什么都说，但是他们想要的只是一个很好的素材。"

"希望不是这样。"尼尔对她说，"如果真是那样的话，我会彻底消失的。"

她钻进了宝马，驾着车离开了。她不想跟尼尔谈论有关保罗的话题。她还记得保罗来俱乐部的时候显得很帅气、很有魅力。之后他告诉阿丽克丝说他觉得这种类型的靶子是为那些另类的人准备的。"那么你认为我是一个另类的人？"她质问他。他只是一笑而过，跟她说她是最好的那一类人。

回到家的时候，她换上了牛仔裤和运动衫，抓了一把耳塞给她的外甥女们。八岁的内萨和四岁的奥伊菲都喜欢色泽鲜亮、软软的耳塞。每次阿丽克丝出现的时候她们都会追着她要耳塞。

薇安的房子靠近梅里恩·盖茨区，是三幢成排的房子中的一幢，从楼上的卧室可以看到都柏林湾雄伟壮观的景象。薇安曾经说过正是这番美景深深地吸引了他们，而这事实上要比他们想要的一个大花园更重要。薇安有一天苦着脸对阿丽克丝说："但是，我没有时间能够在卧室里多看几眼这美丽的景色，我得忙着伺候这两个疯狂的孩子。"

阿丽克丝到达的时候看到她们天真可爱的表情，这两个疯狂的孩子正在看动画片呢。

"你给我们带什么东西了吗？"内萨娇气地问道。

"没有啊。"阿丽克丝说。

"阿丽克丝，你要带的，你以前都带的啊。"奥伊菲看上去心急如焚的样子。

"你们只要看到小姨就应该很高兴，"薇安说，"不要老是想着小姨给你们带东西。"

"但是她经常带啊，"内萨一点也不让步，"经常。"

"嘿，看这儿！"阿丽克丝笑着递给她们耳塞，"还有这些是给你和奥伊菲的。"她给她的外甥女们带来了一包果冻糖。

"你都把她们给惯坏了。"看到两个孩子立刻坐到电视机前把糖果给分了，薇安跟她说，"这两个家伙，谁给她们带这些垃圾食品她们就跟谁亲。"

"我就喜欢惯着她们。"阿丽克丝笑着说，"我也不会总带些垃圾食品的。"

"等到你有自己的孩子你就知道了。"薇安朝厨房走去，"你不能这样宠着她们！"

"我不想要孩子呀，"阿丽克丝说，"不知为什么，我就是不想要。"

"但是保罗呢？"薇安问道，"难道他也不想要孩子吗？"

阿丽克丝什么也没说。

"他今天晚上怎么没和你一块儿来呀？"薇安问阿丽克丝，"他在工作吗？"

阿丽克丝把眼前的头发向后拢了拢。"我不知道。"

薇安正在自己的手提包里翻找着自己的唇膏，这时停了下来，看着她的妹妹。"你怎么会不知道呢？"

阿丽克丝叹着气说："我和保罗现在不住在一起了。"

"阿丽克丝！"薇安盯着她说，"为什么？发生了什么？"

"哦，发生了很多的事。"

"阿丽克丝！"

这件事真的跟薇安难以启齿。她曾经想象若无其事地跟她姐姐说这件事，就说这只是暂时的，是因为工作原因两个人才分开的。但此时此刻，话到嘴边又咽了下去。她怕自己会突然大哭起来。

"什么时候的事儿？"薇安问她。

"上周。"

"是你的决定还是他的决定呢？"

阿丽克丝耸了耸肩。她不敢开口说话。

"阿丽克丝！"特里——薇安的丈夫，闯进了房间。

"特里。"她朝他微微笑了笑。

"我们正在聊天呢，"薇安跟特里说，"一会儿我就去找你啊。"

特里看了看这姐妹俩，就到起居室和两个女儿玩去了。

"那么，你想跟我说说吗？"薇安问道。

"没什么要说的了，"阿丽克丝迅速地说，"我们不知道怎么样了，我不确定他到底想要什么。现在，我们都给彼此一些空间吧。就这样了。"

"不要跟我说'给彼此一些空间'这些没用的话！"薇安板着脸对阿丽克丝说道，"你们分手了，是吗？"

"就是这样吧。"阿丽克丝承认道。

"那他已经搬出去住了？"

"通常人们一分手就会这么做，有一个人离开。那公寓可是我的。"

"你们是永远结束了还是真的先给彼此一些空间呢？"

"我不知道。"阿丽克丝说，"我想我们能够重归于好，他是爱我的。他只是有一点中年危机。就这样。"

"你确定吗？"

"很确定。"她说。

"有什么其他人吗？"

保罗和萨拜因在一起的形象差点让她吐了出来。

"没有，"她说道，故意曲解了薇安的问题，"尽管有一个公司的客户经常约我出去。"

薇安很机敏地看着她："我的意思是保罗是不是有什么其他的人了？"

阿丽克丝耸了耸肩："我知道你的意思，我不敢确定。他在巴黎遇到了一个法国女孩，我想遇见这个女孩让他思考到底想从生活中得到什么，或者类似这样的念头吧。但是他没有和那个女孩住在一起。"

"如果她在巴黎的话，那这几乎不可能。"薇安冷冰冰地说。

"不管怎样，"阿丽克丝朝她灿烂地笑了笑，"没什么麻烦的。我们会想办法把问题解决的。"

"你确定吗？"薇安问她，"你没事吧？如果这真的发生在上周的话……"

"我很好啊。"阿丽克丝打断姐姐的话，"老实说，薇安，这没什么大不了的。我们很可能下个月又在一起了呢。"她打开厨房的门。"去吧，别迟到了。"

当特里和薇安离开之后，阿丽克丝坐在了两个小女孩的旁边。

"我们来玩医生和护士的游戏吧？"奥伊菲提议道，"我要当一个护士。"

"那我要当一个医生。"内萨嚷道，"阿丽克丝，你就是一个病人吧，你就说你头疼。"

"我当然头疼啦！"当内萨拽着她的头发的时候阿丽克丝大叫道，"来吧，我们开始吧，你这个小坏蛋！"

"在我听起来很严重，"特里在斯特兰德路上开着车的时候薇安说，"她并不想跟我说这件事。"

"如果和一个人刚刚分手，谁又愿意说起这事呢？"特里反问道，"她很可能还是觉得心烦意乱吧。"

"但是你是知道阿丽克丝的，"薇安摇了摇头，"她从来不会心烦意乱的。"

"这件事可是够让她烦心的。"

"如果是一个普通人的话，那肯定会。但是阿丽克丝是一个不寻常的人，特里，她从来不会让事情烦到她的。她仿佛摆脱了这件事，然后又在办公室做了几笔漂亮的交易，一切都进展得很顺利。"

"我可没有看出她心烦意乱，"特里承认道，"但这并不意味着她就没有烦心事。"

"在男朋友这件事上她不会心烦意乱的。"薇安说。

"好吧，可能不是现在吧，"特里说道，"她很可能觉得她已经过了那个到了我们厨房就开始哭泣的年龄了吧。"

"她以前从不为男朋友的事烦心，"薇安说，"从来不会。当我们都还是十几岁的时候，我们同男孩约会，有些家伙抛弃我的时候，我总会心急如焚。但是她总能一笑而过。过去我曾说她需要学习很多的东西，但是在某个节点上，她自然就学会了。她也不会特别在意其他人的想法。如果有人约她一起出去，很好；如果不约的话，看起来好像对她也没什么影响。"

"我想你在告诉我她有成堆的男朋友。"

"有很多家伙约她出去，"薇安说，"但是她会有选择性地和真正想与他在一起的家伙出去。"

"你妹妹可是够挑剔的啊，"特里说，"你能从她做的任何事中看出来。她一直都是用她自己想要的方式来做事的。我想她不能忍受没男朋友的，并且会一直换男朋友，因为她习惯于不同的男朋友。"

"我从来都没这么想过。"

"她是一个有控制欲的人。"当驶到大桥上的收费站的时候特里放慢了车速，"她是一个好女孩，薇安，也很有趣。只是她的表达方式有点问题。"

"你这么说对她不公平。"薇安说道，"她自己单独住了很长时间，她习惯于按照自己的方式来做事。"

"让我来告诉你关于阿丽克丝的一些事吧。"特里朝他妻子望了一眼，"还记得几年前我搭她的车去机场吗？"

"是你去苏格兰那次吗？"

"是的。"他说道，"在去机场的路上我让她打开收音机，她却放了 CD。"

"然后呢？这有什么不妥吗？"

"放 CD 没有什么不妥。但是当我问她都听哪些广播电台的时候，她告诉我她在车里的时候从来都不听其他广播节目，除了四频道的商业新闻。"

"那又怎样？"

"我问她为什么不听 FM104、FM98 或者一些更加令人愉快的节目，而不是她听的第四频道或者老掉牙的佩茜·克莱恩的歌。她说她更喜欢听 CD 是因为她知道这首歌完了以后下一首是什么。她说她不喜欢听我说的 FM104 里面那些杂七杂八的东西，她说她更喜欢控制她自己要听什么东西。"

"好吧，那也算正常吧。"薇安略带防备地说。

"来吧，薇安！"特里一边把车开进公园，一边在车里放着 U2 乐队的音乐。"想象一下不听收音机是因为你想按顺序来听歌，而且还是听佩茜·克莱恩的歌。你妹妹的问题很严重啊。"

薇安叹息道："我想这都是因为父亲的原因，我想……"

"现在我们别再担心阿丽克丝了。"特里把车停在了最近的一个空车位那儿,"她有她自己的生活。今晚我们一块儿出来,别再谈论你爸爸了,要不就会破坏我们的气氛了。"

"好啊。"薇安微笑地看着他。

"这才是我老婆嘛。"特里搂着她,在她的面颊上轻轻地吻了吻,"来吧,在音乐会开始之前我们先喝点儿东西吧。"

阿丽克丝想喝点儿东西。这两个小女孩没有那么难以应付或者不听话,只是她们玩得太带劲了,坚持要她陪着她们做游戏,而这些游戏大多数还要绕着房间相互追逐。阿丽克丝想知道除了她还有没有其他人会照看特里和薇安的两个孩子,起码在布莱克罗科区,可能再也没有像她一样花这么多时间来陪内萨和奥伊菲一起玩的人了。阿丽克丝并不很喜欢这些游戏,她费了双倍的劲试着和这两个小女孩玩到一块儿去,但通常她要么被其中的一个偶然地戳到眼睛或者绊倒而受伤,要么在进行她们两个有创意的计划时身上被染上油漆、彩笔印或者胶水。这个晚上她们进行了珠宝制作(阿丽克丝心想,她这真是自食其果啊,因为是她在去年圣诞节时给内萨买了这一整套的东西),然后又玩了医生和护士的游戏(阿丽克丝被薇安的注射器扎了好多针,她感到非常的疼痛)。

在阿丽克丝跟她们约好的时间过了一个小时之后,两个小女孩终于洗完澡躺在了床上,看上去像天使一样美丽、纯洁。她给她们读了一些故事。令人惊奇的是,可能是之前过于兴奋的原因,两个小女孩竟然在阿丽克丝还没有读完《七个小人儿》其中一节的时候就已经睡着了。

阿丽克丝踮着脚走到楼下,自己喝了一些杜松子酒和奎宁水。说实话,她不知道薇安是怎么来应付这两个孩子的。她知道这两个小家伙白天的时候会在学校里,薇安不用每时每刻都要和她们待在一起,但看上去这两个孩子还是会让人花掉很多的精力。内萨要上芭蕾舞学习班和音乐课,每周两次。两个女孩都要去游泳。薇安都不能离开,因为要把她们带到需要去的地方。她不得围绕着她们来安排她的生活。

阿丽克丝一直惊讶于薇安是怎样轻松地适应妻子和母亲的角色的,而且还是在很心甘情愿地放弃自己职业生涯的情况下。薇安是一个真正聪明的人,阿丽克丝在喝东西的时候想。薇安是一个休学证明书上的学习成绩是一连串 A 的那种人,包括高等数学在内都是 A。阿丽克丝自己的数学只得了个 B，然而她是那种在全世界倒腾金钱的人，薇安却放弃了自己在国家最有威信的人寿保险公司的工作。薇安本来可以有一个非常好的职业生涯。阿丽克丝把双腿向前伸直，她想知道到底她姐姐作出这种牺牲是否值得。

一个小时后，她又检查了两个孩子睡觉的情况。他们都睡得很香。她感到对这两个小家伙的感情突然涌上心头。这将对她的生活有多大的改变呢，如果她有这样大小的两个小孩？

她悄悄地走出他们的卧室，来到了客厅。她来到墙上挂着的镜子前面，侧着身对着镜子，看着自己的身材。她后仰着身子，就像孕妇那样的姿势。怀孕会让你看上去多么的不同啊，真是太神奇了。然后，她从角落的藤椅上拿起了一个坐垫，塞进了自己的运动衫里。

效果真是太可怕了。阿丽克丝惊恐地盯着镜子中的自己——她看上去确实像个孕妇。根本不是一个塞着垫子的女人，而是一个真正的、活灵活现的孕妇。

她迅速从运动衫下抽出坐垫，把它扔回到椅子上。如果真能这样自由转换状态该多好。

当《终结者 2》的片尾字幕滚动在电视屏幕上的时候，阿丽克丝听到了汽车开进车位的声音。她走进厨房，打开了咖啡过滤器。

"我们回来啦。"薇安推开了厨房的门，"孩子们怎么样呀？"

"不错。"阿丽克丝从橱柜里拿出了几个杯子，"她们都很好，我们玩了医生和护士的游戏。"

薇安叹息道："自从内萨伤到她的手臂，我们把她送去急诊室之后，她们就开始玩医生和护士的游戏了。"

"但是那已经是六个多月前的事了！"

"我知道，"薇安说，"但是她们不会忘记的。我一点儿都没注意的事情却被她们牢牢地记在脑子里，而且在我意想不到的时候表现出来。

"但是你一直爱着她们。"阿丽克丝语气轻松地说。

"我不能想象生活中如果没有她们会是怎样，"薇安说，"我不能想象那样的生活。"

阿丽克丝在杯子里倒满咖啡，用托盘端到客厅里。特里正坐在沙发上伸着懒腰。

"需要咖啡吗？"她问道。

他点了点头。"薇安跟我说的你和保罗的事到底是怎么回事啊？"他问阿丽克丝，不顾薇安的白眼，"阿丽克丝，这真的有点让人惊讶。"

"我也这么认为。"阿丽克丝坐到他的旁边，"我不知道这到底是好事还是坏事，特里。"

"不管怎样，他很可能还不够优秀，配不上你呢。"薇安真诚地说。

特里哼了一声。"他是个不错的家伙。"

"我知道。"阿丽克丝朝他笑了笑，"特里，我们正在想办法把问题解决掉，就是这样。"

"到底怎么了？"他问她，"是不是他在承诺的门槛上犹豫不决了？"

阿丽克丝挑起眉毛，显得很是吃惊。

"你们想结婚生子吗？"特里问道，"我知道很多男人在谈到结婚生子的时候就会变得胆怯了。"

"真是巧了，"阿丽克丝平静地说，"是他想要孩子，而我还不确定。"

气氛顿时有些紧张，所有人都沉默了。

"哦。"特里说。

"还想再来点咖啡吗？"薇安问道。

虽然已经接近凌晨一点了，阿丽克丝还是驾车回家了。她打开了车的天窗，这样空气就可以进到车里了。天气很闷热，她的运动衫贴到了后背上。

她又想起了孩子的事情。她想象自己又站在镜子前看着自己，同时把饱满的枕头塞在自己的衣服下。这幅难以捉摸的景象，让她吓了一跳。但她不能让这种感觉消失，就像她不能让保罗离开一样。她想让他走，但是又忍不住会想他，这让她很害怕。

显然，萨拜因的事情只是一个征兆，并不能意味更多的事情。和这个假装喜欢艺术、缠着穆斯林头巾、身着五彩斑斓服装的巴黎女人生活在一起的话，保罗是不会开心的。保罗是个务实的人，这也是他要做一个新闻工作者而不是从事创造性写作的原因。当世界上有很多真实的东西要被讲述的时候，他是难以理解那些虚构的故事的意义的。除此之外，萨拜因也只是一个孩子。她很可能刚刚毕业，或许刚刚成年。她能够在欧洲银行做设计工作是因为她认识某些人，阿丽克丝对此很确信。

萨拜因爱保罗吗？保罗爱萨拜因吗？

阿丽克丝咬了咬牙，好像听到佩茜·克莱恩在跟她说阿丽克丝你疯啦。

第 八 章

星期二的早上，阿丽克丝和盖伊·德库尔塞勒飞到了巴黎，去参加一个欧洲银行其他分支机构的财务经理也出席的会议。这是一个常规的季度例会，所有的人都在讨论他们对市场的看法以及在当前情况下他们更愿意采取哪种交易策略。

"加拿大方面的问题是人们对政府缺乏信任，"雅克斯·马丁说道，"人们对他们说的任何一句话都不相信。他们提出了政府财政改革一揽子计划，但他们对自己需要做什么所知甚少——至少他们在大多数情况下不知道怎么来应对市场。"

"就像几年前的日本一样，"雷米·德·维尔米赞同他的看法，"他们知道得太少了、太晚了。"

"我想这是一个我们不应该插手的市场，"盖伊跟大家说，"我们应该着眼于我们所知的最好的市场。你认为呢，阿丽克丝？"

她看了看他。她知道他并不认为自己在听他讲话，但是她确实听了。

"你应该知道，盖伊，我从来没有把加拿大看做一个市场，"她对他说，"我们只是偶尔为我们的客户做一些加元的外汇交易，我们自己从来没有做过加元的交易。我们总是会把这些交易转给雷米。"她朝那个个子高高的、肌肉发达的加拿大交易员笑了笑。"而且我也确信你在这些交易中做得很好。"

他咧着嘴朝阿丽克丝笑了笑。"永远都不够好。"

"哦，得了吧！当市场走俏的时候我卖给你加元的那次怎么样啊？"

"记得有一次你从我这儿买走之后，市场又飙升了，那次怎么样啊？"

"那么……"

"好吧，好吧。"盖伊看他们两人都有点急躁，便说，"走吧，吃午餐去吧，肯定已经准备好了。"

银行总部的餐厅位于大楼的第九层，从那儿可以很好地俯瞰这个城市的美景。阿丽克丝选了一个可以看到埃菲尔铁塔的座位。她依然记得自己和保罗站在塔顶时的情景——她紧紧地抓着保罗，不敢往下看。

"今天晚上你要回到都柏林吗？"盖伊坐到了她的旁边。

"是的。"她回答道。

"为什么不多待几天呢？"

"多待几天干什么呀？"

"为什么人们都会待在巴黎呢？美食，夜生活——这里的一切。"

她笑了笑，然后优雅地夹起了一只虾。"我不喜欢丰富的食物，有汉堡和薯条我就会非常开心了。至于夜生活，我在家里过。"

"你男朋友怎么样呀？"盖伊问她。

"不错啊。"阿丽克丝答道。

"你有时不会对他感到厌倦吗？"

她转过头来看着盖伊。"不，不会。"

"你对他一直很忠诚吗？你们还没有结婚，是吗？"

"盖伊！"她眼睛直直地瞪着他，"这真的和你没有一丁点儿关系。你一直对你的妻子忠诚吗？"

盖伊喝了一小口夏布利葡萄酒，"不总是。但是这并不意味着我不爱她。"

"我早就忘了法国式的做事方式。"阿丽克丝没给他好脸色。

"但这通常是最好的方式。"盖伊说。

"好吧，但这不是我的风格！"阿丽克丝厉声说道。

"真可惜啊，"盖伊嘀咕道，"你已经太落伍了。"

阿丽克丝把一个整的圣女果吞了下去，差点被噎着。当她再次缓过神来的时候，盖伊已经转向了一个来自马德里分行的交易员而完全把自己忽视了。

她忘记买牛奶了。她现在急需一杯咖啡，但是冰箱里已经没有牛奶，而且已经接近午夜时分。如果她还待在巴黎的话，自己可以去一家时尚餐厅，可以让盖伊·德库尔塞勒殷勤地请自己喝美酒，然后再和他一起度过一个美妙的、充满激情的夜晚。好吧，可能会没有美妙的、激情的、拥有肌肤之亲的夜晚，尽管已经有很清楚的迹象表明这很可能发生。不管怎样，从激情的角度来想这还是很有趣的。此时此刻，她需要这么想。她想，如果自己擅长单身的话，自己就会待在巴黎，然后疯狂地和盖伊打情骂俏。这很可能也会对自己的职业生涯有好处。取而代之的，自己在这该死的房间里喝着自己深恶痛绝的黑咖啡。而且还要独自睡觉，这也是自己所不喜欢的。

当她在床单上翻来覆去的时候，她向自己承诺：从明天起，我要一切恢复正常。

第二天早上她起晚了。她睡眼惺忪地看着早晨的阳光，意识到已经快到八点了。她心中暗自咒骂，跳下了床，走到浴室去冲了个澡。

她是走着去上班的。在交通高峰时段，走着去上班永远比开车去要快，尽管当她到达办公室的时候脚后跟磨出了水泡，而且自己感到又闷热又烦躁。

"哟，吃寿司啦！"加文高高地站在自己的椅子上和戴夫双手击掌，而珍妮则站在桌子边，朝着他们大笑。

"你们到底在干什么呀？"阿丽克丝严厉地问道。

"哦，你回来啦。"加文高兴地看着她，从椅子上跳了下来，"在巴黎怎么样啊？"

"很好啊，"阿丽克丝说道，"你们刚才在做什么啊？"

"交易。"加文答道，"你以为我们在做什么呢？"

"你似乎是站在自己的椅子上看着我。"她说。

"我们在庆祝，"戴夫说，"就像我们每次做对了那样。"

"哦？"

"加文得到了一个新的客户。"戴夫告诉她，"今天早上我们完成了第一笔交易，我们刚刚在做更大的交易。"

"什么客户？"阿丽克丝脱下她那咖啡色的吉尔·桑达牌的夹克衫，把它挂在了自己的椅子后背上。

"叫做雅纳电子。"加文说道，"他在抛售日元。"

"马特·康纳利？"阿丽克丝看着他，"那个人是叫马特·康纳利吗？"

"是的。"戴夫答道，"你认识他？"

"别这么蠢了，戴夫。我十天前刚跟他面谈了！他周五的时候来参加我们的招待会了，这怎么能是一个新客户呢？"

"我们没有跟他打过交道啊，"加文接着说，"这就意味着他是一个新客户。"

"这是我掌握的客户，"阿丽克丝说，"我下周正要去他们那儿做报告呢。"

"显然，他们不再需要你做任何事了。"加文说，"不知道他叫什么，可能就是马特吧，他跟我合作很愉快。所以我把他当成一个新客户，而且是我的客户。"他又说道："不管怎么说，当他找你的时候你都不在的话总不好吧。"

阿丽克丝能够感到自己一阵反胃。因为她知道当马特给她打电话的时候她心情很糟糕，所以就迷迷糊糊地没有在他们的内部系统里把雅纳电子建立成一个新客户。通常情况下，她会在电脑上进入系统查看所有相关的细节，然后再指派专人来负责这个客户。雅纳电子看上去很让人感兴趣并且有利可图，因为它在远东和美国都有商业基地。她本想自己亲自来负责这个公司的。

但是他们交易部有一个不成文的规定，那就是如果谁和某个未分配的客户做了一笔交易，那么以后谁就和这个客户打交道。是她自己的错误才导致加文想要抢着来做雅纳电子这个客户的生意。

"我会在跟他们的会议上说清楚的。"阿丽克丝最后说道，"他们可能对他们的客户经理有什么其他的想法吧。马特·康纳利要求见过我吗？"

"没有。"加文很不礼貌地说，"他为什么要见你呢？我告诉你了他对我出的价格感到非常的满意。"

"好吧。"阿丽克丝说着大步走进自己的办公室，甚至连电脑屏幕都没有去查看一下。

加文和戴夫交换了一个眼神，戴夫耸了耸肩，而加文脸上掠过一丝笑意。珍妮坐在自己的椅子上，拿起了电话。

阿丽克丝翻开自己的那份《金融时报》，眼睛盯着头版头条，但心思根本就不在上面。她现在心跳加速，而且胃疼。唐纳利这个混账东西，她愤怒地想，他竟然从我眼皮底下抢走了一笔生意还这么得意忘形。他还幸灾乐祸地跟自己说是因为她没在，都是屁话。而戴夫·布赖恩特什么也没说，看上去只是自己在那儿得意。

好吧，她想，如果我什么时候离开这个地方的话，戴夫也不会待太久的，因为加文不会放过他的。加文是那种自己想爬到最高处的家伙，他也很可能会那么做的。但是这不会发生的，她轻声地说，不用太费事，我不会让他超过我的。

她又回到了房间，坐在办公桌那儿开始给客户打电话。但今天生意很少，到吃午饭的时候她仍没做成一笔交易。

中午的时候她问珍妮："想跟我一起去吃三明治吗？"

珍妮紧张地看着戴夫，而戴夫却故意装做没看到她。

"那好吧。"

"如果你不想去的话就别去了，"阿丽克丝说，"如果你有其他什么事情要做的话……"

"不，没有。"珍妮急忙说，"我愿意和你一块儿去吃三明治。"

"很好。"阿丽克丝说，"给我一点儿时间，我有几个协议要立刻去处理。十五分钟后在前台那儿见面怎么样？"

"好啊。"珍妮说。

当阿丽克丝离开房间之后，加文朝珍妮伸出了舌头想要说话。

"哦，你歇着吧。"珍妮想阻止他说话。

"跟我一起去吃三明治！"加文用尖尖的声音跟她学道，"告诉我那些卑鄙的男孩都在交易室里干什么。"

"你闭嘴。"珍妮咯咯地笑道。

"你最好带点有效信息回来，"戴夫说，"因为我们以后会在酒吧里问你的。"

"今天晚上你们别想了，"珍妮傻傻地说，"我已经有约啦！"

"不要忘记让你的约会对象在第二天早上更加欣赏你哦。"戴夫跟她说。

"谢谢你的建议。"珍妮从办公桌那儿站起来，"我要和经理一起吃饭去了，再见啦！"

她站在公司前台那儿，等着阿丽克丝到来。她有些为阿丽克丝感到伤心，因为显然最近这些天她正陷入某种危机。珍妮从来没见过阿丽克丝看上去这样心神不宁，从没有见过她早早地回家或者是上班迟到。她也不能相信阿丽克丝竟然忘了给雅纳电子建立一个账户！她到底在想什么呢？

看到阿丽克丝大步穿过推拉门的时候，她朝她笑了笑。

"去奥赖莱酒吧吗？"阿丽克丝问。

"好啊。"珍妮答道。

今天又是一个好天气，天空湛蓝，万里无云，阳光火辣。城市交通的气息弥漫在空气中，和奔流入海的利菲河的气息混合在一起。

"我希望安娜婚礼那天也能有这样的天气，"在她们朝码头走的路上珍妮兴奋地说，"她需要这样温暖的日子，因为她的婚纱是那种性感、低胸的。"

"什么时候？"阿丽克丝问她。

"下个月，"珍妮说，"十八号。"

十八号。那是保罗的生日。保罗去年生日的时候他俩去了巴黎。当然不是为了工作，她也没有去欧洲银行大楼附近的地方。他们只是待在蒙马特附近的一个不大但很别致的旅馆里面，在那里度过了一个温馨浪漫的周末。她买了一瓶唐培里侬牌香槟，还有一大篮子的草莓。他们把这些都买回到卧室里，然后……

"阿丽克丝，你还好吗？"珍妮好奇地看着她。

"我没事。"阿丽克丝回答说，"走吧，绿灯了，我们可以过去了。"

她们跑着穿过繁忙的大街，来到了酒吧，坐在了外面的桌子旁。

"招待会那天晚上我就看出来，戴夫和加文肯定在瞒着我想把我弄垮。"她们点完了面包和啤酒后，阿丽克丝说道，"他们现在进行到哪一步了？"

珍妮不自然地调整了一下坐姿，说道："我跟你说过的，没有你想的那么糟糕。他们认为你怀孕了，我告诉他们说没有——我不得不那样做，这样我们打赌我才能赢。"

"他们为什么觉得我怀孕了呢？"

"你的行为举止很奇怪：很早就回家了，错过了交易，早上上班还会迟到，没有做成雅纳电子公司的生意——你到底为什么放手了呢？"

阿丽克丝耸了耸肩。

"但是这会赚很多钱的。"珍妮说。

"我是经理，"阿丽克丝说，"我来分配客户。即使我让加文来做这个交易，那也不意味着所有的收益都归他所有。"

"但是那样不公平啊，"珍妮有些反抗地说道，"在加文说服马特·康纳利能给他最好的价钱之前，他都没跟加文进行交易的。"

"那马特·康纳利为什么没跟他交易呢？"

"因为……"珍妮一边叹气，一边又转向了自己的椅子，"因为他告诉加文他并不认识加文。"

"那加文又说什么呢？"

珍妮不停地摆弄着餐巾纸。

"珍妮!"

"加文说你不在的时候由他来负责你的客户,还说你在巴黎出差,最早要到明天才能回来。他还建议康纳利不要再等下去了以防汇率会对他不利。"珍妮很快地一股脑地说了出来。

阿丽克丝什么也没说。她知道如果自己是加文的话,她也会像他那样去做的。她几乎不能去责备加文的热情和他对客户的挽留。如果不是加文的一意孤行,马特·康纳利很可能就会换一家银行了。但是她想:加文说马特没有想和她谈的时候加文确实是说谎了。他绝不应该在这件事上对她撒谎的,绝不!

"阿丽克丝,"珍妮试探地问,"你怎么了,阿丽克丝?"

非常突然地,阿丽克丝想要哭出来。她想把头埋在桌子下哭,把自己的真心话都说出来,她想告诉珍妮一心想要孩子的保罗为了一个放荡的法国女人而抛弃了她。她想能有人把她搂在怀里跟她说这没什么大不了的,跟她说保罗就是一个浑蛋,还有很多好男人在等着她。阿丽克丝笔直地坐在座位上。

"没有什么大不了的。"

"但是这不像你啊,"珍妮反驳道,"要么后发制人,要么揭穿他——二选一。"

"我整个一周都很不顺利。"阿丽克丝说,"我也有资格放松一周嘛,你觉得呢?"

"当然啦,"珍妮朝她笑了笑,"但是真是让人不安,阿丽克丝。我一想到他们想要勾结起来对付你,我就特别讨厌他们。"

阿丽克丝笑着说:"你说这些的时候就像我姐姐一样。"

"我不是那个意思。只是干我们这一行的很少有女人能做得很出色,我真的为能和你在一起工作感到骄傲,你做得是如此的出色。我一想到有人能够比你做得更好,我就很反感。"

我被我男朋友给甩了,工作也被我弄得一团糟,我竟然还能是珍妮·史密斯的榜样。这是什么样的榜样啊?

"我不会让任何人做得比我好的。"阿丽克丝承诺道,"当他们问你和我一起吃午餐都得到什么结果的时候,你就告诉他们我没有怀孕。还有我有权偶尔迟到,也没有得什么疾病。你就告诉他们我还是能很好地控制别人。"

"好啊!"珍妮笑容满面地看着她,尽管她还不确定一切都会进展得很顺利。

"来吧，"阿丽克丝拉着自己的椅子靠近珍妮，"把安娜婚礼的所有事情都告诉我。那天你会穿成什么样啊？"

第 九 章

信箱中的这封信是寄给保罗的。这不是一封很正式的信，阿丽克丝可以根本不予理会或者把它扔进废纸篓里，也可以立刻拆开看了。这封信很沉，是给私人的。信封是淡蓝色的，上面手写着保罗的姓名和地址。她想，这不是一个女人的字体。这也不是萨拜因·布拉赛特寄来的信，因为这封信是从科克寄来的。阿丽克丝把信封拿在手里翻过来又翻过去，信封上没有回信地址。显然写这封信的人并不知道保罗已经不在这个公寓里住了。

她拿起了电话，拨通了广播电视台的电话。这封信可能对保罗来说很重要，它可能是对他写东西很有用的信息，他可能会急需它。

"对不起，"接电话的人说，"保罗现在不在。"

阿丽克丝看了看自己的手表，六点多了。"那什么时候能找到他呢？"

"他现在在忙着，我想他一个小时之后能弄完吧。"

"谢谢你。"阿丽克丝说。

她挂上电话，看着信封的空白处。她已经记不清有多少次保罗很焦急地等待着一些原始信函或文件寄到——他总是立刻撕开信封，把新的内容放到桌子上。不管他在忙什么，他都会想立刻拿到这封信。

她走进卧室，打开了衣橱。她向横杆儿那儿看过去，苦涩地想：保罗离开之后的一个好处就是她终于能有足够的空间来挂衣服了。

她从中挑了一件亮紫色的裙子和一件粉色的短袖衬衫。她拿掉发卡，把头发放下来。头发散落在肩上，穿着这样的衬衫和裙子，这让自己看上去年轻了许多。似乎回到了刚刚二十几岁的时候了，她靠在镜子前想看看头上有没有变白的头发的时候对自己说——只要别人不特别靠近地看的话。

她随意地喷了一些爱斯卡达运动香水，把自己的帆布包背到了肩膀上。

唐尼布鲁克的交通状况真是太糟糕了。当她前面那辆福特嘉年华在墨翰普顿路上熄火停下的时候，她不耐烦地敲着方向盘。哦，看在上帝的分上，当那个倒霉的司机无法重新启动发动机的时候她抱怨道，如果你不会开车，那你还到路上来干什么呢？她瞟了一眼后视镜，打开了转向灯，呼啸着从那辆嘉年华旁边开了过去。

阿丽克丝以前曾经去过几次国家广播电视台的大楼。有一次她在那儿参加了一个广播节目，谈论了有关利率的问题以及采取紧缩的财政政策的必要性。她是那个小组里唯一的女性嘉宾，而且那个节目主持人非常积极地问她相关的问题，以至于她用掉了大量的节目时间而引起了周围其他男士的强烈不满，他们甚至用别样的眼神看着她。第二次她出现在电视台的一档时事播报节目中，讨论中国对欧洲市场外交政策的改变所带来的影响。欧洲银行的所有人都看了那次电视采访，并告诉她她看上去表现得非常好。德斯·科伊尔告诉她可以用"既有女性气质，又颇具职业素养"来形容她在那次采访中的表现。那时阿丽克丝说这听上去很有趣，她还笑着对他说无论如何分析中国的外交政策，其收视率都不会赶上电视剧《加冕街》的，但是她已经做到最好了。

阿丽克丝停好了车，朝通向广播中心的阶梯走去。

"我要找保罗·亨特。"她跟接待员说道。

"请问您怎么称呼？"

"我是阿丽克丝·卡拉汉。"

接待员拨通了一个号码。

"他正在开会，"她告诉阿丽克丝，"可能要稍等一会儿。"

"你确定已经告知他本人我在这儿等他了吗？我有很急的事。"

"是的。要不你先坐一会儿吧。"

阿丽克丝点了点头，坐了下来。

"……现在是财经新闻，今天货币市场总体稳定，运行平稳。美元……"

阿丽克丝不想听到广播电台的财经报道。她拿起了一本杂志，想要排除广播节目的干扰。

"阿丽克丝！有什么事儿吗？"保罗匆忙地来到接待台这儿，看上去很焦急的样子。

她看着他笑了笑。"你还好吧？"

"很好啊，"他说道，"但是很忙。出什么事了吗？"

"没出什么事。"阿丽克丝回答道。

"但是他们告诉我说你有很急的事。"保罗盯着她看，"我刚刚在开一个很重要的会，我还以为你这里出什么事了呢。"

"真好。"她又朝他笑了笑，"没出什么事，但这有可能比较着急。"她从包里拿出了那封信。"这封信是今天收到的。我知道你总是急着撕开信封的，所以我就想……"

"但是你把我从这么重要的会议中叫出来！"

"我怎么知道是你的信还是你的会议更重要啊！我只是根据以往判断而已，如果让你感到心烦真是对不起。"

"没有，"保罗摇了摇头，"没有让我心烦，只是你让我觉得很惊奇。"

"要不你最好先回去开会吧。"她说。

"哦，现在可以待一会儿。"保罗说，"你现在还好吧，阿丽克丝？"

"我？我很好啊。"

"你看上去就很不错。"

"谢谢。"她笑了笑，"保罗，我也想跟你说同样的话，但是你看上去有些疲惫啊。"

"哦，今天很忙，就是这样。"

"我可以想象的，"她同情地说。她用手指捋了捋头发。"从那以后，我们俩都是非常非常的忙。"

"现在交易部的情况怎么样啊？"

"还不错吧。"阿丽克丝跟他说道，"但那个新来的厚颜无耻的加文·唐纳利越来越自不量力了。"

"我确信你总会找到方法制服他的，"保罗笑着说，"你总是能做到的。"

"我这些天成熟多了。"阿丽克丝说。

"你别骗我了，"保罗说道，"成熟是一个永远和你不相干的字眼。"

"也可能不是成熟，"她承认道，"但是我尽力了。不管怎样，我最好走了。我只是觉得我应该把这个给你，可能这是很重要的东西呢。"

"谢谢，"保罗说，"你想得很周到。"

"乐意效劳。其实，我也不是每时每刻都能飞驰到这儿，交通状况实在是很糟糕。"她又从脸上把头发向后捋了捋。

"你怎么弄了个这样的发型呢？"保罗问她。

"什么？"

"你的头发，你通常都是扎在后面的。"

"只是想改变一下，"她说道，"我试着让自己成熟起来。"

"哦，我明白了。"

"我打赌你不明白的。"她笑了笑，"听着，保罗，一切都过去了，我们为什么不出去喝点东西呢？"

"我不能去。"他说，"我跟你说过，我现在在开会。"

"我不是说现在就去，"她做了一个鬼脸，"你不要光从字面上来理解我的意思。我的意思是找一个晚上，咱们俩。"

"我晚上大多数时候都非常忙，"他说，"就像你看到的这样。"

"确实如此。"

他的目光和她相遇。"但你说得对。像你说的，一切都过去了。"

"明天晚上怎么样？"

"明晚？"

"为什么不呢？"她耸了耸肩，"要不就算了，没关系，可能也不是什么好主意。"

"不，阿丽克丝，等等。这是一个好主意。我想我们需要在一起喝点什么，能够用一种文明有礼的方式。"

"听起来跟你妈说话一样。"她朝他苦笑着，"'用一种文明有礼的方式'。怎么好像我们以前是在喝两杯甜甜的雪利酒啊！"

"上帝原谅我，我不应该说话跟我妈一样。"他笑着说，"好吧，那就明天吧。"

"七点怎么样？"她建议道，"在凯利斯酒吧？"

"很好啊。"

"那是肯定的。"她说，"到时见了。"

"好。"保罗说道，"再见，阿丽克丝。"

阿丽克丝从广播中心的楼梯上慢慢地走了下去。保罗仍然喜欢她，这至少是件好事。

在保罗走后，阿丽克丝第一次安安稳稳地睡了个好觉，没有半夜惊醒、心跳加速、口干舌燥。她晚上十一点上床睡觉，早上六点准时在闹钟响铃之前醒来了。

七点，她已经坐在了办公桌前面，翻看报纸的财经新闻。在戴夫进来之前，她甚至刚刚完成了一个报告，关于交易部近两周的损益账目。戴夫看到她在办公室，非常惊讶。

"早啊。"他一边说一边翻开桌上的一卷报纸，"你来得真早。"

"我应该以领导身份以身作则嘛。"她笑道，"前几周我来得有些晚了，所以我决定回归正常轨道。"

"一切还好？"戴夫问道。

"没什么事。"她告诉他，"我在巴黎的时候你们在干吗？看起来好像一直在转换英镑和欧元啊。"

"就是交易呗。"戴夫说。

"做了不少交易啊。"阿丽克丝扬了扬头，"我知道最终我们是赢利了，但你们同时也要注意规避风险啊。"

"我们有一些……"

"不过这些交易都很专业。"阿丽克丝打断他，"这些交易都不是基于公司赢利背景的，你们也没有收到其他客户的要求，只有一些其他银行的。"

"这些都变化莫测，"戴夫说，"我觉得我们应该利用它。"

"这样啊。"阿丽克丝盯着他看了一会儿，结果他将目光移向了别处。

珍妮拿着两只从路对面买来的牛角面包进了房间，打断了正在进行的谈话。

"早上好！"她向他们打招呼，"你们好吗？"

"好极了，"阿丽克丝说，"有一只是给我的吗？"

"当然了，领导！"珍妮笑着对她说，"你今天气色很好啊！"

阿丽克丝知道自己今天气色会很好，因为早上她用迪奥的腮红、雅诗兰黛的眼线笔和香奈儿的唇膏化了妆。虽然她不喜欢化妆，但她总是从免税店里买一些化妆品上班的时候用。自从保罗离开之后她就没有心情化妆了，但她今天很有心情再把自己打扮一番。

阿丽克丝从珍妮手里接过一只牛角包，然后给自己倒了一杯咖啡。事情都恢复原状了，她暗自想道。她现在觉得一切都很好。

加文一下子冲进了房间。"不好意思戴夫，我来晚了！我被堵在……哦，阿丽克丝，早。"

"早啊。"她说，"你来晚了没关系，我们还没开始开早会呢。"

加文用手捋了捋自己的头发。阿丽克丝微笑地看着他。"既然你来了，我们就开始吧。"

她大体讲述了一下当天的规划，然后珍妮列举了一些比较有意向的客户，还提醒他们说当天下午纽约的一个同事要顺便来办公室看看。"所以我们要表现得既聪明又高效，起码要让他觉得我们知道自己在做什么。"

一上午都很忙。阿丽克丝跟客户通电话，完成了几单交易，感觉良好。十一点的时候她接了一个电话。

"阿丽克丝？"

"是我，"她说，"我是阿丽克丝·卡拉汉。"

"你好吗？我是马特·康纳利。"

"你好，马特！不好意思我没听出你的声音。"

"那我太骄傲了。"他笑着说，"周五的时候你还会来开会吗？"

"当然，"她说，"十一点。"

"期待您的光临。"他说，"还有，我有一个小交易，二十五万欧元存一个月，你能给我报价吗？"

二十五万欧元在银行交易中的确是个小数目。

"百分之三。"她给他报价。

"好的，没问题。德意志银行之后会转发给你。"

"好的。"她说，"谢谢你来电话。我相信我不在的时候，我们也给你做了一些不错的外汇交易。"

"是的。"他说，"没让你来做真的很遗憾。但是接电话的人说你在巴黎，可能这个星期才会回来。"

"我的确是在巴黎，但我第二天就回来了。"她虽然嘴上笑着，但眼睛已经生气地盯着加文、闪烁着绿光了。

"非常高兴这次让你帮我做，"马特说，"尽管加文还是很有效率的。"

"我的团队都很有效率，"阿丽克丝说，"特别是加文。"

"我要挂了，"马特说，"有电话找我，先不说了啊。周五见。"

"再见。"阿丽克丝放下了电话。"加文！"

他也注视着她的目光。"怎么了？"

"你为什么告诉马特我这周不在办公室？"

"我没这么说，"加文辩解道，"是他自己理解错了。"

"哦，我知道了。"阿丽克丝点了点头，"幸亏这个客户不是永远都是正确的。"看到加文的脸色转向羞愧的红色，她十分开心。

"阿丽克丝，保罗的电话，在二线。"

"你好，保罗。"她的声音阳光、温柔、自信。

"阿丽克丝，是关于今天晚上的事情。"

"哦？"

"我不确定我能不能抽出时间，我真的很忙。"

"现在才四点，"她告诉他，"你不确定七点的时候有没有时间？"

"我也希望有，"他说，"但是明天上午十点我必须完成一篇稿子，而我现在没有丝毫头绪。"

"明天上午十点还早呢！"

"听着，我的工作跟你的不一样，我需要很多的时间思考。我不能随随便便就写出什么东西。"

"我也不能随随便便就能完成一单交易。"阿丽克丝说，"起码不能经常那样。"

"你知道我的意思。"他说，"不管怎样，我今晚都想空出来写东西，我们改天再见吧。"

"什么时候？"阿丽克丝问道。

"下周吧？"他建议道。

"可以。"她拿起桌上的台历，"下周三怎么样？"

"应该没问题，"保罗说，"但到时候也得视情况而定。"

"保罗，你的工作就让你没有任何社交的时间吗？"阿丽克丝问道，"就我看来……"

"星期三可以。"保罗匆忙说，"这次真的很抱歉，阿丽克丝。我接手这个工作时间不长，可能时间久了我就不会这么担心了。我现在就想把所有事情都做好。

你肯定能理解这一点的，对吧？你自己也是一个完美主义者。"

"我才不是完美主义者。"阿丽克丝说。

他笑了，十分由衷地笑。"别乱说了，你当然是。"

"或许吧。"她承认道，"谢谢你来电话。"

"下周见。"

她走出办公室去洗手间。他出尔反尔，她生气地想。他之前说要见她，现在又不见了，是为什么呢？他怕见到她吗？这有点讲不通，他没有理由害怕见到她。因为他怕自己吗？他知道自己见了她之后就想和她一起生活，然后生活就同以前一模一样？或者只是因为他根本不想见到她？但是昨天他表现得很好，她想，两个人都表现出了成年人应有的成熟。

她把头靠在玻璃上，长叹一声。

她真想知道自己想要从生活中得到什么。目前，她所知道的只是她不想要这样的生活。

她到家的时候，看到电话答录机的灯在闪。或许保罗又打电话了，她想，或许他改变主意又想见她了。她蹬掉了布鲁诺·马格丽的高跟鞋，赤脚跑过去按下电话录音。

"阿丽克丝？我知道你不在家，但我不想往你办公室打电话。我是卡莉。你和保罗到底怎么了？听到留言尽快给我回电话。"

阿丽克丝呻吟了一声。她真的不想同她的母亲打一个冗长又烦琐的电话，还要给她讲自己和保罗的关系如何。任何与卡莉·卡拉汉的谈话都会变得冗长又烦琐，因为卡莉总是对所有的事情都有自己的看法，而无论是谁她都要与之分享一番。

我去换件衣服，再打电话。阿丽克丝作了决定。她捡起地上的鞋走进卧室，脱下西装挂在衣柜里，整个过程中她都一直在想薇安为什么要把自己和保罗分手的事情告诉她们的妈妈。

卡莉只有通过薇安才能知道阿丽克丝的事情。她俩关系十分亲密，比自己跟母亲的关系亲密多了。薇安和卡莉非常喜欢推心置腹的私密交谈，对于国内和国际上最新发生的事情都要迫不及待地和对方共享。而且卡莉总是能够知道很多事情。她在格拉夫顿大街卡萨姆巷的尽头开了一间虽小但高档的美容沙龙，在威克斯福德郊外还有一家健康疗养院。她的客户不是那些既有钱又成功的女人们，就是那些既有钱又成功的男人的太太们。除了薇安，卡莉从来不跟别人谈论她们，但她又必须和人谈论，而薇安非常乐意做她的听众。

阿丽克丝知道自己继承了母亲的商业敏感度，而薇安则继承了她对人们的爱心。她经常想她们会不会也从父亲那里继承了一些什么，尽管父亲在她三岁那年就离家出走了。他的学术能力的确没的说，然而阿丽克丝一点都不想承认自己的高智商是由一个抛弃了她们的人所给予的。

她清楚地记得当时母亲紧紧地搂着薇安和她，发誓她一定不会离开她们。在这件事情上，她们三人都是强者。

在约翰·卡拉汉离家出走以后，两个女儿都开始直呼母亲的名字，她们再也没有提过"妈妈"这个词。

阿丽克丝穿了一件宽松的T恤衫和李维斯的牛仔裤，走进洗手间洗了一把脸。然后又走进厨房从冰箱里拿出一瓶米勒啤酒。

在她刚要拿起电话的时候，电话响了。

"你好。"她接起来。

"阿丽克丝！是我。"

"你好，卡莉。"

"你听到我的留言了吗？我之前打电话了。"

"当然听到了，我正准备给你回电话呢。"

"哈？"卡莉的声音听起来她一点都不信，"我打赌你肯定不想回电话！你还得给我汇报你的爱情生活。"

"我不介意。"阿丽克丝坐在她最喜欢的扶手椅里，盘起双腿，"我和保罗分开了一段时间。"

"为什么？"卡莉问道。

"我知道薇安肯定已经告诉你原因了吧。"阿丽克丝酸酸地说。

"哦，阿丽克丝，别这样。她是你姐姐，她也很担心你。"

"哦，天哪！看在上帝的分上，她要是关心我就会自己给我打电话了啊！"

"她只是想让我知道这件事。"

"然后你们就背着我不知道打了几百年的电话讨论我的事！"阿丽克丝的声音开始颤抖。

"阿丽克丝，亲爱的，别无理取闹。"卡莉温柔地说，"我们只是想看看你现在好不好，就这样。"

"对不起，"阿丽克丝说，"我没想发火。当然了，我很好。"

"你不是容易发火的人，"卡莉一针见血，"很明显，你肯定有什么事情不对。"

阿丽克丝叹了口气。"我就是有些烦躁，而且我也不知道今后事情会怎样。"

"你还想和他重归于好吗？有没有第三者？"

"没有。"阿丽克丝小心翼翼地说。

"你怎么知道？"

"因为……呃，保罗有一些中年危机感，"她对母亲说，"他想安定下来，然后生儿育女。"

"其实，中年危机感是指一个男人认为娶妻生子是件极其错误的事情。"卡莉说，"而且他同一个比妻子更年轻的女人有了些乱七八糟的事。"

两端沉默了一阵。

"父亲有过中年危机感吗？"阿丽克丝问道。

"你父亲的生活就是一个冗长的危机。"卡莉说，"现在我们终于摆脱他了。"

阿丽克丝把头发散开来，额前的碎发垂在了脸上。"你确定？"她问。

"什么？"

"你确定我们已经摆脱他了吗？"

"我不想讨论这个问题，"卡莉坚定地说，"都是过去的事情了。"

她从来都不想谈论这个问题。他离开的那天，卡莉把他所有的东西都打包扔进一个袋子里，径直开车去了丹辛克天文台，把袋子从那儿扔了下去。

约翰曾经打回电话来问他能不能回来取自己的东西，卡莉笑着告诉他随时可以回来，但是如果不尽快的话它们就全部烂掉了。这件事是有天晚上卡莉出去的时候薇安告诉她的，那时候她们有个保姆，一天到晚陪着她们，读浪漫的爱情故事，把自己感动得热泪盈眶。

"那你和保罗打算怎么办？"卡莉问道。

"我不知道。"

"那你想结婚生子吗？"

阿丽克丝咬紧了嘴唇。

"我婚姻失败并不代表你们也会失败。"这句话卡莉已经跟她女儿们说过一千遍了。薇安十分坚信这句话，于是在二十一岁时就把自己嫁出去了。

"我下周要去见保罗，"她告诉卡莉，"我们到时候会谈谈。我会告诉你结果的。"

"那你去之前来我的沙龙吧。"卡莉建议道，"我会把你打扮得漂漂亮亮的，让他拜倒在你的石榴裙下。"

阿丽克丝笑了。"我要是突然化着烟熏妆出现在他面前，他一定会吓一跳。谢谢你，卡莉，我不需要。"

"不管怎样都来一趟吧，"卡莉说，"我给你做个按摩。之后，不管发生什么，你都能从容应对。"

"或许吧。"阿丽克丝说。

"绝对的。"卡莉说。

"谢谢你来电话。"

"照顾好自己。"

阿丽克丝把话筒放回去，一口气把啤酒喝完了。

第 十 章

阿丽克丝紧紧盯着面前的笔记本电脑屏幕，踌躇着要不要戴上眼镜。她要在每一张幻灯片上都尽量地放大字体，这也使得每页的内容量有了很大的限制。

她叹了口气，揉了揉鼻梁。一下午她都在为雅纳电子公司的业务演示作准备，已经很累了。透过玻璃墙，她望了望外面的交易室。戴夫和珍妮都在看报纸，加文在打电话。

他工作很努力，她心底泛起一丝苦涩。他既敏锐，又自负，但他依然比其他两个人加在一起还要努力。戴夫是个很聪明的人，擅长分析数据走向。珍妮办事有条不紊，总是能够和客户保持良好的关系。但是加文不仅拥有这一切能力，而且还有一种他们两人都没有的领导力。阿丽克丝知道，现在离加文升职已经不远了，或许他会另谋高就。

她轻咬了一下手指。在交易部工作了那么多年，她还是第一次感觉到有人威胁到她的地位。这也是她第一次在授予别人更多责任的时候犹豫不决，因为她知道他想要这些责任。如果她给了加文太多机会的话，他一定能轻松地超越她。何况，她为了不让别人超越自己已经作了很大的努力了。

　　他讲话的时候总是打一些手势，显然，他非常努力地让每一笔交易都成功。当他集中精力盯着屏幕上变化的价格时，脸上的肌肉紧紧地绷着。

　　他当然随时都可以飞得很高。阿丽克丝一边看着他使劲点头，并用力敲打键盘来确认交易细节，一边陷入了沉思。他喜欢冒险，而且通常把阿丽克丝的话当成耳旁风。她知道这种事以前也发生过，只是只发生在自己身上而已。

　　一想起这些，她突然打了个寒噤。那时候她还在伦敦工作，主要负责新西兰元的交易工作。当时她计划长期持有新西兰元，对新西兰元的升值信心满满。她已经达到了新西兰元持有度的极限了，但当里克·约翰逊——一个牛肉加工厂的财务总监给她打电话说想要卖出新西兰元、买入美元的时候，虽然冒着超出持有极限的危险，她还是很有信心很快可以将里克的新西兰元卖出，然后回归到自己持有的限度之内。

　　但是，就在她买入新西兰元、卖出美元的时候，美元开始疯狂上涨，因为路透新闻主页头条显示美国已经向伊拉克扔炸弹了。当出现军事危机的时候，人们总是习惯于买入大把大把的美元而抛售其他货币。于是，随着美元的大幅上涨，新西兰元的市值暴跌。

　　即使现在想到这些，阿丽克丝依旧觉得隐隐作痛。虽然自己知道不应该长期持有新西兰元，至少应该保持在持有限度之内，但她就是始终不相信美国真的向伊拉克丢了炸弹。她坐在电脑前，眼睁睁地看着损益表上显示的数字被最新汇率一个一个更新，霎时间所有的数字都变成了红色。自己本来以为可以获得一点小小的利益，却变成了一个巨大的损失。

　　就在她想要给另一个交易员打电话取消长期持有的时候，美国官方否认向伊拉克丢炸弹的消息闪过了电脑屏幕。美元就像飙升的速度那样快地又开始了跌落。阿丽克丝面前的数字从红色变回了黑色。不仅如此，美元甚至跌至了历史最低点，打破了汇率最低纪录。这时，她果断地完成了交易。

　　之后，银行的首席交易员罗根·麦当劳将她叫进了办公室，问她为什么在超出持有极限的情况下还要买入。她作了解释，但他依旧暴怒。

"持有限度是我们的保护伞，你不能随意就打破它。你知道，这些都是规矩，我完全可以因为这件事炒你鱿鱼，阿丽克丝。"

她盯着他问道："但我为大家赚到钱了。"

"这是两码事。你坏了规矩。"

她简直不相信自己的耳朵。"你真的要炒了我吗？"

他盯着她看了一会儿，耸了耸肩。"这次就算了。也许你已经从中学到了一些东西。但是如果你再敢坏一次规矩，阿丽克丝，你就彻底出局了。"

她再也没有破坏规矩，虽然之后有很多次她很想这么做。当她觉得一些货币持有度应该再提高一些的时候，她就去找罗根谈话，罗根有时同意，有时否决。但她每次都依照他说的做，不再破坏规矩了。

她走出了交易室。

"情况怎么样？"她问道。

"还不错。"戴夫说，"都是一些小交易，还不至于太激动。"

"你怎么样，加文？"

加文抬起头，满脸狐疑地望着她。"我怎么了？"

"你最近都做了什么交易？"

突然，他的脸上有一种不自然的表情。"我？"

"是的，你。"

"就是一些小额交易，"他说，"没什么。"

"给我讲讲。"

"我买进了一些美元，因为我们持有稍有短缺。只买了十万美元。"

她点点头。"客户是谁？"

"雅纳电子。"加文说。

她若有所思地看着他。"他说要找我了吗？"

加文越来越不自然了。"说了，"他承认道，"但我觉得你很忙，而且你也说过你不想被人打扰。我觉得十万美元是个小数目，你或许不屑于做。"

"你作的决定。"阿丽克丝说，"全部都是你说了算。"她对他笑了笑，转身走回自己的办公室。

"该死。"加文看着她关掉身后的门，骂了一句。

"我跟你说过你还是把电话转给她，"珍妮说，"她想要那个客户。"

"那好吧，就让她放马过来吧。"加文抵触地说。

"你觉得他两谁会赢？"戴夫懒洋洋地问珍妮，"我们可爱的领导，还是帅气的小伙？"

"滚开，布赖恩特。"加文骂道。

"赌什么？"珍妮问道。

戴夫扬起了眉毛。"你对领导就这么没有信心？"

珍妮的脸红了。

"我不跟你赌。"戴夫说，"要是我赌的话肯定会将天平倾斜到我支持的这边的。"

"戴夫，"阿丽克丝打开门，"你能帮我找到盖伊上周给我发来的远东的报告吗？我想看点数据。"

"当然，"戴夫答应道。他狡黠地向珍妮和加文一笑。"我一向听从指令。"

阿丽克丝把笔记本电脑带回家，开始在卧室的镜子面前练习第二天的讲演。她从来没有在演讲的时候用过讲义，而且别人用讲义的时候她也十分讨厌。她想给听众一个印象，就是她只是就一个话题和他们简单地聊天。做讲义只能让她自己和听众仅仅注重那些表格和枯燥无味的数字。

她将演讲练习了三遍。之前保罗和她一起住的时候，她喜欢在他面前做演讲练习。他完全能明白她所讲述的金融术语，并能够适时地提出一些专业性问题，而且可以告诉他整个演讲是不是能引起人们的兴趣。虽然她自己并不需要他对她进行指导，但她还是很享受和他互动的这个过程。

睡觉之前，她从衣柜里翻出了紫色的西服套裙。她知道，紫色很容易引人注目，让人铭记于心。裙子及膝长，裁剪贴身，西服上衣刚好凸现出她的纤纤细腰。这套衣服让她看上去又高又有气质，她自己平添了很多自信。

与雅纳电子的会谈安排在上午十一点。在她准备出发的时候外汇市场不是很活跃，戴夫已经在看《体坛周报》，珍妮也开始翻阅《卫报》的一些新消息。加文在对关于南非未来发展的报告作技术性分析。

"我午饭的时候会回来的，戴夫。"她一边说，一边把笔记本电脑扬过肩膀，"不会很久的。"

"那等下见了。"戴夫说，"好好表现。"

她对他做了个鬼脸，然后转向加文。"顺便问一下，你对他们的日元现金流有什么特别的建议吗？"

加文从表格中抬起头来。"没什么。"

"为什么啊？我以为你会很想要这个客户的。"

他盯着她说："我很想给这个客户带来好处。"

"哦，我知道了。"她看着他，面露喜色，"听到这个消息真是太好了，加文。"

阿丽克丝打开宝马车的天窗，将速度加到五十迈。本来一直是阴天，但太阳突然出来了，阿丽克丝觉得很热。当她路过机场的时候，她满怀嫉妒地看着候机楼周围停靠的飞机，非常希望自己能远走高飞。要是有个假期该多好啊，她一边想，一边用力地踩油门。有个休闲的、阳光灿烂的假期，她就可以去沙滩上晒太阳，然后将保罗、加文、卡莉和薇安什么的全部忘掉。

雅纳电子在一幢非常现代的大楼中，就在机动车道旁边的工业楼群里。马特·康纳利告诉过她，就在过了收费站不远的地方，第二个出口向左转。

她现在可以看到那幢楼了，就像他描述的一样，可以清楚地从机动车道看到它。她从出口出来，放慢速度，找到了工业楼群的入口，开了进去。

这也是她喜欢出来见客户的一大原因。待在银行的办公室里的时候，她只能通过电话，或者通过路透交易平台和客户进行交易，感觉上一点都不真实。而她去拜访客户的时候，她可以走过他们的办公室、工厂，一切都是那么真实，让她彻底感觉到金融并不是简单地进行全世界的货币交易，她可以让这些客户增加赢利范围。如果她可以提出正确的建议，公司和银行都可以从中受益。

她将车停在了标有"访客"位置的停车位之后，推开了大厦的玻璃门。跟前台报上姓名后，她坐在了帆布椅子上，拿起一份《爱尔兰时报》，翻开财经版开始阅读。

招聘专栏里密密麻麻全是广告，她看到了一条"世界知名银行招聘财富中心主管"。她思索这到底是哪家银行，因为发布广告的是一家顶级猎头公司。

"你应该不会想着要跳槽吧？"马特·康纳利突然出现在她后面，她跳了起来。她可以看到电梯的对面，本以为他会从那边走过来。

"我只是看看现在形势怎么样，"她笑着对他说，把报纸合上。"何况，我现在已经是知名银行的财富中心的主管了。"

他笑了。"我们在会议室，二楼。"

她拿起自己的笔记本电脑和商务包，跟随他穿过前台来到电梯前。

"我们过几个月可能要从这里搬走了。"马特按下电梯按钮，对她说道，"这幢楼里还有其他三个公司呢，人是越来越多了。"

"人多是因为贵公司在扩张，还是其他公司在扩张呢？"阿丽克丝问道。

"都有。"他一边回答，一边伸手让她先出电梯。"我们新招聘了一些人，但其他公司也是。或许这对行业发展来讲是个好消息吧。"

"肯定是。"阿丽克丝跟他来到一个房间，里面有巨大的玻璃会议桌，尽头摆放着一个投影屏幕。

"这些设备够吗？"马特问道。

"足够了。"她回答道。

"我把我们的团队都叫来，这样就可以马上开始了。"

她站在会议室里向窗外看去。马路上各种机动车辆川流不息。真繁华啊，她想，经济发展依然强劲。

她将投影屏幕拉下来，打开电脑，找出为演讲准备的PPT，将它们打开试播了一下。她经常遭遇到电脑不好用、光盘卡住等一系列问题，从而使她看起来特别傻。当PPT显示在大屏幕上时，欧洲银行的巨大标志也跃然于画面之上。

她的心跳开始加速了。每次做演讲之前她都会这样。她自己也分不清这到底是因为紧张还是因为兴奋。她将手掌在裙子上擦了一把。

"阿丽克丝，这位是迈克·赫里斯，我们的运营总监。"马特推门进来，身后跟着四位男士，"还有，这位是约什·里德蒙德，另一位总监。还有彼得·卡摩迪和迪克·巴尔。"

"您好。"阿丽克丝和他们挨个握手，"非常感谢您的驾临。"

"谢谢你，"迈克·赫里斯说，"谢谢你这么远从城市的另一端跑来为我们演讲。"

"没关系，"她回答道，"乐意效劳。"

她清了清嗓子，环视了一下坐在会议桌旁边的男士们。她要让他们相信她以及她的能力。他们之前只进行过一些小额交易，他们公司会有更多的交易给他们做。阿丽克丝希望欧洲银行可以拿到他们全部的生意。

马特·康纳利用鼓励的眼神看着她。他以为她会很紧张。这样太不容易了，他想，这么一个漂亮女人走进一个五个男人的房间，还要跟他们从头至尾地分析未来的发展趋势和选择机会。他上次去欧洲银行拜访她的时候已经听到了很多消息。一想到当时她坐在银行外面的台阶上独自抽自己所谓的最后一支烟，他就微微一笑。他知道，她肯定觉得很难堪，毕竟被人看到自己在做不应该做的事情。那让她看起来很柔弱，他想，而她这次一定要表现出极佳的职业风范来，将之前的窘迫补偿回来。

她很清楚自己应该做什么。当迈克·赫里斯打断她，让她解释一个可供选择的定价方案时，她一点也没有畏缩，反而是将方案解释得头头是道，甚至连小学生都能明白。

马特被她迷住了。她穿的紫色套装非常漂亮，很好地显现出她的身材。要是裙子再短一些就好了，他想。她绿色的眼睛在演讲时闪烁着激情的光芒，阳光将她的头发映成了棕褐色。

她一直都这么酷吗？他想。她是那种事业为重的女人吗？或者是找到自己的男人之后就小鸟依人地跟随他在郊外甜蜜地生活？

他无法看到她是否有郊外的甜蜜生活，但他十分想知道工作以外的时间里她都在干什么。

他想起了欧洲银行聚会的那天晚上，她还是那么酷，那么专业，即使当他尾随她走进交易室，发现她独自一人坐在黑暗当中时。

她的生活应该远比他所知道的多。他又想到了上次他问过她平时空闲时间都喜欢做什么。"去体育馆，射击。"她看起来的确是个运动型的人，虽然眼底泛着重重的黑眼圈，但她的确有很好的体型。黑眼圈是可以用化妆品盖住的，他告诉自己。你永远不会理解女人和化妆。他开始想象当她射击的时候会是什么样子。她是不是也像进行丛林野战一样在脸上涂满军绿色？她射击的姿势是站立还是卧倒？

他有些不自然地挪了挪椅子。在这个时候想到她卧倒的样子可不是什么好主意。

"还有什么问题吗？"阿丽克丝环视了一周，问道，"马特？"

他将思绪转回到会议上来。"没有问题了。"

"迈克？约什？"

"给我讲讲你们团队的人吧。"约什说道，"我知道你是领导，其他为你工作的人都怎么样呢？"

"非常棒。"阿丽克丝爽快地说，"戴夫·布赖恩特，高级交易员，在市场交易方面有十年经验了，在来都柏林之前他曾经在伦敦和法兰克福工作过。珍妮·史密斯，在我们银行一直做了七年了，她在企业金融方面有非常丰富的经验。还有加文·唐纳利，在来我们银行之前一直在德意志联合银行工作。"

"他就是我之前联系过的人，"马特说，"我一直以为他是高级交易员呢。"

阿丽克丝很平静地回答道："加文也是我们团队中经验丰富的成员。"

迈克·赫里斯站了起来。"谢谢你，阿丽克丝。接下来我们会就你提出的建议进行研讨，然后决定对远东和美国的交易市场采取什么样的措施。非常感谢你对我们当前提供的帮助。"

"太好了。"她关上笔记本电脑，"如果您有任何问题，请随时联系我。"

他们跟她握手告别，只有马特·康纳利留在了房间里。

"你太棒了。"他赞美道。

"这是我的工作。"她一边回答，一边拉上电脑包的拉链。

"你从工作中得到很大的热情。"

"不是热情。"她说，"公司进行风险管理是有它自己的道理的。我就是为此而服务的。有时间给你讲讲风险管理的东西。"

"那你自己会承担什么样的风险呢？"他问道。

"我？个人的？"她扬起了眉毛，"我不是个喜欢冒险的人。我只是为我们银行承担风险，这完全是两码事。"

"那射击是怎么回事呢？"马特又问道。

"射击？"她对他咧嘴笑了一下，"一点都没有风险。有管理员会确保在你射击范围之内没有人经过；我会戴上腕带保护手臂；还有，我一般都会戴上眼罩。"她说完，拎起了手提包。

"一起吃午饭吧？"马特建议道。

她看了看手表，已经十二点一刻了。"我告诉他们我午饭时间要回去的。"她说。

"这么经验丰富的团队，没有你照样可以工作吧？"马特蓝色的眼睛向她闪烁着。

"也是。"

"那就共进午餐？"

"我饿了，"她承认道，"演讲让我特别容易饿。"

她离开之前往办公室打了个电话。市场依旧平静，戴夫和加文都出去了，只有珍妮一个人留在办公室。

"我等会也可能出去了，"她对阿丽克丝说，"一个人在办公室太无聊了。"

"没关系，要是一直如此的话，我回去之后你就可以回家了。"

"太好了，谢谢，阿丽克丝。"

"我会很快回去的，"阿丽克丝说，"我们就找个快餐店吃完就走。这附近好像也没有什么别的地方可以吃饭。"

她跟着马特坐进了他的黑色奥迪车里，到了一个综合休闲区。这里不仅有吃饭的地方，还有一些小型的高尔夫场地、网球场、溜冰场和玩撞球的地方。

"天哪。"阿丽克丝感叹道，"这些都是为忙碌上班的人准备的吧。"她扫视了一下停车场，虽然是周五，但已经没有停车位了。

"一向都这么多人。"马特说，"你想吃点什么？"

"三明治加一份汤就好了。"阿丽克丝回答，"我是很饿，但是吃不了多少。"她找了一个靠窗的座位坐下来。

"你确定这些就够了吗？"马特迟疑地看着她问。

阿丽克丝点点头。"确定，中午我一般不会吃太多东西。"

"好吧。"他点了和她一样的东西之后，坐在了她的旁边。

她闻到了一股保罗男士香水的味道，之前她也曾经为保罗买过这款香水。她突然非常强烈地想念他。

"阿丽克丝？你还好吗？"马特焦虑地看着她。

"没事啊。"她说，"怎么了？"

"你看起来——好奇怪。"

"我没事。"她有些盛气凌人地说，"你经常来这里吗？"

"什么？"

"你经常来这儿吃饭吗？"她看了看旁边拥挤的吧台，"这是你的午餐专区吗？"

"有时候来。"他答道，"我们并不经常在一个地方吃饭，有时候金融部门会一起去高级餐厅吃饭。"

"我一般不会花时间去高级餐厅，"她告诉他，"这对保持体型没什么好处。"

"从我的角度看，你的体型已经保持得非常好了。"他说，"应该是经常去体育馆锻炼的原因吧，我觉得。"

"你好像记得我很多事情啊，"阿丽克丝说，"体育馆，射击。你没必要记得那么多。"

"我喜欢多多了解和我做交易的人。"马特说,"我希望我们有一些私人关系。"

她充满顾虑地看着他,问道:"私人关系?你指什么?"

"不是私人关系,"他窘迫地说,"朋友关系,我的意思是朋友关系。"

"那就好。"她说,"我只是想确保我们的话题直来直去。我从来不和客户有私人关系。"

"那你都和谁有私人关系?"在他脑子里想到这个问题之后,没来得及管住自己的嘴巴就问了出来。马特现在很想把自己踢出去。

"这跟你没有什么关系。"

"我知道。"他说,"对不起。"

一个服务生为他们上菜,阿丽克丝往汤里放了很多盐。

"这样不好,"马特说,"盐不能吃太多。"

她放下汤勺说:"如果我们放弃所有对我们不好的东西,那就没法生活了。我喜欢吃盐。"

"那你还喜欢什么?"

"你真的很喜欢打听别人的私事,是吧?"

马特摇了摇头。"对不起,当我没问。你给办公室打电话了,对吧?市场今天走势如何?"

当话题又回到了工作上面,阿丽克丝觉得舒服多了。"没什么,"她告诉他,"欧洲中央银行下周会放松他们的货币政策,那时可能会有些动静吧。"她一句话就结束了她对欧洲中央银行政策的看法。

马特虽然一直在听她说话,可是一个字也没听进去。他现在满脑子想的都是——阿丽克丝在床上会是什么样子。

她回到办公室已经三点了。戴夫和加文都不在,珍妮一个人很无聊地玩着电脑游戏。

"演讲怎么样?"珍妮问。

"很不错。"阿丽克丝坐在椅子上,把脚伸上了桌子,"他们的问题我都一一回答了,而且他们对一些保护性措施很感兴趣。"

"你们去哪儿吃的饭?"

"一个综合商场，一碗汤和一个三明治。跟马特·康纳利吃的。"

"是那个银行聚会上在前台站着的又高又白的人吗？"

阿丽克丝点点头。

"怪不得你不想让加文把这个客户抢去。"珍妮诡异地对她笑了笑，"你肯定不会放弃这么一个肌肉男！"

"什么？"

"阿丽克丝！他是个大帅哥！别告诉我你连这个都没发现啊。"

阿丽克丝皱了皱眉。"我当然发现了，他长得是挺帅的，我不是瞎子。但他不是我喜欢的类型。"

"他可能已经结婚了，"珍妮懊恼地说，"帅哥们一般都结婚比较早。"

"有可能吧。"阿丽克丝耸耸肩，"我没问。"

"他手上戴结婚戒指了吗？"

她又一次耸耸肩。"可能没有吧。"

"哦，阿丽克丝，你太让我失望了！你要是一直这么下去的话，只能跟保罗结婚，一辈子就那样了！"

跟保罗结婚。如果他向她求婚，而不是找出一些想安定想要孩子之类的理由离开她，她会怎么办呢？阿丽克丝叹了口气。她可能会说我愿意吧，因为自己毕竟一直觉得有一天一定会嫁给他的。而且她希望结婚之后生活可以和以前一样。

"阿丽克丝，你还好吧？"

"好啊，没事。"

"你和保罗之间没事吧？"珍妮问道，"我以为……"

戴夫推门进来，打断了她们的谈话。他手里拿着一个崭新的高尔夫球杆。"丹尼斯给我的，"他说，"怎么样？看起来不错吧。"

"很棒啊。"阿丽克丝说，非常庆幸自己不用和珍妮谈论关于保罗的问题。在关于保罗的问题上，她是不会对珍妮说谎的，她都差点要告诉她了。"加文和谁吃饭去了？"

"不知道。"戴夫挥了几把球杆，差一点让它撞到了电脑屏幕。"哦，对不起，阿丽克丝。"

"戴夫，你喝了多少酒？"

"不多，"他告诉她，"就喝了一两瓶福斯蒂诺，还有几瓶啤酒。"

阿丽克丝叹了口气。"戴夫，要不然你就回去吧，这里没什么事情，在这儿也没什么意思。"

"他们还在喝呢。"他告诉她，"我本来想多待会儿，不过我觉得该回来了。"

"你自己决定吧，"她说，"随便就好。"

"这样的话，那就周一见了。"他非常高兴地离开了办公室。

"珍妮，你也可以走了。"阿丽克丝说，"这儿也没什么事情。"

"好的，如果你确定的话。"

阿丽克丝点点头。"确定，你走吧。"

她喜欢一个人待在办公室。她喜欢集中精力盯着自己的电脑，了解世界上的最新消息。

她根本无法想象放弃这一切结婚生子，尽管头上有了白发，生理时钟也在提醒她的年龄。但她又无法想象一边工作一边抚养孩子的生活，她觉得不可能同时做两件事情。因为只工作已经让她觉得很为难了。

加文回来的时候已经快四点半了。他看到她在办公室，十分惊讶。

"我以为你会一直在外面吃午饭。"他说，声音有些迷糊。

"很遗憾，我没有。"她说，"跟你正好相反。"

"我要是你我就不回来了，"他说，"我就一直和他们在一起，然后确保这个客户只愿意跟我说话。"

"我知道。"阿丽克丝说。

加文朝她眨眨眼睛。"你怎么知道？"

"我以前见过很多像你一样工作的人，"她说，"我知道你们的工作方式。"

"罗伊·丹非跟我介绍了一份工作。"加文说，"在安达卢西亚银行做公司交易员。"

"你要去吗？"阿丽克丝问道。

加文耸耸肩。

"不过，现在可没有很多公司交易员的职位空着。自从欧元问世以来，只做公司客户的银行有一半已经倒闭了，我们只能在其他方面想办法。"

"我可能会去，"加文说，"也有可能等着你的这个位子。"

"那你估计要等很久了，"阿丽克丝说，"你前面还有戴夫和珍妮呢。"

"珍妮从来都不对我构成威胁。"加文说，"她跟我没关系。戴夫不想再做交易员了。"

"是吗？"阿丽克丝虽然很惊讶，但尽量让自己的语气显得平静。她一直以为戴夫喜欢这份工作。

"就算如此，"加文说，"他也是最会服从的人吧。"

"反客为主了啊。"阿丽克丝笑着说。

"但我很优秀，"加文对她说，"我是最优秀的交易员。"

"你真的这么认为？"

"是啊。"加文说，"我知道我就是。"他差点打了一个趔趄。

"你为什么不回家去呢？"阿丽克丝建议道，"或者你可以去海港中心，我觉得戴夫可能在那儿。然后你们可以继续探讨你们的职业生涯大计。等你头脑清醒一些之后，你再回来想想这段谈话，看自己会有多难堪。"

"你永远都不会让我难堪的。"他紧紧地盯着她的眼睛，"永远不会。"

"走着瞧吧。"阿丽克丝说。

下班后她去了健身房，一直锻炼到浑身出汗。然后回到家，看了一会儿电视剧就睡觉了。

第十一章

有人在追赶她。道路又长又直，根本无处藏身。她可以感觉到那人已经快要抓到她了，她想作最后一搏，疯狂地往前跑。可是她的双脚根本无法抬起，沉重地好像灌满了铅一样，完全不能行走。越追越近了，马上就靠近她了，她几乎可以听到他的呼吸声……铃声响了。

电话铃在响。阿丽克丝挣扎着醒来，满头大汗。天鹅绒被子紧紧地裹在她身上。她从噩梦中惊醒，依然浑身颤抖，总怕会被什么人抓住。

"你好。"她接起电话，声音颤抖着。

"阿丽克丝？你怎么了？"

"我没事，卡莉。"她从床上坐起来。夏日的阳光从窗帘的缝隙中映射进来。"我刚才睡觉呢。"

"我的上帝！"卡莉听起来非常惊讶，"多么美好的周六早晨！都十点了，你怎么还在睡觉？"

"你真想知道吗？"

"哦，阿丽克丝！别告诉我你又……"

阿丽克丝笑了。"跟你说实话，我做噩梦了。幸亏你打电话把我叫醒了。"

"梦见什么了？"

"有人拼命追赶我。"

卡莉说了几句安慰的话。阿丽克丝从小就经常做噩梦，而且总是梦到有人追赶她。卡莉清楚地记得阿丽克丝小时候有一次做噩梦，半夜跑到她的房间，因恐惧而浑身发抖，无论如何都不愿意回到自己房间睡觉，因为她觉得有影子在跟踪她。

"我没事。"阿丽克丝不耐烦地说，"我现在好多了。"

"那好，你现在赶紧给我从床上起来来我的美容沙龙。"卡莉命令道，"十二点有一个顾客取消了预约，我给你做世界上最好的按摩。"

"我不想做按摩，"阿丽克丝说，"我想去购物。"

"你什么时候都可以去购物。"卡莉说，"赶快过来吧，上帝啊，有多少女人因为能做免费按摩而高兴死了。"

"我付钱。"阿丽克丝机械地说。

"这次不用。"卡莉说，"我自愿送给你的，让你开心一点。"

"我不需要开心，"阿丽克丝告诉她，"我很好，这是实话。"

"每个人都需要开心。"卡莉说，"十二点，到时见，阿丽克丝。"

阿丽克丝叹息一声，从床上爬起来。她知道母亲是想对她好，给她一些支持，她也非常感激。但是一想到卡莉喋喋不休的问题和同情的话语，她就犹豫不决。直到现在，她一想起保罗还是会有想哭的冲动，虽然自己知道这种行为实在是太愚蠢了。

她冲了个澡，套上了 T 恤衫和牛仔裤。她跟卡莉说要去购物的确没有骗她，因为家里实在什么东西都没有了。这段时间她一直在吃玛莎百货里的快餐，最后已经没有任何食欲了。洗碗机（要么就是洗衣机）里面也没有洗洁精（或洗衣粉）了，牙膏、牙线都需要买。还有最重要的，她要多买一些酒回来。

一直以来都是保罗去购物。他绝对是一个购物专家，了解所有商品的价格，而且能保证买来的东西质量非常完美，酒更是如此。

阿丽克丝讨厌去超市。本来只需要买一件东西也得推着购物车乱逛，要是拎手提篮的话，只装一包洗衣粉就会变得非常重，搞得自己都会怀疑自己到底买的是洗衣粉还是洗衣机，更不用说买两包会变成什么状况了。

"您有会员卡吗？"收银台的小姑娘问道。

阿丽克丝疑惑地看着她。"会员卡？"

"就是店内用的积分卡，您有吗？"小姑娘倒是挺有耐心。

"好像没有，"阿丽克丝说着，摇了摇头，"没有。"

"那您要申请一张吗？"

阿丽克丝知道自己身后还排着很多等着结账的不耐烦的顾客。

"下次吧，"她着急地说，"我有时间的时候。"

她结账之后把东西放在车上。难道他们都是会员吗？她十分纳闷。保罗之前从来没跟她说过还有会员卡这种东西。反正没什么区别，她告诉自己。不过她觉得知道这一点还是好的。

她把车停到卡莉美容沙龙的停车场。她其实很怕见到卡莉，她怕自己会哭出来。自从约翰·卡拉汉离开家那黑暗的一天开始，她就再也没有在母亲面前流过泪。卡莉要她们坚强起来，阿丽克丝也为了母亲变得坚强起来。她不想让卡莉担心自己，觉得自己应付不来。而且，卡莉当天也没有哭，她没有焦急地担忧自己接下来的生活应该怎么办。卡莉做起了自己的事情——开美发沙龙，生意相当成功。

阿丽克丝一边推开沙龙的门，一边苦楚地想：其实有一个你可以随意在她面前哭泣的母亲也挺好的。

"阿丽克丝！你看起来……"卡莉·卡拉汉仔细地打量着自己的女儿，"没有我想象的那么糟糕。"

"谢谢。"阿丽克丝轻吻了一下母亲的脸颊，"你气色也很好，和以前一样。"

"谢谢。"卡莉瞥了一眼镜子中的自己，"我一向是自己最好的广告。"

她的确是很好的广告。五十五岁的她优雅又有线条，有着金黄色的头发、和女儿一样闪烁的眼睛。卡莉穿的白色 T 恤和海军裤将她的身材修饰得恰到好处。这就是一个女人自立自强照顾好自己的结果。

"你好，阿丽克丝！"萨曼萨·苏利万推门进来，看到两人站在前台便打招呼。她是卡莉年轻的助理，二十来岁。"来享受一下？"

"就只做个按摩。"阿丽克丝回答道。

"很好。"萨曼萨笑着说，"卡莉，我忘记告诉你布登夫人来做美容的时间改成了下午三点，她今天早上打电话说的。你应该不会介意吧。"

"当然不会。"卡莉回答。她一边让阿丽克丝躺在美容床上，一边跟她讲：博纳迪特·布登是一个政府高级官员的夫人，她人特别好，除非有什么重要的事情耽搁了，从来不会随便改预约时间的。

"那我能了解什么政府政策吗？"阿丽克丝问道。

"无可奉告。"卡莉一边说，一边将按摩精油涂在阿丽克丝的背上，然后开始按摩，"哦，天哪，阿丽克丝，你肌肉比以前更紧了！"

"哦，是啊。"每次卡莉给她做按摩的时候，阿丽克丝都会听到这句话。

"我说真的。"卡莉说，"你的肩膀一点都不顺畅。看来保罗的事可把你郁闷得够呛。"

"那是因为我每天工作很忙。"阿丽克丝稍微调整了一下姿势让自己更舒服，"之前我在为一个客户公司准备演讲，这耗费了我很长时间。办公室其他人下班都很早，我还有一些希腊德拉克马①外汇的事情需要处理。"

"所以你肌肉太紧还有做噩梦都是因为这个？一个小小的演讲和希腊外汇的问题？"

阿丽克丝叹了口气。"那并不是个小小的演讲，那是个非常重要的客户。还有，如果三十亿德拉克马汇错了银行，肯定会酿成大祸的。"

"所以保罗的事情就没对你造成任何影响？"卡莉尽量让自己的声音显得平静。

"当然会有一点。"阿丽克丝承认道，"的确让我觉得有些紧张。"

"跟我说说吧。"

"我不是告诉你了吗？"

"但你没提还有一个法国女人的事。"

我要弄死薇安！阿丽克丝愤愤地想，我要把她的嘴巴撕成碎片！"说真的，

---

①希腊加入欧元区之前使用的货币。——译者注

95

卡莉，"她生气地说，"你和薇安除了谈论我的事情之外，就没有其他更有意思的事可以做吗？"

"我跟你说了，我们很担心你。"

"担心我！"阿丽克丝大喊，"你们有什么好担心的？我有很好的工作、大房子和豪车，你们根本不需要担心我！啊，好疼！"

卡莉用力了捏女儿肩胛骨下面的部位。"太紧了，非常紧。"

"是你把我搞紧张的。"阿丽克丝说，"我知道你和薇安喜欢没事闲聊、晚上煲电话粥，但是我没有任何问题，而且我和保罗怎么样是由我来决定的。"

"你确定你和保罗的关系不是由他来决定的？或者那个法国女人？"

"你能不能不提这个法国女人？"阿丽克丝生气地说。

"但是她也是一个有力的竞争者。"

"她的出现只是一个催化剂，"阿丽克丝说，"保罗说的。但他没有和她一起私奔什么的，她甚至都不在爱尔兰。"

"他这么说？"

"是啊。"阿丽克丝简短地说，"他说的。"

她希望他说的是真的。她希望他是一个人在家敲打电脑键盘，为了一篇即将截稿的文章奋笔疾书。她一点也不想去想象他或许现在正在巴黎和萨拜因在一起。他不会在巴黎和萨拜因在一起的，他没有这个时间。他工作太忙了，忙得上周都没空去见她。

"给我讲讲她吧。"卡莉说。

"她叫萨拜因，"阿丽克丝叹息道，"是个设计师。他们在巴黎认识的。"

"然后呢？"

"什么？"

"他们在巴黎都干什么了？"

"卡莉！看在上帝的分上，"阿丽克丝企图转身质问，被母亲的双手按住了，"我真不知道。"

"你应该知道。"卡莉说。她又擦了一些油到阿丽克丝的大腿上开始按摩。

"或许我自己不想知道吧。"阿丽克丝承认道。

"男人跟事业成功的女人一起生活是很困难的。"卡莉说，"而且到了保罗这个年龄，他会想着结婚生子，这样就更困难了。"

"他可以事先跟我讨论啊。"阿丽克丝把头埋进床头的毛巾里，"我们肯定可以解决问题的。"

"现在呢？"

阿丽克丝沉默了一会儿。"要是我觉得他值得我这么做，我就把他抢回来。"

"好了。"卡莉说，"你在这儿躺着休息一会儿吧。"

她走出了房间，阿丽克丝闭上眼睛。她不愿去想薇安和卡莉一起谈论她的事情。她讨厌自己成为她们关心的话题之一，而且还带有同情。她不想让任何人同情她，她很好，她能应付所有事情。

房间里的音乐令人十分放松。她不再去想姐姐和母亲谈论她的事情，全身心地放松，让音乐流淌过自己的身体。

"接下来你打算做什么？"

阿丽克丝从床上跳起来，她没有听到卡莉推开门进来的声音。"今天晚上和特里、薇安他们一起吃饭。"她回答道，"我会告诉我的大嘴巴姐姐不要再跟我的大嘴巴妈妈谈论我的事情了。"

"我告诉过你，我们没有谈论你。"卡莉站在女儿旁边说，"去什么好地方？"

"不知道。"阿丽克丝说，"他们就是拉我去凑数的，好像是特里的什么活动。"

"我给你做个美容吧。"卡莉建议道，"让你看起来更好。"

阿丽克丝抬起头问道："你是说我现在不好吗？"

"我就给你做一些小小的改进吧。"

阿丽克丝喜欢做美容。她决定享受母亲给她带来的服务。

阿丽克丝换好衣服准备赴宴的时候，天气依然很暖和。她穿了一件长长的魅影牌黄褐色纱裙，把她纤细的身材衬托得恰到好处，令她看起来恬静而高雅。她戴了金耳环和金项链，这都是保罗上个圣诞节送她的礼物。她本来想戴自己买的祖母绿宝石首饰的，但突然想要戴保罗给她买的首饰。她还喷了一些迪奥沙丘香水，这是她最喜欢的晚宴香水。

她思索今晚的晚宴会是什么样子的。薇安一向很喜欢在家里召集很多人一起玩，然而保罗却不怎么喜欢薇安家的派对，虽然他在场的时候表现得很开心。不管怎样，阿丽克丝坐在去薇安家的出租车上时想，他是不是真正开心跟我也没什么关系了。

其他人都还没有来。停车场里唯一的一辆车是特里的车。

"阿丽克丝！你今天真漂亮！"薇安打开前厅的门，笑着和她打招呼。

"你也是，薇安。"阿丽克丝亲吻了姐姐的脸颊。薇安穿了一件粉色的长纱裙，在这个温暖的傍晚显得清新可人。"我是第一个到的吗？"

"你是唯一的客人。"薇安告诉她，"我们今晚不在家里吃饭。"

"不在家里？"

薇安摇了摇头。"特里预定了布丁餐厅。"

"哦。"阿丽克丝十分奇怪，她很少跟姐姐和姐夫一起出去吃饭。

"我们觉得这是最好的方式，"薇安说，"要不然卡塔尔也会觉得不知所措的。"

"不知所措？"阿丽克丝狐疑地看着姐姐，"这个叫卡塔尔的是谁？还有谁要来一起吃晚饭？"

这时，内萨和奥伊菲从厨房跑出来围着阿丽克丝，薇安暗自庆幸从阿丽克丝的问题中解脱出来。

"我当然给你们买东西了啊！"她回答着两个小不点儿急切的问题，"我哪次来没买东西呢？"她给两个人分了一些糖果。"看在上帝的分上，你们别一次就吃完好吗？你妈妈不允许的。"

"她不会介意的。"内萨平静地说，"平时她从来不让我们吃糖，所以我们才老盼着你来。"

"被需要的感觉真好。"阿丽克丝笑着说。

"特里你准备好了吗？阿丽克丝已经到了！"薇安朝楼上的丈夫喊着。

"当然准备好了。"他一边回答一边走下楼梯，"不用喊那么大声，薇安。"

"我以为你也美美容呢。"她朝他笑了笑，在他嘴唇上亲吻了一下。

"好了，"特里说，"我们可以出发了吗？"

"当然可以。"薇安打开客厅的门，"孩子们，晚上见，在家好好听玛兰达阿姨的话。"她又转向保姆，嘱咐道："玛兰达，十点就让她们上床睡觉。"

"好的，米歇尔夫人。"玛兰达从正在看的书上抬起头答应道。

"再见。"薇安亲了亲两个女儿，"在家乖乖的哦。"

阿丽克丝跟随姐姐和姐夫出了门。特里打开奥迪车门让阿丽克丝坐进去。

"今天晚上到底是什么安排？"特里发动车的时候，阿丽克丝问道，"我们为什么要出去吃饭？还有谁要来？那个叫卡塔尔的人是干吗的？"

她看到薇安和特里迅速地交换了一下眼神。

"薇安！"她将身体前倾到薇安座椅后面，"今晚到底是怎么回事？"

"没什么事。"薇安说，"就是吃个饭，没别的事。"

"那别人还有谁要来？"阿丽克丝急切地问道，"还有谁……"

"我们四个，"特里打断了她的话，"你和卡塔尔，薇安和我。"

"你们到底安排了什么？"阿丽克丝追问道，"你们之前从来没和一个人一起开派对。这到底是怎么回事？"

"卡塔尔·莫兰是个很好的哥儿们，在我们公司的金融部工作。"特里说，"你会喜欢他的，你会发现你们有很多共同点。"

"我？"

"绝对会的。"薇安说，"说实话，阿丽克丝，他是个很好的人，他在布鲁塞尔工作了两年刚回来，谁也不认识。"

"薇安，"阿丽克丝的声音压得很低，听起来很可怕，"这就是所谓的相亲会吗？"

"我不会安排成那样的。"薇安说。

"那你会安排成什么样？"

"就只是聊一聊，吃个饭嘛。"

"吃的是商务饭还是社交饭？"

"两者都有吧。"

"我才不信呢。"阿丽克丝一下子坐回自己的座位上，"你们两个我都不信！你们安排我和一个从来没见过的人交往，你们都在想些什么？"

"别这样，阿丽克丝。"薇安转过头来安慰她，"我告诉你了，卡塔尔是个精品男人，他真的很好，你们要是能……"

"天哪，你想错了！"阿丽克丝生气地说，"我不去跟什么从来没见过的人吃饭，也不会去参加你们安排的所谓的相亲会。"

"阿丽克丝，别无理取闹。"特里说，"这是生意的一部分。卡塔尔即将成为我们公司的新员工，所以我想拉拢他来我这边呢。"

"特里，我不想和你们的新员工有任何关系。"阿丽克丝说，"我自己已经见识了很多这样的人。"

"阿丽克丝，大度一些嘛。而且你有可能很喜欢他的。"

阿丽克丝咬了咬牙。"我才不想喜欢他。"

"那就太愚蠢了，"薇安说，"这不是和自己过不去吗？"

我想跟你过不去呢。阿丽克丝想，气得浑身热血沸腾，这样你就不用整天想着插手我的事了。

在她跟在特里和薇安后面、迈上餐厅台阶的时候，她依然很生气。一般情况下，她很喜欢嘈杂的谈话、觥筹交错的声音，但现在她一心只想回家。她十分讨厌被人操控做自己不喜欢的事情。

卡塔尔·莫兰已经在桌边等候了。他起身迎接他们的到来。阿丽克丝打量着他，他大概六英尺高，有着淡茶色的头发、灰色的眼睛，一张棕褐色的有雀斑的脸上满是激动。

"希望我们没让你等太久。"特里抱歉地说。

"没有没有。"卡塔尔笑着对他们说，"很高兴再次见到你，薇安。那这位一定是阿丽克丝了。"他友好地向她伸出手。

阿丽克丝僵硬地握了一下他的手。"你好。"

"久闻大名。"卡塔尔说。

"抱歉，我对你知之甚少。"阿丽克丝坐下，冷漠地说。

"那你想知道什么？"

"我还不知道。"阿丽克丝从服务生那里拿来菜单开始翻看。

"有谁要喝点东西吗？"特里问。

"滋补杜松子酒。"阿丽克丝说。

"我也一样。"卡塔尔点头应道。

"马蒂尼。"薇安说。

"我也要一杯滋补杜松子酒吧。"特里对服务生说。

四个人安静地研究自己的菜单。阿丽克丝偷偷地从菜单上方窥视了一下卡塔尔，当发现他一直在观察她的时候，她迅速地将眼神转向别处。我真想弄死他们！阿丽克丝又一次想道，让他们后悔来到这个世界上！薇安脑子里到底是怎么想的——来这儿演戏！她一直将菜单打开做研究状，直到其他人都点完了。

"这周市场怎么样？"当她终于把菜单放在桌上的时候，卡塔尔问道。

"很平淡。"阿丽克丝说。

"英国会降低汇率吗？"他问。

阿丽克丝耸耸肩。"很难说。"

"有这种可能吗？你觉得他们会吗？"

"既然没有经济学家认同这一点，可能我怎么想跟市场一点关系都没有。"天哪，说完之后她想，自己是不是太无礼了。他被带到这儿来吃饭本来也不是他的错。"不过，我觉得他们会这么做的。"她加了一句。

"银行交易部的工作真像他们说的那么有意思吗？"卡塔尔问，"我记得我上大学的时候，大家都很想去尝试一下金融业。"

"就是工作而已。"阿丽克丝答道，"我喜欢。"

"但是这不是一个男人为主的行业吗？"卡塔尔又问，"你不觉得对着一群男人发号施令很困难吗？"

"不。"

薇安忍住笑。卡塔尔叹了口气，说："看来这只是我个人的想法。"

阿丽克丝又耸耸肩。"不好意思，很多人都这么问我。我不觉得同男人一起工作与同女人一起工作有什么区别。我知道男人很喜欢反抗你的意见，而女人更能帮到你。但最终的结果只有两个——要么赚钱，要么没有，所以这和你跟男人还是女人一起工作没有任何关系。"

"我曾经有一个女上司。"卡塔尔一边说一边往面包片上涂番茄酱，"她做得很好，但因为要生孩子就辞职了。"

阿丽克丝浑身一紧。她不想参与到这种话题当中去。

"但是特里告诉我你对孩子没什么兴趣。"

她恼怒地瞪了姐夫一眼，他现在正无所事事地打量餐厅的每个角落。

"阿丽克丝很会照顾孩子的，"薇安说，"她把我的两个女儿照看得很好，像对她自己的孩子一样亲。"

不，我不是这样的。阿丽克丝想。她们要是我的孩子，我才不会每次回家都给她们买糖果吃；我也不会和她们玩医生病人的游戏，让她们拿着烤肉的铁签戳我。

"我喜欢孩子。"卡塔尔说，"但是我现在还不想那么快就安定下来要孩子。"他向阿丽克丝送出一个笑脸，阿丽克丝淡淡笑了一下作为回应。

服务生为他们上了饮料，然后把点餐的单子拿走了。阿丽克丝喝了一大口滋补杜松子酒。

"你是不是某次赚过很大一笔钱？"卡塔尔问，"或者，运气不好的话，也赔过很大一笔钱？"

"都有过。"阿丽克丝回答，"不过赚钱的确更有乐趣。"

"你赚过很多钱，不是吗？"薇安说。

"给我自己还是给银行？"阿丽克丝反问。

"当然是给银行。"

"应该是的。"

"那你平时都做什么娱乐消遣？"卡塔尔问，"我记得布鲁塞尔有一个交易员喜欢高空滑翔——坐在滑翔机上直接从悬崖上跳下去！这个爱好使他在上人寿保险时遇到很大麻烦。"

阿丽克丝淡淡一笑。"我不喜欢危险运动。"

"那射击呢？"特里问道。

"一点也不危险。"阿丽克丝笑了，"除非你柔弱得像一张纸。"

"你记得自己练过柔道吗？"薇安对着阿丽克丝做了个鬼脸，"你摔跤的时候肩膀脱臼，可怜的卡莉差点都没给你接上。"

"那都是多少年前的事情了。"阿丽克丝提醒她说，"而且那是别人摔我，我只是当时没站稳而已。"

卡塔尔笑着靠在了身后的椅背上。"至少它说明了你可以照顾好自己，阿丽克丝。"他说，"而且也可以照顾好你身边的人。不用担心什么危险人物袭击你。"

"我猜不会有这种事。"服务生将她点的蟹卷放在她面前，她回答道，"我猜不会。"

他是个不错的人。阿丽克丝在洗手间补妆的时候承认道。他一直在探寻她的生活，但她不能因为他是一个直截了当的人而责怪他。吃饭的时候他有些激动，讲了一些他在布鲁塞尔欧洲委员会工作时的事情。但是她一点都不觉得跟他来电。有一次他们同时拿盐的时候，互相碰到了对方的手，她没有任何感觉。他当时对她笑，好像心有灵犀一般。但她却没有觉得有一丝温暖。

她希望特里和薇安没有安排今天晚上的这次会面。这不仅对她自己来说不公平，对卡塔尔也不公平。如果他说的都是真的的话，他在布鲁塞尔的生活除了工作还是工作，跟和尚无异。所以，在这种场合下他肯定也想早点回家吧。

她捋了捋头发，贴近镜子仔细端详。发根又开始变灰白。她咬了咬自己的嘴唇，突然想知道卡塔尔怎么看待已经长白头发的女人。

他住在拉内拉赫，建议和阿丽克丝一起打车回去。

"好主意。"薇安说。

"我走回去就好。"阿丽克丝回绝道，"我住得不远，而且卡塔尔也不顺路。"

"也不是不顺路。"他说道，"不过如果你想散步的话，我可以陪你走回你住的地方，这样可以确保你安全回家。"

阿丽克丝抱怨了自己一句。刚才话一出口，她就发现自己提到走回去是一个错误。"你不必勉强。"她对他说，"我走得很快，就当锻炼了。"

"我一般吃完饭也会做一些锻炼。"卡塔尔拍着自己的肚子说，"谢谢你的款待，特里。"

"不客气。"特里一边在结账单上签字一边说，"我们非常欢迎每一个来到我们公司的员工。"

"我已经感到受宠若惊了。"卡塔尔说，"薇安，谢谢你放弃周六晚上的时间来陪我吃饭。"

"卡塔尔，我的周六可不是充满着娱乐活动啊。"她笑着对他说，"我丈夫能有这么个机会带我出来，我还求之不得呢。"

外面依然很暖和。暖风轻轻地吹拂着整个街道，赫伯特公园的树叶也在轻轻摆动。阿丽克丝将眼前的一缕头发拨开。

"我们先走了。"她说，"回去给你电话，薇安。"

"好的，一定啊。"姐姐给了她一个吻，"一路平安。"

"放心吧，薇安，有我照顾她呢。"卡塔尔说，"而且她是练过柔道的呢，对吧？"他笑着看着他们。"下周一见，特里。"

"再见，卡塔尔。"特里和薇安手挽手地走向停车场。

阿丽克丝此时非常希望自己的衣服上能有两个口袋，这样就可以把两只手伸进去了。

"我很喜欢你姐夫。"卡塔尔走在她身边对她说，"他真的很友好。你姐姐也是。"

"是啊。"

"我以为你是个更外向的人呢。"他直率地说，"我一直以为你们交易员都脾气暴躁呢。"

"你喜欢这种类型？"阿丽克丝问。

"完全不。"卡塔尔挽起她的手臂，"我喜欢你，阿丽克丝。"

她将自己的手臂缩了回去。"我也挺喜欢你的。"她说，"但是跟你说实话，卡塔尔，我现在不想跟任何人约会。"

"为什么不呢？"

"因为我有男朋友。"

"特里可不是这么说的。"卡塔尔平静地说，"特里说你已经跟你男朋友分手了。"

"你们在一起的时候也谈论过我吗？"她追问道。

"只是聊天而已。"卡塔尔小心地陪她过马路，"看在上帝的分上，别那么紧张好不好？"

"听着，"阿丽克丝停下脚步，转向他说，"我不知道特里有什么打算，也不知道薇安的，或者是你的。但是目前我还没有跟相处三年的男人分手；而且就算是我们分手了，现在也不是我重新约会的时机；再者，就算是我想再找人约会，这个人也不一定就是你。"

卡塔尔扬起了眉毛。"你别告诉我我不符合你的条件。"

她笑着对他说："当然不是。但是我现在还没准备好再开始另一段感情。说实话，我不能。"

"嘿，我也没准备好给出什么承诺呢。"卡塔尔轻松地说，"我们就顺其自然吧。"

"好的。"她答应道。

他们沉默着走回了她的公寓。她没有邀请他进来喝杯咖啡再走，他也没有试图跟她吻别或者说晚安。

我还是要弄死薇安，还有特里。还有试图扰乱我的生活的任何人。她愤愤地想。

第十二章

阿丽克丝打开公寓的门，径直走进了厨房，打开抽屉找到她一向应急用的香

104

烟。虽然她离家之前把所有的窗户都打开了，但是房间里还是热得像在烤箱中一样。她打开阳台的门走出去，湿润的空气在她裸露的手臂上凝结。

阿丽克丝点燃了一根香烟，尽情地吸了一口。一开始她对点燃这支烟有一定的负罪感，但她还是很乐意享受抽烟时的这份放松的感觉。她又深深地吸了一口，烟头发出的火光在夜晚闪烁着。

她靠在阳台栏杆上，盯着黑黑的河面开始思索卡塔尔的事。很明显，他完全不是她喜欢的类型。虽然她自己也不清楚自己到底想要什么样的男人，因为之前她交过的男朋友五花八门，但她知道，从某种程度上来说，一定不是卡塔尔。

她在大学的时候交过一些男朋友，但每一个持续的时间都不是很长。倒不是因为她不敢在家门口的胡同里同他们打架，或者是第一次尝试抽烟、喝酒或其他一些卡莉不希望她做的事情时太过羞涩，只是因为她跟他们在一起几天就腻了。有一次她甚至问过薇安，跟这些无聊的家伙交往有什么意思。"权当练习呗。"薇安说。但阿丽克丝耸耸肩，表示自己根本不需要任何练习。

索菲娅·雷蒙德，她大学时最好的朋友，在回伦敦工作之前曾经在纽约的摩根斯坦利工作了几年时间。她曾经告诉阿丽克丝，她从来都不和男人走得太近。

虽然当时阿丽克丝反驳说这样就没法让男人接近她了，但她觉得索菲娅的想法不无道理。在她和男生的交往中，总有一点令她十分恐慌，就是男生想要得到的总是多于她想给予的。所以一旦遇到这种情况，她就只能结束两人的关系。这种情况已经发生过很多次了。

"绝对是你思想上有问题。"有一次她和一个叫克里斯托弗·西蒙斯的律师男友分手之后，索菲娅郑重地告诉她，"你总是不能接受两个人在一起的关系。"

"才不是呢。"她尖锐地回复道，"只是我还没遇见我喜欢的类型。"

而现在，一个人孤单地站在五年前自己买的公寓的阳台上，她在想自己是否曾经遇见过那种人。

她在想和保罗在一起一切都变得不同。她从来没想过会和一个非常不认同她工作的记者坠入爱河，即使他在采访她的报道中几乎将她和撒切尔夫人、名模凯特·莫斯等人相提并论：

"卡拉汉睡眠很少，她能在午夜之后就寝而在六点之前起床，而且她的面容没有一丝疲倦。她苗条而高挑，一张迷人的脸上镶嵌着两颗如绿宝石一般的大眼睛。这还不够，她喜欢在周五晚上去酒吧小酌。虽然身边经常围绕着一些追求者，但整个采访过程中她从来没有提到过私人生活。"

自从报道登出之后，她经受了很多来自同事的压力，但她自己并不在乎。前所未有地，她开始喜欢有人打进办公室电话问候她，在前台等着接她下班，在家为她做丰盛的晚餐。保罗把她当做孩子一样来宠爱，她也十分享受这种被宠爱的感觉。她第一次允许别人宠着她。她允许他走进自己的生活，将自己的心门向他敞开。然而现在看来，这些都是彻头彻尾的大错误。

现在她前功尽弃，一切都要从头开始了——结交新的男人，了解他们的喜好，学着尽量不去激怒他们。想到这里，她不禁打了一个寒噤。她还没有作好为这一切付出的准备。她不想再重来一次了。事实证明以前不让男人跟自己走得很近是多么明智。而且，她也不会像一些三十多岁的女人一样，疯狂地想随便找个男人凑合。

现在在大家眼里，她是不是这样一个形象——一个孤芳自赏的老女人，朋友们要拉出一串名单奋力地帮她搜索出合适的男人介绍给她？她已经不是以前的阿丽克丝了。以前的她，事业成功，无所不有，令人艳羡，还有一个魅力四射的男朋友。而现在的她，顾影自怜，抱着事业当做仅有的最后一根稻草，却不知事业到底能带给她什么。曾经的阿丽克丝还是值得同情的，因为三十二岁的她刚刚跟一个浪费了她三年光阴的男人分手，这个男人就跟第一个闯进他生活的女人跑掉了。现在的阿丽克丝在派对上形只影单，或许今后只能通过报纸的征婚广告来寻求余生的幸福，然而打电话前也会心惊胆战，生怕电话那头是个疯子。

她将烟头顺手从阳台上扔下去，丢进了运河里。以前她会为自己这样的行为感到羞耻，因为她是一个坚定的环保主义者，虽然运河脏得不堪入目，她还是会觉得不舒服。这种感觉源自当儿时不小心打碎盘子，或者洗澡时将浴室溅得到处都是水的时候，卡莉就会十分不耐烦地斥责她笨死了，阿丽克丝就嘟着嘴说"对，我就是笨死了"。

她甚至现在就可以想象卡莉站在房间里盯着她，质问她是不是这辈子都想孤独终老。她都能听见卡莉说："阿丽克丝，你还是要努力的，还有很多好男人等着你去发掘。"

电话铃突然响了，她惊了一下，走回房间拿起听筒。

"你好。"

"你好，阿丽克丝。"

"哪位？"

"你忘得可真够快的啊！"电话里男人的声音显得很惊讶，"是我，卡塔尔。"

"卡塔尔？你怎么知道我的电话的？"

"我让薇安把你家的电话号码写在你名片上了。"他说，"我可不想把电话打到你办公室去。"

天哪，阿丽克丝愤愤地想，薇安还真把他当回事了。看来她真的要跟她好好谈一次了，告诉她我完全有能力自己找到心爱的男人，非常感谢你的帮助，也请你以后不要再来骚扰我了。

"我想告诉你今天晚上我很开心。"

"是吗？"

"哦，当然了。我喜欢特里和薇安。当然了，我最喜欢的还是你。"

阿丽克丝对着电话做了个鬼脸。这是她听过的最没有创意的台词。她什么都没说。

"我想知道以后我们能不能再见面。"

她叹了口气。"我告诉过你……"

"你说你还没准备好开始另一段感情，我理解。我也一样。但这跟我们做朋友没有什么关系吧？"

"我可不相信什么男人和女人可以变成朋友的理论。"阿丽克丝说，"性总会或多或少地占据一些位置。"

"嘿，是你先提到性的，我可没说。这种问题放到以后再讨论吧，好吗？"卡塔尔的声音充满了惊讶，阿丽克丝笑了笑。

"谢谢你来电话。"她客气地说，"我先挂了，今天挺累的。"

"那就再约了？"

"或许吧，"她犹豫着，"我也不确定。"

"那我下周再打电话给你吧？"卡塔尔建议道，"这样你就可以先想想了。"

"好的。"阿丽克丝突然想结束这番谈话，"我先挂了，卡塔尔，再见。"

"再见。"他回应道，但电话那头已然只剩下嘟嘟声。

她给自己倒了一杯滋补杜松子酒，又走到了外面。

卡塔尔站在阿丽克丝公寓对面的人行道上，希望能从另一侧看到她家的阳台。

他知道她一定会在阳台上的。他期望她能叫他上去坐坐，然而她没有邀请他，令他感觉非常不舒服。他感觉自己要跟她失去联系了。他叹了口气，将手机装进口袋，随手打了一辆车回家了。

阿丽克丝怎么也睡不着。她在双人床上翻来覆去，将盖在身上的天鹅绒被扯到一边去。她从来没觉得这么热，比在希腊度假的时候还热——当时热乎乎的海风吹向每一名游客和居民，大家都不盖被子。

她开始想保罗现在在做什么。一想到他这时候过着自己的生活，不去想她不去关心她，她非常心痛。当她试图想象保罗的画面时，萨拜因总是会出现在她的脑海里切断她的想象，于是她怎么也不能把这两个人从画面中分开。

他不爱萨拜因，她坚定地对自己说，他也不会搬去和她一起生活、生儿育女。这简直太恶心了。如果他真的想要孩子的话，我可以和他生孩子。

但是她又觉得这个话题更恶心了。

凌晨三点的时候她打了个喷嚏，一下子醒了过来。她坐在床上开始摸索纸巾。眼睛好疼，脑袋像灌了铅一样沉沉的。虽然房间里依然很热，但她已经打寒战了。天哪，她想，我竟然在人生中最热的一个夏夜感冒了！真有意思啊！

她穿了一件T恤衫去厨房喝水。嗓子干得像要裂开一样，浑身骨头酸痛。她倒了一杯橘子汁，顺便瞥了一眼瓶底的保质期，七月十五日，已经过期了。要是感冒没将她置于死地的话，橘子汁很有可能会把她送上西天。

她又回到床上，抓起被子紧紧地裹在身上。她浑身打哆嗦，一阵一阵冷意浸透到骨子里。这时候她多希望身边能有一个人——任何人都行——拥抱着她给她温暖。你太自私了，她对自己说，把身上的被子裹得更紧了。任何人这时候都不会对你传染给他们感冒而心存感激的。

她又翻来覆去、忽冷忽热地折腾了好久，睡得很不踏实。七点的时候被窗外叽叽喳喳的喜鹊叫声吵醒，她恨不得身边有杆枪好直接把它打飞。接着她就昏昏沉沉地睡着了。

一阵电话铃声又把她吵醒。她一边摸索着电话，一边想真是受够了睡觉时来电话了。

"你好。"

"天哪，阿丽克丝，你的声音怎么跟染了瘟疫似的？"

"托您的福啊，薇安。"

"你昨晚到底和卡塔尔又做什么了？"薇安轻声笑着问道，"你们走的时候还不算晚啊。"

"他走的时候也不晚啊。等一下，你……"阿丽克丝把电话扔在床上，去抓纸巾。鼻子塞得厉害，她敢打赌鼻子已经红了。

"你还好吗？"薇安问道。

"就那样吧，"阿丽克丝回答，"我感冒了。"

"可怜的孩子。"薇安的声音一点都听不出同情来，"你需要什么东西吗？应该会好吧？"

"我需要安静。"阿丽克丝说，"我会好起来的。"

"我打电话就是想问问你和卡塔尔进展得怎么样了。"薇安说，"你不舒服的话我过会儿再打给你吧。"

"不用了。"阿丽克丝倒在床上，一手抓着纸巾捂着鼻子，一手握着话筒说，"没什么进展。"

"阿丽克丝，他真是个完美的男人，他到底哪儿不好？"

"没有。"阿丽克丝说，"绝对没有。"

"你们一起回家的时候有没有很谈得来？你有没有让他进去喝杯咖啡？"

"天哪，薇安，别无理取闹。我当然不会让他进来喝咖啡，你到底想让我怎么样？要是我真的请他来喝咖啡，我们很可能最后就上床了，但我不想跟他上床。"

"你没必要跟每一个去你家喝咖啡的人都上床啊。"薇安暴躁地说。

"好吧，不过卡塔尔·莫兰肯定很期待呢。"阿丽克丝说。

"那可不一定。"

"那非常肯定。"

"但是……"

"听着，薇安，我知道他是一个不错的男人，但你真的没必要这么着急要把我跟哪个男人撮合到一起。我有能力管好我自己的事。"

"我没想撮合你们。"薇安的声音显得有些受伤，"特里邀请卡塔尔吃饭已经很久了，你要是依然能看得住保罗的话我就邀请你俩一起来了。"

"我能'看得住保罗'？你是什么意思？"阿丽克丝追问道。

"醒醒吧，阿丽克丝，"薇安说，"你要面对现实啊，保罗已经把你甩了，他跟一个法国妞跑了，不会再回来了。给你留出的余地充其量只是因为他自己的良心。"

"说实话，"阿丽克丝把头深深地埋进被子里，"周三的时候我约了保罗见面吃饭，所以收起你那卡塔尔的愚蠢的相亲计划吧，不过还是要谢谢你啊！"

"吃饭？你和保罗？"

"我告诉过你，但你不相信。"阿丽克丝吸了吸鼻子，"给彼此空间和时间是一定可以解决问题的。"

"他很可能直接告诉你说你们完了。"薇安说。

"上帝啊，感谢你的支持！"

"这些分分合合的事情很少能真正解决。"薇安告诉她，"阿丽克丝，不是我的话难听，我就想告诉你你不能再等下去了。你已经跟保罗浪费了三年时间，现在你需要从这段关系里走出来，趁还没有太晚之前再找到另一个合适的。"

"看在上帝的分上！"阿丽克丝大怒，一下子坐了起来，虽然这个猛烈的动作让她头痛不已，"你这话说得好像我已经步入晚年了，薇安。我今年三十　二岁，不是马上要进什么养老院的老女人！我的生活还会很精彩，我不想让什么人走进我的生活。就算是我想，也是由我自己决定的。"

"你马上就三十三岁了。"薇安提醒她，"特里和我当年也没打算要孩子，你可能也一样。接下来你会发现，当你快四十岁的时候会想想要孩子，会想方设法去怀孕。别告诉我你不是这么想的，事实就是如此。就是因为你这愚蠢的工作，让你根本听不到身体敲响的生理警钟！"

"我根本不需要生理警钟！"阿丽克丝暴怒地说，"而且谁说我想要孩子了？就算是我想，也是由我决定什么时候要。"

"不，不是的。"薇安说，"你可以决定什么时候想要孩子，但你的身体可不允许。你要面对现实，阿丽克丝，你不可能掌控一切。"

"我不需要掌控一切。"

"你当然需要，"薇安说，"你计划，你实行，你想做什么时就去做什么。你的确掌控了很多事情，阿丽克丝，但是你掌控不了你的生理机能，它根本不会等你作决定。"

"你有时候真的很让人讨厌。"阿丽克丝一边说，一边又吸了吸鼻子。

"忠言逆耳，只是你不愿意听罢了。"薇安说。

"哦，打电话把我吵醒就是为了提醒我我是一个单身老女人，没有任何希望了，真是谢谢你的好心啊。"

"你可以期待和卡塔尔的下一次约会啊。"

"不，我不会的。"

"为什么？"

"因为他不是我喜欢的类型。"

"哦，天哪！我要哭了！"薇安的声音有些歇斯底里，"他当然是你喜欢的类型！绅士风度，商务风范，除了上班就喜欢去健身房运动。多像你啊！阿丽克丝，多像啊！"

"或许正是因为这个他才不是我喜欢的类型。"阿丽克丝沾沾自喜地说。

"阿丽克丝，"薇安换了一副温柔的语气，"相信我，要不然总有一天你会发现世界上的任何人都不是你喜欢的类型。"

"再见，薇安。"阿丽克丝说。

"我就是想告诉你……"

"我要接着睡觉了。"阿丽克丝说，"明天我的感冒一定要好起来，办公室还有很多事等着我呢。"

但是她的感冒却更加严重了。下午四点的时候她已经用完了一大包舒洁纸巾，鼻子红得像烤熟的培根一样。嗓子依然干涩难忍，眼睛里不时地酸出眼泪来。

她哆嗦着坐在沙发上，看着电视中播放的黑白电影，并试图阅读《周末时报》的财经版。上次她重感冒的时候保罗给她买了棕榈酒，喝完后让她在床上休息。但是她不想一个人躺在双人床上。她很希望这时候保罗也在这里照顾她，轻轻地揽着她的肩膀告诉她一定会好起来的。她痛苦地想，他说得对。

她从浴室的箱子里翻出一瓶感冒冲剂，七点的时候喝了一剂，然后上床倒头便睡。

像是惯性一样，第三天又是电话把她吵醒了。她抓起电话想说话，但是喉咙却哽住了，什么也说不出来。

"阿丽克丝，是你吗？"

"是我。"她轻声应道。

"我是珍妮，你早上八点没来公司的时候我就觉得该给你打电话了。你还记得今天上午十点要和德斯以及索伦多公司的财务负责人开会吗？"

阿丽克丝看了一眼闹钟，昨晚她忘记定闹钟了，但她也从来没睡过那么久，十三个小时！肯定是感冒冲剂惹的祸。

"我有点感冒。"她说。

"什么？"

"感冒。"阿丽克丝重复了一遍。

"你的声音很恐怖。"珍妮说，"你需要我帮你取消这个会议吗？或者让戴夫替你开会？"

"不用，"阿丽克丝咳嗽一声，"我会到的，开会的时候有很多事情。"

"你确定？"珍妮怀疑地问，"听起来你得的不仅仅是个小感冒吧？"

"我会准时参加的，"阿丽克丝平静地说，"放心吧。"

她艰难地爬起来去冲了个澡。热水澡让她有了一些精神，但她还是浑身软绵绵的。她站在浴室里，裹着一条蓝白相间的浴巾，生平第一次不想去上班。

她吹干了头发，把它们拢在耳朵后面，用一个蝴蝶结发卡将它们固定住。脸上长了一些痘痘，看起来像是昨晚哭了一晚上似的。她涂了一些粉底，令皮肤看起来柔润光泽。

化妆之后看起来没那么憔悴了。她喷了一些香水，希望自己没遮掩得太过分，因为鼻子依然塞得很厉害，根本闻不到任何气味。

上午，交易室里一片安静，大家都有序地做着自己的事情。珍妮正在和伦敦的一个客户打电话，戴夫在和另外一个客户聊天，加文正在研究近两年来英镑的走势图。

阿丽克丝走进自己的小办公室打开了电脑。她打开了今天上午开会要用的文件夹，电脑屏幕的光刺激了她的眼睛，她又开始不由自主地流泪。她拿出镜子看了看自己的鼻子——虽然上了很厚的粉底，但还是红红的。

"二线电话，阿丽克丝。"珍妮对她说，"马尔霍兰找你。"

"你能帮我接一下吗？"阿丽克丝小声说，"我想省点说话的力气。"

"当然可以。"

阿丽克丝从抽屉里找出一盒润喉糖，往嘴里塞了一粒。薄荷清凉的味道让她头脑清醒了一些，却还是治不好鼻塞。

她打印了一些开会时要用到的图表，然后开始温习上周她准备过的材料。她知道自己都该说些什么。

　　然后她靠在椅子上看《爱尔兰时报》。她已经没有任何力气去想其他的事情了。

　　艾琳·沃尔士——德斯的秘书，给阿丽克丝打电话说索伦多公司的布雷恩·尼古拉斯已经到了，他们将在会议室开会。

　　"我很快就过去。"阿丽克丝说。

　　"你还好吗？"艾琳问道，"你听起来不太舒服，阿丽克丝。"

　　"就是嗓子有点干，没关系的，"阿丽克丝说，"我没事。"

　　她收起了资料，站起身，突然感觉一阵眩晕，房间像是在旋转。她扶了一下桌子才能站稳。她的心跳得很厉害。她焦虑地扫了一眼玻璃墙外面交易室的其他同事，但他们都没有察觉。她吹了吹已经开始出汗的手掌。当她走进交易室的时候，她依然感到头晕目眩。

　　"我在会议室开会。"她告诉戴夫，"如果有什么大动静的话就叫我一声。"

　　"不会有什么大动静的。"戴夫信心满满地说，"马丁·达迪斯正在考虑我们的五年期外汇产品，如果他决定交易的话，我们会赚一笔钱。这是我们目前唯一一笔即将赚钱的交易。"

　　"好吧。"阿丽克丝说道，"你们看着办吧。"

　　"你应该在家休息的，"珍妮说，"你看上去很不好，阿丽克丝，你量体温了吗？"

　　阿丽克丝耸了耸肩。"我就是有点不舒服，"她承认道，"但没什么问题。"

　　她离开交易室走下楼去会议室。她知道此时自己本应该在家里休息，如果这件事发生在几个星期之前，保罗肯定会让她在家休息的。他会给她买一些蜂蜜柠檬水与一些药酒给她喝，还会让她躺在床上休息。

　　但是她今天并没有躺在床上。她不想错过任何和客户接触的机会，更何况有银行的董事总经理在场，她不想给戴夫·布赖恩特、加文·唐纳利，或者是珍妮·史密斯哪怕一丁点儿的机会来让他们展示自己的聪明才智。她是交易部的头儿，她是唯一一个掌握全局的人。她还是想确保自己处在这个位置。

　　"你好，阿丽克丝。"当她走进会议室的时候，布雷恩·尼古拉斯站起来向她打招呼，"很高兴再一次见到你。"

　　"我也是。"阿丽克丝尽量保持一个平静的语气。

　　"你还好吧？"他问道。

　　"就是嗓子有点儿不舒服，"阿丽克丝回答道，"所以不要期待我有太多发言哦。"

"那情况就太不一样了，"德斯·科伊尔说道，"通常我们都很难让你住嘴的。"

"这样说太不公平了啊。"她笑着对他说。

"好吧，"德斯说，"那么我们来看一下提案吧，布雷恩。我想你会发现我们已经考虑到贵公司各方面的需要了。"

当德斯概括地阐述布雷恩公司怎样从美元市场上低价买入，然后再转手在欧元市场上高价卖出的时候，阿丽克丝在一旁静静地听着。德斯不一会儿就会问她一个问题，她总会给他提供正确的答案。但听上去好像德斯在很远的地方跟她说话，而且声音非常的模糊，一点儿也不清楚。

她打了个哈欠。

"很累吗？"德斯简短地问她。

"当然不是，"她很快地答道，"我鼻塞，我只是试着让鼻子通气。"

"我家里有一种很好的喷剂，"布雷恩说道，"你应该试一试。但我记不起它的名字了——是我妻子给我买的。我会找一找，然后告诉你的。"

"谢谢你，布雷恩。"她微笑着朝他说道。

"现在，"德斯又把会议的话题引到生意上来，"来说说三年期的外汇产品吧。"

阿丽克丝几乎睁不开眼了。不是她有多么的疲劳，而是她无法集中精力。德斯的话对她来说变得越来越模糊不清了。

她的眼皮像灌了铅一样沉，她不得不闭上了眼睛。她整个身体都放松了下来。整个会议室都变得模糊起来。

她试图保持意识清醒，但是适得其反。她慢慢地、不由自主地从椅子上滑落下来，跌到了会议室的地板上。

第十三章

当她苏醒过来的时候，她第一眼看到的是艾琳·沃尔士跪在她的旁边，手中拿着一杯水。

"哦，阿丽克丝！"她大声喊道，"你还好吧？"

"当然。"阿丽克丝试着坐起来，"我不知道我是怎么了。我现在完全没事了。"

"你可不是完全没事了，"艾琳大声地说道，"你把所有人都吓着了。"

"我只是觉得有些晕，"阿丽克丝争辩道，"没什么大事了。"

"你愿意把头放在两膝中间坐在那儿吗？"德斯问她，"这样可能会感觉好一点。"

"不，我真的不想。"阿丽克丝变得有些尴尬，"这样能让我清醒。我脑袋发涨，有点眩晕的感觉，就是这样。"

"你看上去面色特别的苍白。"布雷恩·尼古拉斯说道。

哦，天啊！阿丽克丝想，他还在这儿。我在客户面前出了洋相了。德斯永远不会原谅我的。"我可能还是低估了自己的病情吧。"阿丽克丝试着朝他笑笑，但是这也让自己很吃力。

"如果你感觉很难受的话，你就不应该来的。"德斯跟她说。

"我不想错过见到布雷恩的机会。"阿丽克丝答道。

"你太客气了。"布雷恩朝她笑着说，"但是德斯说得没错，阿丽克丝，你应该待在家里躺在床上休息的。"

"你说得对，"她同意道，"只要我们这儿一结束，我就会回家去。"

"你应该现在就回去，"德斯说，"你现在这样不适合再待在这儿了。"

"其实，德斯……"

"阿丽克丝，"他语气坚定地说，"没有你我们也能完成这次会议啊。我们已经讨论了外汇交易，没有什么其他重要的事情了。如果我们有什么需要的话，我会给戴夫打电话的。"他转向仍然端着水杯的艾琳，说："你去叫一辆出租车吧，告诉他们尽快赶到这儿。"

"德斯，我……"

"不要再争辩了，阿丽克丝。"

她努力地从地板上站起来，坐到了椅子上。

"德斯说得对，"布雷恩说道，"你应该把头放在两膝之间。"

"我只想安静地坐在这儿，"阿丽克丝说，"现在我已经感觉好多了。"

三个人都默不做声地坐着。阿丽克丝思索着自己能不能想到一些机智幽默的话题，使他们忘掉自己跌倒在他们面前的事实。在总经理和一个重要的客户面前晕倒真是太糟糕了。当布雷恩·尼古拉斯看到自己跌倒在地板上的时候，自己还怎么能表现出有多么的高效和权威呢？这真的不是一个能够掌握自己命运的女经理人的形象啊！她已经想到布雷恩从前可能从没有遇到过有人在开会的过程中突然晕倒。她想：可能在聚会的时候他会见到某个生意伙伴喝醉了突然摔在地上。但那是完全不同的一种情况。她叹着气。这真是一个灾难啊。这只能明显地体现出过去的几周是多么的糟糕了。

"出租车来啦！"艾琳从门外探出头开心地笑着对阿丽克丝说。

"慢慢来，"布雷恩提醒道，"不要着急。"

"布雷恩，我现在好多了。"阿丽克丝说，尽管她还是觉得走路有点儿不稳，"很可能我只是需要在床上休息几个小时。"

"明天就不要来上班了吧。"德斯跟她说，"事实上，你最好这一周都能好好休息。"

"当然不会这样的，"阿丽克丝说，"明天我的身体就会全好了。"她跟着艾琳走出房间朝出租车走去。

"你确定你没事儿吗？"艾琳问她，"你的脸白得特别吓人。"

"我没事儿。"阿丽克丝说，"谢谢你，艾琳。我想自己肯定吓着他们了。"

艾琳大笑着说："可怜的德斯自己都快被吓得摔在地上了，他惊慌失色地从会议室跑出来，我还以为是有人挂了呢。"

"他一向不擅长应对这种突发事件的。"阿丽克丝柔弱无力地笑着说，"你替我向他道歉啊。"

"你为什么要跟他道歉啊？"艾琳打量着她，"阿丽克丝，你生病了，你应该待在家里休息，一开始你就不应该来公司的。"

阿丽克丝点点头。

"你到底怎么了？"艾琳问她，"大家都会体谅你的处境，而且德斯也会理解你的。我确信戴夫也不会介意和布雷恩一起开会。"

我敢打赌他不会愿意的，阿丽克丝痛苦地想道。戴夫只会坐在那里谈论高尔夫或者橄榄球，他们只愿意参加气氛轻松的会议。当进入会议室那种所有的东西都有条有理的地方，戴夫就会不知所措了。

她钻进出租车，闭上了眼睛。她能想象德斯和布雷恩回到会议室后肯定还会讨论自己。她想到自己没能做好工作，也想到德斯会不会想他给她的工作压力太大了。她揉了揉自己的眼睛，把手放在前额上——特别烫。她应该让出租车把自己直接带到医生那里。她很讨厌去奥尼尔医生那里，但是她又怕自己感染了某种病菌，所以最好去那里开一些抗生素来以防万一。

她靠近司机说道："你能带我到巴格特大街吗？靠近大桥那儿。"

"当然可以。"司机看了看车的后视镜。这个女人看上去面容憔悴，他想。她脸色煞白，头发湿漉漉的。她把发卡拿掉，把头发扎到了后面，还有几缕挂在面颊上。他暗自乞求上帝保佑这个女人别在自己的车上出什么意外。

德斯叫艾琳给他和布雷恩取来咖啡。

"她看上去很不好，"布雷恩说道，"她刚进会议室的时候我就看出来了。"

"已经连续好几个星期她的状态都不好，"德斯跟他说，"我跟戴夫聊过天——你知道戴夫的，那个高级交易员。他说她有几次都提前回家了。"

"她没有怀孕吧？"布雷恩问道，"你知道怀孕的女人通常都会这样的。塞拉莎怀着詹姆斯的时候就会经常睡着，这个时候你哪儿都没法带她去。"

"我不认为阿丽克丝是睡着了，"德斯干巴巴地说道，"这比睡着更夸张。"

"她还是有可能怀孕了啊。"布雷恩笑着说，"要么是她怀孕了，要么是又找了一个男人，然后跟这个家伙在床上耗费了太多精力，这样她都会变得睡眠不足的。男人可能会让她疲惫不堪的。"

德斯笑道："几年来，她一直和同一个男人住在一起的。或许他吃了伟哥了吧。"

"也有可能是她吃了呢！"布雷恩也大笑着，"实际上她看上去也没那么糟糕，不是吗？"

"她还是有点精神的。"德斯点头同意道。

"你有跟她……"

德斯摇了摇头。"我可不敢。老实跟你说吧，起初我以为她是那种很时髦的同性恋者。她根本对男人看都不看，看上去那么的冷漠。但是我错了。"

"可能就是一个诡计吧，"布雷恩说道，"可能她的男人是一个同性恋者呢。或许一切都是表象！正是这种双面生活的压力击垮了她。"

德斯轻声地笑了笑。"你是电视上的肥皂剧看多了。不管怎样，她最好别再这样跌倒了。我经营的可是残酷的银行，而不是医院。"

"好吧，既然你经营的是银行，那你就把你们银行的文件给我签吧。最好按手续办完了再处理它。"

"太好了。"德斯说道，他递给他一沓材料，"一直非常高兴和你一起做生意，布雷恩。"

"我也是，德斯。"布雷恩一边在那儿签字一边说道。

阿丽克丝在奥尼尔医生的候诊室坐着。她本想看医生应该会很快——进来，开处方，再出去就好了。她没有数有多少人排在她前面。在那儿等了接近一小时，开始觉得自己好像又会跌倒。她漫不经心地翻看着一年前的《时尚》杂志，很想好好地读一读里面一篇叫《如何得到并驾驭男人》的文章，但是她却无法集中精力。

"阿丽克丝·卡拉汉。"前台的护士用一种欢快愉悦的声音叫她的名字，并把她带进了诊室。

"你好，阿丽克丝。"杰拉尔丁·奥尼尔笑着跟她打招呼，"好久没见到你了，最近怎么样？"

"很明显，不怎么好。"阿丽克丝的嗓子已经几乎说不出话了，连发出声音都比以前更疼了。

"哦，天哪！"杰拉尔丁扬起眉毛，"有多疼？"

"特别疼。"

"好吧，"杰拉尔丁简短地说，"让我看看。"

医生检查了她的心跳，诊断了喉咙并给她量了血压。有人能照顾她、给她治病的感觉真好。

"你之前有生病的预兆吗？"阿丽克丝量体温时，杰拉尔丁问道。

阿丽克丝摇了摇头，一瞬间又开始头晕目眩了。

"是病毒，"杰拉尔丁说，"最近有病毒肆虐。我很惊讶你没有生病，因为很多人都上吐下泻的。"

"真是太好了。"阿丽克丝低声说道。

"我会给你开点儿药的，但你现在最需要的是休息。这几天别去上班了，好好在家休息就好了。"

"不行，"阿丽克丝说，"我们公司现在很忙，我也……"

"别无理取闹了。"杰拉尔丁对她说，"你别把工作看得太重，缺了谁都没事。那当你休假的时候他们都怎么办啊？"

"那不一样，"阿丽克丝有气无力地争辩道，"我们要一起制订以后的计划的。"

"哎，这三天你也可以在家制订以后的计划呀，最少三天。"杰拉尔丁语气坚定地说，"你最近都吃些什么？阿丽克丝，先不考虑病菌的问题，你看上去消瘦了不少。"

"我吃的东西没什么问题呀。"

"很多的新鲜水果和蔬菜吗？"

阿丽克丝想到了厨房柜子上的草篮里有保罗买的苹果，放在那儿很久了，没吃，已经落满灰尘了。

"是的。"阿丽克丝答道。

"在我看来并不是这样。"杰拉尔丁说道，"你晚上会吃一些肉食吗？"

"我中午会在外面吃饭，那时候会吃不少。"阿丽克丝说。

"那你中午要是不出去吃的话都吃些什么呢？"

阿丽克丝耸了耸肩。"不好说。"

"一定要正确饮食，"杰拉尔丁说道，"特别是现在。过几天你再过来一次，当你感觉好点儿的时候，我再给你检查一遍。"

"我不会有什么严重的问题吧？"阿丽克丝看到医生关切的目光，忽然警觉地问道。

"当然不会，"杰拉尔丁说，"我只是想再检查一遍，仅此而已。"

"好的。"阿丽克丝推开门走了出去。

"照顾好自己啊。"杰拉尔丁跟她说。

"会的。"

阿丽克丝慢慢地走到药房，递上了处方。她现在已经感觉筋疲力尽，几乎都快无法站立了。返回住处的路上更加的艰难。但是当她走进房间时，她立刻给交易部打了个电话。

"嘿，交易部。"

阿丽克丝没好声气地说："你好，加文。"

"阿丽克丝？是你吗？"

"是的，"她说，"如果你再让我听到你这样接电话的话……"

"对不起。"加文说，尽管听上去没有一点儿道歉的意思，"阿丽克丝，虽然你没在，但我们今天的工作不错。我听说了，你还好吧？"

"我很好。"她说，"让戴夫接电话，好吗？"

"阿丽克丝，"听上去戴夫很是高兴，"我听说你在布雷恩·尼古拉斯面前摔倒了，到底是怎么回事啊？"

阿丽克丝轻轻笑了笑。"那不是故意的，我跟你保证。事情进展得都顺利吗？"

"很好，"戴夫说，"我们和马丁·达迪斯做了一笔交易。交易市场千变万化，但我们把客户都打理得很好，一切都在掌握之中。"

"很好。"阿丽克丝说，"我本来和斯蒂芬·佩尔森约好一起吃午饭的，你能帮我打个电话把这先取消吗？"

"好。"戴夫说，"我猜你这周都不能来上班了吧。"

"看我感觉怎么样吧，"阿丽克丝说道，"我从医生那儿开了些抗生素。如果明天没事儿的话我就过去。"

"别那么着急，"戴夫告诉她，"这儿一切都好，你要慢慢来。"

"会的。"她说着就挂了电话。

慢慢来，她一边爬上床一边想道。他们让我慢慢来，他们当然会这么想。尽管戴夫不像加文那样完全跟自己反着来，但他肯定也会为能有这么一个机会来证明自己而特别开心的。加文肯定也会为这几天看不到自己而兴奋不已的。而珍妮……阿丽克丝叹着气。她想她能指望珍妮，但是她也不确定。珍妮从没有说过她想承担更大的责任，也没有说过自己会继续在交易部一直好好地工作。但是如果有机会的话，阿丽克丝确信这个年轻的女孩会这么做。哎，如果自己是珍妮的话，肯定不会放过任何一个机会的。但不管怎样，她还是怀疑珍妮想要来承担更大的责任。与此同时，这个女孩很善于公开地和有影响的人站在一起。她对其他的经理都很友好，德斯·科伊尔也特别喜欢她。

阿丽克丝躺在床上翻来覆去睡不着。这身体，她气愤地想，还是这样安静躺着吧。

那天下午很晚的时候她才睡醒。喉咙还是疼，但已经不像早些时候那样使自己神志不清了。她感到特别的渴，起床到厨房找东西喝还是费了她好大的劲儿。

冰箱里只有已经过期的橘子汁，但她还是喝掉了。没有什么比这让她感觉更糟了。

床单已经全被汗水打湿了。她多么想自己能有力气把床单换掉，但她只能翻到了床的另一边。

她躺在床的一侧，看着空空如也的另一侧，又开始思念保罗。这时候他要是能在她身边照顾她该多好。她不想在这么痛苦的时候一个人待在公寓里。她已经不记得上次这样是什么时候了。一滴眼泪从她眼中滑落，流过脸颊，滴在了枕头上。

床单和枕头又湿又潮。这真不是什么好状态，她暗自想道，这样下去恐怕要得肺炎了。

她再一次醒来的时候已是深夜。她使劲眨了几下眼睛，才能看清楚钟表上显示的时间。凌晨四点，这是人们容易死亡的时刻，她提醒自己。身体在这个时候是最虚弱的。她抓起闹钟确认自己是否已经定上闹钟。虽然所有人都告诉她要好好休息，但她还是不想再请一天假。她不想让珍妮、加文和戴夫在她不去上班的时候兴风作浪，也不想自己一个人痛苦地在房间里再待一天。

闹钟早上六点就响了，阿丽克丝根本无法从床上爬起来。要不我就下午再去上班吧，她一边想一边按下了闹钟。她需要更多的睡眠。

加文接了电话。他正想脱口而出"嘿，交易部"的时候突然想到有可能是阿丽克丝打来电话，于是就换成了一本正经的"你好，欧洲银行交易部"。

"你好，我找一下阿丽克丝·卡拉汉。"

"请问是哪位？"加文问道，尽管他已经听出了对方的声音。

"我是雅纳电子的马特·康纳利。"

"你好，马特。我是加文·唐纳利。"加文一边接电话，一边在电脑上按了几个键，最近两天的美元兑日元的汇率曲线图出现在屏幕上。"阿丽克丝今天不在办公室，我可以帮您吗？"

"她最近都不在吗？"马特的声音听起来有些失望。

"她是个大忙人，"加文说，"她最近经常不来上班。这次恐怕是因为得了普通感冒什么的在家休息呢。"

"她生病了？"

"可能是因为这个才没来的吧。"加文说，"就算没有太不舒服，可能也怕传染到其他人而不来上班吧。"

"我想卖出一些日元买入美元。"马特说，"数额不大，也就四千万日元吧。"四千万日元相当于不到三十万美元，在外汇交易中的确是个小数目。

"给你115.45。"加文说道。

马特犹豫了一下。"我……"

"我能给你115.445。"加文迅速说道。他稍微将价格提了一下来试探马特是不是对最近的行情非常了解。虽然相差不过一千美元，但是这是准则问题。

"好吧。"马特说。"之后请将美元汇入我们的摩根账户吧，日元会从东京银行给你汇过来的。"

"没问题。"加文说，"谢谢你，马特。"他稍微停顿了一下，"什么时候有时间出来吃个饭吧。"

"有时间再说吧。"马特说。

加文打开自己的日历说："我这周四有时间，你呢？"

"我这周没有时间。"马特说，"我每天都很忙。"

"我跟你说，"加文说道，"我这儿有一些下周五高尔夫的球票，有几个客户会过去，你也一起过来吧！一定让你玩得开心。"

"我很想去，"马特告诉他，"但是我不确定下周五有没有安排。等我确定了再告诉你吧。"

"好啊。"加文说，"我会给你留一个位子的，你下周告诉我就可以了。"

"好的。"马特说，"你觉得阿丽克丝什么时候会回来上班？"

加文咬了咬牙。"我不确定，"他轻松地说，"一般情况下，她如果生病的话不会休息太久。但是这不是长久之计。你也知道，自己觉得状态不错的时候来上班，其实没有痊愈，很有可能旧病复发，结果又要休息好几天。"

"她经常生病吗？"马特问道，"我不觉得她是个身体虚弱的人啊。"

"哦，你很了解女人嘛！"加文笑道，"你知道女人总会有些事情的。"

"如果她打电话回来，请转告她我想跟她聊聊。"马特说。

"没问题。"加文回答，"同时我会处理好本次交易的，如果你还有其他需要直接打电话找我就可以了。还有，别忘了告诉我下周高尔夫的情况。"

"当然。"马特说道。

加文放下电话后发现戴夫和珍妮都在盯着他。

"怎么啦？"他问道。

"你太自私了吧，"珍妮说，"你的话听起来好像阿丽克丝患了忧郁症似的。"

"她不来上班也不能怪我。"加文一边说一边将日元兑美元的交易输入电脑。

"她肯定不只是感冒那么简单。"珍妮反对道，"而且她已经好几年没有生病了。听听你说的，好像她有好几个星期都不来上班了似的。"

"嘿，这是生意，别当真。"加文不耐烦地看着她，"要是她的话她也会这么做的。"

"我不觉得她会这么做。"戴夫说，"但是谁管呢。不过邀请他去参加高尔夫球会还是个不错的主意。"

加文笑了一下。"我知道。不过要是他同意去的话，我还得从名单上删掉一个人，现在我的名额已经满了。"

"你要是没有空余名额我可以分给你一个，"戴夫说，"但是你得记着你欠我的哦。"

"没问题，谢谢。"

"你们这么做太令阿丽克丝失望了。"珍妮对他说。

"哦，珍妮，别这样。他是个很不错的客户，我们很可能会同他进行独家交易。她会让我们看好这个客户的。"加文一边说一边按下了"输入"键，将这笔交易存入系统，"这就是我现在所做的工作。"

"我知道，"珍妮说，"不过同时也请看好你们自己。"

加文耸耸肩。"我们都需要看好自己。无论怎样，这些都是生意。"

　　

阿丽克丝还是有些脱离现实的恍惚感，但是体温下降之后身体不像以前那样轻飘飘的了。她在床上躺了一天，忽睡忽醒的，她不得不承认这是她能做的最好的一件事。已经下午三点半了，她拿起了电话。

"欧洲银行交易部，您好。"

"你好，珍妮，"阿丽克丝非常开心地发现自己的嗓子不像以前那么疼了，"今天怎么样？"

"阿丽克丝！你今天感觉好一些了吗？"

"在好转，谢谢。"阿丽克丝回答道，"本来我想今天上午去上班的，但还是起不来。"

"可怜的人儿啊。"珍妮的声音里充满着同情，"生病了的感觉可与宿醉后醒来的感觉大不一样。"

"医生说最近有流行性病毒,"阿丽克丝说,"你们也多加注意。医生还建议我们多吃水果和蔬菜。"

"我会注意的。"珍妮笑着说。

"今天有什么事吗?"阿丽克丝问道,"很忙吗?"

珍妮瞥了一眼戴夫和加文,他俩正在紧张地盯着她。"挺忙的,"她说,"美元交易量不多,但是基金交易还不错,我们挑选了一些五年期的理财产品,赚了一些钱。"

"不错。"阿丽克丝说,"有没有大笔的交易?"

"没有,"珍妮回答道,"没有五十万以上的交易。"不到五十万的交易在交易员看来都是小额交易,虽然在有的客户看来,五万都是一个大数目了。

"有没有我需要知道的信息?"阿丽克丝问。

"没什么,"珍妮不安地说,"我们都在为银行的利益埋头苦干。"

"这话我喜欢听。"阿丽克丝说,"加文怎么样?"

"加文?"珍妮看了看加文,他对她做了个鬼脸。"他挺好的,你要和他说话吗?"

"不用了,"阿丽克丝说,"我生病了,不想影响恢复。"

珍妮笑了。"我会告诉他你问候他了。你明天还来吗?"

"当然要来,"阿丽克丝说,"明天午餐时间还有个管理层会议,我必须去参加。"

"别太为难自己,"珍妮小心地提醒她,"如果你还是觉得不舒服,完全可以不用参加,戴夫会替你去开会的。"

"我没问题的,"阿丽克丝干巴巴地说,"而且我想亲自去开会。"

"那你自己决定吧,"珍妮说,"等着明天见你了。"

"会见到的。"

"照顾好自己,阿丽克丝。"

"你也是。"

阿丽克丝挂了电话又躺回床上。跟珍妮简短的谈话让她很是不安,她知道珍妮一定对她隐瞒了些什么。她希望明天能赶快好起来,她绝对不会让戴夫替他去参加管理层会议的。

交易室里，戴夫看着珍妮问道："没事吧？"

"她可能明天会来。"珍妮说。

"她说什么了？"加文的声音充满了挑衅。

"就是问问这边怎么样，你们不是都听见了吗？"

"你没提马特·康纳利的事吧？"

"我干吗要提？"珍妮问道，"就是笔小交易，加文，又不会影响什么大局。"

加文对她笑了一下。"你还不错，"他说，"作为一个女人。"

珍妮赌气地将一个瓶子向加文砸去，但他巧妙地躲开了。然而瓶子正好打中了推门进来的麦克·基奥，他是结算部的人。

下午四点，所有的电视节目都在播放如何做美食，阿丽克丝裹着被子坐在电视机前，看着主持人用压碎的番茄和一些草药调制出带蓝白花纹的配料。保罗也会做，阿丽克丝想。保罗可以游走在冰箱与厨房之间，很快地将原材料变成丰盛的美味。但是，如果看到冰箱的话，保罗现在也是巧妇难为无米之炊了。虽然前两天阿丽克丝进行了一次购物大战，但是冰箱里的东西还是少得可怜。除了冷冻箱里还有够吃一顿的食物，其他就只剩下过期的橘子汁、马上要到期的蛋黄酱、半瓶牛奶和一盒奶酪。当然还有一些啤酒和红酒，但她现在不需要这些。

房间里的对讲机突然响了，把阿丽克丝吓了一跳。谁会在这个时候找她呢？她想保罗会不会打电话去办公室找她，发现她生病了之后才慌慌张张来家里找她。虽然她极力不让自己这么去想，但还是控制不住。这么想至少能让她觉得好受一些。

"请问是哪位？"阿丽克丝问道。

"阿丽克丝·卡拉汉的快递，公寓 2A 房间。"

"上来吧。"她按了一下开门的按钮。在快递员上楼的时候她穿上了一条牛仔裤，因为之前她只穿了一件 T 恤衫裹在被子里。她还稍微梳了一下头发。

她从防盗门的缝隙中看出去，快递员拿着一束花站在门口。

"请在这里签名。"在她打开门的时候，快递员说。

"谢谢。"

她把花束拿进房间，打开了随花一起送来的信封。

"听说你生病了，十分难过。"卡片上写着，"早日康复。"下面的署名是"马特·康纳利，雅纳电子"。

第十四章

第二天早上，阿丽克丝和平常一样六点钟醒来。她试着摇了摇头，想看看自己是否还头痛，但感觉没问题了。她把双腿放到床边，站了起来。还有点儿摇晃，她想，但至少不再感觉自己会跌倒了。

她小心翼翼地为今天的工作准备着，不想再一不小心又突然产生眩晕的感觉。当她穿上那件去年从巴黎买的香奈儿格子套装后，她觉得自己要比实际年龄老一些，于是她画了比平时要浓一些的妆来掩饰自己苍白的面颊。她对着镜子端详着自己，对自己这个形象很满意。不算完美，她想，但至少看不到憔悴的面容了。

她拿起车钥匙，关上了卧室的门。今天她无法步行去上班了，因为天色不好，几个星期以来第一次看上去好像要下雨了。

客厅里满是马特·康纳利送来的花的芳香。尽管她鼻子还没完全好，她依然能够闻见康乃馨和虎百合混杂在一起的香味。她看着那束花拥挤地插在陶瓷花瓶里，心想这就破坏了从卖花人买来时它漂亮的样子了。当她下班回来的时候，她要把花给重新整理一下。

那个男人到底在想什么？她很好奇，他为什么要送我花呢？她知道他被她吸引到了——哦，天啊！他跟自己说，三十二岁的时候（薇安提醒她说已经快三十三了），她还能将一个男人吸引。但是给我送花，太夸张了！而且，他还是我的客户，自己也对他完全不了解。就她所知，他可能已经结婚了。很可能是这样，和她年纪相仿、到现在还没结婚的正常的男人真是少之又少了。

那束花！送花真是挺过时的一件事，但很温馨，而她却对这种温馨从来不感兴趣。她喜欢自己的男人有点冷酷。她想知道是谁告诉马特自己的住址的。很可能是他自己从电话簿中查到的。她很想弄清楚他是否是送花给另一个叫阿丽克丝的人。这真费了她好大的心思。他肯定已经结婚了，她想，没结婚的家伙不会像这样的。"不管怎样，"她自言自语地说道，"我对开始这种新的感情没有作好任何准备。如果我真想的话，那对象也可能是卡塔尔·莫兰吧。"

早上的交通状况很好，她把车开进了欧洲银行大楼下面的停车场。因为她经常步行去上班，她曾经告诉银行的同事们说，如果到八点半的时候自己的车位还是空着的话，其他人就可以使用它。她很吃惊地看到自己的车位被一辆绿色的马自达敞篷车给占了。她看了看表，七点三十五分。可能没有人想到她今天会来上班吧——她在会议室摔倒的消息很可能早就在银行传播开来了。想到这里，她就特别气愤。银行就这么大一点儿地方，她也不想因此去责怪任何人。她从纠结的情绪中走出来，把车又从停车场里开了出来，停在了大楼外两条黄线的地方，车灯还在不停地闪烁。她沿着阶梯跑上去，跟接待台的保安说让他们照看一下她的车。"我几分钟后就回来开走。"她说，"我知道现在还早，周围也没有那帮疯子要把我的车拖走，但你还是替我照看一下。"

"当然可以，"保安说，"但是你知道，我是没法阻止他们的。"

戴夫和加文已经在交易室了。

"你们知道是谁把一辆马自达停在我的车位上了吗？"阿丽克丝一边走进交易室一边说，"我知道所有人都以为我在鬼门关呢，但是霸占我的车位的事我还是要说出来。"

"其实，是我。"加文耸了耸肩，"对不起，阿丽克丝，我以为你今天不会来上班呢。我知道你不会介意的。"

"我介意的是你会以为我不会来上班。"她恶声恶气地说道，"现在你去把你的车开走。"

"给我五分钟，"加文说，"我正在等汉斯·穆勒从法兰克福打来电话。他要跟我核对一些数据，他说他会在八点以前给我打电话的。"

"我的车停在黄线区域呢，"阿丽克丝说，"我可不想车被拖走。"

"不会的。"加文说。

"算了，"阿丽克丝说道，"我还是把它开到公共停车场吧。"

"我会给你付今天的停车费的。"加文说着，眼睛一直盯着自己的电脑屏幕。

"没事，"阿丽克丝说，"没关系的。"

她沿着大楼的阶梯飞快地走了下去。

当她跑到车那儿的时候，她看到一辆上面写着"道路安全服务"的拖车正往这边开来。该死的警察，她想，然后一头钻进了自己的宝马车。如果她的车真的被拖走的话，那她可真要加文给自己付钱了。

她应该给加文一点颜色看看，他现在变得越来越放肆了。她也应该给戴夫和珍妮一些颜色瞧瞧。他们的资历都比加文要老，但是他们没有一个人想要在加文面前展示一下自己的威信。珍妮没有做什么都要做到最好的天性，但是她不明白为什么戴夫能容忍他的下属肆意妄为。加文可能是对的，因为他曾经告诉阿丽克丝戴夫并不觊觎她的位子。可能戴夫也一点都不在乎。但是她在乎！她要收拾加文，而且是宜早不宜迟。

她正要离开停车场的时候，阴沉沉的天已经开始下雨了。并不是像她所想的那样的毛毛细雨，而是如注的倾盆大雨。大大的雨点在路面上跳跃，排水沟已经变成了流淌的小溪。她抱怨着，车里并没有雨伞。她抬头看了看天，雨并没有停下来的意思。虽然从这儿到办公室也就五分钟的路程，但是这五分钟肯定会把她浇成落汤鸡。

她站在那儿犹豫了几秒钟，然后下决心冲了出去。她到达银行的时候，浑身已经湿透了，香奈儿套装已经贴在身上了。

她进到女士更衣室，在吹风机下吹着自己湿透了的头发。尽管办公室里还有另一套正装，但她不想在头发像湿抹布一样时走进办公室。用吹风机吹头发的效果有限，但她走进交易部的时候已经感到挺舒服了。

这时候，珍妮已经来了，三个交易员正在讨论前一天发生的事。

"期货头寸符合我们的目标级，"当她推开门的时候戴夫说着，"但我觉得我们还是要多持有一些。"

"技术操作上没有问题，"加文说，"要是多加十个点应该会不错。"

"什么期货头寸？"阿丽克丝进门问道。

"嗨，阿丽克丝！"珍妮看到她面露喜色，"你回来真是太好了。现在感觉怎么样了？"

"棒极了，"她说，"特别是在倾盆大雨中从停车场走回来。"加文至少还是流露出了一丝负罪感的，她想，虽然不及她预期的一半。

"对不起，"他看着阿丽克丝被雨淋湿的套装抱歉地说，"我是真没想到你今天会来上班，要不然我一定会把我的车挪走的。"

"没关系，"她说，"我可以换一身套装。不过你们先告诉我，什么期货头寸？"

"我们在搞一些金边期货，"戴夫说，"昨天下午刚刚放出来的，我们认为那个时候买很合适。我们也在进行此项交易，现在已经赚了两万五千美元了。"

"好极了。"阿丽克丝夸赞道，"我们还做了什么呢？"

"说实话，没什么，"戴夫说道，"因为交易的客户很少。我们已经将一些交易价格投入市场，但是没有客户购买。也就只是例行公事而已。"

"把报告放在我桌上吧，好吗？"她说，"这会儿我先去换身衣服。"

她的备用套装是一套黑色的DKNY，从纽约买的，但是买回家之后她就不怎么喜欢了。作为备用品还是不错的，而且成功地帮了阿丽克丝好几次。特别是在盖伊·德库尔塞勒和其他巴黎分公司的同事飞到都柏林参加一次执行实地考察任务的非例行会议时，就在会议开始前五分钟，戴夫把一杯咖啡洒在了阿丽克丝的大腿上，当时正是这套衣服救了她。她还在办公室常备一双黑色高跟鞋。因为有一次法国的经理过来开会，她当时穿着自己最喜欢的咖啡色套装，然而不巧的是当时还穿了一双棕色的皮鞋。天知道棕色皮鞋配上黑色DKNY套装是多么难看。开会的时候，她发现盖伊一直注意着她脚上的鞋子，暗自想道他肯定觉得法国女人才不会把黑色套装和棕色高跟鞋配在一起穿，虽然这双在米兰买的鞋花去了她不少银子。

换上新衣服之后她感觉好多了，虽然在脱下湿漉漉的香奈儿时她的牙齿不停地打战。不过现在换上干净衣服又重新补妆之后，她感觉可以应对这一天了。

她回到交易室的时候大家又开始忙着接电话了。她一边笑着看他们忙碌，一边走进了自己用玻璃隔开的小办公室。她发现他们依然在进行戴夫说的期货交易，赢利空间很大。她拿起桌上昨天的交易一览表开始浏览。

戴夫汇报得没错，都是一些小额交易。最大的就属马丁·达迪斯的外汇交易了，但额度都不超过五十万。她翻开第二页，发现雅纳电子的名字赫然在第一个位子上。她几乎不敢相信。马特·康纳利又开始交易了，而且对方不是她。她仔细看了一下数字，并不是什么大交易。他们不会在这样的情况下投太多钱的。

"加文！"她喊道。加文听到后示意自己正在打电话。"你打完电话过来一下。"她又加了一句。

五分钟之后，加文才来到她的办公室。

"有事吗？"

阿丽克丝尽量让自己忽略加文语气中透露的野心。"我看到我们的好朋友马特·康纳利昨天又来交易了。"

"就是一笔小额交易而已。"加文说。

"我知道。"阿丽克丝微笑着看着他说道,"他没问你什么关于交易价格的事?"

"没有。"加文一边回答,一边紧张地看着她,"他应该问吗?"

她耸耸肩。"没这个必要。我就是问问而已。这笔交易赚得多吗?"

"没多少,"加文承认道,"额度太低了。"

"要是我们这些该死的客户们知道我们为他们费了这么大力气而赚不到多少钱……"阿丽克丝说,"没关系的,加文,谢谢你。"

他转身向门口走去,却被阿丽克丝叫住了。"唐纳利找我了吗?"

"我跟他说你生病了,"加文说,"这是事实。"

"我知道,"她说,"很好。"

他再次转身,又被阿丽克丝叫住。"他有没有偶尔问到我的地址?"

"你的地址?"加文转过脸来,"你的家庭地址?"

"是的。"

"没有。"他说,"他干吗问这个?"

"就当我没说,"阿丽克丝说,"没什么。"

"他什么也没问。"加文又展示出他的镇静,"不过我邀请他去参加周五的高尔夫球会了,他一定会很喜欢的。"

"我猜你一定把邀请名额用光了吧。"阿丽克丝说道。

"戴夫那儿有一个名额空缺。"加文笑了一下,"虽然这次我欠他的,但是能邀请康纳利一起出去还是很值得,顺便可以打听一下他需要做哪方面的生意。"

"好主意。"阿丽克丝说。

"他是我的客户。"加文突然说了一句,"事无巨细我都已经承担了,即使是不起眼的小额交易。所以,下次有大笔交易的时候,他还是我的客户。"

"那我们就等着大单吧,好吗?"阿丽克丝说。她已经厌倦了对待加文的友善。

"来吧,我会随时作好准备的。"他对她说。

"好啊。"她答道。

她发现自己无法集中精力。脑袋嗡嗡作响,眼睛也非常疲劳。看着电脑屏幕使她的眼睛流泪,要不时地用纸巾去擦拭。珍妮咯咯地笑着对她说她看上去就好像随时都会哭出来一样。阿丽克丝小声嘀咕着"你不会知道我真的可能会哭"。

中午十二点的时候，艾琳·沃尔士打电话来说管理层会议取消了。她跟阿丽克丝说德斯要参加另外一个会议，他不能及时赶回来。

阿丽克丝咬了咬牙。她本来可以待在家里休养身体的，她今天来上班的唯一原因就是要参加这个管理层会议。

雨已经停了，阳光又照在了大地上。她决定到商业区去逛逛，给自己买些新衣服，留着和保罗约会的时候穿。她要让他知道自己也会去逛街，也会照顾好自己，而不会进入一种不思进取的状态。

在丹本汉百货，她花了比自己预想的要多得多的时间在一件淡黄色的裙子上。当她买了裙子（她还买了耳环、一条银项链，还有鲜红的兰蔻牌指甲油）回到办公室的时候她想：保罗肯定不会注意到新裙子的。保罗从来都不注意她穿什么，除非她穿了一条短裙。

回去的时候，她给国家广播电视台打了个电话："请找一下保罗·亨特。"

"这是保罗的座机。"接电话的女孩听上去声音很稚嫩而且感觉很忙的样子。

"保罗在吗？"

"不在，他今天出去了。"

"那他什么时候能回来呢？"

"明天吧。"那个女孩说道，"我能帮你留言吗？"

"不用了，"阿丽克丝慢慢地说，"没关系。"

"真的不用吗？"

"不用了，谢谢你。"

真讨厌，她想，他会去哪儿呢？他是不是忘了我们约好了去喝东西呢？还是应该像上次那样在凯利斯见他吗？她的头开始隐隐作痛，便用手揉着自己的太阳穴。她向下瞥了一眼，看到了交易报告上写着和雅纳电子的交易记录。她应该给马特·康纳利打电话谢谢他送的花的。但事实上，她气愤地想着，他这么做就让她处在一个尴尬的境地——由于私人因素太多，导致她不知道如何是好。或许她应该忘掉这个客户，就好像是自己掌握了然后又施舍给加文的。但是她做不到。现在做不到。当客户在某种意义上成为他们之间的战争争夺品的时候，她做不到。

她开始设想当自己给马特打电话，故意很大声地感谢他的体贴入微时，加文会是什么表情。一想到这里她禁不住笑了。可怜的加文会似心脏病发作一样痛苦的，要是能这么看着他受折磨也值了。

但是她又不想给马特·康纳利打电话。她一点都不想为了他做了她本不需要的事情而去感谢他。

一想到有男人给她送花她就不舒服。保罗从来不会做这种事情。保罗不是一个爱浪漫的人，这也是阿丽克丝某种程度上喜欢他的原因，因为她自己也不是个浪漫的人。他们从来没有互赠过情人节卡片、一起吃烛光晚餐，甚至连在海边牵手散步都没有。他们之间的关系非常实际，同时夹杂着一些令人激动的性生活。因此他们也不会在心形巧克力盒子上大费脑筋，因为不买这些东西并不代表着彼此不相爱。

或许也会代表了呢？阿丽克丝摸起一支铅笔把它掰成了两段。或许保罗只是假装自己不喜欢送花啊香槟啊首饰啊或者什么卡片之类的，或许他已经送了萨拜因无数昂贵的礼物了呢？比如那种胸前挂着大大的"我爱你"卡片的泰迪熊。阿丽克丝曾经告诉过他要是他敢买这种礼物的话她就离家出走。

她定了定神，将保罗的事情抛在脑后，然后开始思考怎么处理马特·康纳利送花这件令人头痛的事。

最终她还是走进自己的办公室拿起电话，打给了雅纳电子。

"我找马特·康纳利。"电话接通后，她说道。

"抱歉，"前台接线生说，"马特今天不在办公室，他周五才能回来。"

"好！"阿丽克丝叫了一声。

"不好意思，您能再说一遍吗？"

"对不起，我……我可以给他留言吗？"

"当然可以。"

"麻烦你告诉他，阿丽克丝·卡拉汉打电话来感谢他。"

"好的，他知道你的电话号码吗？"

"我是欧洲银行的，"阿丽克丝说，"他有我的号码。"

"好的，阿丽克丝，我会给他留言的。"

"谢谢。"

"不客气。"

太好了。阿丽克丝挂上电话后暗自庆幸。这样他就知道我收到花之后给他打电话了。打过电话已经将礼数尽到了，而且不用跟他讲话。她对这个结果十分满意。

她四点半就离开了办公室。她感到眼睛刺痛，头也昏昏沉沉的。她想在见到保罗之前，或者接到保罗电话之前先回家睡一觉。或许她也可以打电话给他。不，我不会打给他的。我才不会追着他，降低自己的身份。

"要是保罗来电话的话，帮我转告他我已经回家了。"她一边拎起装有今天买的衣服的袋子，一边嘱咐珍妮。

"没问题。"珍妮说，"你确定今天该来上班吗，阿丽克丝？你的脸色苍白得可怕。"

"我就是累了，"阿丽克丝说，"会没事的。"

"那明天见了。"珍妮说。

"是啊，阿丽克丝，明天见，照顾好自己。"戴夫的声音很真诚，但是阿丽克丝莫名其妙地流下一滴眼泪。

"谢谢。"

"如果你再生病，明天就不要来了。"加文说，"我真的一点都不想去掺和你的小伎俩。"

要是我哭了，阿丽克丝一边盯着他一边想，那将会是在把你撕成碎片之前流下的愤怒之泪！

就在阿丽克丝离开后十五分钟，德斯·科伊尔打电话进来。

"她刚走，德斯。"戴夫说，"她太累了。"

"她要是感觉不好的话，就根本不应该来上班。"德斯说，"戴夫，你现在忙吗？我想跟你谈谈波兰货币兹罗提。"

"我对兹罗提一无所知，"戴夫说，"但是我可以给你一些专业建议。我现在可以去你办公室吗？"

"好主意，过来吧。"德斯说。

戴夫出了交易室的门下楼去董事总经理办公室。在欧洲银行，交易室在三楼，而比较不寻常的是，德斯·科伊尔将自己的办公室安排在楼下，因为二楼的办公室是空间最大的。办公室呈L形，身处其中可将利菲河及码头附近的风景尽收眼底。不同于实用主义至上的交易室，德斯的办公室有着厚厚的蓝色地毯、灰色的墙纸、现代化风格的松木家具，还有一幅当地画家的原创油画挂在墙上。银行的设计顾问曾经说这个画家以后会很出名的。

"你好，德斯。"戴夫穿过办公室径直坐在了办公桌前面的灰色皮椅子上，"什么事？"

"吉姆·罗斯威尔跟我说过兹罗提的事情。"德斯把一个文件放到了戴夫的面前，"你是怎么考虑的？"

戴夫草草地看了一遍那份文件。"在我看来挺好的啊。"他说，"你打算让谁来做这笔交易呢？"

"还不知道呢，"德斯说，"你有什么建议？"

"难道你想让盖伊·德库尔塞勒去抢着做这笔交易吗？"

"你相信他们没有追着这个客户吗？没有试图把生意全抢走吗？"

戴夫做了个鬼脸。"我不确定，很可能。但我不认为他们会正好跟我们一致。让我跟盖伊谈一谈。"

"好吧，"德斯说，"今天晚上吗？"

"不行。"戴夫笑着说，"你知道他们比我们早一个小时下班，我们说话的时候盖伊毫无疑问正和法国小妞们坐在餐馆里呢。他肯定不会在办公室的。"

"那你告诉我，"德斯靠在了自己的座椅上，他自己的座椅和来客的座椅都是皮的，只不过他自己的椅子靠背更高、坐垫也更厚罢了，"阿丽克丝是怎么了？"

"阿丽克丝？"戴夫小心翼翼地说，"德斯，你想知道关于她的什么事情呢？"

"看上去那么的冷酷，跌倒在会议室里，很早就下班回家了。这背后到底发生了什么？"

"我不清楚。"戴夫用手挠了挠头，"可能她只是感染什么病毒了。但是德斯，老实跟你说，我们想知道是不是在这之前她遇到什么事情了。还记得我跟你提到的吗——有几次她很早就离开办公室了，有一次或两次忘记了去开会，还有就是她从来没有给可怜的加文任何好脸色。"

"你的意思是？"

"她认为加文没有一件事做得是对的。"戴夫说，"他给认识的几个美国人打了几个很不错的电话，然后我们就得到了一些消息。但是她却不让我们支持他们的想法，我们本来可以赚钱的。她很不喜欢他，这也误导了她的判断。"

"她是闷闷不乐吗？"德斯问，"谁知道呢，她三十多岁了，处在她这个年龄，再精明的人也会闷闷不乐的。"

"她什么也没说，"戴夫答道，"但是很可能吧。德斯，你知道女人是怎么回事。她们认为她们想得到所有的东西——职业、晋升、管理层。但是她们真的理解这一切都意味着什么吗？不管怎么说，如果她真是闷闷不乐的话，她会把工作当做烫手的山芋扔掉的。"

"你喜欢她吗？"德斯问。

戴夫思考着这个问题。"我尊重她，"他最后说，"但是一个人能够赢得尊重，也可能很快就把它丢失掉。"

"这周剩下的几天她会来上班吗？"

"明天无所谓。但是周五她会来，因为那天加文和一些客户要去打高尔夫赛，下午的时候我也要和阿尼·达利见面。如果她不来的话，我们应付不来。"

"我那天也会亲自去参加高尔夫比赛的。"德斯说道，"加文都和谁一起去？"

"差不多六个人吧，"戴夫说，"包括那个新客户，康纳利，雅纳电子公司的。加文和他关系很不错的。"

"太好了，"德斯说道，"告诉他继续努力。他高尔夫打得不错，是吧？"

"第十二名，"戴夫说，"但是他还能做得更好。如果他能在这上面花更多的时间的话，他能进入前十名的。"

"鼓励他多带着客户出去打打高尔夫，"德斯说道，"这样会取得很好的效果的。"

"好的。"戴夫微笑着说，"还有什么其他事吗？"

"没了，"德斯答道，"现在就这样了。别忘了考虑一下德库尔塞勒和兹罗提的事。"

"会的，"戴夫说，"明天我会给你打电话。"

"很好。今天晚上有什么有趣的计划吗？"

戴夫摇了摇头。"我现在正在做一些技术分析的表格，晚上休市的时候作一些分析是再好不过的了。"

"这对我来说太无聊了。"德斯笑着说，"不过如果我们能够从中赚钱，我不在乎你是否去预测未来。"

"有时候这些表格会告诉我们很多东西，"戴夫从椅子上起身的时候跟德斯开玩笑地说道，"明天再跟你汇报。"

"好的，我想也是如此。"德斯又看着放在他面前的文件夹。

戴夫一边轻轻吹着口哨，一边走上楼。还有一晚上的工作呢，他想。他看了看手表。他会在办公室清闲地再待上二十分钟，以防德斯再有什么事叫他，然后他就要回家了。他讨厌技术分析，尽管加文几个小时前已经把那些表格做完了。

第十五章

当阿丽克丝打开门走进房间的时候，电话铃响了。是保罗！她如释重负地想道，没等电话铃声再响她就冲过去拿起听筒，以至于她买的东西都掉在了地板上。

"你好，阿丽克丝，是我。这个点你在家干什么呀？"

当阿丽克丝意识到这是索菲娅的声音时，她的心沉了下来。"你好，索菲，"她说，尽力让自己听上去很热情，"我今天下班比较早。"

"你们这些家伙在都柏林真是幸福啊。"索菲娅开玩笑地说，"我这儿就跟梦魇一样。我都快忙死了，而且伦敦就是一个大烤箱。"

"真可怜啊。"尽管阿丽克丝十分不愿意，但还是勉强挤出笑容，"现在有很多的证券业务要做吗？"

索菲娅也在金融服务领域工作。她的工作是重组一系列小的、个人的贷款，使之成为大笔的贷款，然后再将之转换成统一的债券，最后把它们卖给投资者。债券的概念起源于美国，刚开始的时候没人知道这种模式会不会成功。但是债券发展得很成功。金融机构为了避免风险，愿意让更多的女性进入到债券部门，女性在此领域有良好的感知力。索菲娅就是这些女性中的一员。她挣的钱几乎是阿丽克丝的三倍，而如果把奖金也算上的话，那可能会是她的九倍了。她住在切尔西一栋小而精致的住宅里，一年有三个假期，而且自己也热爱自己的工作。

"我们在把一笔非常令人振奋的交易推向市场，"索菲娅告诉阿丽克丝，"高收益，三 A 等级。已经呼之欲出了。每个人都想买一笔。"

"真为你高兴。"阿丽克丝说道。

"那么，你为什么会在家呢？"索菲娅又一次问道，"我给你办公室打电话，一个态度粗鲁的家伙跟我说你提前离开了。"

　　"很可能是加文吧，"阿丽克丝说，"如果他只是说这些，我已经感到很庆幸了。加文和我两个人可以说是横竖都看不顺眼。"

　　"哦，天啊。"

　　"我再找个时间跟你说吧，"阿丽克丝说，"但今天不行，我血压会升高的。"她坐到了椅子上，"我回来是因为我周末的时候感染了病毒，要在家休息几天才行。今天我们本来有一个管理层会议，所以我上班去了。四点钟的时候告诉我会议取消了，我就崩溃了，所以就回家了。"

　　"你真够可怜的啊。"索菲娅怜悯地说。

　　"为什么给我打电话呀？"阿丽克丝说，"有什么新消息吗？"

　　"呃……"索菲娅逗趣地停顿了一下，"有一点儿。"

　　"快点儿，索菲，快告诉我吧。"

　　"其实有点儿有趣。"

　　"什么呀？"

　　"理查德和我，我们结婚了。"

　　"索菲娅！"阿丽克丝差点儿弄掉了电话。索菲娅今年年初的时候才认识理查德·科密斯克。阿丽克丝知道实际上理查德和索菲娅已经住在一起了，但是她从没想过他俩会真的结婚。"恭喜你啊。"她说道。

　　"还不止这个。"索菲娅咯咯地笑着。

　　"什么？"阿丽克丝问道，尽管她已经有所怀疑。

　　"我们打算要一个孩子。"

　　阿丽克丝什么也没说。

　　"阿丽克丝？你还在听吗？"

　　"当然，我在听。"她答道，"我只是，很吃惊。我的意思是，是应该恭喜你吗？你想要孩子吗？"

　　"如果你去年问我的话，我会说不想。但是现在，阿丽克丝，我想要——我非常的兴奋。"

　　"那我想我只能再次说恭喜你了。"

　　"我知道这听起来像是荷尔蒙过剩，或者很愚蠢，或者什么其他的。但是我已经很多年没有感觉这么好了。"

"那太好了。"阿丽克丝说。

"我知道你可能觉得我说累了，"索菲娅继续说道，"但是我没有，我感觉棒极了。"

"那太好了，"阿丽克丝又说了一遍，"我真的为你高兴。"对她来说，这些话听起来可能非常的乏味。

"谢谢你。"索菲娅咯咯地笑着，"我知道当我挺着个大肚子、看不到脚趾的时候，自己可能很讨厌那时的样子。但是现在所有美好的事情都发生了——我的头发闪闪发光，皮肤也特别的光亮。"

"那么你的意思是说我应该把健身房的会员资格给取消了，然后也怀孕生小孩喽？"

"不知怎么，阿丽克丝，我没法想象你怀孕的样子。"索菲娅说，"但是我也无法想象自己怀孕的样子。所以我猜如果你和保罗想要这样的话……"

"我对此很怀疑。"阿丽克丝冷淡地说。

"你一切都还好吧？"索菲娅从阿丽克丝的声音中听出一些紧张，"你和保罗都还好，是吧？"

阿丽克丝叹了口气。她不想跟索菲娅隐瞒什么。她们是那种很可能很长时间都不打电话联系，但一旦打电话联系上，就好像从来没有断过联系一样的友谊。

"我们现在很纠结。"阿丽克丝最后说。

"哦，阿丽克丝！"索菲娅用充满同情的语气问，"怎么了？"

"保罗现在经历着一个特别的阶段，"阿丽克丝说道，"他换了工作，现在在国家广播电视台全职工作。他说想安定下来，开始组建我们的家庭。"

"但是这不是你想要的吗？"索菲娅问道，"阿丽克丝，我知道你热爱自己的工作，但是我想到现在的话你应该感觉到该把工作放一放了。"

"想要个孩子并不意味着我就要放弃我的工作。"阿丽克丝突然说道，"你想放弃自己的工作吗？"

"我不确定。"索菲娅诚实地说道，"有时候我想这样也挺好的啊——不用再想着去买那些我讨厌的穿上去很商务的衣服，不用再每天早上五点半起床，不用再和那些讨厌的家伙在二十二层楼上争辩个没完。哦，是啊，有时候这听起来真的很好。"

"但是……"

"这是我一直以来的生活，"索菲娅朴实地说道，"这也决定了我是谁。自从离开大学之后，就像你一样，阿丽克丝，工作就是我的全部。但是现在我不知道自己还会不会这样做。"

"我仍然这么做，"阿丽克丝说，"但是我不知道有了孩子之后我还会不会这样做。我知道保罗不喜欢我那样的，那样就意味着我们的生活要有多么大的改变啊……"当她意识到这听起来好像自己还和保罗在一起、保罗还没有抛弃她的时候，她说话打结了。她想要把实情告诉索菲娅。但是她不能。另外，她还想，保罗有可能会回心转意。如果保罗最后回到自己的身边，而她又把这些告诉了索菲娅，那这算什么事呀？

"我能真切理解你的感受。"索菲娅说道，"从金钱的角度来说，整个事情都是一个不切实际的想法。但有的时候，你应该跳出金钱来看，不是吗？你需要一个突然的想法来作决定。跟你说啊，我可不推荐所有人都要有这种突然的想法。"

阿丽克丝笑了笑。"那你们下面打算怎么办呢？你放弃工作？找一个保姆？还是让理查德放弃工作？"

"我也还没决定呢，"索菲娅答道，"但我感觉我的生活已经进入了一个全新的境界。以前对我来说很要紧的事现在已经变得没那么要紧了。阿丽克丝，我也不知道该怎么解释。"

"预产期是什么时候？"

"一月底。"索菲娅说道，"这可怜的小家伙肯定会要求回到我肚子里，因为那时候天太冷了。"

"你打算在那儿生孩子还是回家去生呢？"

"呃，这儿。"索菲娅说，"我们也将在这儿结婚。"

"你们什么时候结婚？"孩子的消息让索菲娅的婚期超出了阿丽克丝的考虑范围。

"尽可能早吧，很可能下个月。"索菲娅笑着说，"我知道这特别的突然，我本打算回家办婚礼的，但是我们最终决定就在这儿办，然后再回家庆祝一下。爸爸妈妈会过来的，但是我们只会办一个小规模的婚礼，阿丽克丝。我真的不想把婚礼弄得那么多愁善感的。"

"这真的太让我震惊了，"阿丽克丝告诉她，"今天早上你还是我唯一一个没有结婚、和别人在同居、没有孩子的朋友，而现在你已经不是了。"

"我真的觉得自己成熟了。"索菲娅说道，"我知道这很荒诞，阿丽克丝，但是当我突然想到我做过的那些疯狂的事情的时候，我就会觉得那些事情真是很糊涂，而且也微不足道。"

"还记得克里奥纳·奥布雷恩那天晚上的聚会吗？"

"别提了。"索菲娅说，"你知道吗？那之后我再也没理那个家伙，要不我那时差点就可能怀孕的，阿丽克丝，当时我真是太草率了。"

"我猜上帝都在替你小心。"

"我妈妈也总在提醒我，"索菲娅说道，"她因为这跟我唠叨了很长时间。我们和约西、塔拉在一起狂欢的那个夜晚，你还记得吗？在南安普顿。"

"我永远也忘不掉呀，"阿丽克丝说道，"我每次在电视上看到《出神入迷》这个节目的时候，我都在想自己是不是做了无法弥补的事了。"

"我想如果要有什么事情发生在你身上的话，那应该已经发生了。"索菲娅叹息道，"那已经是八年前的事了！"

"从那之后我再也没那么疯狂过了。"阿丽克丝说道，"有些时候会觉得那样很好，但不管怎样，我并不是这样的人。"

"那是因为那时你完全释放了自己的压抑，度过了一段美好的时光。"索菲娅说道，"我从那之后再也没有那种感觉了。"

"我也有很快乐的时候，"阿丽克丝说，"我去逛酒吧，在那儿喝酒，有时候还抽烟——尽管我试着不这么做。你知道我有可能有所顾虑，但是不至于压抑。"

"我知道，我知道。"索菲娅听到阿丽克丝激昂的声音，惊讶地说道，"听着，我得走了。十五分钟之后我要开一个市场调研会，我要和一帮人先过一遍细节。但是我想知道你愿意过来吗？阿丽克丝，我想见到你。"她笑着说，"在我婚礼之前。"

"我愿意去，"阿丽克丝说道，尽管这是她最不愿意做的事，"可能下个星期，索菲娅。我会暂时推迟几个在伦敦的会议的时间。我会安排好然后去见你的。"

"太棒了，"索菲娅对她说，"你一切都安排妥当后给我打电话。"

"好啊。"阿丽克丝说，"很高兴你能给我打电话，我真的为你和理查德高兴，还有孩子。"

"谢谢你，"索菲娅说道，"你自己也保重，阿丽克丝，赶快把感冒治好。另外代我向保罗问好。"

"好，当然啦，"阿丽克丝说，"我会的。"

阿丽克丝放下听筒，目光望向远方。索菲娅！一个她一直觉得自己能够理解的女人，一个完全能够理解自己的女人。而现在，索菲娅也要加入更换一次性尿布和母乳喂养孩子的行列。索菲娅已经在想象着自己在金融服务行业之外的未来生活了。为什么，阿丽克丝想，为什么我们都要作这么一个艰难的决定呢？

她看了看表，已经五点多了。她想知道她到底应该怎样来处理和保罗之间的事，她真的不想再给国家广播电视台打电话了。而且她更不愿意给保罗的妈妈家打电话。另外，如果她打电话给他的话，他就会知道自己多么在意他了。她不想让他知道他对自己有多么重要。所以，她要等他来电话，如果他会的话。

我不相信会这样，她坐在椅子上撅着嘴自言自语道，我就像一个害了相思病的少女一样坐在电话机旁边，我在十六岁的时候都没这样过。

她坐在电话旁边等了差不多一个小时，但电话铃声并没有响起。她为自己这么在意他感到很生气，也对保罗没有给她打电话感到很愤怒。可能终究还是应该自己打电话，她想。看在上帝的分上，她已经是一个成熟的人了，坐在那儿傻傻地等着真的没有必要。她要是知道他们还要不要见面，她就能计划今晚剩下的时间自己要做些什么了。可能去健身房，或者去射击俱乐部。

当然她不会去健身房的。她太疲劳了，所以没法举起杠铃或者是在跑步机上锻炼。而且她还是觉得身体有点儿发虚，所以自己也不会去射击俱乐部的，她可能连枪都举不起来。

她决定先洗个澡。等电话最好的一个办法就是做一些其他的事情。最适合不过的就是做一些事，使自己不能够直接接到电话。洗个澡真是最好的选择了。

但是为了防止错过电话，她把电话设成了免提模式。

事实上，当她洗头的时候她想，如果自己在洗澡的时候电话响了也挺好的。从浴室出去再去接电话能让他知道自己并没有在电话旁边等着他。如果不这样的话，他可能就会那么想。她站在了淋浴喷头下面，思绪一直没有离开电话。她不知道她想要保罗有怎样的感受，她甚至也不知道自己是什么感受了。

电话铃声响起的时候，她正裹着浴巾。当她冲进客厅接电话的时候，脚趾还撞到了浴室的门。

"嘿，现在我们无法接听你的电话。请不要挂机，留下你的姓名和电话号码，我们会给你回电话的。"

"嘿，阿丽克丝，是我。你还和其他人住在一起吗？电话里的'我们'是谁？我只是……"

"保罗，是我！"她打断了他的话，"对不起，我现在在忙，所以刚才电话是语音回答的。"

"你总是很忙啊。"他开玩笑地说道。

"你是知道的。"她含糊地说着。

"今晚我们还见面吗？"他问道。

"怎么样都行啊。"

"我现在在邓多克，"她跟他说，"我刚刚在这儿采访一个人，现在正要往回走。如果你愿意的话，我们可以见面。但是差不多九点半的时候我要去见另外一个人。"

"你比我还要忙啊。"

他笑了笑。"自从我接了这个工作之后就一直是这样了。"

"为什么不一起喝点东西呢？"她说，"又没有什么其他事了，不是吗？七点半的时候在贝格加斯布什怎么样？我到那儿很方便，对你来说要过那个收费桥。"

"听起来不错啊。"保罗说，"那到时候见了。"

"好啊，"阿丽克丝说道，"很期待见到你。"太神奇了，她想，她是怎么做到跟保罗说话就像跟一个客户说话一样的？"很期待见到你"！她以前从没这么跟保罗说过。

她又回到浴室，用浴巾把全身又用力地擦了一遍，然后把浴巾整齐地挂在毛巾架上。

她吹干头发之后，立刻在指甲上涂上刚买的兰蔻指甲油。阿丽克丝很少用指甲油的，因为她的指甲不会太长。她经常用电脑，所以留着长长的指甲几乎不可能。每当她觉得手指甲有点长的时候，她就会用嘴咬掉小指的指甲，所以她的小手指指甲通常要比其他的要短。但现在，她把指甲修成几乎一样的长度，小手指的指甲只比其他的指甲短几毫米。但是保罗肯定注意不到这些的。

她早早地就到那家酒吧了。从她住的地方到酒吧走着去也就五分钟的路程，但是她却没法一直在家闲坐着。白天大部分时间里雨都是滴滴答答、下下停停，现在终于不下了，天上的乌云也开始消失了。突然间，天气变得又闷热又潮湿。

当她到达酒吧的时候，酒吧外面坐了几个人。她朝里面看了看，压根儿就没见到他的影子。看到他没在，她就点了一瓶米勒啤酒拿到了外面。她知道自己正在吃着抗生素，不应该喝酒，但是她只是打算喝点儿啤酒。她不能喝着矿泉水一个人待在酒吧里。

大约十五分钟之后，一辆路虎开到路旁，保罗从车里走了出来。当她看到他的时候，她的心里咯噔一下。他比以前看上去更帅了：短短的头发，穿着一条砂洗的李维斯牛仔裤——这不是她给他买的，所以看上去很陌生；还有一顶耐克的帽子。保罗以前是很讨厌名牌服饰的。

她很庆幸自己决定不穿中午买的那条黄色的裙子。那条黄裙子看上去就是为了保罗特地穿的，她不想那么做。她选择了一顶黑色的蔻凯牌的帽子，又配上那条通常都会束之高阁，但最近几个周她努力减肥后又可以穿得下的紧身牛仔裤。她知道这样让她看起来很瘦，而且也显得更加年轻。她把头发拢在后面，扎成一个蓬松的马尾辫，看上去不像她以前工作的时候那么严肃。她还戴上了新买的银耳环和项链。

"嗨！"她向保罗挥了挥手。他径直走过来，在她的面颊上吻了一下。

"嗨，"他说，"我能来点喝的吗？"

"我给你拿一瓶。"阿丽克丝说。

他摇了摇头。"你想喝什么？"

"给我来一瓶米勒啤酒吧。"

"好的，"他朝她笑了笑，眼睛变成了碧蓝色，"稍等片刻。"

她靠在座椅上，感到一阵轻松，就像她想表现出来的一样。她本来有一种很可怕的感觉，害怕他可能打电话来说对不起他要迟到了，或者是来不了了。她从包里掏出手机，然后把手机关掉了。

"这是给你的。"保罗把酒放在她的面前，"天啊，又开始热了，不是吗？"

她点了点头。"早上下雨的时候我淋感冒了，现在天气这么好，真是难以置信。"

"这是我能记起的最热的夏天。"

"几乎让人无法工作，"阿丽克丝说道，"你看外面的蓝天，待在家里似乎是件很让人羞愧的事。"

"这不是你以前会担心的事啊。"保罗漫不经心地说道。

"之前没这么热过。"阿丽克丝决定不跟他争辩。他给她打电话的时候她就计划着这个时候的策略。她要放松，要沉着冷静。她不会让他激怒自己，她也不会去反驳他。平静是她的宗旨。

"新工作感觉怎么样啊？"她问道。

"很好啊，"保罗回答道，"我真希望在此之前就尝试了这样做，阿丽克丝。现在我真的这样做了。我知道人们抨击国家广播电视台说国营的广播和电视索然无味——可能有时候是这样的，但是我们每天都在接触很多有趣的故事，而且我们有非常非常多的资源！我现在做的是我以前就想做的，只是以前没有机会。实话实说，这是我做过的最好的工作。"

"那太好了。"她说。

他跟她说起在邓多克里采访的事，告诉她他是怎样满怀信心地采访受访者，最后又是怎么从他那儿得到他想要的故事的。

"看起来你真的很享受你的工作。"阿丽克丝说。

"是的。"

"你买的新车。"她朝那辆路虎看了看。

"是的。"他看上去有一点内疚地说，"我知道我以前对车很反感，但是现在我需要它。"

"你以前开我的宝马的时候，也没见你反感啊。"她提醒他说。

"但是我心里感觉不好。"他说。

她笑着说："我可没觉得。"

他们沉默了一会儿。

"你现在怎么样？"保罗问道，"庞大、凶险的资本市场怎么样啊？"

"很忙啊。"她回答说，"我仍然跟加文·唐纳利争个不停，这个浑蛋现在变得更加狂妄了。我们之间没有几天能相处得很好，但是也没有几天相处得很坏。我比年度预算挣得要稍微少一点，但我想我会挣回来的。"

"我真敬佩你。"他说。

"你说什么？"

"我敬佩你，一直都是这样。你真是太能支配你自己了，支配你的生活，支配你身边的人。"

她凝视着他。"不，我不是这样的。"

"是的，阿丽克丝，你确实是这样的。"

"薇安也这么说。"

"是吧，你看，不可能我们俩都错了。"

"当然你们都错了，我不会支配任何事情的。"

"你非常明确你要从生活中得到什么，而且你得到了。"保罗说，"如果这还不叫支配，那我就不知道什么是支配了。"

"你怎么知道我非常明确要从生活中得到什么？"

"因为一谈到工作的时候，你就会兴奋起来。你应该了解你自己——活力无限，知识渊博。我嫉妒你。"

你只是这么说而已，她想，你说这些就是想让我不能痛哭流泪并且求着你回到我身边。

"我生病了。"她说。

"看上去不像，"他跟她说，"你看上去挺好的啊。"

她很高兴他能这么说。是芮谜彩妆、娇韵诗护肤霜，还有迪奥的铜色面霜让自己看上去很健康的。当时她坐在镜子前，想着之前自己真是糟糕透了。

他突然咧着嘴笑了笑。"但是你肯定生病了。你穿着你的剪裆裤坐在座位上并没有感到任何不舒服。"

她很尴尬地红着脸。保罗一直叫这条裤子为剪裆裤，但是她没有想到他会注意到她穿这条裤子。"你现在怎么注意我穿什么，而不是看都不看呢？"

"我现在很关注时尚，"他解释说，"对服装业稍微懂一点。"

"这可以解释耐克帽子和李维斯牛仔裤吗？"她问道。

"不，"他看上去很窘迫，"我只是想善待自己。"

"你想我吗？"这个问题在她刚想阻止自己不要说的时候说了出来，而这也让她自己很纠结，她本来不想问的。

他看上去很不自在。"我很讨厌跟妈妈住在一起，可能你说的关于她的那些话是对的，阿丽克丝，她真是太让人受不了了。而且她每天都会问我什么时候回家！"

要平静，当他避开这个问题的时候她告诉自己，不要逼他。

"我想你。"她告诉他，"我们加入过什么超级俱乐部吗？"

"什么？"他惊讶地看着她。

"超级俱乐部，或者叫其他什么名字。俱乐部的卡，在超市用的。他们问我什么时候去买东西，我不知道。"

他哈哈大笑，隔壁桌子的人都朝他们看过来。"只有你才会问这样一个问题，阿丽克丝。"

"我只是想知道。"

"是的，"他说，"我们——至少是我——有一张卡。上面写了我的名字，但是写的是你的住址。你想要吗？"

"不想，"她烦躁地说道，"我只想知道你是不是参加了什么。"

"拿着卡。"他从牛仔裤口袋里掏出钱包，"我不需要它。现在是妈妈去买东西，我只是给她一些现金。"

"不要，"她说，"当你搬去马拉海德的时候你会需要它的。"

"那儿很可能是另一个不一样的超市了。"他笑着跟她说，"你还是拿着吧。"

她摇了摇头。"我讨厌那烦人的超市。我想我只在需要的时候才买东西。"

"那样会很不合算的。"保罗说。

"我不在乎。"她很努力地试着说话时语气不那么暴躁，但她知道她自己还是没有控制住。

保罗喝了杯子里的酒。

"还想再来一杯吗？"她问道。

他犹豫不决。

"我要再来一杯，"她说，"你有很多时间。"她起身朝酒吧内走去。她打了个寒战。她的眼睛又开始流眼泪了。可能她不应该喝两瓶啤酒的。

她拿着保罗的一品脱啤酒和自己的矿泉水走了出去。

"水？"他看到她的水吃惊地说道。

"我不应该喝酒的，"她解释说，"我正在吃抗生素。"

"你到底是怎么了？"他问。

"我也不知道。"她简短地说道，"不太严重。第一天很不舒服，但现在我感觉好多了。"

"你真的生病了？"他问道，"你呕吐吗？"

"不，"她回答说，"但是我头疼、嗓子痒，就是那种感觉。我现在好多了。"

"你请假休息了吗？"

她点了点头。"休息了几天。"

"你肯定病得不轻，"他说，"我不记得你什么时候因为生病而请假了。"

她朝她笑了笑。"我们去德罗伊达那个晚上呢？"

"差一点儿，"他说，"但那次并未奏效。"

那是他们第一次住在一起。保罗把她带到博伊恩谷酒店吃饭，然后告诉她说他已经订了晚上的房间。这让她很惊愕。

"你不能这样做，"她告诉他说，"我明天早上还要上班。"

"那又怎么样呢？"他说，"请一天假吧。"

"我没法请一天假。"

"为什么呢？"

"就是不能。"

但是当第二天早上五点半电话铃响时，她放下电话，依偎在他的身旁。那晚他们只睡了三个小时。吃完晚饭后，他们就回到房间开始做爱。就当她要睡着的时候，保罗叫了房间服务点了一瓶香槟。他坚持要一边喝着香槟酒一边做爱。这并不是喝香槟的一个好方式，但是那真的让他们性欲浓厚。后来他们一起洗了个澡，因为他们浑身上下全是香槟，那时他们又做了一次。阿丽克丝告诉他说她从来不相信有人能一晚上做三次，保罗跟她说自己也没想到。

第二天黎明时分，她没有心情起床去上班，不知不觉又快睡着了。但是理智告诉她不能睡着，所以她就慢慢从床上爬起来。

"你去哪儿？"就当她要穿鞋的时候，保罗醒了。

"上班。"

"阿丽克丝！忘掉工作吧！回到床上来。"

"我不能，"她跟他说，"我要去上班，再这样我就要迟到了。"

"打电话说你病了。"他咕哝道，"谁知道呢，喝完酒和香槟，你的身体应该会有些不舒服的。"

"我觉得很好啊。"她在他的前额上吻了一下然后上班去了，尽管一整天她几乎都无法集中精力去做任何一件事。

"为什么不请假呢？"在她想着以前的事的时候保罗插话问道。

"太忙了。"她说。

"你总是太忙了。"

她能够听出他声音里的冷漠。她什么也没说，他们之间的沉默变得很尴尬。保罗看了看手表。

147

"在你走之前，"阿丽克丝挽着他的胳膊，"我想知道一件事——你跟萨拜因还有联系吗？"

"当然有。"他简单地说道。

"你——你跟她是什么关系？"阿丽克丝很不喜欢自己的问题。

"我之前告诉过你。现在还是那样，没有变。"

"你什么时候搬去马拉海德？"她转移了话题。

"十天后吧，"他欣慰地说道，"下下个周末。"

"看上去很奇怪，我想。"

"不会像跟我妈一起住那么奇怪的。"

"但愿不是。"

"阿丽克丝。"

"怎么啦？"

"我不知道萨拜因的情况。我真的不知道。但是我知道我想要的是和我们以前不同的感情。"

"你喜欢我们在博伊恩谷的那种感情？"

"我知道你的意思，"他说，"我从没有说过不要享受我们那样的生活。我只是觉得生活中应该有比做爱更多的内容。"

"我知道。"她说。

"我真的很在乎你。"

"真的吗？"

"当然是真的，阿丽克丝，我爱你太多的东西。只是我觉得我们俩优先考虑的事情不一样。"

"你凭什么这么肯定？"

他耸了耸肩。

"你真是太不了解我了，"她说，"你只是认为你懂。"

"我真的非常的确信。"他跟她说，"你看，我要走了，阿丽克丝，再次出门之前我还要回一趟家。"

"好吧。"

他站起来，但是她仍然坐在原地不动。

"很高兴见到你，但是我们可能一会儿就见不着了。"他说。

148

"是这样。"

"你想搭车回到住的地方吗？"

"不用了，"阿丽克丝说，"我在这儿再坐一会儿。"

"确定吗？"

"是的。"

"那好吧。"他又一次吻了她的面颊，"照顾好自己。"

"你也是。"

她看着他朝汽车走去，打开了车门。

如果他上车之前向我挥手，她对自己说，那他还喜欢我。

他打开车门的时候她屏住呼吸。他回头看了看她，挥了挥手，然后上车了。

她待在那儿，一直到车开远了，她才点起了一根烟。

第十六章

不知道是酒喝多了、烟抽多了，还是仅仅因为又见了保罗的缘故，回到公寓的时候，阿丽克丝的心情十分沮丧，脑袋像被撞击似的疼，手掌一直出汗，浑身抖得厉害。

她坐在自己最喜欢的扶手椅上打开电视。为什么夏天的电视节目都那么糟糕？她想。为什么制片人都会觉得晚上九点半以后看电视的人不是智力低下就是童心未泯呢？电视上正在播放的《老友记》，已经是她第三次在这个台上看到了。

当她看到珍妮佛·安妮斯顿在剧中给别人端咖啡、做着不用动脑筋的工作时，她暗自想道：其实这样的生活也不坏，而且身边有朋友关心你。她发现珍妮佛的工作根本不用担心咖啡店里的其他高级员工抢去她最好的客户。如果她病了，她会非常乐意待在家里休息，然后她的好朋友们就会来照顾她，给她做咖啡和蛋糕吃。

一想到咖啡和蛋糕又让她觉得不舒服。她一下子从椅子上跳起来，飞奔到浴室里冲到水龙头下。

哦，天哪。她又感到一阵恶心，别再让我吐了，千万别。

吐出来或许比憋着更好。她紧紧地抓住浴室门的把手对自己说。要是把吃的东西和两瓶米勒酒全都吐出来才好呢。奥尼尔医生一直都很奇怪她为什么没有吐过。至少现在看来，她的症状已经和感染病毒十分吻合了。奥尼尔医生还告诉她至少要休息三天。

阿丽克丝捋了捋潮湿的头发，将身体靠在了相对凉爽一些的瓷砖墙上。她应该听医生的话，不应该喝那么多酒。你自己就没一点责任心吗？她一边自责一边打开了淋浴。

她拖着沉重的身体坐回椅子里。刚才脑袋还疼得像要爆炸一样，现在已经感觉好多了。但她还是觉得自己的身体晃晃悠悠，颤抖得厉害。

你要是怀孕了就会变成这个样子！她对自己喊道。每天早上都会跑到浴室，把胃里的东西吐个底朝天，这就是怀孕的结果，也是你最最痛恨的。这就是索菲娅今后的下场，她会每时每刻都会后悔。所以，阿丽克丝，你不会后悔的。不怀孕是最好的生活。如果真的怀孕了，你就会失去希望，毫无用处，莫名其妙地恐惧。

但是，如果这样保罗就可以回归自己的生活了呢？这样值得吗？

她关掉了电视。她完全无法集中精力，还不如去睡觉。而且，睡个天昏地暗的觉之后，一切都不一样了。

事实证明她想错了。她一晚上又翻来覆去睡不好。凌晨三点的时候她又开始觉得恶心了。

她在早上七点的时候给薇安打了电话。

"不好意思，"她说，"可是我现在非常难受。我想去上班，但是我根本站不起来，虽然我一点都不想生病。我觉得应该去看医生，但是现在我连家门都出不了。"

"上帝啊，阿丽克丝！"薇安听到电话那头妹妹绝望的声音惊叫道，"你昨晚为什么没给我打电话？那样我就可以过来照顾你了。"

"我以为今天就会好起来的，"阿丽克丝说道，"我以为睡一觉就好了。"

"这是我这辈子听到的最荒谬的话。"薇安严厉地说，"要不你给医生打个电话让她上门就诊？我把女儿们送到学校之后马上就过去。"

"她会上门就诊？"阿丽克丝很少生病——上次看医生是做定期子宫颈涂片检查。

"她当然会，"薇安不耐烦地说，"很有可能她已经被人预约了。"

"我一直以为都是自己去看医生的，"阿丽克丝嘟哝道，"我从来不知道他们还会上门看病。"

奥尼尔医生的诊所早上八点开门。阿丽克丝提前十五分钟打了电话，当前台告诉她奥尼尔医生在上午十点半到十二点出门就诊时，她非常吃惊。但是要轮到阿丽克丝的话已经接近十二点了，因为之前已经有一些人预约了。

上帝啊，阿丽克丝挂上电话想道，病毒已经蔓延了半个国家了吧。

她又躺回床上闭上眼睛。她一点也不想这样，她想自己快好起来，想回银行上班。她想看到加文·唐纳利对她阿谀奉承。一想到加文奉承她，她嘴角微微一笑，然后拿起电话打给了银行。

"又不来了，阿丽克丝！"

戴夫的语气让她面红耳赤。她不喜欢将自己卷入这样的事情当中。"我昨晚吐了一晚上，"她说，"我太难受了，我预约了医生十二点左右上门看病，之后怎么样我再告诉你们吧。"

"今天倒是没什么关系，"戴夫说，"没有什么新消息，也没有要开的会。但是你知道明天上午加文要陪客户打高尔夫，我下午两点半要开会，那时候只有珍妮一个人在办公室盯着了。"

"我非常了解明天的状况，戴夫，"她的语气里透露出一种威严，只是她自己没有察觉，"明天我会按时到办公室的，不用担心。"

"不是我担心，"戴夫说，"你要是不来的话就不来了，可是你了解德斯，他要是知道你又没来的话会大爆发的。"

"戴夫，上次我生病没来上班的时候你们根本没给银行干活，"她严厉地说，"所以别给我扯那些乱七八糟的，我说了我会去，我就一定会去。"

"好吧好吧，别忘了穿内裤。"戴夫说，"其实我更应该叮嘱说，别忘了穿睡裤。"

她轻轻地笑了一下。"要是我穿睡衣的话。"

他笑了。"你看，你已经好起来了。"

她刚刚放下电话，就听到门铃的对讲机响了。她跌跌撞撞地走过去打开了对讲机。

"你要是能给我一把你公寓的钥匙，我就不用把你从床上拖下来了。"薇安说，"快点让我进去。"

阿丽克丝打开门禁，等着姐姐上楼。

"嗨，"她一边开门一边打招呼，"进来吧。"

"上帝啊，阿丽克丝！你看起来像一坨狗屎。"

"谢谢啊。"

"我说真的，"薇安的眼睛里充满了疑惑，"你到底怎么了？我以为就是感冒而已呢。"

"医生说是病毒引起的，我周一去看医生了，因为实在没法工作。现在病毒蔓延得很厉害，所以我在想你要是来照顾我的话，会不会也被传染了。对不起。"

"你不用说对不起，"薇安说，"我是你姐姐，就该来照顾你。"

"就像上次我出水痘那样吗？"

"姐姐出于对弟弟妹妹的爱才会想方设法把水痘印去掉，大部分的孩子都会对此感到很高兴的。"薇安说，"现在你给我到床上躺着去！你给医生打电话了吗？"

"她大概十二点左右过来。"

"好的，"薇安说，"那我在她来之前陪着你。"

"不用，"因为有人陪伴，阿丽克丝已经感觉好多了，"我觉得没那么难受了。"

"你躺到床上去，"薇安又说了一遍，"能睡就尽量睡会儿吧。我给自己弄点咖啡。"

阿丽克丝做了个鬼脸。"我可能没有牛奶了，"她说，"昨天晚上我回来太匆忙了，忘了给送牛奶的打电话了。"

"你怎么能忘了呢？"薇安盯着她，"你去超市的时候为什么不多买一些呢？牛奶能放挺长时间的。"

"薇安，别因为一个牛奶就惊慌成这样，或许还剩了一些呢。"阿丽克丝爬到被子底下把自己全身裹住。

"我没惊慌。"薇安干巴巴地说，"现在，你好好睡觉。"

阿丽克丝闭上了眼睛，听着姐姐在厨房里叮叮当当。有人在这里照顾她、替她担心真好。由于薇安在这儿，阿丽克丝现在已经完全不觉得难受了。

薇安把水壶装满水，插上了插头。她一边环视这个小厨房，一边叹着气。阿丽克丝好像没有用这个厨房来做饭。一个星期的报纸（包括四份有着许多副刊的周日报纸）堆在餐桌上，一捆彭博金融杂志摞在锅上，一沓票据也有很快从微波炉的顶上滑落下来的危险。

水壶里的水烧开了，薇安打开橱柜门，拿出银质的茶叶罐（这是阿丽克丝搬到这个公寓的时候她送给阿丽克丝的礼物）。茶叶罐里有一个皱巴巴的茶叶袋。薇安叹了口气，打开了冰箱，里面的牛奶只够冲一杯茶的。

喝完茶后，她走进卧室，发现阿丽克丝睡得正香。薇安把到了七月十五号就过了保质期的橙汁倒进了水池里，把空盒子扔进了垃圾袋，还扔掉了奶酪（也已经过了保质期）和半瓶美乃滋蛋黄酱。

冰箱里剩下的物品只有两听米勒啤酒和一瓶夏敦埃葡萄酒。

阿丽克丝的房间里根本就没有食物吗？薇安问自己。以前不管她什么时候来，这里好像都会有很多的新鲜水果、食用奶酪，也会有足够多的牛奶来冲茶或者是咖啡，喝都喝不完。

她打开冷冻室的门吓了一跳，两包冻牛肉从里面掉了出来，差点儿就砸到了她的头。她从地板上捡起冻牛肉塞进冰箱，它们挨着一包四袋装的泰国绿咖喱和一袋菠菜口味的宽面。

说实话，阿丽克丝，她生气地想道，你应该吃得比这些要好的，怪不得你感染病菌了呢。

她从冰箱的顶上找出了一个信封，在上面写上"我去商店了，很快就回来"。她把信封撑起来放在床边的柜子上，确信她妹妹肯定能够看到那个信封，然后她从桌上拿起了钥匙，走出了房间。

她走了差不多十五分钟之后，阿丽克丝睡醒了。她不停地眨眼，慢慢地翻着身，过了好一会儿，她才看清薇安给她留的字条。

糟糕，她想，薇安肯定又爱管闲事地到厨房去看，然后发现她根本没有食物了。她肯定想着自己食物紧缺，现在正进军超市给自己买些新鲜的东西呢。她本来是想这个周末去买东西的，甚至自己都已经列出了一个单子。但是现在薇安肯定会想自己肯定完全崩溃了，又会责怪自己说不要因为和男朋友分手了就不知道照顾自己了。薇安在和男朋友分手方面去开导别人可是个高手，很可能因为她年轻的时候这方面经验比较丰富吧，阿丽克丝一边不怀好意地想着，一边敲打着自己的枕头。

她躺在床上，眼睛盯着天花板。当她领会了她姐姐的做事方式时，她就能坏坏地想到薇安为什么如此生气了。想到上个星期六她姐夫安排的和卡塔尔·莫兰的相亲，她姐姐肯定在后面推波助澜。阿丽克丝想这真是个爱管闲事的姐姐呀。

薇安对自己的婚姻如此的满意，对和孩子们在一起也感到很幸福。这有时让阿丽克丝感到心烦意乱。她看上去已经找到了自己的真命天子，那就是特里。他们是怎么做到的？阿丽克丝想道。薇安真的确信自己在二十一岁的时候嫁给特里不会后悔吗？什么时候建立自己的家庭才最好呢？她经历的所有事情都那么完美无缺吗？薇安一直跟自己说一个女人作为一个现代职业女性的感觉很好，但是迟早她会想着安定下来的。她姐姐就这么非常轻松地从一个有潜质的职业女性过渡到一个妻子和母亲的角色，阿丽克丝想道。但是她知道自己是不会这样的，尽管人们期待着她那样做——如果你不想要一群叽叽喳喳的孩子，那你就不正常。甚至连索菲娅现在都和自己想法不一样了，阿丽克丝呻吟着。

房间的门咔嚓一声打开了。

"你还好吗？"薇安推开卧室的门问道。

"好多了。"阿丽克丝说。

"我想我听到了你的呻吟声。"

"是的。"阿丽克丝朝她微微一笑，"但不是因为身体不舒服，只是因为自己躺在这儿没有力气起床。"

"你可以一直躺在床上，直到医生来了。"薇安说，"我去把你的冰箱给装满。老实说，阿丽克丝，现在只有两听啤酒跟一瓶葡萄酒了。"

"生活中不需要太多的必需品。"阿丽克丝说道。

"好吧，我给你买了牛奶、鸡蛋、奶酪和水果。还有一些面包、切片火腿。还买了西红柿和几袋茶叶。"

"谢谢你。"阿丽克丝说，"钱在桌子上面。"

"这些又不贵，"薇安严厉地说道，"买这些新鲜的东西比买你那半打玛莎百货的泰国咖喱要便宜得多。"

"真的有半打吗？"阿丽克丝问道，"我去买东西之前怎么没看见。"

"别开玩笑了。"

"以后你也别责怪我了。"

"忘恩负义的家伙。"但是薇安朝她笑了笑,然后转身朝厨房走去。

杰拉蒂妮·奥尼尔十一点半的时候到了。

"我没想到你情况会这么糟糕的。"她坐到阿丽克丝的床边说。

"没有太糟,"阿丽克丝说道,"我昨天已经感觉非常好了,然后旧病又突然复发,所以我就病倒了。"

"料到你会病倒的。"杰拉蒂妮拿出温度计,放到阿丽克丝的舌头下面,"有哪些地方疼吗?脖子或者关节?"

阿丽克丝摇了摇头。"没有特定的地方疼。"她嘀咕道。

"身上哆嗦吗?出汗吗?"

阿丽克丝点了点头。

"又觉得头晕眼花了吗?"

阿丽克丝又点了点头。

"你是真像我跟你说的那样躺在床上的吗?"

阿丽克丝耸了耸肩。

杰拉蒂妮从阿丽克丝嘴里取出了温度计,看了看说道:"不要告诉我你去工作了。"

"我很早就回家了。"阿丽克丝争辩道。

"然后你就躺在床上了?"

"我去见了其他人。"她感到自己一阵脸红。而坐在窗边椅子上的薇安则若有所思地看着自己的妹妹。

"你喝了什么了吗?"

"比如说?"

"比如说酒。"杰拉蒂妮说道。

"只是喝了一瓶啤酒。"

"天哪!"杰拉蒂妮生气地看着她,"你应该被从办公室直接送到我的诊所里。我跟你说了你感染了非常严重的病菌,你必须要在床上待上三天的。你竟然继续去工作,还到酒吧里去见什么朋友!阿丽克丝,你老实跟我说,你是不是对旧病复发感到很吃惊?还是你觉得现在比刚开始的时候要好很多?"

阿丽克丝羞怯地说道："对不起。"

"你真该这么说。"杰拉蒂妮把测血压的垫子绑在阿丽克丝的胳膊上，"我说不要去工作的时候那就是真的不要去工作，你迫不及待地要赶去上班是怎么回事？你在银行工作，是吧？我敢肯定那里有很多人能替代你的工作的。"

"我是一个交易员，"阿丽克丝说，"我负责交易部的事务，我昨天必须要去，这对我来说很重要。"

"你别这么傻了，"杰拉蒂妮说，"你的健康要比那些上蹿下跳、叫唤着买进卖出或者你做的其他什么垃圾事情要重要得多。"

"那不是垃圾的事情，"阿丽克丝说道，"那是……"

"放松，放松，你别把监视器打坏了。"杰拉蒂妮朝她笑了笑，阿丽克丝也做了个鬼脸。"好吧，"杰拉蒂妮最后说，"我给你开的药你在吃吗？"

"在吃。"阿丽克丝说。

"你还要吃这些药，"她写了另外一个处方，递给了阿丽克丝，"今天就开始吃，吃完一个疗程。另外，今明两天都要躺在床上。"

"但我明天不能躺在床上，"阿丽克丝顶撞着说道，"说真的，我不能。"

"你当然能。"薇安从椅子上站起来，走到她的床边，"你就躺在那儿，不要起床。我确信不会有什么事的。"

"你不明白的，"阿丽克丝希望她们能理解自己，"我不能待在这里不去上班，他们需要我的。"

"不，不是一定非你不可。"杰拉蒂妮厉声说道，"要是你被车给撞了的话，他们就得在没有你的情况下进行工作，这也就是明天他们要做的。"

阿丽克丝咬了咬嘴唇。她不怀疑没有她他们能照常工作，但是她不想让戴夫·布赖恩特告诉德斯说阿丽克丝说话不算数。想到这她又觉得自己浑身越来越热了。

"星期一晚上到诊所去一趟，"杰拉蒂妮一边整理着药箱，一边说道，"五点半到七点之间。"

"好的。"阿丽克丝答道。

"像我说的那样做。你的免疫系统现在很脆弱，我不想你再出什么差错。"

"那我现在到底是怎么了呢？"阿丽克丝问。

"病毒性感染。"杰拉蒂妮说，"我知道现在有许多人都感染了这种病毒，这也是你会被感染的原因。几天后就会好了，但是我的意思是，你一定要待在床上好好休息。星期六和星期天的时候也要放松。"

"我周末的时候通常都会放松的。"阿丽克丝说道。

薇安把杰拉蒂妮送走之后，回来坐到阿丽克丝的床边。"她说的是什么意思，送到她的诊所？"她问道。

阿丽克丝扮了个鬼脸。"我工作的时候生病了，他们送我回家。"

"怎么生病的？"

"我感觉不舒服，"阿丽克丝说，"我晕倒了。"

"阿丽克丝！"

"许多人都会晕倒的，"阿丽克丝说，"没什么大事儿。"

"你没有怀孕或者怎么着吧？"薇安突然问道。

"别这么荒唐可笑了，"阿丽克丝反驳道，"我怎么会呢？保罗已经不在这里住了。"

"我想，可能，在他离开之前……"

"相信我，"阿丽克丝说，"我告诉他我不想要孩子，我是认真的。"

"你昨天晚上见到保罗了吗？"薇安问。

"当然，我告诉了你我打算去见他的。"

"但是你生病了。"

"那又怎么样？"

"如果你感觉不舒服的话，你再去见他是非常愚蠢的。"

"别那么荒谬了，"阿丽克丝说道，"你说话听上去就像妈妈一样。"

"她想知道你是不是这么愚蠢。"

"哦，让我自己待一会儿。"阿丽克丝厉声说道。

"我想这是你的事，"薇安说道，"但是你为什么不跟他划清界线呢？你为什么还要去找他呢？你不是这样的人啊，阿丽克丝。"

"我想他只是作了一个错误的决定，就是这样。"

"你爱他吗？"薇安问。

"我当然爱他。"

"你确定吗？"

"别问这些没用的，"阿丽克丝闭上了眼睛，"我不想听你来教训我，谢谢。"

"在这之前没有人和你断绝交往，是不是啊？"薇安继续说道，"你以前一直都是一个人。"

阿丽克丝耸了耸肩。

"我只是想知道，是不是你坚持要和他在一起只是因为你不相信有人会想要离开你。"薇安说道。

"你愿怎么就怎么想吧，"阿丽克丝说，"我生病了，不想再谈论这个了。"

"对不起，"薇安说道，"我确实很抱歉。"

阿丽克丝睁开了一只眼睛。

"我习惯你起来走动，能够控制所有的事情，以至于我无法想象你身体不舒服而没法跟我争来争去。"

阿丽克丝勉强地笑了笑。"我喜欢和你争辩，通常都是这样。"

"哦，阿丽克丝，我只是想让你开心一点，"薇安说道，"我确实是这样。但是看起来好像保罗说得对——到了一定的年龄之后，人们关心的重点会改变。他们也这样说我。"

"得了，薇安，你总是想要丈夫和孩子。"

"是的，但不是看到谁都这样，只是当我遇到特里之后……"

"爱情是年轻时的梦想啊。"阿丽克丝打着哈欠说道。

"事业并不意味着一切。"薇安继续说道，"每个人都说你的工作是年轻人的游戏，而你已经不那么年轻了，阿丽克丝。"

"三十二岁并不算老啊，薇安。"

"但是这和你二十二岁的时候不同了啊。"

阿丽克丝叹着气。"我真的不想再和你谈论这件事了，我累了。"

"那你睡一会儿吧。"薇安说，"我要把你的冰箱清洗一下。"

阿丽克丝闭上了眼睛，和薇安的争辩让她筋疲力尽。她试着去想保罗跟孩子的事情，但是不到五分钟她就睡着了。

薇安清理完厨房之后，踮着脚走进卧室，拿着处方到药店给阿丽克丝买药。尽管看到阿丽克丝生病很难过，她还是很享受担任照顾阿丽克丝的角色。阿丽克丝真是非常独立，穿过哈丁顿大道时她想着，她肯定非常怨恨自己不能做所有的事情。薇安记得当她们还是小孩子的时候，有一次阿丽克丝推着自己的三轮车到她们房子后面的斜坡上。阿丽克丝下定决心不落后于姐姐和其他的小伙伴们，她四岁的小腿使劲地跟着。但是当薇安突然出于作为姐姐的责任转过脸去想要帮她的时候，她却努力地躲开姐姐。"我自己可以做到。"她喊道，然后用力地拉着三轮车的扶手，把姐姐推到一边。而她最后也确实做到了。

但是薇安不明白为什么阿丽克丝总是想考验自己——从事男人主导的高压力的工作，参加射击俱乐部的射击比赛，强迫自己去健身房挑战自己的极限。阿丽克丝曾经邀请薇安和她一起去健身房。薇安同意了，期待着在跑步机上慢跑，之后再悠闲地游个泳。但是当她看到阿丽克丝强迫自己把自行车、跑步机、推举器和杠铃都练了一遍的时候，她真的大吃一惊。

"你训练不是为了参加奥运会的。"当看到阿丽克丝在做肩膊推举的时候薇安酸酸地评论道。

"我喜欢这样，"阿丽克丝说，"这让我感觉很好。"

但是一个人需要强迫自己一直这样锻炼的时候，会让人觉得这个人是不是有什么问题，薇安想，阿丽克丝真的没必要自己去做所有的事情。

此时药店很忙碌，薇安还要在那儿等着给阿丽克丝拿药。她要盯着让阿丽克丝吃药才行，她对自己说。她知道妹妹一旦感觉到自己稍微好一点的话，她就会忘掉吃药的。

并且她最好能确信阿丽克丝明早的时候不会去上班。很可能她要去她妹妹那里，只是为了让她一定不要去工作。

"我说了我不会去上班我就不会去的，"两个小时后阿丽克丝醒来之后说道，"尽管我现在已经感觉好多了。"

"可能你好些了，但是如果你明天去上班的话情况可就不像这样了。"

"我跟你说过了，我会待在家里的。"

"很好，"薇安说，"医生说你应该躺在床上休息。我明天九点钟的时候会过来，看看你怎么样了。"

"真的没那个必要。"阿丽克丝不耐烦地说道。

"我愿意。"薇安说，"如果你能给我一把多余的钥匙的话，你到时候都不用起床的。"

"真的，薇安……"

"一点儿也不麻烦。"薇安甜甜地笑着跟她说，"姐姐不会丢下你一人让你自己难过的，是不是？"

阿丽克丝一直等到三点以后才给戴夫打电话。

"对不起，"她说，"我明天没法去上班了。"

"去你的，阿丽克丝！"戴夫就像她想到的那样生气地说道，"你知道明天下午我要出去，你也知道加文要去波特马诺克！我们需要你在这儿。"

"看起来我的床更需要我。"阿丽克丝平静地说道，"对不起，我已经感觉好多了，但是我的医生，还有我的姐姐，她们都不允许我起床。所以你们要在没有我的情况下工作了。你还有机会重新安排一下你的会议吗？"

"你疯了吗？"戴夫问她，"你知道能见一次阿尼是多么的不容易吗？他已经给我往后推了两次了。"

"我真的特别抱歉，戴夫。但是珍妮可以应付一下啊，你也可以叫麦克·基奥夫过去帮忙接一下电话。明天也可能不会特别忙，也没有什么经济信息会发布，很可能和平常一样又是一个平静的星期五，每个人可能都会提前回家的。"

"你知道说这些都没用。"戴夫沮丧地说道，"你知道当你快要取得重大突破却缺乏人手时会是什么情况，真的就跟噩梦一样。"

"我早上的时候会打电话到办公室的，"阿丽克丝说道，"看看情况怎么样。"

"其实，事情进展得很顺利，"戴夫说，"还没到我们无法控制的地步，阿丽克丝。只是最好有人在。"

"被需要的感觉真好。"阿丽克丝嘟哝着，"好吧，如果有什么问题的话，就给我打电话。电话就放在我旁边。"

"知道了，"戴夫说，"那我们周一见吧。"

"当然，"阿丽克丝说，"周一见。"

她躺下，又闭上了眼睛。她想知道她的健康状况变得更糟时会怎样——或者带病工作；或者是不去上班，让这帮浑蛋可以有机会来欺骗她。

第二天早上不是薇安，而是卡莉来了。妈妈按门铃的时候阿丽克丝正在厨房里看冰箱里姐姐都给她买了什么新东西。

"薇安呢？"当卡莉走进房间的时候阿丽克丝问道。

"她昨天晚上给我打电话了，我跟她说今天早上我过来看你。"卡莉拿起水壶装满了水，"你应该躺在床上的。"

"我已经好多了，"阿丽克丝说，"薇安没必要给你打电话的。"

"你是我的女儿，"卡莉说，"我需要知道这件事，薇安给我说这事是对的。"

阿丽克丝叹着气，她想薇安肯定乐于告诉卡莉说她病了而且一个人待着。她们很可能像小女孩一样讨论着一个可怜的、孤独的、冷僻的、命中注定是一个单身女人的阿丽克丝。

"回到床上去，"卡莉说道，"我去给你泡一杯茶。"

"我要咖啡，"阿丽克丝说，"我刚才就想去冲咖啡的。"

"现在茶对你来说会更好。"

阿丽克丝咬了咬牙，又回到了床上。现在争辩一点儿用也没有。

当卡莉给她拿来一杯茶和一片吐司的时候，阿丽克丝正用便携式电视机看着CNN①的节目。

"谢谢。"阿丽克丝一边从卡莉手中接过托盘一边说道。

卡莉捡起掉在地上的遥控器，关掉了电视。

"哦，别把电视关了！"阿丽克丝大叫道，"我正在看东京市场的情况呢。"

"你现在待在床上，即使你关心东京市场，你也什么都做不了。"卡莉伶牙俐齿地说道，"你根本没有必要看这个节目。"

阿丽克丝什么也没说。

"那么，"卡莉坐在了床边，"这一切到底都是怎么回事？"

"什么一切？"阿丽克丝不耐烦地说道。

"工作时倒下了，病得厉害到没法去看医生。"卡莉的目光里充满了关切，"阿丽克丝，我真的很为你担心。"

"我感染了一种病毒。"阿丽克丝说，"根据医生的说法，有很多人都会被感染，没什么大不了的。我知道我是生病了，但是卡莉，你是知道的，生病的时候我总是能很戏剧性地化险为夷的。你还记得我小的时候胃疼吗？一直在呕吐，但是等到第二天就没事了。真的没有什么可大惊小怪的，现在也一样。"

卡莉若有所思地看着女儿。

"但是昨天我很担心，"阿丽克丝承认道，"我知道自己抖得厉害，我想我应该

---

①美国有线电视新闻网。下同。——译者注

去看医生的。所以你要承认我做了最明智的事情——我把薇安叫过来了。"

"你怎么会对这种病毒这么敏感呢?"卡莉问。

"谁知道呢?"阿丽克丝耸耸肩表示很无奈。

"我告诉你吧,"她妈妈说道,"你进到酒吧之后就烂醉如泥;你看上去很疲惫,很不舒服——所有的这些都是因为保罗。"

"哦,卡莉,天啊!这和保罗没有一点儿关系。"

"你很想他,是吗?"

"好吧,是,我很想他,"阿丽克丝突然说道,"我们分开只有几星期的时间。"

"但是按照薇安说的,你很确信他会回到你身边。"

"可能吧。"

"你为什么会这么说呢?"

"我只是知道会这样。"

"如果他真回到你身边,那之后怎么样呢?"

"你是什么意思?"

"你打算为他改变吗?"

"改变?"

"阿丽克丝,你要知错就改。保罗想安定下来,然后组建一个家庭。这在他的年龄来说是一个非常合情合理的愿望,对你来说也是如此。所以在我看来你们俩唯一能够重新在一起的方法就是你们能安定下来,组建一个家庭。"

阿丽克丝把她的半杯茶放到床边的柜子上。"可能是这样,也可能不是这样。"

"阿丽克丝,当你想要孩子的时候,那是一种非常强烈的愿望。如果保罗现在是这种感觉的话,你做什么都不会改变他的想法的。"

"我从来没说过要改变他的想法。"

"我从你的眼神中能看出来,"卡莉说道,"你在想能有什么方法能够让保罗回到你身边,而又能让他忘掉孩子的事。或许你想把这件事放到明年再说。"

阿丽克丝在床上很不舒服地扭动着身体。

"不是你想的那样,"卡莉继续说道,"你没法把他的想法推迟的。如果你真的不想要孩子,那你就应该忘掉保罗。"

"谢谢你的提醒。"阿丽克丝尖刻地说道。

"我只是想试着帮你，"卡莉说，"想让你知道事情到底是怎样的。"

"如果我屈从于保罗，在我准备好做妈妈之前生了孩子的话，那所有事情都解决了。"阿丽克丝唐突地笑道，"这样就和你想的一样了，是吗？"

"阿丽克丝！"卡莉脸都气白了，"你什么都不明白，一点儿都不明白。"

"哦，得了。"阿丽克丝说，"你是一个商界女性，卡莉，你安定下来，有了孩子，但是他仍然离开了你。你看这对你有什么好处。"

"首先，"卡莉说，尽量让她的声音保持镇定，"我们两个都想要孩子。我以前不是什么商界女性，我只是在美容院工作。但是他离开我们之后，我不得不作出改变。这跟你和薇安没有任何关系，这是我和他之间的事情。"

"那你们是谁先想要孩子的呢？"阿丽克丝问道，"你还是他呢？"

"我们俩都是那么想的。"卡莉答道。

"但是，像大多数男人一样，一旦我们两个出生以后，他就应付不来了。"

"阿丽克丝，他离开不是因为你们。"

"我们还不能让他有充足的理由留在你身边吗？"她说。

卡莉揉了揉自己的太阳穴。"这跟你没有任何关系，"她又说了一遍，"跟薇安也是。"

"但是关键是，"阿丽克丝说，"男人不是决定是否应要孩子的最佳人选。你知道，我经常在办公室听他们聊天。那些家伙在谈论到他们的妻子和孩子的时候就好像那都是一种累赘。有一半时间他们回家都是出于一种责任。一旦家庭出现什么危机的话，总是妻子东奔西跑来收拾残局。妻子总是在孩子生病的时候要请假去照顾孩子，妻子总是要给孩子们准备上学的东西，妻子还要记得孩子们的生日，也要在圣诞节的时候忙得筋疲力尽。与此同时，男人们可以在办公室待到很晚，下班了还可以去喝上两杯，圣诞节也被他们看成是一个快乐的长假。而一旦他们的妻子怀孕了，他们就会对办公室里每一个女孩都色迷迷的。"

"不是像你说的这样。"卡莉说。

"就是这样的。"阿丽克丝厉声说道，"如果作为一个母亲你还工作的话，你就会为仍在工作感到内疚；如果你放弃工作，你也会感到内疚。别人也会用异样的眼神看你。事实上，即使你没有怀孕，但一旦你结婚了的话，他们就立刻准备着听到你怀孕的消息。我工作真的很努力，卡莉，非常非常努力。他们能做到的我都能做到，而且还可以做得更好。我没有作好放弃工作生孩子的准备。"

"那么你就没有作好要和保罗度过以后的生活的准备。"

"他开始了新工作，"阿丽克丝说道，"他现在工作得很开心，我敢打赌他现在对组建一个家庭不是那么渴望了。"

"我不会跟你打赌的。"卡莉说。

"你不了解他。"阿丽克丝对她说。

"但我了解人性，"卡莉说道，"大多数男人都想要有个妻子和自己的家庭。你可能不这么想，但是男人们都会这样想的。"

"他们想要妻子和家庭，那样他们就能在办公室里有谈资了。"阿丽克丝说道。

"你为什么这么愤世嫉俗呢？"卡莉盘问道。

"我没有，我只是比较实际而已。"

她妈妈叹着气。"你想过要孩子吗？"

"可能吧，"阿丽克丝说，"但我还年轻呢。"

"你已经不年轻了。"

"哦，别说了！你要是听薇安的话，那我可能都要进行激素治疗了。"

"你能从孩子那里得到比其他事情更多的快乐的，"卡莉轻轻地说道，"比工作要快乐，比其他的事情都快乐。"

"我会记着你的话的。"阿丽克丝靠在枕头上说道。

"真的。"卡莉说。

阿丽克丝闭上了眼睛。

卡莉观察了她一会儿，然后把托盘端回到厨房里。

第十七章

当阿丽克丝再次醒来的时候，已经是中午了。她现在已经感觉非常非常好了。她挪到床下，把睡袍裹在身上。

卡莉正坐在客厅里看杰瑞·施宾格主持的脱口秀节目①。

"你怎么能看这种垃圾节目呢？"阿丽克丝问道。

"能让我开怀大笑啊。"卡莉转过脸看着她，"你感觉怎么样了？"

"好多了，"阿丽克丝回答道，"我现在不哆嗦了，头也不疼了。"

"很好，"她的妈妈微笑着说，"但是你还应该待在床上，阿丽克丝，没有什么事是要急急忙忙地去做的。"

"我感觉没事了。"阿丽克丝反驳道。

"你可能几天前就觉得没事了。"卡莉说道，"求你了，阿丽克丝，你就听别人一次话，好吧？"

阿丽克丝叹了口气。"好吧。但是我得给办公室打个电话，看看有没有什么事。"她用手捋了捋头发，又拧了拧鼻子，"另外我想洗个澡，我觉得身上很脏了。"

"去吧。"卡莉说，"我有一个好主意，你用了会感觉很好的。"她给阿丽克丝拿了个红白条纹相间的帆布袋，"用这个，香料沐浴皂。会让你放轻松的。"

"谢谢。"阿丽克丝拿出妈妈给的试用装小瓶，"你不需要一直待在这儿的。我知道，你周五的时候都会很忙。"

"我跟萨曼萨说了我会下午三点左右的时候过去，"卡莉说，"我会给你做完午饭之后再走。"

阿丽克丝坐在妈妈旁边的沙发上，紧紧地抱着她。卡莉惊讶地看着她。

"我们不经常拥抱，"阿丽克丝说，"但是你知道，我是爱你的。"

"别傻了。"卡莉说，但是她也紧紧地抱着阿丽克丝。

洗澡之前，阿丽克丝上网看了看市场行情。看上去好像又是平静的一天，图表只在很小的范围内变化。她拿起电话，拨通了办公室的电话。

珍妮接的电话。

"珍妮，情况怎么样？"阿丽克丝问道。

"很好。"珍妮说，"其实，你今天选择不来真是太对了。外汇市场很平静，没有太多的固定收益。富时指数涨了十点，其他就没有什么了。"

"今天下午你都做什么了？"

"麦克今天下午会过来。"珍妮说，"尽管，说实话，他很可能什么事也不用做。

---
①美国的一档以暴露嘉宾的奇特隐私与家丑为噱头的电视娱乐节目。——译者注

从今天早上开始电话就不多。"

"好啊。"阿丽克丝说道，"你能帮我转接一下戴夫的电话吗？"

"当然可以，"珍妮说，"他刚接完一个电话。你现在感觉怎么样了，阿丽克丝？"

"好多了，"阿丽克丝答道，"但是医生非坚持说我还不能去上班。我想我最好还是听她一次吧。"

"你做得没错。"珍妮说，"稍等一下，我把电话转给戴夫。"

"嘿，阿丽克丝，怎么样了？"戴夫问。

"还不错。听我说，戴夫，你有没有把历史汇率的表格给加里·哈弗德？我把它放在我桌子上，完全忘掉这事了。"

"他昨天打电话过来了，"戴夫说，"我不知道它就放在你桌子上，所以我就重新做了一个，然后用电子邮件给他发过去了。"

"谢谢。"阿丽克丝说道，"现在有什么需要跟我说的吗？"

"没有，"戴夫冷淡地说道，"市场非常的平静，你不要有太多的担心。昨天我们和马尔霍兰做了一笔五年期的外汇交易。我们做这笔交易是因为现在市场对我们来说有一点微利，我喜欢现在所处的位置。然后我们向银特倍克公司询了价，也和他们做了交易。所以我们在五百万的基础上赚了十个基点。"

"太棒了。"阿丽克丝说道。

"加文和克里斯蒂·里尔顿做了一笔交易，我们又从中挣了四千美元。所以，尽管市场很平静，我们还是赚钱了。"

"好极了。"阿丽克丝说道，"我想他今天下午把高尔夫比赛的事都准备好了。"

"是的。他给客户们发了票子。他们到俱乐部会合，先喝点酒，吃点三明治什么的。我跟加文说要他点一些烤肉、鸡蛋和香肠，这些食物在波特马诺克是很有名的。"

"呃，"阿丽克丝说，"你说这些我就放心了。"

"你周一的时候会来上班吗？"戴夫问。

"当然啦，"阿丽克丝说，"我已经好多了。"

"那到时候见了。"戴夫说。

"好啊。"阿丽克丝说，"告诉加文要好好玩，也祝你和阿尼的见面顺利。"

"好的。"戴夫挂掉了电话。

加文从监视器中看到了是阿丽克丝来的电话。"呃，她怎么样了啊？"

"听上去没事了，"戴夫说，"但也很难说。她说让你今天好好玩。"

"嘿，"加文说，"我猜她肯定希望我玩得越糟越好吧。"

"虽然她不喜欢你，"珍妮伸了个懒腰，"但是她可能真的希望你玩得开心呢。"

"会的，"加文说着，"会的。"

他本来还担心有人不会如约而至，但是一点半的时候客户们都到了，甚至连加文怀疑不会来的马特·康纳利都来了。

"你好，马特。"当那个高个子男人朝他们这一桌走过来的时候他说道。"很高兴见到你，加文·唐纳利。"他伸出了手。

"嗨，加文，今天的天气打高尔夫真是再好不过了。"天空蔚蓝，阳光照耀，西南风轻轻拂过脸颊。

"当然比待在办公室里工作要舒服得多啦。"加文说。

"不介意我一个人去球场吧？"马特坐在了他的旁边说道，"尽管他们可能会以任意破坏之名把我抓起来。我喜欢看高尔夫，但我真不是一个好的高尔夫球手。"

"你是哪儿的会员吗？"加文问。

"我们加入了K俱乐部，"马特说道，"但是我不经常去。真是很尴尬。"

"我们能喝一杯吗？"加文问，"来一个三明治？我们有烤肉、鸡蛋，还有香肠。"

"听起来不错啊，"马特笑着说，"请给我来一品脱嘉士伯吧。"

"来吧。"加文对今天到现在为止事情进展得都很顺利感到很高兴。有些客户已经相互认识了，但是那些以前互不认识的也相处融洽，马特在那儿也显得很高兴。加文知道这种公司集体娱乐的方式非常正确，也价值连城。有些客户喜欢钟鸣鼎食式的娱乐方式——既有气派又特别昂贵。有些人则会喜欢今天这样的方式，很放松，也没有那么正式。只要他们不把手放到口袋里就说明他们玩得还算开心，这儿的每个人都很享受这个聚会。

"大家现在可以自由交谈。"看到他们都吃完了三明治，加文说道，"我想我们在四点或者四点半的时候可以在帐篷里喝点啤酒，然后我们可以重新回到马拉海德的吉布尼斯酒吧再喝点。开车来这儿的，如果你们之后想把车就停在马拉海德，我会找人把你们送回家，也会把你们的爱车送回家的。"

"听起来不错啊。"詹姆斯·莫里西——加文最好的客户之一说道。詹姆斯二十四岁，在一家保险公司工作。他和加文相处得很好，两个人经常一起出去饮酒作乐。

"好极了。"尼尔·鲍德温也赞同道。

"好啊，"加文说，"那就这么说定了。"

当他们走进球场的时候，他们分成了好几组。詹姆斯和尼尔跟随着达伦·克拉克和他的同伴——一个小有名气的电视名人。乔·菲茨杰拉德、马丁·道森和艾迪·伯尼想在第九洞那儿扎营。"我每次打到这儿的时候就特别的痛苦，"马丁说，"我想看看高手们都是怎么过这一关的。"

"有什么偏爱吗？"加文问马特·康纳利和德莫特·多伊尔。他更愿意和詹姆斯和尼尔在一起，但今天的活动是有工作性质的，而马特和德莫特都是他的新客户。

"我只是想看看他们开球。"马特说。

"好主意。"加文说道。

"我一会儿就加入你们，"德莫特跟他们说，"我看看那边是不是有我认识的人——就一小会儿。"

加文和马特溜达到第一个开球的地方，帕德里格·哈灵顿正在那里跟他的球童聊着天。

"你经常打高尔夫吗？"马特问。

加文耸了耸肩。"我喜欢打，但是现在打得没那么多了。其实，以前我每天都打的，现在已经没有那么多时间了。"

"工作很忙？"

"是啊，"加文说，"我们现在业务做得很好，开发了很多新客户，有了很多新的利益。"

"在欧洲银行工作感觉怎么样？"马特一边问，一边为哈灵顿一个长距离的击球鼓掌。

"还好吧，"加文说道，"挺自由的，挺有弹性。大多数时候，如果你觉得一件事值得自己去做，你会得到支持的。"

"阿丽克丝·卡拉汉呢？在交易部和一个女人一起工作肯定很不习惯吧？"

"哦，阿丽克丝就是一个传奇人物，"加文轻松地说道，"她非常热爱自己的工作，至少她以前是这样。"

"以前？"

"我想每个人随着年龄越来越大，他的心态都会有所变化。"加文沉思道，"我觉得她现在投入到工作上的时间没有以前那么多了，也可能是我错怪她了吧。"

"你为什么会这么说呢？"

"很难确定，"加文说，"只是给我这样一个印象，在我们中间留下这样的印象。"他靠近马特说，"我觉得是她男朋友那儿出了什么问题。你知道女孩子在这方面进展得不顺利的话会是怎样的。"

"她男朋友那儿有什么问题呢？"

"我不知道。"加文笑道，"我们打赌说几个月内她要么会怀孕，要么就会结婚。但是珍妮——我们另一个女交易员认为阿丽克丝现在和她男朋友的关系亮红灯了。"

"为什么又会这么以为呢？"

"女人的直觉，我猜——哦，好球啊！"加文为俱乐部里职业选手打出的球叫好。

"她给我们做了一个很好的报告。"马特说。

"什么？"

"阿丽克丝，她给我们董事会做了一个很好的报告。"

"她很擅长这个。"加文承认道。

"她今天怎么没来呢？"马特问。

"她对高尔夫不感兴趣，"加文说，"这是她生意场上的一个巨大劣势。另外，她对波特马诺克俱乐部不接纳女会员持女权主义看法。这真的很愚蠢，有一半左右的主要交易都是在高尔夫球场上达成的。不过，她仍然在病休。"

"她整个星期都没上班。"马特说。

加文又耸了耸肩。"这就是我说的她对工作不如从前感兴趣的表现。"

"那她对什么感兴趣呢？"马特问。

"你知道吗？我听说，"加文说道，"她去练射击。我就知道这些。嘿，德莫特，你看到那一杆了吗？太厉害了，不是吗？"

"真希望我也能打那么好啊，"德莫特·多伊尔郁闷地说道，"我总是钩到自己，经常如此。"

阿丽克丝非常高兴，因为卡莉走了。她很高兴又能自己一个人待着了，这种感觉很好，她又能不停地上网观察市场行情了。当她觉得自己身体已经很好了却没有去上班时，她自己就有一种莫名的负罪感。就这样坐在办公桌旁，必要的时候接一下电话不会对自己造成任何的危害。但是珍妮说得对，市场很平静，这样的一天可能是适合不去上班的。

她打开电视机，又是那种烹饪节目！为什么他们都要用装饰品和不同的颜色把菜装扮得看上去非常吸引人，但其实最后吃起来味道也没什么差别呢？阿丽克丝想起了她参加的一些商务宴会，服务员端上了非常丰盛的菜肴，并且来回走动，紧张地检查着是不是一切正常，而实际上根本没有人在意这菜到底是什么味道。他们总是在谈论自己做成过哪些更大的、更好的、更重要的交易，而有时候他们说的事情居然是真的。

食物是给人补充体力的，当她看到厨师用非常快的速度切蔬菜的时候，阿丽克丝想道。她其实是一个爱吃汉堡包和薯条的人，她对将螃蟹、小番茄和新鲜紫苏放在一起烹制成的香烤三味不感兴趣。

电话铃响了，她从椅子上跳了起来。

"你好。"她说。

"阿丽克丝，现在怎么样啊？"

"你是谁呀？"她问。

"哦，得了！不要跟我说你已经把我给忘了！"

"卡塔尔？"她猜道。

"是的。我说了这周给你打电话，我一直到这周快结束了才给你打电话是想让你别想着我给你什么压力。我给你办公室打电话，但是他们说你今天没上班。有什么其他的好事吗？"

"其实我生病了，"阿丽克丝说道，"我上周末的时候感染了什么病毒，然后它就一直折磨了我一个星期。"

"希望不要是在洛里斯饭店吃饭的原因。"卡塔尔笑着说。

"不是，更像流感之类的病毒。"阿丽克丝说。

"现在感觉好点了吗？"

"好些了。"阿丽克丝说。

"我想问你今天晚上你愿意同我一起吃饭吗？"

"哦，卡塔尔，你真是太好了。但是医生告诉我说要在床上躺几天。"

"那听起来情况不太好，"卡塔尔说，"你确信你现在好些了吗？"

"好些了。"阿丽克丝不耐烦地说，"我在不应该工作的时候去上班了，结果又复发了。所以这次我要听从她的建议。"

"或许我可以去串串门。"卡塔尔建议道，"如果你喜欢的话，我可以给你带一些比萨饼，或者中餐，或者是印度食物。"

"你真的是太好了，但是我不饿。"阿丽克丝说。她笑了笑。"生病的一个好处就是不想吃饭，然后就能减肥了。"

"你不需要减肥，"卡塔尔说，"你现在这样就很完美了。"

"谢谢。"阿丽克丝说道，"但是即便如此，卡塔尔，我现在只想一个人待着。"

"你确定吗？"

"是的。"她说，"另外，我的病可能还有传染性，你想被我传染吗？"

"那也很值得啊。"卡塔尔说道。

"我要挂电话了，"阿丽克丝跟他说，"我现在该吃药了。"

"好吧，"卡塔尔说，"我下周再给你打电话吧，看看你到时怎么样。可能周一吧。"

"我……哦，好吧。"

"你自己保重，阿丽克丝。"

"当然会的。"

真讨厌，她一边茫然地盯着电视机一边想道。卡塔尔·莫兰是个很好的家伙，但是跟自己完全不合适。当然，薇安并没有看出这一点，卡莉也没有看出这一点。阿丽克丝叹息着。她不想重新开始一段感情。新的感情会带来很多的问题：去了解这个人，发现他喜欢的和不喜欢的，甚至是如果那个家伙认为乡村音乐或者重金属音乐很有意思，自己也要忍受着陪他听一个晚上；之后还要决定是不是要跟这个人上床。

不要，她下定决心，太麻烦了。

在那个下午的大部分时间里，加文很成功地都跟马特·康纳利在一起。他发现雅纳电子公司正在考虑接管另一个动画制作公司，如果真是这样的话，他们会寻找新的贷款融资。马特跟他说，他们可能会从美国私人融资市场借钱，但是他们还没有最后决定。

加文询问了马特他们未来的外汇交易和利率业务。马特对他说他们对现行的安排很满意：外汇由欧洲银行和另一家银行共享，欧洲银行占较大的份额；贷款当前主要从一家美国银行进行；存款由数家银行分享。

"你对我们现在为你们做的感到满意吗？"加文问。

"当然，"马特回答说，"否则我就不会给你们打电话了。"

"其他的生意怎么样？"加文问他，"可能有什么其他的选择？"

"还没有决定要做什么呢。"马特说道，"阿丽克丝做完报告之后给了我们很多很好的信息，我们还在考虑呢。"

"她做什么都特别的认真。"加文说。

"我喜欢她，"马特笑着对他说，"没有什么能难倒她。我们的总经理问了她一个很荒谬的关于报价的问题，她清晰精确地回答了那个问题，轻而易举地让总经理弄明白了。而她甚至连眼睛都没眨一下。"

"听起来她给你留下了很深的印象。"加文知道自己咬了咬牙。

"我喜欢有智慧的女人。"马特说。

"她只是欧洲银行团队中的一员。"加文声音尽可能轻地说道。

"哦，我知道。"马特说，"没错，加文，我很感激你们为我们做的一切。"

"太好了，"加文说，"谢谢你。我们再喝一杯怎么样？"

德斯·科伊尔，银行的董事总经理，出现在了柜台那儿。

"嘿，加文，"他说，"今天很开心吧？"

"是的，"加文对他说，"他们玩得都很开心，天气也很好，所有事情进展得都很顺利。"

"刚才和你在一起的那个人是谁？"

加文瞥了一眼正在跟詹姆斯·莫里西说话的马特，"马特·康纳利，雅纳电子公司的。我们给他们做了几笔小额的外汇交易，也做了一笔小额的商业存款。但是他们的公司很快就会变大，德斯。我正努力确保一旦他们扩大了规模，我们已作好准备。"

"太棒了。"德斯说道，"同时，要让他们吃好、喝好、玩好。"

"一点儿没错。"加文笑着说。

"我相信在高尔夫球场上你很有天赋，技艺出众。"德斯喝了一小口啤酒说道。

"哦，打得还不够好。"加文说。

"戴夫跟我说你能打进前十二名。"

"就像我说的，打得还不好。"加文笑着说。

"你是哪儿的会员啊？"

"其实，就是这儿的。"加文说，"我父亲也是这里的会员。"

"我是伍德布鲁克的会员。"德斯说，"什么时候有时间我们切磋一下。"

"那太好了。"加文向他点了点头。

"周一我看一下我的工作日程，然后告诉你。"

"谢谢你，德斯。"加文举起了酒杯。

"好好玩。"德斯说。

"当然会的。"

太好了，当加文回到一群客户中间时他想，太好了，太好了，太好了！

第十八章

周一早上阿丽克丝乘电梯来到办公楼三层的时候，她感到紧张不安。她不明白她为什么会有这种感觉，即使是每年五月她休完两个星期的假回来，或者一月底出去滑了一个星期的雪再回来时都没有现在这种紧张的感觉。那几次她都是兴高采烈地、蹦蹦跳跳地来到办公室，迫切地想知道她不在时都发生了什么。但是现在，她却紧张不已。

她是第一个到办公室的，坐在电脑那儿查看着上一周的交易情况。上周肯定够忙的了，她沮丧地想，有很多交易是关于她自己的客户的，比如马尔霍兰、克里斯蒂·里登，还有一些交易额比较小的客户。而马特·康纳利又做了一笔外汇交易，仍少于五十万美元，是加文·唐纳利完成这笔交易的。

她应该把这个客户给他的，这对于交易部大的计划并没有什么影响。她仍然是交易部的经理，她是作决定的人，她控制着交易室的一切。那么为什么，她咬了咬嘴唇想道，自己每次斗智都处于下风呢？

"早啊，阿丽克丝，你没事了吧？"珍妮推门进来的时候微笑着对她说。

"完全好了。"阿丽克丝自信地说道。当珍妮过来坐在她旁边的座位的时候她吃惊地看着她说："你坐这儿干什么？"

"戴夫觉得我和他调换座位会很不错，"珍妮解释道，"他会坐到加文的旁边，他说这样他就能密切关注加文了。"

"他这么说的？"阿丽克丝一边在桌子边上敲着钢笔一边说，"那加文是怎么说的？"

"加文很高兴啊。哦，阿丽克丝，你知道我跟他合不来。实话跟你说，我也想从那儿搬过来。"

"没有人想到先等我回来问问我的意见吗？"

"我们觉得你不会介意的。"珍妮说，她用探询的目光看着阿丽克丝，"你介意吗？我们也可以再挪回去，我想。"

我介意吗？阿丽克丝问自己。我有这么多疑吗？这帮家伙真想把我赶走然后取而代之吗？

"不，我不介意。"她违心地说道，"我不在的时候交易都怎样？"

"哦，很好。"珍妮说，"没有什么差错。戴夫现在正和盖伊·德库尔塞勒讨论交易波兰兹罗提的事，看上去这笔交易马上就要成功了。银行公布了业绩，我们交易部连续六个月廉价买进了美元。"

"是吧。"

"是的。戴夫对这中间的事还不大确定，但是他跟盖伊谈了很长时间，而盖伊已经就要着手交易了。我们希望这周或者下周这笔交易就能完成。"珍妮高兴地跟她说道。

现在我祈祷兹罗提的交易出点问题吧，阿丽克丝想道。我真希望整个事情不要像他们计划的那样，而是最后会失败，然后我们还要赔钱！我没有参与这笔交易啊，她对自己说道。但是话说回来，我们当中有一个赚钱了，我们不就都赚钱了吗？

"早上好！"随着门砰的一声被推开，戴夫进来了，"病号今天感觉如何呀？"

"很好了，谢谢你。"阿丽克丝说。

"好啊，没有传染性了吧？"

"希望如此。"

"你不在的这一周我们的工作情况很不错，"戴夫一边把他的马甲脱了放到椅背上，一边说道，"你看了我们的盈亏表了吗？"

"是的。"

"满意吗？"

"当然。"

"听上去你不是很高兴啊。"戴夫不高兴地说道，"如果我一周不在，回来的时候发现我们这一个星期赚了十万镑，我会特别开心的。"

"你会吗？"阿丽克丝问。她抬起头看了看戴夫的眼睛。他们对视了几秒钟，然后戴夫挪开了自己的目光。

"赚钱了就是赚钱了。"他突然说道。

"我也注意到你把办公桌给挪过去了。"阿丽克丝说。

"好主意啊，"戴夫说，"我觉得这样的话我就能坐在加文的旁边了。这样我就能密切关注他，看他都做些什么了。阿丽克丝，这个家伙非常聪明，但有时候会有些小失误。"

"我也发现了。我们看看这样有没有用吧。今天有什么安排吗？"

"早上好，各位！"加文进来的时候拿着一大包甜甜圈，"有人要吃早餐吗？"

"天哪，加文，甜甜圈？"珍妮皱了皱鼻子，"现在吃？"

"为什么不呀？"他问，"也非常有营养啊，我想。阿丽克丝，你要来一个吗？"

"谢谢。"她拿了一个上面有粉红色糖衣和酥皮的，"周五那天你们的聚会怎么样啊？"

"非常棒，"加文咧着大嘴对她说，"那天很完美，阿丽克丝。天气很好，球赛打得也很好，每个人都玩得很开心。"

"他们都到了？"

"哦，是的。我们先绕着球场走了走，然后就比赛了。之后我们还喝了些啤酒。结束之后一些人就走了，但是尼尔、詹姆斯，还有马特又回到吉布尼斯酒吧喝了一些。"

"你们什么时候结束的啊？"阿丽克丝问道。

"十一点左右吧。"加文露出会意的笑容，"我跟你说啊，那些家伙逃不出我的手掌心，被我吃定了。我跟他们谈得很好，他们不会再想去别的地方交易的。"

"我真不想扫你的兴，大多数人参加完公司聚会都会有这种感觉的，"阿丽克丝平淡地说道，"只要能有一个人记得你跟他们谈的交易内容，以那种价格给我们报价的话，那你这次互动就算很成功了。"

"她说得很对，"戴夫说，"但是我还是要说，我觉得马特·康纳利很开心。"

"你怎么知道呢？"阿丽克丝问。

"因为那天我也去吉布尼斯酒吧了。"戴夫说，"当然了，保罗不会跟你说的。"

她盯着他，惊呆了。"保罗？"

"他也在那儿，"戴夫说道，"我们都跟他说话了，我和加文。他跟我们说起他在国家广播电视台的新工作。"

阿丽克丝觉得喉咙发紧。"他对现在的工作很疯狂。"

"说得是啊。他说你这些天肯定很少见到他了，自从他搬到马拉海德你们就很少见面了。他还说他现在在屋子周围自己种了些东西。阿丽克丝，你怎么一点也没跟我们提起过他跟你分手了呀。"

阿丽克丝盯着戴夫，什么话也说不出来。

"但是，他还没和其他的女人在一起，"戴夫肯定地跟她说，"至少周五的晚上没有。他跟一帮文艺青年在一起。"

"什么情况，阿丽克丝？"珍妮睁大了眼睛看着她。

"没什么情况。"阿丽克丝迅速地说道。

"那你和保罗为什么会分开呢？你们出了什么问题了吗？你很苦恼但想逃避？"

"不要那么荒唐了，"阿丽克丝厉声说道，"我确信我不是因为保罗而苦恼的，我只是得了流感而已。"

"肯定是心理问题。"加文说。

"我去看医生了，"阿丽克丝说道，"她还给我开了抗生素。"天啊，她想，我为什么要跟他说这个呢？

"很可能是因为压力得了流感吧，"珍妮说，"毕竟……"

"珍妮，别说了，"阿丽克丝说道，"没关系的。"她在键盘上敲了几个键，"我们工作吧。戴夫，你最好把上个星期的业务纲要给我拿过来，别落了什么东西。"

当阿丽克丝盯着她的电脑屏幕看的时候，三个交易员心照不宣地交换了眼神。阿丽克丝觉得很失颜面。她本应该之前就告诉他们，这样就轮不到他们现在来发现这事了。阿丽克丝很安静，假装什么也没有发生一样，但却觉得自己像一个傻子一样。她把工作表看来看去，忽略掉珍妮同情的目光。

"这周最主要的业务就是这笔兹罗提交易，"戴夫说道，没有直视阿丽克丝，"我明天早上去巴黎，和盖伊谈谈具体的细节。"

"明天？"阿丽克丝抬头看了他一眼。

"明天早上的飞机，"他告诉她，"我们下午两点的时候在欧洲银行见面。"他笑着说，"我很期待——我还没去过那里新的交易室呢，阿丽克丝，你说过那里特别棒。"

"是的，"她说，"确实是。"勇敢，要勇敢，一直要勇敢！她表情冷漠地想。

"无论如何，我周三会回来的。周三午餐时间我还要跟德斯与吉姆·罗斯威尔谈谈整个事情的经过呢。"

"那我呢？"阿丽克丝看着她，"我能加入到这个会议吗？"

"如果你喜欢的话，"戴夫说，"这由你决定。"

"到时看吧。"阿丽克丝说。

"除了兹罗提……"

但是阿丽克丝没有听到后面说了些什么。她在想戴夫和盖伊在巴黎完成了交易，各自分得了利润，然后对交易成功扬扬自得。她能够想见戴夫肯定会和盖伊敞开心扉，聊来聊去，或许他们还会去逛夜店——这是他本不该做的。她几乎都能听到他俩在聊着她的事，盖伊很可能会跟戴夫说她性冷淡，因为盖伊给了她一个很好的机会，但是她拒绝了。戴夫可能也会跟他说保罗把她给甩了，上周她还不知道得了什么病一个星期也没来上班。想到这些，她又觉得自己身上忽冷忽热了。

"你还好吧？"珍妮担心地看着她，"你的脸特别红，阿丽克丝，你确定你的病已经好了可以工作了吗？"

"我没事。"她大声地说道，"来吧，继续工作吧。"

十一点钟的时候，交易市场很平静，她往楼下德斯·科伊尔的办公室走去。

"阿丽克丝！"当她走进房间的时候他站了起来，"你现在感觉怎么样了？"

"好多了。谢谢你，德斯。"

"你是怎么了呀？"

她耸了耸肩。"医生说是一种病毒感染。我本来已经觉得没事了，但是医生是对的，我需要躺在床上休息几天。"

"你不在的时候一切都进展得很顺利，"德斯跟她说道，"你已组建了一个非常强大的团队呀，阿丽克丝。"

"是的，"阿丽克丝说，"是这样。"

"你知道戴夫在忙着兹罗提交易的事吗？"

"听上去是一笔很不错的交易。"阿丽克丝说，"我们能买进廉价的美元，吉姆能买到廉价的基金，这可是两全其美啊。"

"戴夫很努力地在做这笔交易。"

"他跟我说他明天要去巴黎。"

"是的，他需要去和盖伊谈谈最后的细节。另外他想最好双方能坐下来，一起再看一下合同。"

"我同意。"阿丽克丝说。

"日程表上这周还有什么其他的事吗？"德斯问。

"没了，"她说，"我要重新安排一些会议，就这一类的事情。"

"别给自己太大的压力，"德斯说，"这些病毒是很难摆脱的，可能你觉得自己已经没事了，说不定很快它又复发了。慢慢来，别着急。"

"的确是这样。"阿丽克丝说。

没有任何机会，当她从德斯办公室出来、走上楼的时候她想。她要更努力地工作。她现在生活中的痛苦都是工作带给她的，如果工作给她造成了伤害，她很确信要让工作来加倍奉还她。她很肯定地对自己说不会让交易部的任何一个人取代自己的职位的。

当她回到交易室的时候，其他人都在忙着接电话。另一部电话响了，她拿起电话。

"这里是欧洲银行，我是交易员阿丽克丝·卡拉汉。"她说。

"你好啊，阿丽克丝，感觉好点了吗？"

"马特？"她小心翼翼地问道。很多工作都是在电话中进行的，她已经很适应辨别声音了，但是距离上次和他说话好像已经很久了。

"是的。"他说，"你怎么样？"

"好多啦。"她说，"我相信你周五的时候肯定和加文玩得很开心吧。"

他笑着说："很有意思。"

"我正要给你打电话，说……"她不自在地说道，"说谢谢。"

"为什么呀？"

"花。"她声音低下来，几乎是小声嘀咕了。其他人都在忙也不会听到她在说什么。

"哦，你太客气了。加文跟我说你生病了，我只是想——很可能是我太傻了。"

"没有，"她说，"很好。"

"很好，"马特重复道，"听起来——很乏味。"

阿丽克丝笑着说："对不起。"

"你感觉好点儿了吗？"

"没事了。"她说。

"好啊。"

两个人都沉默了一会儿。

"我能为你做什么呢？"阿丽克丝问道。

"其实，我打电话不是因为生意上的事，"马特说，"而是想邀请你一起吃个午饭。"

"午饭？"阿丽克丝说。

"是啊。"

"我可得告诉你，在共进午餐这件事上我肯定不是一个合格的伙伴，"她说，"我有点急躁，你知道，老是想着回去工作。"

"这次和以前的午餐不一样，"马特向她保证，"我们要对我们现在正在做的一个动画电影进行试映。还有我们的一些商业伙伴也会到场的。我想或许你愿意和我们一起去观看。"

"哦，"阿丽克丝笑了笑，"听起来很有意思呀。"

"会很有趣的。"马特说，"这个活动在下个星期，我们会给你发正式的请柬的。但是我想只是发请柬你可能会把这事给忘了，所以我单独地给你打电话。"

"我不会忘掉的，"她反驳道，"即使只有请柬我也不会忘了的。你把我想成什么了？不管怎样，我非常愿意去。"

"好的，"马特说，"你明天会收到我们正式的请柬。那到时候见了，期待你的光临。"

"那与此同时，我们有什么可以为你做的吗？"阿丽克丝笑着说，"现货、期货或利率？"

"现在不需要。"他轻声地笑着，"我想我这个月做交易的时候你没在，真不好意思。"

"没什么，"她说，"我相信加文把你的业务也照看得很好。"

"是的。"

"好吧，谢谢你来电话。"阿丽克丝说。

"下周见了。"马特说。

她挂断了电话。加文正用猜疑的目光看着她。

"谁来的电话？"他问。

"马特·康纳利。"她微笑着对他说。

"他找谁啊？"

"邀请我一起吃午饭。"阿丽克丝说道。

加文盯着阿丽克丝看。

"但是，他也提到了他周五玩得很开心，"她跟他说，"听起来你们真的很享受啊。"

"好吧。"加文简短地说。阿丽克丝也突然感觉身体好多了。

"一起去吃三明治？"十二点半的时候珍妮问阿丽克丝，"我快饿死了。"

"看他们想吃什么，"阿丽克丝朝加文和戴夫的桌子方向看了看，"你们有什么想吃的吗？"

戴夫摇了摇头。"我在为明天的兹罗提交易作准备呢，"他说，"我想点一个面包卷或者其他的什么。我就待在这里。"

"你呢，加文？"

"我也待在这里吧。"他说。

"好吧，"阿丽克丝朝珍妮笑了笑，"吃三明治去吧。"她只是敷衍地笑了笑，她仍然感到很有压力。戴夫要代替她去巴黎；加文明显地对马特·康纳利邀请自己吃午饭耿耿于怀，说不定正预谋着要报复她呢；珍妮肯定想追问她跟保罗分手的消息。

"我请客。"当她们坐在奥赖莱酒吧外面的桌子上的时候，珍妮说道。

"如果你愿意的话。"阿丽克丝说。

"你现在感觉怎么样？"珍妮问道。

阿丽克丝叹着气说："如果其他人再问我感觉怎么样了，我就会发狂了。你已经问过我了。我已经说了'好多了'。"

"我不是说你生病的事，"珍妮说，"我是说保罗的事。"

"我和保罗没事啊。"阿丽克丝说道。

"发生了什么？"珍妮问，"如果你不想说的话也没关系。但是，我曾想你和保罗能成为终身伴侣的，阿丽克丝，你们看上去总是很亲密。如果让我说哪些情侣会分开的话，我怎么也不会想到你们俩的。"

"你真体贴。"阿丽克丝低声说。

"那你们是哪儿出问题了呢？"

"首先，"阿丽克丝打开她的餐巾，"就像你说的，没出什么问题。我和保罗现在正经历一个困难的时期，我们都想从我们的感情中得到不同的东西，我们想先暂时分开一段时间可能是一个不错的选择。"

"那他没有和你分手？"珍妮问。

"等你到了我这个年龄的时候，你就知道感情并不是像你想的分来分去那么简单。"阿丽克丝说。

"这是说的谁啊？"珍妮一边切着面包卷，一边问道。

"谁知道是谁呢。"阿丽克丝说。

"但你不觉得两个人一起把问题解决了会更好吗？"珍妮问道，"我的意思是说，在我看来两个人分开是感情的倒退。"

阿丽克丝若有所思地注视着她。"可能是吧。但不管怎样，我们现在已经这么做了，我觉得这样也挺好的。另外，也不是说我们就不说话或者没有来往什么的，我周三的时候还见了他。"

"可能那就是你周四的时候生病的原因吧！"珍妮咯咯地笑着，"经受不住看到他的样子。"

"不是那样的。"阿丽克丝笑着说。

"但是你要承认自从他——自从你们决定不住在一起之后，你就莫名其妙地生病了。"

"哪儿的话。"阿丽克丝说。

"但是你从来不生病的，"珍妮反驳道，"我已经不记得你上一次没来上班是什么时候了。"

"我请过假的。"但是那已经是很久之前的事了，"不管怎样，珍妮，没关系的，这只是我个人的事情，和工作没有任何关系。"

"我也知道这跟工作没有什么关联，"珍妮看上去很惊讶，"我只是想你会跟我聊一聊，就这样。"

"谢谢你，但我真的没事了。"阿丽克丝说。

"不是说因为你是我上司，当你烦恼的时候我就不会去关心。"珍妮说。

"我没事了。"阿丽克丝依然坚定地重复着，"我真正想知道的是他们两个在我没来的这几天到底是什么表现。"

"我以为他们会争辩得更多，"珍妮说，"但实际上，他们一起工作得很好。我想这可能是因为戴夫在忙着交易兹罗提的事，而加文也一直准备着他的高尔夫聚会。"

"高尔夫聚会进展得很好。"阿丽克丝说。

"我猜是吧。"珍妮把小袋糖倒进了咖啡里，"他今天早上非常的开心，不是吗？"

阿丽克丝点了点头。

"你还是经理，"珍妮说，"没人做得有你好。"

"谢谢你这么相信我。"

"戴夫没那么有把握，而加文又太鲁莽了。"珍妮喝了一口咖啡，"你仍然比他们两个都要好。"

"如果不是了，你会跟我说吗？"

珍妮做了个鬼脸。"我不知道，"她诚恳地答道，"我想我会的。"

"如果你觉得我不行了，我想让你告诉我，"阿丽克丝说道，"这对我来说很重要，珍妮。"

"好的，"珍妮点了点头，"我会告诉你的。"

"她生你的气了。"加文抬起双脚放到桌子上，看着戴夫说。

"可能吧。"

"她想去巴黎。"

"真不幸。"戴夫说道。

"我们跟她说过。"

戴夫笑了笑。"我知道。"

"你想怎么样呢？"加文问，"你说过你不想坐她那个位子的，但是你坐了，不是吗？"

"这对我以后写简历有好处啊。"戴夫说，"我不是一定要永久得到这个，但是业务经理总要比高级交易员听起来好听啊。"

"高级交易员听起来比交易员要好听。"加文评论道。

"我们还没有摆脱掉她。"戴夫说。

"但是如果她离开呢？"

"其实，"戴夫双手抱着头，"保罗的事情让这个可能性降低了，你不这么觉得吗？毕竟我们本来想着她会怀孕，想着安定下来，那样她就有可能放弃工作的。如果她真的和保罗分手的话，那看起来我的机会就不多了。"

"你这个家伙。"加文把脚从桌子上放了回去，"我从来没想过这些。"

"当然，她也有可能会因心烦意乱选择离开的。"戴夫沉思着说道。

"可能她会想着调到国外去，"加文说道，"她可能会要求调到巴黎去。"

戴夫若有所思地看着他这个同事。"这是一个好主意。或许我应该跟盖伊建议一下，看看他会不会觉得阿丽克丝会在那里工作得很好。"

加文两眼放着光芒。"这主意太棒了。"

"是我，"戴夫笑着对他说，"先想到这个主意的。"

阿丽克丝坐在阳台上，喝了一杯水。她仍然不能喝酒。在回家的路上她去了杰拉蒂妮·奥尼尔的诊所，医生跟她说她现在已经好多了，但是还是不能着急。杰拉蒂妮建议她休息一个星期，她笑了笑，然后说自己刚刚休息了一周。

"有些地方阳光充足，温度很高，"杰拉蒂妮建议道，"你可以去那儿放松，阿丽克丝，你神经还是很紧张。"

阿丽克丝很烦别人说她神经紧张。如果一个人每天在欧洲银行工作，而且要面对加文和戴夫这样的狼狈为奸的局面，那他肯定也会神经紧张的。真有意思，她想道，她现在怎么一想到"他们俩"就想到加文和戴夫，而不是戴夫和加文。所有的压力都来自这个年轻人，在加文来公司前，戴夫很乐意和自己工作，也愿意为自己工作。

她想到他们说保罗的时候就觉得一阵脸红。他们想到保罗把她给甩了这事时，肯定会特别的兴奋。对他们来说，这是一个力量的表征。可怜、无助的阿丽克丝肯定是因为爱人的离开而忧心如焚，所以才生病了。可怜、无助的阿丽克丝肯定一个星期的大多数时间都待在家里痛哭流涕。她气愤地咬了咬牙。他们爱怎么想就怎么想，但是她知道实际情况。她知道怎么能让保罗回到自己身边，如果她用正确的办法的话。

如果她知道什么办法是正确的就好了。

第十九章

阿丽克丝几年前曾经学过怎样轻装上阵地出行。在去伦敦之前，她带了一条黑色的裤子、一件蚕丝上衣和一件白色衬衫——这套组合不仅适合正式的晚宴，也同样适用于随意的场合。她还带了一件开司米开衫以防万一。除此之外，还有盥洗用具、内衣和一双很轻的黑色皮鞋（鞋是从意大利佛罗伦萨买的）。她将这些东西统统装进了自己的小手提箱，可以随身带上飞机。阿丽克丝非常讨厌在机场等待托运行李，她的时间除了工作不想浪费在其他事情上，而且她简单的"原则"牌西装让她看起来职业而干练。阿丽克丝一向很喜欢将名牌服饰和街边小店的衣服混搭在一起穿，只要看起来不错，她才不介意衣服是从哪儿买的。

阿丽克丝知道，自己一定会因为来一次伦敦只为了看望朋友而充满负罪感的。但她已经不介意了，至少没有那么在意。她也可以理直气壮地认为这次旅行合情合理，因为在见索菲娅之前她还约了两个客户。这样的话她就会觉得这一趟来伦敦值多了。

她从机场打车去了位于伦敦墙的大通银行，这里有她几年前认识的一个客户——科林·哈伯。之后她又去了位于主教门的国民西敏寺银行见第二个客户。

罗素肯汉姆——索菲娅所在的美国公司也在主教门车站。因此，她成功地见完第二个客户之后，就走去了索菲娅的公司。

"你可以上去了。"保安递给阿丽克丝一张访客胸卡，说道，"在十四楼。"

阿丽克丝一边等电梯一边摆弄着这张胸卡。像很多访客胸卡一样，这张胸卡是别在上衣胸前的口袋上的，这让阿丽克丝不知所措，因为很少有女性套装上衣有口袋的。最终，阿丽克丝还是和以前一样将它别在了裙摆上。她知道这样十分滑稽。

　　一年前阿丽克丝曾经来过这儿一次，罗素肯汉姆的办公室又重新装修了。以前房间里摆着超现代的塑料椅子、从地面向上照射的聚光灯，前台处摆放着玻璃桌子；而现在却换成了栗色真皮座椅、绿色灯罩的台灯和厚实的红木桌。由于近期市场活跃性大，罗素肯汉姆公司显然是想让自己看起来庄重而长久。她坐在一个真皮椅子上等待索菲娅的到来。

　　"阿丽克丝，你好吗？"索菲娅看到她一脸开心，"今天怎么样？你看起来气色很好啊！"

　　"谢谢。"阿丽克丝亲吻了一下朋友的脸颊，"今天很顺利。你精神也很不错嘛。"

　　索菲娅·雷蒙德和阿丽克丝几乎一样高，蜜色的头发松松地扎在脑后，淡褐色的眼睛炯炯有神。

　　"我感觉好极了，"索菲娅眨眨眼睛，"真的，虽然这个星期过得不怎么顺利，胃里发热得难受，几乎都睡不着觉。"

　　"你肯定没有想到过这些吧。"阿丽克丝说。

　　"我伪装得很好，"索菲娅庄重地说，"去年圣诞节你送我的迪奥彩妆简直太好用了！"

　　阿丽克丝笑了。"你终于知道用它了，我很高兴。"她往后退了两步打量着索菲娅。"索菲娅，你确定自己怀孕了？你看起来只不过是胖了一点点而已。"

　　索菲娅转了一圈，让阿丽克丝好好看看她。"衣服都是改过的，"她说，"夹克能很好地把小腹遮掩住。你要知道，这是关键，这会让你看上去好像肚子一直没什么变化。当哪一天你在办公室跟他们说你要生孩子了，他们肯定会吓一大跳的！"

　　"好吧，看不出来。你看上去还和平常一样精明能干。"

　　"谢谢。"索菲娅说道，"你想到我办公室吗？我还有一点儿事需要在电脑上完成，然后就能走了。"

　　"好啊，如果你不介意你工作的时候有人在旁边待着的话。"

"不是什么重要的事，"索菲娅说，"但是我想把它做完，你是知道的。"

阿丽克丝点点头，跟着她沿着走廊走着。她的右手边是一个很大的交易室，那里的男人们大多数都穿着牛仔裤和休闲衬衫，正在那里相互大声地叫着价，只是偶尔会有穿着正装的人加入他们的争辩。里面一个女人也没有。

"我们周五的时候可以随意着装。"当她们走过交易室、进入隔壁房间的时候索菲娅说道，"我不想费事地穿着普通的孕妇装来上班；如果再去买那种比较正式的孕妇装会更麻烦；我的紧身裤很邋遢。随便坐哪儿都行，只是几分钟而已。"

阿丽克丝坐在访客的椅子上，拿起了一份《华尔街日报》。在金融市场工作使她总是尽可能地想要了解世界上都在发生着什么，但是，她却很少有时间读什么东西。她的信息来源主要是电视、收音机以及办公室里滚动着的路透社和彭博资讯的即时头条。能够改变一下，像这样看着纸质报纸的感觉真不错。

索菲娅的电话响了，她拿起电话轻轻地抱怨着。"不，拉蒙，"她说，"六点的时候我没法去参加那个会……是的，我知道那非常重要，但是我只能这样跟你说……当然我们也可以周一的时候处理……如果有什么严重问题的话，你可以给我发电子邮件，我在家能看到的……是的，我相信你能把那个处理得很好……我没有其他什么要说的了……好吧，拉蒙……周末愉快。"

索菲娅又热心又干练，阿丽克丝想。她想知道自己是不是也有这么热心。索菲娅对拉蒙既热情又友好。在欧洲银行阿丽克丝已经好长时间没有对谁既热情又友好了。

索菲娅比自己说话的态度自然许多。

"搞定了，"几分钟后索菲娅满意地说道，"我想这笔交易在下周我的报告中肯定会让人印象深刻的。"她关了电脑，揉了揉眼睛，"真希望有人能发明出让人眼睛不疲劳的电脑屏幕啊。"

"你整天都坐在电脑前吗？"阿丽克丝问，"我的意思是，以你现在的状况。"

索菲娅笑了笑说："现在并不是整天坐在电脑前，过去一直是。其实，现在这些天我开会的时间比做其他事的时间都要多。"

"那你喜欢这样吗？"阿丽克丝问。

"有时吧，"索菲娅承认道，""但是我更喜欢做市场调查，那更重要吧。"她朝阿丽克丝笑了笑，"现在我们走吧？"

阿丽克丝点了点头。

"你想直接回到房间去吗？"索菲娅问道，"消除旅行的疲惫，休息一下？"

"好啊。"阿丽克丝说。

"那之后，你想吃大餐呢，还是就吃家常菜呢？"

阿丽克丝笑着说："哦，我想就吃家常菜吧。你知道的，索菲，我没那么讲究的。"

"好吧，"索菲娅笑了笑，"那我们打辆车，再到家订位吧。"

"理查德肯定不会在家了，"索菲娅打开门的时候说道，"他七点之前不会在家的，而且他周五晚上会和一帮同事去踢室内足球。"她揉了揉自己的脊椎骨，"一想到室内足球，我就背疼。你想把你的东西拿到楼上吗？阿丽克丝，还是那个房间。"

"谢谢。"阿丽克丝把自己的包拿到了那间蓝白装饰的房间。索菲娅给自己拿了一杯莫尔文矿泉水。她真的很想和阿丽克丝喝点酒，但是出于一个母亲的职责她不能这么做，她要为自己的孩子多考虑考虑。

"想喝点儿酒吗？"她走进房间的时候问阿丽克丝，"我自己喝水，但是橱柜里面有很多酒。尽管理查德会和我分享很多东西，但酒不包括在内。"

"我看出来了。"阿丽克丝倒了一些原本是索菲娅很喜欢的酒，"干杯。"

"干杯。"索菲娅举起了水杯，两个好友相视一笑。

"呃，"索菲娅把杯子放在咖啡桌上，"你是想先洗个澡然后就出去找个餐馆吃饭呢，还是想我们坐下来，一边喝酒一边聊天，直到你醉得走不动路了再出去找点吃的呢？"

"我还真醉得走不动过呢。"阿丽克丝说道，"我先洗个澡吧。"现在，她就在这儿和好友面对面，她发现自己没有作好准备把她和保罗的事跟她倾诉。仍然没有准备好。

"好吧，"索菲娅平静地说，"很高兴你这么说，因为我正打算在浴室泡上二十分钟呢，那样会很舒服。我会给餐厅打个电话，订一个七点的位子。走着过去只有五分钟的路程。"

"听起来很好啊。"阿丽克丝说。

索菲娅预定餐厅的时候，她在一旁小口喝着酒。换一个地方待着的感觉不错，她想。她忽然意识到自己每天晚上独自待在房间里是多么的难受，过去几个星期里她的生活是多么的可怜。除了那天见保罗，自从保罗走后她就没去过酒吧，也没去过电影院。她参加的其他的活动就是银行十周年的庆典和特里跟薇安给她安排的那个荒谬可笑的相亲。想到这些，她咬了咬牙。除了这些，她还去过一次射击俱乐部，去过一次健身房。这些就是全部的活动。其他的时间她就是坐在桌子旁，想着保罗什么时候能够回到她身边。当然，她生病了，不得不让自己待在家里哪儿也不去。她喝完杯中的酒，站了起来。

"半小时之后还在这儿见面？"

索菲娅点了点头。"你自己先好好待着吧，阿丽克丝，我们不着急。"

阿丽克丝笑了笑。"我记得，你以前可是一个急匆匆的人啊，索菲娅·雷蒙德。"

"我仍然是这样，"索菲娅撅着嘴说，"但我现在试着稍微冷静一点儿，为了孩子吧。妇产科医生要我静下心来。你知道这是怎么回事，阿丽克丝，女人们总是会按照妇产科医生说的那样去做的。"

"我不知道这到底是怎么回事，"阿丽克丝笑着说，"但是我知道妇产科医生肯定是在吓唬你。"

"希望如此吧。"索菲娅喝完自己的水，"我想要一个女性妇产科医生。我的妇产科医生是个男的，他总是问来问去，就好像我的心理年龄只有十岁似的。"

"别担心，"阿丽克丝说道，"我会给你出一些难题，让你的智力水平重新回到以前那样的。"

她们朝那个意大利餐厅漫步走去，享受着夕阳照在后背上的温暖。

"印度的夏天真是太棒了。"索菲娅说道。

"好极了。"阿丽克丝赞同道，"还记得去年吗？暴雨、飓风，各种情况。"

"你去了墨西哥，是吧？"

阿丽克丝若有所思地笑了笑。"坎昆，在普拉亚德尔卡曼酒店。那儿真是太棒了。"

"你今年去哪儿了？"

"马略卡，普兰萨酒店。我们玩得很开心。"她用手轻轻捋了捋眼睛前的头发，"我们一起度假的时候总是很开心。"

索菲娅默不做声。

"我一直都不知道他渴望着有一座郊区小屋、一条狗、一只猫，还有两三个孩子。"

"从这儿过马路，"索菲娅说道，"餐厅就在这儿。"她指着一个大大的上面盖着绿白条纹的遮阳篷的窗户说。

"看上去不错啊。"阿丽克丝说。

"就是家常的那种。"索菲娅一边走进餐厅一边笑着对她说。

尽管很早，但餐厅已经快满座了。阿丽克丝和索菲娅坐在了一个靠窗的位子，看着菜单。

"我都快饿死了，"索菲娅说道，"但是只要一开始吃，我就饱了。"

"我也是。"阿丽克丝合上了菜单。

"喝酒吗？"索菲娅问。

"如果你也想来一杯的话。"

索菲娅摇了摇头。"作为一个孕妇，我不能喝酒。尽管我以前会喝几杯，但我意识到我现在正怀着小索菲娅，我觉得最好不要做错事。"

"好吧，"阿丽克丝说，"那我喝佩雷格里诺吧。"

索菲娅把点菜单给了服务员，不一会儿服务员拿过来一杯矿泉水。

"干杯。"索菲娅举起了水杯。

"干杯。"

"阿丽克丝，"索菲娅若有所思地看着她的朋友，"你想跟我说说你和保罗的故事吗？"

阿丽克丝慢慢地呼了一口气。"那——好吧。"

"你真的很为此感到烦恼，是吗？"

"比我想的还要烦。"阿丽克丝承认道。

"为什么呢？"

"我不知道。"阿丽克丝用手指转动着杯子的边缘说道。

"要不我们现在不谈论这个，"索菲娅说，"如果你不愿意的话。我们现在不谈论这个了，我们要开开心心的。"

"我想这是问题的一方面，"阿丽克丝静静地说道，"保罗说我太能玩了。"

"太能玩了？"索菲娅回应道。

"他抱怨我说我生活得就像二十来岁一样，而事实上我应该安定下来，然后考虑组建一个家庭。"

"那你不想吗？"

"安定下来组建一个家庭？"阿丽克丝朝索菲娅笑了笑，"在你现在正在做这件事的时候，我说'不'的话真有点儿冷漠无情啊。"

"建立家庭可以，安定下来不行！"索菲娅笑着说，"在你看来我像是安定下来的人吗？"

"你在办公室里看上去很干练，"阿丽克丝说，"现在看着就像平常人一样了。"

索菲娅穿着一条牛仔裤，上面是一件宽松的斜纹 T 恤衫。"孕妇牛仔裤，"当阿丽克丝看到好友竟然能穿这样的牛仔裤，刚想要表现出惊讶时，索菲娅嘘了一声说道，"腰上有松紧带的。"

"不管怎样，重要的不是你看上去怎么样，而是你感觉怎么样。"索菲娅说，"我以前没想过会做一个母亲，但是现在我承认我想了。"

"你看，"阿丽克丝叹息道，"每个人都这么说。如果你怀孕了的话你就会改变。但是索菲，我还没作好改变的准备，我认为保罗也没有。"

"但是他已经改变了啊。"索菲娅说，"那你现在打算怎么办呢？"

"保罗确实已经变了。"阿丽克丝跟她说，"他已经搬回到在马拉海德的房子，他现在已经有了打算跟她在一起的一个法国贱女人。"

"阿丽克丝！"索菲娅盯着她看，"你之前没有跟我说过这些啊！"

阿丽克丝没有回答，因为服务员拿来四季比萨放到了她们的面前。

索菲娅没有拿起刀叉的意思，继续盯着阿丽克丝。

"不要那样看着我。"阿丽克丝很不自在地说道。

"阿丽克丝，你都跟你男朋友分手三年了，直到现在才告诉我？到底是什么时候的事？"

"差不多一个月前吧。"阿丽克丝说。

"我给你打电话的时候他搬走了吗？"

阿丽克丝点了点头。

"你那时候什么也没说？"

阿丽克丝在座椅上不安地扭动着身体。"我也不能确定，不知道他还会不会回来。我……"她没把话说完，痛苦地看着面前的盘子。

"你最好把整个事情的经过都告诉我，"索菲娅说道，"什么也别漏掉。"

然后阿丽克丝就全跟她说了。当她说到保罗和萨拜因在巴黎欧洲银行联欢会上相遇的时候，她的声音变得颤抖起来。"如果我不把他带去的话，那他们就不会认识。"她最后辛酸地说道，"那样现在就什么事都没有了。"

"好吧，可能是吧。"索菲娅终于吃了一块比萨饼，"我的意思是，他不会突然决定要急着离开或者重新开始一段感情的。"

"我不这么想，"阿丽克丝疲惫地说道，"但是我也不知道他是怎么想的。还有，索菲，那个女的看上去也不像一下子就能全身心投入家庭中的女人。我能依稀地记得她，但只是在照片里——诚然那照片并不是很清楚——她看上去也就十七岁的样子，竖直的金发就跟学生一样。我觉得孩子的事可能只是一个借口，但是他不需要这样的借口。"

"这个萨拜因是个设计师？"

"是保罗告诉我的。但之后我遇到过这个设计师，要我说她更像是一个搞装饰的或者画画的，或者类似其他的什么的。"

"搞艺术的。"索菲娅说道。

阿丽克丝点了点头。

"看起来不像有什么事业心的。"

"很可能吧。"

"那这样没有你强势啊。"

"哦，天啊，索菲娅！我不强势。"阿丽克丝啪的一声把刀叉放在了盘子上。

"我是说事业上，"索菲娅说，"从挣钱的角度来说，阿丽克丝。"

阿丽克丝摇了摇头。"我不相信这跟金钱有什么关系。"

"但是保罗这么说，"索菲娅说道，"你说过他跟你甩脸色是因为你挣的钱要比他多，很显然他很在意这一点。"

"但是这样很愚蠢，"阿丽克丝表示反对，"之前这从来都不是问题的。"

"那可能现在成问题了呢，因为他现在这么大年龄了，而你还是比他做得要好。"

"我不知道为什么他会这样，"阿丽克丝反抗着说，"我爱他，索菲娅，我想他也爱着我。如果有什么问题的话，他为什么不跟我说呢？"

"我不知道，"索菲娅回答说，"但是交流真的不是大多数男人擅长的。"

阿丽克丝稍微笑了笑。"我想你是对的。"

"那你现在打算怎么办呢？"索菲娅问，"现在你又是单身了？"

阿丽克丝把吃了一半的比萨饼推到了一边。"我不觉得我又是单身了啊。"她说，"事实上，我也不想再次单身，我想想办法和保罗在一起。"

"但是，阿丽克丝，你有什么办法呢？除非你把你的职业放在你感情的后面？"

"你会吗？"阿丽克丝逼问道，"这是不是就是你的计划，索菲娅？你愿意放弃罗素肯汉姆的工作在家带孩子吗？"

索菲娅喝了一口佩雷格里诺，"不会，"她很诚实地说道，"但是这并不是理查德和我之间的问题。也可能当孩子出生后我会有不一样的想法吧，除了在会议室里争来争去、躲避暗算之外，可能还有其他可做的事情吧。"

"但我不会。"阿丽克丝说。

"为什么呢？"

她凝视着索菲娅。"就是这样。我喜欢我的工作，我想一直这么做下去。或许五年后，或许十年后我就会改变这个想法了。"

"五年后或者十年后那就太迟了。"索菲娅说道。

"哦，别说了。"阿丽克丝把拳头砰的一声砸在桌子上，"薇安已经跟我说过我年龄已经不小了，我希望你能说点别的。"

"我没法告诉你其他的东西了，"索菲娅中肯地说着，"我只是在叙述一个事实，阿丽克丝，十年后你已经四十多岁了，四十多岁再想要孩子就太难了。"

"为什么想得到自己想要的生活就这么难呢？"阿丽克丝问。

索菲娅耸耸肩很无奈地说道："我不知道。"

"但是你得到了你想要的啊。"

"直到我得到了它我才知道我想要它，"索菲娅轻轻地说，"我仍然不知道我是不是都能得到。"

阿丽克丝揉了揉眼睛。"我并不想都要，"她痛苦地说，"我只想要我以前拥有的。我以前很快乐，索菲娅，真的。保罗和我……你知道，我们就想着工作。而且欧洲银行以前对我来说又是多么好的一个工作的地方啊。"

"以前？"

阿丽克丝叹着气。"他们开始在交易部埋怨我，"她说，"我最近业绩不是最好的，索菲，很显然他们察觉到什么了。戴夫·布赖恩特——还记得他吗？你去年见过他的——戴夫以前说过他不想得到我这个职位，但是我知道他现在想。而且还有一个叫加文·唐纳利的在帮助和唆使他。我们夏天的时候刚把他招进来的，他是一个很好的交易员，至少会是，但是这家伙太有野心了。他争着跟客户做生意，他本不该这么做但却因此挣了钱。如果有一天他要给搞砸了，我还得去跟人家好说歹说才行。"

"别那么傻了。"索菲娅说。

"还有，我们现在在争一个客户。"阿丽克丝说，"我想说，太疯狂了，索菲，那只是一个很小的客户。尽管有发展成大客户的潜力，但现在就是很小的生意。但这已经是我们冲突的焦点了。他和客户们预定交易，而我在密切关注着他，即使我应该给他一些客户，我也不会分配给他。真是太愚蠢了，但我不能控制自己。"

索菲娅满眼同情地看着她。"但是生意就是生意，一直都是这样。"

"我知道，"阿丽克丝说，"但是保罗在我身边的时候我能应付自如，现在我看起来没法应对。"让自己都感到惊讶的是，她开始哭了起来，她用餐巾纸揉了揉眼睛。

"你没事吧？"索菲娅问。

她想说没事了，她也这么说了，但是眼泪不由自主地流了下来，自己也没法说话。索菲娅默不做声地看着她。她之前从没见过阿丽克丝这样。自从她认识阿丽克丝·卡拉汉以来，她就是她见过的最独立的人。即使是她们喝得酩酊大醉的时候，阿丽克丝也从来不会真正地失控。她们有一次也是唯一一次去吸毒，阿丽克丝放纵了自己。但那件事之后她很尴尬，之后就再也没有去过。

"你只是想从中得到经验，"索菲娅第二天对她说，"你不会失去什么的。"

阿丽克丝大笑着对索菲娅说别那么傻了。但是索菲娅说对了，阿丽克丝不会失控的。但现在她坐在餐馆，一个公共场合，大哭着，好像永远也停不下来。

"给。"索菲娅递给她一张干净的纸巾。

阿丽克丝一言不发地拿着。

"什么更让你心烦意乱，"索菲娅问道，"和保罗的问题还是工作上的事？"

阿丽克丝擦了擦眼睛。"我不知道，"她咕哝着，"两件事混杂在一起。索菲娅，你能理解我吗？"

"可能吧。"

"只要我跟保罗在一起，就什么事都没有。自从他搬走了之后，我的生活就成了灾难。工作拖拖拉拉，生活也崩溃了，还得了流感——你是知道我的，索菲，我从来不生病的。好像我什么事情都控制不了了。"

"控制事情很重要吗？"

"不要给我进行精神分析，"阿丽克丝突然说道，"这不是控制什么的问题，这是我的生活是不是像我期待的那样的问题。"

"那你想怎么办呢？"索菲娅问道。

"我要是知道就好了，"阿丽克丝用手梳理了一下头发，"我也不知道该怎么办啊。"

"那你还爱着保罗吗？"

"我当然爱着他。"她说，"天哪，索菲娅，你觉得跟这个有什么关系吗？我这样快要崩溃了是因为我讨厌他吗？"

"我只是想试着帮你。"索菲娅说道。

"我知道。对不起。"

"你爱着保罗，你想要他回到你身边。但是让他回来就必须要赶走萨拜因，而且你还必须生孩子，放弃你的工作。"她看着阿丽克丝，"是这样吗？"

阿丽克丝叹了口气。"很可能吧。"

"你真的为这些作好准备了吗？"

"为什么必须要非此即彼呢？"她问，"为什么我不能拥有保罗，然后再一边工作一边考虑孩子的事呢？"

"他以前跟你谈论过这事吗？"索菲娅问，"是不是这就像一个晴天霹雳？"

阿丽克丝把这个问题想了又想。"我们谈论过这事，"她承认道，"我跟他说我还没有作好改变的准备。"

"什么时候？"

"一月份的时候。"

"那你有自己的观点。"

"我没想到他是认真的，"她又开始哭了起来，"我就是一个纯粹的白痴，索菲娅，他试图告诉我什么但是我却没听。他是对的，我太自私了，太以自我为中心了。我不知道去关心别人，只要我开心了我就不会想着其他人会不会高兴。"

"不是这样的。"索菲娅说道。

"是这样的。"当索菲娅用怀疑的目光看着她的时候，她用双手捂着脸说道。

"别哭了，阿丽克丝。"索菲娅说道。

"我做不到。"眼泪在她的面庞流个不停，把别人都吓了一跳。她在伦敦一个拥挤的餐厅里哭着，人们都看着她，用手指着她，想知道这个穿白色T恤衫的女孩到底怎么了。这不像是阿丽克丝，真的不像。

"阿丽克丝，"索菲娅轻轻地说道，"别哭了。"她伸出手把阿丽克丝的手从脸上放下来握住。

"我不想哭，但是做不到。"阿丽克丝哽咽着说。

"这样对你身体不好，很可能你又会生病的。"

"我讨厌我的生活，"她脱口而出，"所有的事情都不顺，索菲娅。我对工作、男朋友，还有我的生活风格曾都是那么的沾沾自得，现在看起来这些我都要失去了。"

"别这么荒谬可笑了，"索菲娅严肃地说道，"你可能失去了保罗，但你并没有失去你的工作。除了周日时少了一点调剂，这种生活方式也是不错的。"

阿丽克丝破涕为笑。"我想你是对的。"

"走吧，"索菲娅伸出了双手，"让我们结完账回家吧。"

"好啊。"阿丽克丝说。

索菲娅示意服务员过来结账。

"我来吧。"阿丽克丝拿出信用卡，递给了服务员。"真是便宜的心理辅导啊，"她跟索菲娅说道，"要是一个专业心理咨询的话，我得付更多的钱呢。"

"一直到周日我们都能来解决你的问题。"索菲娅说，"别担心，会花你不少钱的。"

第二十章

阿丽克丝回到索菲娅家中的时候，又恢复了平静。就在她们进门的时候，理查德已经踢完室内足球回到家了，此刻正把脚放在面前的咖啡桌上看电视呢。

阿丽克丝朝他微微笑了笑，然后对索菲娅说她累了，想躺床上休息了。在理查德和索菲娅刚想劝她的时候，阿丽克丝已经消失在他们面前，跑到楼上了。

"她怎么了啊？"理查德惊讶地问道。

"因为男人的事烦着呢。"索菲娅坐到了他的旁边，"哦，理查德，能找到你我真开心。"

"我也是。"他说，他把索菲娅拉近到自己的身边，"我爱你，索菲娅。"

"我爱你。"她依偎在理查德的怀中。

他温柔地吻着她的眼睛。"我爱你的一切。"

"刚刚隆起的肚子也爱？"她问。

"尤其爱这刚刚隆起的肚子。"

当她解开夹克衫纽扣的时候，她高兴地舒了口气。"她和保罗分手了。"

"哦？"理查德没有太关心阿丽克丝。

"她现在不知道自己还想要什么。"

"我很清楚地知道我想要什么，"理查德说道，"那就是和你在一起。"

阿丽克丝在楼上能够听到他们说话。她试着不去听，但是情不自禁地听着他们在说什么。她把头埋在枕头下面，想着美元对日元的汇率；也想着当降息之后，美元怎样才能扭转颓势；并绞尽脑汁地去预测未来几个月的美国经济政策。

第二天早上她的眼睛肿了起来，眼睑仍然是红的。

"你看上去像得了枯草热似的，"索菲娅说，"把你的太阳镜带上，没有人会注意到的。"

理查德已经出门了。

"感觉上我好像把他从你们家中赶走了，"阿丽克丝说道，"我本来不想到这儿来的。真是让你操心了，索菲。"

"没有，"索菲娅说，"他今天有一场板球比赛。我跟你说啊，今天早上他很高兴不必被拽着去逛母婴用品店。"

"都一样……"

"可不都一样。"索菲娅说，"我想你可能喜欢去逛街，购物疗法对任何人都不会有害处的。你上次来的时候我们没有去逛哈维·尼克斯百货。"

阿丽克丝对她笑了笑说："是的，我们没去。"

"那我们现在还等什么？"

购物真的是大有帮助的。那天，当她们回到索菲娅家的时候，阿丽克丝几乎都把信用卡给刷爆了，买了一大堆东西。

"我从来没有买过这么多东西，"她跟索菲娅说，"我想我今天下午失去理智了。"

"不管怎样，你也失去了你的痛苦。"索菲娅很高兴看到阿丽克丝不再脸色苍白、疲惫不堪，"管它呢，阿丽克丝，只要高兴就好。"

那天晚上她们也很开心，因为理查德执意把她们带到泰伦斯·柯兰开的那家叫做奥雷利的餐厅去。阿丽克丝迫不及待地说这家餐厅真的很有现代格调。

"谢谢你为我做的一切，"第二天阿丽克丝就要搭出租车去机场的时候她对索菲娅说，"我在这儿很开心，现在已经好多了。"

"以后你再感觉自己快要崩溃的时候，一定要跟我说。"索菲娅笑着对她说。

"我现在需要的就是弄清在生活中我到底需要什么，"阿丽克丝说，"这应该不会很困难，是吧？"

索菲娅摇了摇头。"我们两个都不知道在生活中要什么。我曾想成为那种又有名望又很富有的杰出的女银行投资家，但我现在是什么样的呢？整天想着给孩子喂奶、换尿布，就是这样。"

"但是你能从中得到快乐呀，"阿丽克丝说，"这是最重要的。"

"等你走出来你就会快乐的。"索菲娅告诉她，"尽快走出来吧，好好享受单身生活。"

"当然，"阿丽克丝朝她微笑着，"这也正是我要做的。当我找回快乐的时候我会想起你的。"

"我希望你去想更令人激动的事情。"索菲娅眼中充满了快乐。

"再见，索菲，我下周会给你打电话的。"

"保重，阿丽克丝。"她跟阿丽克丝挥手告别，直到出租车拐弯，消失在视野中。

都柏林机场很喧闹，看起来好像很多航班都同时到达，机场的到达区有很多急躁而又疲惫的旅客。阿丽克丝很满意自己把她刚买的很多东西都塞到了包里，又成功地把好几个哈维·尼克斯的包带上了飞机。这样至少她能避开行李大厅里的嘈杂和吵闹，直接去往机场大楼。

这里同样很拥挤。一个年轻的女孩背着一个巨大的帆布背包，狠狠地撞了她一下，阿丽克丝很生气地转过身来。那个女孩朝她笑了笑，非常抱歉地耸了耸肩。"对不起，"她用浓重的英格兰口音跟阿丽克丝说道。

　　阿丽克丝把已经到嘴边的愤怒的话又给咽了回去。要冷静，她对自己说，平静，放松，别把旅游者给吓跑了。索菲娅跟她说过她太冲动了，卡莉也一直跟她说她太冲动了。可能吧，只是可能，她们都是对的吧。

　　背包客径直朝出口走去，阿丽克丝顺着她朝前方看去。几码远的地方竟然站的是保罗，他张望着在等什么人。他看上去神采奕奕，她想。他穿着牛仔裤、运动衫，看上去显得特别的时髦。她几乎就要冲过去，但是直觉让她没有这么做。她站在那儿，优柔寡断地抓着自己的包。

　　"萨拜因！"她没有听到他的声音，但是从他的口型看出了他在叫着谁。一个金发女子从人群中挤过去，几乎就冲到保罗的怀里。

　　阿丽克丝觉得自己差点吐了出来。她一动不动地站在原地，看着保罗亲吻着萨拜因的面颊，然后更激情地吻着她的嘴唇。她看着他们，觉得特别的不舒服。萨拜因抓着保罗的头，手指拂过他的头发，把他拉得更加靠近自己。阿丽克丝几乎能够感觉到保罗的手指穿过自己衣服时的温度，也几乎能感受到保罗吻着自己嘴唇的味道。

　　他们终于离开了。阿丽克丝躲在他们看不到的地方，和一群刚刚从西班牙度假回来的旅行者混在一起。但是，她想，即使她就站在保罗的旁边，他也不会注意到她的。他的眼里只有萨拜因，他的怀抱也只为萨拜因留着。

　　他以前有这样地看着自己吗？像这样这么的爱意浓浓、亲密无间？她不确定。她咽了一口气，觉得自己又生病了。

　　他们现在正走在机场大楼的外面。阿丽克丝远远地跟着他们，看着保罗在交停车费。他们一离开，阿丽克丝就到了收费机器那儿。她想知道他们的车停在哪里，她能不能看到他们离开。

　　她交完停车费，昏昏沉沉地走向自己的车。打开车门的时候，她的双手有点儿颤抖，她把包和买的东西都扔进了车里。购物疗法的效果已经消失了。当他想到那个晚上保罗跟他说他们之间已经结束的时候，她感到非常的难受。

　　她发动了汽车，慢慢开出了停车场。当她莫名其妙地想到她可能会看到他们离开的时候，她觉得特别的荒谬。她知道他们要去哪儿，肯定是到保罗在马拉海德的房子。他们肯定会做爱，激情澎湃地，就像她和保罗曾经做过的那样。

阿丽克丝握紧了方向盘，他们两人的印象在她脑海里挥之不去。保罗的手指一直从萨拜因的脖子抚摸到她两腿之间金黄的毛发，也可能并不是真正的金色，阿丽克丝想。保罗可能会发现他们并不合适——如果还没有发现的话，但他很可能已经发现了。他曾经跟她暗示过他并没有在巴黎跟萨拜因上床，但她怎么知道他说的是不是真的呢。很可能他会跟萨拜因在乔治五世酒店舒适的房间里的床上调情、逗她开心呢。

当她把车开得偏离了车道的时候，后面的汽车急促地摁着喇叭。她立刻又开回了车道，心里怦怦直跳。

在通向高速公路的转盘路那儿，阿丽克丝看到了那辆蓝色的路虎。她知道这辆车就是保罗的，因为她立刻认出了车牌号。保罗以前常取笑她对汽车的车牌号有过目不忘的能力，哪怕她之前只见过一次。他们还经常拿她记车牌号要比记名字容易得多来开玩笑。当保罗在贝格加斯布什酒吧外面跟她挥手道别的时候她见过这辆路虎的车牌号。

也不知道为什么，在通向高速公路的环状交叉路口她把车左拐了，保持着一定的距离，跟着那辆路虎。

尽管保罗的住址是马拉海德，但是他的房子却在这个海滨小镇和内陆城市斯沃兹之间新开发的区域。他们第一次见面，保罗就想让她搬到那个房子和他一起住。但是那所房子离火车站还有两英里远，而且更快的电力火车并不到达马拉海德，这就意味着她要坐着笨重的柴油动力的火车去上班。因为城镇这几年发展很快，通往城市的交通变得很糟糕。这也是她说服保罗把这所房子给租出去然后搬去跟她一起住的原因。

但是保罗说他喜欢住在马拉海德，阿丽克丝就开玩笑地跟他说毕竟他只是住在半郊区而不是海边小巧精致的别墅里。保罗也笑着说她说得没错，就同意把这所房子给租了出去。

路虎车示意左转，开进了小区。阿丽克丝远远地跟着，也向左转。她不担心保罗会注意到她的宝马车，因为他从来不认车，也不会注意车牌号。

当她看到保罗和萨拜因从路虎车里走出来的时候，她先向右转，再向左转，减速慢慢地开着车。保罗拎着萨拜因的行李箱从车里出来，径直朝房子走去。当阿丽克丝慢慢开着车的时候，保罗打开了房门，然后两个人走进房子里，在阿丽克丝的视野中消失。

阿丽克丝惊诧地发觉自己又哭了起来。她一边擦着眼泪一边跟自己说：这真是太荒谬了，我已经走出来了，我现在是单身，什么也不担忧。他想跟其他女人住在一起又怎么样呢？我为什么要关心这些呢？

但是我想他能回心转意，她大声地说道，我不要让他跟那个女人住在一起，我不要让他像以前对我那样来对她，我不要他把我给忘了，我想他能回到我身边。

"旅行怎么样啊？"第二天早上阿丽克丝走进办公室的时候珍妮问道。

"不错。"她简短地答道。

"我们伦敦的同事有什么消息吗？"

"什么样的？"阿丽克丝问。

珍妮耸了耸肩。"不知道啊。"

"那以后就别再问这么愚蠢的问题。"

戴夫和珍妮交换了一个眼色。

"你一早起床情绪就不好吗？"戴夫开玩笑地说道。

"哦，你给我闭嘴，布赖恩特！"阿丽克丝厉声说道，"我今天没有心情听你讲这样的冷幽默。"

"你这些天干什么都没有心情，"戴夫说，"是因为保罗吗？"

阿丽克丝瞪眼看着他。"无论如何，这跟我的个人生活没有一点关系。戴夫，我对你这种只是因为一个人从我住处搬走这样琐碎的事情就认为我无法应对的想法很生气。"

"你冷静一点儿，阿丽克丝。"戴夫惊讶地看着她说，"我只是想试着……"

"好吧，别费心了，"她说，"如果你想做什么的话，今天上午你就跟我去开会。我保证开会时的玩笑和争斗一定很合你的胃口。"

"闭嘴，阿丽克丝。"戴夫说。

"别这样跟我说话！"她愤怒地说道。

"闭嘴，阿丽克丝。"戴夫又说了一遍。

"阿丽克丝，"珍妮温和地说道，"放轻松一点，好吗？"

阿丽克丝缓缓地呼了一口气，她知道自己这种行为太可笑了，但是却无法克制。她感觉自己就像锅里快要沸腾的水一样。她握紧了拳头，又咬了咬嘴唇。

"对不起，戴夫。"她说，"我今天太心不在焉了，我不是针对你的。"

"没关系。"戴夫警惕地说道。

阿丽克丝把头发从脸上向耳后拢了拢，又戴上发卡。"加文今天去哪儿了？"她试着用一种友好的语气问道。

"他去看牙医了。"珍妮说。

"哦，是哦。"阿丽克丝点了点头，"我想起来了。"

她从桌上的一堆报纸中拿出了一份《金融时报》。她的双手还在颤抖。自从她在机场见到保罗和萨拜因之后，双手就一直在颤抖。昨天晚上大部分时间她都在想着他们的事情而无法入睡。好不容易睡着了，却又梦到了他们。她感到非常疲惫。

"你好，这里是欧洲银行交易部。"

"嘿，阿丽克丝。"

"卡塔尔？"

"是我。我给你电话留言了，你收到了吗？"

"对不起，卡塔尔，"阿丽克丝说，"我周末出差了，一直到昨天晚上才回来。"

"我说过，不管多晚你都可以给我打电话的。"

"我知道，但是我真的特别累。"

"今天晚上怎么样？"卡塔尔问道，"不知道你愿不愿意一起去喝点儿东西？"

"你真好，卡塔尔，但是……"

"听着，阿丽克丝，我知道你不喜欢待太长时间。没关系的，来吧，你会感觉好一点儿的。"

"我知道。"她说。

"时间不会太长的，"卡塔尔催促她，"你挑地方。"

阿丽克丝不想跟卡塔尔出去，但是她还是说出了那家离她最近、出门就能到家的酒吧的名字："史密斯酒吧好了。"

"太好了，"卡塔尔说，"那就约在那里见吧，八点半怎么样？"

"八点半。"她同意了，声音十分疲惫。

珍妮咧着嘴笑着对她说："有约会啊，阿丽克丝？"

"哦，没什么。"阿丽克丝说。

"你可真快啊，"珍妮说，"保罗刚离开你就又找了一个啊，阿丽克丝，太令人难以置信了。"

"我没另外找一个。"阿丽克丝禁不住笑了一下。

"听上去你好像又找了一个啊，你是怎么做到的啊？"珍妮悲伤地说道，"我跟鲁埃里分手的时候，好几个月都没有和其他男人一起出去。但是我不是没尝试过。"

"那你是怎么尝试的呢？"阿丽克丝问。

"夜总会啊，酒吧啊，饭局啊——我真的试过好多。"珍妮笑着说，"我甚至曾经去上夜校，因为我觉得里面或许也会有合适的男人。"

"什么样的夜校？"阿丽克丝好奇地问。

"电脑学校。"珍妮说。

"可是你对电脑已经了如指掌了啊。"阿丽克丝说。

珍妮做了个鬼脸。"是啊，我以为自己出色的能力会给他们留下深刻印象，可是学生都是十几岁的小孩。"

阿丽克丝扑哧笑了出来。"对你来说太小了吧。"

"太小了，真无聊。"

"现在呢？"阿丽克丝又问。

"有一些约会，但是没什么特别中意的。"珍妮说，"你知道的。"

"那还跟他们约会干吗？"

"不干吗，"珍妮说，"我就是喜欢享受这个过程而已。"

阿丽克丝站在浴室的镜子前仔细地端详自己的白头发。只有几根，还不是太严重，虽然她知道很快又要去找蒂娜做头发了。她将头发扎在了脑后。

自信的阿丽克丝，她看着镜子里自己的面容想道，镇定的阿丽克丝，能控制一切的阿丽克丝。她散开了头发，任由发梢轻抚着脸颊。今晚就这样散着头发去。她穿了一条灰色牛仔裤和黑色 T 恤衫，看起来十分暗淡，这就是她想装扮成的模样。

她到酒吧的时候卡塔尔已经在等她了，他面前摆了一品脱啤酒。阿丽克丝向他微笑了一下，他站起身，在她脸颊上轻轻吻了一下。

"你想喝点儿什么？"他问。

"白酒，谢谢。"

他走去吧台帮她点了一杯白酒。"嗯，"他又坐了下来说，"你周末去哪里过啦？"

"伦敦，"阿丽克丝说，"主要是工作上的事。"

"你看上去很疲惫。"卡塔尔说。

"谢谢。"她说。

"对不起，"他有些悔悟地看着她说，"我不是说……"

"没关系。"

他们默不做声地坐了一会儿。

"你介意我抽烟吗？"阿丽克丝问。

"呃，没问题，不会介意。"卡塔尔惊讶地看着她，"我没想到你会抽烟。"

"只是有时抽。"她从包里拿出一包烟，点燃了一根说道，"你抽吗？"

他摇了摇头。"你生病之后感觉怎么样？"他问。

"哦，好多了。"她跟他说道，"那个时候觉得非常糟糕，现在好像还有点儿打战呢。"

"好像很多人都会感染这种病毒的。"他尴尬地说。

"我猜也是这样吧。"阿丽克丝深深地吸了一口烟，"尽管办公室里的其他人都没有被我传染。"

卡塔尔喝完了杯子里的酒。"我想再来一杯，你呢？"

阿丽克丝惊讶地看着他说道："这杯我基本上都没喝。"

"我给你再叫点儿其他的吧。"卡塔尔说着走向了吧台。

这并不是一个美好的夜晚。阿丽克丝不想说话，而卡塔尔则极力想打破这种尴尬。每当他找到一个阿丽克丝感兴趣的话题，让他觉得总算能让她不这么沉闷的时候，阿丽克丝就会又闭上嘴，坐在那儿不说话，等待他再引起另一个话题。她很妩媚动人，他端详着她想到，但是妩媚动人只能是看看而已，她根本就不是那种懂得生活的人。

这是一个错误，阿丽克丝想，这对卡塔尔来说不公平，对自己也不公平。她没有作好准备和一个几乎不认识的人在酒吧里度过这个夜晚。

"你想要散会儿步吗？"卡塔尔问。

她摇了摇头。"我真的累了，"她跟他说道，"我想我应该睡觉了。"

"好吧，"听上去他很宽慰，这把她给逗乐了，"那我陪着你走回家吧。"

"其实没两步路。"她同意了，套上了夹克。

他笑了笑。"你喜欢住在这里吗？"

“是的，”她说，“我几乎可以走着去任何地方——尽管我不得不承认我经常开车。我不是那种狂热的环保主义者。我会把玻璃瓶扔进垃圾堆里，这可能是高居环境污染犯罪榜首的行为吧。”

“我会把你举报给环保警察的。”卡塔尔一边用胳膊搂着她一边警告她。她几乎要从他胳膊中挣脱开，但是没有成功。

“我到了，”她歉意地说道，“谢谢你请我喝酒。”

“乐意效劳。”卡塔尔说。

她看着他，不自在地说：“你想进来一起喝杯咖啡吗？”

他微笑着跟她说：“我想还是不必了，你觉得呢？”

“那就不用了。”她声音中的轻松感格外明显。

“对不起，我不是你要找的那种男人。”卡塔尔说道。

“对不起，”阿丽克丝说，“我今晚很恐怖，从一开始我就应该说‘不’的。”

“哦，不过我很可能不会听你的话的，”卡塔尔说，“但是今晚叫你出来可以把你从我的生活中排除了。”

“现在我已经出局了？”阿丽克丝朝他微微笑了笑。

“我想是的。”卡塔尔笑着对她说。

“还算幸运。”她说。

“晚安，阿丽克丝。”他轻轻地在她面颊上吻了一下。

“晚安，卡塔尔。”

他转过身，朝班格特大街走去。她目送了他一会儿，从包中拿出钥匙，走进了自己空荡荡的房子。

第二十一章

“尽管要全部完成系统升级需要花费我们两万五千镑，”麦克·瓦里斯——欧洲银行的总会计师环顾了一下会议桌说道，"但是我觉得还是很值的，这会大大提高我们的数据处理速度。"

"你觉得呢，阿丽克丝？"德斯问她，"你过去六个月一直在用这个系统。"

阿丽克丝还在盯着窗外远处的山峦。

"阿丽克丝，"德斯又说了一遍，"你觉得怎么样？"

"哦，对不起，"她眨了眨眼，看着在场的其他五个人，"我没意识到你在跟我说话。"

"阿丽克丝，你几乎在整个会议中都是心不在焉的，"德斯说，"你到底是怎么了啊？"

她不能跟他说她在想着保罗和萨拜因的事情。自从看到他们在一起，这两天她就不能从脑海中把他们忘掉。让她最没有想到的是，当她觉得自己已经静下心来埋头做自己的事的时候，她又突然想到他们在一起，而且那种情景在她脑海中久久挥之不去。她都能想象到萨拜因跟保罗说她怀孕了以及保罗那欣喜若狂的表情，保罗跟她说这是他生命中最美好的时刻，他爱她胜过世界上其他任何东西。她还想象出另外一幅场景，那就是保罗忽然意识到有了孩子会是最可怕的事情，他咒骂自己说刚开始就不应该跟她在一起。

她的思绪又回到了这个讨论电脑系统升级的管理层会议上来。

"两万五千镑还不错啊。"她说，很欣慰自己在思考别的问题的时候还稍微听到了他们刚才的谈话。

"你觉得还有什么问题吗？"麦克问。

她摇了摇头。"我们起初只能挣很少的钱就是由于我们现在使用的软件包有缺陷，如果我们能够改变一些设置的话，情况就会好转了。"

"好吧，"德斯合上了文件夹，"就到这吧。回家的路上我会去嘉乐宾格林喝点儿酒，有人一起去吗？我请客。"

其他人都站了起来。"我去，"信用部经理约翰·科林斯说，他看了一下表，发现已经快七点了，"我也去喝点儿吧。"

"我也去。"凯兰·多戈蒂拿着自己的夹克说道。

"我不去了，"阿丽克丝说，"我跟那几个说好了在奥赖莱酒吧见面。我们要庆祝那笔兹罗提交易就要最终完成了。"

"有什么问题吗？"德斯问，"我有点儿担心。"

"没什么大事，"阿丽克丝跟他说，"就是结账的事了，交易本身没有任何问题。"

"这是一笔很棒的交易，"约翰说，"客户也很高兴。"

"最好的交易应该是我们和客户双方都开心。"德斯拍了拍约翰的肩膀，"你做得很棒，因为这客户是你开发的，约翰。"

"我想戴夫应该得到赞扬，"阿丽克丝说，"毕竟他做了全部艰苦的工作。"我在说什么？她问自己，我为什么要表扬他？如果我们两个角色互换的话，他也会这样来赞我吗？

"我已经跟戴夫谈过了。"德斯说。

"哦。"阿丽克丝想知道总经理都跟她的高级交易员说了些什么。会说有一天让他来做她的工作？还是说把她调到其他地方？让她去伦敦或者巴黎工作？别瞎想了，她跟自己说，不要把所有事情都想得那么邪恶。

"顺便说一下，"德斯朝整个房间的人说，"别忘了下个月的晚餐会，在谢尔本餐厅，请戴黑色领结。我知道这很无聊，但还是要进行。"

"希拉里会杀了我的，"麦克·瓦里斯说，"她会以为我晚上去干什么其他事了。"

"这次她不会找你麻烦的，"德斯说，"这次你可以带着老婆过来。"

"我不带她来行吗？"麦克脸上露出惊恐的表情。

"其实，也没关系，"德斯说，"我们不想把气氛搞得那么沉闷，所以我们想把你们的另一半也带上会是一个不错的主意。"

"这个主意真是太糟糕了。"约翰说道。

"必须这样。"德斯坚定地说，"我们是在春季全体会上作出这个决定的。我们每年有两次这样的聚会，一次不带家属，另一次则要带着家属。"

"如果我们就想自己一个人来，可以吗？"阿丽克丝问道。

"哦，我确定保罗会很愿意来的。"德斯跟她说，"如果他想的话，他也可以写点儿关于我们的事情。"

阿丽克丝猜德斯可能已经知道她与保罗的事了，她很确信戴夫会告诉他的。两个男人谈话，戴夫肯定会告诉他她现在这么失魂落魄都是因为保罗已经离她而去了，而这一切都是她极力否认的。

我不相信，经过马特泰伯特大桥时她对自己说道，我不相信他跟萨拜因在一起，我不能接受我们之间的感情已经结束了。

酒吧里到处都是人，一些人挤到了酒吧前面的小院子里，甚至都挤到外面的人行道上去了。还以为他们都在喝免费的啤酒呢，阿丽克丝一边使劲往里面挤，一边想，而今天只是星期三啊。

"阿丽克丝，在这儿！"加文挥着手向她喊道。

"为什么这么挤啊？"她喘着气说，"我还以为我们能找个安静一点儿的地方好好庆祝呢，没想到这儿这么乱。"

"这里有一个二十一岁生日聚会，"加文跟她说道，"真是好极了，阿丽克丝。腿真长，你看她，那边那个。"

"我肯定她没注意到你，"阿丽克丝看了看让他夸个不停的女孩。这个女孩相貌出众，乌黑的头发一直垂到小蛮腰那儿，蓝色的眼睛炯炯有神，还有像加文说的，双腿修长而匀称，超短裙充分展示出她身材的优点。

"我非常确信她肯定注意到我了。"加文向她使了个眼色。

"你想喝点儿什么？"她问。

"喜力。"加文说。

"你们呢？"阿丽克丝转向了戴夫和珍妮。

"我也一样。"戴夫说。

"我要米勒。"珍妮说。

阿丽克丝点了酒。"外面很暖和啊，"她说，"你们这些家伙想出去呢，还是就待在这儿？"

"哦，就待在这里吧，"加文说，"这样我们能更好地看着他们啊。"

珍妮做了个鬼脸。"你真是太幼稚了，唐纳利。"

"她对我有意思，"他对珍妮说，"她看着我的时候我能看出来。"

"你疯了吗？很可能她只是看到你那闪闪发光的金卡，就觉得你很有钱。哎，她知道得真是太少了。"

"过完今年，我会更有钱的。"加文不服气地看着阿丽克丝说，"我应得的。"

"是啊，你应该得到一些东西。"阿丽克丝说。

"有钱能使鬼推磨。"加文说，"我努力地工作，我有资格得到奖赏。"

"我们今天在这里庆祝戴夫的交易，"阿丽克丝镇静地说道，"先不讨论以后奖金的事。"她朝戴夫举起酒杯，"干得很棒，布赖恩特先生。"

"谢谢。"戴夫说道。

"我还没问你感觉巴黎的欧洲银行大楼怎么样呢。"

"太棒了,"戴夫说,"大楼给人的感觉像是钱会在里面哗哗流淌一样。"

"我知道你的意思。你觉得那儿的交易室怎么样?"

"非常的整洁,"他说,"我喜欢他们那种桌子的布置方式。虽然现在不能看到所有交易室里的状况,但过不了多久就会看到的。"

"他们那里的标语给你什么感觉?"阿丽克丝问。

"太恐怖了,"戴夫做了个鬼脸,"我可不想因为一次赔本的买卖就要坐在那儿被拿破仑·波拿巴喋喋不休地说来说去。"

阿丽克丝笑了笑说:"我也是同样的感觉。"

她觉得自己又恢复了正常,她和同事之间的紧张感好像已经消失了。她说了个笑话,甚至连加文都笑个不停。他们也没有那么坏,她想,只是我这段时间太冲动了。但是现在她已经走出来了,她要面对保罗已经永远从她的生活中离开的事实。但是她还没作好要其他人走进她生活的准备。

"阿丽克丝?"珍妮盯着她问。

"怎么啦?"

"发生了什么?"

"你指的是什么?"

"你和保罗之间。"

"这真的不关你的事,珍妮。"

"我知道,"珍妮说,"但是我就是想问问。"

"我们现在对对方都很不满意,"阿丽克丝说,"我们决定先分开住一段时间。"

"那是不是永远分开了?"

当然是永远分开了。她亲眼看见他拎着萨拜因·布拉赛特的手提箱朝他的房子走去。还有什么分离比这个还要永远吗?

她耸了耸肩。"谁知道呢?"

"今年你会带着他参加圣诞聚会吗?"珍妮问。

"可能吧。"

"我喜欢他,"珍妮跟她说,"他真的是一个特别好的家伙。"

哦,是吗?阿丽克丝想,真是好啊!当我还在我宾馆的房间,不,是我们的房间里睡觉的时候，他就把那个法国婊子的衣服给扯掉了。他可是真的很好啊。

"反正他不是最坏的。"她说。

"不管怎样，我还是希望你们两个能够重归于好。"珍妮叹着气说道。

"谢谢。"阿丽克丝平静地说，"你怎么样啊？"

"我正在努力呢，"珍妮做了个鬼脸说道，"我明天晚上有个约会。"

"真的吗？"

珍妮点了点头。"我在安娜的婚礼上遇到他的，他是新郎的朋友。我本来没想着在那能遇上什么合适的人的，这可能是一个很好的信号吧。"

"或许是吧。"阿丽克丝说，"爱情真的很有意思，当你苦苦寻觅另一半的时候，通常他都不会出现的。"

"我想这也是你现在在思考的问题。"珍妮笑着对她说道。

"不管怎么样，"阿丽克丝说，"我还是很期待听到你更多的细节的。"

加文和戴夫已经加入了那个二十一岁生日庆祝会。加文搂着那个过生日的看上去非常迷人的女孩，戴夫正在那群人当中和人聊着什么。

"他们是怎么做到的？"珍妮问。

"我不知道啊。"阿丽克丝笑着对她说，"因为你了解他们，所以才会感到惊讶。我不能理解为什么有人会和他们勾搭在一起，而那些以前没见过他们的女孩很可能会觉得他们又有魅力又有钱。"

"加文确实能给人这种印象。"当加文买香槟的时候珍妮看着他说道。

"他年轻啊。"阿丽克丝说。

"你突然之间这么通情达理了啊。"

"可能我年龄变大，现在成熟了。"她朝她咧嘴笑道。

"你？成熟？"珍妮大笑着，"不可能，阿丽克丝，完全不可能。"

因为还要开着车回去工作，她只喝了三瓶啤酒。当她走进大楼的时候，前台的保安微笑着对她说："舍不得离开办公室？"

"我太爱这里了。"阿丽克丝说，"我到交易室一趟，大约十分钟吧，然后我就走了。"

"好的。"保安说道。

她走上楼，到了交易室，打开了电脑屏幕。日经指数很高，日元不断走强。

很好，他们在进行一笔小的日元交易，上升的趋势对他们很有利。她坐在桌边，看着自己面前的数字不停地变化——如果比先前的价格低，它就会变成红色；如果比先前的价格高，就会变成蓝色。市场很可能要以很高的价格收盘，她一边看着蓝色的数字超过红色的一边想道。

她闭上了眼睛，这里很舒服，她感到很满足。她喜欢看着屏幕上的数字起起伏伏，每一次发出哔哔的声音都意味着要宣布一条重要的消息，她与整个世界相联的感觉真好。这比在酒吧的感觉要好，比她在健身房里的感觉要好，比她在射击俱乐部的感觉要好，更比她独自一人待在家里的感觉要好得多。

她踢掉了鞋子，猛地坐在沙发上，轻轻按着丢在一边的遥控器。她将按钮按了个遍，完全没有什么值得一看的电视节目。甚至连新闻都特别的无聊——天空电视台在播着意外地被家人丢在海边的一条狗走了大约一百英里又回到家的新闻。你怎么会意外地把狗给丢了呢？她想，在回来的车上难道就没有人想到狗吗？她关掉了电视，打开了阳台的门。

今天晚上很凉爽。今年一入夏就又闷又热，这是几个星期以来第一次有微风吹进阳台，让人感受到秋天的凉爽。阿丽克丝稍微哆嗦了一下，用手搓着胳膊。

她又走回到客厅，关上了阳台门。她拿起自己的夹克，又穿上了鞋子，她要出去走走。

她假装自己不知道要去哪里，但实际上她当然知道。她没有打扰收费大桥，开着车穿过市中心与费尔维尤，左转朝马拉海德开去。马拉海德离费尔维尤大约八英里。她经过许多刚刚发展的近郊地带，然后是金斯利那狭窄的乡间道路，那里有许多独立式住宅，提醒她肯定有许多非常有钱的人住在附近。她经过了那个不光彩的前总理——查尔斯·豪伊的庄园，她想知道他在法庭上是不是把多年聚集的钱财都交代清楚了。"金钱不是万能的。"当她超过一辆橘红色的尼桑米库拉的时候她小声地说。

如果她挣的钱比现在少的话，或许保罗就会更在意她了。她摇了摇头，天哪，这好像成了自己的包袱了！她是手头比较宽裕，但这完全是两码事。她不会放弃工作，不会像午饭时那些又鄙视别人、又嫉妒别人的女人一样。她笑了笑，如果自己放弃工作的话，她不会那么早起床，而会一直等到吃午饭的时候再起床的。

在通往保罗房子的交叉路口，交通灯变红了。在等待交通灯变绿的时候她朝后视镜瞥了一眼——她看起来还不错，可能有点疲惫，但还好。

灯变绿了。

房子里一片黑暗，阿丽克丝没想到房子会漆黑一片。她看到了仪表板上的时钟，已经快到十一点半了。很可能他们已经上床睡觉了，她皱着眉头想道。保罗从来不会这么早就上床睡觉的，这也是他们经常争辩的一件事情。她经常抱怨说她早上要起得很早，所以在十二点前必须要睡觉。而保罗总会让她先睡，他过一会儿再睡。但是如果她比他睡得早的话，每当他上床掀开被子、躺在她旁边、把手放在她温暖的两腿之间的时候，她总是会醒来。她醒来的时候会说"现在不要"，但是他知道不费什么事就能改变她的想法，她会已经移动着身体，靠近他，让欲望温暖自己的身体。

他能让她这样想要，他是能让她这样的唯一一个男人。

但是现在，他正这样对待着萨拜因。她不能让这件事继续下去，她需要告诉他这只是一个错误，要让他知道这是一个错误。

她走下车，砰的一声关上车门。她重重地走在小路上。她站在了门廊的灯光下。他睡觉之前应该关掉门廊的灯的，她想，他很在乎钱，他不会这样浪费电的。

她深深地呼吸了一下，按了一下门铃。她此时口干舌燥，手心冒汗。

她能够想象他们：停下做爱的动作，表情震惊，想知道这么晚了谁还会按门铃；而且还特别的担心，因为只有遇到什么麻烦事的时候，人们才会这么晚来拜访。

她等待着屋里的灯打开，但是什么也没有发生。很可能他们希望拜访者能走开；很可能他们已经睡着了，现在才刚刚被吵醒。

她又按了一下门铃，这次的时间更长。

什么动静也没有。

他们肯定出去了，她恼怒地紧握着拳头。她想要跟他们当面对质，但他们却不在这儿！他们去哪儿了？保罗会把萨拜因带出去几天吗？在爱尔兰度蜜月？会在招待得无微不至的奢华酒店里过上几个晚上吗？

她很失意地猛烈地敲着门，房间的报警器突然响了起来。

该死的，她想。她的心怦怦直跳，像要蹦出来一样。她跌跌撞撞地穿过马路，跳进了车里，保佑着千万不要有人看见她，希望马里纳科夫的居民不要有邻里守望计划。如果她现在开着车走的话，很可能就会有无所事事而爱管闲事的女佣从窗户里探出头来看，把她的车牌号给记下来，然后警察就会给她打电话了。当她想到警察会找到她然后警告她的时候，她的思绪变得混乱了起来。警告她什么呢？强行入侵他人住宅？好吧，但也不算啊。制造混乱？可能吧。整个儿就是一个白痴？绝对是这样。

她蹲在驾驶座下面，希望没有人看到她。

你做的这些真是太愚蠢了，这是你做过的最愚蠢的事。她用头砰砰地敲着驾驶杆，轻轻地对自己说。

现在她像这样弯着腰，想知道自己什么时候能起身。她什么也看不见。可能现在已经有人在盯着车看，想看看是不是有盗贼，她呻吟着。

听上去好像有半个小时，但实际上是十分钟之后，警报声停止了。她小心翼翼地坐起来，窥视着窗外。

房子的前门打开了。很显然保罗和萨拜因晚上出去参加什么活动刚回到家。

"我什么也看不见。"保罗的声音穿过马路飘进阿丽克丝的耳朵里。

"你确信吗？"这是她第一次听到萨拜因说话，一口浓重的法国口音。

"很可能是隔壁的猫吧，"保罗跟她说，"有时候那只猫会把灯给弄熄了。"

"你真的觉得没有必要担心吗？"

"当然没什么可担心的，亲爱的。"他说。

亲爱的。阿丽克丝差点儿吐了出来。

"好吧，那，你现在进屋吗？"

"是的，马上。"

当保罗走到路这一边的时候，阿丽克丝又蹲了下去。她屏住呼吸，但是却没有听到车窗上愤怒的敲打声。他没有把她的车门扳开把她给揪出去。她认为他根本记不住车的想法是对的。

阿丽克丝听到前门关上的声音，她又重新坐到座椅上。前面卧室的灯亮了起来，蓝色的窗帘拉上了。她看到了保罗的轮廓，当他走进房间的时候；然后最大的灯关上了，只留下了床头灯那微微闪烁的光亮。

你真是一个十足的傻帽，她发动汽车的时候对自己说。他们应该把你给锁在车里，然后把钥匙给扔了的。你不应该能自己出来的。你这个疯狂、愚蠢的娘儿们。

第二十二章

当她那天晚上终于睡着的时候，她又不停地做梦。第二天早上收音机闹钟把她叫醒的时候，她虽然感到非常的疲惫，但还是很庆幸。做梦总是让她第二天早上筋疲力尽，好像梦中的追来追去都是真的一样，好像她整个晚上都在不停地跑来跑去。

她推开被子，又想到了保罗。她当然没有开车去马拉海德想去跟他不明不白地摊牌，她当然也没有因为使劲地敲保罗房子的门而让报警器响了起来，她也当然没有在保罗查看有没有盗贼的时候躲在车子里一动不动。

她有一点儿负罪感，同时感到尴尬。我的所作所为就像神经过敏的十几岁孩子一样，她想。如果办公室里有谁听到她昨天晚上做过的事的话——她为她这个想法浑身颤抖起来。

我要把这件事从脑海中忘掉，她语气坚定地对自己说，太疯狂，太鲁莽，太糊涂了，这对自己没有任何好处。最好的办法就是忘掉它。

"阿丽克丝，二号线你姐姐的电话。"珍妮喊道。

"谢谢。"阿丽克丝拿起了话筒，"薇安，你还好吧？"

"还好。"薇安说，"你呢？"

"我很好啊。"

"那就好。"

阿丽克丝等着薇安能说点别的。

"薇安？你还在吗？"

"我在。"薇安说。

"出什么事了吗？"

"其实也没什么。"薇安说道。

"那是怎么回事？"阿丽克丝不耐烦地说。今天是很忙的一天，她有很多文件要处理，她也没有时间在电话里跟薇安绕来绕去。这是她姐姐最不好的地方，她总是不能很快地说出关键的事情。

"卡莉给我打电话了，"薇安犹豫不决地说道，"中午吃饭的时候。"

"然后呢？"阿丽克丝瞄了一眼手表，已经快到五点了。

"爸爸回来了。"

阿丽克丝面前屏幕上的数字变得模糊起来。

"你说什么？"

"我说爸爸回来了。"

"回到哪儿？"

"当然回到这里，别那么傻了。"

"对不起，"阿丽克丝清了清嗓子，"我不是那个意思——我只是脑子想到什么就说什么了。"

"没事，"薇安说，"我自己也有点儿茫然。"

"他想干什么？"阿丽克丝问道，"卡莉怎么样了？"

"我不知道。我想过去但是她让我先不要过去。她是从家里给我打电话的，他在那里。"

"在家里？她让他进屋里去了？"

"很明显是的。"薇安说。

"她疯了吗？"

"我猜她肯定想着没事。阿丽克丝，你意识到他们还保持着婚姻关系吗？"

"我知道他们仍然保持着婚姻关系，"阿丽克丝怒气冲冲地说，"他们当然还保持着婚姻关系，我去年不还因为她怎么不离婚跟她吵了一架吗？"

"是的，我想起来了。"

"那就是因为他们还有婚姻关系，她就觉得能让他进到我们的房子里。"

"她的房子。"薇安说。

"我们都住在那里，"阿丽克丝说道，"那是我们的房子，不是他的房子。"

"冷静一点，阿丽克丝。"薇安说道。

"我很冷静。我只是不想让他闯入我们的生活，不想再让卡莉痛苦不堪。他为什么要回来？她想要干什么？"

"我不知道，"薇安说，"卡莉想让我们今天晚上到她那里去。"

"那他还会在那儿吗？"

"不会，"薇安答道，"我问过了，他会住在宾馆里，他不会在那儿的。"

"好吧，"阿丽克丝说，"只要她不认为这是一个伟大的家庭团聚就好了。"

"我觉得她不会这么想的，"薇安说，"我认为她不会让他再回到她的生活中来的，阿丽克丝，已经快三十年了，所有的一切都完全不同了。"

"我知道。"阿丽克丝一边叹气一边说，"真是太震惊了，薇安。"

"是啊。"她姐姐说道。

"你是怎么想的？你是怎么觉得的呢？"

"说老实话？"

"当然，老实说。"

"我不知道我是怎么感觉的，"薇安的声音听上去很困惑，"我不知道他为什么回来，他回来想干什么，我不知道我是什么感觉。"

"什么时候？"阿丽克丝问。

"什么？"

"她想要我们什么时候回去？"

"我不知道。我猜是茶点之后的某个时间吧，我没问。"

"这可不像你啊。"阿丽克丝稍微笑了笑说。

"是不太像，我知道。阿丽克丝，你想先到我这儿来吗？"

"好啊，"阿丽克丝说，"我先回家换一下衣服，然后就过去。"

"好的。"薇安的话听上去宽慰了许多。

"到时候见了。"阿丽克丝说。

"回头见。"薇安说。

阿丽克丝盯着自己面前的电脑屏幕，数字和图标没有意义地在她眼前旋转。头条新闻是对美联储最新的货币政策的评论，她任由这条新闻从她的面前滚动过去而毫无知觉。

她的父亲回来了。爸爸。很长时间以来她就没把他当成自己的爸爸，很长时间以来也没有想起过他。她不愿意去想他。她咬了咬自己的嘴唇。

"你没事吧，阿丽克丝？"珍妮关切地看着她。

"什么？"

"你没事吧？"

"哦，我没事，珍妮。只是家里有点事情，没什么大事。"

"肯定吗？"

"当然。"阿丽克丝朝她笑了笑，"我已经好久没回家了。"

"我知道了，"珍妮说道，"阿丽克丝，我现在可以回家了吗？"

"当然可以。"阿丽克丝说，"所有的东西都结算清楚了吧？"

珍妮点点头。

"你看上去很高兴啊，"阿丽克丝忽然注意到珍妮急切地想要离开，"今晚有什么特别的安排吗？"

"是的。"

"哦？"

"我要出去。"珍妮说。

"去什么好地方啊？"

珍妮耸了耸肩。"不知道啊，我要和麦克约会。"

"就是昨天晚上和你约会的那个？你又要见他了？"

"是的。"珍妮看上去很得意。

"去吧，"阿丽克丝对她说，"好好玩啊，显然你喜欢他。"

"我们交往了。"珍妮淡淡地说。

"他是做什么的啊？"

"他是一个电气专家，他有自己的公司。"

"那要是保险丝烧断了的话他就能派上用场啦。"阿丽克丝咧嘴笑道。

"好吧，我们有希望能自己发足够多的电。"

"珍妮·史密斯！"阿丽克丝大笑道，"好好享受今晚的时光吧。"

"谢谢。"珍妮拿起了包。

阿丽克丝完成了她正在写的报告，然后站了起来。"我也要走了，戴夫，明天见。"

"好啊，"戴夫说，"我一会儿也回家了。"

阿丽克丝瞥了一眼加文那空空的座椅。"我还以为他今天下午会回来的呢。"

"客户的事务所在斯台帕西德，"戴夫说，"我猜他要是回来的话就太麻烦了。"

"那他也应该打个电话回来啊。"阿丽克丝说,"我不介意他是不是在这儿,戴夫,但是他怎么也应该打个电话的啊。"

"通常他都会的。"

"或许吧。"阿丽克丝伸了一下腰。她不知道自己为什么对加文这么反感。她不知道自己为什么要跟珍妮讨论她的新男朋友的事。她不知道她为什么宁愿考虑其他的任何事情而不是她父亲回来的事实。她不想让他走进自己的生活中。

阿丽克丝刚要按门铃,薇安就打开了门。

"特里把孩子带到他妈那里去了,"当阿丽克丝走进客厅的时候她说道,"我跟他说一小时之后再把她们带回家,我不想让其他任何人在这儿,阿丽克丝。"

"好啊。"

"你想喝杯茶吗?"

阿丽克丝摇了摇头。

"咖啡?"

"薇安,这不是社交聚会,"她说,"我不想要任何吃的喝的,我什么也喝不下去。"

"我知道,"薇安用力拉着她穿着的运动衫底部,"我无法控制自己,这样能让我稍微正常一点。"

阿丽克丝坐在沙发上,示意姐姐坐到她旁边去。"所有的事情都很正常,"她说,"我们没什么好苦恼的。这个男人在美国待了大部分时间,现在又回到爱尔兰了,他是尽可能地远离我们。"她看了看薇安,"我们没有必要为此而烦恼,他对我们来说什么也不是。我们小的时候他不在我们身边,现在我们也不需要他。如果卡莉想让我们见他的话,我们可以不答应,我们对他没有任何义务。"

"我还能记得他离开的那天的情景。"薇安茫然地说,"我记得卡莉不停地哭喊着,把他的东西扔进包里。我记得她没有要我给她的面巾纸。我记得她把一张他的照片一撕两半。"

阿丽克丝伸出手握着她的手。"这已经过去很久了。"

"你记得什么吗?"薇安问。

她不想让他离开,她知道肯定有什么可怕的事情要发生。她看到卡莉哭个不停,她也开始哭了起来。还有她抓着他,以及卡莉,她不想让他离开。

"很害怕，"阿丽克丝慢慢地说，"我知道有什么非常不好的事要发生，我知道，我却什么也做不了。"

薇安握着她的手。"卡莉把他叫做没良心的浑蛋，"她说，"我印象最深的就是卡莉说'滚蛋，你这个没良心的、自私的浑蛋！'"

"他为什么要离开不重要了，"阿丽克丝说，"关键是他确实离开了。"

"但是为什么卡莉没有谈起过这件事呢？"薇安问，"我问过她很多次，她总是什么也不说。那之后，我想，我就不愿再问了。"

"不管怎样，你永远不能确定她是不是告诉我们事实了。"阿丽克丝说。

"我们没有问她是不是我们的错呢？"她姐姐说道，"我们也没试着找出答案。"

"卡莉不想让我们知道，"阿丽克丝说，"我也不想去深究过去的事情而让她伤心。"

"但是他是我们的父亲，"薇安说，"我们应该要去了解他。"

"为什么呀？"阿丽克丝凶巴巴地说，"他都为我们做过什么啊？"

薇安开着车把她带到卡莉的房子去，这栋房屋在拉内拉赫，是很小的一排红砖房中的一幢。约翰和她们在一起的日子以及之后的很长一段时间，他们都住在克朗塔夫，直到后来卡莉决定要开美容院。她需要钱，所以就把以前的那栋布局错落有致的海边的房子给卖了，然后带着她们穿过城市，来到了拉内拉赫。阿丽克丝喜欢拉内拉赫，但是她也经常想起在克朗塔夫的海的声音。

卡莉看到汽车停在了房子的外面。她深深地吸了一口气，闭上了眼睛。一直等到门铃响了她才起身去开门。

"嘿，卡莉。"阿丽克丝在母亲的面颊上吻了一下，然后走进了前室。

"嘿，卡莉。"薇安也同样说了一句。

"我很高兴你们能过来。"卡莉坐在一个刚换了新面儿的扶手椅上。她理了理她那本来就很顺滑的头发，看着坐在沙发两边的女儿，看看这个，又看看那个。

她能看出她们很生气，而且很困惑。阿丽克丝回望着她，眼睛就像绿宝石一样。薇安的目光更焦虑，但没那么咄咄逼人。

"你们的父亲今天来这儿了。"卡莉的声音有一点儿颤抖，她停了一会儿，害怕自己会哭出来，又深深地吸了一口气，然后慢慢地吐出。两个女儿仔细地看着她。"她想知道你们现在怎么样。"

"嗬，"阿丽克丝冷笑道，"他这可是第一次关心起我们来了。"

"阿丽克丝。"薇安使劲了拽妹妹的胳膊让她别这么说话。

"别说她，"卡莉说道，"阿丽克丝是对的。"她叹着气，"基本上是对的。"她又理了理她的头发。她不擅长这个，她不善于跟她们俩说话，说一些严肃的事情，尤其是跟阿丽克丝。她跟薇安至少还能轻松地闲聊一些美容店或者是她的客户的事情。她有时候也跟阿丽克丝聊天，但他们从来说不到一块儿去。

卡莉从来没感觉到自己对于两个女儿来说是真正的母亲。她鼓励她们叫她受洗礼时所起的名字，还让她们在生活中把对方看成是伙伴。所以她们都很平等地跟她说话，在遇到困难时也不来找她。她从来没把自己知道的事情跟她们分享，今天好像也会是这样，但是她不确定。

"你们父亲离开的时候我非常生气，"她说，"真的很生气。"

"我能记得。"薇安说。

"我认为他背叛了我们。"

"为什么呢？"阿丽克丝问。

"离开我们就是一种背叛，"卡莉谨慎地说，"背叛了我认为我们曾经拥有的一切。"

"你觉得我们曾经拥有什么呢？"薇安问。

"快乐。"卡莉简单地说，"我很快乐。我有你们两个女儿，我有你们的父亲，我在谢拉美容店每周工作几天，这一切都让我很快乐。"

阿丽克丝紧紧地抓着沙发的边缘。

"我并不知道约翰不快乐，"卡莉仔细地看着她们两个，"我确实不知道。我知道他有时不开心，但是那不一样。我以为是工作的原因——你们知道工作时候的心情，有时你会抱怨它，有时你又会喜欢它。"说出这些很难，她想。尽管她为此已经练习了几个小时，但是当她们两个坐在她面前，盯着她看的时候，说出这些话还是很难。"我并不知道他真的不开心。"

"为什么他真的不开心呢？"薇安问。

"因为他遇到了其他人。"

她们坐在那里沉默了一会儿。

"谁？"阿丽克丝最后问道。

"约翰在IBM[①]工作，"卡莉说，"当然那时候IBM是做商用机器的，还不是电脑。他是卖记账机的，能够把账目分类的机器。他很擅长做那个。他对机器很在行，对数字运算也很在行。"她稍微笑了笑，"他还是更擅长数字运算，一列数字他只要看一眼，就能够算出它们的和。"

"你也是这样，阿丽克丝。"薇安说道。

阿丽克丝什么也没说。

"他把机器卖给一家叫艾德莱克斯的公司。我也不知道这家公司是干什么的，但是财务部门有一个叫做伊莫金·霍兰的女孩，他就开始和她约会了。"

"跟她约会！"薇安激动地说，"他已经跟你结婚了，他还玩什么？"

"伊莫金·霍兰长得很美，"卡莉说，"真的很美。我见过她的照片，她乌黑的头发，大大的眼睛。我都能想见他为什么会爱上她。"

"但是他不应该爱上她的，"阿丽克丝说，"那我们呢？"

"别那么天真了，"卡莉大声地对她说，"你已婚的朋友中有几个真正对自己的丈夫是忠诚的？"

"我已婚的朋友不多。"阿丽克丝想到盖伊·德库尔塞勒曾经想要勾引她，或许在巴黎他还会找别的女人。还有德斯·科伊尔，虽然看上去婚姻很美满，但是和会计部门的临时秘书有着六个月不明不白的关系，直到她离开了欧洲银行。

"你是怎么发现她的呢？"薇安问。

"照片，"卡莉答道，"那个狗娘养的笨蛋把照片落在了衬衫口袋里。我马上就知道了，尽管他刚开始还极力否认，但最后他还是承认了。"

"那你就把他给赶走了。"阿丽克丝说。

"我想我们能把这些事情给解决了，"卡莉说，"我跟他说，只要他不再去见她，我们就能把这些事给忘了。"

"你处理得很得体。"薇安说。

"很可能非常愚蠢吧。"卡莉说，"但是，你知道，告诉你应该怎么做是容易的。比如说你应该把他赶出家门以后再也不要见他了，比如说你不应该再相信他了。我已经结婚了，带着两个孩子，我不想把他赶出家门。"

"那你为什么还是那样做了？"阿丽克丝闭上了眼睛，她的记忆比以前任何时

---

①国际商业机器公司。下同。——译者注

候都要清晰。她坐在饭厅的桌子旁，玩着一个奶牛拼图。她能够清楚地记得：大大的木头块都涂着黑色和白色，还有蓝色的，是拼蓝天用的。当她拼好了蓝天之后，就听到母亲开始哭了起来。她坐在椅子上，一动也不动。薇安那时候正坐在地板上，玩着一组汽车玩具，她跳起来时还弄伤了自己的脚，因为她踩到了一辆小汽车。她们一起冲到走廊那儿，约翰站在那儿，手里拎着一个手提箱。

"你要去哪里？"阿丽克丝问道，"哪里？"

之后就是一阵大喊大叫，然后卡莉就哭了起来。薇安递给她餐巾纸，但是卡莉甚至看都没看一眼。

"她怀孕了。"卡莉说。

阿丽克丝和薇安盯着她们的母亲。

"什么？"薇安低声地问。

卡莉沉默了一会儿，尽管这些话她练习了很多遍，但是她还是很难保持平静。现在这些已经是历史了，她提醒自己，而且她也能应付过来。这不会再像以前那样伤害她了。

"她怀孕了。"卡莉重复道，"他想要跟她在一起。"

"那我们呢？"阿丽克丝问道，"他想过要和我们在一起吗？"

卡莉从扶手椅上站起来，走到了窗边。"当然，"她说，"他提出了要把你们带走，那样的话你们就有了一个完整的家庭。"她的眼睛盯着那安静的死胡同。

阿丽克丝和薇安交换了一下眼神。

"我很高兴你没有让他把我们带走。"薇安声音颤抖地说。

"我想过这样做，"卡莉继续看着窗外说道，"因为那样的话可能会更好吧。我试着让自己理性地思考这件事，但是你怎么能做到呢？我就对自己说，加油，卡莉，想想什么才是对孩子们最好的。"

"然后你就跟他说滚开了。"阿丽克丝说。

卡莉笑了笑。"确实如此，我说了。"她又转过脸朝着她们，"我告诉他，他这么建议简直就是一个浑蛋，如果他再想碰我这两个漂亮的女儿的话，他可得好好掂量掂量。"她叹着气，"我并不是真的想变得那么可怕的，但是我想他最后终于决定不再纠缠了。"

"然后他就走了。"薇安说。

"是的，"卡莉叹着气，"他离开了，到美国的IBM工作去了，伊莫金和他一起去了。"

"还有那个孩子?"阿丽克丝问道,"我们父亲的女儿?"

"是的,"卡莉说,"她长得就跟她妈妈一样。"

"你见过她?"

"只是一张照片,"卡莉说,"她长得很漂亮。"

"她叫什么名字?"薇安问。

"凯特。"

我还有一个妹妹,阿丽克丝惊奇地想,一个同父异母的妹妹,但是还是跟我有关联,血缘上的。真是太不可思议了。

"那他为什么来这儿?"薇安问,"是伊莫金或者凯特有什么戏剧般的事情发生吗?他们其中一个得了绝症之类的?在长年失散的亲人身上不是经常发生这样的事情吗?"

卡莉微微地笑了一下。"那只是在电影里,亲爱的。伊莫金和凯特的身体都很好。"

"那他来想干什么?"

"离婚,为了后代。他以前不为和我还有婚姻关系感到烦恼,但现在有问题了。凯特去年结婚了,而且有孩子了。他们想成为合法的祖父母。"

阿丽克丝大笑道:"你是认真的吗?"

"哦,是啊。"卡莉说,"你知道,当他离开我们和伊莫金在一起的时候,就他而言是非常浪漫的。她是那么的可爱,那么的柔美,那么的需要呵护,所以他控制不了自己。不管怎样,他就是这样跟我说的。他还认为他们没有结婚就生活在一起是更加浪漫的事,因为他们在一起是为了爱,而不是为了那张结婚证。"

"哦,天哪!"薇安惊叫道,"思想真是太老土了。"

卡莉笑了笑。"这就是约翰。"

"那他为什么坚持要离开我们跟她在一起呢?"阿丽克丝问,"如果像那样有外遇也会很浪漫啊。那之后的事呢?"

"他说他非常在乎我,也特别特别爱你们,"卡莉说,"但是他说他不能离开伊莫金。"

"什么玩意儿。"阿丽克丝咕哝了一句。

"她的父母好几个月不跟她说话。"卡莉说,"其实,我也觉得她挺不容易的。

他在美国找了工作，然后把她给带过去了。她没有工作，生孩子的时候还病得厉害。我猜这就不那么浪漫了吧。"

"他们之前回到过这儿吗？"薇安问，"爱尔兰？"

"当然回过几次，"卡莉说，"来看她的父母。"

"他没有跟你联系吗？"

"打过电话，"卡莉说，"但是我不想见到他。"

"那他想见我们吗？"阿丽克丝问。

卡莉叹着气。"他当然想。他已经五年没回来过了，那他肯定就没那么渴望了，不是吗？而且我想你们见到他肯定会心烦意乱的。他第二次回来的时候阿丽克丝因为阑尾炎正在住院。阿丽克丝，我想让你在病房看到他拎着一串葡萄来看你对你没有任何好处。"

"我会把葡萄扔到他脸上。"

"你那时只有十三岁，阿丽克丝。"薇安说。

"那也挡不了我这么做。"

"不管怎样，"卡莉说，"那之后他就没有提过这种请求了。"

"但是他也从没寄过卡片什么的，"薇安说，"从来没有。"

"他第一年寄过，"卡莉说，"那之后就没再寄过，没有。"

"那现在他又想见我们了？"阿丽克丝问。

"如果你们愿意的话。"卡莉说。

"我讨厌他，"阿丽克丝说，"我一直都讨厌他。"

"你不了解他，"卡莉对她说，"你只是讨厌你印象中的他。"

"你是什么感觉？"薇安突然问道，"你在这儿见过他了，就在这个房子里。"

"我不介意。"卡莉说，"这是我的房子，我没事的。"

"他让你难过了吗？"阿丽克丝问。

卡莉咬了咬嘴唇。"如果我说'没有'的话那我肯定是说谎了。但是过了那么长时间后也不会有多少感觉了。从那之后我也很开心啊。"

"但是你也没有再找一个啊。"阿丽克丝说。

"你是说结婚吗？"卡莉笑着跟女儿说。

阿丽克丝眨了眨眼。"哦！"

"爱情，"薇安匆忙地说，"生活的伴侣。"

"我很开心啊,"卡莉说,"说实话真是这样。我有你们两个,而且生意也很成功。我不需要一个伴侣了。"

"都一样。"薇安意味深长地耸了一下肩。

"我知道你能和特里在一起会觉得很幸运,"卡莉说,"我想能拥有一个永远幸福快乐的婚姻是这个世界上最美好的事情。但是对我来说我不在乎啊,我喜欢自己的生活。"

"我不想见到他。"阿丽克丝说。

"别那么仓促,"卡莉说,"好好想想。"

"我想好了,"薇安说,"我要见他。"

"你也应该好好考虑一下,"卡莉说,"这几天我们可以准备一下。"

"好啊。"薇安说。

卡莉轻松地叹了一口气。"你们想喝点儿什么吗?我给你们拿一点儿伏特加来。"

"太好了。"阿丽克丝说。

"好啊。"薇安说。

"好吧。"卡莉说。

第二十三章

九点的时候她们离开了卡莉家。卡莉喝了好几杯伏特加,阿丽克丝也喝了不少。薇安因为要开车,只喝了一杯。

薇安开着车走在狭窄的道路上的时候,姐妹俩都没有说话。这条路是通往卡莉住着的拉内拉赫村的必经之路。

"你还好吧?"当她们在一个路口停下来等着交通灯变绿的时候,薇安问道。

"还好。"阿丽克丝说。

"你是怎么想的?"薇安问。

"想什么？"

"哦，天啊，阿丽克丝！所有的事情。"灯变绿了，薇安嘎吱一声挂上了挡。

"你慢点儿，"阿丽克丝说，"你这样把车都给弄坏了。"

"我知道我在做什么，"薇安咬紧牙关，猛地换成了一挡。

"她看上去还没事。"阿丽克丝说。

"卡莉？"

"薇安，那儿没其他人了好吧！"

"我知道，我知道。"薇安砰的一声又换成了三挡，"对不起，我有点儿走神了。"

"你没事吧？"阿丽克丝问。

薇安瞄了一眼后视镜，看到后面没车，就把车靠在路边停了下来。"我不知道。"她咬了咬嘴唇说道。

"你想让我开车吗？"阿丽克丝问。

"你疯了吗？"薇安说，"你和卡莉喝了那么多伏特加。毫无疑问我们应该停下来。"

"我没有喝多，"阿丽克丝说，"我就倒了一杯伏特加，后来就一直往里面加柠檬水。卡莉没有注意到。"

"我也没注意到。"薇安说。

"如果你想让我来开车，给我吧。"阿丽克丝说，"说真的，薇安，我真的没事。"

"没问题，"薇安说道，"我能行。我只是——哦，阿丽克丝，我不知道。为什么她以前没跟我们说呢——他离开她是因为一个怀孕的女人，他更喜欢那个女人而不是我们，他也更喜欢那个孩子而不是我们。"薇安的脸扭曲着，有点苍白，"为什么呢？"

"我不知道，"阿丽克丝轻轻地说，"我不知道。"

"我爱他。"薇安说，"过去他常常带东西回家给我，还把我叫成他的小公主。"她轻轻地笑了一下，"我知道所有的父亲都会把女儿叫成小公主的，但是我想他真的是那么觉得的，我想我是特别的，我们是特别的。"

"哎，好吧，我们不是。"阿丽克丝说。

"我知道，"薇安转过脸来看着她，"你可能已经不是很记得了。"

"非常清楚，"阿丽克丝说，"非常清楚地记得希望他留下来。"

"我可以理解这件事，如果她既年轻又美丽，而且没有怀孕的话，"薇安说，

"我可以理解那些！至少他离开是因为这个人要比卡莉、薇安和阿丽克丝都要有魅力。但是他只是把我们互换了，阿丽克丝，把我们跟一个有孩子的女人互换了。"

"别说了，"阿丽克丝说道，"我不想再谈论这个了。"

"但是我们不得不谈论，"薇安擦了擦眼睛，"我们必须要弄明白。"

"我不想弄明白这个浑蛋！"阿丽克丝握紧了拳头，"我不会在乎他的，就像他不在乎我们一样。我不会去见他，也不会关心他的妻子、他的女儿，或者是他的孙子。"

"哦，天啊，"薇安说，"我忘记了他孙子的事了。我们和那个孩子是有关系的。我还从没当过谁的姨妈呢。"

"太好了，"阿丽克丝淡淡地笑着对她说，"你高高兴兴地去见他们，待情况变得混乱的时候再离开吧。不管怎样，薇安，你不是那个孩子的直系亲属，你以后可能再也见不到那个孩子了，我不知道你担心什么。"

"但是另外一个人——凯特，她是我们同父异母的妹妹啊，阿丽克丝。"

"我不关心她是谁，"阿丽克丝说，"她对我来说没有任何意义。我以前不知道她，现在也不知道她。来吧，薇安，我们轮流开车或者让我开，我可不想整个晚上都坐在这儿。"

"好吧，好吧，"薇安说。她换了挡，慢慢地开着车。"那你好奇吗？"她看了一眼阿丽克丝，"你不想知道她长的什么样儿吗？"

"不想。"阿丽克丝说。

"或者他现在是什么样子？"

"当然不想。"阿丽克丝说。

"可能他很难过，"薇安说，"可能他很后悔。"

"他后悔个屁，"阿丽克丝冷笑道，"他回来是想把这事解决清楚，他想和卡莉离婚，然后再娶那个可爱、柔美、需要呵护的伊莫金。然后再逗他孙子玩，享受天伦之乐！你以为他会关心我们啊？你再好好想想吧，薇安。"

"你不能只是以你的想法来抹黑别人啊。"薇安说，"我的意思是，阿丽克丝，他一定会常想起我们的，卡莉说他想要见我们。"

"五年之后！他显然没有穷到那个地步，不是吗？"

"你怎么知道？或许是呢。"

"薇安，有人跟你说过吗——你生活在幻想的世界里。在那里父亲都爱他们的孩子，妻子都爱她们的丈夫，所有的事情都很美好。"

"别犯傻了。"薇安擦了擦眼睛，慢慢地开着车，让一辆车超过了她们。

"你是很幸运，"阿丽克丝说，"你嫁给了特里，有了孩子，所有的事情都如你所愿。所以你觉得任何人都会同你一样？"

"不，我没这么想，"薇安说，"我对你这样推断感到很愤怒。我不是那种只管自己的家庭，对外面的世界一无所知的头脑简单的人。我不傻，阿丽克丝。"

"是，你是不傻。"阿丽克丝向后理了理头发，姿势就跟复制卡莉的一样，"对不起，薇安，我有时候说话太欠考虑了。"

"我爱特里，"薇安说，"他对我很好，阿丽克丝。我也爱我的孩子们，他们比世界上其他任何东西对我来说都要重要。我真的不知道有人怎能离开他们的孩子，我真的不知道。我不知道有谁离开自己的孩子后会不再想念他们。但是我知道有的人就会这么做。可能出于某种原因，男人会更容易放弃他们的孩子。我多么希望我们的父亲没有这么做过啊。"

"没有他，我们不也生活得挺好的吗？"阿丽克丝说。

剩下的路上，她们都沉默着不说话。阿丽克丝靠在座椅上，闭上了眼睛，因为她觉得头非常的疼。她很高兴薇安能一路顺利地开车。

她记得有一天晚上他走到卧室里来，脚步很轻，因为他以为她们已经睡着了。她本来也应该睡着的，但是什么东西把她给吵醒了。阿丽克丝不是那种一醒了就会哭的孩子。通常她醒来之后都会躺在床上，四处看看，她对黑暗也不害怕。

他弯着身子，趴在床上，看到她的眼睛睁着。

"你为什么不睡觉啊？"他低声地问。

"我睡了。"她说。

"睁着眼睛？"

"就快要闭上了。"

他笑了笑，在她的面颊上亲了一下，给她盖好了被子。"好好睡觉吧。"他轻轻地说道。

"我爱你。"她说。

她不想回忆起这样的时光。这些都不是真的，可能这些都是梦中的事吧。

特里在客厅里坐着，当她们进门的时候他抬头看了看。

"怎么样了？"他问。

"没事。"薇安犹豫不决地说，然后就开始哭了起来。

他从沙发上跳了起来，用胳膊搂着她。他依偎着她，用手抚摸着她的头发。"没事，"他小声地说，"没事的。"他看着阿丽克丝，阿丽克丝也站在门口看着他们。"发生什么了？"他用口型跟阿丽克丝示意。

她耸了耸肩。

特里用胳膊抱着薇安，薇安倚靠着他。当特里紧紧抱着薇安安慰她的时候，阿丽克丝坐在沙发上，一句话也没说。

我也想要有人这样对我，她想。这种渴望遍布了她的全身。我也想有人能像特里关心薇安一样来关心我，我也想在我难过的时候有人能在我身边安慰我，这个人能在我最需要的时候陪在我身边。她的身体颤抖着。

特里让薇安坐到沙发上。她坐到了阿丽克丝的旁边，脸上还满是泪痕。

"你想跟我聊聊吗？"特里问。

"这要从我们曾经的那个好爸爸说起。他把我们和卡莉抛弃了，跟着一个怀着他孩子的女人走了，"阿丽克丝轻轻地说，"他又回到这儿就是为了跟卡莉离婚——我想她可能好久都没意识到他们还有婚姻关系了。他想跟她结束关系是因为他想娶他的女朋友，她的名字叫伊莫金。那个女儿，他们的女儿，现在怀孕了，他们想成为合法的祖父母。"她突然笑了一下，"他还说想要见我们，但是我想这肯定是想让事情听上去好听罢了。"

"你们的父亲还有另外一个孩子？"特里惊讶地盯着她问。

"现在已经不是孩子了，"阿丽克丝说，"现在应该至少有二十九岁了吧。"

特里握着薇安的手。"我能理解你为什么烦恼了，"他说，"可能你应该非常震惊的。"

"现在对我来说只是打击，"薇安的声音有点儿哆嗦，"我只是不敢相信。我以为他离开我们只是因为工作，因为他认为工作对他来说很重要。当我们还小的时候，卡莉经常这么说，说他因为工作离开了我们，然后就没有说过其他的了，直到最后我们也不问了。甚至当我想到肯定不会这么简单的时候，我也不会想到他离开我们是因为另外一个孩子啊。"

"如果是另外一个女人，我倒可以理解，"特里说道，"但是一个女人和一个孩子……"

"他的孩子。"阿丽克丝说。

"你是怎么想的？"特里问她。

她耸了耸肩。"我还能怎么想？这个男人显然几乎没有在乎过我们。我们现在何必还为这些事而苦恼呢？我猜，他想见我们只是想给自己良心一个慰藉，他从来没有真正地关心过我们。"

"但可能他关心过呢。"特里说。

"哦，你别说了！"阿丽克丝很反感地看着他，"尽管在我们小的时候卡莉不愿意见他，也不愿再跟他说话，但是她却很早就为他找到了一个借口。他什么都不是，他以前什么都不是，以后还什么都不是。我不想浪费感情去同情他，或者想去了解他，甚至也不会去回忆以前的事情。"

"他是你的父亲啊。"特里轻轻地说。

"只是生理上的。"阿丽克丝说，"谁介意谁是我们的父亲？实际上是卡莉把我们抚养长大，为我们做了一切，她让我们在这个世界上立足，不去接受任何人的施舍。她是对的。所以我不会为一个在我生活中几乎没有出现过的人有任何的伤感或者柔情。"

特里在那儿默不做声，薇安在擦着鼻子。

"你很坚强。"薇安说道，"我是你的姐姐，本来坚强的应该是我，但却是你。你总是能勇敢地挺身而出，做真正的自己。"

"没有其他人能帮你的，"阿丽克丝严厉地说，然后她又笑了笑，"好吧，薇安，对于你来说，我想特里能够帮你。"

特里拍了拍薇安的手，站了起来。"我去烧壶水，"他说，"我想你们都想喝点儿茶吧。"

"谢谢。"薇安说，她靠在椅背上，"我觉得好累啊。"

"我也是。"阿丽克丝说。

"你觉得他想过我们吗？"薇安问道。

"我才不在乎呢。"阿丽克丝说。

"但是如果他后悔了呢？"薇安焦虑地看着她，"如果他经常坐在家里想着我们，希望自己没有离开卡莉呢？"

"这是他的损失。"阿丽克丝很快地说着。

特里给她们拿来了茶和饼干。她们喝了一口滚烫的茶，然后都用手握着那鲜红色的大杯子。

阿丽克丝闭上了眼睛。她希望约翰没有回到爱尔兰，她希望卡莉没有跟她们说伊莫金和凯特的事情。尽管很不愿意去想这些事，但是她还是在想象着她们会长什么样。凯特长得不像自己和薇安，她们两个都是又高大又健硕，看上去非常健康。伊莫金长得也和卡莉不一样，尽管卡莉在某些方面也很柔美。阿丽克丝咬了咬牙。她们两个是不是遗传了约翰强壮的身体和乌黑的头发呢？她当然能记起他，但是他的影子只是在不经意间才会出现在她脑海里。当真的试着去想他时，自己又想象不出他到底是什么样子。但是她记得很清楚，他的头发是黑的，而卡莉的头发是金黄色的。至少，阿丽克丝承认，她现在的头发是金黄色的。可能她年轻的时候头发并不是现在这样的金黄色吧。

想到卡莉头发的颜色让她想起自己几缕灰色的头发。这是明显的变老的标志，或者是更智慧的标志吧。但是她没有感觉到这些东西，她觉得自己同从前一样。她打了个哈欠。

"累了？"特里问。

她摇头说："也不是，我觉得今天好漫长啊。"

"你应该早点上床的，睡一觉吧。"他跟她说。

"我每天晚上都应该这么做，"她淡淡地笑着对他说，"但不幸的是从来没做到过。"她站了起来，"但是你说得对，我现在应该离开，让你们两个安安静静地待一会儿。"

"你不要这么着急离开，"薇安坚持道，"愿意的话，今晚你就待在这里吧。"

"别这么傻了，"阿丽克丝说，"我没觉得生活有什么变化啊，我很好，薇安。另外，明天上班我会很忙，有许多工作要做呢。"

"你确定吗？"

她点了点头。"当然。"

薇安站了起来，亲吻了一下她的脸颊。"我们永远都拥有彼此。"她说。

"别这么矫情了，"阿丽克丝笑着说，"你的意思是我们俩摆脱不了对方了。"

薇安做了个鬼脸。"当然，这就是我要说的意思。但是我爱你，阿丽克丝。"

"我也爱你。"阿丽克丝拥抱了一下薇安，"你自己保重。"

"回家路上当心一点，"薇安说，"睡个好觉。"

特里和薇安站在门口，一直等到阿丽克丝开着车走远了他们才回到屋里。

"这事真的有这么难吗？"特里问。

"就好像你的生活不是你想象的那样，"薇安支支吾吾地说，"我一直以为只有我和阿丽克丝，还有卡莉。就我而言，我知道约翰存在，我设想过他有另外一段感情，但是我从来没有想过他还会有其他的孩子。我怎么能这么幼稚呢！"她迷惑地看着他，"我的意思是，他有组成另外一个家庭的可能，但我从来没这么想过。"

"这也是我没有想到的事情。"特里说，"你觉得阿丽克丝是怎么看待这件事情的呢？她看上去一点事都没有。"

薇安耸了耸肩。"你是了解阿丽克丝的，刚开始她会觉得很震惊，但之后就会用开玩笑的心态来看待了。很轻蔑、很不严肃地说这没什么关系。"

"但是她真的是这么想的吗？"

"但愿我能知道，"薇安把头靠在了丈夫的肩膀上，"我真的希望我能知道啊。"

阿丽克丝转动钥匙，走进了空荡荡的房间。她坐到电脑前，查看着美元的情况。轻微的走强。她皱了皱鼻子，她不想美元像这样轻微走强。但是，今天所有的事情都不像她想的那样，所以美元没有像她期待的那样她一点儿也没感到惊讶。

她推开浴室的门，盯着水槽上方那面大大的镜子中自己的脸。她能从中看到卡莉的影子——眼睛的形状，上翘的嘴角。但是她浓浓的黑色的眉毛和卡莉的不像，卡莉的眉毛弧度优美，既自然，又像是自己用镊子修剪过那么的精致。她的绿褐色的眼睛也和卡莉的不一样。卡莉的眼睛是蓝色的，薇安的和她一样。

他什么也不是，她对着镜子中的自己说道，一个完全的、彻底的陌生人，只是偶然从我们身边经过，也不会停留，即使卡莉当时乞求过他。他那时候不爱我们，现在也不爱我们。

她关上了浴室的灯，走向卧室躺床上去了。

她醒来的时候是早上五点钟，心脏在急速地跳动。她并没有做被追逐的梦，她不知道自己为什么突然从床上坐了起来，害怕得浑身发抖。她好像听到有人说话的声音，但是四周都特别的安静。

她下了床，把睡衣裹在身上。她从窗户那儿向外看去，但是什么也看不见。她踮着脚走进客厅，检查阳台上的门——几扇门都锁得好好的。然后她听到隐约的一声闷响及抑制的笑声从邻屋传出。

隔壁的房间是三个女孩合住的，看上去至少有一个女孩很晚还没睡。她叹着气，是谁笑的呢？是菲奥娜、麦赫蒂斯，还是尤万妮呢？

她看了看表。她现在已经完全清醒了，自己也知道再躺回床上肯定也睡不着了。或许她应该穿好衣服，这样她就可以很早去上班了，去先处理一些事情。

但是过了一个小时，她还是不想去上班。看起来比其他人提前一个半小时到办公室好像一点意义都没有。或许她可以很早地做一些交易，但是她感觉脑子中对交易没有一点儿兴趣。

凯特是做什么的呢？她很好奇。除了她结婚以及怀孕了，她是做什么工作的呢？她现在是不是也因为她的孩子——约翰的外孙而放弃工作了呢？

他为什么要离开呢？他怎么能离开呢？

阿丽克丝拿起了钥匙，走向了汽车。当她转动钥匙、开动汽车的时候，天空比之前稍微亮了一些。她开过哈丁顿大街，朝收费大桥开去。然后她沿着河岸向西北方向开去，绕过入海口，一直开到马拉海德。

真是太疯狂了，她跟自己说，你这样太愚蠢了。

她开着车穿过村庄，朝保罗的房子开去。你不能开车经过他的房子，她告诉自己，他可能会起床的，他可能会看见你。尽管保罗八点之前从来没起过床，但萨拜因可能会起床啊。她或许会做一些所谓的艺术品呢，或许她喜欢早上很早的时候起来画画呢。

阿丽克丝经过保罗房子的时候放慢了车速。房子里很安静，窗帘拉上了，门阶上放着一品脱牛奶。

一品脱牛奶。看上去真是充满了家庭生活的温馨啊。

当她加速经过房子，回到主干道的时候，眼泪刺痛了她的眼睛。

第二十四章

最后的结果是，阿丽克丝上班迟到了。她没耐心等电梯，匆忙地跑上了楼梯。

除了她之外的其他人已经在开晨会了。

"不好意思，"当她急急忙忙坐到座位上的时候说道，"路上很堵。"

"我们正在讨论英国的失业数据，"戴夫对她说，"很多人说可能要比想象的还要糟糕，证券市场看上去会开始走低。"

"失业的人少了，但这对证券市场来说不是好消息。"阿丽克丝叹着气说着，"我实在理解不了这种说法。"

珍妮笑了笑说道："你不是说你处在道德两难的境地吧。"

"不是，"阿丽克丝说，"但是我想我们说就业情况会更糟真的很不合理。对于那些获得第一份工作的人来说，并不是更糟了。"

戴夫和加文相互交换了一下眼神。

"我没想到你心肠还会这么好啊。"加文说。

"现在你知道啦。"阿丽克丝说，"你要是丢掉工作的话，加文，我肯定会为你感到很伤心的，这样你就能得到一些慰藉了。"

"谢谢，但是我不会丢掉我的工作的，"他跟她说道，"我的工作只会越来越好的。"

她突然笑了起来。"我相信你，加文，我真的非常相信你。"

一小时之后，她打开日记簿，叹了口气。工作约会，还是工作约会。她都差点儿给忘了——她和马特·康纳利约好了共进午餐的。不是共进午餐，她跟自己说，只是一起看电脑动画电影。应该会很有趣吧，她想，只要不让她感觉不自在地坐在康纳利的旁边就好。她真希望他没有送给他那些让她感到吃惊的花。坐在一个曾送给她一大束康乃馨和虎百合的男人旁边，她怎能不感到不自在呢？本来两个人只是商业上的关系，现在一方给另一方送花，那情况就搞得复杂了。

最好保罗也知道就好了。

当她想到今天早上开车到马拉海德的时候，她的脸刷地红了起来。在她做过的所有的愚蠢的事情里面，这是最愚蠢的了。不，不是，她提醒自己，上一次到马拉海德，她让门铃响个不停的那件事更加愚蠢。事实上，她过去几个星期的所作所为都是那么的愚蠢。

她第一个约会是上午德斯的约见。她走进他的办公室，坐在访客的座椅上，伸出了她那修长的双腿。

"你看上去好多了，"德斯跟她说，"你脸色现在又好多了。"

"谢谢。"她说，尽管她能清楚地意识到她脸上的颜色是因为早上的事仍让她感到很尴尬，而不是其他的什么原因。

"完全康复了？"他问。

"当然，"她回答道，"其实根本不怎么严重。德斯，我不应该那么早地离开办公室的，就是这样。"

德斯靠在自己的座椅上。"你工作很努力。"他说。

"我努力工作，你给我开工资，"阿丽克丝说，"我努力做到最好。"

"我很相信你能做到。"

她突然意识到他话中有话。"有什么问题吗？"她问。

"你为什么这么说啊？"

"因为我了解你，"她对他说，"你的语气听起来你有什么事情要跟我说，但是你却不知道该怎么跟我说。"

德斯笔直地站了起来。"你为什么不能拐弯抹角地说话呢？"他抱怨道，"为什么你总是能一下就切中要害呢？"

"拐弯抹角多浪费时间啊。"阿丽克丝说，"出什么事了？"她眼睛一直盯着他的脸，她知道这样会让他感到很不自在。

"你生病不在的时候我和戴夫聊过，"德斯小心翼翼地说道，"他跟我说最近交易部里出了一些问题。"

"问题？"阿丽克丝凝视着他，"什么样的问题？"

德斯耸了耸肩说道："你和年轻的加文·唐纳利之间。"

"哦，天啊！"阿丽克丝厌恶地看着他，"加文·唐纳利这小子野心勃勃，他想横冲直撞地一下子就做到最好。好吧，我能理解他的想法。但是把交易部管理好，尽可能挣更多的钱是我的工作，如果任由加文想怎么做就怎么做的话，那肯定不能完成目标的。"

"戴夫说你从来不听加文的想法。"

"胡说八道。"阿丽克丝冷笑道。

"他说你对他很是不满。"

"稍等一下。"阿丽克丝叹着气，"我没有对他不满，德斯，我只是想让他服从管理，就是这样。"

"那雅纳电子的客户呢？"德斯说，"这出了什么问题呢？"

"这没什么问题。"阿丽克丝说，"对这个客户，我之前做了很多的工作，但是加文跟他做了第一笔交易。他还想一直做下去，但是我不想把这个客户分配给他，情况就是这样。"

"为什么呢？"

"你知道吗？德斯，我不确定，"阿丽克丝慢慢地回答道，"可能是因为我不确定他们交易的方式是不是最好的。"

"他跟那个搞金融的家伙相处得不错——他叫什么名字来着？"

"马特·康纳利。"阿丽克丝说道。

"对，康纳利。他邀请康纳利到波特马诺克打高尔夫球去了，他们在那儿相处得很好。"

"我很高兴听到这些。"阿丽克丝说。

"如果他花时间和这个家伙搞好关系，那他为什么不应该得到一些奖励呢？"

"我从没有说过他不应该得到奖赏，"阿丽克丝说道，"我只是说我还没有把这个客户分配给他，我或许会分给他，或许不会吧。"

"这么犹犹豫豫可不像你啊。"德斯说。

"我不是犹豫。"阿丽克丝说，"不管怎样，我今天和康纳利先生约好了一起吃午饭，他邀请我去看他们最新的电影。"

"哦。"德斯看上去稍微有点窘迫地说道。

"你不要担心，德斯。我们还是能和这个客户合作得很好的，不管是加文还是我去跟马特·康纳利谈对你都没有关系的，因为我们中的任何一个都能够把和他的生意做得很好的。"

"当然，"德斯急促地说，"我只是想确认一下事情都进展得很顺利。"

"还有什么其他的事情让你感到烦心吗？"

德斯叹了口气。他本来想跟阿丽克丝提起有可能把她调到巴黎去工作，但是他觉得现在并不是一个最合适的时机。在阿丽克丝生病不在期间，他给盖伊·德库尔塞勒打过电话，盖伊对这个想法也是非常的支持。"我们可以接纳像阿丽克丝这样的女孩，"他手舞足蹈地说，"对于我们很多的部门来说，她的经验都是一笔很宝贵的财富。"

德斯跟盖伊说他会跟阿丽克丝谈谈，看看她对这个事情有什么想法。他曾经想过她会对能到巴黎工作而兴高采烈，尤其是现在她又被她男朋友给甩了。

有一次在停车场偶然碰见的时候，戴夫·布赖恩特跟他说了那天晚上在酒吧的事情。就德斯来说，保罗的离开解释了很多事情。解释了阿丽克丝在会议室为什么会在布雷恩·尼古拉斯的面前摔倒，解释了她为什么不来上班，解释了最近几次开会她为什么会注意力不集中。德斯知道女人在分手的时候会有多么的崩溃，她们通常都会那样。而阿丽克丝，她也是一个被男朋友给甩了的女人，尽管她工作卓有成效并想成为这世界上最好的交易员。她最好能换个地方工作一段时间，但是他知道今天不能跟她提这事。他有一种感觉就是如果他说了的话，她很可能把自己痛打一顿。

阿丽克丝知道肯定还有什么事情让德斯感到烦恼，她从他的眼神里，还有他们谈话中他那假惺惺的快乐中能看出来。她知道他隐藏不说的事肯定和交易部有什么关系，她只是不知道是什么事而已。她现在知道的就是要杀了戴夫·布赖恩特，他竟然敢背着自己把这些都告诉了德斯，就像她曾预见的那样。真被她给猜中了，她生气地想着，这帮臭男人！

下一个会议是和琳达——银行的一个会计约定的。她们要谈谈她们对上半年的赢利数据的想法，阿丽克丝也要对下半年的赢利额有一个估计。

"我听说你病了，"当她们审查完那些账目的时候，琳达说道，"摔倒在会议室了。"

"我可从来没有想着会摔倒的，"阿丽克丝叹着气说道，"不管我在银行里做得怎样，我职业生涯中最关键的时刻就是摔倒在德斯的面前啦。"

"艾琳跟我说当德斯冲出房间找她的时候，他的脸跟纸一样煞白，"琳达咯咯地笑着，"我敢打赌他肯定吓得不知道该怎么办了。"

"没有什么比这个更尴尬了，"阿丽克丝说，"他很尴尬，我也很尴尬。我想布雷恩·尼古拉斯肯定再也不会跟我们做生意了。"

"他在贷款确认函上签字了。"琳达实事求是地说道。

"是啊。"阿丽克丝笑了笑，然后打了个哈欠。

"保罗怎么样了？"琳达合上桌子上的文件夹的时候懒洋洋地问道。

阿丽克丝看了她一眼，琳达并没有看着她。能看出来她只是随便问出这个问题的，没有什么其他的动机。

"我们现在不在一起了。"阿丽克丝说。

"哦？"琳达抬起头看着她，"不好意思，阿丽克丝，我不知道。"

阿丽克丝耸了耸肩说道："没关系。"

"但是你跟他已经在一起生活很久了啊，不是吗？"

"三年。"阿丽克丝说。

琳达同情地笑了笑。"天涯何处无芳草。"

"是啊。"阿丽克丝说道。

"不能太早地跟一个人住在一起。"琳达语调轻快地说。

"当然啦。"阿丽克丝说，"你和迈克尔·德夫林怎么样了？"

"还在一起，"琳达跟她说，"凑合着呗。"

"真的吗？还是你觉得这样说会让我感觉舒服一点？"

琳达笑了笑。"不，我们整天跟小猫小狗一样打来打去，但我真的喜欢这样。"

"那你们没有安定下来生个孩子的计划吗？"

"还没有，"琳达无忧无虑地说，"我只有二十五岁呀，阿丽克丝，我还有大把的时间呢。"

阿丽克丝回到办公室，看着电脑上的路透社的网页。她还有不到三个月就三十三岁了。变成三字头的年龄倒没让她有什么烦恼，为什么以前经常觉得还年轻的自己现在也感觉慢慢变老了呢？

雅纳电子公司的迎宾区挤满了人，一个佩戴着姓名卡片、叫做玛丽娅的女人在那儿欢迎着阿丽克丝，并递给她一杯香槟。

"我没想到会见到这么多人。"阿丽克丝说。

"这对我们来说是一次很大的活动，"玛丽娅说，"这是我们第一次在爱尔兰举办这样的活动，我们很高兴能有这么多人来。"

"很好啊。"阿丽克丝说，她环顾了一下四周，"马特·康纳利在这儿吗？"

"他应该在附近啊，"玛丽娅跟她说，"但是我有一会儿没见到他了。他很可能跟银行的一些人在一起——他们早些时候在谈论货币的事情呢。"

阿丽克丝笑了笑。"我相信我肯定会找到他的。"

她在人群中溜达了一会儿，惬意地品着香槟酒。阿丽克丝很喜欢香槟，特别是酩悦香槟。她站在一扇大大的窗户旁，看着高速公路上的汽车和卡车嗖嗖地飞奔过去。在一个制造企业工作也应该很有意思，她想，能够发掘一个产品，然后制造、销售，最后挣钱，这肯定会让人感到很满足。相对而言有时候金融服务行业看上去真是太平淡了。

"阿丽克丝·卡拉汉，你好啊！"她转过脸看见了托马斯·休伊特，他曾经在欧洲银行工作过，但是去年他离开欧洲银行跳槽到他们的一家竞争对手那里去了。

"托马斯，见到你很高兴。"阿丽克丝微笑着对他说。

"我没想到你也会在这里，"托马斯说，"我还以为约翰·科林斯会在这儿呢，我们曾经共同给雅纳电子公司做了一个项目。"

"可能他会在这儿吧，"阿丽克丝看了看周围，"尽管他没跟我提起过。"

"见到你真是太高兴了，"托马斯说，"你一切都好吧？"

"是啊，谢谢你。"她说，"你呢？伊芙琳和孩子们都挺好的吧？"

"是啊，挺好的，"托马斯跟她说道，"其实，阿丽克丝，我们现在正在期盼着第三个孩子降生呢。"

"不是吧！"阿丽克丝惊讶地看着他，"我想伊芙琳会说她不想再要孩子了吧。"

"你知道女人的，"他叹了口气说，"格莱塔刚一开始上学，伊芙琳就又怀孕了。"他笑了笑，"事实上，我不介意的，我喜欢孩子。"

"代我向她问好。"阿丽克丝说。

"当然会的。"托马斯说，"你怎么样，阿丽克丝，有什么消息吗？"

"什么样的消息？"

"你知道，婚礼钟声之类的事情啊。"

"还没有呢，"她坚定地说，"我不是那种女孩啦。"

"不是哪种女孩？"马特·康纳利拍了拍托马斯的肩膀，看着阿丽克丝，又看了看托马斯，"我要说，欢迎欢迎，"他说，"不好意思之前没照顾到你们，我没有想到会来这么多人。"

"人多好啊。"托马斯说。

"是啊。"马特看上去很高兴，"你们两个认识吗？我还以为银行的竞争者会见到就相互吐口水呢。"

阿丽克丝笑了笑。"看来你对搞金融的人的印象完全有误啊，"她对他说，"托马斯跟我是老朋友了。"

"噢。"马特说,"那你是什么样的女孩啊,阿丽克丝?"

"什么?"

"我来的时候听你说你不是那种女孩。那你是哪种女孩呢?"

"非常普通的那种,"她说,"那种需要到洗手间去梳洗一番的女孩。"她把自己的空杯子递给了一个来回走动的服务员,"不好意思,先离开一下,先生们。"她大步穿过房间,留下马特和托马斯在那儿。

"我喜欢她。"托马斯说,"我以前在欧洲银行工作,很多交易员都没有时间去关注账户还有没有余额,但是阿丽克丝却对此非常感兴趣。她是我知道的最能帮助别人的人。"

"我也喜欢她,"马特说,"尽管我好像从来没有和她对话超过十秒钟。"

托马斯若有所思地看着他。"你想跟她有什么样的对话?"他问。

马特笑了笑。"把你那些邪恶的想法都自己留着吧,休伊特,我的动机可是很纯的。"

"哦,真的吗?"托马斯扬了扬眉毛,"如果你对她感兴趣的话,我不知道你成功的可能有多大。她和一个家伙已经住在一起好几年了。"

"我相信是这样,"马特说,"但是你也不知道结果啊。"

"他是一个记者,"托马斯跟他说,"有点自命不凡,就跟大多数记者一样。他在一本商业杂志上胡乱地写了一篇关于阿丽克丝的文章。她之后好几个月都努力挽回自己的信誉。银行的每一个人都让她不好受。"

"为什么呢?"马特问。

"哦,那篇文章全写了她是怎么的好看,怎么的完美,怎么的有才能。"托马斯笑着说,"当然,这篇文章发表的时候他们还住在一起,所以他们就更不给她好脸色看。但是,她坚持了下来。"

"她很坚强。"马特说。

"心地很善良。"托马斯跟他说,"根据她男朋友的说法,她在床上也很棒。"

阿丽克丝解开了头发,梳理了一下。她凝视着镜子中的自己,很清楚地看到又长出了不少灰白的头发,它们不合时宜地又匆匆地长了出来。这周她要把头发用染发膏给染一染。染发膏是她到药店本打算买一些维生素的时候买的。她想着要采纳杰拉蒂妮·奥尼尔的建议好好地照顾自己,但是她老是忘记吃维生素。她把头发又扎在了后面，这样灰白的头发就不太会被注意到了。然后她又涂了涂口红，喷了点汤米女孩牌的香水。尽管我可能应该用一些更成熟的香水，她跟自己说，那样才配得上自己这慢慢变老的病快快的身体。她系好了她褐紫色的丝绸套装，又走回了房间里。

迈克尔·霍利斯，她在雅纳电子公司做报告时的主持人，现在正在讲话。阿丽克丝靠在墙上懒洋洋地听着。她看了一下表，感觉有点儿累了，而且因为刚刚喝了香槟的缘故，有点儿头晕目眩的感觉。她希望迈克尔的讲话不要太长。

很庆幸的是，讲话很快就完了，迈克尔邀请大家去看电影，说大约会持续一个小时。阿丽克丝想他这样做真是很明智，她也很想看看迈克尔说的这部面向六到八岁观众的既有教育意义又有娱乐效果的电影到底怎么样。

电影结束的时候，他们被领到另外一个房间里，那里会提供自助午餐。阿丽克丝感觉非常饿了，她从前一天的中午到现在什么也没吃。她昨天晚上不想吃饭，当然今天早上也因为她那开车穿过城市去到马拉海德的荒谬举动而什么也没来得及吃。

你脑子里在想什么呢？在排队等着取油焖鸡丁的时候她问自己，你真的想见到保罗吗？还是萨拜因？你想见到爸爸吗？她极力不去想这些，但是控制不了自己，她想把这些事情抛到一边，但是她做不到。现在她又想起他来了，而且比以前的记忆更清晰。他的形象又飞速地出现在她的脑海中。有一次她在后花园里摇摇晃晃地摔倒的时候，他把她抱了起来，拍了拍她膝盖上的尘土，在她的前额上吻了一下，"没事了，我的小天使，"他说，"爸爸爱你。"

她闭上了眼睛。"这太真实了，太清晰了。"

"阿丽克丝？"

她睁开了眼睛，马特·康纳利站在她的旁边，一脸的关心。

"你没事吧？"他问。

"哦，"她匆忙地说道，"我没事。"

"你看上去好像有什么烦心事。"马特说。

"没什么事。"她告诉他。

"我以为你又身体不舒服了呢。"

"每个人都在不停地说我生病了，"她不耐烦地说，"只是病毒感染而已。"她把盘子递给厨师，给她盛上了米饭和鸡肉。

"但是你又恢复食欲了。"马特看着她的盘子笑着跟她说。她笑了笑，马特很高兴地看到她是在真心地微笑。

"你只要跟他们说'好好吃'，可能他们走的时候就只会想着你的公司是多么的好了。"

"可能吧，"马特说，"我可不敢想着因为这个得到赞许或者恰恰相反。这次的组织工作跟我可没有任何关系。"他带着她到了一个小桌子那儿。

"这次活动组织得非常出色，"她坐下来说道，"电影也非常棒。"

他点了点头。"这里的家伙知道自己在做什么，我需要做的就是确保我的金融工作很好地运行，不要做什么傻事就好了。"

"我不会让你做任何傻事的。"阿丽克丝说。

"谢谢。"他微笑着看着她，目光一直盯着她看，一直到她突然低下头吃东西。

"我应该再次跟你说谢谢的。"她说道，一直没有抬起头。

"哦？"

"因为那些花啊，你知道，真的没必要那样做的。"

"我知道。"

她抬起头看了看他。

"我真的非常的鲁莽，我也不知道自己为什么那样做了，你肯定会觉得有点儿尴尬吧。"

"尴尬？"

"我知道你跟男朋友住在一起，我不是那个意思的，对不起。"

"没什么。"她说。她又淡淡地笑着对他说："其实，我以为你已经结婚了的。"

"结婚！"他惊讶地看着她说，"你为什么会这么觉得呢？"

"只是因为一种，一种姿态，"她说，"那种一个男人勾搭女人的姿态。"

"哦，好吧，或许吧，"马特承认道，"但那也不意味着他就已经结婚了啊。"

"看上去你就像已经结婚了似的。"她说。

"天哪，"他放下了手里的叉子，"你真是看到了我最糟糕的一面，是吧？"

"不是这样啦，"阿丽克丝爽朗地说道，"我只是想更全面地了解你。"

"你和你那男朋友住在一起很久了吗？"马特一边拿起叉子一边问道。

"为什么问这个呢？"

"好奇。"他说。

"这不关你的事啊。"阿丽克丝回应道。

"我也这么觉得。"

"当然是这样。"

"我喜欢你。"他说道，然后微笑着看着她。

他们的眼睛对视了一下，阿丽克丝先把目光挪向了一边。

她也喜欢他。坐在桌子这儿跟他聊着天，她觉得他是一个很有意思的人，她也很愿意跟他这样聊着。他在雅纳电子公司只工作了几个月，以前他在美国和马来西亚工作过。

"我很幸运，"他对她说，"亚洲经济恶化的时候我想现在只要给我任何一个其他工作我都做。但不久我们在美国的母公司就把我调到加利福尼亚工作了。"

"能在不同的地方工作的感觉肯定很不错吧。"她说。

"是啊，很好的经历。但是最后你还是想回家啊。"

"为什么呀？"她问。

"我不知道，"他想了想这个问题，"可能是根在那儿的原因？我也不知道。但是有机会回家我是非常开心的。"

"那你不想念加利福尼亚或者是马来西亚吗？"

他摇了摇头。"几乎不想吧。"

她的手机响了，她站了起来。她接电话的时候，马特转过脸去。

"你跟我说如果三点半还没回来的话就给你打电话的，"珍妮说道，"现在已经三点半了，你玩得开心吗？"

"还不错。"阿丽克丝说。

"那你要回来吗？"

"我要回去啊，"阿丽克丝跟她说，"我四点半的时候还要和德累斯顿银行那个家伙见面呢。"

"德累斯顿银行哪个家伙啊？"珍妮问道，"你今天的日程上没有这个安排啊。哦！"她说，"有一个人要来见你。"

"你一下子就想到了，史密斯小姐。"阿丽克丝说，"我很快就回去。"她挂了电话，把手机放到了包里，"我要走了。"她对马特说。

"真遗憾啊，"他说，"和你一起聊天真的很开心。"

"我也是，"阿丽克丝说，"但是我现在真的要离开了。"

"我把你送到电梯那儿吧。"马特说。

"今天的午餐真的让人很愉快。"电梯门打开的时候她说道，"如果你有什么需要我们帮助的话，尽管跟我们说。"

"当然会了。"

电梯门开始关上的时候，马特突然又摁了一下按钮。当他走进电梯站在她旁边的时候，阿丽克丝惊讶地看着他。

"我去呼吸点儿新鲜空气，"他说，"我把你送到车那儿吧。你开车没问题吧？还是我给你叫一辆出租车？"

阿丽克丝摇了摇头说："我只是刚到的时候喝了一杯香槟而已。"她用手捂着嘴，打了个哈欠。"哦，对不起。"

"昨天晚上睡得很晚？"马特问。

"很晚。"

"你永远都是我最好的小姑娘。"她的父亲以前会让自己骑在他的脖子上。为什么以前她没能记起的事情现在会突然想起来呢？那时候她只有三岁，好像人都很难记得在三岁的时候都发生了什么事的。

电梯在一层停了下来，马特跟着她走出了电梯。

"再见，马特。"她伸出了手。

"再见。"他的握手有力而充满自信。

"下次交易的时候别忘了给我们打电话。"她说。

"不会忘的，但是我是和你联系还是和加文联系呢？"

"这有什么区别吗？"她问。

"我想没有吧，"马特说，"他很能干，我们在波特马诺克玩得很开心。"

阿丽克丝点了点头说："我相信那一天肯定很愉快。"

"是的。"马特说。

"我很高兴你能玩得开心。"她一边打开车门一边说。

"开车当心一点儿。"马特说。

"知道了。"她坐到车里，很敏捷地把车开走了。

马特看着她开着车跟着指示牌开上了主干道，他若有所思地揉了揉下巴。这个女孩是什么如此吸引他呢？她的外表？头脑？还是她跟另一个人住在一起的事实?

把她忘了吧,他对自己说,为了她而悲伤不值得。

很有魅力又没有什么心机,阿丽克丝想,但是我却不感兴趣。

第二十五章

这是几个星期以来,阿丽克丝第一次在第二天早上起床的时候没感到疲劳。她刚一醒来就下了床,拉开卧室的窗帘。天空湛蓝,万里无云,只有三千米高空留下的一道长长的白色的飞机尾迹。她站在窗台旁,好奇现在飞机上的乘客都会到哪里去。她希望是一些好玩的地方,而不是一些无聊的、刻板的地方,一定是人们会在那里过得很开心的地方。

她也需要重新开心起来。她以前去射击俱乐部的时候就很开心。保罗跟她住在一起的时候,周六的早上她大多数时候都会去那儿。她很想念锻炼的时光,她非常强烈地感觉到她需要立刻去锻炼。

她穿上了一条宽松棉质的运动裤和长袖 T 恤,还套上了她那长袖的运动衫。即使在最暖和的天气里,射击俱乐部里也很冷,因为它在山上,面朝北方。她把头发从脸上拨开,在后面系了一个很紧的小辫,这样就不会因为几小缕头发飘到眼前而使她分心了。好的,她想,准备好去战斗了。

射击俱乐部的停车场上已经停了好多车了。怎么这么多车呀,阿丽克丝锁上她的宝马车,朝射击房走去的时候想着。这儿一定有射击比赛吧,真是太糟糕了,她想。如果这儿在进行射击比赛的话,她可能会没有机会射击了。但现在她已经来这儿了,她真的特别想好好练练。

"你好,尼尔,"她走进俱乐部的那个小房间说道,"现在一切都还好吧?"

"阿丽克丝!"他朝她笑了笑,"我还以为你不练了呢。"

"我很忙呢。"

"你上一次在这儿的时候说过，你提到过要去巴黎、伦敦，还有国外一些其他的地方。"

"伦敦，国外？"她扬起了眉毛说道。

"可能不是国外吧，"他勉强地说，"但是是一些不一样的地方。"

"但是你说得没错，"她说，"我出了好几趟差，有很多事情要做，所以才没有时间来这儿。真是不好意思。"

"我不介意，"尼尔说，"不过今天早上你对枪的感觉可能会有点儿陌生哦。"

"我没想到今天有比赛的。"她说。

"你也想参加进来吗？"

"还有我的位置吗？"

"当然。但是我要警告你，达伦·舍洛克也参加比赛哦，这对你来说可能会是一场很艰难的比赛。"

她耸了耸肩。"比赛不在乎胜负，重在参与嘛。"

"哦，阿丽克丝，"尼尔笑了笑说道，"你清楚地知道对你而言，胜利总是很重要的。"

他当然是正确的。她拿着她的弹药，向外面走去。胜利是很重要的，如果自己都认为自己没有机会的话，那比赛还有什么意义呢？

"嘿，阿丽克丝，"达伦站在了她的旁边，"好久没有看见你啦。"

"太忙了。"她简洁地说，"我相信你今天肯定会赢。"

他笑了笑。"他们总说我会赢，这给了我很大的压力啊。"

"你不会从我这儿得到什么压力的。"她跟他说。

"你应该练得更久的。"达伦说。

她摇了摇头说："我很喜欢射击，也想赢，但是我没有时间啊。"

"真是遗憾，"他说，"你真的能做得很好的。"

"我敢打赌你跟所有的女孩子都是这么说的。"她开玩笑地说。而达伦则是一阵脸红。

阿丽克丝看着他走进了俱乐部，她笑了笑。她喜欢达伦，他只有十九岁，但是射击技术已经非常棒了，他梦想着有一天能参加奥运会。

她是第一批进行射击的。她塞上了耳塞，采用卧倒的姿势，瞄准了靶心。她的呼吸逐渐放缓，进入到一个稳定的节奏中，心中什么也不去想。她这几个星期一直梦到的面孔此刻也全被抛到九霄云外了，她心中只有自己、枪和靶子。

她的第一枪有点儿高，还有点儿往左偏了。她有些吃惊，调整了一下瞄准镜。第一组的五发子弹不计入比赛成绩，之后的四组才正式计入比赛成绩。比赛的满分是两百环，她的最好成绩是一百九十六环。她知道自己今天没有希望打败达伦·舍洛克，但是她想要跟他比试比试。瞄着自己第一个靶子的时候，她的呼吸逐渐放缓，也变得平稳起来。

尽管最近很少练习，但是她打得很好。当她完成所有四组比赛的时候，她估计自己应该能打到一百九十环左右，有几发子弹她不是很确定。

"你是怎么做到的啊？"达伦走回俱乐部的时候一边问着她，一边拿开他用来确定目标的吊挂点。

"你拿第一肯定没有问题的，"阿丽克丝跟他说，"除非你昨天晚上出去寻欢作乐了。"

"我倒想啊。"他说。

"安吉拉怎么样啊？"

达伦做了个鬼脸说道："阿丽克丝，我已经好几个星期没见到她了，我们决定都先冷静冷静。"

"哦，听到这个消息我很难过。"

"没有必要。"他面露喜色地说，"实话跟你说吧，我们以前对感情太投入了，她想知道我每一分、每一秒都在哪儿。现在这样稍微保持点儿距离挺好的。"

"但愿是这样吧。"阿丽克丝说。

她走到观测点，想看看其他选手的表现。为什么她不觉得这样稍微保持点儿距离有什么好处呢？为什么保罗还能够让她这么伤心呢？为什么她不能很好地从这段感情中走出来呢？

"爸爸！"她听到达伦喊道，达伦的父亲也是俱乐部的会员。

"嘿，达伦，你比完赛了吗？"

她仔细地看着他们。父子俩站在一起，讨论着事情，完全轻松自在的样子。他父亲说了什么，达伦在发笑，父亲也不停地拍着达伦的背部。阿丽克丝咬了咬牙。父亲对他来说是一个敏感的话题，她不想去想自己的父亲，她今天一整天已经成功地没去想他了，她不想让自己的思绪又回到这个话题上来。

达伦以一百九十八环赢了比赛，托尼·里希以一百九十三环获得了第二名，阿丽克丝获得了第三名，成绩是一百九十一环。

"你想去喝点儿东西吗？"尼尔问，"我们打算沿着大街去找一家酒吧。"

她摇了摇头说："我不去了，我还有事情要做。"

"你真的没事吧，阿丽克丝？"他问，"你看上去——哦，我也不知道，反正今天一天都不像你。"

"那我应该是什么样的呢？"她轻轻地问道。

"我不知道。"尼尔承认道。

"你想象力真是够丰富的啊，"她说，"我没事，我只是没有时间去喝一杯而已，就是这样。"

"没问题。"尼尔轻松地说，"希望你能经常来啊。"

"会的。"阿丽克丝说，"今天我过得很开心。"

与射击俱乐部的嘈杂喧闹相对照，她的公寓安静得好像有些不自然。我应该跟他们一起去喝点儿的，翻着《爱尔兰时报》的时候阿丽克丝想，我现在完全变成一个宅在家里的人了。

电话铃响了，她站了起来。

"喂，你好。"她说。

"嘿，阿丽克丝，你还好吗？"

"我还不错，薇安。"阿丽克丝把报纸放到了一边，"你怎么样？"

"我很好啊。我早些时候给你打电话了，但是没人接。"

"不好意思，"阿丽克丝说，"我忘了把电话打开了。"

"我很担心你。"

"担心？"

"就你一个人，我想可能——好吧，我也不知道我到底在想什么。"

"哦，薇安，别这么傻了，"阿丽克丝干脆地说道，"你到底在想我怎么着了？"

"我只是想你可能会很苦恼。"

"好吧，我没有。"阿丽克丝说，"你呢？"

"我当然苦恼啦。"薇安说，"我不理解你，阿丽克丝，你好像对生活中重要的事情都不屑一顾，就好像它们都没有任何意义一样。"

"你到底在讲些什么？"阿丽克丝质问道。

"爸爸的事情，保罗的事情，好像什么事都不能让你感到苦恼。"

阿丽克丝几乎快大声地笑了出来。我亲爱的姐姐当然没有看到我跟踪保罗的车，她当然也不会知道我敲他的门，让报警器都响个不停之后我钻到车里躲起来的样子，她想。"这些事情当然让我很苦恼，"她跟薇安说，"但我可以很快就摆脱了。"她感觉她应该用手指在胸前画个十字。

"我不知道你如何能如此简单地把爸爸从你的生活中抹去。"薇安说。

"就像他曾经那么简单地对我们一样，"阿丽克丝跟她说道，"跟他没有任何关系就不会让我苦恼了。"

"那伊莫金和凯特呢？"

"怎么对待她们？"阿丽克丝问，"她们不来打扰我，我也不会去打扰她们。就这么简单。"

薇安叹了口气说："我没法把这些事情从脑海里忘掉，阿丽克丝。"

"别，"阿丽克丝说，"不要只是因为我能你就抱怨。"

"我想我们不一样啊。"

"是的，"阿丽克丝说，"这样挺好的。"

"还有一件事我想问你。"薇安说。

阿丽克丝皱了一下眉头，这次跟姐姐的谈话她感觉很不自在。"什么？"她问。

"你今晚有时间过来照看一下孩子吗？"

"你太卑鄙了，薇安·米歇尔，"阿丽克丝笑着说，"你打电话过来，假装很关心我的样子，其实你只是想看看我有没有时间去给你照看孩子啊！"

"不是这样的。"薇安争辩道。

"哦，还不是？"阿丽克丝轻声地笑道，"好吧。但是我会过去的，七点钟怎么样？"

"太好了。"薇安轻松地说道。

"那到时候见吧。"阿丽克丝放下了电话，又拿起了报纸。

她看完报纸上的休闲版和填字游戏，然后走进浴室，想看看她买的染发膏。染发膏是红褐色的，与她的发色很接近。她打开了盒子，阅读使用说明书。当她还是个小孩子的时候，她总是喜欢胡乱地涂抹颜料。她用了小时候涂鸦的方式，将那些管子、瓶子中的染料胡乱混在一起抹到头发上。她希望她们到时候能说她头发的颜色不是现在她调的这种乱七八糟的紫色。她看着表，盘算着染发膏要等上二十分钟才产生效果。

　　还剩一分钟的时候电话响了。

　　"浑蛋。"她一边擦着沾在耳朵上的染发膏，一边大声地说着，然后拿起了电话，"喂，你好。"

　　"你好，阿丽克丝。"

　　她感觉自己僵在了那里，什么话也说不出来。

　　"阿丽克丝，你还在吗？"

　　"在，在，我在这儿。你现在好吗，保罗？"

　　"很好。"他高兴地说道，"你呢？"

　　"我也挺好的。"

　　"那太好了。"

　　她等着他说话。她想要跟他说话，很急切地想要跟他说话，想看看他为什么打电话过来。但是她就是等在那里。

　　"你很可能想知道我为什么给你打电话。"保罗说。

　　"是的。"她说。

　　"我希望你不要介意。"

　　"我为什么要介意呢？"

　　"我只是想问问你能不能帮我个忙。"

　　"帮忙？"她重复道。

　　"我真的非常感激，"他说，"好像你以前做过。"

　　"做过什么？"她疑惑地问道。

　　"上电视。"

　　"上电视？你想让我去上电视？"

　　"是一个关于成功女性的节目，"保罗说，"这正适合你做，阿丽克丝，你知道你是很善于被采访的。"

　　"关于什么样的成功女性啊？"阿丽克丝有点不悦地问道。

　　"你看，这就是他们想知道的，"保罗说，"风趣，讽刺，再加上一点带着温情的挖苦。"

　　"温情！"

　　"哦，阿丽克丝，看在我们交情的分上，你就答应我吧。"

"什么样的安排？"她问，"他们想要谈论什么？"

"事业，"保罗解释道，"这个系列是关于女性的事业的，或者说是成功女性的事业。这个系列想找的角色并不是那种传统的女性，但是她们在以男性为主导的领域里也很成功，比如说金融领域，或者工程领域。我们已经找了一个很出色的工程师，名字叫做阿娜斯塔西娅·莫兰。是不是在你听来一个叫做阿娜斯塔西娅的人根本不像是一个工程师？我们还找了一个开货运公司的女性，她以前是开铰接式货车的。还有一个是飞行教官。这跟以前的那些枯燥无趣的人不一样，阿丽克丝，她们都是非常优秀的女性。"

"其实，我就是那种枯燥无趣的。"她说。

"好吧，我想也是。"

"谢谢你这安慰的话啊。"

"那你怎么想？你想做这个节目吗？"

"什么节目？"她问。

"一个新的节目，二十分钟的采访，受访者每次都不同。"他说，"很不走运，这次采访者不是我，我还没有资格坐在摄像机前面呢。"

"如果你想这么做的话，我相信你肯定能做到的。"阿丽克丝平静地说。

"或许吧。"保罗说，"跟你说实话吧，我不确定我想要什么。"

他开心吗？她想问他。听上去他对工作很满意。他来找她帮忙，但是她确信他并不愿意这样。他在家里开心吗？或者他对家庭幸福的追求已经不复存在了？他会不会突然意识到工作会更加的充实？

"什么时候？"她问。

"很快，"他说，"我们在年底的时候会播出这档节目。"

"问的问题都是关于工作的吗？"

"差不多都是这样的，"保罗跟她说，"你看，比如说如何跟男人们一起工作啊，如何忍受他们的骚扰啊之类的。"

"我没有被骚扰过，"她跟他说，"除了被你骚扰过，你找东西吃的时候。"

他笑了笑。"人们都很怕烦你。"他说，"我没烦过你，阿丽克丝，我太怕你了。"

"我才不相信呢。"她说，"好吧，我愿意参加这个访谈。他们想要在哪儿采访呢？"

"我还不确定，"保罗说，"我会再跟你联系的。"

"好的。"

"阿丽克丝——谢谢你。"

"随时效劳。"她说。

她很高兴他能来邀请她，他可能会觉得萨拜因是一个成功的搞艺术的人，擅长于室内设计的那种，但是很显然她并不足够成功。很可能她在马拉海德的房子里转来转去的时候，金发碧眼的样子可爱而美丽，但是当保罗想做一个关于成功女人的节目的时候，她就不那么好了。他会来找她的，他会回到自己的身边的。她笑了笑，靠在了椅子上。她突然想起了自己头发的颜色。

刚才她忘形了。她用纸巾擦拭靠垫上的印痕，那儿留下了混杂的紫色与橙色的印迹，看上去很有趣。

"糟糕！"她跑进了浴室。跟保罗的谈话，以及事后想着保罗，让她完全忘记了自己的日程安排。这时候她的头发已经变得很可笑了。她用清水洗掉了染发膏，然后又吹干了头发。

还好，可能颜色只是比她期待的那样要稍微紫一点，但是重要的是所有灰白的头发都已经看不出来了，头发在高亮度的浴室灯光下闪闪发光。她看上去很不错，她想，精神好，身体好，生活也正常了。可能所有的事情最后都会变好吧。

阿丽克丝刚要按门铃，薇安就把门打开了。她看上去很疲惫，尽管她装扮了一番，也化上了比平时更浓的妆。

"我看到车停在那儿了。"薇安解释道。

"你要去哪里消遣啊？"阿丽克丝把她那件亚麻布夹克挂在衣架上，问道。

"特里要带我出去吃饭，"薇安一边把阿丽克丝领进厨房一边说道，"我想他觉得带我出去一趟可能会让我感觉好一些。"她轻轻地笑了笑说道，"好像我将整天就待在家里，再也去不了哪里似的。"

"他很可能认为你们出去走走，你就不会想着约翰和卡莉的事情了。"阿丽克丝说。

"可能吧。"薇安坐在早餐桌旁的凳子上说，"但是说实话，我真的不大喜欢这样，阿丽克丝。他不应该因为这个带我出去的。我知道他可能会担心，因为我很苦恼——我还是很苦恼，但他真是想得太多了。"

"他担心你啊，"阿丽克丝坐在她旁边说道，"我觉得他这样做挺好的。"

"你跟卡莉联系了吗？"

阿丽克丝摇了摇头。"我想打电话来着，但我不知道要说什么。我不想见到他，所以我不知道还有什么其他事情要跟她说。你联系她了吗？"

"当然了。"薇安说，"但是，阿丽克丝，我打电话给她要比你多，她挺好的。"

"我猜她也挺好的，"阿丽克丝说，"毕竟，她自始至终一直都知道，只有你和我像傻子一样。"

"我跟她这么说了，"薇安说道，"我对她这样做很生气。我跟她说她应该在这之前就把所有事情都告诉我们的，还跟她说跟我们隐藏这些对我们是不公平的。"

"她说什么了？"

"她说她想保护我们。"

"真是胡说八道，"阿丽克丝用手拍着桌子说，"用什么方式保护我们啊？"

"我猜她是怕我们感情上受到伤害吧。"

"那她觉得这样的方法就很好吗？饶了我吧。"阿丽克丝看上去很厌恶的样子。

"这不是她的错。"薇安语气强烈地说。

"我知道，我知道。我不是想责怪她还是怎么的，但是我不赞同她那种我们都要尽释前嫌的愿望。"

"你认为这就是她想要的？"

"我没看出来，"阿丽克丝说，"但是我觉得在这之前不把所有事情都告诉我们，她感觉很糟糕。所以她想让我们做些让她感觉好一些的事情。"

"但是我看不出来让我们跟爸爸见面她就能感觉好一些。"

阿丽克丝耸了耸肩。"你比我了解她，薇安，你总是跟她更亲近，你能明白她的。"

薇安没说话。

"你还想见他吗？"阿丽克丝最后问道。

"我想我要见他，"薇安说，"我想我们有义务这么做。"

"随便你吧。"阿丽克丝说，"我不介意你是不是见他，但是我不会见他的，我已经决定了。"

"为什么呢？"

"就是不想见他，"阿丽克丝固执地说道，"我对见他不感兴趣，不管去见他能让卡莉开心还是让你开心。"

"我觉得你作了一个错误的决定。"薇安说。

"我不这么认为。"阿丽克丝说。

特里带着薇安到"雅各布天梯"餐厅吃饭，他们坐在靠窗的位置，看着拥挤的人群匆忙地穿行在城市的大街上。

"她不会去见他。"薇安突然说道。

特里把盛有波恩啤酒的杯子放回到桌子上。"为什么呢？"

"她说她对见他不感兴趣。"

"那样的话你做什么都没用了，薇安。"

"但是她是他的女儿呀，他是我们的父亲啊！这当然意味着什么。"

"那也不是绝对的。"特里说。

"但对我来说是。"薇安的眼睛明亮了起来。

"但你没法让她去见他呀，"特里对她说，"而且你也不应该尝试去这么做。"

"我明白，"薇安叹了口气，"我只是想要做正确的事情。"

"可能你是对的，也可能不是，"特里伸手握着她的手，"人们都有自己的想法，薇安，对你来说是正确的事情可能对你妹妹来说并不是那样。"

"我为她感到担心。"薇安说。

"天啊！你有什么必要为阿丽克丝担心呢？"

"因为她现在一个人，因为她很孤单，因为她有一份棘手的工作，而且有时候她把工作看得太重了。"

"保罗怎么样了？"

薇安摇了摇头。"我看不到一点儿他们和好的迹象，他正跟那个法国婊子住在一起。"

"薇安！"

"好了，"薇安生气地说，"他们在一起是因为一次去巴黎的商务旅行，那个女孩很可能是自己投怀送抱的。"

"有一点主观臆断了，你不觉得吗？"

薇安摇了摇头。"法国人的想法跟别人的不一样。"

"薇安，你现在真的变得特别心胸狭窄了，这样真是不对的。那个法国女孩不会比任何一个爱尔兰女孩更愿意对他投怀送抱的，美国女孩也不会，英国女孩也不会。更可能的情况是，他因为听阿丽克丝整天叽里咕噜地说着交易和期权而感到心烦，所以主动去勾搭那个女孩。她叫什么名字来着？"

"萨拜因。"薇安哼着鼻子说道。

"如果他们感情好的话，即使有很多个萨拜因在房间里也不会有什么问题的。"特里说，"让她们排着队走到这儿来，我也只会看着你，而不会看她们一眼的。"

"哦，特里。"薇安微笑着看了看他。

"不要过于担心了，"他说，"你想想见你爸爸的时候都要做些什么，让卡莉解决她自己的问题，让阿丽克丝自己作决定吧，你不要什么事都揽着。"

"你说得对，"薇安开始在小圆面包上涂黄油，"但我有时候控制不住。"

"你知道吗，你跟阿丽克丝非常的像，"特里若有所思地说道，"你们两个对想从生活中得到什么都有着固定的想法，你们两个都想让事情像你们计划的那样进展。"

"我才没有阿丽克丝那么坏呢！"薇安惊恐地看着丈夫，而他则大笑着。

"是不一样，"他靠过去，吻着她的额头，"你是独一无二的，薇安，我爱你。"

阿丽克丝坐在孩子们的卧室里，给奥伊菲和内萨读着伊妮德·布莱顿[1]的童话故事。她希望两个小女该能睡觉，但是她们精力充沛，满屋子跑着捉迷藏，还会因为很小的事情相互打起来。当她最后终于把她们哄到床上的时候，她们还嚷着要听故事，听了一个又要求另一个。现在内萨终于闭上了眼睛，而奥伊菲还没有完全睡着。

我们以前也像这样吗？阿丽克丝想，我们也像这样大喊大叫，还相互打架，给卡莉带去那么多痛苦吗？她记不起来了。她记得卡莉会偶尔大声地呵斥她。她记得她把薇安的眼睛给打青了（那是薇安抢着玩她的魔毡的时候）。但是她记不得快睡觉的时候绕着屋子乱跑了；或者是躲在沙发后面不出来；或者是紧紧地抓着椅子，让妈妈不得不一个一个掰开她的手指。

---

[1] 笔名是玛丽·波洛克，英国著名儿童文学作家。——译者注

但是当奥伊菲终于也闭上眼睛的时候，她想，她们很可能也都做过这些事吧。只是时间会改变你对它们的看法。

第二十六章

　　今天是交易室很忙碌的一天，阿丽克丝正打算跟加文·唐纳利争吵一番，这些倒让她觉得很舒服。对于阿丽克丝来说，过去的几天，她的脑子里充斥着太多情感因素的东西。每当她试着把父亲的事情抛到一边的时候，薇安就会给她打电话求着她去见一见他。当她终于不再纠结于这两难的境地的时候，她又想着保罗以及那个电视采访。

　　她情不自禁地希望他能叫她去参加那个节目，那样她又与他靠得更近了。她试着告诉自己错了，但是她的确不这么认为。他说话的语气是那么的不一样，友好又关心，而不是简单的礼貌。她觉得如果自己真的想的话，她就能让他回到自己的身边，她只是需要一个合适的时机。

　　但是现在不管是约翰还是保罗都不是她最先想的。她要处理的事情是加文出去跟尼尔·马修斯吃饭，却没有达成交易。他三点钟的时候才回来，之前没有人知道这笔交易到底怎么样了。他回来的时候非常幽默地说——消费了一瓶解百纳红葡萄酒。另外，更糟的是，因为加文没有达成交易，没有人知道他已经持有了过多的美元，珍妮便又买入了一些。

　　很不寻常地，这并没有让他们赔钱。通常情况下，如果一笔交易不恰当或者是被忽视了，他们总会因此损失一些钱的。但是外汇交易市场很平静，美元也很稳定，所以对他们并没有产生什么影响。

　　所以阿丽克丝这样严厉地责备加文好像也没有什么道理。

　　"我已经说了对不起了，"加文固执地说道，"我是做错了，但是任何人都可能犯这样的错误的。"

"不，他们不会这样，"阿丽克丝反驳道，"你是唯一一个对自己的交易如此粗心大意的，你还能记起谁像你这样所谓的忘记交易呢？"

加文叹着气。"你这次就饶了我吧，阿丽克丝。我很努力地工作，我为公司作了贡献，没有必要把我当成一个孩子。"

"我没把你当成一个孩子，"她说，"我只是想告诉你如果每个人出去都这样粗心，不想想自己做了什么的话，那我们就会损失很多钱。"

"但是，嘿，我们什么也没损失，不是吗？"他面带微笑地跟她说，"现在我们已经没事了。很幸运。我知道幸运要比聪明更好，你不这么觉得吗？"

她咬了咬牙说道："加文，我必须要告诉你，你的态度让我很不舒服。不仅是这个，你也显得很不职业。现在，我告诉你我需要你改进，以后应当多注意一点，减少午饭喝酒的频率，下午也不要去打高尔夫球，好好地回来工作。"

"德斯跟我说让我带客户打高尔夫的。"加文有些挑衅地说。

"可能他跟你那么说了，"阿丽克丝说，"不过我告诉你要减少这样的活动。"

"你怎么知道他也会这样想呢？"加文问。

"加文，我不考虑他是怎么想的，"阿丽克丝说，"我是你的经理，我告诉你我是怎么想的，好吗？"

他耸了耸肩。"随你便。"

"会的。"她说。她站了起来，朝门口走去。"如果你们想找我的话，我会在会计部。"

她走出了交易室，关上门的时候她缓缓地呼着气。她的身体在颤抖。这个小浑蛋，她想，还说什么德斯跟他说让他带着客户出去打高尔夫，我要杀了他。我要杀了他，我要杀了德斯，还要杀了那个现在肯定已经笑得前仰后合的戴夫·布赖恩特。

她沿着走廊走进女士洗手间，她需要冷静一会儿。她讨厌训斥任何人，只有迫不得已她才会这么做，而之后她就会有筋疲力尽的感觉。她想，可能这就是为什么男人被认为更善于办公室政治的肉搏战了，他们不介意相互大喊大叫。

当她终于平静下来之后，她去与琳达·克罗森见面。当阿丽克丝走到她的办公室的时候，这个会计师正在仔细查看一堆报告。

"嘿，"琳达把文件放到了一旁，"我能为你做点儿什么呢？"

"不用，"阿丽克丝说，"我只是想找个地方避难。"

"避难？"

阿丽克丝叹着气。"我需要一点安宁和清静。我刚才因为加文·唐纳利没有用心做一笔交易就对他大吼了，我没法待在那儿。"

"你不喜欢他，是吗？"琳达问。

"这并不是喜欢或者不喜欢的问题。"阿丽克丝回答道，"你为什么觉得我不喜欢他呢？"

"大家都知道的事。"琳达说道。

"大家都知道的事？"

"是啊。"琳达耸了耸肩，"你知道大家都是怎么说的吗？他们都说你跟加文相处得不好。"

"为什么大家认为我们相处得不好呢？"阿丽克丝问。

"因为大家都觉得他是那么的才华横溢。"琳达笑着对她说。

"天哪！"

"他们就是这么说的。"琳达说。

"他很好，这我承认。但是说才华横溢？是谁传播开来他才华横溢的？"

"不知道，"琳达说，"很可能是他自吹自擂的吧。但是我确实听过结算部的那帮家伙们这样说过。"

"他们怎么会知道呢？"阿丽克丝擦了擦额头。

"你听到过吗？"琳达同情地问道。

"听过一点儿吧。"阿丽克丝叹着气，"有时候我不知道为什么我会遇到这些事，琳达。有时候我会想如果不用去担心办公室政治，把工作还有这些乱七八糟的事情都放到一边，那样的话也挺好的。"

"那你会做什么呢？"琳达问，"我无法想象你会成为整天待在家里那种类型的人。"

"或许我会成为那种整天待在家里的类型呢。"阿丽克丝说。

"至少你不用担心你的工作，"琳达说，"你上个月的业绩很好。"

"但不是最好的。"阿丽克丝说。

"并不需要成为最好的，"琳达跟她说，"只要能达成目标就行。"

当她在走廊上走着的时候遇到了德斯·科伊尔。

"嘿，阿丽克丝。"他微笑着跟她打招呼。

"嘿，德斯。"

"挣钱了？"

"是的。"她说。

"太好了。"他站在她面前，不让她走。

"你在找我吗？"她问。

"找你？"

"看上去你好像找我有什么事。"她说。

"哦，好吧。是的，有那么点儿。"

"有那么点儿？"

"到我办公室来。"德斯说。

她跟着他到了办公室，高跟鞋踩在厚厚的蓝色地毯上。她坐在访客的皮革座椅上。

"有什么事吗？"她问道。

德斯胡乱地拨弄着他那支万宝龙钢笔的笔帽。"我有一天跟盖伊·德库尔塞勒谈了谈，"他对她说道，"盖伊非常的想你。"

"真的吗？"她淡淡地问道。

"呃，是的，真的。"德斯抬起头看了看她，"他对你有很高的评价，阿丽克丝。"

"太好了。"她嘀咕道。

"他还跟我说他们正在找人去巴黎。"

她挺直地坐在椅子上。"哦？"

"是的，他们想找有经验的、得到很高评价的人。"

"然后呢？"

"他提到了你的名字。"

"是吗？"

"是的，"德斯说，"完全是这样。盖伊问我交易部有没有很有才能的人，我就很自然地说了阿丽克丝·卡拉汉。"

"真的吗？"

"是的，他觉得如果你能在巴黎的话那会是一个很不错的主意。"

"他这么说了？"

"所以我跟他说我要先问问你，毕竟这是一个很好的机会。"

"去做什么？"阿丽克丝问。

德斯盯着她说："到那儿工作，在交易部，在巴黎啊。"

"做什么呢？"

"呃，当然是交易员啊。"

"什么头衔？"

"我们没讨论头衔的问题。"德斯跟她说。

"那这个职位有多高？"

"非常高。"德斯说。

"做盖伊的工作吗？"阿丽克丝问。

"我不知道，"德斯说，"我没有问，但是他也没有暗示说……"

"那么你认为他不是想聘用人去做他的工作了。"

德斯犹犹豫豫地看着她。

"除非是向上升职，否则去巴黎对我来说没有任何意义，不是吗？"她问道，"做乔治斯的工作可以认为是升职了，因为有差不多二十个人在给他工作。做盖伊的工作也是一种升职，因为他是欧洲交易总部的头儿。除此之外，任何一个工作对我来说都是一种退步，不是吗？"

"别那么傻了，"德斯说，"巴黎那儿是多么大的一个机构呀，站在他们交易部的任何一个角落都会让人兴奋不已，不是吗？"

"你这样想吗？"阿丽克丝问道，"我会有自己的员工吗？"

"我——不知道。"德斯说。

"如果盖伊跟你谈了这个的话，那你肯定会知道。"

"我们只是谈了关于调动的事情。"德斯说。

"你不知道这工作到底是什么样子就认为我适合去做这个工作，是这样吗？"阿丽克丝的眼睛放着光芒，看上去很可怕。

"不是这样的，"德斯说，"我只是想可能你想要有所改变，让你不因为保罗还有其他的事情而苦恼。"

"因为保罗而苦恼，"阿丽克丝缓缓地说，"因为保罗而苦恼什么呢？"

德斯看上去很不自然。"我听说他离开你了。"

电话铃响了，他们俩都吓了一跳。德斯接了电话。"我过一会儿给你回电话，艾琳。"他回答着秘书的留言,"谢谢。"

"我和保罗已经不在一起了是事实,"阿丽克丝说,"但是这真的不意味着我就想逃到巴黎去。"

"这不是逃离,"德斯争辩道,"只是一个改变的机会。"

"哦,我明白了,"阿丽克丝说,"我没有意识到是这样,我刚才以为你是想试图辞掉我的工作。"她温柔地微笑着,"对不起,德斯,我误解你的意图了。"

"当然,如果你不想去……"

"你知道吗,我认为我不想去,"阿丽克丝说,"我非常喜欢在这儿工作。"

德斯拧上了他的笔帽。"你和每个人相处得怎么样?"他问。

"和每个人?"

"总体而言。"德斯说。

"很好啊,"阿丽克丝对他说,"非常的不错,好得不能再好了。"

"太好了,"德斯说,"好啊,太好了。"

他们俩都沉默地坐在那儿,阿丽克丝没有看着他的脸,最后德斯站了起来。

"我最好——我要去跟约翰·科林斯谈点儿事,"他说,"你可能也需要回到办公室了。"

"是啊。"她说,"和你聊聊真好,德斯。"

"很好。同你聊天也是。"他说。

阿丽克丝走出了房间,朝楼上走去,她的心仍然怦怦直跳。他们想把我赶走,他们正密谋着把我赶走。我不会让他们得逞的,我不会让任何人把我从这个工作上赶走的。

"阿丽克丝,保罗的电话找你。"珍妮扬着眉毛,好奇地看着她的经理。

"谢谢。"阿丽克丝平静地说,然后接起了电话,"我是阿丽克丝。"

"你知道你这样说话,我总感觉是你要抽我。"保罗说。

"真的吗?"阿丽克丝说,"我可没意识到。"

"你这样接电话有点儿挑衅的意思。"

"你这么觉得吗?"

"当然了。"

"好吧,我倒不这么觉得。怎么啦?"

"没什么，"他说，"我只是想跟你说那个采访可能在下个星期。你觉得怎么样？"

"应该没问题啊。"阿丽克丝说。

"他们能在办公室采访你吗？"保罗问道。

"这里？哦，保罗，那样太尴尬了。"

"不会的，"他说，"很简单的。"

"我可不确定啊。"她对他说。

"我会让科林·威利斯给你打电话的，"保罗说，"他会为你把所有事情都安排妥当的。"

"我要为此做什么吗？"她问。

"没什么。"保罗跟她承诺道，"说实话，轻而易举的事情，阿丽克丝。"

她挂断电话的时候，珍妮紧紧地盯着她。

"怎么了？"阿丽克丝问，"你为什么像这样看着我？"

"怎么回事，"珍妮说，"他想怎么着？你们两个又好了？"

"也不完全是，"阿丽克丝说，"但我想我现在正掌握着这件事。"

交易部里很安静，其他人已经回家了。加文一心想待到最晚，阿丽克丝想：他要最后一个离开。但是她要坐在交易桌这儿，给客户打电话，浏览一些研究报告，直到他最后起身离开。当他走出门的时候，她会心地笑了笑。

加文才应该是那个去巴黎的人，如果盖伊·德库尔塞勒真的想要人过去的话。阿丽克丝非常确信这是德斯想象中的一个计划，因为他知道交易部里有些不和睦。她知道她这个职位的前任——一个叫托尼·奥康奈尔德家伙，就是因为和德斯有矛盾才离开这儿的。她不知道那件事谁对谁错，但是她知道当德斯不站在你这边的话，他就会很无情。她想知道他现在到底站在哪一边。

电话铃响了，她看了一眼手表。没有多少人会在晚上六点四十五的时候给交易员打电话的。

"我是阿丽克丝·卡拉汉。"她说。

"阿丽克丝？你好吗？我是马特·康纳利。"

"嘿，马特，你怎么这么晚了给我们打电话？"

"在纽约还很早。"他说。

"纽约应该是刚吃完午饭。"阿丽克丝跟他说,"你想做美元交易吗?"

"不,"马特说,"我不确定你还在办公室的。"

"你养成了这儿没人的时候打来电话的习惯吗?"阿丽克丝问。

他笑了笑。"不,不是。其实,我给你打电话是想邀请你参加我们组织的一个聚会。"

"另外一个?"

"我知道好像我们什么也没做,但是我们几个月前就安排好了。我之前并没有想叫你的——天知道是怎么回事,但这个活动正适合你,阿丽克丝。"

"真的吗?你激起我的好奇心了。"

"是一个陶土飞碟射击活动,"马特得意扬扬地说道,"在周六。应该会很好玩,我想你会乐意参加的。"

"陶土不是我的项目啊,"阿丽克丝对他说,"我是一个更喜欢玩纸的人吧。"

"纸?"

"靶子。"她解释道,"陶土是完全不同的。"

"但是你还是乐于参加的?"

"我——我想是吧。"

"那你会加入我们了?"

加文·唐纳利会崩溃的,她想。她明天会跟他说这事的,她会假装没事的样子把这件事跟他无意间提起,他肯定会很生气的。她笑了笑说:"好的,我愿意去。"

"太好了!"

"什么时候、什么地点啊?"阿丽克丝问。

"靠近草原的峡谷那儿,"马特说,"但是我们会安排交通的。"

"哦,没关系,我会开车去的。"阿丽克丝对他说。

"别开车了,"马特说,"我们会用直升机把大家带过去的。"

"什么?有多少人要去啊?"

"二十个左右吧。"马特说,"直升机会从火车站和克朗斯科加出发。火车站可能是离你最近的了。"

"你们这些有钱的家伙呀。"阿丽克丝笑着说。

"我们从动画片中挣了很多钱。"马特告诉她,"这个活动之前就安排好了,但现在可以当成是庆祝了。我们想这有利于表达我们的感激之情。"

"我没有给你做太多的事。"阿丽克丝说。

"你给了我们一些很好的建议,"马特说,"你还在外币的信用便利上帮助了我们。"

"其他人也都可以做这些的。"阿丽克丝说。

"但是是你做的啊。"

"你这些奉承的话说得真好啊,"阿丽克丝说,"你可以继续说。"

马特笑了笑。"周六下午四点,你觉得怎么样?"

"好啊,"她说,"我很期待。但是别指望我打得有多好。"

"你是我知道的练过射击的唯一的女性,"马特说,"你最好至少击中一个。"

"我会尽力的。"

"哦,之后还会有晚餐,"马特说,"你会在那儿吃,是吗?"

"我们打完枪肯定都会脏得要命,你到底要在哪儿举行晚餐啊?"

"在格伦维尤大酒店。你可以利用休闲中心的用品洗洗再换个衣服的,"马特告诉她,"这都安排好了。"

"我还能说什么呢?你好像都想全了。"

"这就是雅纳电子,"马特说,"我们会把所有的事情都考虑到的。"

"谢谢你邀请我。"阿丽克丝说。

"我很期待着见到你。"马特说。

在回家的路上她一直想着他。他肯定对她有想法,花,商务午餐邀请,社团活动邀请——他肯定被她所吸引。而且他很好,没那么复杂,还没有结婚。

她的想法让她感觉到一股寒意。马特·康纳利,三十多岁,还没有结婚。或许他在找一个人结婚,再生一个孩子。或许他跟保罗有完全一样的想法。或许他认为她是一个很好的赌注。

但是她想与保罗一起生活。他也有这样的想法吗?好吧,可能这并不让他烦恼。她把车停在了楼下空着的停车位里。她不想跟马特·康纳利发生什么,尤其是当她觉得保罗在时机成熟的时候就会回到她的身边时。

薇安给她打电话的时候她正在喝着热巧克力。

"嘿,"阿丽克丝说,"有什么消息吗?"

"我打算去见他。"薇安说。

"什么？"

"我打算去见他。"

阿丽克丝把杯子放在她面前的咖啡桌上。"你是说，我们的父亲？"

"还能有谁？"

"没其他人了，我想。"

"卡莉邀请他周六晚上一起吃饭，她问我是不是想去，我说是。"

"你为什么要在社交场合跟卡莉一起见他呢？"阿丽克丝问道，"你要是想见他的话，自己一个人去见他不是更好吗？"

"我不想一个人去见他，你又不愿意跟我一起。"薇安说。

"很有道理。"阿丽克丝说。

"你要跟我一起吗？"薇安问。

"不。"

"哦，阿丽克丝，天啊！见到他会对你有好处的。"

"不，不会的。"她说。

"求你了，阿丽克丝。"

"听着，薇安，我说了'不'了。不管怎样，卡莉没有邀请我，毕竟这是她的晚餐会。"

"她跟我说过让我告诉你的，"薇安说，"她当然想要你也去，阿丽克丝。"

"我不会去的。"阿丽克丝说。

薇安叹着气说："为什么不呢？"

"因为我不想去，因为叫我去的人应该是卡莉，还因为我周六晚上出去有事。"

"去哪儿？"薇安问。

"商务活动。"阿丽克丝答道。

"工作不值得你错过和爸爸的晚餐，大家都会理解的。"

"别开玩笑了，"阿丽克丝厉声道，"如果我想见那个男人的话，我肯定会有很多的机会的。我不相信过了这周六就再也见不着他了。其实哪个周六都无所谓，我根本不打算去见他。"

"你真是太固执了！"薇安哭着说，"你见他对你又有什么坏处呢？"

"我已经决定了，我就会坚持，"阿丽克丝说，"就是这样。"

"阿丽克丝，他是我们的父亲。"薇安用想要说服她的语气说道。

"我才不关心他是谁的父亲呢。"阿丽克丝严厉地说，"我不会去的，薇安，我不想再重复一遍了。"

电话再次响起的时候，她正在洗杯子。

"喂。"她说。

"你心情不好。"卡莉说。

"没有。"阿丽克丝说，"刚刚在电话里薇安想要说服我去你周六的晚餐会，我告诉她我不去，她还是想逼着我去。"

"我不会逼你的，"卡莉说，"但是我希望你能来。"

"我去不了，"阿丽克丝说，"我周六整天都得参加个商务活动，之后还会有一个晚宴，所以这完全不可能了。"

"你可以把生意上的事情给推了啊。"卡莉说。

"我不能。"阿丽克丝说。

"哦，阿丽克丝，你不能整个生活中都是这种苦涩的感觉，"卡莉对她说，"怨恨他，责怪他。"

"怨恨他能怎么样？"阿丽克丝问道，"责怪他又能怎么样？你们两个读过可怕的自立自强的书，不是吗？你们认为应该勇敢面对自己的感情。我不怨恨，也不责怪任何人，我只是想我自己的生活。"

卡莉沉默了一会儿。"你的生活怎么样呢？"她最后问道，"有其他人吗？"

先是保罗的形象出现在她的脑海中，立即又出现了马特·康纳利的形象。

"很多人啊，"她跟卡莉说，"都挺好的啊。"

"周六晚上七点，"她母亲说道，"你要是能来那真是太好了。"

"祝你们过得愉快，"阿丽克丝说，"但是我不会出现在那儿的。"

他在大街上追着她，她飞快地跑着。她跑得太快了，以至于都快被自己的脚给绊倒了。她向前伸出手臂，朝路旁的人们挥着手。当她穿过人行道的时候摔倒了，她感觉到自己摔倒了，她想哭，但是哭不出来。

她睁开了眼睛。是凌晨四点钟。

阿丽克丝把被子拉在了身上，又继续睡了。

第二十七章

阿丽克丝不知道要不要去参加陶土飞碟射击。她犹豫不决地站在房间的过道里，不知道要不要就待在家里。人们有时会不出现在这种社交场合的，任何事情都有可能让他们没去参加这样的活动。她可以周一的时候给马特打电话，向他道歉说突然发生了其他的事情了，他也会理解的。她不知道自己到底为什么对去参加这个活动这样的犹豫不决，尽管她只玩过一次陶土飞碟，但是她还是很喜欢的。但是——她叹了口气，她希望她能理解自己脑子中到底是怎么想的。

但是她又不能不出现，工作日的时候她还能推辞说工作上有些事，自己抽不开身，但是周六的时候自己就没什么借口了。而且马特知道她喜欢射击，这也是他为什么会邀请她的原因。

她拿起了夹袄和钥匙，她还是要去。如果她真的感到不自在的话，她就不再待在那儿等着吃晚餐，尽管她以防万一在包里带上了要换的衣服。

因为下午的天气很晴朗，阿丽克丝决定步行去车站。从她住的地方到车站大概需要半个小时的时间，但是这一路上还是让她感觉很愉快。利菲河的河水在阳光的照耀下闪闪发光，河水的味道也不像平日里那样让人觉得不舒服了。

当她到达车站的时候，已经有差不多十个人在那儿了。她一眼就从中认出了马特·康纳利——他高高的个子，金黄的头发，在人群中特别显眼。

"阿丽克丝！"他微笑着对她说，"我还以为你不来了呢。"

"我有点儿事耽搁了，"她谎称道，"但我不会不来的。"

"帕迪现在正准备把第一批人带走呢，"马特朝不远处那个手里拿着剪贴簿的小胡子男人点了点头，"你要在这儿等着第二批了。"

"没关系。"她说。

"我也是在第二批，"马特说，"我得确定不会有人落下。"

"好啊。"阿丽克丝说。

当马特和帕迪说话的时候，她站在人群的最边上。有一半的人朝那架等着他们的蓝色和银白色相间的直升机走去。

"很不错，是吧？"剩下的其中一个人问她。

"是的，"她说，"我很期待坐这个直升机。"

"你以前坐过吗？"那个男人问道。

"有一次旅行的时候坐过，"阿丽克丝说，"在加勒比海的小岛上。"是跟保罗一起，她心如刀割地想着。那是他们在一起的第一年，她得到了一大笔奖金，足够他们进行一趟梦幻假日旅行。他们乘船环绕巴哈马群岛，然后又乘坐直升机从空中俯瞰岛屿，那真是太棒了。

"我没坐过，"那个男人说，"我甚至都不是一个好的空中乘客，我不喜欢坐飞机。"

"这跟飞机还不一样，"阿丽克丝说，"你会喜欢的。"

"我很怀疑，"他沮丧地说，"但此时此刻这看上去是个不错的主意。"

阿丽克丝同情地微笑着。

"我的名字叫德莫特·多诺霍，"他说，"如果你想认识我的话。"

"如果我们掉下去的话，我们会一起掉下去的，德莫特，"她严肃地说道，"我们会在同一架飞机上。"

"这让我感到一些安慰。"他说，"你叫什么名字？"

"阿丽克丝·卡拉汉。我是一个交易员，我们银行负责雅纳电子公司的外汇交易业务。"

"真的吗？"德莫特很感兴趣地看着她，"那你以前玩过射击吗？"

"我玩过一些，"她谨慎地说，"但是没怎么玩过这种陶土飞靶。"

"我几个星期前玩过一次，"他对她说，"很好玩。我只击中了两个，但是当时把我的教练员吓得半死。还有，我的肩膀碰伤了，之后那段时间我几乎都抬不起胳膊来。"

"这就是我准备夹袄的原因。"阿丽克丝用下巴指了指她的背包，最上面整齐地叠放着她的夹袄，"枪击时产生的冲击力远比你想象的要强得多。"

他们同时将目光投向徐徐升起的直升机，直升机的翅膀在天空中发出咔嚓咔嚓的声音。

"你会感觉很好的。"阿丽克丝说。

马特·康纳利凑到了他们身边问道："都准备好了？"

"当然了，"德莫特满脸兴奋地看着他说，"我都等不及了。"

阿丽克丝几乎忘记了在直升机里面是多么嘈杂了。虽然人们可以用耳麦和别人交谈，但是几乎听不出来任何一个人在说什么。

在她身边坐着德莫特·多诺霍，他紧紧地抓住自己的椅子，双眼直直地盯着头顶。阿丽克丝一开始以为听到了他在祈祷，不过自己也不确定。她将头靠在窗户上向下看去，她喜欢坐在直升机上飞翔的感觉，简直比坐一般的飞机飞在三千英尺高空的感觉要真实多了。

没过多久他们就到达了靠近草原的峡谷。德莫特·多诺霍走出直升机的时候腰都快弯到了膝盖。"防止把我的头给削掉了。"他跟阿丽克丝说，"现在我们在这儿就安全了，我不想在地上再受什么伤。"

她朝他微笑着，她忍不住喜欢这个人。

"好了，各位，"马特召集了大家说道，"现在请跟我走。"

他大步走过长长的草地，来到一个长满树木的区域。阿丽克丝用手拍打着不时地围绕在他们周围的蚊子。

第一批的人已经在林中空地上一边等着他们，一边喝着罐装的可乐。

"我们想喝点儿啤酒，"其中一个人说道，"但是理查德不让我们在这儿喝。"理查德是教练员，一个矮胖健壮的男人，有着一双蓝色的眼睛和一张饱经风霜的脸。

"安全是最重要的，"理查德说，"射击的时候可不能喝酒。"

他开始跟他们说枪的情况、安全的重要并解释今天下午他们都要怎么做。阿丽克丝并没有完全用心听，她环顾着队伍里的其他人。他们都是男人，她并没有感到在一群男人中间有什么不自在，她已经习惯了。但是她还是不由自主地感觉到，唯一的一个女性站在他们中间还是会让他们觉得很拘束。如果只有男性或者只有女性，那大家的表现肯定和这种混搭下的完全不一样。如果她不在这儿的话，她很确定这帮男人在一起玩陶土飞靶射击时肯定都会很淫荡。

"好了，谁要第一个来？"理查德问。

"我。我来吧。"一个个子不高、红色头发、戴着眼镜的人说道。阿丽克丝记得在那次看电影的时候见过这个人。

"加油，安迪！"人群中有一个人喊道，"给他们好看！"

阿丽克丝看着安迪走上前去，战战兢兢地拿着枪。理查德帮他调整得稍微舒服了一点，然后发射了飞碟。阿丽克丝塞上了耳塞。

安迪扣动了扳机，但没有打中，橘黄色的飞碟毫发无损地掉落到地上。所有人都在大笑着，安迪的脸红得就跟他的头发一样。

"这可不像你们看起来的那么容易，"理查德说，"等轮到你们的时候就知道了。"

安迪想打中下一组飞碟来赢得更多的掌声，但是他又失败了。

"你会比这打得要好。"马特站在阿丽克丝的旁边说道。

她从耳朵里取出其中一个耳塞。"你说什么？"

"你会比这打得要好。"马特重复道。

"我可不敢打赌，"阿丽克丝说，"固定的靶子倒还好，这个就不确定了。"

"你肯定会表现得很好的。"马特胸有成竹地说着。

阿丽克丝希望自己能表现得好。她现在对自己来这儿的决定感到非常后悔了，她感觉到作为一个女人的压力都落到自己的身上了。她很想表现好，这样这帮家伙就会知道不管你是男人还是女人，你仍能够把事情做好。她不想让他们把自己看成一个没有责任感的、只是来凑数的人。在俱乐部里射击与这是不一样的，他们都是自己的朋友，而这些人都是其他生意上的人，在他们面前她真的特别想好好表现。

后来出场的三个人都打中了不同的环数，然后阿丽克丝走上前去。

"小姐，你以前玩过射击吗？"理查德友好地问道。

"是的，"她语气肯定地说，"但是没玩过飞碟。"

"那你打的都是什么？"他问。

"靶子，动物形状的靶子。"

"好的，"他说，"当然这个会不一样。你都用什么枪？"

"安舒茨步枪。"

"这枪很不错。"他说，"你今天会用伯莱塔，这是一把双管枪，我们用的是十二毫米的子弹。"

"好的。"阿丽克丝说。

269

"放轻松，好好打。"理查德说，"扣动扳机。"

"这些理论我都知道，"阿丽克丝说，"我只是没有实践过。"

她把子弹装上膛，把枪放到肩膀那儿。她试着尽可能有规律地呼吸着。

"发！"她喊道。

她打中了第一个的边缘，之后干净利索地打中了第二个。

"很好。"理查德说，"准备好了吗？"

"发！"她喊道。

这一组的两个飞碟她都打中了正中心。

"发！"她又喊道。

橘黄色的碎片落到了树丛中。

"天啊，"人群中有一个家伙低声地说道，"你不会想到她能打这么好，不是吗？"

"让我们来点儿更难的。"理查德说。

"发！"

又是两个飞碟飞出，又全都被打中了。

"发！"

当阿丽克丝又打中两个飞碟的时候，所有人都安安静静的。然后是下一组，又一组。

"打得真是太好了，"理查德说，"太棒了！"

她打开了弹夹，把枪交给了他。"我玩得很开心，谢谢你。"

她转过身的时候，整个人群都在为她鼓掌。她朝他们笑了笑说："谢谢。"

"当你说你玩过射击的时候我还完全没有意识到那意味着什么，"当她走到树下她自己的座位的时候，马特跟她说，"我还一直在想你可能会打不中呢。"

"我很幸运。"她说道，"通常情况下我都会打丢的。"

"你从来没想过要往职业方向发展？"他问。

"我的身体已经不允许了，"她揉了揉自己的肩膀说，"真的很累。"

"你让我们都颜面扫地了，"马特说，"你把所有人的自信心都给浇灭了。"

她笑了笑说："我表示怀疑。"

但是没有任何人能够接近阿丽克丝的成绩。

"我比其他人打得要好也是合情合理的，"当马特只打中了三个飞碟走回来的时候她对他说，"毕竟我是有经验的嘛。"

"这些家伙大多数都打过飞碟，"马特说，"这是我为什么邀请他们的原因。"

"这不一样，"阿丽克丝说，"偶尔打打跟俱乐部的会员是不一样的。"

"为什么你还给我们找借口呀？"他问，"你就是打得更好嘛。"

她做了个鬼脸说："我很幸运。"

她坐在休闲中心的桑拿房里蒸着桑拿浴，让自己放松下来。她很享受下午的时光，享受自己能够做到最好，让所有人都羡慕她的技术。她不再说这是因为自己对射击有一些经验，而是任由他们表扬自己，这让她感到非常非常的满足。

汗滴从她的前额流淌到鼻子，她舀了更多的水浇到炉子里，陶醉在那滋滋作响的蒸汽中。

之后她站在淋浴喷头那里，将全身涂上卡莉的一种按摩精油。想到卡莉、约翰和薇安那天晚上在一起吃晚餐，她突然觉得很不舒服。

她关上了淋浴喷头，用一条白色的毛巾擦着全身。他们会期待着她露面吗？即使她说了不去，但卡莉会给她留一个位子吗？她用力地擦着自己的头发。他怎么敢回来呢？他现在跟伊莫金在一起，又是凯特的父亲，他怎么还敢试图趁机走进他们的生活呢？他怎么能重新面对卡莉和薇安呢？尤其是他是来求情的，求着和卡莉离婚，还求着她们能原谅他。如果他来求她的话，那他真是求错人了。在她三岁的时候她是那么的无忧无虑，一切看来都很完美，爸爸、妈妈、姐姐。但是他破坏了一切，他离开了她们，跟一个怀着他孩子的女人走了。

她咬着嘴唇，直到她感到一股咸咸的鲜血的味道。

她离开桑拿房，快速地游了个泳，冲了个淋浴之后穿好了衣服。她穿着黑色的贾斯珀·康兰的裙子，上面是一件淡灰色的羊绒毛衣。她没有把头发扎起来，而是将它们挽在头上，用一个银色的夹子固定住。

"阿丽克丝，你看起来很漂亮！"马特走进酒吧的时候微笑着对她说。

"谢谢。"

"你想喝点儿什么？"

"最好是啤酒吧。"她说。

"你喝啤酒有点儿太可爱了，"他说，"我感觉好像你应该来点儿鸡尾酒。尽管我不想跟一个在五步远的地方可以打中飞碟的女孩去争辩。"

她咧着嘴笑着对他说："我渴了。"

"请坐吧，阿丽克丝。"布莱恩·多兰，另外一个客人，给她推过来一个高脚凳。

"谢谢。"

"阿丽克丝，你多久去练一次射击？"皮特·摩根问她。

"我以前都是一个星期去一次，"她对他说，"但很不幸，最近几个星期没以前那么频繁了。"

"你都射击什么呢？"

她跟他们又说了一遍，而他们都站在四周听着。

"幸好我的妻子没有枪，"帕特·赖利说道，"要不我现在早死了。"

其他人都大笑着。

"你呢，阿丽克丝？"德莫特问，"是不是有位卡拉汉先生①啊？"

她摇了摇头。

"年轻，经济上独立，单身，枪打得还这么好，"帕特说，"真是多才多艺、令人陶醉啊。"

"但是有个人。"马特插了一句。

她看了他一眼。"有一个——以前——叫'神探亨特'②。"她对他说。

"现在还是以前？"他问。

她喝了一口啤酒。"我现在也不确定。"

"天啊，希望他不要对你做什么坏事。"德莫特说，"我是说，阿丽克丝，实话实说，谁想让你讨厌他们呢？他会在以后的日子里走到哪儿都战战兢兢的。"

"我可没那么坏啊！"阿丽克丝笑着说。

"都一样，"德莫特向他眨了眨眼，"最好能以防万一。"

又过了一小时，他们开始吃晚餐了。阿丽克丝喝了三瓶啤酒，有种头晕目眩的感觉。她看了看表，现在是八点半。

他们在卡莉房子里的晚餐也应该开始了，阿丽克丝知道她妈妈会做什么菜。蒜香欧芹烤全羊。欧芹有益于增强记忆力，卡莉经常这么说。大蒜也有益于增强记忆力，阿丽克丝总是会笑出来。

约翰会跟她们说什么呢？说他从来就不想伤害她们，说他总是很关心她们，还是说他很想回来看她们，但是事情并没有像他想的那样实现？

---

① 卡拉汉是英国电影中的一个著名侦探。——译者注

② "神探亨特"为美国电视连续剧《神探亨特》中的主角。此处趣指保罗·亨特。——译者注

"打扰了，女士。"一个女服务员把开胃菜熏三文鱼放在了她的面前。

"谢谢。"

卡莉会做奶酪蛋奶酥作为开胃小吃的。她在迪莉娅·史密斯[①]的一本书里发现了这道菜的做法，并认为这是最好的开胃菜。"虽然简单但很有效果"，她曾经跟她们这么说并且连续三个星期天都做这个给她们吃。甜点会是什么呢？卡莉不会做甜点，两个女儿也不会做，她很可能只能上奶酪。

"阿丽克丝？"马特·康纳利坐在了她的左边，靠向了她说道，"你不想吃东西吗？"

"什么？"她看了看四周，其他人都开始吃了，"当然不是了。我做白日梦了。"

"关于什么呀？"他问。

"没什么特别的。"她拿起柠檬，把汁挤在三文鱼片上。

"你走神了。"马特说。

"也不是。"

"在想着亨特先生？"他问。

她淡淡地笑着说："不是。"

"亨特先生的故事是怎样的呢？"

"为什么问这个？"

"我只是感到疑惑。"

"我认识他很长时间了，"阿丽克丝简单地说，"事情并不一帆风顺。"

"我给你送花那真是帮了倒忙了。"马特的表情看上去很歉疚。

"那没什么影响的。"

"那——你觉得会发生什么？"

"我不知道。"她说。

"你爱他吗？"

"说真的，马特，这个问题太私人化了，就一名会计师对银行经理的提问而言。"

"我只是希望我们不只是会计师和银行经理的关系。"他说。

"那你希望我们是什么关系呢？"

"朋友？"

---

①英国现代女厨师，从二十世纪七十年代起即广受欢迎，目前依然在烹饪界占有一席之地。一九七三年，迪莉娅的烹饪节目《家庭美食》开播，致力于教人们用最简易的方法烹制菜肴。——译者注

"其实，这不是一个好想法。因为如果我们是朋友，当我没有给你你想要的汇率的时候你可能会感到不高兴。因为我们是朋友，当我尽可能给你我最好的建议时，你可能并不会按照我说的去做，这时我会不满的。这不是个好主意，马特。"

"我明白。"

她专心地吃着自己的食物。当她切下三文鱼放到嘴里的时候他观察着她。一缕头发垂到了她的面庞上，他极力抑制住自己想要给她拂去那缕头发的冲动。他以前从来没有这么冲动过，不管是对埃玛、格兰妮，还是海伦，或者是任何一个人。他从来没有同时对一个女人既钦佩又有想去保护的渴望，他从来没有见过一个人像她这样既非常有能力，又特别脆弱，而且还这么性感。当她坐在吧台高脚凳上的时候，他几乎不能把眼睛从她的身上挪开，她修长的双腿交叉着端庄地坐在那儿，上面穿着闪闪发光的黑色丝袜。他非常确定她穿的是丝袜，而不是连裤袜，因为她从高脚凳上下来的时候他分明看到了蕾丝边。

可能他们在一起高兴地笑着呢，阿丽克丝想，可能卡莉和薇安已经原谅他当初离开她们了，可能他们正在卡莉的房子里享受着家庭的幸福呢。她又喝了一小口酒。

"你在想着白宫的新政府吗？"马特问。

"什么？"她看上去很吃惊。

"新政府。你在想他们的经济政策会比上一届政府要好吗？"

她朝他笑了笑。"现在的情况下，政权更替后经济政策不会有什么太大区别的。另一个人入住白宫很少会导致经济繁荣或者萧条。"

"是不是美元可能会对日元升值？"

"可能吧。"阿丽克丝说，"尽管日本的政策近段时间来扩张得很快，日元也随之逐渐走强。"

"会有什么样的利率呢？"

"在美国吗？"她将刀叉整齐地放在盘子里，"会继续保持一个宽松的趋势。"

"哦，别说了，阿丽克丝。"他恼怒地看着她，"为什么你不让我滚开呢？"

她笑了笑。"因为我很喜欢讨论政治和经济方面的事情。"

"还有其他的吗？"他问。

"哦，任何事情。只要有人跟我谈，我总会说下去。"

274

"你和你交易部的那些家伙相处得怎么样啊？"马特问，"你发现他们会对你的权威感到不爽吗？"

"他们为什么要这样？"她的眼前突然闪现出加文·唐纳利那闷闷不乐的表情，"我是他们的经理。"

"但是他们……"

"马特，我可以谈任何事，但是请不要讨论欧洲银行的内部事务。"

"好吧，"他说，"我猜我也不想讨论雅纳电子公司的内部事务。"

"嘿，阿丽克丝！"帕特·赖利往这边走过来说道，"你射击的时候都用的是什么样的枪啊？"

"我用的是安舒茨步枪，"阿丽克丝对他说，"但是有好多种枪型——布尔诺、马林、莱克菲尔德。"

"一把都要多少钱？"他问。

"如果是二手的话，不到五百镑吧。"阿丽克丝说，"我的枪要贵一些，我的还有一个可爱的小的瞄准镜、一个小的点状望远镜，这能帮助我更好地射击。我的枪和你今天用的有很大的不同，因为我练的是打靶。"

"是什么让你练射击的呢？"坐在她右手边的德莫特问道。

她耸了耸肩。"我不知道，就是很感兴趣。"

"你空闲的时候还会做些什么呢？"

"什么样的空闲时间？"她对他笑了笑，"我还会去健身房。"

"显然不能惹着你，"德莫特说，"你即使不能用枪打我的话，也很可能会一脚把我给踢得老远。"

吃完饭后他们又回到了酒吧。男人们在说着黄色笑话，阿丽克丝也跟着他们笑，之后她自己也说了一些这方面的笑话。马特点了一些特基拉酒。

"我可以喝，但是我现在不想喝。"阿丽克丝说。

"哦，来吧，"德莫特催促着说，"你一整天都跟我们在一起，至少你现在要跟我们喝一杯。"

她看了看表说："其实我现在要回家了，我现在就去叫一辆出租车。"

"我给你叫一辆出租车。"马特说。他往接待台那儿走去。

"来吧，"皮特说，"干杯，阿丽克丝。"

她叹了一口气，喝了一大口特基拉，男人们都为她鼓掌。

马特回到了酒吧。"出租车已经在外面了，会把我们带到市里。"

"我们？"阿丽克丝看着他说。他进来了，但是她没注意到。特基拉酒常常让她有点儿晕。

"我把你送到家里。"他说。

"就该这么做，马特！"罗南·霍根，雅纳电子公司的另一个家伙喊道。

"我至少应该这么做。"马特说。

"好吧。"阿丽克丝说，"你还记得我的包放哪儿了吗？"

"在这里。"马特拿起了包，"准备好了吗？"

"好了。"她说。她从高脚凳上下来，摇摇晃晃地站在他的身旁。"再见了，各位。"

"再见，阿丽克丝，下次再见。"

"干杯，阿丽克丝！"

"听着，阿丽克丝，如果你想到酒厂谋职的话……"德莫特递给她自己的名片。

突然间，很多张名片递到了她的手上，她都随手放进了包里。"谢谢你们，我要走了。"

马特陪在她身旁。"你没事吧？"

"那是特基拉酒，"她对他说，"我不能喝特基拉酒。"

"那你为什么还喝呢？"他问。

"我不能让你们失望，"她说，"你们都那么迫切地想要我喝酒。"她钻进车里，打着哈欠说："但是今天玩得很开心，谢谢你能叫我来。"

"我很高兴你能玩得开心，"马特说，"我本来不确定你到底会不会来的。"

她在黑暗中看了他一眼。"我本来也不确定的。"

出租车沿着马路慢慢地开着，她闭上了眼睛，感觉自己快要睡着了。她不想让自己真的睡着，她清楚地意识到马特和她一起坐在车里。她跟马特有业务往来，在他旁边睡着的话肯定不好，但是她却睁不开眼睛。

他想让她靠在自己的肩膀上睡着，他想如果她靠在自己肩膀上睡着的话，那肯定是一个很好的信号。但是她却靠在相反的方向，她的头靠在车窗上。当他看着她的时候，她发出了一声叹息声。

她到底真正喜欢什么呢？他问自己。当她不进行外汇交易、不工作、不去练射击的时候她都喜欢什么？她心中到底是怎么想的呢？她男朋友跟自己比有什么优势呢？值得采取行动吗？还是自己永远也不会有机会呢？

　　出租车停在了阿丽克丝家楼下。

　　"我要等你吗？"司机问。

　　"我把她送回家吧，你不用等了。"马特说。

　　"祝你好运，哥们儿！"司机会意地笑着对他说。

　　阿丽克丝使劲地睁开眼说："哦，我们到了。"

　　马特走出出租车给她打开门。"下来吧，"他说，"我要把你安全送到家里。"

　　"我没事了，"她对他说，"我就是睡了一觉。"

　　"我知道，"他说，"你都打呼噜了。"

　　她盯着他说："我没有。"

　　"只是很小声的，"他对她说，"其实，没什么大不了的。"

　　"我从来不打呼噜的，"她坚决地说，"我知道我没打呼噜。"

　　马特付完了出租车费。

　　"他走了！"阿丽克丝喊道，"他应该等着你的呀。"

　　"没关系，"马特说，"我会再叫一辆出租车的。"

　　"你想进屋喝点儿咖啡吗？"阿丽克丝有些含糊地对他说。

　　"好啊，"马特说，"我很愿意。"

　　他跟在她身后走上楼梯。她用钥匙胡乱地在门上转动着，最后终于把门给打开了。

　　"这边。"沿着走廊走的时候她说。她在自己房门那儿停下来，转头跟他说话。"只是喝杯咖啡。"她语气坚决地说。

　　"当然了。"马特说。

　　她很庆幸自己早上收拾了房间。他们走进了房间。

　　"哇，阿丽克丝，这地方真是太棒了！"马特站在客厅里，环顾着四周说道。

　　"我很喜欢。"她说。

　　"太好了。"他看着木地板、洁白的墙面、整洁的屋子说道，"和你一比，我的屋子真是乱七八糟啊。"

　　"并不总是这么整洁，"她承认道，"我今天早上刚打扫了。"

"我很喜欢这儿，"他对她说，"就像北欧人家里那样的干净整洁。"

她咧着嘴笑着说："我去煮咖啡。"

当阿丽克丝把咖啡舀到咖啡壶里的时候，他打开了阳台的门，踱到了阳台上。因为喝了特基拉，又喝了啤酒和其他的一些酒，她现在还觉着有点儿走路不稳。她不知道自己为什么要把马特叫到自己的房子里，她希望这个家伙知道她并没有其他的意思。

"我喜欢这儿，"他又走回客厅里说道，"房间都是你自己装饰的吗？"

"差不多吧，"她说，"我喜欢事情都能简单一些。"

"那我明白了。"他坐在了一个扶手椅上。她有些愤怒，那是保罗的椅子，马特不应该坐在上面的。她对有一个其他的人在这儿感到非常不舒服。但是马特并没有注意到她不舒服，他靠在了椅背上。

"我很喜欢这套音响设备。"他对她说。

"是邦·奥陆芬①。"她说。

"我知道。"马特说，"我在高技术产业领域工作，不记得了吗？"

她打开了冰箱门，看着里面。"纯咖啡怎么样？"她问，"我今天早上忘了买牛奶了。"

"当然可以，"马特说，"我喜欢纯咖啡。"他从面前的咖啡桌上拿起了一本杂志。"你都读这些杂志吗？"他一边浏览着《证券评论》，一边问道。

"不是，"她说，"我一般都会读《经济学人》。"

"你从不会把这些丢到一边吗？"他问，"你不读一些有趣的东西？"

"比如说？"

"我不知道。女性杂志，或者是书之类的。"

"我现在在读玛格丽特·撒切尔的自传。"她说。

"你在开玩笑吧。"

"没有，"她递给他一杯纯咖啡，"挺有趣的。"

当他坐在保罗的椅子上的时候，她观察着他。"你在读什么？《会计月刊》？"

他笑了笑。"不，主要是一些紧张刺激的。迈克尔·克莱顿、约翰·勒·卡雷那类的。你很可能觉得我是目不识丁、无可救药了。"

---

① Bang & Olufsen，丹麦的一家顶级音响制造商。——译者注

"没有，"她说，"我自己也喜欢刺激的小说，尽管比起迈克尔·克莱顿，我更喜欢P.D.詹姆斯的作品。"

"你喜欢看什么电影？"他问。

她耸了耸肩说："看心情吧。我不是很喜欢那种艺术片，也不喜欢那些只注重影片特效而没有什么实质内容的片子。我喜欢那些情节跌宕的电影。如果休·格兰特没在电影里的话，我就认为那电影还不错。"

"你男朋友今晚去哪儿了？"

这个话题的转变让阿丽克丝大吃一惊。"什么？"

"你男朋友，"马特重复道，"你那一会儿在一起、一会儿又不在一起的男朋友。"

"没在这儿。"阿丽克丝说。

"那在哪儿呢？"

"这不关你的事。"阿丽克丝语气激烈地说道。

"对不起。"马特从桌上端起了杯子，"你说得对，不关我的事。"

"没关系。"阿丽克丝小心翼翼地看着他。

"我该回家了。"他站了起来，阿丽克丝也站了起来。

"谢谢你让我度过了愉快的一天。"她说。

"我很高兴你玩得很开心，在雅纳电子我们会做到最好。"

"在欧洲银行我们也会做到最好。要我给你打电话叫一辆出租车吗？"她问。

"我自己叫吧，"他说，"我有他们的电话。"他从夹克的口袋里拿出手机，"我会站在外面等的，我们没有必要都站在那里。"

"你确定吗？"

"当然。"他说。

"好吧。"

她和他走到了公寓的门口。"再次谢谢你。"

"别客气。"

他们迟疑地相互看了看，然后阿丽克丝打开了门，马特从大门走了出去。

第二十八章

周日早上，阿丽克丝在雨打窗棂的声音中醒来。她穿上睡裙走进了厨房。残留着昨晚咖啡渣的杯子还留在水池里，她忘记刷了。

她拧开水龙头，用自来水冲洗杯子。她想昨晚自己对马特的态度可能太过粗鲁了吧，可是她自己也不记得了。昨晚喝下一杯特基拉酒之后，她脑袋里就一片模糊。她只记得马特走进了公寓，坐在了保罗的椅子上。她给他煮咖啡，然后自己浑身不自在。但是至于他们都谈了些什么，她一点儿也不记得了。

不管怎样，她现在又需要喝咖啡了。她舀了一勺爪哇咖啡倒进咖啡壶里。糟了，她突然想到，没有牛奶了。她希望自己能记着去买牛奶。马特·康纳利应该因她热情的招待而忘记了牛奶这件事了吧。

公寓的门铃响了。阿丽克丝走近对讲机去看是谁来了。在她脑海的一隅以为是马特又来给她送花，可是外面明明站着薇安，在拼命向她挥手。

阿丽克丝按下了进门键，让她进来。

"你出门真早啊，"阿丽克丝一边开门一边问道，"有什么事吗？"

"没事，"薇安说着脱下了自己湿漉漉的外套，"当然没事。我只是觉得你或许想知道昨晚的事情。"

"昨晚？"阿丽克丝依然在想昨晚和马特·康纳利的事情。她误以为他喜欢自己。就目前她能回忆的情况来看，他在能离开她的时候表现得非常开心。她也不知道事情到底变成什么样了。

"和爸爸吃饭，阿丽克丝！你应该没忘昨晚和爸爸吃饭的事吧？"

"没有，当然没忘。"她打了个哈欠，"我昨天回来挺晚的，刚睡醒。不好意思，薇安，我没想着这事。"

"我真不知道你怎么对这事一点儿兴趣都没有。"薇安说。

"我不是没兴趣，"阿丽克丝说，"只是困了而已。"

"我以为昨晚你在加班呢。"薇安充满疑惑地问。

"我是在加班呢，"阿丽克丝对她说，"只是回家的时候已经太晚了。"

"哦，好吧。"薇安一屁股坐在沙发上，"咖啡味道不错，能给我煮一杯吗？"

阿丽克丝缩了一下脑袋。"可以是可以，但是没有牛奶了。"

"看在上帝的分上，阿丽克丝！"薇安愤怒地瞪了她一眼，"难道你从来都不买东西吗？"

"你想喝还是不想喝？"阿丽克丝完全无视她的质问。

"喝。"薇安说。

阿丽克丝端了两杯咖啡过来，坐在她姐姐的旁边。

"我到的时候他已经在那儿了。"薇安说，"特里开车把我带过去的，他对我说我想离开的时候随时给他打电话。"

阿丽克丝漫不经心地端详杯子上的图案。

"他——我记得他的一些事情，阿丽克丝。我知道这听起来很疯狂，但是我脑子里一直有他的画面，而且他的样子同那时差别也不大。"

"更老吧。"阿丽克丝提醒道。

"是啊，"薇安说，"而且头发都白了，还戴眼镜。但我还是觉得他就是我记忆中父亲的样子。"

"真不错。"阿丽克丝喃喃自语。

"是挺好的啊，"薇安防卫地说，"这让我觉得自己和某些事情都有联系了。"

"他有没有突然出现在你们面前，然后说'我回来了，我一直都挺想你们的'？"

"别无理取闹，"薇安说，"整个过程都很和谐。我们跟他打招呼，卡莉准备了一些喝的，然后他告诉我这么多年他真的十分抱歉，他也曾经试图和我们联系。当然，这么多年没有联系的原因是卡莉基本都不会理他的。他也知道原因，所以也接受了这个事实。"

阿丽克丝又打了个哈欠，薇安没有注意到。

"所以他说，或许对我们来说他所做的一切都难以理解，他做的那些事也的确很糟糕，但是他并不想伤害我们。"

"人类做事情从来都不是故意想伤害别人的，"阿丽克丝打断她说，"但是他们经常在伤害别人上做得出奇的好。"

"他还说每年我们生日的时候他都会买明信片写给我们，可是从来没有寄出过。因为卡莉不让他这么做。所以这次他把这些明信片都带来了，我的已经给我了，你的还在他那儿。"

"哦，别这样。"阿丽克丝做了个鬼脸，"我真不知道这种老把戏也能把你收买了，薇安。"

"我没被任何东西收买！我把明信片都放在家里了。"

"他完全有可能是在来之前一起买了写上的！"

"不是的，"薇安说，"都很旧了。"

"好吧。"阿丽克丝开始将自己的头发扎成小辫，"然后呢？"

"他给我们讲他在美国的生活。他简直太棒了，阿丽克丝，现在他都是一家电脑公司的老板了。"

"在美国每个人都能被称为老板，"阿丽克丝鄙夷地说，"你知道的，美国佬都喜欢头衔。"

"他在康涅狄格州和西海岸都有自己的房子。"薇安说。

"不错啊。"

"他还给我们看了伊莫金的照片，还有凯特的。这些照片我都有。"

阿丽克丝站起身将杯子拿到厨房。

"你想看看吗？"阿丽克丝回来的时候，薇安问她。

"不想。"

"凯特长得很像你。"薇安说。她伸手从包里拿出一个信封。"给你，看看吧。"

阿丽克丝接过信封，在手里摆弄了一阵。他曾经拿着这个信封，他亲手将照片放进去，然后亲手合上。她不禁深吸了一口气。

"打开看看吧，"薇安又劝道，"看一看也不会影响你的什么原则，对吧？"

"这不是原则的问题。"阿丽克丝说，"我只是不知道，我为什么要在这个浑蛋回来做我们父亲的时候表现得很激动。都是什么乱七八糟的！他以为自己是在演什么美国肥皂剧呢。"

"他不是这样的，"薇安说，"真的不是。"

阿丽克丝又将信封在手里摆弄了一下。"那他一开始为什么要和伊莫金乱搞？为什么把她搞怀孕了？为什么在一有机会的时候就拍拍屁股跑去美国了？"

薇安叹了口气。"他没有找任何借口，"她说，"他知道自己做错了，而且自己很有负罪感。他说有时候自己也不知道做的事情是对是错。但是伊莫金和卡莉很不一样，她不能照顾自己。"

"她当然可以照顾自己，"阿丽克丝又用鄙夷的语气说，"那些可怜兮兮的样子都是装出来的。卡莉必须要自己照顾自己，她根本没有选择，难道不是吗？"

"但是她将自己照顾得很好。"薇安说。

"我真不敢相信你就准备这样原谅他、忘记之前所有的事情，"阿丽克丝说，"那卡莉怎么办？她是怎么想的？"

"她也提到这些事了。"薇安说，"她说我们一直都是愤怒着生活过来的，但是没有必要一生都愤怒下去，所以她原谅他了。"

"她也将自己演绎成什么该死的肥皂剧里的女神了啊！那昨晚到底是什么，一场尽释前嫌的狂欢会？"

"不是。"薇安说，"你又不在那儿，不是吗？"

"我真庆幸我不在。"阿丽克丝将未拆封的信封还给她姐姐，"而且我也不会变成你们爱的盛筵之中的一员。"

"阿丽克丝，你为什么一定要这么悲观呢？你都不记得他了！"

"是啊，"阿丽克丝说，"我不记得了。我的亲生父亲，我甚至都不记得他。"可实际上她是记得的，最近她脑海里经常闪现一些画面——他们一起坐在桌子旁，他帮她扣上大衣的扣子，他跟她挥手再见然后去上班。

"见到他真好，"薇安说，"对我们还是有帮助的，阿丽克丝，真的。"

"我不需要任何帮助，"阿丽克丝说，"而且我也不需要见到他。"

"那他房子的照片你想看吗？"薇安问道，"这里有他家房子的照片。"

"薇安，你能不能用你的脑子想想，这些话题我一点儿都不感兴趣。"阿丽克丝尖锐地说，"我知道你一直想见到他，想从他那儿听到一些解释，可是我不想。我对这些乱七八糟的事情没兴趣。"

薇安又叹了一口气。"你怎么知道你不想？"

"我就是知道。"阿丽克丝又开始拿自己的头发扎小辫了。她们为什么都那么想见到约翰？他回来就那么值得欣喜吗？到底她想从中得到什么？遗嘱中提到自己的名字？阿丽克丝不禁自嘲了一下。或许他真的很有钱，或许他也会将遗产留给她们，可这都是很遥远的事情，他才六十多岁，离驾鹤西游还早着呢。除非他像很多老板一样，体重剧增，不运动。不过她才不管呢，他们爱怎么办就怎么办吧，反正她是不会向他妥协的。

"你昨天晚上干吗去了？"薇安问道。

"出去了。"

"去哪儿了？"

"下午一个客户组织了陶土飞靶射击活动，然后晚上一起吃饭。很有意思。"

"我真不知道你怎么会玩那个。"薇安一脸厌恶的表情。

"你从来没有拿枪射击目标物的经历。"阿丽克丝说，"不过你之前玩电脑游戏的时候曾经用激光枪把对方一队人马都打死了嘛。"

薇安看起来有些不好意思。"我喜欢电脑游戏。"

"陶土射击也很有趣。"阿丽克丝告诉她，"虽然我喜欢射击靶子，不过在夏日晴朗的天气里出去玩玩真的很不错。"

"你们有多少人去射击？"

"大概二十人吧，"阿丽克丝说，"我们坐直升机去的。"

"天哪，你开玩笑吧！"

"没有啊，说真的。"

"你喜欢你的生活吗？"薇安问。

"什么？"

"你喜欢现在的生活吗？搭直升机到处转悠，在伦敦和巴黎之间飞来飞去，跟客户在电话里大声嚷嚷，在健身房举杠铃，在射击场扫射？"

"你完全曲解了我的生活方式。"阿丽克丝说，"我只坐过两次直升机——上一次是跟保罗一起。我坐飞机去伦敦和巴黎是开会吵架去的，而不是去旅行。而且我从来不在电话中对人嚷嚷。我不举杠铃。我射击用的也不是自动击发的枪。"

"那其他事情呢？男朋友呢？"

"上帝啊，薇安！"阿丽克丝气愤地看着薇安说道，"我刚刚跟保罗分手，你们为什么这么快就想让我跟另一个人开始发展这种关系？"

"所以这都还是因为保罗的原因，是吗？"

"不知道，"阿丽克丝说，"我也不确定。"

"因为我听说他和那个法国女孩住在一起，萨拜因。"

阿丽克丝盯着她。"谁告诉你的？"

薇安耸了耸肩。"就是听说而已。"

"或许吧。"阿丽克丝说。

"你不是真的想他会在和一个金发性感美女同居之后还会再回来找你吧？"

"她不是性感美女，"阿丽克丝说，"她只是看起来更时尚一些。"

"说真的，他是不会再回到你身边了，对吗？就算他会，你也不会接受他了。"

阿丽克丝叹了口气。"我知道。"

"把他抢回来也是徒劳无益。"

"我知道，"阿丽克丝说，"只是——这只是个优先选择。"

"优先于什么？"

"和另一个人一切从头开始。"阿丽克丝说。

薇安同情地看着她。"我知道。"她说，"我理解，阿丽克丝，真的。"

"而且也许这个人需要的东西同保罗一样，"阿丽克丝继续说道，"一个妻子，一个家庭，有人爱他。"

"或许等你遇到对的人？"

阿丽克丝又叹了口气。"或许我那个对的人从来都不存在。"

　

阿丽克丝非常庆幸薇安终于走了。她不喜欢姐姐老是将自己的情感强加在她头上，这是薇安一贯的作风。她会把自己的情感和你的情感混为一谈，然后极力劝说你做她想让你做的事情。但是阿丽克丝很久之前就已经练就了一身本领，就是任何人都不能让她做任何她不想做的事情。

她去健身房锻炼了一小时。每次锻炼完她都觉得精力充沛。之后她就去购物了，开车去了美林中心，在购物车里堆满了新鲜水果和蔬菜，大桶的橙汁、牛奶、速食汤以及肉类等可以冷冻在冰箱里的东西，还有面包、饼干、酸奶和一些洗涤用品。她估计要请钟点工来家里打扫卫生了，因为她讨厌打扫卫生。

"你有会员卡吗？"收银员问道。

阿丽克丝叹了口气。她的购物单上打了长长的一串，早知道就应该从保罗那里把会员卡拿回来。

回到家里，她看到电话答录机上的灯在闪，于是按下了播放键。

"阿丽克丝，我打电话的时候你为什么总是不在家？我是卡莉，回来后给我回电话。"

她呻吟了一声。她不想给母亲打电话，不想在卡莉的要求下像薇安一样忘记过去、原谅父亲，一家人重新团聚。

　　她花了很长的时间整理自己买回家的东西。当她看到没有削皮的菠萝时，疑惑这个东西究竟应该怎么吃。

　　过了一小时之后，她才给卡莉打电话。她需要扶着自己的身子才能抓起话筒、拨号码。

　　"你好。"

　　"嗨，卡莉。"

　　"哦，打来得正好。"卡莉说，"你去哪儿了？"

　　"出去了，"阿丽克丝说，"买东西。"

　　"买了什么好东西吗？"

　　阿丽克丝笑了。"去超市买东西了，也就是鸡排啊洗洁精啊之类的东西。上午薇安来过了，又念叨我家里没有牛奶了。"

　　"没有牛奶了！"卡莉听起来像是震惊了。

　　"哦，又来了。这又不是什么每天生活的必需品。"

　　"喝茶的时候少不了它啊。"卡莉说。

　　"你应该喝纯茶叶泡的茶。"阿丽克丝责备道。

　　"哦，我讨厌这么喝，"卡莉说，"好多茶渣子。我喜欢在茶里面加……"

　　"加两块糖和很多牛奶。"阿丽克丝打断她，接她的话茬说。

　　"是啊，"卡莉说，"你记得挺清楚嘛。"

　　"那当然了，"阿丽克丝说，"我没少给你泡过茶。"

　　"我觉得也是。"

　　"打电话干吗？"阿丽克丝尽量让自己的语气轻松愉快，"有什么事情吗？"

　　"我觉得应该告诉你昨晚吃饭的事。"卡莉说。

　　"薇安已经绘声绘色地给我讲过了，"阿丽克丝说，"你就不用再说了。"

　　"你没来，我很失望。"

　　"我告诉你我不去了，昨天我很忙。"

　　"忙得连自己的亲生父亲都不见了？"卡莉问道。

　　"他甚至忙得在过去三十几年都没有来看我一次。"阿丽克丝反驳道。

　　"听着，他曾经是我丈夫，我有权利对他大吵大闹，可是我选择自己好好生活，同时也让他去过自己的生活。"卡莉说，"我们从来没有理由不让自己用成人的方式行事。"

"我知道，"阿丽克丝说，"所有的人生忠告都会告诉你，我们要宽恕别人，将过去都忘掉，不能让烦恼占据生活。我没有让烦恼占据我的生活，我这些年都没有想过这个男人的事情。现在，难道就因为他觉得是时候回家了，我就得准备好想起他吗？我不想这么做，谢谢他的好意。"

"可是他一直都很爱你啊。"

"卡莉！这个问题我们已经探讨了一百次了，不管他怎么样，我都不会改变的。我不想见到他，就是这样。"

"你真的很像他。"卡莉说。

阿丽克丝沉默了一会儿。"这样说好像很不妥当，"她最后喃喃道，"我只像我自己。"

"好吧，"卡莉说，"你看着办吧。他还会在这里待几个星期，伊莫金也来了。"

"伊莫金！"阿丽克丝震惊了，"别告诉我你连伊莫金也见了！"

"没有，"卡莉说，"虽然就算见了也不会对我造成什么影响。"

"那他怀孕的女儿呢？"阿丽克丝问道。

"凯特？她的宝宝预计在十一月出生。"卡莉说，"她在家和朋友在一起呢。"

阿丽克丝的思绪停留在怀孕的凯特身上。她想知道她长什么样，她是她父亲很喜欢的孩子。

"阿丽克丝，你还在吗？"

"当然在。"阿丽克丝回答道。

"如果你改变了主意想见他的话，随时告诉我。"卡莉说，"他真的很想见你，阿丽克丝。"

"我会告诉你的，"阿丽克丝说，"不过别期望太高。"

她蜷缩在沙发上，手里拿着一杯红酒，打开了一本从超市里买回的书。书里讲的是一个很胖的三十几岁的女人，讨厌工作，而且被男朋友接二连三地抛弃。

为什么失败者都更让人同情呢？阿丽克丝想。为什么人们不能又成功又快乐，过着不介意体重与独自入睡的单身生活呢？

或许正是因为这种人根本不存在吧，过后她躺在床上保罗从前躺过的地方、用被子裹住自己时想道，就像适合我的那个人根本不存在一样。

第二十九章

在接下来的一周里，马特·康纳利也没有往交易部给她打电话。阿丽克丝本来也不期待他打电话过来，但是出于女人的虚荣心来讲，他不打电话着实让她有些失望。阿丽克丝提醒自己：期待一个自己并不喜欢的男人的电话是多么愚蠢的事情，如果仅仅是为了弄清这男人是否被自己迷住了。

周五下午的时候她走进自己的办公室，打印了一份已达成的与雅纳电子公司所有交易的清单。这只是一个普通客户，她分析完所有的既得利益之后得出结论。当然，大笔交易肯定还在后面。他们永远都希望所有客户在今后都有大单可以做。

"加文。"她叫道。

"怎么了？"

"你能过来一下吗？"

"好的。"

他走进她的办公室，斜靠在玻璃门上。

"我这周一直在开会，"她说，"我不在的时候你一定挺忙的吧？"

他沉重地叹了口气。"然后呢？这有问题吗？"

"没有。"她将身子靠在椅背上，"你好像觉得我对你的工作会有什么意见吧，加文？而且，我猜你觉得肯定也不是什么好意见。"

"你一点儿都不鼓励我。"他恨恨地说。

"我在努力，"阿丽克丝说，"可是同时我一定要保证你的交易都在可控风险范围之内。我知道，你进入这个市场的时间还不长，加文，而且我也知道当你很清楚自己能做什么、想赚钱的时候，有人阻止你这么做你会十分反感。"

"就是这样！"他终于爆发了，"你反对我的时候远远多于你支持我的时候！我想做的任何事你都要先考虑一下。这样做很安全，阿丽克丝，但是你认为这样好吗？"

"我是这样觉得的。"阿丽克丝平静地说，"干这一行这么多年，我从来没有过特别巨大的过失。我承认和其他人一样，我也造成过损失，但这些损失都是在可以控制的范围之内。这就是我想告诉你的：一定要严守界限，自己把握何时结束损失，合理获取利益。"

"我做得很好啊。"加文说道。

"那是当然。"她说着就站起身来，"不管怎么样，我叫你进来是想把下面这几个新客户给你做，哈里斯—吉尔宾、康达特动画和雅纳电子。"

"哦。"

"希望你能做得开心。"她说。

"肯定会的，"他说，"我跟这些客户关系都不错。杰克·哈里斯很喜欢我，康达特的那个傻妞也是。马特·康纳利也很喜欢和我一起去打高尔夫。"

"他也是这么说的。"阿丽克丝点点头。

"我的努力值得让我赢得这些客户。"加文说。

"我知道。"

"好吧，那我就去给他们打电话了，"加文说，"让他们知道以后做生意都得找我了。"

"好的。"

他耸耸肩，说道："谢谢。"

"不客气。"还没等阿丽克丝说完，他已经离开了办公室。

她坐在桌边读《金融时报》的时候，珍妮敲门进来了。

"请进。"阿丽克丝合上报纸，把它放在一边。

"我想跟你谈谈。"珍妮焦躁地说。她坐在了阿丽克丝对面的椅子上，眉头紧锁。

"有什么烦心事吗？"阿丽克丝问道。

"当然有了，"她回答道，"你给了那个浑蛋唐纳利三个新客户。"

"我记得你之前跟我说过，他完全有资格承担起雅纳电子这个客户。"阿丽克丝提醒道。

"那都是几百年前的事情了，"珍妮轻蔑地说，"而且，他有没有资格胜任雅纳电子没有什么，你还把哈里斯和康达特也给他了。"

"他给那几家客户做了很多的研究报告啊，"阿丽克丝说，"我觉得直接把客户给他做可能会更好一些。"

"一直是我跟苏珊·达西联系的啊，"珍妮不服气，"应该是我得到康达特才对。"

"我知道你也想要，"阿丽克丝说，"可是加文也一样。而且他跟他们的联系更多。"

"这不公平！"珍妮抗拒地说，"阿丽克丝，我在这儿工作那么努力，可是还不如这个浑小子稍微玩点儿小把戏！"

阿丽克丝勉强挤出一丝笑容。"珍妮，不是这样的。"

"哦，是吗？可是事情就是这样的，"珍妮气急败坏地说，"他老是在办公室晃来晃去，还说什么我是加文·唐纳利、我是明星交易员什么的，让每个人都以为他很厉害。他在本来应该在办公室工作的时候却拍拍屁股出去打高尔夫，为了取悦这些客户。可是这时候我都做什么了？我一个人在办公室接客户电话，帮他们分析、交易，可是什么都得不到！"

"你去年拿了一笔丰厚的奖金。"阿丽克丝说。

"可我没有得到应有的尊重！"珍妮使劲用拳头敲打着桌子。

"我尊重你，"阿丽克丝说，"我一直是这样。"

"可是你觉得我不如他们，对吗？你认为我没有把全部精力都放在美元对日元的汇率上就是不认真工作！就因为我除了工作还有其他生活，你就觉得我对工作不重视！"

"不是这样的。"阿丽克丝严肃地说。

"就是这样的。"珍妮坚持说道，"他们上班会谈论工作，还有周末一起狂欢的女人。我会谈论一些其他话题——我喜欢的电影啊，读过的书什么的。但这还是不够对吗？你觉得我不够有上进心，不是吗？"

阿丽克丝叹息道："我可能没有感觉到你和他们一样投入吧。"

"可是你错了！"珍妮说道，"我也想做好，阿丽克丝，我在尽我最大的努力。我知道自己有时候会错过一些交易，因为我会从客户的角度考虑，建议他们不要做那些交易。我真诚地给他们好的建议，不想让他们亏损——虽然这对于我们来说可能没什么好处。可是加文·唐纳利才不管这些，只要他能做成交易，他什么都不会说。他只会在事后表达一下对他们损失的同情，可是这对于人家的盈亏没有任何帮助。"

"或许对我们有帮助吧。"阿丽克丝说道。

"难道这就是我们的工作？"珍妮挑衅地看着她，"只管我们做成交易，而不管客户是否可以赚钱？"

"不能这么说，"阿丽克丝摇摇头，"我肯定也希望他们赚钱。可是我也可以理解加文的立场。"她说着站起身，走向窗边。"我在伦敦工作的时候也是这样，一直给客户很多有益的提醒。我尽量把自己最好的建议给他们，防止他们在市场中亏损。当时我也以为这样对维护客户关系来说应该是件好事。我一直这么做了很久。可是后来有一个客户——杰弗雷·沃伦斯，那个人几乎每天都会做交易，有一次他告诉我想买入美元，可是根据当时的市场行情，美元有可能下跌，我就劝他不要买。虽然从银行和我自己的角度考虑，如果我的判断正确，让他买入美元之后我们会赚一大笔钱。然后他就说好吧，不买了。几天之后果然美元开始下跌，我就给他打电话说没有和我交易是多么正确的决定。结果他十分不好意思地告诉我，他从我的一个竞争对手那里买入了。看到了吗，有些交易是他必须要做的，而当我建议他不要做的时候，他也不好意思和我交易了。所以最终结果是，我没能拿到这单生意，银行也没有赚到钱，而且我与他的业务往来也终止了。"

"那你是什么意思？"珍妮问道，"就是说我们不能给他们这样的建议？"

"不是的，"阿丽克丝又叹了口气，"只是有时候我们需要从另外的角度看问题。而且，就算我们不交易，他们完全可以找其他银行做。"

"这对我来说也没什么帮助。"珍妮有气无力地说。

阿丽克丝又坐回了自己的座位。"那你想要什么？"

"我想要和戴夫、加文同等的待遇，"珍妮说，"我不想让你觉得我是一个可有可无的人。"

"我没有这么认为。"阿丽克丝说。

"我很想相信你说的话，"珍妮说，"但是我觉得有时候因为我是女人，你就对我更苛刻。"

"什么？"阿丽克丝听到她这么说十分惊奇。

"我觉得可能因为你自己是一个事业成功的女人，所以你不想让别的女人也这么成功，否则就会相应减少你的成就感。你是交易部唯一的女领导，如果有其他女人的工作能力威胁到你的话，你会更有压力吧。"

阿丽克丝紧紧盯着珍妮。"不是这样的，珍妮。"

"可是你从来没有帮过我。"珍妮坚持说道，"这份工作很难做，而你从来没有帮助我减少工作中的困难。你总是认为我不该得到自己想要的待遇，以至于有时候对我差别对待。就因为我不像他俩那样大吵大闹，你就不给我新客户。我敢保证戴夫做我的工作的时候，待遇一定比我好。"

"你得到了同等的待遇。"阿丽克丝说。

"可是你更信任他们。"珍妮说，"而且我无法感觉到我可以让你正视我的需要。"

阿丽克丝沉默了。"很抱歉令你这么想，"她终于开口说道，"虽然我不认为是这样，但是可能你也有你的观点。我需要再多考虑一下。"

珍妮揉了揉鼻梁，抱歉地说道："对不起，我没想发火的，我只是……"

"不用道歉。"阿丽克丝打断她，"你觉得戴夫或者加文对我发火的时候会道歉吗？"

珍妮轻咬了一下嘴唇，说道："可能不会吧。"

"加文是世界上跟我吵架最多的人，"阿丽克丝说道，"而且他从来不会因为这个跟我道歉。"她轻轻笑了一下，"再说了，你也没有发火，只是对我阐述了一些事情。"

"或许我就应该发火的。"珍妮说。

"我很庆幸你没有。"

"可是如果我发火了会不会好点？"珍妮问，"你看，我不喜欢争吵，可是加文却因为争吵得到了客户。我不喜欢强求什么，可是戴夫却要求这要求那的。"

"我不得不承认你的话有一定道理。"阿丽克丝干巴巴地说。

"我和他们一样有资格做得很好，"珍妮说，"只是我的方式和他们稍有不同，但这并不代表我做得不对。"

"我知道。"阿丽克丝说。

珍妮站起身。"我说完了。"

"好的，"阿丽克丝说道，"我会记住的，珍妮。我非常能理解你的感受。"

"但愿你是。"珍妮说。

"我能理解，真的。"阿丽克丝对她笑了笑，"周末打算做什么？"

珍妮的脸一下子红了。"我和迈克一起去高尔维①。"

①爱尔兰地名。——译者注

"新男朋友？"

珍妮点点头。

"好，好。"阿丽克丝露齿一笑，"这段感情是认真的吗？"

"我也不知道。"珍妮说，"我很喜欢他，阿丽克丝，跟他在一起很有趣，而且他对我也很好。现在对我很好。"她又生硬地加上一句。

"他也有可能一直对你好下去哦。"阿丽克丝说。

"我倒是没期望太高，不过现在我们在一起很开心，能遇见他是一件幸福的事情。"

"真为你高兴。"阿丽克丝说。

"不过又认识了一个新男友与我们的谈话完全是两回事，"珍妮说，"我又不会和他私奔到什么地方安安稳稳过日子。"

"我从来没这么想过。"阿丽克丝说。

"我只是向你表明我的立场。"珍妮说。

"珍妮，你已经表达得很明确了，"阿丽克丝告诉她，"不用担心。"

"可是我真的很担心，"珍妮说，"我一直都在担心。"

珍妮走后，阿丽克丝坐回自己的椅子上，开始回想珍妮说过的话。她说的是真的吗？她也迷惑了。她会因为珍妮是女人而在工作上歧视她吗？她自己并不这么认为，可是或许自己也在骗自己。或许在内心深处，她把珍妮看做比加文更为重要的威胁。她叹了口气，自己好像一点儿都不了解自己了。这让她十分苦恼。

阿丽克丝离开办公室的时候已经七点多了。跟珍妮的谈话之后，她又去和约翰·科林斯进行了一个简短的会谈，然后去见了德斯·科伊尔。这位老总问了问这周交易的事情，没有提到任何关于欧洲银行巴黎分行的事情，阿丽克丝也没有说什么。

"周末有什么打算吗？"在她说要回家之后，他问道。

"我要去伦敦参加一个婚礼，"她说，"我朋友索菲娅明天下午结婚。"

"就是在罗素肯汉姆工作的那个女孩吗？"德斯问道，"去年我见过她。"

阿丽克丝点点头。

"多性感的女孩啊，"德斯感叹道，"搞金融真是可惜了。"

"什么意思？"阿丽克丝问道。

"她那身材！"德斯一脸惋惜地看着阿丽克丝，"去做模特也绰绰有余啊。"

"你真这么认为？"

"绝对是。"德斯肯定地说。

"我会转告她的。"阿丽克丝说，然后回家收拾行李了。

阿丽克丝有一顶帽子，是奶昔色的菲利普·崔西牌的，是她在伦敦工作的时候花了五百英镑买的。当时花大价钱买它的原因是要参加奥希·雷佛塞的婚礼，她在华尔街工作，是阿丽克丝最好的客户。她不想参加婚礼的时候被人说买不起奢华的衣服，可是花那么多钱买一顶帽子实在是太令人心疼了，特别是她又不喜欢戴帽子。

不过，虽然她对戴帽子没什么兴趣，可是每个人都以美国式的热情告诉她：帽子太漂亮了。她总是对这种赞美半信半疑，这也是为什么每次她去参加婚礼时，都会将帽子从条纹盒子里拽出来，然后买一些新东西搭配它。

为了参加索菲娅的婚礼，她买了一套海军蓝的尼科尔·法赫里的套装。同时她还搭配了海军蓝的鞋子和包包。虽然这样看起来有些像职业装，不过这套衣服既宽松又时髦，也不至于显得太过正式。

理查德在婚礼上亲吻了索菲娅，人群中爆发了一阵欢呼和掌声。索菲娅转过身来，微笑地看着他们。她穿着桃红色的婚纱礼服，头上戴了一顶编织花环。真的很美，阿丽克丝想。这是个怀孕的美人，裙子毫不遮掩地显露出索菲娅隆起的肚子，比上次阿丽克丝见到她时又大了一圈。但是索菲娅一点儿都不介意。

但是她母亲介意。雷蒙德夫人悄悄对阿丽克丝说：真不能理解索菲娅为什么不等到孩子出生之后再办婚礼，又不着急，不需要这么早结婚。

或许她真的需要。在阿丽克丝离开登记处走向举办喜宴的酒店时，这个念头闪现在了她的脑海里。或许她觉得在怀孕的时候举行婚礼真的是件很重要的事情。

我真想知道想要孩子是什么感觉，她想，我想知道那样会不会产生一种冲动——看到男人就想和他有没有可能性。真想知道那种冲动是什么样子。

参加宴会的大概有三十多人。阿丽克丝喜欢这种低调的婚礼。她讨厌那些人又多又乱的婚礼——新娘子跑来跑去跟奶油蛋糕似的，每次经过人群都要给她散出一条道来。

"你是索菲娅的朋友吗？"坐在阿丽克丝旁边的女孩看着她的名牌，问道。

"是的，"她回答道，"我是阿丽克丝·卡拉汉。"

"我是妮可拉·朗特里，她的同事。"

"哦，妮可拉！我经常听她谈起你呢。"

妮可拉扬起了眉毛。"谢谢，希望如此。"

"真的。"

"她真的是疯了。"

"什么？"

"索菲娅，疯了。我真不能理解为什么她想跟他结婚。"

"因为她太爱他了吧？"阿丽克丝犹豫地说。

"不是吧，阿丽克丝，"妮可拉将她的高脚杯举过鼻子，"你自己都不相信，对吗？我们这个年龄的人肯定不会太爱一个人了。"

"我们这个年龄？"阿丽克丝问。

"三十几岁。你也三十多了吧？"

"差不多吧。"阿丽克丝承认道。

"而且你肯定知道，我们不可能再对某个人产生狂热的爱情了，对吗？不像十几岁的时候那样，也不像二十多岁时想找个人共度一生。"

"我二十几岁的时候可没想着要找个人共度一生。"阿丽克丝说。

"是吗？"妮可拉惊奇地问，"我以为每个人都要经历那个阶段呢。但是，我觉得你应该同意我的观点：当你一旦三十岁之后，就会觉得所有事情其实都是一场骗局。你需要一个男人做什么？如果只是性爱的话，没有男人照样可以得到。"

阿丽克丝听到这话，差点将嘴里的鸡汤喷出来。

"为什么要把自己托付给一个男人呢？"妮可拉问，"为什么要认定就是这个男人呢？世界上有那么多男人，你想要的话完全可以雇佣他们。"

"为了性爱雇他们？"阿丽克丝问。

"什么都行。"妮可拉回应道，"你可以花钱雇一个男人给你打扫房间、洗衣做饭、修车修房顶……为什么一定要和他一起生活呢？"

"这个观点不错。"阿丽克丝十分享受这种统一战线的感觉。

"我之前结过婚，"妮可拉说，"可是那个浑蛋离开了我，找了一个大胸的年轻女孩。我才发现你从来都不可能拥有男人，他们像猫一样，做自己喜欢的事情，只是需要食物、需要温暖的时候才回来找你。相信我，阿丽克丝，她结婚绝对是疯了。"

"你知道自己疯了吗？"阿丽克丝和索菲娅在用大理石与玻璃装修的女洗手间里补妆，她问索菲娅。

"疯了？"

"你朋友妮可拉是这么说的。"

索菲娅笑起来。"我都没想到她会来，"她说，"她特别讨厌婚礼。"

"她跟我说她老公跟一个大胸女人跑了。"

索菲娅点点头。"妮可拉精神要崩溃了。"她说，"她之前一直在脑子里构想多伦是多么多么爱她，她还说他们的感情是基于智力因素的。"

"是吗？"阿丽克丝好奇地问，"从一开始就是？"

"谁知道呢。"索菲娅用纸巾擦了擦嘴唇，"虽然妮可拉跟他结婚之后气色好了很多，她自己也会打扮了，会整些发型，对衣服的品味也高了许多。"

"那她老公走了之后一切都走下坡路了？"

"她肯定觉得那些看起来不错的东西都是骗局，所以她又走向了另一个极端。"

"她不打扮看起来也不错啊。"阿丽克丝仔细地看着下巴上长出的痘痘，"我怎么还在长痘，索菲娅？连妮可拉都看出我三十好几了，为什么我还在长痘？"

"我也长。"索菲娅欢快地说，"不过自从怀孕之后我的皮肤就越来越好了。"

"这也算是一定的补偿吧。"阿丽克丝盖上唇膏的盖子，"准备出去见人了吗？"

索菲娅点点头。"走吧。"

"帽子真不错。"

阿丽克丝转过身去看这个和她说话的人。她刚才在登记处看到过他，一副厌倦的样子。

"你刚才戴了一顶奶昔色的帽子，"他说，"我注意到了。"

"是的。"阿丽克丝同意道。

"我喜欢那顶帽子，不张扬，没有羽毛或者蕾丝的点缀，简简单单的，挺好。"

"我买它花了很多钱，"阿丽克丝告诉他，"你会喜欢，我很高兴。"

他看起来大概三十多岁。阿丽克丝打量着他：个子挺高，淡淡的棕色头发，眼神灰暗。他吃饭的时候一直坐在理查德妹妹的旁边。之前索菲娅告诉过她，理查德的妹妹塔拉·科密斯克有一头火红色的头发，长得非常漂亮，男人看见她就会兴奋的。

"塔拉在哪儿？"阿丽克丝问道。

"塔拉？"

"吃饭时坐在你旁边的。红发卷垂挂在脸颊旁边，皮肤很白。"

"还有大胸？"

阿丽克丝莞尔一笑。"就是她。"

"我估计当她知道我是个低收入的老师，而不是有钱的金融家时就已经对我没兴趣了。"

"我不觉得她是这样的人啊。"阿丽克丝说。

"你了解她吗？"

"比了解你多一点儿。"

"对不起，"他说道，"忘了自我介绍，我叫马库斯·布吉沃特。"

"阿丽克丝·卡拉汉。"

"认识你很高兴。"他说。

"你教什么课？"阿丽克丝问道。

"化学。"马库斯说，"在一家本地小学。孩子们都很好。"

"我喜欢化学，"阿丽克丝笑着说，"我喜欢把东西混在一块儿制造出爆炸的效果。"

"我看你也是。"马库斯说。

他们互相对视了一阵。阿丽克丝想：他接下来会邀请我去喝一杯吧，然后把我带到房间的一个角落里，说他觉得婚礼花费太高了。他看起来像那种觉得婚礼很费钱的人。之后他会问我住在哪里。再然后，谁知道……

"你在这儿啊！"塔拉·科密斯克一把挽住马库斯的腰，"我以为你离开我了呢。"

"我会吗？"他笑着看着她。

"你是索菲娅的朋友吧？"塔拉看着阿丽克丝问道。阿丽克丝点点头。

"你能来参加婚礼真是太好了。"塔拉说完，转向马库斯，"走吧，马库斯，我还想听你给我讲讲当老师的事儿呢……"她把他拖走了，留下阿丽克丝坐在离他最近的桌子旁边。

"这女孩以后肯定会出问题。"妮可拉点了一支烟，又递了一支给阿丽克丝，

"要是她这样一直拴着他，她肯定得不到他的。"

"看来你从根本上反对感情这件事。"阿丽克丝接过烟，将它点燃。

"的确。"妮可拉说，"但是我就是不喜欢看见女人因为感情让自己变傻。"

"或许她不会让自己变傻的。"

"在男人的问题上，女人都会变傻。"妮可拉深吸了一口烟，缓缓地吐出一个烟圈，"男人都是浑蛋，所有男人都是。我只是希望可怜的索菲娅知道自己在做什么。"

第三十章

周一上午很忙，可是阿丽克丝还没有从周末的疲惫中恢复过来。他们在索菲娅举行婚礼的酒店待到九点多，之后又同妮可拉和一群人去了附近的一家酒吧。妮可拉没待多久就走了，可是阿丽克丝喝多了，最后还对着马库斯·布吉沃特调起情来。

他十分惊讶，不过还是被她迷住了。他告诉她自己正在和塔拉交往，当然，她——阿丽克丝也是一个很讨人喜欢的女人，但他现在和塔拉住在一起。阿丽克丝记得自己当时是多么的羞愧难当，因为之后马库斯就径自走去了酒吧的另一边，去找正在和朋友聊天的塔拉。他对她说了几句话之后两个人都拎起包离开了。

阿丽克丝越想越觉得恶心。肯定是马库斯告诉塔拉她对他动手动脚，两人才决定离开的。天哪，她自责道，我就是个大笨蛋。

她其实对马库斯没有太大的兴趣，只是她已经很久没有享受到爱的感觉了，而且又被索菲娅的婚礼刺激了。她真为自己感到可怜。

"我就是个悲剧，"她一边想，一边用力地把欧洲中央银行经济报告揉成一团，"一个单身的焦虑的女人的大悲剧。"

"阿丽克丝！"

她把头转向珍妮。

"你想什么呢？保罗的电话在三线上。"

阿丽克丝将思绪转回现实，然后按下了接听键："保罗？"

"你好，"他说，"最近怎么样？"

"还好。"

"有什么消息吗？"

"什么方面的消息？"

"都行。"

"索菲娅上周末结婚了。"

"你朋友？那个在纽约工作的？"

"她都来伦敦好几年了。保罗，你知道的，上次我们两个一起见到她的时候她就来伦敦了。"

"我忘了。"保罗淡淡地说，"她嫁给谁了？"

"理查德·科密斯克。"

"哦，我知道，"保罗说，"那个黑头发的小伙，擅长各种运动。"

"就是他。"阿丽克丝说。

"希望他们幸福。"他说。

"我相信会的。"阿丽克丝咬着嘴唇说。

"嗯，我打电话是想问问你周五有没有时间接受采访。"

"我以为是别人来安排呢。"阿丽克丝说。

"我申请来做的。"保罗说道，"周五可以吗？会不会还是跟以前一样，跟一帮朋友出去喝酒，然后不省人事？"

"我从来没有不省人事。"阿丽克丝冷冷地说，"周五可以。"

"太好了。"保罗说，"会有三个人去找你的，其中一个是主持人戴米恩·奥罗丹，其他两人我就不知道了，可能是一个调音师和一个摄像师。"

"你们怎么就不能安排一个女主持人呢？"阿丽克丝问道，"你说这个节目是关于成功女性的，那为什么不安排一个女性来做这档节目呢？"

"可能都是女人的话观众会觉得不好看。"保罗说，"他们可能想找点儿平衡吧。"

"只有参与者是女人的时候你们才考虑平衡，"阿丽克丝愤愤地说，"要是全是男人的话才没人管是不是平衡呢。"

"你今天又吃错药了吧，阿丽克丝？"保罗问道，"跟我争论这些没意义的问题。"

"没有意义吗？"

"没有。"他说，"幸亏我们只是在谈论公事，我不用考虑到你的感受。"

"你不用？"她问道。

他沉默了一会儿。"对不起，当我没说。"

"好吧。"阿丽克丝说。

"那就定在星期五了？"

"好。"她不耐烦地说，"要是你好安排的话，最好安排到下午。"

"没问题，"保罗说，"到时候我会打电话提醒你的。"

"我不会忘的，"阿丽克丝说，"我记下来了。"

"多保重，阿丽克丝。"他说。

"当然。"她按下了电话，走出交易室。

"她怎么了？"戴夫满脸疑惑地看着珍妮问道。

珍妮耸耸肩。

"她今天很没精神。"他继续说道，"我以为她周末去英国了呢，可是度假回来应该更开朗幽默才对。"

"她去参加朋友的婚礼了，"珍妮说道，"我觉得她是有点儿小失落。"

"上帝啊！"加文一脸厌恶的表情，"那个女人到底怎么了？"

"可能因为她男朋友找了一个年轻漂亮的模特，把她甩了？"珍妮猜道。

"你也就只能那么想，"加文偷偷笑道，"你们女人都……"

"加文！"珍妮的眼睛里冒出警告的火花。

"哦，别胡说了！阿丽克丝现在也好点儿了，依我看她早晚还得再陷进去。"

"谢谢你这些智慧的话语，加文，"阿丽克丝的声音冷冰冰的，"我会记住这些话的。"她走向自己的桌子拿起电话。

加文站起身离开了办公室。

欧洲银行是只针对企业客户的大额交易银行，只做企业客户的金融业务，没有个人业务，因此即使员工也无法拥有本行的账户。阿丽克丝对这一点还是很满意的，因为她不想让身边的所有人都知道她账户的收支情况。这个月财政有些紧张，午餐时间她一边去银行的 ATM 机前排队，一边想道。这个月的支出项目很多，包括房屋保险和健身房会员卡充值等大笔支出。一想到健身房她不禁叹了口气，由于最近几乎很少去健身房，简直把钱都浪费了。而且她感觉自己最近发胖了，之前很合身的裙子穿上有些发紧。这都是因为以前她喜欢做的运动最近都停止了。

"你好，阿丽克丝！"

她转过身，看到了以前从欧洲银行离职的埃米尔向她走来，她离职之时也正好是保罗离开她的时候。她推了一辆婴儿车，里面的孩子正睡得香甜。

"埃米尔！见到你真高兴，"阿丽克丝笑着打招呼，"最近怎么样？"

"哦，还不错啊。"埃米尔说。

"你有没有想我们啊？"阿丽克丝问道。

埃米尔一下子笑了。"一点都不想！我以为我真会想的，可是说实话，我是一点儿想的时间都没有啊。一天到晚在家照顾两个孩子，根本一分钟都闲不着。"

"她经常这样子睡觉吗？"阿丽克丝朝睡着的婴儿努了努嘴，极力地想记起她的名字。凯特？她倒吸了一口凉气，不对，凯特是约翰·卡拉汉的女儿——她同父异母的妹妹！她怎么会在这个时候想到她呢？

"她就像个小动物一样。"埃米尔说，"不过她的确很能睡，阿丽克丝。有趣的是，我以前上班的时候她一点儿都不让人省心，我辞职在家之后她却老实了很多呢。"

"那她哥哥怎么样？"阿丽克丝连另一个孩子的名字也忘记了。

"哦，汤姆也是个睡觉高手，"埃米尔笑着说，"和他爸一样！"

"他现在在哪儿？"阿丽克丝问。

"汤姆在他奶奶家，"埃米尔说，"她很喜欢他，特别喜欢照看他。我得带这个丫头过来看医生——没什么事，就是例行检查。之前我还去了一趟欧洲银行呢，去拿一些文件资料。"

"你不觉得现在就安安稳稳地过日子有点儿太早了吗？"

"不会的！"埃米尔使劲摇了摇头，"说实话，阿丽克丝，我一点儿都不想念之前工作上的事情。我会想念你们这些人，但是根本不想工作。我一点儿都不想每天早上匆匆忙忙地照顾完丈夫上班、孩子起床之后再忙活自己上班的事，下班后也是如此。而且，小孩子很有意思的，我知道不是所有人都会这么想，但是我的确从中得到了很多乐趣。汤姆现在每天都去幼儿园，他不在家的时候我还挺想他的。”

阿丽克丝把银行卡插入 ATM 机，然后输入了密码。交完房屋保险和健身房费用之后，她账户上还有些余额。

“你最近怎么样？”当阿丽克丝把钱取出来、把银行卡放回钱包的时候埃米尔问道，“你还在这个问题上钻牛角尖呢？”

阿丽克丝笑了。“倒不是我。”

“你和保罗不想要孩子吗？”埃米尔奇怪地问，“都现在这个时候了？”

“就算我想要，也不是和保罗一起了，”阿丽克丝轻松地说，“我们分手了。”

“哦，阿丽克丝！实在对不起，我之前不知道。”

“你当然不知道了，没关系的。说实在的，一开始我还挺烦的，不过现在完全过了那个阶段了。”

“所以你还得再找一个人和你生孩子。”埃米尔开玩笑说。

“我估计不会，”阿丽克丝说，“我没有你那么大的耐心。”

“你会有的，”她说，“这是本能反应。”

“对我来说简直就是神话，”阿丽克丝说，“我看见小孩子就头大。”

“你姐姐家是不是有几个孩子来着？”

“两个，”阿丽克丝说，“我有时候也去帮忙照顾一下，可是这跟自己有孩子完全不是一个概念。”

“我觉得你会成为一个伟大的母亲的，”埃米尔说，“又聪明又漂亮又……”

“我要是再不回去就迟到了。”阿丽克丝打断她，“今天见到你真的很开心，埃米尔，而且你生活得那么幸福。”

“不好意思，我最近说话都没什么逻辑。”埃米尔说，“可能是最近老是跟孩子们说话，都不知道大人之间该怎么谈话了。”

“没有啊，”阿丽克丝说，“我很想多和你聊一会儿，可是今天早上我刚和同事争吵过，我不想回去太晚，让他们受过伤害后独自待在那里。”

“这就是我永远都不会想念的事情，”埃米尔一边说，一边将孩子身上的毯子包得更严实一些，“每个人都像打了鸡血似的，钩心斗角、互相讽刺。我现在的生活可是平静多了。”

"或许你说得对，"阿丽克丝说，"或许有一天我也想着安定下来呢。"

"真的很不错，"埃米尔真诚地说，"我强烈推荐这种生活。"她跟阿丽克丝挥手告别，然后离开了。

"克里昂娜。"阿丽克丝在回银行的路上终于想了起来，她女儿的名字叫克里昂娜。

"你好，欧洲银行交易部。"

"阿丽克丝，你好吗？"

"盖伊。"阿丽克丝做了个鬼脸，"我很好啊，你呢？"

"我也很好。我们周四要去都柏林，打电话给你说一声。"

"太好了，"阿丽克丝客气地说，"大概什么时候到？"

"我从伦敦过去，"盖伊说，"大概十点能到都柏林。"

"还有谁一起来？"

"杰奎斯·莫奈特。"盖伊说。

杰奎斯·莫奈特！看来这将是一场高端会晤了，阿丽克丝想道。杰奎斯是欧洲银行所有分行的总经理。

"期待你们的到来。"阿丽克丝说。

"我也很期待见到你。"盖伊说，"我想杰奎斯应该和德斯共进午餐吧，那么我们俩就一起出去吃饭？"

"棒极了，"阿丽克丝说，"我会预定一家餐馆的。"

"太好了。"

"那周四见了。"她说。

"再见。"盖伊说。

她挂了电话坐回椅子上，用钢笔轻轻地敲打自己的脑门。

"是德库尔塞勒吗？"戴夫问道。

她点点头。"他周四会过来，和莫奈特一起。"

戴夫做了个鬼脸。"不知道他们来干什么。"

"我也不知道。"她揉了揉鼻子，"肯定有什么事情，要不然他们不会随随便便过来的。"

"他们不会是要把咱们分行关闭吧？"珍妮忧心忡忡地说，"难道他们觉得我们没有赢利？"

"别乱说，"加文说，虽然他的声音里也有一丝迟疑，"我们赢利很多啊。"

"交易部是赢利的，"阿丽克丝说，"但是信用部去年亏损。"

"那是因为去年的贷款问题，"戴夫说，"谁知道最后政策变了呢。"

"那么巴黎分行也遭遇了同样的事情。"阿丽克丝说着叹了一口气，"我也不知道，戴夫，可能他们就是去各个分行看看吧，他们是从伦敦过来的。"

"是啊，不至于很糟，"戴夫说，"也可能就是过来看看而已。"

"有可能，"阿丽克丝说，"不过我们要在那天保持最好的状态。"电话响了，她随手接起来，"您好，欧洲银行交易部。"

"你好，阿丽克丝。"

她突然抓紧了话筒。"马特？很高兴你来电话。"

"我想买一些美元，小数目，也就五万吧。"

她瞥了一眼屏幕上跳动的价格，停顿了一下。"我给你转到加文那儿去吧，马特，如果你不介意的话。他现在负责你们的账户，所以应该由他来接待你。"

"我知道，"马特说，"他打电话告诉我了。可是你为什么要这么做呢？"

"我现在不负责具体客户，"她告诉他，"我负责整个交易部的运营管理，所以客户一般都交给交易员去管。"

"如果是大客户呢？"马特问道。

"我会负责一两个大客户。"她说。

"如果我有很大、很大的生意给你们做，是不是就可以找你了？"

"别开玩笑了。"她说。

加文从桌子的另一头紧紧地盯着她。

"我以为你会给我打电话的。"马特说。

"哦？"

"是啊，告诉我为什么美元兑日元的价格跌了那么多。"

"因为大家都觉得汇率会下降。"她机械地说道。

"可是我不知道啊。"马特说。

"我以为你知道呢。"阿丽克丝说。

"我有没有说什么或者做什么冒犯到你？"马特委屈地问道。

"什么时候？"阿丽克丝问道。

"射击之后，"马特说，"在你的公寓。我觉得我肯定让你不舒服了吧。"

"没有啊，"她警惕地看着听着他们的谈话的加文，不过他只能听见她这一头在说，也没有什么影响。

"你是不是对我印象很差？"

"马特，我不明白你的意思。"

"可能都怪我吧，"他说，"可能是我没搞清楚状况。"

"你真的把状况搞错了。"阿丽克丝说。

"好吧，那么，在你把我转到那小男生之前，一起吃顿晚饭吧？"

"什么？"

"晚餐，你懂的，每天晚上都得吃的。"

"我知道是什么意思。"阿丽克丝说。

"所以我想知道你能否和我一起共进晚餐。"马特说。

"应该是我邀请你，"阿丽克丝说，"你是我的客户嘛。"

"我是以一个朋友的身份邀请你吃饭的。我们当然可以谈工作，但是我还是想请你吃饭。"马特说。

阿丽克丝咬了咬嘴唇。"还记得我之前说过的话吗？要是下次你想要求更好的汇率，或者不采纳我的建议之类的，我们肯定会互相发脾气的……"

"我记得你说过的每一句话。"马特说，"可是如果你把我们转给加文负责，这就没事了，因为这样所有的汇率啊建议啊都是他给我的，所以我们之间就不会互发脾气。你就这样优雅地处理了这个矛盾。"

阿丽克丝忍不住笑了。"你觉得什么时候合适？"

"周四。"马特说。

"不好意思，"阿丽克丝说，"那天真不行。欧洲银行老总和巴黎分行的头儿要驾临，我要和盖伊一起吃午饭，晚饭估计也逃不掉。"

"这算是借口吗？"马特怀疑地问道。

"当然不是。"她说。

"那就太遗憾了，"马特说，"因为下周我要出差。"

"哦。"

"没关系，"他开心地说，"下次吧。那请让加文接电话吧，阿丽克丝。我们说话这会儿美元很有可能又飙升了。"

"没有。"阿丽克丝说。

"很好。"马特说，"要不然我就控告你因为跟我谈话浪费时间而导致价格走高了。"

她一点儿都不介意一个人生活。和保罗在一起的时候，她非常享受那些保罗不在家的夜晚，开一瓶啤酒，捧一本书，蜷缩在沙发上。因为白天一直都在说话，晚上她喜欢安安静静地放松。

但是今晚不同。自从他走后，今晚是第一个让阿丽克丝觉得陷入真正孤独的夜晚。她希望事情不是这样的。他和她讨论过孩子的事情。如果他坚持的话，她很有可能会更慎重地考虑他的意见。她环视了一下四周，公寓白色的墙壁上仿佛可见一些黏糊糊的手印。她叹了口气。她真受不了看到这些手印。

周四的时候她穿上了自己紫色的西服套装，将头发挽成一个小巧的发髻。她花了许多时间化妆，确保自己出门的时候保持最好的状态。她擦了香奈儿的香水，因为她记得盖伊曾经说过喜欢香奈儿的香水味道。

盖伊和杰奎斯在十点一刻到了。艾琳·沃尔士给阿丽克丝打电话说会议将在德斯的办公室举行，同时银行的首席会计师帕特也会来参加会议。

"我走了。"她出门的时候跟交易室的员工说，"希望是好消息。"

"嗨，阿丽克丝！见到你真好！"盖伊在她的双颊上亲吻了一下。

"见到你也是，盖伊。"

"阿丽克丝，"杰奎斯也亲吻了她，"你今天早上气色很好啊。"

"谢谢，杰奎斯。旅途还顺利吧？"

年长的杰奎斯扮了个鬼脸。"我们迟到了，"他说，"航空公司好像都不明白'准时'是什么意思。"

阿丽克丝对他笑了笑，坐下了。

艾琳端着很多杯子和一大壶咖啡进来了，她给每个人斟完咖啡后离开了房间。

"开始吧，"德斯说，"什么风把你们吹到都柏林来了？"

"欧洲银行巴黎分行因为一起违规交易损失了五千万欧元。"杰奎斯说。

德斯、阿丽克丝和帕特面面相觑。

"太糟了。"阿丽克丝说。

"我们发现交易员在把握金融衍生产品的时候非常错误地估计了市场价位，这在交易过程中是非常危险的行为。交易员肯定会和很多不同种类的金融产品打交道，很多风险管理专家和会计师都觉得这个很难把握，所以每次交易都存在产生损失的潜在可能性。"

　　"这是怎么发生的呢？"帕特问道。

　　"我们有一个非常优秀的交易员，"盖伊说，"不幸的是他将自己的立场完全放在了汇率上升的基础上，错误地分析了市场形势。而且大家都知道，市场并没有像他预计的那样上升。"

　　阿丽克丝想起了去年七月份美联储降低利率的事情。可能从那时候开始问题就出现了。

　　"我们走遍了欧洲银行每个分行，提醒大家时刻注意。"杰奎斯说，"这一次肯定会被媒体大肆宣扬，然后针对我们的交易员发表一些荒谬的言论，很明显这些都会影响到我们的股价。"

　　"显然会的。"德斯说。

　　"所以我们在考虑加强交易控制。"盖伊说，"我们的组织系统这次出了问题，本以为可以万无一失的。"

　　"不是这样，"帕特说，"如果有人犯了错误，一定会想方设法隐瞒的。"

　　"我希望以后不会再出现这种情况。"杰奎斯说。

　　"那对我们都柏林分行意味着什么？"德斯问道。

　　"增加对巴黎的汇报。"杰奎斯说，"而且我们正在考虑将更多的交易功能转移至巴黎的保护伞下。"

　　"在你说的这种情况下，巴黎的保护伞也起不了多大作用的。"阿丽克丝说，"我们之前也没有出过这种问题。"

　　"我同意你的说法，"杰奎斯说，"但是我们在运营管理上要采取一些激进的措施，虽然还没有具体决定今后应该怎么做。都柏林是一个课税宽免的地区，所以今后将本地风险投资减少，将资金注入更多商业渠道可能会更好。"

　　"这样的话我们就不是交易中心，而只是一个订单办公室了。"阿丽克丝说。

　　"这只是一种可能性，"盖伊解释道，"我们还没有作出任何决定，而且一直到明年都不会有什么变化的。"

　　"明年很快就会到来。"阿丽克丝说。

"我们会和你保持紧密联系的，"杰奎斯说，"不过我将在每个有交易业务的分行都派出一名审计员，这样就可以保证一切尽在掌控之中。"

"我没有意见，"阿丽克丝说，"我知道发生了什么。"

"我同意阿丽克丝的说法。"帕特点头说道，"我们的运营相对较小，因此我们比较容易找出不适当的事情。"

"下周审计员就会到位，"杰奎斯说，"所以我希望你们能按照所说的去做。我们现在已经承担不起任何其他事故了，要是再出事的话，市场又会攻击这件事。"

"就是这么残酷。"德斯说。

"我们必须经常保持警惕，"盖伊一边说一边叹气，"但是我们还是希望这种事不要发生。"

他们的谈话又进行了十五分钟，然后杰奎斯看了看手表。"我十分钟以后还有和荷兰银行的会议，"他对大家说，"我必须先走了。德斯，我们中午一起吃饭，对吗？"

"是的。"德斯点点头。

"那我中午和你一起吃饭了，阿丽克丝？"盖伊对她笑笑。

"没问题。"她说，"我预定了莱茨饭店，中午那里见。"

"好极了。"两个男人站起身，和他们分别握手告别。

德斯把杰奎斯和盖伊送出大门，阿丽克丝和帕特留在了房间里。

"这事真不好。"帕特沮丧地说，"距上次交易亏损导致市场变动已经很久很久了。这次股价肯定会受到很大打击。"

"我希望这次出事的就只有这五千万。"阿丽克丝说，"你知道这些事会变成什么样，到最后他们就会把所有这种有风险的交易翻出来。"

"阿丽克丝，我们交易部没有这种情况，对吧？"帕特有些担心地问她，"如果有什么我必须知道的事情，最好现在告诉我，别等到巴黎的事情影响到我们。"

"我向你保证绝对没有问题，"阿丽克丝一边说，一边庆幸交易部规模小，便于自己全盘掌控。

"我知道得不多，"帕特说，"我们会计师和风险管理人员都太相信你们了，特别是关于那些规划好的金融产品的交易。"

"这就是我不拿它们做交易的原因。"阿丽克丝温和地说，"给你说点儿开心的，帕特，"她对他笑笑，"自从一九九八年对冲基金资本管理土崩瓦解之后，五千万的损失根本算不上什么大灾难，只要你不像约翰·梅里韦瑟他们那样损失四十亿，其他就是小菜一碟。"

"我喜欢做一碟小菜，谢谢。"帕特释然地说，"希望你说得对，阿丽克丝。"

办公室门开了，德斯走了进来。他的表情十分严厉。"对了，你们两个，"他说，"一定要确保对任何事的掌控。从现在开始，阿丽克丝，我会逐个检查所有的大额交易的。"

第三十一章

阿丽克丝到达午餐地点的时候，盖伊已经坐在桌边等她了。她进门之后径直向盖伊走去。

"我点了红酒，希望你不要介意。"他说。

阿丽克丝看了一眼桌上的酒——夏布利酒①。盖伊即使知道阿丽克丝喜欢意大利酒，但永远只是点法国酒喝。

"当然不介意。"她坐在了他对面。

"你很担心吧？"盖伊说。

"倒不会担心都柏林，"阿丽克丝说，"我知道这里所有的事情。这次只是对整个银行不太好。"

"是对整个银行都很糟糕。"盖伊往她的杯里倒上了酒，"而且，阿丽克丝，这对我很不好。我本来应该知道这件事的。"

"我知道。"阿丽克丝说，"他们想让你卸任吗？"

盖伊笑了起来。"希望这一次不会。这次涉事的交易员及其直属上司都已经引咎辞职了，不过我还想继续坚持。"

---

①法国的一种白葡萄酒。——译者注

"你一直很擅长避免这些紧急事故的，盖伊，还记得上次泰国的交易吗？"

他做了个鬼脸。盖伊曾经负责泰国政府债券，当时是非常具有赢利效益的交易。他一直为这笔交易出资，直到接近风险极限。而且他在一九九七年九月份，即亚洲金融风暴袭击市场的前一个月将交易完成，避免了金融危机中显而易见的大额亏损。当年九月份的时候盖伊和阿丽克丝曾经一起讨论过亚洲的金融形势。阿丽克丝当时看到一篇关于印尼动乱的报道，担心整个亚洲金融市场动荡。盖伊说自己同意她的说法，但是泰国应该没有问题，所以当时也没有什么太大的想要卖掉债券的动机。然而之后在美国投资的一个项目里急需资金，盖伊就处理了泰国政府所有的债券。结果一个月后，他成为了英雄。

"幸运比聪明更好。"他吟唱着欧洲银行的颂歌。

"你一直都很走运。"

"你也是，阿丽克丝。"

"到目前为止吧。"她承认道。

一个服务生走来，他们点了餐。

"我们将在巴黎寻找一些替代者。"盖伊说。

"哦？"

"我们不会停止金融衍生交易的。当然了，它们的风险很大，可是同时赢利也很高。这件事情过去之后，我们部门要进行重组。"

"从外部招聘？"

"是的。"盖伊说，"我们想重新组合交易团队，改进之前的模式，吸收新鲜血液。"

"好主意。"

"我想让你加入我们，阿丽克丝。"

她放下正在往上涂果酱的面包，看着他。

"我？"

"是的，你。你有经验、值得信任，而且不是一个只为了自己赚钱的人。"

"我可能不想去巴黎。"她说。

"为什么？"

"我喜欢在都柏林工作。"她又继续往面包上涂果酱。

"哦，别傻了，"盖伊惊奇地看着她，"都柏林只是很小的交易室，阿丽克丝，你肯定会觉得很受限的！我记得你以前在伦敦的时候，都是做大笔交易，操作大的头寸，那样会有很多的可能性去赚更多的钱，甚至得到更多的奖金。在都柏林什么都没有。"

"我知道，可是我觉得这里很有意思，我可以做很多其他的事情，并不只做一个产品。我们有各种各样的客户，我会和银行里信用部、会计部和银行部中各种各样的人打交道，我可以做更多的事情，而不仅仅只是交易。"

"你觉得这样的工作比在巴黎做掉期交易还要有意思吗？"

她僵硬地坐着。在巴黎做掉期交易，也就是进行固定汇率和浮动汇率借贷，是个又大又肥的差事。如果盖伊让她在这个部门做高级职位的话，无疑是一个很好的工作。

"掉期交易？"

"我们会将迈克尔·帕提特调到衍生品部去，然后就开始掉期交易的工作。"

"这个想法很有意思。"她慢慢地说。

"你会接受吗？"

"我不知道。"她说，"这个太突然了，盖伊，我都没有时间好好想想。"

"你是交易员，"他笑着看着她，"你不应该花时间想事情。"

"这件事我必须好好想想，"她认真地说，"这对我来说也是很大的改变。"

"你没有太多的时间考虑，"盖伊说，"这个职位我只能为你保留两到三个星期，之后我就只能再去找别人了。"

"我知道。"

"你应该接受，"盖伊说，"这是个很好的机会，阿丽克丝，很有可能是你最好的机会了。"

他说得对，她一边听他谈论巴黎运营的事情，一边想道。或许是她一生中最好的机会了。

戴夫、加文和珍妮各自在办公室里吃三明治。

"肯定有什么事，"珍妮说，"他们开了一上午的会，而且阿丽克丝的午饭吃了这么久。"

"你又不是不知道盖伊·德库尔塞勒，他吃午饭都要很长时间的。"戴夫说。

"但是上午的气氛不对，"加文说，"你们感觉到了吗？"

"那是我们营造的气氛，"戴夫说，"因为我们都在担心。"

"你觉得我们的担心对吗？"珍妮问道，"你觉得他们会把分行关闭了吗？"

"我不知道为什么要关闭，"戴夫把手上的关节弄得咔咔作响，把另外两人吓了一跳，"我们又没有亏损，而且去年业绩非凡。"

"可是他们有可能进行什么合理化改革。"加文说。

"我们肯定不是唯一受影响的部门，"珍妮说，"其他很多地方在过去的十八个月里也都遭到经费和人员削减了。"

"现在我们可能要好好准备简历了，"加文说，"在大家没什么动作之前先离开这儿。"

"之前安德鲁西亚银行不是邀请你过去了吗？"珍妮问道，"你怎么不给他们打个电话呢？"

"那个职位没什么价值，"加文承认道，"他们只是招一个初级职位。"

"我以为……"

"我知道以后我会做得很好的，"加文说，"但是那不是我想要的，要不然我早就离开这儿了。"

他们安静地坐了一会儿。

"有可能是好消息，"戴夫最终开口道，"可能欧洲银行把其他银行合并了。"

"有可能吧。"珍妮的笑容又灿烂起来。

电话响了，他们赶快忙着接电话去了。

阿丽克丝吃完午饭回来，办公室里所有人都焦急地看着她。

"怎么样？"戴夫问。

她坐在桌前看着交易屏幕。美元又下跌了，他们持有的基金也有了一定下跌，不过幅度很小。一切都正常。

"巴黎那边出了很大的错误。"她告诉他们。

"什么事？"戴夫问。

"有交易员在交易中损失了五千万。"

"真是傻蛋。"戴夫说，"就没有人发现吗？"

"哦，戴夫，你是了解情况的。他非常错误地估计了市场行情和价位，当时连头儿都没发现。"

"要是你的话一定会发现的。"珍妮说。

"希望我会。"阿丽克丝挤出一丝笑容,"但是关键在于下周他们派出了一批审计员来审查。所以,拜托大家,一定要正常交易,一切及时汇报。"

虽然银行严格限制了交易范围,但有时候比较着急的客户会让交易员先打破这个限制,事后再追加一份许可申请。阿丽克丝在伦敦做新西兰元交易的时候就是这么做的,最后她差点儿被罗甘·麦当劳辞退了。

"他们想让我们受到巴黎那边的更多控制。"她又加了一句。

"为什么?"加文说,"我们这边什么都没做,为什么要接受控制?"

"他们可能想通过我们做更多的客户交易,但是同时会减少整体的自由度。"

"简直就是胡闹!"加文说,"要是这样的话我们岂不是被捆得更牢了?"

"我知道。"阿丽克丝说。她又想起了盖伊给她发出的邀请。如果巴黎真的要接管都柏林的话,那么她的工作就没什么意义了。这样看来盖伊给的机会就更加有吸引力了。

"他们就喜欢纸上谈兵,"加文厌恶地说道,"根本不需要我们这些交易员了。"

"这只是亏损之后的正常反应,"阿丽克丝说,"他们还没有决定到底怎么办。"

"那巴黎那边如何?"加文问道,"会不会有更多的岗位和工作机会?"

"什么意思?"

"我估计,他们肯定会辞退一大堆人,他们必须这么做,阿丽克丝,你知道情况的。所以或许巴黎会有更多的工作机会呢,那就更有意思了。"

"应该会有吧。"阿丽克丝小心翼翼地说道。

"他们邀请你了吗?"珍妮仿佛听出了阿丽克丝语气中有些异样。

"有可能吧。"阿丽克丝说。

戴夫、加文和珍妮三人紧紧地盯着她。

"盖伊跟我说了一个掉期交易的职位。当然只是说说而已,没别的。"

"那我们怎么办?"戴夫问道,"这会对我们造成什么影响?"

"他们又没说要在都柏林裁员,"阿丽克丝说,"你们肯定没事。"

"可能就没那么忙了。"珍妮说。

"要是他们决定通过我们交易的话,肯定会更忙的。"阿丽克丝说,"不过我们的自主权就少了。"

"所以你就打算离开了,是吗?"戴夫没理由地大叫道,"你又不喜欢别人对你呼来唤去的。"

阿丽克丝耸耸肩。"也有可能是他们不想让我待在这儿了。不过我的确喜欢自己拿主意做事。"

"那你根本半点儿都没提到我们该怎么办。"加文愤愤地说。

"不是,"她严厉地说,"今后我会经常和德斯开会讨论今后银行的发展趋势问题,我们肯定会关心每一位员工,不仅仅是交易部的,是所有员工。"

"如果你走了的话,你的位置就会空出来吧?"戴夫饶有兴趣地看着她,问道。

"我还不知道是去是留,"她说,"而且我甚至不知道在这个问题上我有没有决定权。不过如果我真的离开了,我觉得你们中的一位可以接替我的职位。他们应该不会再从外部招聘了。"她看了看手表,说道:"我要去跟帕特讨论一下了,要是有什么事情就去帕特办公室找我吧。"

"啊哦,"她离开之后珍妮开口道,"的确是个值得深思的问题,你们觉得呢?"

"你觉得她会走吗?"戴夫进一步问道。

"或者说她会被派去吗?"珍妮沉吟道。

"她当然会去了。"加文说道,"而且她走了之后对我们来说也是一个很好的机会啊。你知道她那么保守的一个人,走了的话也会给我们留下一些有意义的职位吧。"

"要是全被巴黎接管了,也不见得。"珍妮说。

"不用考虑那些事情,"加文说,"这事儿简单。我们有可能扩大每天交易的限额,这样交易就更方便了。"

"从所有客户的角度来说,巴黎还是想加强对交易的管理。"戴夫说。

"你现在也站在他们的立场上考虑问题!"加文喊道,"为什么不跟我们同一立场去考虑呢?"

"同一立场什么的我无所谓,"戴夫说,"但是我讨厌做双面胶夹在中间。"

"不管怎么说,"珍妮急忙说,"我们必须考虑自己的前途。阿丽克丝什么都不告诉我们是想让我们别做出什么疯狂的事情来。"

"我们不会的。"戴夫说,"不管怎样,巴黎下周就会有人过来了,他们在的时候我们只要确保一切正常就可以了。"

"我们一定能做得很漂亮。"珍妮说。

"绝对的。"戴夫说。

"好吧。"加文不满地说。

阿丽克丝大约六点钟回到家，看到薇安的车停在外面，但是没有看到她。

她开门进去，将身上的西装脱下，换上了李维斯牛仔裤和一件无袖汗衫，把头发松散开了松松地扎了一个马尾。顷刻间她就看起来年轻了至少五岁。

门铃响了，阿丽克丝打开对讲机。

"是我，"薇安说，"给我开门。"

阿丽克丝打开大门让她进来。一分钟后，薇安出现在了阿丽克丝面前。

"我给你打电话来着，"薇安说，"可是你不在家。"

"怎么了？"阿丽克丝问道。

"我怕给你打电话你会找借口不去，就直接过来了。"薇安说。

"去哪儿？"

"爸爸周六会到家里来。"薇安告诉她，"我们今晚要出去吃饭，卡莉在米兰诺餐馆预定了四个位子，阿丽克丝，你一定得来。"

"薇安，我说什么才能让你的脑袋开窍呢？"阿丽克丝追问道，"我已经告诉你一千次了，我不会没骨气地让约翰·卡拉汉关心我，我不会和他一起吃饭。一切到此为止。而且，"她又加了一句，"我今晚要和巴黎分行过来的盖伊·德库尔塞勒一起吃饭。"

"哦，阿丽克丝，你能不能忘掉一次你的工作，多想想你的家人？"

"他不是我的家人，"她反对道，"他以前不是，以后也永远不会是。"

"我们真心地想让你一起过来，"薇安痛苦地说，"你不在就不像那么回事了，阿丽克丝。"

"不是不像那么回事，本来就不是那么回事。"阿丽克丝生气地说道，"他以为就这样回来了，装做什么都没发生就可以了吗？我不会去的，我才不管呢，薇安，你和卡莉再怎么施加压力我也不会去的。"

"那你今天的商务晚餐是怎么回事？"薇安问道。

"盖伊·德库尔塞勒是我们巴黎分行的头儿，"阿丽克丝说，"他们因为一个失误造成了重大损失，所以即将开除一帮员工。"

"那跟你有什么关系？"薇安又问。

"盖伊在巴黎给我介绍了份好工作。"

"巴黎！"薇安大叫道，"你会去吗？"

"为什么不去？"阿丽克丝反问道，"肯定挺有意思的。"

"我会想你的。"薇安坦率地说。

"什么？"

"你要是去巴黎的话，我和我的孩子们都会想你的。"

"很高兴你这么说，"阿丽克丝说，"不过我敢打赌他们很快就会把我忘了。"

"你为什么总是觉得世界上没有人关心你呢？"薇安疑惑地问道，"你为什么不会因为会想念我们而感到烦恼呢？"

"我当然会想你们啊。"阿丽克丝说，"这又不是什么大事，很多人都在国外工作啊。而且，如果我想继续留在欧洲银行工作的话，我可能也没有别的选择。"

"那保罗怎么办？"

"他怎么了？"

"你要是去了巴黎怎么把他抢回来？"

"我不知道自己是不是还想把他抢回来。"阿丽克丝说。

"那你还要不要再找一个新男朋友？"

"现在这个事情不着急，"阿丽克丝揉了揉后脑勺，"现在我比较关心巴黎的事情。当然，"她若有所思地看着薇安，"我也很有可能跳槽啊，留在都柏林，或者去伦敦，甚至纽约。"

"你会吗？"

"会什么？"

"去纽约？"

"为什么不去？"

"太远了。"

"上帝啊！薇安，你能不能把眼光放长远一些？"阿丽克丝盯着她说道，"这里又没什么可以牵绊我的，而且我也不会让谁牵绊。你能明白我的意思吗？"

"我知道你的意思，"薇安回应道，"我只是觉得不太值得，仅此而已。"

"那你怎样才能开心呢？"阿丽克丝问道。

"看到你开心。"薇安说。

"我很开心！"阿丽克丝大声说，"我要怎么给你证明你才相信？"

"我不知道。"

两姐妹都陷入了沉默。

"你要喝点儿咖啡吗？"阿丽克丝问道，"我想去煮点儿咖啡。"

"好的，谢谢。"

阿丽克丝整理好咖啡壶，用小勺将咖啡舀进杯子里。

"我带了一些照片过来。"薇安说。

"又来了！"阿丽克丝狠狠地瞪着她，"你什么意思，薇安？就是想消磨我的耐心吗？"

"我只是觉得……"

"别觉得。"阿丽克丝说，"别说了。"

"但是卡莉都能忘掉过去原谅他……"

"不是卡莉做的事我都能做到。"

"她真的原谅他了。"薇安说，"而且她说，三十多年了没有必要记恨这事。"

"如果你觉得我是在记恨的话，你就大错特错了，"阿丽克丝说，"我没有记恨任何事。你们记得他，所以可以忘记，而我根本就不记得这个人。他走的时候我才三岁，所以他几乎不曾出现在我的生命中。我也没必要一定要和这个人重归于好。就是这样。"

"那你就不想看看他现在什么样子吗？"薇安说，"这一点我不明白，阿丽克丝，你一直对别人都有很大的好奇心的。"

"对他不是。"阿丽克丝打开冰箱，冰箱里的牛奶只够一个人喝了，她将牛奶都倒入薇安的杯子。"给你。"她把咖啡递过去。

"谢谢。"

"你们好好享受在米兰诺的晚餐。"一阵沉默之后，阿丽克丝开口道。

"我们会的。"薇安答道。

"跟卡莉说，我明天或者周日会给她打电话的。"阿丽克丝说。

"好的。"

"告诉我一件事。"

"什么？"

"这次的聚会，伊莫金是怎么想的？"

薇安耸耸肩。"我不知道。"

"我觉得如果我是她的话，我一定会很生气。"

"为什么？"

"她在过去的三十年中一直是他生命中最重要的女人，而现在他要回到自己原来的妻子和孩子那儿。我要是她的话一定会很担心。"

"我觉得她不会，"薇安说，"我觉得她可以接受这一切，她是个坚强的女人。"

"我以为她很软弱呢，"阿丽克丝说，"要不然他也不会因为她而离开我们。"

"哦，阿丽克丝，"薇安一口喝光了杯子里的咖啡，"你是不是不能接受别人长大？"

"别乱说。"阿丽克丝接过她的杯子放在桌上。

她其实没什么心情去和盖伊·德库尔塞勒一起吃晚餐，可是她还必须要和他愉快地谈话，这样才有可能得到巴黎那个很有潜力的职位，并知道更多关于都柏林分行的事。她预订了一家有名的法式餐厅，在九点钟。她知道盖伊喜欢法式餐厅。

她一边化妆一边想道：要是晚上能一个人在家看电视睡懒觉该多好啊。而且就算出去吃饭的话，吃中餐远比吃这些高级料理更舒服一些。阿丽克丝最喜欢吃豌豆吐司，但她从来没跟任何人说过。

差一刻钟九点的时候，她叫的出租车到了。她一点儿都不想去。

"准备好出去度过一个美好的夜晚了？"出租车司机问道。

她不情愿地回应了一句。她一直在想应该和盖伊聊些什么，什么是对她，以及交易部其他人重要的信息。

她准时抵达了餐厅，服务生将她带到了预约的座位。刚给她斟满一杯巴黎水，盖伊就到了。

"你今天真可爱，亲爱的女士。"他称赞道。她今天穿了简约的黑色连衣裙，戴了珍珠项链和耳环。

"谢谢。"她说。

"我喜欢你的发型，"他说，"很别致。"

"你真这么认为？"她理了理发髻。

"当然。"他说，"虽然如果你把头发披下来我会更欣赏。"

"我出去吃饭的时候从来不披着头发。"她解释道。

"你从来都不披着头发。"盖伊补充说。

"我在办公室的时候披着头发啊，"她告诉他，"只不过在后面系了一下。"

"但是都系得很紧。"盖伊说。

"是的。"她说。

"因为你从来都没有真正放松过。"

"披着头发会使头发扫进我的眼睛。"她一边解释一边将菜单递给他。

盖伊点了贻贝和法式红酒炖牛肉，阿丽克丝则点了一份沙拉和鸡肉饭。

"棒极了。"服务生走后，盖伊称赞道，"我喜欢这个地方。"

"所以我预定了这一家。"阿丽克丝说道。

"那么，"他看着她说，"你决定要接受我的邀请了吗？"

"我不知道。"她说。

"这个机会真的很好，"他说，"一个高级职位，阿丽克丝，你会比现在多赚很多钱。而且我觉得你一定会喜欢它的。"

"那我的家人和朋友怎么办？"她问道。

"什么？"

"我在这儿的家人和朋友怎么办？"

"呃，有一点可以确定的是，他们不能来巴黎！"盖伊对自己的玩笑哈哈大笑起来。

"我知道我会想他们的。"阿丽克丝说。

"你不是认真的吧？一个像你这样的女人，肯定不会因为家人、朋友而受牵绊的吧。而且德斯告诉我说，你的男朋友已是过去式了。"

"德斯告诉你的？"

"是啊，几个星期之前我们曾经谈论过你。"

那时候德斯第一次跟她聊关于巴黎工作的事情，难道他已经知道巴黎亏损了？

"我们就是笼统地谈了谈巴黎的事情，"盖伊解释道，好像他已经洞察了阿丽克丝的疑问，"我说我们欢迎有才能的新人来工作。"

"那我也算新人吗？"

"对巴黎来说，是的。"

"德斯想让我去吗？"

盖伊耸耸肩。"德斯觉得你待在交易部太屈才了。"

"哦。"说我屈才？阿丽克丝想道，德斯只是想让自己的工作更顺心一些吧。在他看来，如果由戴夫做了她的工作的话，他会好过很多。所以，如果她接受邀请去巴黎工作，那正中他下怀。如果她不去的话只能自讨苦吃。她叹了口气。

"怎么了？"盖伊关心地问道。

"没事，"她说，"只是有很多事情都需要考虑。"

"你近期来一趟巴黎吧，"盖伊说，"过来看看你今后有可能工作的地方，找找感觉，而不仅仅是参观一下。"

她点点头。"好主意。"

"因为我们还要尽快解决问题，阿丽克丝，市场等着这个呢。"

"我明白，"阿丽克丝说，"我会尽快过去的。"

她回到公寓的时候已经很晚了。盖伊邀请她去他的宾馆喝一杯，她拒绝了。

"我累了，"她告诉他，"我想回去睡觉。"

"我也累了，"盖伊说，"可是我还是希望能和你一起喝一杯。"

"我会睡着的，"她说，"这周太忙了。"

"接受这份工作吧，"她离开的时候盖伊说，"不接受的话你肯定会后悔的。"

或许他说得对，她回到家翻检衣柜找明天穿的衣服时想道。在一个美丽的城市的知名银行的好工作，她为什么还要犹豫呢？在都柏林分行又能给她留下什么呢？她如果留下的话今后的发展会怎样？会不会悄无声息地泯然众人中了？

"可恶！"当她从衣柜里拿出一件西装时，她突然大声喊道。明天是该死的电视采访！她抱怨了一句，将西装放回去，拿出另一件她认为更适合在电视节目中穿着的衣服。她要让全世界的观众看到，在一个男性主宰的行业里，一个事业成功的女性是什么样的姿态。

她自己也想弄清自己到底是怎样一种姿态！

第三十二章

保罗打来电话，提醒她今天的采访。

"我没忘，"她暴躁地说，"你用不着提醒我。"

"采访组会在下午两点半左右到。"保罗完全无视她的语气说道，"对他们好点，阿丽克丝。"

"我当然会对他们很好。"她大叫道，"你以为我会做什么？"

"阿丽克丝，你要是心情不好的话能在五步之内撞倒一个大男人。"保罗说，"戴米恩·奥罗丹是个新人，你别吓着他。"

她笑了。"我当然不会吓着他，我没有这个兴趣。而且我要扮成一个成功女人的形象，你知道，要关心人、与人分享，但是还要突出自己的优势。"

"整个过程大概要一个小时，"保罗说，"你能给他这么多时间吗？"

"没问题。"如果他需要，她可以抽出更多的时间。"你们会在年底之前播出这期节目吗？"

"差不多。"保罗说。

阿丽克丝希望在她去巴黎之前就可以看到节目播出，如果她去巴黎的话。

"祝你好运。"保罗说，"我之后会给你打电话问问采访情况的。"

"谢谢。"她看到珍妮示意她有电话打进来，"我先挂了，再见。"

"马尔霍兰在二线。"珍妮说。

阿丽克丝接起电话："你好，查理！我可以帮你做什么？"

一上午大家都很忙。阿丽克丝试图想象如果她不在了交易室会变成什么样子。她扫了一眼其他的三个交易员。戴夫正在和他最好的一个客户谈论周末踢足球赛的事情，珍妮在和另一个客户讨论世界经济衰退背景下潜在的市场，加文在努力地向一个客户解说艾略特波浪理论。

如果她走了，戴夫应该会升到她这个位置，虽然加文也野心勃勃地觊觎升职。不过戴夫做事情更有效率。阿丽克丝想知道戴夫会不会也用同她一样的管理方式。不过如果巴黎将对爱尔兰施加更多影响的话，估计也没有什么太大问题。

电话又响了，她接起来："您好，这里是欧洲银行交易部。"

采访组在两点半准时到达。阿丽克丝在他们来之前补了十分钟妆。她戴着低调的珠宝首饰，头发扎成法式马尾辫，穿着露易丝·肯尼迪设计的橄榄绿套装。她知道这样看起来一定很不错。她只希望自己不要表现成一个大傻瓜就可以了。

阿丽克丝走下楼梯到达大厅时，丽塔·麦道夫——银行的前台接待员正在跟戴米恩聊天。戴米恩跟丽塔保证要在另外一期节目中采访她。

"我是阿丽克丝·卡拉汉。"阿丽克丝伸出手。

"戴米恩·奥罗丹。很高兴认识你。"

他看上去比她预想的年轻很多，大概二十岁出头，头发用发胶定型，戴着银色金属框眼镜。他穿了一件海军蓝的西装、白衬衫，系着红领带。

"我不知道你们会将采访场地放在哪里，戴米恩，"阿丽克丝说，"我们二楼有一个会议室。我的办公室连着交易室，也可以用，但是空间不大。"

"我觉得在会议室就可以了，"戴米恩说，"菲尔会拍几张你工作时的照片。"他转过身去对摄影师说："你觉得呢，菲尔？"

菲尔点点头。"没问题。"

阿丽克丝把他们带到会议室，菲尔和调音师开始张罗布置设备。

"你比我想象的要年轻。"戴米恩对阿丽克丝笑着说。

"你也比我想象的年轻。"阿丽克丝说。

"我只是看起来显得年轻。"戴米恩说，"所以对我来说也挺郁闷，因为人们老觉得我这么小，应该去拍儿童节目。"

"你多大了？"阿丽克丝问。

"二十九岁。"

她表现出惊讶。

"你看，"他说，"每个人都是这个反应。我想做一些严肃的节目，可是别人觉得我应该教四五岁的儿童怎么使用洗涤剂。"

阿丽克丝笑了。"那你的保质期肯定很长了，你可以在这个过程中学到更多东西。"

"我想做更多有意义的节目。"戴米恩说，"我已经做了不少无关紧要的节目了，所以我希望这次的采访系列能对我有帮助。"

"那这次为什么是由男主持人来做采访呢？"阿丽克丝问道，"既然是采访成功女性，为什么不让女性来做采访呢？"

"这是我的主意，"戴米恩回答道，"因为我不想把这个差事交给一个女鲨鱼去做，上帝保佑！"

"女鲨鱼？"

"是啊，"戴米恩说，"一旦她咬住你什么事情，就一直不会松口。"

"或许对我们来说，能有让人咬住的事情也不容易。"阿丽克丝说道。

他笑了。"这次采访一定能进展得很好，我能感觉到。"

"你觉得我多大了？"阿丽克丝突然问。

"什么？"

"你之前说我比你想象的年轻，你觉得我应该多大了？"

"我一直以为采访对象是四十多岁的女性，"戴米恩说，"但你年轻很多。我已经采访过几个女性，她们都比你大很多。"

"我们这行就是年轻人的博弈，"阿丽克丝说，"再过几年我就真老了。"

戴米恩向她笑了笑，走开去帮摄影师检查东西。阿丽克丝站在窗前，目光落在窗外的利菲河上。她突然发现刚才自己所说的全都是事实。再过几年，她做交易员就太老了。大家都说三十几岁的时候就会把工作的激情消耗殆尽，所以在此之前一定要作好准备。她不禁打了个寒战。这就是她人生的全部，她只做过这个，也只想做这个。她完全不能接受有一天自己突然不能再做下去了。长江后浪推前浪，有一天，年轻人会将她从这个位置上扫地出门。

可是巴黎还需要她啊，还给她留了一个位置。或许在那儿她可以在更高层次上管理公司的运营，成为公司的管理者之一。最终她也有可能接替盖伊甚至杰奎斯的职位，很有可能。她能讲流利的法语，并熟练掌握西班牙语和德语，这样在欧洲银行做一个领导者也不难。这个工作肯定很有趣，在各大首都之间来回巡视，为各分公司的发展出谋划策。

"阿丽克丝，我们准备好了。"戴米恩打断了她的思考。

"好的。"她说，"我应该坐在哪儿？"

摄像机并不会对她的表现造成干扰，虽然她之前只做过一次电视采访，但摄像机几乎就是金融市场工作人员生活的一部分。只要市场突然上涨或大幅下跌，摄像机就会直击交易室的现状，然后聚焦到正在处理问题的交易员身上。她在伦敦工作的时候，有一段时间市场极其动荡不稳，阿丽克丝几乎每天都可以从电视上看到自己忙碌的身影。

戴米恩·奥罗丹清了清嗓子，对她微笑着。

"阿丽克丝·卡拉汉，极具声誉的欧洲银行都柏林分行财富中心负责人，非常成功的事业型女性，欢迎你。"

她对他淡淡地笑了一下，感觉到镜头朝向了她。

"请问您是从哪里得到这些动力的？"戴米恩问道。

我不知道，她暗自想道，我不知道为什么每天早起和金融市场上的其他人打仗，我也不知道为什么自己要同我根本没见过的人在聪明才智上较量。

"我一直对金融市场很感兴趣。"她回答道。

"不过一般来讲这都是男人来做的，对吗？"戴米恩问道。

是啊，她想，的确是，但或许这就是她喜欢做的原因。或许我就是喜欢和加文·唐纳利那种人交锋，虽然我自己不这么认为，但这一定也是我个性的一部分。

"时代在变化，戴米恩，现在越来越多的女性也积极参与金融市场工作了。"

"那么，在这个行业中，要受人重视是不是非常困难？"

她想起了有一次和戴夫吵架的事情：她坚持要将交易中止，而戴夫认为还可以赚钱，要继续交易。她当时歇斯底里地尖叫"你必须立刻把这个交易给我停下"，当时全场一片沉寂，之后戴夫愤愤地说她是经前综合征。

"我认为男性难以接受女性在这样的行业中担任领导工作。"她说。

"但是你不是这样，"戴米恩说，"你作为一个女强人得到了很多尊重。"

以后总有一天，她也只能悲惨地被调到冷门部门，再次被别人领导吧。不过这一天还很远。

"如果想做好，每个人都要让自己变得强大起来。"

戴米恩一直这样提问着，她也有序地一一作答。同时在想，要是他知道最近几个月我一直在和一个年轻的交易员进行权力争夺，而最终那也许毫无意义，他会怎么想？

"那你的个人生活怎么样？"戴米恩问道。

"什么？"

"个人生活。你都在什么时候放松呢？"他瞥了一眼笔记上的问题，"你每天工作十到十二个小时，除了工作，生活中有没有比较特殊的人？如果有的话，你是怎样解决工作和生活的平衡问题的？"

这是在说保罗吗？他肯定问过保罗，肯定知道她现在没有什么家庭生活。

"我在空闲时间会去健身房和射击馆，"她说，"在那儿能给我带来生活乐趣。"

"那家庭呢？"戴米恩追问道，"你从来没有想过在这个年龄安稳下来吗？"

她对这个问题恨得咬牙切齿，虽然脸上还保持着礼貌的笑容。保罗，我要杀了你。她愤愤地想。

"偶尔会想吧，"她简短地说，"不过还没到时候。"

"但是这对于事业女性来说的确是个问题，不是吗？"戴米恩坚持问道，"正因为你将所有的时间、精力都放在工作上，你就必须将家庭等其他问题一再推迟。如果有一天你发现再考虑这些问题的时候已经太晚了，你会怎么办？"

"现在对我来说还不晚，"她对他微笑着，"所以我不清楚那些考虑这些问题已经有点儿晚了的女性如何应对这些问题。"

"这也是你必然会涉及的问题。"

"我在思考，"她说，"不过这并不影响我清醒的决定。"

"如果有一个合适的男人走进你的生活，你会放弃现在的一切吗？"戴米恩问，"你会说'是的。我有成功的事业，但现在情况已经变了'吗？"

"你会问一个男性这样的问题吗？"阿丽克丝反问道，"我为什么要放弃自己的事业？你采访男性的时候也会问他们是否考虑这样的问题吗？"

"但这个问题对女人来说很重要，对男人却不是。"

"你再说一遍？"她盯着他说道，"你的意思是：只有女性应该关心家庭和孩子，只是我们女人需要作这个选择？"

"不是。"戴米恩看起来有些不安，"我只是觉得大部分的女性最终都会选择放弃事业照顾家庭，我想知道其中的影响因素。"

"或许是因为现实社会中所遵循的规则都是男性制定的，"阿丽克丝指出，"虽然一些地方工作环境有所改善，但对女性并不完全是友好的。不过假如进步的途径是对抗而不是妥协，女性将一直斗争下去。"

"这种现象是因为女性在对抗中没什么胜利的希望吗？"戴米恩问。

"因为我们更倾向于用妥协来解决问题。"阿丽克丝说，"我们认为没有必要一定要将对手置于死地，也没有必要因为一些竞争而争执。然而男性似乎更喜欢这种游戏。"

"所以，就目前来看，你还是没有打算放弃事业建立家庭？"戴米恩回归到了最原始的问题。

"我不认为两者之间有什么冲突。"阿丽克丝说。

"阿丽克丝·卡拉汉，非常感谢。"戴米恩对她笑笑，摄像机镜头关闭了。"采访很成功，谢谢。"

"我没想到你会问这么私人的问题。"阿丽克丝说。

"哦，一般做事业型女性采访的时候都会问这些的。"戴米恩告诉她，"其实也挺难取舍的，对吗？在家庭与事业的挣扎中。"

"应该是吧。"阿丽克丝说。

"不管怎样，采访很顺利。我们能再拍几张你工作时的照片吗？就是你打电话的时候，或者上蹿下跳什么的。"

"没问题。"阿丽克丝说，"不过我敢保证没有人会在工作的时候上蹿下跳的。"

交易室里，戴夫、加文和珍妮在讨论未来的发展。

"我敢打赌她一定会去巴黎工作，然后对我们不管不问。"加文说。

"你为什么这么说？"珍妮问道。

"因为要是我的话，我一定这么做。"加文大笑。

"那你干吗怪她？"

"我没怪她，"加文说，"我只是说说她会怎么做而已。"

"那你打算怎么办？"珍妮问。

"我会继续留在这里体现我无上的价值。"加文对她和戴夫眨眨眼睛。

"她要是真去了，你就升职了啊，戴夫。"珍妮说。

"我也会的。"加文说。

珍妮看着他问："你升什么职？"

"高级交易员呗。"

"你还只是个新人呢，"珍妮说，"如果说有人要升职为高级交易员，那也是我，轮不到你。"

"行了行了，"戴夫打断他们的话，"这都还八竿子打不着的事儿呢。我们就等着看情况，好吗？"

"当然可以。"珍妮说，"但是我要提醒你，不准背着我给加文什么好处，戴夫。"

"还有，"加文接着说，"虽然我是新人，但上周是我从哈里斯那里赚了十万美元，你要记着我的价值。"

"这些我都会记住的。"戴夫说，自己也开始感觉有压力了。

"她回来了。"加文看到阿丽克丝走进来，对其他两人说道。她身后还跟着戴米恩·奥罗丹和摄像师。

"阿丽克丝！你之前没说我们也会上电视的，"珍妮看起来很焦急，"早知道我应该再做个面膜的。"

"没关系的，"阿丽克丝说，"就只是拍几张照片。"

"都一样。"珍妮埋怨道，"我妈要是从电视上看见我这个样子一定觉得我疯了。"

"我们会把你最好的一面拍出来的。"摄像师说道，"这有点儿不寻常吧——一半的人都是女性？"

"这样看来是这样。"阿丽克丝说，"不过或许是因为我们组太小了，要是三十几个人的组，肯定不会有一半都是女性。"

"那你有什么感想？"戴米恩转向加文问道，"给女人打工？"

阿丽克丝屏住了呼吸。

"我更喜欢为男人打工，"加文说，"不过其实阿丽克丝也没那么糟啦。"

"我真不知道这是在夸我还是骂我。"阿丽克丝说。

"接着这个话题聊会很有意思。"戴米恩说，"男人在女人手下工作——你怎么想，阿丽克丝？"

"别问我，"阿丽克丝说，"我只考虑领导者的立场。"

戴米恩笑了，而加文的眼睛里却看不出一丝笑意。

采访组离开的时候已经接近下班时间了。阿丽克丝坐下给自己倒了杯咖啡。

"下周一我们会开管理层会议，"她对其他三人说，"我们必须在审计小组到来之前先将自己的客户和交易过一遍。下周一五点我想开会跟大家讨论一下，大家都有时间吗？"

"必须要参加吗？"加文问。

"是的。"

其实也不错，阿丽克丝想，不用再担心加文这种人给她找麻烦，虽然今后肯定会有其他这样的人。在交易市场中，总有人时刻准备着打倒和击败你。

"下周一五点钟。"她又重复了一遍。

这时她的电话响了，她接起来。

"你好，阿丽克丝，我是前台的丽塔。有个人想见你。"

"谁？"阿丽克丝惊讶地问，因为她从来不在周五晚上约人。

"是一位先生，"她说，"名字叫约翰。他不肯告诉我他的姓氏，说只提名字你就知道了。"

阿丽克丝拿着话筒迟迟没有说话。

"阿丽克丝，你还在吗？你是下来接他还是我让他上楼找你？"

"不要！"她尖锐地说，"别让他上来，我会下去的。让他等一会儿。"

"好的。"丽塔说。

阿丽克丝坐回椅子上，呆呆地盯着电脑屏幕。他怎么敢来这儿找她！他怎么敢来打扰她的工作！只有在工作中她才会觉得有安全感。她的想法十分明确，她不会见他的。

"阿丽克丝，你怎么了？"戴夫奇怪地看着她问道。

"没事。"她说。

"那我先走了，"戴夫说，"马上就五点了。"

"好的，"她连眼皮也没抬，"谁想走就可以先走了。"

加文和珍妮交换了一下眼神。

"好吧。"加文说完穿上了夹克衫。

"下周一见，阿丽克丝。"珍妮笑着对她说。

"好的，下周一见。"阿丽克丝说。

她一个人静静地坐在办公室里看着电脑屏幕上数字的跳动。美元又跌了，像她预测的一样。

她不会去前台的，她不会去见约翰的，虽然他是她的父亲，这个十足的浑蛋。

她拿起电话打给薇安，可是很久都没有人接。她又打给了卡莉的美容沙龙。

"卡莉正在给客户做头发。"接电话的萨曼萨说，"要我去叫她吗，阿丽克丝？"

"不用了。"阿丽克丝说，"没关系，我没什么事情。"然后挂了电话。

他没有必要这样来逼她的。他也没有必要觉得就因为他吃这一套，这便也会投她所好。他怎么敢，她再一次想道，他怎么敢来打扰她的生活。

她站起身向窗外看去。明天他就要回美国了，回到伊莫金和凯特的怀抱，回到属于他自己的生活。如果她见了他，他会欢天喜地地庆祝自己已经将之前的亲情债都还清了吧。而且他就会没有负罪感了吧，觉得获得原谅了吧。她才不会让他好受。

她拿起包和车钥匙，走出房间径直去乘电梯。进电梯之后直接按了到达地下一层停车场的按钮。让他等去吧，她才不关心呢。

丽塔看了看手表，又看了看坐在前台不安等待的人。他在看报纸，不知不觉已经很久了。他也没有让她再打给阿丽克丝问为什么让他等这么久。

丽塔在猜想他到底是谁。她觉得自己应该知道这个人，好像之前见过似的。他来的时候只说了自己的名字，当她问全名的时候他却说只说名字就行了。这就很不一般了。而且，虽然他也是西装领带的装扮，但一点儿也看不出和欧洲银行有关系的商务人士的风范。当然，丽塔也必须承认，有一些穿着奇怪的人的确跟银行有商务关系。

"打扰一下。"她用轻快的语调说。他放下手中的报纸看着她。"阿丽克丝肯定有什么事耽搁了，我给她打电话提醒一下吧。"

"好的。"他说。

他的口音有美国人的味道，丽塔想，而且衣服的剪裁和发型都让她感到一种美国味儿。她拨通了阿丽克丝的分机号码，一般交易室的电话几秒钟之内就会被接起来，而这次，在分机 2421 上，却根本没有人接。

"打扰一下。"她又说了一遍。这次他放下报纸站起身，直接走到她面前。"十分抱歉，阿丽克丝好像已经回去了。她一定是忘记了你在这儿了。这也太不像她了。"

"我知道了。"他说。

"我下周一再跟她提醒一下吧，"丽塔说道，"或者你能联系上她吗？"

"我不确定。"他说，踌躇地站在前台不知所措。

"要不我再打一遍试试看，她可能只是出去了几分钟。"

他摇了摇头。"不用了，那你告诉她我在这儿等她来着，好吗？"

"没问题。"丽塔说，"我可以告诉她你的全名吗？"

他想了一会儿，笑着对丽塔说："不用了，就告诉她我等她了就行。"

第三十三章

薇安打开了约翰给她的一瓶加利福尼亚霞多丽葡萄酒，倒出了两杯。她递了一杯给卡莉，她正坐在扶手椅上，双腿蜷缩在身体下。

"谢谢。"卡莉朝大女儿笑了笑，两人一起碰了一下酒杯，然后薇安坐到了卡莉的对面去。

"我希望阿丽克丝能够和他见面，"薇安说，"我想这样能让她正确认识很多东西的。"

"哦，我不知道。"卡莉用手指转动着酒杯的边缘，"约翰离开的时候她只是一个蹒跚学步的孩子呢，我猜她可能感觉自己跟他没有什么关系。"

"人总是会对父母有一种依恋的，"薇安说，"哪怕是他们抛弃了你。"

卡莉叹了口气。"阿丽克丝不像你，她更自我、更独立。可能她并没有感受到跟你一样的情感。"她喝了一小口酒，"我很清楚地知道她对我没有那么多的感情。"

"不是这样的，"薇安眼睛盯着妈妈，"阿丽克丝对你很专注。"

"薇安，别这么说，你是在跟我说话！阿丽克丝对我没那么专注。"

"她当然忠于你。"薇安说。

"她在意我，"卡莉说，"我很确信，她爱我，用她的方式。但是她总是很难令人理解。"

"是因为他的离开吗？"薇安好奇地问，"如果当初他留下了的话就会有所不同吗？"

"你不知道我有多少次问过自己这个问题，"卡莉叹息着说，"我不知道。很可能她就是这种性格的人，她能如此轻松地把生活划分得一清二楚。"

"但是她因为保罗的离开而很伤心。"薇安提醒她说。

"但也不是你想象的那样。"卡莉说，"还记得她生病的时候我过去看她吗？她对这件事情很是镇定自若。她说她可能想要他回到自己身边，也可能不。"

薇安摇了摇头。"我想比起她表现出来的，她内心更加心烦意乱。当我跟她说出去见见其他新人的时候，她说她不想去，说这真是太难了。"

"她太固执了，"卡莉说，"她是那么的不屈不挠。我总是为她的男朋友感到很伤心，要那么努力地像她设定的理想那样生活。不管怎样，她不会让感情影响到她的工作的，不是吗？"

"上帝啊，那个可怕的工作！"薇安把酒杯放在了旁边的咖啡桌上，"那是她的一个替代品，所有事情的替代品。"

"哦，薇安，这样说是不公平的。"

"就是这样的，"薇安情绪激动地说，"她全身心地投入到工作中，每时每刻都想着工作，假装着那与自己有很大的关系。那真的是瞎扯，卡莉！她这样把钱从一个地方转移到另一个地方，到最后又能得到什么呢？能让许多有钱人变得更加有钱，仅此而已。"

"这能让阿丽克丝挣很多的钱。"卡莉愉快地说。

"但是她根本没有生活。"薇安抱怨道，"她把那么多的时间都花在了工作上，从早上七点到晚上六点！为什么呢？生活当然不仅仅就是这样。也不怪保罗要抛弃她，她从来就不会那样对他。也不会那样对孩子。"她用鼻子哼了一声，"阿丽克丝要是有了孩子会是什么样呢？她从来不会陪他们的。"

"我也是长时间地工作啊。"卡莉说，"当你们还很小的时候，我没日没夜地都在经营着美容沙龙啊。我记得你为此还很伤心，薇安。你跟我说爸爸整天都在工作，而我也整天都在工作，那样是不公平的。"

薇安羞愧地红着脸说："我也还记得。"

"所以如果阿丽克丝对工作的态度遗传了我的基因的话，你不能责怪她的。"

"我不介意她努力地工作，"薇安说，"我只是觉得为了工作牺牲一切的话会不值得。"

阿丽克丝关掉了电脑显示屏，揉了揉眼睛。完成一天的交易之后她的眼睛总会感到很干涩，这也是她很少看电视的原因。盯着电脑显示屏十个小时之后，她最不愿意做的事就是再去看着电视屏幕。

她从打印机那儿取出了打出的几张纸。这个月的业绩非常好，两笔非常好的交易几乎就占据了超过一半的利润，还有来自小客户的一些稳定的收益。尽管大交易中的收益能让人激动不已，但是收益方式多种多样也让人非常的满意。你不能每个月都期待着有大额的交易，而且有时候大额交易还会以赔钱告终。但这不是这个月发生的事，这个月的情况很不错。

"还没走？"德斯·科伊尔在门口探着头问道。

"正要走呢，"阿丽克丝说，"我正在整理月末数据。"

"怎么样？"

"很不错。"她笑着对他说，"巴黎方面会很满意的。"

"我们总是跟他们展示我们这儿很好的收益。"德斯说，"阿丽克丝，如果你决定离开的话我会很难过的。"

"别这样，"她笑着跟他说，"在这件事发生之前你可是想试着让我离开的。"

德斯看上去有一些尴尬。"并不是那样的。"

"哦，当然是那样的。"她看着他的眼睛，"你觉得让戴夫来负责交易部的话，日子会变得容易一些的，不是吗？你觉得他能和加文很好地相处，交易室的气氛也会变得轻松一些。"

"你和加文之间的事情并不是什么秘密……"

"我是在驾驭他那最糟糕的冲动，"阿丽克丝打断道，"如果我真离开的话，德斯，你最好照顾好珍妮·史密斯，她能顶上十个加文·唐纳利。"

"我猜你是在打女性牌。"德斯说。

"我没有打任何牌。"阿丽克丝说，"我只是告诉你珍妮是一个很聪明的女孩，如果失去她会让你发疯的。"

"我会记在心里的。"德斯说，"那你决定要离开了吗？"

阿丽克丝摇了摇头。"没，还没有。我会到巴黎去看看情况，到那时再作决定吧。"

"我的意思是，"德斯跟她说，"失去你我会感到很难过的。巴黎的机会会更好，我猜这也是你一直想要得到的机会，不是吗？"

"或许我不会要这个机会，仍旧做你给我的这个工作呢。"她朝他笑了笑，他也微笑着。

"我会拭目以待的。"他打开了交易室的门。"顺便说一下，"他说，"别忘了下周公司的宴会。"

"哦，天哪！"阿丽克丝盯着她，"我真差点儿就忘了。"

"如果你想要我给的工作，这样的事情你就不能忘记的。"德斯说着，轻轻地关上了门。

阿丽克丝打开桌子的抽屉，搜寻着宴会的请柬。她已经回复了请柬，但是却完全忘掉了这码事儿。或者说，她承认，她早就把这件事抛到九霄云外去了，因为她讨厌这样的活动。她在抽屉的最里面找到了那张请柬，它磨损得有点儿厉害。"董事会诚邀阿丽克丝·卡拉汉及伴侣。"说得还挺扭怩作态的，她皱了皱眉头。他们只会和阿丽克丝·卡拉汉一个人见面。她已经告诉他们她只会一个人出席。她还要为此准备一些东西。上帝啊，她想，她也很讨厌这个。

电话铃声响了起来。

"我是阿丽克丝·卡拉汉。"她说。

"你还在？"保罗的声音有点儿开玩笑的意思。

"还在这儿呢。"她说。

"我本来想早点儿给你打电话的，"保罗说，"戴米恩说对你的采访很棒，他真的非常的高兴。"

"他们很可能剪得什么也没了。"阿丽克丝说。

"他们会剪辑，"保罗承认道，"但不会什么也不留的。他们觉得你真是太棒了，阿丽克丝。而且你看上去好极了，你穿上那套套装之后看上去总是那么好。"

"你看过采访了？"她问。

"是的。"

"我那天很烦恼。"她对他说，"盖伊·德库尔塞勒和杰奎斯前一天过来了。他们在讨论在全球范围内对银行进行重组，盖伊给我提供了一个工作。"

"你已经有工作了呀。"保罗说。

"在巴黎。"阿丽克丝对他说。

"你接受了吗？"

"我不知道。"她说，"我有点儿想去，又有点儿不想去。"

"什么事情让你不想去呢？"保罗问，"我一直以为你会很享受在国外工作的时光的。"

"是的，"阿丽克丝说，"只是……"她叹着气，"我喜欢我的公寓，我喜欢过去这些年都柏林的发展状况，现在生活在这儿我很享受。"

"你对巴黎可是一直都充满热情的，"保罗说，"我无法想象你又不想去那儿生活了。"

"我知道，"她说，"只是有些事情我需要好好思考思考，就是这样。"

"萨拜因现在就很想家。"保罗对她说。

她什么话也没说。

"她喜欢都柏林，"他继续说道，"但是她想念她的家人。"

"我能够理解。"阿丽克丝咕哝道。

"所以我下周末的时候要把她送回巴黎，"他说，"作为她的一种治疗，让她回去好好体验一下真实的感受。"

"那你会想她吗？"阿丽克丝问。

"当然会。"保罗说，"但是她会回来的。"

"你真是信心十足啊。"

"也不是这样，"他说，"但是我想这样对她有好处。"

阿丽克丝拿着已经变皱了的请柬放在面前。"如果你有时间的话，"她小心翼翼地说，"你总是能帮到我的。"

"为什么事情帮你呢？"保罗问。

"公司的宴会……"

"哦，阿丽克丝！别装样子了！我想你不必带着同伴去。我清楚地记得你曾经跟我说过你最不愿做的事就是带我去参加这样的活动，而且他们通常也不邀请配偶去的。"

"今年他们邀请了。"阿丽克丝说。

"我不相信你没有其他人能带去的。"保罗说。

"很可能会有。"她说，"但是我想，如果你没有什么事的话，你或许会愿意去的，只是纯粹的商务活动。"

"太棒了，"他说，"你要把我带去参加一个无聊的饭局。"

"就当你对我接受那个棘手的采访节目的报答吧。"她跟她说。

"哦，好吧，如果是这样的话……"

"你会来吗？"

"我想是的，"他说，"你可以一直用你的小手指拉着我。但是，阿丽克丝，只是朋友那种关系。"

"当然了，"她说，"我对用其他方式对你不感兴趣，保罗，我向你保证。"

"我不知道我到底应该高兴还是应该伤心呢。"他说。

"下周我会给你打电话再安排这件事的。"她说。

这很让人满意，她挂上电话的时候想道。德斯和戴夫看到她又和保罗在一起肯定会感到特别的惊讶。几个星期前戴夫还直言不讳地评论说年纪大一点儿的交易员就会在感情上无人问津了，她要好好地跟他们展示自己并不是完全没有男人——即使这人是保罗·亨特。

回到家的时候她感觉浑身又充满了能量。她把自己的运动装备扔到了包里，开着车去往健身房。更衣室里充满了各种体形的女人。

"嘿，阿丽克丝！"一个健美操教练微笑着跟她说道，"好久不见你了。"

"一直很忙，"她说，"但是我想我还是需要锻炼。"

"你要来上我的课吗？"她问。

阿丽克丝摇了摇头。"我只是想来做做力量练习，跑跑步。"

"祝你好运。"教练朝她微笑着，然后就去上她的课了。

阿丽克丝换上了她的锐步帽子和短裤，把头发拢在后面扎成了一个马尾辫。她拉伸了一会儿身体，然后走到了健身区。

"别忘了正确的热身方法！"教练喊道。阿丽克丝朝她做了个鬼脸。

但是她还是又拉伸了一下身体，然后在开始锻炼之前又骑自行车热身了大约十分钟。她喜欢在健身房里的感觉。下班之后留在她脑海里的总是上班时那些数字的重复。即使在跑步机上她只是看到人们在下面的泳池中游泳，脑海中却是一片空白。但是这一次，当她跑步的时候，她情不自禁地想到了约翰·卡拉汉。当他想要见她的时候他是等了很长时间呢，还是很快意识到她不会浪费时间下来见他呢？她很好奇。当跑步机的斜面变得更倾斜的时候，她咬了咬牙，不得不更努力地跑着。那是他自己的错误，他就不应该那样打电话叫她。如果他想见她的话，他就应该先给她打电话，但是她不会接他的电话的。

"阿丽克丝，马特·康纳利想要跟你说话。"加文瞪着她。他刚和康纳利做了一笔交易，又是一笔很小的美元交易，他想康纳利对这个价格会非常高兴的。但是他说想要和阿丽克丝说话。加文不想让他跟阿丽克丝说话。

"你好。"她说。

"在这儿呢。"

"你好吗？"她问，"旅行怎么样？"

"哦，还好。"他的声音听起来有些疲惫，她想。

"你什么时候回来的？"

"昨天。"马特说。

"很不错吧？"

"我真的希望如此。"他笑了笑，"我喜欢日本人，但是我真的不能理解他们的文化。我感觉他们看着我就好像我是一个很愚蠢的外国人一样，尽管他们都微笑着。"

"我猜他们最后总要对什么事情微笑的。"阿丽克丝瞥了一眼美元对日元的汇率，"经济开始有所好转了。"

"你把话题转移到老本行上来可真是快啊。"马特抱怨道，"我刚才还在说日本人和他们的文化，你这么快就说到经济形势了。"

"不好意思。"阿丽克丝说。她意识到加文在看着她。他为什么这么担心呢？她已经把这个客户给他了，不是吗？如果她想跟一个客户聊天的话是允许的。

"你读过《大班》吗？"马特问。

"是詹姆斯·克拉维尔写的吗？"阿丽克丝微笑着说，"是的，我读过。还读过续集，一直追着读到《望族》。它们都非常的有趣。"

"它们解释了很多东西。"马特同意道。

"我在伦敦工作的时候有一些日本客户，"阿丽克丝说，"你要学着变着方式跟他们打交道。"

"一个人保持微笑而不动怒，那他永远是强者。"马特说。

"你说什么？"

"是日本的一条谚语，"他对她说，"这是我试着追求的境界。"

她笑着说："我觉得这在交易室可派不上用场。一点细微的怒火都会持续很长、很长的时间。"

马特也笑了笑。"我可不想让你对我发怒，"他说，"我倒有点儿事要问你。"

"当然可以。"

"在出发之前我邀你一起吃饭，但是你没能来。你要和从巴黎分部来的人见面。"

"是那样的。"阿丽克丝插话道，"盖伊·德库尔塞勒，他是那儿欧洲银行的头儿。"

"所以我想再次向你发出邀请，"马特继续说，"周五晚上怎么样？"

"这个周五？"阿丽克丝问。

"是的。"马特说，"事实上，我有几张《歌剧魅影》的票。我知道这可能不是你喜欢的，但是我想会很有趣。那就晚饭后去看怎么样？为了表示对你给予我们的帮助的感谢。"

"哦，马特，真是对不起，"她说，"周五晚上我们公司有宴会，我是没法错过的。如果我不去的话肯定会被大家骂死的。而且我也帮不上你什么忙了，如果有一点儿可能的话，我都会让你作为我的客户去参加这个宴会的。"

"我的时间都没问题。"他悲伤地说，"没关系，那再找一个晚上吧。"

"好的，当然，"她说，"再找一个晚上吧。"

"我需要提前几个月在你的日程表上预约吗？"他问。

"别那么傻了。"她笑着，但只是勉强地笑着。

"下周四怎么样呢？"

她看了看自己的电子日记簿。"请不要觉得我冒犯了，但是我星期四的时候很可能在巴黎。我不确定我周末的时候能不能回来。"

马特叹着气说："周末前后我可能要出差，我可能又要回到东京去。可能我回来的时候再给你打电话。"

"这是一个好主意。"她说。

"好啊。"马特说，"真遗憾不能事先把这件事情安排好。下次我们最好能同步地安排我们的日程。另外祝你公司的宴会还有巴黎之行都很愉快。"

"如果你有什么要紧的事，我们可以约着中午一起吃饭。"阿丽克丝建议道。

"不，我还是想要更悠闲一点的方式。"马特说，"我会给你打电话的。"

"好吧，"阿丽克丝说，"到时候再说吧。"她挂掉电话的时候忽视了加文怒目而视的表情。

马特放下了电话，靠在了椅子上。他真的不知道他为什么要追求阿丽克丝·卡拉汉。当然，她又有魅力又很有智慧，但是对他而言她真是太独立了。她没有因为不能和他一起去剧院说哪怕半句道歉的话。

他看着面前放在桌上的歌剧票，叹着气。他又拿起了电话，拨通了一个号码。

"你好。"一个女性的声音说着。

"凯茨？"

"你好，马特。"

"你怎么样啊？"

"很好。好长时间没听到你的声音了。"

"一直都很忙。听着，我想知道你周五晚上有什么安排吗？"

"没有，"凯茨说，"没有安排。"

"太好了。你愿意跟我一起去看《歌剧魅影》吗？"

"是谁让你伤心了，马特？"

"为什么说有人让我伤心了呢？"

"如果没人让你伤心了你怎么会给我打电话呢？"

"好吧，"他承认道，"是我遇到的一个女人。我觉得她会愿意跟我一起去的，但是她那天晚上很忙。"

"忙得没空陪你？"

"凯茨，别这么说！"

"哦，好吧。"凯茨笑着说，"但是你不能找别人吗？"

"我不想找其他人。"他对她说。

"哦！"她的声音听上去很惊讶，"那你这是认真的吗？"

"怎样才能呢？"他问，"我到现在都没有成功地约她出来过！"

"她最后会被你的魅力所折服的，"凯茨说，"她们都是这样的。"

我希望我能够这么确信，马特一边挂断他妹妹的电话一边想道，我真的希望自己能这么的确信啊。

第三十四章

阿丽克丝在试穿珠光灰色的贾斯珀·康兰牌及膝长裙和深灰色的卡里克牌长裤。她穿着康兰长裙站在镜子前，手里拿着裤子比画着。穿着它们出席公司的宴会看起来都不错，她想，但是哪一件会让她看起来更特别一点儿呢？

她想要看上去很特别。她想要保罗看到她后疑惑为什么他会离开她而去找萨拜因·布拉赛特，那个所谓的画家、装饰家，还特别想家的法国女人。她不停地问自己为什么想给保罗留下深刻的印象，她真的想让他回到自己的生活中吗？她到底计划着干什么呢？她不知道答案。

她把那件丝绸长裙脱下，换上了长裤。这条裤子裁剪得很讨人喜欢，她禁不住想要买下它。但是这条裙子看上去更有女性气质。她有把这两件都买下的冲动。她又换上了裙子。

　　还是这条裙子吧，她决定了。她可能会买下这条裤子，但不是今天。如果她买下这条裙子的话，她还需要再买一顶帽子，但是她没有时间再去挑一顶合适的帽子了。她看了看手表，已经比以前午饭后回去的时间要晚了。

　　她拿着裙子走向了收银台，递上了自己的信用卡。

　　"很漂亮，不是吗？"那个女售货员微笑着看着阿丽克丝，"我自己也想要一件，这是刚刚上架的新品。"

　　"很好看。"阿丽克丝说，"直到现在我还得因为这个男人买东西。我以前花在他衣服上的钱真是太荒唐了。"

　　"这是经典款式，"女售货员说，"你穿上看起来好极了。"

　　阿丽克丝点了点头。事实上，她用来参加晚宴的衣服都不怎么旧。每年她都会参加几次这样的活动，但是她总是感觉好像她应该每次的穿着都有所不同。记得有一天她连续两场活动都穿同样的衣服，德斯·科伊尔就问她为什么。

　　"因为我喜欢这衣服啊。"她对他说道，她同时也想知道他是不是也穿了一套新的西装。

　　她很少盛装出席晚宴，除非是跟工作有关的。周末的时候她会穿上牛仔裤、运动衫，每天晚上回到家的时候她会换上一条舒适的裤子和一件很随意的套头衫。

　　保罗离开自己去找萨拜因可能是因为其他的原因，当她走在阿贝大街往公司去的路上她想着。可能他是厌倦了她总是穿着牛仔裤。但是他自己对穿着也很随意，他肯定不想让她穿着漂亮的衣服在公寓里走来走去。

　　或许他也可能会在意这件事。她想知道萨拜因都穿什么样的衣服。当她在机场见到她的时候，那个女孩穿着一条专门设计的牛仔裤和一件做工精细的夹克衫，看上去很时髦、很优雅。在欧洲银行巴黎分行的招待会上，她穿着一条漂亮的红裙子，尽管那看上去很不协调。如果保罗真的喜欢那种随便的穿着类型的话，他怎么会和那个穿着时髦的法国女人萨拜因在一起呢？

　　阿丽克丝咬紧了牙关，根本不顾红绿灯，飞快地穿过了马路。

　　"我可以以五十五块的价格给你。"加文说。

戴夫·布赖恩特瞥了他这个同事一眼。

"是的,"加文肯定地说,"五十五块。"

"你在和谁做交易呢?"戴夫喃喃地说。

加文没在意他的话。"好的,"他说,"周一签协议。"

"你在和谁说话?"当加文终于结束通话的时候戴夫问道,"你到底在做什么?"

"买入美元,"加文说,"从哈里斯那里。"

"五十五块?"戴夫的目光盯着他,"买了多少?"

"我们美元很少了,不是吗?"加文问。

"是的,但是珍妮已经从罗南·麦克马洪那里买了一些了。"戴夫说,"美元的价格正在下跌,加文。"

"我买了一巴。"加文说,用了表示一百万的俚语。

"哦,他妈的!"戴夫瞪着他的同事,"珍妮也买了一巴。我们只差了半巴,你是知道的。"

"当然。但是今天早上马特·康纳利是一个买主,他还没有进行交易呢。我给他打了个电话,试着在一个不错的价位卖出一些。你可以在市场上把剩下的都卖掉。"

"那样就亏本了。"戴夫说,"这跟我们的期望是背道而驰的。"

"我现在就给康纳利打电话。"加文在电话上按了快速拨号键。

"我是马特·康纳利。"

"嘿,马特,我是加文·唐纳利。"

"你还好吗?"

"很好,谢谢。听着,还记得你今天早上想买入美元吗?市场朝着你想的方向发展,我现在可以给你交易一些。"

"我说了我可能是一个买主,"马特跟他说,"今天早上我没有向你申请一个固定价格,我还没有作好交易的准备。"

"但是你会需要的啊,不是吗?"加文问,"你早些时候就对此确信无疑了啊。"

"我知道。"马特说,"但是我们的美国人民并没有一个确定的答案,所以直到明天我才能知道我到底需不需要美元。"

"没关系的,"加文自信地说,"我可以以一个远期协议卖给你。"

"可以,"马特说,"但我们会等到确认之后。我不知道我要等到哪一天才需要签协议。"

"但是现在美元价格是朝着你想要的方向发展的啊,"加文的语气中有一点儿生气,"如果你现在交易的话,你会得到一个很好的汇率的。"

"那我可要冒险的。"马特对他说,"不管怎么样,这周美元的价格一直在下滑,或许哪一天会朝着更有利于我的方向发展呢。"

"我想你这是在求保险而不是在冒风险。"加文说。

电话的另一端一片沉默。

"马特?"他说。

"听着,谢谢你给我打电话,"马特最后说,"我只是不需要你来告诉我该怎么样来做我的生意,好吗?"

"当然。"加文仓促地说,"对不起,马特,我不是暗示你不知道自己在做什么的意思。"

"好吧,没事了。"马特说,"嘿,阿丽克丝在吗?"

"没在,"加文简短地说,"她买东西去了。"

"不,我在。"阿丽克丝站在了他的旁边,"我回来了。有什么事吗?"

他闭上了眼睛。他没有听到她走进来的声音。

"马特·康纳利想要跟你说话。"加文说。

阿丽克丝走到了她自己的办公桌那儿,把她买的东西一股脑儿地放在了地板上,然后拿起了听筒。"嗨。"她说。

"嘿,你还好吗?"

"很好啊。"阿丽克丝说,"你呢?你在跟我们交易吗?"

"今天没有,"马特说,"尽管加文给我推荐了一些美元。"

"价格上有什么问题吗?"阿丽克丝问。

"不是,"马特说,"他想卖美元给我。就因为我跟他说过我可能过不了多久需要美元,他就觉得我是一个买家。我还没有商品,直到我有了商品我才会买美元。我知道我可以选择做交易,但是这样我可能就要从雅纳电子的客户中转移资金了。我想加文肯定特别想把它们卖掉——他是那么的坚决!"

"他真是那样的吗?"阿丽克丝看了加文一眼,他正在和戴夫叽叽咕咕地说着什么。"我确定一切都处在他的控制之中。"

"我也这么认为。"马特说,"我很高兴他能让你跟我说话。你的日程怎么样?"

"还是有一点儿手忙脚乱。"阿丽克丝说。

"我的也是。"马特说,"但是我决定在年底前要约你共进晚餐。"

"我相信我们最后肯定能找到时间的。"她说。

"需要一点儿运气。"马特说,"好好享受公司晚宴吧。"

她挂了电话,抬起头看着加文。"美元的事是怎么回事?"

"我们持有太多的美元,"戴夫说,"加文和珍妮同时买进了美元。"

"不,不是这样的。"珍妮说。"我是在加文之前从科伯恩那里买入美元的。"

戴夫和加文都瞪着她看。

"我们持有的很多吗?"阿丽克丝问。

"总共一百五十万。"戴夫说,"我们本来只持有五十万。"

"我们是什么价格买入的?"阿丽克丝问。

"五十五块。"加文说。

"平均五十三块,"戴夫说,"如果把珍妮的也算上的话。"阿丽克丝看着显示屏,如果按照当前的价格的话,他们会亏损一千美元。

"怎么会交易美元呢?"她问,"看起来价格还处在一个下降的趋势。"

"是的,"加文说,"但从技术上来讲,美元已经卖空了。"

"你是怎么认为的,戴夫?"

"我们的损失还不算大,"他说,"我们还能够应付过来。看看美元价格会不会提高?"

"你为什么觉得美元价格会提高呢?"阿丽克丝问。

戴夫耸了耸肩说:"直觉而已。"

"从技术角度来说。"加文说道。

"我把这件事交给你们了,"阿丽克丝对他们说,"但是如果损失超过五千美元的话,就不要再观望了。"她坐下来,开始吃她那买回来当午餐的三明治。

五点钟的时候,美元跌破了阿丽克丝设定的底线,加文把美元都拿到市场上抛售了。

"它不应该超过九十五的,"他一边写着票据一边对她说,"从技术角度来说,到九十五那儿就应该停下来的。"

"从技术角度来看,市场并不是像你想象的那样。"阿丽克丝说。

"哦，事情可能会变得更糟糕。"戴夫说，"至少我们今天早上还从调期汇率头寸中赚了几千美元。"

"我们还从标准汇率中赚了一千美元。"珍妮提醒她。

"哈利路亚①。"阿丽克丝看着他们三个，"我们今天盈亏平衡了。我确信盖伊·德库尔塞勒会很满意的。"

"这不是我的错。"加文说。

"我从没说是你的错。"

"你暗示的就是这个意思。"

"加文，别再表现得像一个四岁小孩子一样。"阿丽克丝双手抱着头，"回家吧，周末愉快。"

加文站起身，把夹克披在了肩膀上。"会的。"他说着离开了房间。

"你为什么没有阻止他呢，戴夫？"当加文走了之后阿丽克丝问。

戴夫耸了一下肩。"我不知道。我想让他自己作决定。"

"他不会的，"阿丽克丝说，"不要对他在减少损失方面抱有任何希望。他总是想着能通过什么神奇的方法能再次扭亏为盈。他需要好好地学习啊。"

"你说得没错。"戴夫说，"我想我本来也应该做一些事情的。"

"这笔学费还不算昂贵。"阿丽克丝说，"可能这次就马马虎虎地过去了。"她站起身，"我现在要回家了，戴夫。今晚宴会前仔细泡一泡，好好洗一洗。到那儿再见吧，好吗？"

"我会到马蹄铁酒吧。"戴夫说。

"好的。"阿丽克丝拿起了她买的东西，"待会儿见吧。"

她仔细调试着染发剂。她对这个已经很娴熟了，她一边检查着灰白的发根一边想着。有很少的灰白的发根，这让她感觉很不好。就像她经常做的，她用紫色的凝胶染着灰白的头发，希望这样能使头发从表面上看上去是赤褐色的。

她的心跳比平时要快。她能够感觉到心脏在胸膛里怦怦直跳，也能够感觉到自己因激动而紧张地颤抖着，就好像她是跟保罗第一次出去那样——一种既期盼又满怀希望的感觉。

---

①赞美上帝用语。——译者注

343

"傻瓜，"她坐在沙发上一边涂着速干指甲油一边对自己说，"当你跟他在一起的时候，你可能就会知道自己已经完全离开他了。妈的！"她轻轻地咒骂着，然后用深红色的指甲油涂着大拇指。

时间到了，她用水冲洗着头发上的染发剂，然后把头发吹干。太完美了，她一边想，一边在镜子里端详着自己的样子——头发比染发之前要光滑了许多。

她又花时间来化妆，不像平常那样的匆忙，而是仔细地在脸上打着粉底霜，用面纸擦拭着嘴上涂着的口红，以让嘴唇的着色看上去更专业。

她戴上了保罗从前给她买的项链和耳环，它们在卧室的灯光下闪闪发光。灰色的丝绸裙子看上去很完美，她想，简约、朴实，而且是低胸的，这肯定会吸引很多目光去盯着她的乳沟。今天晚上她肯定会有乳沟，因为她今天穿的是神奇胸罩①。她知道保罗总是很喜欢神奇胸罩的效果。

门铃嗡嗡地响了起来，她走到了客厅，看着监视器。

"是我。"保罗径直看着摄像头，"是我上去呢，还是你下来和我会合？"

"我下来吧。"她说。她不想让保罗到房间里来。现在还不想。

她从靠近门旁的衣架上拿起了灰色外套，以及包和钥匙，下楼去见保罗。

当阿丽克丝从公寓的楼梯走出来的时候，保罗正站在车旁，双手插在口袋里。当看到她来到门口稍稍站了一会儿时，他的呼吸变得急促起来。她看上去真是太美了，他想，如此的高挑、优雅，发型是那么的高雅，以至于他很愿意在午夜时分解开她的头发。她的外套敞开着，露出了及膝的裙子和修长的美腿。萨拜因也很美，他对自己说，年轻、可爱，但是阿丽克丝是真正的优雅。

"请上车。"他说着打开了车门。

"如果你愿意，我们可以开我的车，"她说，"晚上我会把车放在镇子上，然后自己打的回家的。"

"别那么傻了，"他说，"我会开车把你送回家的。这是不喝酒的人的一大好处。"

"真的吗？"她问。

"当然。"

她不再反抗，坐进了车里。

---

①又称魔术胸罩，是一种上托型胸罩。——译者注

"你看上去很美。"他转动钥匙点火的时候说。

"谢谢。"她朝他微笑着,"你也是。"

"我讨厌这身衣服,"他对她说,"你是知道的。"

她又笑了笑。"那你能穿上这身我真的要特别感激你了。"

"你要的那个采访的报酬很苛刻啊。"

"你知道他们让我在办公室里很难堪。"她叹着气说。

"别装着你不喜欢被关注的感觉,"他说,"你是很愿意的。"

她笑了笑,然后打开车里的收音机,听着五台直播的足球节目。

能再次坐在他的旁边真好,阿丽克丝想,即使坐在他的车上感觉很陌生。她靠在座椅上,闭上了眼睛。

"累了吗?"他问。

"也不是,只是想缓和一下情绪。"

"今天很辛苦吗?"

她又睁开了眼睛。"那个叫唐纳利的白痴今天赔钱了,损失不多但已经足够了。他还想着成为英雄。"

"你想成为一个英雄。"保罗说。

"可能吧。"阿丽克丝同意道,"但是我也知道在勇猛时也得慎重。"

"这些天交易部的情况怎么样啊?"

"马马虎虎。"她回答说,"巴黎分行有点儿小麻烦,很可能会出现连锁反应。"

"这就是他们在那儿给你提供工作的原因吗?"保罗把车开进停车场时问她。

"我想或者是去巴黎,或者是离开欧洲银行吧。"她跟他说。

"那你是怎么决定的呢?"

"我还没有决定。"

"对一件事情犹豫不决,这可不像你啊。"保罗说。

"我努力地更加成熟一点,"阿丽克丝对他说,"我不想匆忙作决定。或许我会去。或许今天晚上就有人在都柏林给我一份很棒的工作呢。更奇异的事还会发生呢。"

"听起来这么的神秘。"他说,"可能最后你会在巴黎,而我……"

"是这样的。不是吗?"她打断了他的话。

保罗把车停好,她打开了车门,下了车。"快点儿,我最好不要迟到。"她有意识地大踏步朝停车场的出口走去，他也不得不匆忙地跟在后面追赶着她。

"你想去哪里呢？"他问。

"我还没想好。"

"要在那儿工作多久呢？"

她把脸转向了他。"那是一个长期的工作。"

他们加快步伐，走到了小路上，阿丽克丝浑身颤抖着。"天气怎么忽然变冷了？"

"来吧。"保罗张开手臂搂着她的肩膀，"我们快点儿走，这样你就会暖和了。"

但是即使他的手臂搂着她，她还是感觉到寒冷。

第三十五章

谢尔伯恩酒店的大堂里挤满了人。阿丽克丝穿梭在周五晚上涌向著名的马蹄铁酒吧的人群中。总之，现在变得更拥堵了。她踮起脚，想知道能不能看到戴夫在哪儿，但这完全是徒劳。

"想要喝点儿什么吗？"保罗问。

"如果你能点一杯的话。"她含糊地回答着。

"我当然可以。"保罗说。

"你想喝啤酒还是伏特加？"

"给我来杯伏特加汤力吧，"阿丽克丝说，"加冰……"

"还有不加柠檬，我知道的。"保罗打断她的话说道，"在这儿稍等一下。"

当他消失在人群中的时候，她倚靠在墙上，想知道需要多久他才能再次出现。阿丽克丝悄悄地听着靠近吧台的其他人的谈话。身姿苗条的女子和膀大腰圆的商人之间的争吵听上去很有趣。但是当保罗从人群中挤过来，递给她伏特加汤力的时候，她就把他们后面争执些什么都给错过了。

"戴夫也在这里，"他对她说，"跟一个女孩在一起。"

"那女孩我们认识吗？"阿丽克丝用手摇了摇杯子里的酒。

"我不认识。"保罗耸着肩说道。

"太好了。"阿丽克丝朝他笑了笑，"我要去骚扰骚扰他，这很难得啊。干杯！"阿丽克丝朝他举起了酒杯。

"干杯。"保罗一边举起杯中的七喜跟阿丽克丝碰杯，一边说道。

"萨拜因是什么时候走的？"阿丽克丝漫不经心地问。

"午饭时分。"保罗说。

"你送她去机场了吗？"

保罗点了点头。

"她什么时候回来呢？"

"下个星期，我希望如此吧。"他说。

阿丽克丝疑惑地看着他。"你们两个还好吗？"

"我现在真的不想谈论这个。"保罗说，"戴夫朝我们这边走过来了。"

当戴夫和他的同伴站在他们旁边的时候，阿丽克丝转过脸来。"你好，戴夫。"她语气很冷淡地说。

"你好，"他说，"这是玛丽琳。玛丽琳，这是阿丽克丝·卡拉汉。"

"你好，玛丽琳。"阿丽克丝伸出手跟她握手，玛丽琳的手有点儿微微颤抖。

"你是他的老板。"玛丽琳说。

"我更愿意说是同事。"阿丽克丝对她说。

"但你还是他的老板啊。"

"是的。"阿丽克丝说。

"他喜欢被控制。"那个女孩的眼睛忽然闪过一丝光亮，"我应该知道的。"

"玛丽琳！"戴夫看上去目瞪口呆的样子。

"这是事实。"她耸了耸肩，把头靠在他的肩膀上。

"你觉得我们是不是该到宴会厅去了？"阿丽克丝建议道，"已经过了八点了。"

"好啊。"保罗喝完了杯子里的七喜。

"你们先去吧，"戴夫说，"我们随后就到。"

"那待会儿见了。"阿丽克丝说。

保罗走在她的身边，但是他没有牵着她的手，也没有用手扶着她的后背保护着她。她停下来和银行里的其他人打招呼，人们都朝她微笑着，也朝保罗点头示意。

"我真是不喜欢这些。"当她把保罗带到他们的桌子的时候保罗对她说。

"什么？"她问。

"这些无趣的聚会。"他坐了下来，"我们在工作中可没有这样的场合。"

"我肯定你会有的。"她很有精神地回答说，"不只是这样，你还会有更多的多情的、充满艺术气息的事呢——先想想奥斯卡。"

"奥斯卡是电影的奖项，"保罗平静地说，"艾美奖才是电视的。"

"奥斯卡，艾美奖，谁会在意它们到底是什么呢？"阿丽克丝不耐烦地说，"它们都一样。"

"你要是获奖者那就不一样了。"保罗对她说。

"或许你会因为你的节目得奖吧。"她说。

"我不这么认为。"保罗回应道，"但是你的节目才真的是最好的，阿丽克丝。其他人都那么的有热情，但你就是你自己。"

"那是因为你知道我是什么样的。"她说，"其他人很可能比我更有意思呢。"

"根本不会——"当戴夫和玛丽琳来到桌子旁的时候他停了下来。"你好，那儿，坐吧。"

他们看了看座签，然后坐在了阿丽克丝和保罗对面的座位上。

"保罗刚才正跟我说着奥斯卡和艾美奖的事呢。"阿丽克丝说。

"其实我们在谈论你的电视采访。"他提醒她道。

"那让人郁闷的事！"戴夫哼了一声说，"他们为什么要在我们那么忙的时候进来大拍一通呢？"

"我觉得那时间很好啊，"保罗看了看阿丽克丝，"你说那时间合适的啊。"

"确实如此。"她对他说。"你也知道的，戴夫·布赖恩特，我走进去的时候你们正讨论得热火朝天呢。我敢打赌你们肯定不是在讨论美元兑日元的汇率。"

戴夫皱起了眉头。他希望她没有无意中听到他们讨论的欧洲银行交易部里没有她以后的事情。

宴会和阿丽克丝以前参加过的那些都大同小异。通常而言都是小心翼翼地说着一些套话，只是偶尔喝多了才会表达出自己的真情实感。谢恩·摩根——一家德国银行年轻的主管已经跟年龄大一点儿的荷兰银行的主管皮耶特·博伊默争吵开了。阿丽克丝饶有兴趣地看着这个年轻人的脸变得越来越红，而皮耶特·博伊默叼着一根巨大的雪茄，看上去很是心满意足。

讲话的内容很乏味，就是针对最近金融市场的混乱状况，买方现在都感受到了信用恐慌之类的事情。但是，她注意到，比起要贷款给潜在的买家，银行现在更关心的是如何消除风险。阿丽克丝知道银行也同其他人一样紧跟潮流。当借钱给诸如巴西、韩国这样的新兴市场变得很流行的时候（也有利可图），银行都尽可能快地伸手掏钱，尽管后来出现了很严重的问题。像鲁伯特·默多克这样的名人只要告诉一家银行说他能从别的地方以更便宜的价格拿到钱，那他就能很轻松地获得贷款。银行都讨厌竞争者以更低的价格借钱给这些大亨们。

当她听着这与去年，甚至跟前年都差不多的讲话时，她胡乱地拨弄着餐巾。她瞥了一眼玛丽琳，她正凝视着远方，脸上泛着光泽。也难怪她会有这样的表情，阿丽克丝想，我理解他们所说的，而我也已经感到很厌烦了。

最后，讲话终于结束了，人们开始绕着房间四处走动。

"你好，阿丽克丝！"波士顿国家银行的克里斯·柯蒂斯朝她挥着手，"你现在怎么样？"

"我很好啊。"

"我还想着给你打电话来着，"克里斯说，"我们好长时间没见面了。"

"生活很忙碌啊。"阿丽克丝说。

"别跟我说很忙，"克里斯叹着气说道，"我们现在忙得不可开交。欧洲银行现在怎么样？"

"还好。"阿丽克丝说。

"巴黎方面的损失有什么后续吗？"他若无其事地问道。

她笑了笑。竞争者总是远远地听到对手的损失。"没有，"她说，"除了巴黎那帮家伙疯狂地东奔西跑以确保不会再发生同样的事情。"

"但总是会发生的。"克里斯沮丧地说，"我记得我在的时候——好吧，也没事。你没想跳槽，是吗？"

她吃惊地看着他。"我自己吗？"

"我们正在寻觅一些人。"他解释说。

"为什么？"

"有一些新的职位。"

"谁负责找人呢？"

"我。"克里斯说。

她朝他笑了笑。"我现在待在这儿挺快乐的，"她说，"如果我听到有人感兴趣的话，我会告诉你的。"

保罗端着一杯酒朝他们这边走了过来。

"你认识保罗·亨特吗？"她问克里斯。

"当然了。"克里斯伸出了手，"我们有一次圣诞节的时候见过，去年或者是前年。你现在怎么样，保罗？"

"挺好的，谢谢。"

"你的工作是，呃……"

"新闻。"保罗主动说道。

"是的，就是新闻！"克里斯咧着嘴笑了笑，"在你面前最好不要说太多的话，我可不想你只需通过一页纸的东西就把我的事情传播开来。"

"哦，我不觉得你跟我说的东西需要写一页纸。"保罗说。

"你可能会感到很惊奇，"克里斯用手指捏了捏鼻子，"但是什么也不说，这是我的格言。"他朝保罗和阿丽克丝笑了笑，然后回到了自己的桌子那儿。

"真是个白痴。"保罗说道。

"哦，他很正常。"阿丽克丝有点儿反驳地说。

"他就是个笨蛋。"保罗说。

"你真可爱。"她跟他说。

"这是你的工作，"保罗说，"你不想跟他聊聊吗？"

他要是不在旁边的话事情会容易一些。她能够和同事以及竞争对手们更加自由地聊天，能获得他不想听的一些信息，也不必想着说一些聪明的话来掩饰他们都是那么的唯利是图。但是，她想，知道他在这里感觉很好。她叹着气，然后朝走过来跟她打招呼的劳伦斯·科尔曼微笑着。

保罗离开去洗手间了，戴夫·布赖恩特拦住了她。

"他怎么会跟你在这儿？"他质问道，"我以为你俩已经分手了呢。"

"我们是分手了，"阿丽克丝说，"我们还是好朋友啊，这样是可以的啊，戴夫。"

他很怀疑地关切道："不，不能这样。"

"当然可以。你要成熟地对待这件事。"

"臭屁。"他粗鲁地说，"你能让他回到你身边吗？他和那个法国女人结束了吗？"

"戴夫·布赖恩特，别这么让人恶心！"她对他说的话很生气。

"哦，别这样，阿丽克丝，你回不去的，你知道的。"

"我没打算回去，"她说，"我不知道你是怎么有这样的想法的。"

"看到你又和他在一起。"戴夫说，"阿丽克丝，我的意思是，他正跟其他人住在一起。"

"不是现在，"她对他说，"现在他就是一个人。"

"你是怎么想的？"

她耸了耸肩。"我没想什么。我就想今晚能带人和我一起来——德斯是那么的坚持，所以我就把保罗带来了。就是这的简单。"

"我怎么着也不会把我的前女友带来参加今晚这样无聊的聚会。"戴夫说。

"但是你带了一个新女朋友来了？"阿丽克丝问。

"我还不是特别了解她，"戴夫承认道，"但是我们在交往。她今天晚上是以一种消遣的心情来这儿的。"

"保罗也是。"阿丽克丝甜甜地说。

"什么我也是？"保罗问。

"今天晚上是以一种消遣的心情来这儿的。"阿丽克丝对他说。

"我就是这样的，"保罗笑着说，"一直消遣到宴会结束。"

阿丽克丝走过去跟花旗银行的德莫特·帕沃谈论着掉期汇率。

"我看不到它们会收紧，"德莫特说，"在目前的环境下不会，阿丽克丝。"

"我也觉得不会。"她叹息着，"但是最近一直是单向趋势，这样让交易变得很困难。"

"或许会变得简单呢，"德莫特说，"看你是什么样的想法了。"

"会更加困难。"她不同意他的看法，"市场没有流动性，人们只是持有他们不会松手的期货。"

"你可以持有任何期货，阿丽克丝，我很乐意放给你的。"他会意地朝她笑了笑。

"我会跟你联系的。"她说，然后从桌子那边站了起来。

她又重新到了保罗那儿。"真是对不起，"她坐到了他的旁边，"我一直被拉

351

着说话，没办法逃脱。"

"没关系。"保罗说。

她看了看手表，已经接近午夜时分。"如果你想的话，我们马上可以走了。"

"怎么都行，"他说，"你决定吧。"

"我去跟莱利银行的琼·法雷尔很快打个招呼，"阿丽克丝又站起了身，"我到现在还没有机会跟她说话呢。"

琼打了个哈欠，然后微笑着对阿丽克丝说："有时候我只想能快点儿结束，比如说今天晚上的宴会。"

"我知道，"阿丽克丝说，"我更愿意抱着一本书待在家里。"

"好吧，我刚才在想一些事情来让我更兴奋一点儿，"琼说，"但是并不是这群人。"

"这还不是他们最糟糕的情况。"阿丽克丝说。

"也差不多了。"琼对她说，"这个还要带着同伴的主意太扯了，太荒谬了。他们不关心我们在干什么，而你还会因花整个晚上的时间跟别人说话而有罪恶感。"

"比尔在哪儿呢？"阿丽克丝环顾四周想找琼的丈夫。

"在吧台那儿，跟约翰，皮特、特雷弗和加勒特在一起。他们在讨论高尔夫，至少这是他们的一个共同话题。保罗呢？"

"哦，你认识保罗！"阿丽克丝轻轻地笑了一下，"他正坐在桌子那儿，写一些关于我们的东西呢。"

"至少他什么话也没说。"

"他现在在国家广播电视台工作，"阿丽克丝说，"他逼着我——在某种程度上是——去做他们的访谈节目。"

"真的啊！"琼大喊道，"真的太让人激动了。"

阿丽克丝做了个鬼脸。"也不是这样。我只是害怕我会说错什么，然后会让自己像傻子一样很难堪。"

"哦，你从来不会的，"琼说，"你完全能够胜任，阿丽克丝。"

"你真是太会说话了。"阿丽克丝微笑着看着她。

"这是事实啊。"

"我已经准备好了，"阿丽克丝说着，站在保罗的身旁，"如果你没什么事的话，我们就走吧。"

"当然。"他轻松地说。

"我希望你不要觉得太无聊了。"她说。

"跟其他宴会差不多一样无聊。"保罗说。

"哦,真的吗?"她忧虑地看着他,"对不起。"

"这又不是你的错,"他说,"你也没办法让这种宴会更有趣。"

"我们应该邀请一些明星,"阿丽克丝说,"把宴会搞得跟奥斯卡、艾美奖或者类似的颁奖盛典一样。"

"请迈克尔·道格拉斯做典礼发言人吗?"保罗微笑着问她。

"呃,情况完全还可以更糟啊。"

"或许你应该给他写演讲稿。"保罗笑着说。

"那肯定没问题,"阿丽克丝爽快地说,"我当然可以写。"

"我也相信你能写。"

他们站在台阶的最高处。天正在下着雨,雨不是很大,但如果走去停车位的话也会淋得半湿。

"我去开车吧,"保罗说,"这样你就不会淋湿了。"

"你确定?"阿丽克丝问道,"其实我倒是不介意的。"

"一个人淋湿总比两个人淋湿强吧。"保罗说,"没问题的。"

"好吧,"她感激地说道,"那你去吧。"

他今晚真是表现得太好了,她想。这样的保罗让她找到了以前和她在一起时的影子。这是离开了你、跟萨拜因好上了的保罗,她又提醒自己。但是他这么做也是有原因的,原因就是房子、花园、孩子,还有一个乐意整天待在家里的妻子。这就是他离开的原因,她不能不强迫自己记起自己没有阻止他离开的原因。

路虎车停在酒店门口,她飞快地跑下台阶钻进车里。

"雨下得更大了,"她一边说一遍擦拭脸上的雨水,"希望你没被淋得太湿。"

保罗摇了摇头说道:"我跑过去的。"

他打了一下转向灯,驶进了车流中。

"我踩到水坑里了。"阿丽克丝脱下高跟鞋,摇晃着脚趾。

"需要我给你开暖风吗?"保罗问。

"好啊。"

他打开车载空调，阿丽克丝将脚趾放在吹风口。可是五分钟后他们到达公寓的时候，阿丽克丝的脚还没有干。

"想一起进去吗？"她小心翼翼地问道。

"为什么不呢？"

她很吃惊，她本来预料他会说不进去了，或者是还有其他事情要做，随便找一个借口。

"几乎没什么变化。"他跟着她进门的时候，保罗说。

"你以为会有吗？"她问。

他思索了一会儿，说道："我以为会有变化的，尽管我不知道为什么。毕竟这种装饰风格是你选择的，对吗？"

"你永远都不喜欢白色的墙壁。"她说。

"看上去一点儿创意都没有，"保罗对她说，"我还是觉得赤褐色会更温暖一点儿。"

"我喜欢白色。"她语气坚定地说，"想喝点儿咖啡吗？"

"当然。"他说。

他坐在了靠近电视机的扶手椅上。阿丽克丝将爪哇咖啡放在过滤器里，一边搅拌，一边偷偷看着他。他坐在那个老式的椅子上，双脚伸向前方，和以前一模一样。

"我去把打湿的袜子脱下来。"她对他说。

她关上了卧室的门，脱下袜子。他在房间的存在让她感到很为难。她本来以为在这里见到他更能令自己相信他和自己已经没有任何关系了，然而事实并非如此。现在，她觉得自己比任何时候都糊涂。她脱下了那件灰色的裙子，换上圆领衫和运动裤。她不想让他觉得好像自己在自己的公寓里勾引他似的。

她走进了客厅。

"那次采访真的很好吗？"她坐在他对面的沙发上问道。

"当然很好啊，"他说，"我不是跟你说过嘛。"

她耸了耸肩。"我不信。"

"这可不像你啊。"保罗说。

"什么？"

"犹豫不决的。"

"我最近什么都不敢相信。"她冷冷地说。

"关于什么？"他问。

"所有的事情。"

"阿丽克丝，跟你最搭不上边的一个形容词就是犹豫不决了，你从来不会这样。你一向都很清楚自己想要什么，也很清楚自己怎样做可以得到它。犹豫不决是用来形容其他人的，而不是阿丽克丝·卡拉汉。"

"你误解我了。"她把双腿盘在了身体下面。

"不，"他说，"我太了解你了。"

"那我现在在想什么呢？"她问。

"你在想我现在是不是还觉得你很有魅力。"保罗说。

阿丽克丝的脸刷地红了。

"这不难猜，"保罗说，"毕竟我也在想你是不是还觉得我很有魅力。"

"你是这么想的吗？"

"当然。"他说，"阿丽克丝，我知道我们之间的事情，但这不意味着我不关心你。我仍然很在乎你。"

"那萨拜因呢？"

"她不一样，"保罗说，"她给了我所有我想要的。"

"妻子，还有家庭。"阿丽克丝说。

"是的。"保罗简短地说道。

"你为什么这么在意这个呢？"阿丽克丝问，"你为什么不能快快乐乐地跟我在一起呢，保罗？"

"我跟你在一起很快乐，"他说，"但是你想要的东西跟我的不一样，阿丽克丝。你想要得到事业上的支持，还有一个完全赞同你想法的人。但这并不是我想要的。"

"那你想要什么呢？"

"一个能支持我事业的人，"他说，"一个相信我的想法和她的是一样好的人。"

"我相信啊！"阿丽克丝盯着他说道，"我相信你的想法，我也会尽我最大的努力支持你的事业。那件丑闻发生之后，我让你成功采访了卡洛中国的总经理，而他那时候不想跟任何人说话的！你怎么能说我没有支持你的事业呢？"

"对不起。"保罗站起身，坐到了她的身旁，"我知道你尽力在帮我。只是我觉得你是觉得有义务这么做，而不是因为你想要这么做。"

"你完全错了，"阿丽克丝低声说道，"完全错了。"

他们默不做声地坐在那儿待了好一会儿。

"但你和萨拜因的感情现在还不确定啊，"阿丽克丝最后说，"她现在回家了。"

"我们都很确定我们的感情，"保罗说，"我爱她，阿丽克丝，她就是我确确实实想要的女人。"

"她很漂亮。"阿丽克丝说。

"你怎么知道的？"保罗问，"你几乎不会记得她的，不是吗？"

"有照片的，"阿丽克丝仓促地说，"我们在欧洲银行招待会上的照片。那里面有她，她金发碧眼，身材娇小，那是她吗？"

保罗微笑着说："是的。"

"其实，正好就在我对面。"

他做了一个鬼脸。"是的。"

"你们准备生很多很多的孩子。"

"是的。"他又说道。

"那她作为装潢师的工作怎么办呢？"

"室内设计。"保罗说。

"好吧。"

"这和交易员的工作不一样，她可以选择在家里工作。"

"但是她还是会用她喜欢的颜色去粉刷墙壁的，"阿丽克丝勉强挤出一丝微笑，"在这件事情上你还是不能让她听取你的意见。"

他笑了笑说："我不这么认为。"

阿丽克丝打了个哈欠。"不好意思。"

"累了吗？"保罗关切地问。

"你知道今晚的情况的。"她闭上了眼睛，靠在沙发上，"在欧洲银行可能的变化中，我想要任何事情都做到最好，但通常这并不容易。"

"你为什么要那样呢？"保罗问，"你为什么要一直这样强迫自己呢？"

阿丽克丝睁开了眼睛。"我没有。"

"你是这样的，"保罗坚持着说，"一次又一次，阿丽克丝。你为什么不能让你的生活轻松一点儿呢？"

"我为什么要那样呢？"她质问道，"我喜欢我所做的事情，保罗。这是你永远都不会真正理解的，不是吗？我很乐意这样。是的，这样会让我很累。是的，也会让我压力很大。但是我喜欢这样。"

"但情况不会总是这样的。"保罗说。

"你是什么意思？"

"你知道的，阿丽克丝。随着你年龄越来越大，精力就会越来越少的。但那时情况就不是这样了，而且你其他的什么也没有了。"

"胡说八道。"她对他说，"我不会一辈子都在交易部的，但是我会不断地努力。你知道，金融服务还有许多其他的方面。"

"我很喜欢你的激情，"他跟她说，"我只是希望你能像我们一样看待工作。还有，像我们一样看待家庭。"

阿丽克丝什么话也没说。

"跟你在一起真是特别、特别让人愉快。"保罗说。

"还不够愉快，"阿丽克丝说，"你离开了我。"

他靠在她的身上，抚摸着她的面颊。她没有反抗，一动也没动。

"我是不得不离开你，"他说，"你是知道的。"

她拿着他的手靠在自己的面颊上。"我还……"

"阿丽克丝……"

"你还觉得我很有魅力吗？"她微笑着问他。

"哦，阿丽克丝。"

"我还觉得你那么的有魅力。"她告诉他。她转过头，在他的手上吻了一下。

"阿丽克丝，我……"

"但是我很难确定只是身体上的还是会有更多。"

"身体上的，阿丽克丝，你真的特别、特别的有魅力。"

"你也是。"她靠近他，还紧紧地握着他的手。

"谢谢你。"他说。

她把头靠在他的肩膀上。"我更想谢谢你呢，"她说，"谢谢你能来参加这个宴会。"

"别这么说。"

她躺在了沙发上，直到她的头躺在了他的大腿上。她放开了他的手，用自己的双手紧紧地抱着他的头，然后又闭上了眼睛。

"阿丽克丝，我应该……"

"我很寂寞。"她说，"我知道这样很愚蠢，但是我晚上的时候就会很寂寞。"她睁开了眼睛，深情地看着他。

"我能理解的。"他说。

她轻轻摇了摇头，感受着他在下面动着。"保罗！"

"阿丽克丝，这并不容易，当你……"

她坐起来面对着他，咯咯地笑着。她看着他，眼睛中闪烁着光芒。她把手伸进头发里，解开了水晶发卡。头发披到了肩膀上，展示出全新的赤褐色。

"天啊，阿丽克丝，你这样真是太迷人了。"

"保罗，我故意换上以前的圆领衫和运动裤，这样你就不会觉得我想要你了。"

"阿丽克丝，你穿的衣服很迷人。"

"不，保罗，"她笑着对他说，"我穿成这样很迷人。"

他笑了笑，她也跟着笑着。她用双手搂着他的脖子，把他拉得更近了。从他的身上能闻到男士沙丘香水的味道。她微笑着，是她将沙丘男士香水介绍给他的。

"阿丽克丝，很可能这样不好。"

"我知道。"她轻轻地吻着他的嘴唇。

"很可能这样很糟糕。"

"我知道。"她吻着她的前额。

"但是这样会很舒服。"

"我知道。"她脱掉了圆领衫，扔到了地板上。她里面什么也没穿。

"哦，天啊，阿丽克丝。"他把头埋在她的双乳之间。她紧紧地抓着他，不停地呻吟着，一遍又一遍地叫着他的名字。

他们相互依偎着躺在沙发上。阿丽克丝能够听到雨点敲打着窗台的声音，还有过滤器发出的汩汩的声音。爪哇咖啡的香味闻起来很诱人。

"你要喝点儿咖啡吗？"她问。

"什么？"他睁开了眼睛。

"咖啡。忘了吗？我煮了咖啡了。"

"哦，是啊，咖啡。"

"你要来一点儿吗？"

"好啊。"他挣扎着坐了起来。

"我马上给你拿过来。"她说,"我要先用一下浴室。"

她从他身旁下来,捡起了圆领衫和裤子,把它们拿进了浴室。她赤身裸体地站在大镜子前。自己的身材很好,她想,该挺的地方挺,该圆的地方圆。她半睁着眼睛,朝自己微笑着。她觉得自己很温暖,很懒散,感觉很好。

她站在淋浴喷头下面冲了一会儿,然后轻快地吹干身体,穿上了衣服。

保罗还坐在沙发上,尽管他已经穿上了衬衫和裤子。

她倒了一些咖啡,端过来给他。

"只能喝纯咖啡了,"她对他说,"我之前忘了放牛奶了。"

第三十六章

保罗握着方向盘,等着交通灯变绿。现在已经是凌晨三点。喝完咖啡他本就想离开,但阿丽克丝跟他说了欧洲银行的事、自己工作的事以及她可能到巴黎去工作,他也没法让她停下来。每当想到和阿丽克丝做爱他就感到不自在。从内心而言他是不想这样做的,在脑海中他也想着要克制住自己,但他的身体却让他那么做了。或许也不是这样,当他想到跟她在一起很愉悦的时候,他便妥协了。他苦笑了一下。那是身体上的愉悦。相对于萨拜因而言,她是一个很有创意的情人。她更有激情,更让人快乐,也更有技巧。萨拜因喜欢在他抚摸着她的后背进入她身体之前,两个人相互依偎着躺在那儿。阿丽克丝则会扭动着身体,面朝着他,亲吻他身体的每一寸肌肤,让她的长发在他的身体上游走,有时她会在他的下面,有时在侧面,最后她会骑在他的身上。这种感觉真是太棒了。但是和萨拜因——和萨拜因做爱更耐人寻味。

交通灯变绿了,他开着车向前驶去。阿丽克丝会把这看成一夜情吗?当他想到他们第一次见面后不久她对他说的话时,他感到浑身冒汗。她说她不会去找一夜情。但这次不一样，不是吗？她不会真的相信他会回到他身边，是吧？因为即使她的床上功夫再好，阿丽克丝·卡拉汉都不是那个跟他一起度过余生的女人。他爱萨拜因·布拉赛特，他想要和她结婚。他只希望今天晚上的事不会把这一切都给破坏了。

　　阿丽克丝刷了咖啡杯，把它们放到了滤干器上。她试着弄清自己今天晚上是不是就一直在想着要和保罗做爱，是不是这个想法从她叫上他去参加宴会时就一直存在于她的潜意识中。她承认，可能她想证明虽然那个法国女人号称美丽动人，但是自己对他还是很有魅力的。她想知道保罗此时此刻会有怎样的罪恶感。当她爬上床的时候，她想明天要给保罗打个电话。她躺在床上，没过多久就睡着了。

　　差不多快到中午的时候她才睡醒。这是她这么多年来睡得最长的一觉，起床的时候觉得浑身充满了能量。她本想给保罗打电话，但是又决定不打了。如果她现在给他打电话的话，那会让自己看上去离不开他。

　　她穿上了运动服，驾着车开向体育馆。她在跑步机上跑了半个小时，然后又做了举重的循环练习。

　　"你今天看上去很有活力啊。"帕蒂·马克库洛看到大汗淋漓的阿丽克丝正朝更衣室走去时说道。

　　"我今天心情不错。"阿丽克丝笑着对她说，"昨天晚上是我很长时间以来睡得最好的一觉了。"

　　"看上去更像你昨天晚上有不错的性生活。"帕蒂说。

　　"帕蒂！"阿丽克丝红着脸说道。

　　帕蒂大笑着。"那种运动要比这个更好。"她朝阿丽克丝挥了挥手，然后跑上楼去上健美操课程了。

　　很可能她说得对，阿丽克丝站在淋浴下面冲澡时想。性爱真的会让人心跳加速，确实是比在体育馆里训练的效果要好。

　　这天晚上，她顺便去看了卡莉。

　　"我没想到你会来，"她妈妈开门的时候说，"你也没有先给我打电话。"

　　"必须要打吗？"阿丽克丝问，尽管通常情况下她来之前都要给妈妈打个电话的。

　　"当然不是。"

阿丽克丝跟着她走进了客厅，坐在了飘窗旁的扶手椅上。

"想喝点儿什么吗？"卡莉问。

"能来点儿酒就好了。"阿丽克丝说。

卡莉走向厨房去拿酒了，阿丽克丝靠在了扶手椅的后背上。他可能就坐在这儿，阿丽克丝想，跟卡莉说着话，小心地看着房间的四周，想着伊莫金会用另一种风格装饰房间。她紧握着拳头。

"为什么事赏光过来啊？"卡莉拿来了一瓶皮诺杰治奥和两个杯子。

"我有一段时间没见到你了，"阿丽克丝说，"我想我应该来看看你。"

"对不起，最近有些杂事。"卡莉举起了酒杯。

"不是杂事，你知道不是的。"

卡莉坐到了对面的椅子上。她看上去很累，阿丽克丝想，也更老了。她穿着一件宽松的套头衫和一条裤子，这两件衣服都已经不怎么流行了。阿丽克丝突然意识到她几乎没见过高雅之外卡莉的其他样子。以前是因为卡莉知道她要来而提前作了准备的。

"怎么了？"卡莉问。

"什么？"

"你在盯着我看啊。怎么啦？"

"我没盯着你看，"阿丽克丝撒谎道，"我在想事情。"

"想什么？"

"你看上去很累。"

"今天很忙。"卡莉喝了一小口酒，"很多人没有提前预约就来了，一直忙到六点才停下来。"

"你不应该这么辛苦地工作的。"阿丽克丝说。

卡莉笑了笑。"这样很充实啊，跟你学的。"

"我年轻啊。"阿丽克丝说。

卡莉扬起了眉毛。"谢谢你。我这样感觉很好。"

"我的意思是说，"阿丽克丝费力地挤出一句话，"我还处于一个需要工作的年龄。你当然可以把沙龙卖掉然后退休啦。"

"那干什么呢？"卡莉问。

阿丽克丝耸了耸肩。"我不知道。做点园艺，读读书，或者去旅游？"

"说实话，阿丽克丝，"卡莉朝她做了个鬼脸，"你看我像是做园艺的吗？"

拉内拉赫这栋房子前有一个小花园，里面有一个小草坪和一片灌木丛。房子后面是一片铺上了砖的娱乐区域和一些浴盆。

"可能不是吧，"阿丽克丝承认道，"但我有时觉得你工作太辛苦了。"

"我喜欢工作，"卡莉说，"我需要有点儿事做。"

她们坐在那儿沉默了片刻。

"你没来同薇安和约翰一起吃饭让我感到很沮丧。"卡莉最后说。

"我告诉过你，"阿丽克丝说，"我那天晚上有工作上的事。"

"如果要是没有呢？"卡莉问，"那你会来吗？"

"很可能不会来吧。"阿丽克丝承认道。

"这也没什么大不了的。"卡莉说。

"是啊。"阿丽克丝说，"但是过了这么长时间他又回来，然后又冒出了他女儿还有一个孩子的事情——这就是大事了。如果他不回来的话就什么事都没有。"

"阿丽克丝，生命太短暂了，经不起记仇啊。"卡莉说，"我恨了他十年，但是一直恨他我也感到很累了。"

"我不恨他，"阿丽克丝说，"我才不关心他怎么样呢。"

"很多人都想了解他们的父母，"卡莉说，"他们想知道他们的根在哪里。我想你见见他对你会有好处的。"

"我不想被强迫着做什么，"阿丽克丝对她说，"我不想有人走进我的生活，强迫我去喜欢他们。"

"谁说你要喜欢他？"卡莉笑了笑，"你可能会讨厌他呢。但至少这是一个机会啊。"

"好吧，现在我选择跟他没有任何关系。"阿丽克丝轻蔑地说，"不管怎样，他已经回美国去了，不是吗？"

卡莉点了点头。"凯特的孩子快要出生了，他想回去陪在她身边。"

"你见过她吗？"阿丽克丝问。

"没有。"卡莉摇了摇头。

"但是你见过照片？"

"是的。"

"她跟我们长得像吗？"

"有一点儿。"卡莉站起身，打开角落里那张小桌子的一个抽屉。"这儿。"她拿出了一张照片。

阿丽克丝从她手中接过照片，但是并没有看。

"已经过去很久了，阿丽克丝，"卡莉轻轻地说，"很多事情都变了。"

阿丽克丝看了一眼照片。照片里的女孩坐在一辆汽车的前盖上，朝拍照者微笑着。她长长的黑发在风中飞扬，在阳光的照耀下眯着眼睛。但是阿丽克丝还是立刻看出了相似的地方。凯特，她同父异母的妹妹，长得很像自己，也像薇安。

她抬起头看着卡莉。"家族相似性。"她说。

卡莉微笑着。"是啊，都是你父亲的基因。"

"我不要长得像他。"阿丽克丝把照片递还给了卡莉，"我也不要像她。"

"没有人说你像。但是阿丽克丝，即使他离开了我们，即使我不想再跟他有任何关系，他也没有完全忘掉你们。他给你买生日贺卡的。"

"我知道，"阿丽克丝说，"薇安跟我说过。"

"你喜欢贺卡吗？"

阿丽克丝摇了摇头。"不喜欢。"

"好吧。"卡莉说。

"薇安说他是什么公司的总裁。"阿丽克丝说。

卡莉点了点头。"他现在身价很高的。"

"我才不关心这些呢。"

"当然不用。但是知道这些也挺好的，不是吗？"她眨了眨眼睛。

"他回来用钱是买不到我们的。"

"他也没想这样。"卡莉说，"其实他一分钱都没有给你们。"

阿丽克丝笑了笑，然后咬了咬嘴唇。"这真的很难。"她说，"我一直是因为他离开我们而记恨他。现在我想我恨他更是因为他没选择我们，而选择了她们。"

"我理解你，"卡莉说，"我真的理解你。"

阿丽克丝喝完了杯子里的酒。"其实，我来这儿是想告诉你巴黎的事情。"她用坚定的语气说。

"巴黎？"

"他们在那儿给我提供了一个职位。"

"真的吗？那你想去吗？"

“我还不知道。”阿丽克丝大概说了一下欧洲银行的变化。“这是一个很让人感兴趣的机会。”她对卡莉说。

“你要是去的话我会想你的。”卡莉说。

阿丽克丝朝她微笑着。“谢谢你。”

“你不觉得你还可以在这儿找一份工作吗？”

“很可能吧。”阿丽克丝跟她说，“其实，在昨天晚上的公司宴会上，我和一个波士顿国家银行的家伙聊天，听起来他对给我提供工作很感兴趣。但我认为这个工作没有我现在的工作有意思。去巴黎的话应该会更好。”

“挣钱方面还是升职方面？”卡莉问。

“都是。”阿丽克丝说。

“你在巴黎有朋友吗？”

阿丽克丝耸了一下肩。“没有什么亲密的朋友。”

“阿丽克丝，你不觉得一个人在一个新地方真的会很难吗？”

“没有啊，”阿丽克丝说，“大家一直都这样。”

“可能他们是这样，”卡莉说，“但是他们快乐吗？”

“好吧。但现在我在这儿也没有不停地参加社交活动啊。”阿丽克丝说。

“那保罗怎么办？”卡莉问。

阿丽克丝又喝光了杯子里的酒。“保罗想要结婚生孩子了，但不是跟我。”

“你最近见过他吗？”

阿丽克丝想到昨晚的事情，脸红了起来。“是的，”她说，“我昨天见到他了。”她看着卡莉，“我在保罗的事情上很愚蠢。”

“为什么呢？”

“他离开了我，但我还一直想着他。我想让他回到我身边，因为我的自尊受到了伤害。但是他爱着别人。我知道他爱着别人。”

“那么你现在还在想着他？”

阿丽克丝叹着气。“我还是感到怨恨。他想要的东西我给不了他。”

“生活就是这样，”卡莉对她说，“如果它一直像你想要的那样，它会很乏味的。”

“我猜也是这样。”

卡莉朝阿丽克丝微笑着。“当事情不像你计划的那样的话，你就没有热情了，不是吗?"

"不,"阿丽克丝说,"保罗离开是有原因的,现在这个原因也还存在。所以尽管我有些想让他回到我身边,但这也没有用。"

"他想要孩子而你不想要。"

阿丽克丝点了点头。"或许有一天我会遇到我想要跟他生孩子的那个人,或许有一天有个人会让我对婚姻和家庭的想法有所改变。但是我不这么觉得。我可以和保罗永远住在一起,可以是很长很长时间。但是要我安定下来,结婚生孩子,那不是我,卡莉。"

"为什么呢?"

阿丽克丝耸了耸肩。"我不知道。只是这对我没有吸引力。"

"那时候这对我也没有什么吸引力。"卡莉说,"但是当我回头看看我所做过的事,最让我骄傲的就是你和薇安了。"

"轻易地流露出感情可不像你啊。"阿丽克丝对她说。

"可能是有点儿多愁善感了,但这是真的。"

"底线是我还没有准备好,"阿丽克丝说,"而且我也不知道我会不会准备好。"

"你要知道别人是跟你有联系的,"卡莉说,"你不能过完了一生,而只让别人了解到你的一部分。"

"别说这些没用的。"阿丽克丝说。

"阿丽克丝,你知道那句话,是吗?说在你临终的时候,你不会想着要把时间花在工作上的。"

阿丽克丝大笑着。"我也非常怀疑说这话的人一定想花更多的时间在灶台上做一些繁重的活。"

"你真让人受不了,"卡莉说,"但是我是爱你的。如果你想要去巴黎的话,我这儿没什么问题。只要你开心就好,阿丽克丝。"

"会的,"阿丽克丝朝她微笑着,"我向你保证。"

天黑了,还下起了雨。她钻进车里,开着车往公寓的方向驶去。但是到公寓的时候并没有停下车,她开着车经过了收费大桥,沿着马拉海德大道向前驶去。她希望自己不要这样犹豫不决,希望自己能够知道对于自己来说什么才是正确的,希望自己能知道自己到底是什么样的人。

保罗的房子一片漆黑。她坐在门外，想要去按门铃把他叫醒。但是她没有这么做，取而代之的是她开着车回家了。她告诉自己她作了一个正确的决定。

第三十七章

欧洲银行巴黎分行今天很忙碌。阿丽克丝跟着盖伊在交易部里四处走动着，经常停下来看看新闻提要或者外汇汇率。美元一开始看上去是走强的趋势，但是不久就开始下滑，现在已经跌到了几个星期以来的最低点。市场让大家很紧张，交易员们正在承受亏损。

"我需要给都柏林那边打个电话，"她跟盖伊说，"看看他们现在的情况怎么样。"

"好的。"

她拿起了电话。

"欧洲银行，这里是交易部。"珍妮的声音听起来处于压力之中。

"你好，珍妮。是我。"

"哦，你好，阿丽克丝。"

"情况怎么样？"

"很忙，"珍妮说，"有很多客户问起美元的事。这是最让你提心吊胆的。"

"我知道。我觉得有些事情正在发生，珍妮，但我不知道是什么。我有一种感觉是拉美那边的问题。我们的交易情况怎么样？"

"还好。"珍妮简洁地说道。

"不要在任何事情上卡住，"阿丽克丝警告说，"我们现在不能惹麻烦。我可以跟戴夫通话吗？"

"当然。稍等一下。"

"嘿，阿丽克丝。"

"戴夫，一切都还好吗？"

"差不多。"戴夫说。

"什么叫差不多啊？"

"呃，早些时候我们卖掉了我们的一些债券，这有一点儿失误。但是我们那段时间已经赚了一些钱，我就想——呃，你知道的。"

"债券没什么关系了。"阿丽克丝说，尽管她对把债券抛掉有点儿生气，"一定要保持平稳，知道吗？现在会有很多的交易发生，肯定会有大量的出售。大家现在都非常的紧张，而且各种说法都有。还没有什么确切的消息，戴夫，如果我得到什么信息我会告诉你的。要保持安全。现在快到年底了，我不想我们有任何差错。"

"好的。"他说。

"戴夫？"她突然感到了一丝紧张，"一切都还好，是吗？"

"一切都在我们的掌控中，"他对她说，"你放心吧。"

"那就好。"她说。

"一切都还好，是吧？"盖伊问道。

"是的。"她说，尽管她不知道自己为什么心神不安。

"到我办公室来。"盖伊说。

她坐在了他的对面。

"你来这边我们会给你一个合理的薪水。"他说，"这对你来说很容易，你不用担心家庭。"

"我知道。"她说。

"那你的回答是？"

她透过玻璃墙看了一眼紧张忙碌的交易室。这儿很有趣，她想，而且她在这儿也能做得很好。

"我很高兴能够加入你们。"她说。

"太棒了！"盖伊走上前去，亲吻了她两侧的脸颊，"我真的非常、非常的开心。我们希望你能尽快地开始工作，两三个星期后吧。"

"我首先需要把都柏林那边的事情安排妥当了。"阿丽克丝说，"我会告诉你我能过来的最早的日期的。"

"好啊。"盖伊说，"阿丽克丝，或许我们今晚应该一起吃饭庆祝一下，你觉得呢？"

"或许吧。"她说。

"你还住在乔治五世酒店吗？"

她点了点头。

"我们可以就在那里吃饭。八点钟怎么样？"

"好啊，盖伊，就八点吧。"她看了看表，现在已经快到四点了，"那到时候见吧，盖伊。我现在要回到酒店去了。"

"那多无聊啊。"盖伊说。

"好吧，"她承认道，"我想在回去的路上去老佛爷百货①逛一逛。"

她站在商店的内衣区的时候，她的电话响了起来。

"你好。"

"是阿丽克丝吗？"

"是的，你是哪里？"

"阿丽克丝，是我，理查德·科密斯克。"

索菲娅的老公。阿丽克丝习惯性地没有想到会是他。

"阿丽克丝，索菲娅让我给你打电话的。她正在住院，她摔了一跤。"

"什么！"阿丽克丝把电话攥得更紧了。

"她没事了，阿丽克丝。但我们不知道孩子怎么样了。她快受不了了，阿丽克丝，她想有一个女性朋友能陪在她身边。"

"当然，理查德，我会去陪她。"

"跟你说这个真是抱歉，阿丽克丝。我给你的办公室打电话，他们说你在开会。因为索菲娅现在很烦躁，所以我就打你手机了。我想她想要我陪着她，但是她一直说想要你陪在她身边。"

"没问题，理查德，我会去陪她的。我今天晚上就过去。是在哪家医院？"

他给了她医院的名字和电话号码，然后挂断了电话。她站在比基尼、紧身内衣和女士背心中间，祈祷着她的朋友不要有什么事，那个孩子也不要有什么事。看上去她不想不要这个孩子，索菲娅怀孕之后是那么的开心。这对她来说意味着很多。生活就是一个狗娘养的，阿丽克丝绝望地想，真是一个狗娘养的。

---

①法国著名的百货商店。——译者注

她匆忙地回到酒店，给机场打了个电话，订了一张下一班飞往伦敦的机票。之后她给盖伊·德库尔塞勒打了个电话，告诉他自己不得不回去，今晚就不能跟他见面了。

盖伊的语气听起来不是关切而是有点儿生气，但阿丽克丝管不了那么多了。

机场人很多，她差一点儿就错过了飞机。她没时间办理行李托运了，当她把箱子拎到机舱门的时候，空姐满脸的不愿意——因为她的箱子有点儿大，几乎没法作为随身行李放在机舱里。

阿丽克丝坐下的时候浑身发热，满心忧虑而且脾气暴躁。看到坐在旁边的那个男人身体肥硕、几乎都占了她半个座位的时候，她就更没什么好心情了。她问飞机上还有没有商务舱可以乘坐，但是飞机已经满员了。

"打扰一下，"一个声音从她身后传过来。她四周看了看。"我想这是你吧。"马特·康纳利说道。

"你在这里干什么？"她从座位上转过脸说道。

"跟你一样，"他咧着嘴朝她笑着，"飞到伦敦。"

"不好意思，这真是一个很荒谬的问题。但是我以为你出差了，你说过你一直到下个星期都在出差的。"

"是啊，"他大笑着，"我们现在在巴黎啊，如果你还没有意识到的话。我到了日本，需要在这里中转。尽管我没想到会在这里碰到你。"

"我告诉过你我会在巴黎的。"

"好吧，我向你保证，我可不是故意绕着圈子来见你的。"

"我当然相信你不是故意的。"她干巴巴地说。

"你为什么不坐到我旁边来呢？"

"因为飞机已经满员了啊，"她轻轻地说，"我想没人愿意换座位的。"

"啊，但是我这儿有一个空座，"马特说，"我买了两张票。我打算在飞机上工作的，但是商务舱已经没票了，所以我就想出了这个解决办法。"

"如果我坐在你旁边那你就没法工作了。"阿丽克丝不赞成地说。

"还是可以的，"他说，"尽管我可能不想工作了。"他又笑了笑，"这样会舒服一点的。"

阿丽克丝又看了一眼坐在她旁边的那位老兄。马特说得对，那样肯定会更舒服。她原谅了自己然后坐到了马特的旁边。

"感觉好一些了吗？"她系上安全带的时候马特问她。

"好多了。"她说，"但是不要让我打扰到你在做的事。"

"我明天在伦敦有一个会议，"马特说，"我在做我们报告的最后的内容。不过还有时间。"

"说实话，马特，我不想……"

"你没有。"他说，"你今天到欧洲银行巴黎分行了，是吗？"

她点了点头。

"那你要去伦敦做什么呢？"

她有一会儿都忘记了索菲娅的事，但现在又记起来了。"我要去看一个朋友，"她说，"她住院了。"

"哦，我听到很难过。"马特说。

"她怀孕了。"阿丽克丝说。

"那她没事吧？"

阿丽克丝摇了摇头。"我不知道。她摔倒了，我不知道严不严重。"

"我听到很难过。"马特又说了一遍。

"她想见见我。"阿丽克丝看着他，"上帝知道为什么。其实我去了也没有什么用处。我想可能她丈夫有点儿不知所措了吧。"

"可能只是女人之间的事情吧。"马特说。

"可能吧。"阿丽克丝说。她想象着索菲娅躺在病床上，生病了，很害怕。她咬了咬嘴唇。

飞机从跑道上加速起飞，钻入了云层中。飞机的引擎发出了很大的声响。

"我从来都不喜欢这个声音。"马特说。

"是吗？"阿丽克丝惊讶地看着他，"我还行。"

"你没想过这个声音可以不用这么响吗？"

"没有啊。"她说，"你呢？"

"一直都这样觉得。"他承认着，"我经常坐飞机，但我真的很讨厌这声音。这也是我很乐于找个人聊天的原因。"

"好吧。"阿丽克丝说，"你想聊什么呢？"

"什么都行。"马特说。

"今天的货币市场非常的反复无常。"她说。

"是吗？"

"是的。在一个大的交易室里真的让人非常非常的兴奋，那里的气氛十分紧张。但是我担心都柏林的情况。"

"你不相信他们吗？"

"我相信，"她说，"只是……哦，我自己去控制这些情况感觉会更好一些。"

他若有所思地看着他。"你对所有事情都想要这样吗？"

"想要怎样呢？"

"掌控一切？"

"别这么愚蠢了。"她简短地说。

"不好意思。"马特说。

这样的沉默很不自然。阿丽克丝的眼睛笔直地盯着前面，她在想着索菲娅。

"我昨天跟一个认识你的人聊天了。"马特说。

"哦？"她又把脸转向了他。

"一个叫奥西·利夫西的家伙。我在东京遇见他的。他说你在伦敦工作的时候他认识你的。"

她轻轻地笑了笑。"是的，他是一个很好的客户。他现在在做什么？"

"在索尼工作。"马特说，"我们想和索尼联合开发我们的产品。"

"希望能如你所愿。"

"谢谢。"

阿丽克丝又转过脸去，从公文包里拿出了笔记本。她不知道为什么要看着笔记本，但是她翻着笔记本，还不时地停下来，就好像她在看什么重要的信息似的。

马特绞尽脑汁想要跟她说点儿什么。他感觉到她有什么烦恼的事，想要安慰安慰她。但是他不认为好言好语会有什么效果。他想他越是显得亲切，阿丽克丝就更不会搭理他。

自己的努力真的值得吗？他很想知道。在他的生命中有过很多女人，他总是跟她们保持着很简单的关系。他知道，很可能是因为他行迹无定的原因，所以他没有跟任何一个女人作过更加深入的承诺。这样对他自己很好，当他离开的时候，她们都会拥抱着他，之后还会给他打电话，想要他回到她们的身边。

但是阿丽克丝并不在意他。迄今为止，他只成功地约了一次和她一起吃饭，还不知道这会不会发生呢，他想，自己想要跟她发展更深入的关系的想法真是太愚蠢了。但是他跟她说得越多，他就更了解她，也更为她所吸引。

"欧洲银行要和法国农业信贷银行合并是真的吗？"马特问道。这当然不是真的，他只是想找个话题跟她说话。

"你说什么？"阿丽克丝惊讶地看着他。

"可能不是欧洲银行吧，可能是其他的银行。"他说。

"你永远不会知道，"阿丽克丝合上了笔记本，"银行总是会合并的，这是经济规模决定的。但我不认为现在欧洲银行会和谁合并。"

"我知道他们不会合并的。"马特不知道为什么就说了实话，"我只是想找个话茬儿。"

"什么？"她又惊讶地看着他。

"我想跟你说说话，我想提到欧洲银行是能引起你注意最好的方法。"

她笑了笑。他看到她这真心的笑容也非常的高兴。"不一定你非要说到银行的事才会引起我的注意。"

"但是你喜欢谈论银行的事啊。"

"跟我说话是不是挺无聊的？"她苦笑着说。

"不是啊。"

"那你跟你男朋友在一起时都聊什么呢？"马特问道。

"我男朋友？"

"亨特先生啊，你曾经说过好像有一个亨特先生来着。"

"曾经吧。"阿丽克丝告诉他。她再一次想起保罗曾经爱过她，又离开她，结果还回来和她上床的事情。

"阿丽克丝？"

"你想知道关于保罗的事情吗？"阿丽克丝突然问道，"我给你讲讲吧。我曾经非常非常爱他，我和他在一起处了三年。今年夏天我们分手了，不过之后我们也会经常碰面。不久之前他们爱尔兰国家广播电视台还对我做了一期采访节目。作为回报，他就请我吃了顿饭。"

"这就是所谓的有教养的成熟男人做出的事情。"马特说道。

"是啊。"阿丽克丝一边答应着一边想道，除了他和萨拜因在一起这件事情。这件事一定不能告诉马特。还有和保罗一起吃饭之后又回去做爱的事情，这事我一定不会告诉马特的！

"之后你又和别的男士约会吗？"

"是的。"阿丽克丝说。

"那我邀请你吃饭的事情应该不是问题了吧？"

"那我就把你请客当做对我们银行的报答了。"阿丽克丝说，"我知道你曾经说过要把吃饭当做朋友一般的聚餐。可是你很难把我当成朋友一起吃饭的，对吗？"

"当然不是。"马特说，尽管心中并不确定。

"你看看。"她笑着说。

"只是……"

"什么？"

"我在想，能不能用另外一种方式来吃这顿饭。"

"什么方式？"

"呃，比如说……约会之类的。"

"约会？"她盯着他。

"是的，"他说，"约会。"

"哦。"听到这话阿丽克丝有点被奉承的感觉，但是她自己也说不清自己怎么想，抑或是他是怎么想的。他想要和她约会究竟是为了什么呢？

"哦，没什么的。"马特说，"对不起，我可能表现得太过分了，当我没说吧。"他打开自己的笔记本电脑开始工作。

"是我要说对不起，"阿丽克丝说，"我没有把握好。"

他将目光从电脑上移过来。"听着，我喜欢你，想请你吃饭，但是你不想去，这都没什么大不了的。对不起，本来我以为我们之间还隔着一层什么东西，现在看来是我错了，你就忘记我说的话吧。"

"你觉得我们之间还隔着什么？"阿丽克丝问道。

"我也不知道，"马特说，"我只是觉得我们好像都被绑定了一样。"

"是被工作关系绑定的，"阿丽克丝告诉他，"但是私人方面的话——你怎么知道呢？"她突然打了个寒战，想道：他或许是对的，还有其他的东西隔着，只是她现在没有时间去想。不是她要去巴黎工作的事，虽然巴黎的工作对她来说十分重要。

"我不会知道的，"他说，"你说得对。"他又转头去看自己的电脑开始工作了。

直到空姐提醒将马上降落，请乘客将电子产品关闭的时候，马特才停止了工作。

机舱里灯光灰暗，飞机在机场上空盘旋着。阿丽克丝看了看手表，马上就七点了，到医院还要一个钟头。她希望医生能允许她进去看望索菲娅。

飞机继续盘旋，没有降落的意思。阿丽克丝讨厌这种无谓的时间浪费，她又看了一眼手表。

"看样子我们要等很久了。"马特突然冒出一句。

她点点头。"可能是机场上空的飞机太多了。"

"我也讨厌这一点，"他告诉她，"我经常害怕从机场起飞的飞机会直接撞上我们。"

"要是这样的话你就什么都不知道了。"她淡淡地说。

"谢谢你这些安慰的话！"

机舱里的乘客开始焦虑。他们已经在上空盘旋了二十五分钟，正常情况下应该在七点降落的。

"你觉得会不会真的出什么事了？"马特问道，"是不是飞机放油了？"

"没有那么多油需要放的，"阿丽克丝回答道，"这只是一段很短的航程。"

飞机引擎的声音突然变了，整个机身迅速下沉，直接跌落云层，重重地砸在了跑道上。

"天哪，上帝，"阿丽克丝说，"这个太难受了。"

飞机很突然地停止了在跑道上的滑动。

"欢迎来到伦敦。"空姐的声音又响起来。

五分钟后还是没有任何动静。之后机长说，有可能是飞机的起落架出现了问题，不过只是擦出了一点小火光而已。"我们要确保飞机的轮子正常着陆！"他开玩笑地说。

阿丽克丝看了一眼马特，在机舱灯光的照射下，他脸色苍白。

"你到了，"她说，"可以活着说这件事了。"

"我好害怕。"他告诉她。

"哦，别这样，我打赌你没那么害怕。"

"我说真的。"他认真地说，"我跟你说，我真的不喜欢坐飞机。"

"你是我认识的第二个不喜欢坐飞机的男人。还记得我们去打陶土飞靶的那次吗？有一个男人在直升机上吓得浑身发抖。那个时候你还没怎么害怕呢。"

"那时候必须得表面上保持勇敢，"马特说，"你一点儿都不害怕吗？"

"反正我不害怕坐直升机。"她说。

"我的意思是刚才。"

她耸耸肩。"我只是有些担心。我猜更可能是因为哪里出了故障，但不知道具体是什么原因。"

"阿丽克丝？"

"怎么啦？"

"你曾经哭过吗？"

她笑了。"成熟女人从来不哭。"

他们一起打车去了市内。马特把她送到医院。

"我希望你朋友一切都好。"他说。

"我也这么希望。"她伸出手，"谢谢你把我送来，还有，谢谢你在飞机上给我座位。"

"乐意效劳。"他握住她的手，握得很紧。他们互相对视了一阵，然后阿丽克丝抽回自己的手，从出租车里钻出来。

索菲娅的脸苍白得像一张白纸。阿丽克丝轻轻地推门进来，看到理查德坐在妻子的床边。索菲娅紧紧闭着眼睛。

"嗨。"阿丽克丝低声道。

"嗨。"理查德回应道，"她睡了好几个小时了。医生说她没什么事。"

"哦，理查德！"阿丽克丝拿了一把椅子过来坐下，"没事我就放心了。"

"我也是。"他说，"但是我很担心她。她一直特别焦虑不安，一直问我是不是没事，还问你，阿丽克丝。"

"为什么问我？"

理查德摇了摇头。"我不知道，但她坚持在问。护士给她注射了镇静剂，可是她还是不停地问你怎么样。"

"让我跟她一起待会儿吧。"阿丽克丝说，"你要去喝点儿咖啡什么的吗？"

"好的，"理查德说，"我十分钟后回来。"

他离开了房间。阿丽克丝在昏暗的灯光下端详着她的朋友。突然，索菲娅睁开了眼睛。

"阿丽克丝。"她叫道。

"我在这儿，索菲娅。"

"谢谢你，谢谢你来看我。"

"我当然要过来，理查德给我打电话了。"

"哦，阿丽克丝，都是我的错！"索菲娅十分痛苦地看着她说，"都怪我，如果这个孩子没有了，都是我的错！"

"孩子会没事的。"阿丽克丝说。

"他们都不知道发生了什么。"

"理查德说，医生已经告诉他没事了。"阿丽克丝说，"不要担心，索菲娅。"

索菲娅叹了口气。"希望他们说得对。"

"他们不会撒谎的，索菲娅，要相信医生的话。"

索菲娅咬了咬嘴唇。

"发生了什么事？"阿丽克丝问道。

"我准备去开会。"索菲娅说，"医生跟我说要多加注意，因为我的血压偏高。我一直努力保持良好的状态。可是下个月我们有一个新项目，很多事情都需要我做。雷蒙给我留下一大堆法律文件，我一边看一边累得睡着了。"她揉了揉眼睛，"我竟然睡着了！你可以想象吗，阿丽克丝！在办公室睡着了！会议在楼下已经开始了五分钟，他们才打电话给我，我吓了一跳。于是我就抱着一大堆法律文件——你知道又多又重的——跑去坐电梯，结果电梯一直在一楼没有上来，我就只好走楼梯。东西又重，我又着急，然后就失去重心跌倒了。"

"哦，索菲娅！"

"我昏过去了，什么都不知道！之后肯定是有人来找我开会，结果到处找不到。我在那儿躺了很久，你知道在办公楼里面，没有人走楼梯的。"

"可怜的人儿啊。"

"都是我的错。"索菲娅又说道，"阿丽克丝，你知道我想要这个孩子，我告诉过你，他对我来说多么重要。雷蒙本来可以把这些事情都做好的，可是他没有。所以我只能自己负责，自己去做，把医生的话当做耳旁风。而就因为这个，我差点儿失去了我的孩子，阿丽克丝。"眼泪顺着她的脸颊流了下来，"我差点因为自己的自私、肤浅和愚蠢丢掉了我的孩子。"

"不是这样的，"阿丽克丝劝慰道，"你很善良，心地好，而且工作十分努力。

你想证明给大家看你完全可以做到。所以呢，只是犯了一个小错误，仅此而已。"

"是一个致命的错误，"索菲娅痛苦地说，"我只是不想让人觉得因为我怀孕了就没有将百分之百的精力用在工作上。但是这种想法太愚蠢太自私了。你不可能什么事都做得来，不可能的。"

"很多人都与你有同样的想法，"阿丽克丝说，"而且这本来就是不公平的，索菲娅。我知道你工作很努力，不想放弃这些东西，我理解你的想法。"

"但是孩子不会理解啊。"索菲娅说，"你不会明白的，阿丽克丝，因为你不会从这个角度思考。"

"或许吧，"阿丽克丝承认道，"可是或许有一天我也会的，到时候我会向你请教的，索菲娅。那时候你肯定会给我很多建设性意见的！"

索菲娅虚弱地笑了笑。"你会采纳吗？"

"那好吧，"阿丽克丝说，"如果你想听关于一些离谱的错误的话，让我跟你说说我们公司宴会的事情吧。"

第三十八章

她本打算坐早上第一班飞机飞回都柏林的，但是机票已经卖完了。然后她就决定要在伦敦多待一段时间，因为也没有什么着急的事要立刻赶回去。她决定在年末的时候再回去，戴夫自己应付得来的。理查德建议她就住在他们在切尔西的家里，她同意了。周五的早上她从理查德家里给办公室打了个电话，想看看公司的情况怎么样，也想让戴夫知道她直到周一的时候才回去。

"一切都还好吗？"她问。

"当然了，都很好。"戴夫漫不经心地说。

"美元的情况怎么样了？"

"美元仍然走强，但是很可能又要开始下滑了。"

"尽管如此，戴夫，轻松应对。"

"好的。"

"没有什么交易让我们火烧眉毛的吧？"

"没有。"他小心翼翼地说道，"巴黎那边怎么样？"

"不错。"她说。她想戴夫的声音听起来有些紧张。她想跳上下一班飞机飞回去，只是想确认一下是不是一切都进展得还不错。但是她知道自己太多虑了。

"你决定要抛弃我们了吗？"戴夫的声音打破了她的沉思。

她笑了笑。"我回去的时候再跟你说吧。在这期间，别给我找麻烦，戴夫。"

"那你会抛弃我们了。"他直截了当地说道。

"我们周一再见吧。"她对他说。

"好吧，阿丽克丝，好好玩吧。"

又多了一天的空闲时间真是太好了。她悠闲地吃完了早餐，然后去医院看望索菲娅。今天早上她看起来好多了，阿丽克丝想。她的脸色又恢复了正常，昨天晚上那惊慌的表情也不见了。

"孩子没事了。"阿丽克丝坐到她旁边的时候她说，"哦，阿丽克丝，这真是一场噩梦。"

"我知道。"阿丽克丝拉着她的手紧紧地握着，"现在你可以不必责备自己了，慢慢好起来吧。"

"是我的错，"索菲娅说，"我本来应该想得更明白的，阿丽克丝。真的应该。"

"我们都做了很多本应该考虑得更清楚的事！"阿丽克丝朝她微笑着说道。

"比如说公司宴会那天晚上的事？"索菲娅问道。

阿丽克丝叹了口气。"我真的是太傻了，"她说，"我有一些疯狂的想法，那就是我能让他回到我身边，因为他会发现他是那么无法抗拒地想跟我做爱。老实说，我甚至告诉自己他会给我打电话的，索菲娅，尽管我知道他不会这么做的。"

"那你们之间彻底结束了？"

"索菲娅，他离开我是因为他觉得我不是那个他要与之共度余生的女人。这个问题我想了很长时间。如果我跟他说我会改变的，那情况真的会有什么不同吗？"她做了个鬼脸，"我不这么觉得。我知道他跟我做爱他会有罪恶感。他爱着萨拜因，她甚至都没必要考虑孩子的事情。"

"那你觉得自己开始考虑孩子的事情了吗？"索菲娅问。

"我希望我能知道。"阿丽克丝皱起了眉头,"我没有做母亲的冲动,索菲。但是如果我突然想了呢?如果那时我因荷尔蒙缺乏而无法生孩子时又怎么办呢?"

"我不知道,"索菲娅说,"我真希望我能给你一些建议。"

"我喜欢我的工作。"阿丽克丝凝视着远方,"我真的觉得没准备好要把工作给抛弃了。我本来想着继续在欧洲银行都柏林分行工作几年的,我并没有对工作感到厌倦。但是工作肯定会有所变化,因为巴黎分行那边出现了一笔很大的损失——金融衍生品方面的问题。"

"你是认真的吗?"

阿丽克丝点了点头。"根据盖伊的说法,他们炒掉了两个人,还会再找更多的人。他们还会接管分支机构更多的权力,这会影响到我在都柏林分行的权威。但是他们给我提供了一个巴黎的职位。这是一个很好的职位,索菲娅。"

"那你想到巴黎工作吗?"

"我已经答应了。"阿丽克丝咬了咬嘴唇,"这是一个很好的升职调动,我要是不去的话那我真是发疯了。"

"但是?"

"但是我在问自己我到底是不是真的想去。我很害怕,索菲娅。"

"害怕什么呢?"

"害怕我的生物钟。它就像一颗定时炸弹,我害怕有一天它就不走了,我不知道该怎么办!或者,更糟的是,它一直不停而有一天我满心悔恨。"

"如果生物钟不走了的话你会知道的。"索菲娅说。

"你不会知道。你只能等,直到有人来告诉你。"

索菲娅叹了口气。"阿丽克丝,我没法给你答案。"

"我知道。我也没期待着你能给我答案。"

"那现在怎么办呢?"

"我要回家,告诉他们我要去巴黎工作。"

"或许你会在那儿遇到你的另一半的。"索菲娅说。

"我可没指望这个。"阿丽克丝说。

在飞机上,一个妇女带着一个孩子坐在她的旁边。这个女人并不比她年轻,一路上她都把孩子放在腿上,跟孩子说着话。她不时地朝阿丽克丝笑笑,阿丽克丝也尝试着朝她笑了笑。到达都柏林机场的时候，有一个男人把他们搂在了怀里，亲吻着他们。阿丽克丝看了他们一会儿，然后走开了。

晚上她看了 CNN 的节目，今天美元很强势。传言拉丁美洲很可能会拖欠债务。阿丽克丝打了个寒战。她很高兴她跟戴夫说了要把持住。

现在已经如此接近年末，冒这种不合理的风险没有道理。而且，从私心考虑，她要离开欧洲银行都柏林分行了，她要让自己最后几个月的业绩是赢利的。她打开电脑，想要登录到银行的电脑看看情况，但是解调器出了点儿问题，她没法获得访问权限。

这没关系，当她爬到床上的时候她想，她不需要去了解，如果有什么问题的话戴夫会告诉她的。

周六她又去了射击馆，打出了令人十分羡慕的分数。教练尼尔问她有没有兴趣在来年三月跟他们一起去旅行。"去意大利，"他告诉她，"我们作为俱乐部邀请的客人去参观 PERAZZI①工厂。一定很有意思的，阿丽克丝。"

"对不起，尼尔，"阿丽克丝说着将枪放回盒子里，"三月份我去不了。最近有一个在巴黎的工作机会，我已经决定去工作了。"

"你太幸运了！"尼尔羡慕地看着她说，"我喜欢在巴黎工作。"

"是吗？"

"当然了！那么多风情万种的女人！"

她笑了。"这的确是一个很好的理由啊。我会在离开之前尽量多来这儿射击的。"

"好的。"尼尔说，"我们会想你的，阿丽克丝。"

"谢谢。"

她驾车回家。途中又突然转弯，想去薇安家看看。她照例像履行义务似的将耳塞送给奥伊菲和内萨，之后，尾随着姐姐来到厨房。薇安将咖啡壶装满，打开了开关。

"我有消息要告诉你。"薇安说。

---

①意大利著名的猎枪和比赛用枪制造商。——译者注

"哦。"阿丽克丝答应着,从姐姐给她的饼干盒里拿出一小块饼干。

"凯特昨天生了一个男孩。"

阿丽克丝将饼干掰成两半。"是吗?"

"是啊,他们给他起名叫艾伦。"

"好蠢的名字。"阿丽克丝说。

"他有九英镑重呢。"

"没把他妈妈的屁股撑破了吧。"

"她很好,约翰和伊莫金都很开心,还有杰克也是。我好像没告诉过你她丈夫叫杰克。"

"那卡莉呢?"

"她也很开心。"

"你们每个人都很开心,我很欣慰。"

"阿丽克丝……"

"我要去巴黎工作了,"阿丽克丝说,"可能一月份就去了。"

薇安盯着她说:"我希望你别去。"

"为什么?"

"我希望你留在这儿。"

"我不会留下的。你有很多事情可以充实你的生活,比如约翰、伊莫金、凯特、杰克,还有那个九磅重的男孩。"

"艾伦。"薇安补充说。

"随便。"

"阿丽克丝,或许你应该见见保罗,跟他谈一谈,让他回到你身边。"

"正如你之前善意提醒我的,薇安,他现在和另一个女人住在一起,他对回到我身边一点儿都没有兴趣。"

"你怎么知道?"薇安问道,"或许那个法国妞对他根本不合适。"

阿丽克丝对她笑了笑。"上周末萨拜因想家了,他把她送回巴黎,然后跟我参加了公司宴会。"

"阿丽克丝,你都没有跟我说过!"

"他跟我上床了。"

"阿丽克丝!"薇安惊叫道。

"如果他想回心转意的话，他肯定已经告诉我了。"

"哦，阿丽克丝。"

"薇安，你能不能别这样叫我的名字？"

"可是，艾丽……你为什么要和他上床呢？"

"想看看他是不是还想要我。"

"显然他想。"

"他只是想和我上床，薇安。这一点儿都不一样。"

"他难道都没有给你打电话？"薇安问道，"他跟你上床，然后就再也没给你打电话？"

阿丽克丝淡淡地笑了一下。"我觉得他可能觉得不好意思了。"

"我觉得他就是个浑蛋。"

突然一刹那，阿丽克丝有一种想哭的冲动。

"你最好不要再和他联系了。"薇安说。

"我觉得在巴黎可能会好一些。"阿丽克丝说着，又掰开了另一块饼干。

回到家的时候，她试着再次登录银行的电脑，但是解调器还是有问题。

星期天她去了健身房。她觉得她的生活又变得有规律起来。在保罗离开她之前，射击馆和健身房是她每个周末都会去的地方。

她希望他能给她打电话。她理解他为什么没有打电话，但是她不想原谅他。她想要他给她打电话告诉她他是真的很爱她，即使他决定要和萨拜因结婚了，他总是很爱她的。她知道自己这样真是太傻了，但是她还是忍不住想要他能这么对她说。

从健身房回家之后，她看到电话座机闪烁着绿灯，这是告诉她电话有留言。他应该打电话的，她一边按着回拨键一边想。

"嗨，阿丽克丝，我是马特·康纳利。"他清了清嗓子，"我给你打电话只是希望你的朋友好些了，还有我要请你吃饭的邀请还有效哦。现在这对我来说已经成为一个原则性的事情了——推断出东京的交易情况比和你一起出去吃点儿东西要容易啊！我会再给你打电话的，保重。"

保重。这句话这些天来被平平淡淡地说着，但是马特说这句话的语气听起来更真诚。

保重。但是如果几个星期以后她要到法国了，那现在跟他开始一段感情又有什么意义呢？而且他看起来生活中有一半的时间都在世界各地乱跑，他们可能要在重要的商务会议和统计月末数据的间隙计划着怎么过性生活。这种生活不是她想要的。

但是和马特·康纳利做爱呢？她一边想着一边慢慢地呼了一口气。他是一个很有魅力的男人。她从坐在欧洲银行大楼的台阶上吸着她最后一根烟看了他一眼的时候就觉得他很有魅力。那几乎是她的最后一根烟！即使她对他故意激怒她感到很生气，但是她还是有一些喜欢他的。但仅仅喜欢还不够，找一个性感的男人也还不够。天啊，她想，为什么非得找一个男人让自己从上一段感情中走出来呢？

工作就简单得多了。工作时你知道自己站在什么位置，知道自己能做哪些事，还知道大家都期待你怎么样。而且你知道你对工作有什么样的期待。

她周一早上六点五十五到了银行。她惊讶地发现戴夫、加文和珍妮都已经坐在了各自的办公桌上。

"早上好。"她一边把外套挂在衣架上一边说，"今天早上你们都这么积极上进啊。"

"在当前情况下我想我们应该早点儿到这儿来。"戴夫说。

"我觉得德斯没有注意到你们都来得这么早。"阿丽克丝坐了下来，打开了屏幕，"如果你们三个同时来的话，任何一个人都没法得到更多的机会。"

"不是为了这个。"戴夫惊讶地看着她，"是目前的形势，阿丽克丝，这才是我们这么早来上班的原因。"

现在轮到她转过脸惊讶地看着他。"什么情况？"

"你没有核对情况吗？"他问，"我以为你会核对的。昨天晚上我期待着你给我打电话的。"

"你在说什么？"她瞪着眼看着他，"到底怎么了，戴夫？"

"你回家的时候为什么没有登录系统看一下呢？你总会这么做的。"

"我的解调器出问题了。"她慢慢地回答着，"戴夫，到底发生了什么？"

"我们美元短缺了。"他说。

"多少？"

"五百万。"

"五百万！在短缺五千的时候我们都在干什么？我想我说过我们不要有所行动。现在是什么水平，戴夫？"

"三十六。"他说。

她看了一眼面前的屏幕。"还不算太糟，"她说，声音中有了一些轻松，"他们是四十。"

"他们的汇率是1.2140，"戴夫说，"我们在1.2346的时候缺少美元的。"

阿丽克丝惊恐地看着他。刚才戴夫对她说的意味着他们现在损失了八万美元。欧洲银行有一个政策，那就是如果损失超过一万五千美元的话就要停止单笔交易。

"你在开玩笑吗？"她最后说，"那我们怎么办？为什么我们还在交易呢？德斯知道这件事吗？你跟他汇报了吗？"

"哈里斯的吉姆·卡洛尔周四晚上很晚的时候给我打电话，"戴夫说，"他想要买入美元。那时候汇率还不错，我想我们能赚一些钱。那时候美元看上去非常的不稳，好像有很多买家，所以我决定通宵做了这笔交易。为了防止打乱我们的计划，我们向纽约发出了限制亏损的指令，但是并没有亏损。周五早上我们来的时候一切都很好，尽管还在相同的水平上徘徊。我们只是在谈论当市场震荡的时候我们该怎么办。那会儿交易的汇率这一分钟是1.2350，下一分钟就是1.2250了。关于拉丁美洲的传言冲击了市场，显然整个晚上东京市场都在谈论这个事。然后日元开始有动静了。很多人都想把货币兑换成美元，所以欧洲市场开放的时候每个人都是买家。"

"那你为什么在汇率降到1.2250的时候没有停下来呢？"阿丽克丝质问道，"至少那时候我们只损失四万美元啊。"

加文看上去很不自然。"图表显示买入量会那么的多。"他说，"毕竟，阿丽克丝，那只是一个谣言。美元这些年来一直都在变弱，现在没有什么根本原因推测它会变强，美联储几乎肯定会再次降低汇率……"当看到她看他的眼睛都变绿的时候他停下来不说话了。

"我们的损失限度呢？"她问。

"但是在那个水平的价位不停地摇摆，"加文说，"看上去好像那些卖家真的会再来的。你知道这是可能发生的，阿丽克丝，所以我们就等待着。市场开始朝我们预想的方向发展，我们觉得我们可以把损失降到两万美元。然后就传出拉美那边重定还债期限。你知道这有时候会对美元产生负面作用的，但这次不是，所有的人又开始买入美元了。"

"你周五给我打电话的时候你们正在进行交易，是吗？"她看着戴夫，戴夫的表情看起来很紧张。

"是的。"他说。

"但是你没有跟我说？"

"那样又有什么意义呢？"他问，"你什么也做不了，阿丽克丝。你可以争辩是不是应该交易，但是你不能平白无故地变出一个新的汇率啊。"

"戴夫，我仍然对交易室里发生的任何事情负责，你怎么敢不跟我说这件事！你究竟想让我怎么跟他们解释我们在一笔商业交易中就突破了我们的底线呢？我很惊讶德斯和帕特没有像胶水一样紧紧地粘着交易室的门。"

"德斯星期五的时候走了。"戴夫不安地说，"帕特离开得更早，所以他们没有看到损失。"

她摇了摇头。"我不相信。"她说，"听着，伙计们，如果你们有什么怨言，现在就告诉我。我无法容忍这种损失，这真是太没有根据了。"

"没有什么怨言，"加文说，"阿丽克丝，我承担责任。是我犯了错误。戴夫想让我停止交易，但是我说不行。"

"你说'不行'！"她的怒目而视让他一动也不敢动，"你！你是谁啊？你能告诉他要不要停止交易？你以为你生活在什么样的幻想世界吗？你都读过些什么书，加文？《魔鬼交易员》？《虚荣的篝火》？你真是他妈的白痴！还有你，"她转向了戴夫，"你是干什么的？你应该让他们不超出限度，不让他们胡来。你应该监视着我们交易的风险。我无法相信，戴夫，我真的没法相信。"

"你说得对，"珍妮悲伤地说，"但是这样的事情发生了，阿丽克丝。即使你在这儿，这也会发生的。"

她把愤怒的目光转向了珍妮。"我不这么认为。"

当阿丽克丝盯着监视器的时候，三个交易员很不自在地交换了一下眼色。欧洲市场开放的时候，美元的走势很好，对欧元的价格只是缓慢地变动。但是还会像这样继续下去吗？阿丽克丝一边咬了咬嘴唇，一边看着屏幕。如果拉美方面的事只是一个谣言的话，那很可能会是这样。有一个规律是市场有几天对某一件事会很疯狂，之后就会完全把这件事给忘了。但是阿丽克丝不大确定。她在巴黎的时候有一种强烈的共鸣，那就是市场上有很多大买家要买美元。或许他们现在有更多的信息。她拿起了电话。

"你好，吉恩·路易斯。"那个法国交易员接电话的时候她说道。

"你好，阿丽克丝，你今天早上怎么样？"

"我还好。"她说，"吉恩·路易斯，我想问你一个问题。"

"当然可以。"

"还记得我周四的时候跟你说的拉美的事情吗？有可能拖欠债务的事情？"

"当然记得。"

"你现在怎么看待这些传言？"

"我不确信。"吉恩·路易斯说，"我觉得他们发生了什么事，阿丽克丝，因为我跟我们在巴黎的通讯员说起这事的时候，他说很多银行都很担心。但是也没有特别具体的情况，也许只不过是有关的国家会延期支付利息而已。"

"即使那样也可能会对市场造成连锁反应的。"阿丽克丝说。

"哦，是的。但是我不觉得这会是我愿用祖传珠宝来下赌注的事。"吉恩·路易斯笑着说。

"我明白。"阿丽克丝说，"你为什么觉得今天早上美元会走低呢？是因为美国受到这一地区的影响吗？"

"现在人们只是见利抛售，"他说，"我想美元之后会振作起来的。当然，从长远来看，它还会再次下跌的。"

"好的，谢谢你，吉恩·路易斯。"她挂了电话。

"你想怎么办？"戴夫问。

她坐回到座位上，眼睛盯着天花板。她要停止交易，然后记下这是她有生以来损失最大的一笔交易。德斯·科伊尔和帕特·恩赖特会抓狂的，然后很可能把交易室里的所有人都给解雇了。她可以辩解说相比于全年的赢利额来说，这个损失是可以计量的，并不像刚开始想象的那样糟糕。她能继续经营着这笔交易，希望美元能够暴跌。今天早上已经挽回了一些损失，还能挽回得更多。如果拖欠债务的谣言被完全攻破的话，那么美元就会回到周四的水平线上，他们可能就根本不必记着这个损失——尽管周五晚上的盈亏报告已经显示出亏损了。每一种货币都会显示出需要交易的汇率状况和需要立即停止交易的汇率状况。当德斯和帕特看到盈亏平衡表的时候，他们会非常愤怒的。

她可以通过卖出更多的美元来增加空头头寸，这样就会改变他们缺少的美元的平均汇率，如果美元还保持这种下降的势头的话，他们就能够很快地达到收支平衡。但是美元会继续走弱吗？人们会不买美元，而去买欧元吗？当她想到在他们掌控的范围内能够更少地持有美元和更好地弥补损失，她感觉到是那么的舒服。她能在今天快下班的时候停止交易，如果不是立刻的话。

　　她又看了看监视器。

　　"从技术角度来说，真的是超购了。"加文说。

　　"你周四的时候也是这么想的。"她说。

　　"我知道，但就是这样。"

　　"或许这种趋势会变化呢。"

　　"为什么呢？"加文问，"情况就跟上周美国的情况一模一样。"

　　但是如果是拖欠债务的话，那就叫做"资本逃险"了。交易人，尤其是美国的交易人，就会买美元或者是美元资产，而不是海外资产。如果纽约的那帮人这周像这样做的话那多让人担心啊！她盯着屏幕，思考着自己的选择。

　　"戴夫，我想让你买回五百万，"她最后说，"我想让你再买五百万。"

　　"什么？"

　　"你听到我说的了。"

　　"你要买空？"他问。

　　"是的。"阿丽克丝说，"还有珍妮，你也买五百万美国三十年期的债券。"

　　戴夫盯着她。"你在采用完全相反的意见。"

　　"是的。"她说。

　　"阿丽克丝，这样真是太荒谬了。只是因为你觉得我们很愚蠢并不意味着你要更愚蠢啊。"

　　"我知道。"她说。

　　"你不觉得我们这样是把鸡蛋放在一个篮子里了吗？"珍妮问，"毕竟，这可能会非常非常的错误。"

　　"如果是非常错误的话，我会停下来的，"阿丽克丝说，"我不会让我们的损失超过十四万的。"

　　加文赶紧避开。这个数额对于欧洲银行这样的小银行来说，真的是很可怕了。

　　"就这样做吧。"阿丽克丝说。

他们以 1.2150 的汇率买了美元。现在，不是想要美元变得更弱，他们现在需要美元升值。因为汇率采用的是每欧元兑换的美元数，他们需要看到价格下跌。

　　这就意味着：当他们最后卖掉美元，他们反过来就会得到更多的欧元。珍妮以 106.25 的价位买入债券。他们也需要债券升值，尽管在这种情况下他们想看到价格上升。阿丽克丝打赌她能在债券上获得收益，而且她希望全新的美元价位能够抹掉他们周五的损失。这是一个危险的赌注。

　　阿丽克丝看了一下手表，尽管交易部的四面墙上都挂着时钟。现在是八点钟。

　　八点一刻的时候，帕特·恩赖特打来了电话。

　　"盈亏平衡表到底出了什么问题？"他问，"外汇单上显示差不多接近十三万的亏损，阿丽克丝。"

　　"我知道。"她说。

　　"不是真的亏损，是吧？"帕特不相信地问道。

　　"不会太久的。"她说。

　　"但是发生了什么？"

　　"我能给你回电话吗？"

　　"阿丽克丝，我需要知道。"

　　"我会给你回电话的，我保证。"

　　戴夫看着她。"是帕特还是德斯？"

　　"帕特。"她说，"德斯可能现在会来这儿了。"

　　"阿丽克丝，对不起。"他说。

　　她观察着数据。汇率在 1.2130 和 1.2160 之间徘徊。债券的价格没有变化。

　　她给艾琳·沃尔士打电话："德斯什么时候会在？"

　　"十二点吧，"艾琳说，"他有个会议一直要到十二点。你需要马上叫他吗，阿丽克丝？"

　　"不。我十二点的时候会跟他联系。"她说。

　　那是她的极限点，她作出了决定。如果到时候还没有按照她预想中的形势发展的话，她必须要将刚买的五百万美元卖出，然后卖出债券来弥补损失。

　　他们一定会撤回巴黎的职位的，她阴郁地想道。即使这次交易最终赢利了，他们还是觉得她没有能力管理这些交易员。就像巴黎金融衍生产品部的头儿，因为下属犯了错误也不得不离职。她觉得很难受，有损失的时候她一向都很难受。

而且这次博弈让她更加的身心疲惫，因为这次是她下了赌注。在巴黎分行的时候他们讨论的拉丁美洲的情况如果属实，传言都是真的的话，那么人们将会像她所希望的那样，趋之若鹜地购买美元。她就在赌这一情况的发生。当然，事情完全有可能向相反的方向发展，这样她会全盘皆输。这跟以前她完全相信一种情况的发生而作决定完全不同，那时候她完全可以掌控局面。而这次更像一次破窗抢劫，完全要看自己的幸运程度。

生来幸运比聪明更好。她提醒自己。

电话响起，客户又开始来做新的交易。不要再建立新的头寸，她提醒三位交易员，减少一切持有，一定要紧盯着形势变化。

马特·康纳利打电话来的时候，汇率还是没有多大的变动。

"欧洲银行交易部。"加文接起电话说道。

"你好，加文。我是马特。"

"哦，你好吗，马特？"

阿丽克丝抬头瞥了一眼加文，但他依旧像之前和马特打电话时一样，装做没看到。

"当然，我帮你卖出美元。"加文说道，"你想卖多少？稍等。"

"马特·康纳利想卖给我们一百万美元。"他说。

"买下，然后在交易完成之后立刻卖出。"阿丽克丝说。

"我可以以 1.2155 的汇率给你。"加文对着电话说。

"没问题。"马特说。

"好的。"加文打着手势示意交易完成。珍妮马上打电话将这一笔美元卖出，他们赚了两百美元。

"再有四百个这样的交易，我们就可以结束这个游戏了。"阿丽克丝冷冰冰地说。

"阿丽克丝，他想和你说话。"加文说。

她将电话转过来。"你好。"

"我周末给你打电话来着。"马特说。

"我知道，"她说，"我听到你的电话留言了。索菲娅没事了，谢谢你。"

"很高兴听到这个消息。"

"我也是，她是个很好的朋友。"

"我想知道请你吃饭的事情，"马特说，"我们还没安排时间，但是……"

"这周随时都可以。"阿丽克丝说。

"什么？"

"这周随时都可以。"

"你简直太让我捉摸不透了，"马特笑道，"我希望下个月你随时都有时间。"

"下个月我很忙。"她说。

"你还好吧？"马特问道，"你听起来好像怪怪的。"

"没事，"她说，"就是有点儿忙，没什么。"

"周五怎么样？"马特提议道。

"好的。"阿丽克丝说，"去哪儿呢？"

"我还没想过。你想去哪儿？"

"在克莱伦斯酒店的茶室吧，"她说，"八点钟。"

"你作决定的时候真的从不犹豫，"他赞美道，"八点钟茶室见吧。"

"到时候见。"

"好的，阿丽克丝，你确定你没事吧？"

"当然没事。"她说，"再见，马特。"她挂了电话。

"你和他之间有什么故事？"加文问道。

"什么？"她的声音没有一丝感情。

"好像他邀请你有什么私人的事情。"

"没有什么私人的事情。"阿丽克丝说。

"我以为……"加文说了一半就住了嘴。

帕特·恩赖特在十点钟走进了交易室。

"阿丽克丝，这次损失到底是怎么回事！"他咆哮道。

"是有一些损失，"她说，"我们正在全力以赴扭亏为盈。如果今天做不到的话，就再也做不到了。"

"看在耶稣基督的分上，阿丽克丝！你为什么没早点儿告诉我？到底发生了什么？你知道上周末关闭交易的时候已经超出限制范围了吗？我会将这些报告给德斯的。"

"我知道。"她说。

"到底是怎么回事？"他问。

"一个错误的判断。"阿丽克丝说。

"哦，我可不认为如果德斯看到这一情况会作如此错误的判断。"帕特惊奇地说，"你打算怎么办，阿丽克丝？关门停业？"

"帕特，你今天就没有更有建设性的事情可以做吗？有的话麻烦滚开，我们很忙。"

他瞪了她一阵子，转身走了出去，将身后的门摔得震天响。

她突然感到胸前一阵刺痛。只要她一呼吸，刺痛就会加剧。

十一点四十五分的时候，汇率终于波动着向他们期望的方向发展了。在看到汇率从 1.2135 变成 1.2100 的时候，交易员们交换了一下眼色。阿丽克丝看了一眼电脑屏幕，想知道拉丁美洲有什么新情况，但是什么也没有。

"或许我们应该在今天上午的英镑交易中实行委托挂单交易。"珍妮说。

"没必要。"阿丽克丝希望自己能够正常呼吸。

汇率又向他们预期的迈出了一步。

"停止交易吧，"加文说，"起码现在我们也能减少损失。"

"难道我之前没有告诉过你们保持赢利、尽量减少损失吗？"阿丽克丝说，"上周你们就应该有这种觉悟。"

"我知道。"他说。

"我们等着看吧。"阿丽克丝说。

她漫不经心地在《金融时报》上随手涂鸦，不小心瞥到了大标题，她看到了"拖欠债务"的字眼。

"阿丽克丝！"戴夫的声音里充满了激动，"终于来了！他们不会清偿债务了，已经被证实了。"

她看了看时间，差五分钟十二点；又看了看电脑屏幕，美元现在的汇率是 1.2050。美国肯定有人准备卖出美元援助拉丁美洲了。但是现在还不是时候，阿丽克丝想，还不是时候。

"现在停止吧，"加文恳求道，"我们已经赚回一半了。"

"债券交易怎么样？"她问珍妮。

"正在上涨，"珍妮回答，"现在的价格是 106.75。"

因为美元的强走势和债券的赢利，他们已经赚了六万五千美元。虽然还不足以弥补上周五的损失，但是已经让损失回归到了正常限制范围之内。她可以解释说，这是一个战略性的债券兑美元的决策。她可以令人信服的，这样说起来就合理多了。

电话响了。

"阿丽克丝，马上来我的办公室。"德斯·科伊尔说道。

"等会儿就去。"她说。

"现在！"德斯说。

"我现在正在交易中，德斯，我没法过去。"

"你必须过来。"德斯说。

"你如果想找我谈话的话，请来我这边吧，不过最好再过十五分钟，"阿丽克丝告诉他，"我们现在很忙。"

"你可以过去的，"戴夫说，"我们在这里帮你看着。"

她短短地笑了一声。"哦，是吗？"

"阿丽克丝，你了解德斯的脾气，他不喜欢你这样对他。"

"真受够了。"阿丽克丝说。

美元现在的汇率降到了 1.2000。

她拿起电话打给巴黎的吉恩·路易斯。

"这儿快疯了，"他在电话里吼道，"我现在没法跟你说话，阿丽克丝。"

"你那边还有人买入美元吗？"她问道。

"有的，"他继续大喊，"但是终究会停止的，趋势会回转，但是我不知道什么时候会发生。"

她揉了揉前额。她也不知道什么时候。她知道会停止的，但是现在还不是时候，她想，还不是时候。

德斯一把推开交易室的门，大步流星地走进来。"我要和你谈谈，我现在就要和你谈谈。"他说。

"德斯，我很乐意和你谈，"阿丽克丝说，"但现在不行。我知道我们的交易超出了授权范围，我也知道在账目上有超过十万美元的损失。但是现在我正在努力把这个损失弥补回来，而且现在我们正在往成功的道路上迈进。所以不要打扰我，德斯，现在不行。"

他紧紧地盯着她。她的下颚平静而自信，眼睛里闪烁着绿色的光芒。她的脸上看不出一丝紧张，也没有要吵架的意思。

"你搞定了之后，"德斯说，"到我办公室来，尽快。"

"好的。"她说。

她在美元汇率为1.1890的时候停止了美元交易。这个汇率令他们在外汇交易上赚了大约十万零七千美元，完全可以弥补上周的损失。在债券到达106.90的时候停止了债券交易，她的赌博完成了。他们在债券上赚了三万五千美元。他们不仅弥补了上周的损失，而且成功地净赚了超过六千美元。这是她做过的最好的交易。

交易完成之后她站起身走出了交易室。她走去洗手间呕吐了一阵子，然后下楼走去德斯的办公室。

第三十九章

这天晚上，她的采访节目在电视上播出了。要不是她捡起报纸看了一眼今天的电视节目单，她已经完全忘记了这件事。她坐在公寓里看着电视机里的自己针对什么是成功女性侃侃而谈，猜测是否会有人怀疑：这位著名的阿丽克丝·卡拉汉会因为交易的事情难受至极。

下午她下楼去德斯办公室，然后以自己的观点详细地描述了整件事情。

"他们不能停止交易，"她告诉他，"市场动荡得太厉害，交易动作也很快就完全暴露了。这种事情偶尔也会发生的，德斯，只是不会经常发生。"

"但是你在的时候就从来没有发生过。"他说。

"总有一天会发生的。"

他继续对着她大声咆哮，说教不止。他要炒了戴夫，炒了加文，还有可能连珍妮也炒掉，他不再让她去巴黎，不能让她肆无忌惮为所欲为。他还要限制所有的交易，以后很可能都不会再有交易了。

"德斯，你抽出时间好好考虑一下整个事情吧，"阿丽克丝说，"这周晚些时候我们和帕特都坐下好好谈谈。"

"我永远都不能理解交易员，"德斯感叹道，"永远不能。"

她回到交易室的时候，每个人都焦虑地看着她。

"没事的，"她告诉他们，"都搞定了。"

当然不是都搞定了，她自己知道。她知道今后还会有更多的问题，程序会更烦琐，限制范围更严格。不过德斯不会炒掉任何一个人，他还不清楚到底谁该负全责。

"他想找我谈话吗？"戴夫问道。

"还有我？"加文也接着问。

"别自我感觉良好了，"她的笑容里带有一丝疲惫，"他几乎对我都不怎么说话。"

"他责怪谁了？"珍妮问道。

"没有责怪谁啊，"阿丽克丝说，"这是交易室的立场，而且就此结束了。"

"阿丽克丝，谢谢你。"戴夫怀疑地看着她，"你为什么不直接把责任都推到我们身上呢？"

"我为什么要这么做？"她干巴巴地说，"我确定如果我出了这样的事，你们也不会这么推到我身上的。"

他们安静地彼此交换了一下眼神，电话响了，大家都开始各自忙碌了。

采访节目播出之后薇安给她打来电话。"嘿，阿丽克丝，你在电视上棒极了！表现得非常出色，而且胆识过人。"

"薇安，我觉得我表现得太过老练世故了。"她说。

"也有一点儿。保罗后来给你打电话了吗？"

"没有。"阿丽克丝说，"他不会再给我打电话了，别犯傻了。"

"他不给你打电话就是个大浑蛋！"薇安说，"至少他也得打个电话问候你一下，说你的电视节目做得很好。"

"他早就看过节目了，"阿丽克丝说，"而且他已经告诉过我看起来很好了。"

"你知道吗？我都不敢相信电视上的人是我妹妹，"薇安感叹道，"我看着这个人就在想，还记得她小时候脸上老是挂着鼻涕疙瘩。"

阿丽克丝扑哧一下笑了出来。

"还有，我还记得她由于害怕学校考试而吓得尿裤子了。"

"薇安！"

"哦，你的确是这样的。"

"我当时肾脏不好。"阿丽克丝解释道。

"是啊，"薇安说，"我相信你。"

"我要出去了，"阿丽克丝告诉她，"一个晚上得到的赞美真够多的。"

"真的很棒。"薇安又说道，"哦，对了，你周五晚上能顺便过来帮我看孩子吗？"

"对不起，"阿丽克丝说，"我去不了，薇安，我有安排。"

"又是工作上的事情吧，"薇安厌恶地说，"又是银行同事请吃饭？"

"不是，"阿丽克丝笑了，"虽然我很想把它当做工作聚餐。我和一个客户吃饭，但是他想跟我做朋友。"

"什么？"

"他就是这么告诉我的。"

"阿丽克丝，你是去约会吗？"

"我也不知道，"阿丽克丝说，"之后我再告诉你吧。"

"哦，阿丽克丝，"薇安听起来非常高兴，"我可以给卡莉打电话告诉她吗？"

阿丽克丝周五下午四点半就离开了办公室。她先去了美发店染头发。

"你能帮我把头发扎起来吗？"她问蒂娜。

"哦，阿丽克丝，你为什么不把头发放下来呢？"造型师蒂娜问道，"放下来也很好看啊。"

"我更喜欢扎起来的感觉。"阿丽克丝说。

"顾客就是上帝。"蒂娜一边叹息一边按照阿丽克丝的要求扎好了头发，"可是这样你看起来就太平常了！"

之后阿丽克丝回到家，从浴室的架子上拿出兰蔻的指甲油开始涂。她惊讶地发现自己的手竟然有些颤抖。她不应该紧张，不是吗？只是跟一个客户吃饭而已，就算这个客户想跟自己成为朋友。

她检查了一下衣柜，又选择了那件贾斯珀·康兰，但这一次这件鲜亮的桃红色的裙子让她的皮肤看起来稍微有点暗淡，眼睛也显得要亮一些。她戴上了纯金耳环和金项链，喷上了沙丘香水。

她正好八点钟的时候到了富丽堂皇的克莱伦斯酒店。阿丽克丝没有迟到，尽管她对自己说马特预备着她至少会迟到十五分钟。但是出租车准点到达了，甚至在交通拥挤的皮尔斯大街上也没有耽误时间。

他已经坐在了桌子那儿。他正直视着前方，没有看到她。

她走到桌子旁。"嗨。"她说。

他站起身来。"你好，阿丽克丝。"

她握着他伸过来的手。这可能就是一个约会了，她想，但是我们要往工作关系这种好的方面去想。

"你很准时。"马特说。

她笑了笑。"当然了。"

"我想就会是这样，"他说，"你看上去就是一个很准时的人。"

他们面对面地坐下了。

"我希望你没有等太长时间。"阿丽克丝说。

"没有。"马特摇了摇头，"我来这儿之前在酒吧里喝了点儿东西。很遗憾那里没有美女，也没有什么名人。"

"我可没想着要把你带到这儿看什么名人啊。"

"哦，我还不知道呢。"他咧着嘴朝她笑着，"我上次在这儿的时候差点儿就撞上伊娃·赫兹高娃①，或者是海莲娜·克里斯汀森②，反正是她们中的一个。"

"你没跟她要电话号码吗？"

"没有。"他又笑了笑，"但是我跟自己说下次肯定会有更好的运气的。"他打开了自己面前的菜单，"要不我们先点着菜，然后再接着聊天。"

"好啊。"她说。聊什么呢？他说话的方式好像是采访一样。

她浏览了一下菜单。"山羊奶酪和意大利调味饭。"她说。

"喝什么酒呢？"他问。

"你喜欢什么酒就来什么吧。"

他点了一瓶索瓦。"因为你点了意大利调味饭，"他说，"还有，我喜欢意大利干白。"

"我也是。"阿丽克丝说。

---

①捷克超级名模。——译者注
②丹麦超级名模。——译者注

"你知道，我真的不敢相信我们现在真的是在一起吃饭。看起来好像我邀请了你好几个月。"

"我是太受欢迎了。"她大笑着说。

"这我不感到惊讶。"马特说。

她轻轻地微笑着，用手拨弄着餐巾。

"这个星期的生意怎么样？"他问。

她抱怨着："太忙乱了。"

"拉美的债务问题肯定极大地推动了美元市场。对我来说很好，因为我们刚刚和一个加利福尼亚交易所完成了一笔交易，尽管早些时候我卖了一些美元给你们。我希望你们能够从中赚到钱。"

她不打算跟他说起欧洲银行的美元交易，或者是关于随之而来的不顺利。"真是疯狂的一天，"她说，"总的来说我们赚钱了，但是那并不容易。"当她想到自己坐在德斯·科伊尔的办公室里，试着去跟他解释但是没有给他提供太多的信息的时候，她就觉得胃疼。

"我完全希望你会赚钱。"马特说。

"这是我的工作。"

"你很喜欢你的工作，不是吗？"

她耸了耸肩。"我想是的。这也是我一直想要的。"

他若有所思地看着她。"我在电视上看到你了，"他说，"你给人就是这个印象。"

"那应该就是这样吧。"

"你男朋友怎么样了？"马特问，"你是怎么想的？"

在她回答这个问题之前，服务员端上了开胃小吃。马特在心里咒骂着这个服务员真不会选择一个好的时机再过来。现在阿丽克丝可以换一个话题。他是真的想了解关于她男朋友的事情。

但是，让他惊讶的是，她回答了他的问题。

"是保罗安排了那次采访，"她说，"他在爱尔兰国家广播电视台工作。我再也不会见他了。"

"我听到这个很难过。"马特说。

"是吗？"她疑惑地看着他，"考虑到你叫我出来是为了这顿让我们成为朋友的晚餐，我想如果你想到我还要见其他人的话，你肯定就会让我走开了。"

他笑了笑。"我在尝试着成为一个关心体贴的人。"

"别，"阿丽克丝说，"这没有必要。"

"但是我现在就是一个关心体贴的人啊，"马特反驳道，"不管怎样，我喜欢这么想。"

"你怎么样啊？"阿丽克丝问，"你生活中的女人怎么样呢？"

"哦，没多少女人。"他不屑一顾地说，"说实话，我没时间。我有很多女性朋友，仅此而已。"

她感到有些失望，身体颤抖着。很显然她被列入了那种他需要的话可以随时带出来的女性朋友。坐在他的对面，她很想知道是不是有什么更多的东西。他很有吸引力，这一点毫无疑问。她喜欢他蓝色的眼睛朝她闪着光；她喜欢他宽厚的肩膀、健硕的身躯，还有他那充满着健康气息和活力的做事方式。她在幻想着今天晚些时候，他试图来亲吻她，而这并不完全是一个令人不快的想法。但是现在他在暗示他想跟她建立一种柏拉图式的爱情。她叹了口气。她甚至都没有时间来跟他发展这种柏拉图式的爱情。不久之后她就要到巴黎去，会有一个全新的朋友圈。尽管因为这次美元交易的惨败，德斯在考虑是不是要她去巴黎。但是她成功地解决了这次的难题，这足以让他同意让她按计划到巴黎去，而戴夫会接管她的工作。

"你没事吧？"他问。

"没事。怎么啦？"

"你在思考什么事情，看上去不是很愉快。"

"工作上的事。"她说。

他叹息着。"我希望，在我们把市场上的事情说完之后，让我们忘掉工作吧。"

"好啊，"她微笑着，"不谈工作了。"

他们默不做声地相互看了大约一分钟，然后两个人都笑了。

"我们这样没什么话可说是不是很无聊？"她问。

"跟我说说那个采访吧，"马特说，"是什么样的？那应该是让人很伤脑筋的，但是你看上去是那么的自信。"

她耸了耸肩。"也不完全是那样。你只要跟你面前的人说话就好了，不要想着其他的事情。"

"你让他很满意，他们的钱花得很值。"马特笑着说，"当他问你一些问题的时候，我能从他的声音中听出一些害怕。"

"那不是害怕，"阿丽克丝做了个鬼脸，"他试着想要嘲讽我。你没有看到他那张脸！他想问我一些有争议的话题，比如说职业女性、孩子，诸如此类的事情。"

"但是你必须要考虑这些事情啊，"马特说，"组建一个家庭。"

阿丽克丝理了理头发。"有时会考虑吧。"

"然后呢？"

"然后什么？"

"你想过什么时候会停下工作、待在家里吗？"

"可能会吧，"她说，"但是现在还不会。"

"显然你不想和国家广播电视台的这个男人做这些事。"

"是不想。"

"就是因为这个你们两个出问题了吗？"

"不仅仅是这些，"阿丽克丝慢慢地说，"我很在意他，但好像还不够。"

他们的主菜来了。阿丽克丝忙着取黑胡椒，吃帕尔玛奶酪。

"你最喜欢哪个城市啊？"当她在食物上掺胡椒的时候他端详着她，他能够看出她不想再说到保罗·亨特，"毕竟，你一定经常出差的。"

"不是太经常出差。"她对他说，"没有特别喜欢的。"

"那巴黎呢？"他问，"你肯定经常去那儿。"

"我从来没有好好看看巴黎，"她语气悲伤地说，"你知道吗？看起来我总是急匆匆地从酒店到银行，再从银行回酒店。"她内疚地看着他，"我甚至从来没去过卢浮宫。"

"哦，天啊，"他说，"那凯旋门呢？"

"你能到那里面去吗？"她吃惊地问道。

"你在那儿都做了什么跟文化有关的事情了？"他问。

"买了很多衣服。"她非常肯定地说，"当你到巴黎的时候，这非常非常的关键。"

他们大笑着，这次的笑声更加的轻松，也更加的自然。马特给她的杯子里倒满了酒。

"我很喜欢你穿衣的风格，"他说，"你看上去总是非常的雅致。"

"谢谢。但是你没有看到我工作之外的样子。"

"这就是工作之外啊。"

"我知道我是什么意思——随便地穿着牛仔裤和T恤衫。"

"那很可能是品牌牛仔裤。"他说。

她笑了笑。"你说的可能是对的吧。"

她很开心，他是那么的善于交谈。一旦他意识到她对某一个话题感到不自在的话，他就会立刻说起别的事。他跟她说起马来西亚和加利福尼亚的事情，还跟她说了去东京的旅行。他还说了他自己的故事，那就是长途飞行时他很害怕从座位上走出去，因为他害怕自己没系安全带会出什么意外。他跟她说起自己是怎么被从另一家公司挖到雅纳电子的，而这是他职业生涯中最好的一次机会。

"但是我不喜欢旅行，"他说，"我更愿意好长时间都待在一个地方。这不仅仅是因为害怕坐飞机。"

"我喜欢旅行。"阿丽克丝说。她喝完了咖啡，看了看手表——已经快到十一点了。她不能相信自己在这儿已经待了三个小时！时间过得真是太快了。

"我们走吧。"马特示意了一下要结账。

"今晚真是太美妙了，"阿丽克丝说，"谢谢你。"

"不客气。"马特说。

他们走出了酒店。一阵寒风沿着街道吹过来，阿丽克丝打了个寒战。在一年的这个时候，她只穿着夹克衫真是太薄了。

"你想来一点儿睡前饮料吗？"马特问。

她想说"不"的，但是嘴上答应了。

他们穿行在托马斯·里德斯酒吧的人群中。

"真是太疯狂了！"因为音乐的声音和人们嘈杂的谈话，马特不得不大声喊道。

"但是很让人兴奋。"她大声地回答着他。

他点了点头。他们被挤靠在墙上，几乎没法动一动，因为酒吧里的人真是太多了。

"你经常来这儿吗？"马特大声喊道。

"什么？"

"这是你经常来的地方吗？"

"你疯了吗？"她问，"这对我来说真是太新潮了。"

"你想离开这儿吗？"

她耸了一下肩。

"走吧，"他喝完了杯子里的酒，"这里没法说话。"

她又跟着她走出了酒吧。

"我想我最好回家了。"她说。

"好吧。"马特说，"你想让我跟你一起吗，看着你安全到家？还是你想我们现在就告别呢？"

"你没必要非得送我回去，"她说，谨慎地看着他，"但是很欢迎你来喝杯咖啡或者是喝杯酒。"

"好啊。"马特说。

他们坐在出租车里不发一言。她想要他跟自己一起到公寓去，但是她不知道他们到公寓之后又要干什么。她还模模糊糊地记得他把她送回家的那个晚上，她知道他几乎喝完咖啡就立刻离开了。她很好奇这次他还会不会这样做，如果她还想他能像上次一样的话。

"请进。"她打开门说道。

他跟着她走进房间，脱掉了皮夹克，把它搭在了椅子的后背上。

"那边有衣架。"阿丽克丝说。

他什么话也没说，把衣服挂了起来。

"对不起。"她说。

"对不起？"

"我现在就一个人住在这里，所以变得挑剔了。我从来不把东西放在椅子上，总是把东西都收起来——真是太愚蠢了。"

"没关系，"马特说，"我自己也是一个爱整洁的人。我那会儿没有看到衣架。"

"谢谢你。"她说。

"跟你说实话吧，"马特说，"我是故意让你觉得不舒服的。"

她微笑着。"想喝点儿咖啡还是来点儿酒？"

"都行。"

"我去拿瓶酒来喝吧，"她说，"我不想这么晚了喝咖啡，免得睡不着了。"她走进厨房，从白色的橱柜里拿了一瓶巴卡第朗姆酒，"你想喝什么？"

"啤酒？"他问道。

"在冰箱里。"她说，"我过会儿给你拿，或者你可以自己去拿。"

"我去吧。"他走进狭小的厨房，打开冰箱门。她喜欢酸奶、奶酪和番茄，他看了冰箱里的东西，想道。还有好多果汁、巧克力——在冰箱顶层有一大块吉百利巧克力。不过她好像更喜欢喝酒——冰箱里有一打米勒啤酒，还有一些加利福尼亚霞多丽和意大利葡萄酒。

"你想要一醉方休吗？"他一边说一边从厨房走到客厅。

"什么？"她坐在沙发上，将双腿盘在身体下。

"你有好多啤酒，还有白酒。"他坐在她身边说。

她笑了。"我知道。我姐姐经常在来看我的时候发飙。我很不擅长购物的，经常买错东西，不过好像一直配置了很多啤酒葡萄酒之类的。说实话，我并不经常喝酒。"

"你还有个姐姐？"马特问道。

"薇安比我大五岁，"阿丽克丝说，"她有时候像妈妈一样照顾我，老是对我冰箱里的东西发表长篇大论。"

"你还有其他兄弟姐妹吗？"

阿丽克丝的酒杯端至中途的时候停住了。她突然想到照片里的凯特——长发飘扬，坐在汽车前盖上。好像被人戳到胃一样，她打了个寒噤。

"阿丽克丝？"他惊讶地看着她，她的表情非常令人捉摸不透。"你还好吧？"她看起来像石化了，他想，非常惊恐。

"失陪一下。"她把酒杯放在桌上，几乎是小跑着进了浴室。

马特疑惑地盯着她的背影。他说了什么让她不愉快的事情吗？关于她的家庭？应该不是，除非家里发生过悲剧。哦，天哪，他突然绝望地想，我肯定把一切都搞砸了。或许她有兄弟姐妹去世了，一下子被我提起了伤心往事。你真是个大傻瓜，康纳利，本来一切发展得挺好的！

阿丽克丝靠在浴池边上，尽量让自己的呼吸平静下来。她本来想说没有了，她只有一个姐姐，可她无可抑制地想起了凯特，她突然无法说出口了。她无法否认凯特是一个存在的大活人，有孩子，有丈夫，还有一个跟她一样的父亲。

一切都太疯狂了，她想道，眼泪充满了眼眶。我竟然坐在这儿哭！我到底为什么哭？

"阿丽克丝？"马特敲了敲浴室的门，"你没事吧？"

"没事，"她使劲挤出几个字，"我很好。"

"你确定？"

"我马上出去。"她在镜子里检查了自己的脸，谢天谢地，睫毛膏是防水的。

"对不起。"她勉强地对他笑了笑，又重新坐回沙发上。

"我是不是说错什么了？"他问道。

哦，上帝，她想，我又想哭了。她用手指揉了揉鼻梁。

"阿丽克丝，如果我哪儿说错了，请告诉我。"马特靠近她，"我知道对你来说我只是个陌生人，如果我有什么可以帮助你的话……"他的声音慢慢弱了下去。

她没有说话，只是摇了摇头。她为什么会这样？她在别人面前从来不会这样的，从来不会。她是个坚强的女人，她从来不需要男人的帮助和怜悯，她也不会和任何人谈论自己的事情，而且她也没有几个朋友。

"我有一个妹妹，"马特说，"她的名字叫凯思林，我们都叫她凯茨。"

"我以为我只有一个姐姐，"阿丽克丝说，"我以为我只有薇安。可是——我还有一个妹妹，同父异母的妹妹。我也是最近才知道的。"

"阿丽克丝，"他伸出手去握住了她的双手，"你是怎么知道的？"

"她是我父亲的孩子。"阿丽克丝说，"不过也不是孩子了，她都二十九岁了。"

"你一直不知道？"

她摇了摇头。

"你父亲隐瞒了这些？"

"他抛弃了我们，"阿丽克丝咬牙切齿地说，"在我只有三岁的时候。"

马特将她的手包在自己的手心里。不要说话，他告诉自己，保持安静，让她尽情地说她想说的话。

"他去了美国，"阿丽克丝继续说道，"找了个女朋友，她怀上了他的孩子。于是他就抛弃了卡莉、薇安和我，跑到美国和她一起生活了。"

马特用手臂搂住她的肩膀。

"我几个月前才知道了这件事。一直很少有他的消息。他显然一直很想跟我们联系，但是卡莉，就是我妈妈，她一点都不想理他，所以他就跟我们失去了联系。"

他把她抱得更紧。

"然后他就回来了。"她陷入了安静。

"最后怎么样了？"马特最后开口问道，"你见他了吗？"

"我没有见他，"她坚决地说，"我不能见他，是他抛弃了我们，为了那个女人。现在他回来想和卡莉离婚，这样他才能和那个女人结婚。因为凯特有孩子了。"

"他想见你了吗？"

"他是这么说过。有一天他直接跑到我办公室去了，但我不能见他。真的不能。"她用手指捋了捋头发，头发松散下来，搭在她的脸旁。

"你现在觉得当时应该见他吗？"马特问道。

阿丽克丝转头看着他，轻轻地笑了一下。"我不知道，一半想，一半根本不关心这事。"

他帮她拨开眼前的头发。他知道现在不是一个合适的时机让他对她如此地疯狂，但是他无法克制。她是如此美丽，如此坚强，可是现在的她却又如此脆弱。他现在只有一个想法，就是把她抱上床。

"对不起，"她推开他，"我不知道怎么突然想起这么多事。我很少这样的。我真傻。"

"没事的。"他说。

"就当我没说吧，可能是酒精的缘故。"

"我不会当你没说的，"马特说，"我很高兴你能跟我说这些事。"

她为什么要告诉他？她扪心自问。她本来不想把约翰、伊莫金或者凯特的事情告诉任何人。她自己都不敢相信这些！但是现在，她把事情告诉了马特·康纳利，使得这些人的形象变得真实起来。她可以想象凯特从拍照的车盖上下来，亲吻给她拍照的人——约翰·卡拉汉，然后挽着他的胳膊一起走进房间，伊莫金正在为他们泡茶。这些画面不断充斥着她的脑海。他们是真实存在的人，都有着鲜活的生命，而且现在变成了她生活的一部分。

"你今晚对我太好了。"她对马特说，"今晚我很开心，只是被自己搞砸了，十分抱歉。"

"你没搞砸。"他说。

"你会永远不想再跟我们做生意了吧，"阿丽克丝说，"知道了交易室里有一个彻头彻尾的傻瓜。"

"别乱说。"马特说。

她叹息一声，开始用发箍把散落的头发扎起来。

"你想让我走吗？"马特看着她问道。

"你想走吗？"

"阿丽克丝，我知道你现在心情不好，而且有可能胡思乱想。这个问题就没有必要问了。"

她满脸疑惑地看着他。

"我当然不想走,"他告诉她,"我想留下,我想抱着你、拥着你,尽我最大努力给你安慰。所以我非常、非常想留下。"

"是吗?"

"别让我说第二次了。"

她伸出手去抓住他。"这是所谓的趁人之危、占人便宜吗?"

"哦,我想是的,"他说,"所以我觉得我应该离开。"

"我想让你留下,"她告诉他,"我想让你占我便宜。"

"哪一种情况更糟,"她现在被他拥在怀里,脑袋靠在他的肩上,头发又松散开来,"做了而后悔的事,还是不做会后悔的事?"

"马特,"她看着他说,"没有后悔,只有我们都想做的事情。"

"哦,上帝。"他一边看着她解自己的扣子一边说,"好的,阿丽克丝,没有后悔。"

第四十章

她坐在那儿,盯着房间在看。印在墙上的标语就在她办公桌的正对面——"前进、前进、再前进!"白天她很忙的时候,她从来不会注意到这个标语;但是现在,几乎所有人都回家了,她不由自主地注意到它了,而且还想到了萨拜因。如果不是萨拜因的话,阿丽克丝想,她可能就像去年圣诞节一样在保罗的身边笑得前仰后合,那时候一切看起来都那么的稳定,那么的牢固。

她终于给保罗打电话了。她打了三遍保罗才接了电话。

"我一直很忙,"保罗不耐烦地说,"我打算给你打电话的,阿丽克丝,我真的想打电话给你的。"

"不，你没想过。"她说，"如果我告诉你我怀孕了你会说什么？"

"什么！"

"这就是你要说的？"

"阿丽克丝，你不会怀孕的，"他急急忙忙地说，"我的意思是，我想，我猜……"

"冷静点，"她说，"我没怀孕。我只是想看看如果我怀孕的话你是什么反应。"

"如果这是一个笑话的话，这真的不好笑。"保罗严厉地说。

"我不是这个意思。"阿丽克丝说，"你没有给我打电话，这让我知道了我们那个激情的夜晚真的是一个可怕的错误。"

"确实是一个错误，"保罗承认道，"但是并不是可怕的错误，是一个很大的错误，阿丽克丝。但是确实是错了，对不起。"

"我也很抱歉，"阿丽克丝说，"我应该阻止你的，但是我没有。我给你打电话的目的，保罗，就是希望你跟萨拜因好运，还要告诉你下周我要在巴黎开始我的新工作了。"

"我希望你工作顺利。"他对她说，"我真的是这么想的，阿丽克丝，我非常在乎你的。"

"谢谢。"她说，"我也很在乎你，保罗，我希望你能生很多很多可爱的孩子。"

把他从脑海中，从心里，从生活中忘掉要比她想象的容易许多。虽然她又看到了那句标语。

与马特·康纳利应该是不一样的故事。跟马特·康纳利做爱几乎非常完美。他是一个很体贴的情人，能够发现她喜欢什么、不喜欢什么。可以温柔地吻着她，也可以动作很粗野。对她既有侵略性，又温柔，让她的身体充满了欲望。然后在第二天早晨，当她还睡眼惺忪、很满足地懒洋洋地躺在那儿的时候，他还给她端来了一杯咖啡。

"没多少牛奶了。"当他递给她杯子的时候说道。

"一点儿都没有了。"她谨慎地喝了一小口。

"你说过你不擅长购物。"

"尤其是牛奶。"她微笑着看着他。

"阿丽克丝？"

"嗯？"

"昨天晚上。"

她小心翼翼地看着他。

"感觉很好。"

她点了点头。他说得没错，真是太好了。

"我们好像——很顺利，不是吗？"

"我很高兴你能这么想。"

"你不是吗？"他焦急地看着她。

"不是说这个。"她把被子放到床边的柜子上然后坐了起来。

"那么是什么？"

"很简单——欧洲银行巴黎分行给我提供了一个职位，我接受了，我几周后就开始工作。"

他盯着她。"那我们昨天晚上是怎么回事？"

"没什么后悔的啊，"她跟他说，"我们都心甘情愿的，不是吗？"

"是的，"他说，"当然，没什么后悔的。"他走到了卧室的窗子那儿，向窗外望去。

"感觉很好，"阿丽克丝说，"真的是很好，马特。我非常喜欢你，只是——这样有什么意义呢？你忠于自己的职业，我也是。当你遇到合适的人，你可以让这个女人支持你的事业，好好地照顾你，还可以让她给你生孩子。我觉得我从来都不是这样的人。"

"你怎么知道我想要什么样的女人？"他问。

"因为，归根结底，你还是会想要那种女人的。"她对他说，"尽管保罗说过小孩子就是脏兮兮的小乞丐，他自己受不了小孩子，但是他还是想要孩子。尽管他对我说过他会永远跟我在一起，但是他还是离开了我。我父亲也像这样，他离开了我们的家庭，去找了另外一个女人。你也不会有什么不同，马特。我知道不会有什么不同的，你昨天晚上睡觉的时候我想过了。"她昨晚看着他，想着这些事情，希望她自己是另一种人或者他是另一种人。但是她知道这些都没有用。

"你没有跟我商量就作了这些决定。"马特说。

"你出差会更多，然后我们之间就很艰难，因为我更在乎你。"阿丽克丝说，"我得到了这个工作，而你要在东京、美国和爱尔兰之间来回奔波。"她耸了耸肩，"我们会告诉自己一切都会好起来的，但是并不会这样。"

"我明白了。"马特把脸转向了她，她从来没有见过他的目光是这么的严厉。

"我很开心昨天晚上我们一起度过。我没有任何的后悔。"他微微地笑着，然后亲吻了她的前额，"谢谢你，阿丽克丝。在你去巴黎之前我肯定会再跟你谈谈的。"

然后他离开了。

但是在她离开之前他没有跟她谈谈。加文和他谈话了。加文和雅纳电子公司做了三笔赢利的交易，还从给他们做的五年期的掉期交易中赚了钱。

"我真的感觉好像要抓住这个客户了，"在阿丽克丝在都柏林分行的最后一天他对她说，"这费了一段时间——我曾经以为你故意在这事上同我捣乱，阿丽克丝。我很抱歉。"

"我跟你说过，我不会故意同你捣乱的。"

"我们在一起的日子里你帮了我们很多，"戴夫说，"尤其是这次的美元交易。我真希望能告诉大家这些。"

"看在上帝的分上，不要啊，"她大声地喊道，"你会让我们陷入各种各样的麻烦的。"

"我想德斯已经原谅了我们。"戴夫说。

"他可能是放过这事了，"阿丽克丝警告说，"但是他不会忘记的，戴夫。所以，放松一点。"

"我会的，"戴夫说，"我向你保证。"

"我会想你的，"当他们在奥赖莱酒吧一起吃饭的时候珍妮说，"跟着你一起工作太好了。"

"很对不起没有为你做更多。"阿丽克丝说，"你曾指责我没有给你充分的尊重，我经常在考虑你说的是否属实，珍妮。可能那些比我想要相信的还要真实。"

"我不会介意的。"珍妮对她说，"你需要的话就给我们打电话，我们会非常高兴的。还有，"她咧着嘴笑了笑，"戴夫跟我说我会成为高级交易员，而不是唐纳利。"

"我很高兴，"阿丽克丝说，"这是一个正确的决定。"

最后一次走下台阶的感觉好像很奇怪。不是最后一次，她压制着自己的多愁善感对自己说道，她会回来的，当她成为欧洲银行交易总部的头儿的时候她会回来的。那是盖伊的职位，她非常相信有一天她会做到盖伊的职位。

"阿丽克丝！"盖伊的声音打破了她的回忆，"我想你今天要回家，是吗？圣诞节就要到了。"

"是的。"她站了起来，"我走神了。"

他笑了笑。"想着自从你来到这儿之后感觉有多好？"

她做了个鬼脸。来这里很多天都很好，只有一天是非常糟糕的，那天掉期交易完全跟她期待的不一样。她那天亏损了，为此她很生气。

"我觉得你做得很好，"盖伊说，"你和每个人相处得都很好。你天生就是做这个工作的，阿丽克丝。"

"非常感谢。"她说。

"在都柏林过得愉快，"他对她说，"我们三十号的时候再见吧。但是阿丽克丝，如果你想在家多待一天的话也没关系。如果你想的话，你可以一直等到新年再来上班。"

"没关系，"她轻快地说，"我会回来的，盖伊。不管怎么说，我讨厌年底的时候的，我还是更喜欢工作。"

她提着包和箱子坐电梯到了底层。她才到这儿不久就要回去真的是有点儿疯狂。但是卡莉坚持要她回去过圣诞节，她也答应了。除此之外，她想，圣诞节自己一个人待在巴黎真的是有点儿过于自立了。

公寓里很温暖。薇安前一天来过，给她打开了中央暖气系统。她还放了一些牛奶在冰箱里，放了一些面包在面包箱里。当她看到姐姐的留言时她会心地笑了笑。"喝咖啡的时候记得加牛奶！圣诞节见！希望你准备一些扑热息痛片，因为每年的这个时候孩子们都很狂躁。回来的时候给卡莉打个电话。爱你的薇安。"

她看了看手表，已经快到八点了。她过一会儿会给卡莉打电话。但是现在，她想安安静静地坐在房间里，享受着自己周围的一切。

巴黎的公寓也很好。坐落在靠近蒙马特尔的一个不错的地方，有点儿小，但是她需要的物品都很齐全。尽管这里不是家，但是她非常想念这个地方。明年她会把这个房间租出去，在给自己倒点儿喝的时候她想，把它也充分利用起来。

第二天早上很早她就醒了，她完全清醒了，有一种期待。在她还是孩子的时候，她很喜欢过圣诞节。她喜欢准备节日时的兴奋、对得到礼物的渴望，还有卡莉在家里准备食物时那弥漫在屋子里的香味。每年都差不多，阿丽克丝也非常喜欢这样的一成不变。

卡莉在孔雀巷餐厅预定了座位。因为他们都将在薇安和特里的家里过圣诞节，卡莉就想着在平安夜的时候安静一些，阿丽克丝对妈妈的这个计划也非常的满意。去年平安夜她和其他几个交易员去了酒吧，九点的时候被保罗接走了。他也跟他的朋友出去了，她喝醉了并没有让他很烦恼。他们买了外卖的中国菜，那天晚上在家里吃着虾片，喝着一个客户送给她的波尔多葡萄酒。

她在餐厅见到了妈妈。卡莉看上去很不错，阿丽克丝想。她穿着一件丝绒连衣裙，戴着艳绿色的首饰，一看就是两个成年女孩的母亲。

"嗨，卡莉！"她吻了母亲，然后坐在了桌子旁，"不好意思，我迟到了，交通太糟糕了。"

"你是准时的啊。"卡莉看了看表。

"现在是八点三十五，"阿丽克丝不赞成地说道，"你说的是八点半啊。"

卡莉笑了笑。"相差五分钟左右都算准时啦。"她仔细地看着女儿，"你看起来还不错，阿丽克丝。工作怎么样？"

"还好。"阿丽克丝打开了餐巾，"当然，需要一点儿时间适应。和欧洲银行都柏林分行比起来，那儿的交易室非常的大。但是我觉得我适应得很好。"

"想家吗？"卡莉问。

"有一点儿。"阿丽克丝承认道，"我会在新年的时候更多地外出，为自己多安排一些社交活动的。到现在为止很多事情都已经安顿好了。"

"你的新老板——盖伊，跟他相处得还行吗？"

"其实，这是最好的了。"阿丽克丝说，"我还在都柏林的时候他总是刺激我，但是他在巴黎的时候更加的职业。我跟他相处得比我想象的还要好。"

"他结婚了吗？"卡莉问。

"嘿，卡莉！"阿丽克丝生气地看着她，"你为什么想知道这个呢？"

"我想知道你会不会遇到一个新的男人，"卡莉说，"毕竟，那是一个浪漫的城市，不是吗？"

"或许是吧。"阿丽克丝说，"但是盖伊·德库尔塞勒已经结婚了，还有了两个孩子。尽管他过去有几次想要把我拉上床，我可没有要跟他产生什么密切关系的意图。"

"我明白了。"卡莉说。

她们之间突然有了一个很尴尬的沉默，直到服务员过来让她们点餐才打破了这个沉默。

"你明天有什么期待呢？"卡莉问。

阿丽克丝朝她做了个鬼脸。"在家里跟特里、薇安，还有两个活蹦乱跳的孩子一起过圣诞节？除非他们家哪儿藏着一大瓶伏特加。"

卡莉笑了笑。"每年只有一次。"

"谢天谢地。"阿丽克丝说，"但是孩子一年到头都太让人心烦了，我不知道她是怎么应付过来的。"

"你会知道的，"卡莉说，"等你有了孩子的时候，你就知道了。"

"没有什么比这更烦的了。"

"阿丽克丝，有些事情我想跟你谈谈。"卡莉说。

阿丽克丝警惕地看着母亲。"不会是从家庭的密室里又钻出了几个骷髅吧？"

"别乱说。"卡莉说。

阿丽克丝耸了一下肩。"我怎么会知道呢？你以前跟我们隐瞒了那么多事情。"

"我想我是出于好意才这么做的。"卡莉咬了咬嘴唇，"你很难把事情做对，阿丽克丝。你觉得你作了正确的决定，但是过了许多年以后，你会怀疑自己的。"

"这毫无意义，"阿丽克丝说，"做了的事就是做了。"

"阿丽克丝，约翰和伊莫金又来都柏林了。"

"哦，天哪！"阿丽克丝瞪着她，"他们在美国幸福的、让人激动的、富足的生活出什么问题啦？他们到底要来这儿干什么？"

"凯特和杰克要来这儿过圣诞节，约翰热情地鼓动着他们；当然，伊莫金也跟自己的家人保持着联系。所以，他们就来这儿了。"

"在哪儿？"阿丽克丝往四周看了看，好像他们随时就会走过来一样。

"他们还在这儿，在菲茨威廉酒店。凯特、杰克、伊莫金今天晚上要跟伊莫金的哥哥一起吃饭。"

"真不错。"阿丽克丝说。

"约翰没去。"

"为什么啊？他们同意吗？"

"他知道我们今天一起吃饭，阿丽克丝，他想要见见你。"

阿丽克丝凝视着窗外这个城市忙碌热闹的圣诞夜景象。她对卡莉跟她说这些感到很生气——靠欺骗来见自己。

服务员端了两碗南瓜汤放到了她们面前。

"阿丽克丝，我真的觉得你应该见见他。忘掉过去的事情吧。"

"我还想你会跟我说圣诞节到了，我应该保持一个有爱心的、有家庭感的心情。"阿丽克丝酸酸地说。

"我只是觉得你内心里肯定会有很多辛酸，"卡莉说，"见到他会对你有帮助的。"

"我心里什么也没有，"阿丽克丝说，"我不在乎他这样做还是那样做，卡莉。我知道你认为我应该会那样，但是我没有。我没感觉到辛酸，什么感觉都没有。"

"什么会让你有感觉呢，阿丽克丝？什么能打动你？"

阿丽克丝盯着卡莉。"很多事情。"

"但是约翰没让你有任何感觉？"

"只有生气。"阿丽克丝说，"他以为他是谁，来这儿，想要像虫子一样钻进我们的生活？"

"他爱你。"卡莉说。

"哦，别这么荒唐透顶了。"阿丽克丝生气地搅拌着她的汤，"他爱他自己，他只想让一切事情都对他自己有利。"

"不是那样的。"卡莉说。

"就是那样的。"阿丽克丝厉声说道。

卡莉叹着气。在这件事上她不抱希望了，她想。薇安鼓励她见见阿丽克丝，再试着说服她去见见约翰。薇安建议选择餐厅这种轻松的场合，让约翰也在同一栋楼里，这样阿丽克丝可能会倾向于见见他而不会过于反对。但是，卡莉意识到：他们低估了阿丽克丝。

阿丽克丝盯着碗里的汤，心里很愤怒。她受够了这种折磨，所有人都想要她去做她不想做的事。他们一直想着原谅，就好像这对她的生活没有任何影响似的。他们看了太多的奥普拉①的节目，也读了太多心理自助的书了。

卡莉不知要说什么。她应该等到吃晚饭时再说这些的，她意识到。现在，阿丽克丝生气地静静地坐在那儿，对食物没有一点儿兴趣，盘子里的东西一点儿也没少。

阿丽克丝觉得有点儿对不起母亲，她知道这对卡莉来说也不容易。今天晚上

---

①美国著名电视脱口秀节目主持人。——译者注

很可能又要跟薇安进行这样的荒谬的对话，她可能觉得因为今天是圣诞节，所以阿丽克丝会较易改变想法。

她放下了汤勺，她不饿。

"好吧。"她说。

"什么好吧？"卡莉抬起头看着她。

"如果能让你感觉好一些，卡莉，那我见他吧。"

"真的？"卡莉把碗推到了一边，"什么时候？"

"现在。"阿丽克丝说，她站起了身，"我不饿。他就在这儿，不是吗？让我们把所有事情都了结了吧。"

"你确定吗？"卡莉惊讶地盯着她。

"听着，我不想在遇到你的时候再在这件事情上来来回回说个不停。"阿丽克丝说，"我会见他的，说'你好'，然后说'再见'，就这样结束，好吗？"

"好的，"卡莉说，"好吧。"她示意了一下服务员。当他意识到她们要离开的时候他几乎快要昏倒了。卡莉在一顿没吃的晚餐的账单上签了字，然后她们走到了酒店的休息室。

真是太不可思议了，阿丽克丝站在墙边想，我让他们给控制了。

"他很快就到这儿。"卡莉说，"我会在吧台那儿等你。"

"好的。"

阿丽克丝希望她自己看起来还好。她穿着一件红色的约瑟夫牌羊毛裙；因为不想比妈妈高，所以穿了一双低跟的黑色鞋子。她希望她穿着的是一身套装，她穿着套装时总是觉得很有自信。

"你好，阿丽克丝。"

他们相互盯着对方看了一会儿。他身材比她预料的要高，看起来比想象中的要年轻。他灰白的头发从前额往后面梳着，灰绿色的眼睛忧虑地看着她。他让她想到每当她姐姐想跟他说起什么但是她却不想听时的情形。

"你好。"她说。

"我很高兴你决定见我。"他朝她微笑着说道。

"看在卡莉的分上，不是我的想法。"阿丽克丝说。

"我不在意是看在谁的分上。"约翰·卡拉汉说，"我一直都很想你。对不起。"

她没打算让步，她想，她没想着为此动情，她没想着让他认为她很在意这样或那样的方式。

但是当他朝她伸出手来的时候，她紧紧地抓着，突然之间，他把她搂到了怀里，紧紧地抱着她。他不停地说着"对不起"，她也低声地说着"没事，没事"。与此同时，她的眼泪顺着面颊滑落下来。

第四十一章

"你什么时候再回来？"薇安坐在阿丽克丝的公寓里看着她的行李问道。

"还没确定。"阿丽克丝用力地拉着箱子的拉链，"这得看我忙不忙。谁知道以后会怎样呢，也可能我很快就到这儿出差了。"她把箱子搬下床，"你也可以过来看我啊，薇安。我敢保证你会喜欢那儿的。只是公寓太小了，你买东西回来估计都放不下。"

薇安大笑起来。"那你会搬家吗？"

"哦，应该会吧，"阿丽克丝说，"只是临时住在那里。不过薇安，你一定要给我这儿的房子找个好房客，我可不想让它变得乱七八糟。"

"别担心，"薇安说，"我会替你照看的。"

门铃响了。

"是我叫来的出租车。"阿丽克丝说，她在姐姐的面颊上轻吻了一下，"谢谢你帮我做的所有事情。"

"阿丽克丝？"

"怎么啦？"

"你见到他开心吗？"

阿丽克丝沉默了一会儿。她不知道自己当时是否可以用"开心"这个词来形容。约翰拥抱她时的感觉，是她有生以来最陌生的感觉。她经常听人说灵魂出窍，她当时就是这种感觉。当然，之后大家的谈话变得生硬而尴尬，因为两人都不知道说什么。后来阿丽克丝变回一个人时感到非常轻松。她还是不习惯这种感觉。

"希望是吧,"她说,"但是我不觉得自己和他有多亲近。"

"没关系的,"薇安帮她拎起箱子,"你已经成功地迈出了第一步。房间我帮你锁上,你先走就行了。"

"好的。"阿丽克丝说,"我新年前夜会给你打电话的。很抱歉我不能回来,因为以前说过一定要在巴黎度过的。盖伊邀请我去参加一个聚会,所以我不会一个人在家里无聊地拖地的。不用担心我,薇安。"

"我是你姐姐,担心你是我的责任。"薇安说。

阿丽克丝拥抱了她,然后两人下楼去乘出租车。

薇安跟她挥手再见,直到出租车从她的视线里消失。她又回到了公寓。真是一个不错的地方,她想,怪不得阿丽克丝这么喜欢这里。她试图想象奥伊菲和内萨在这里跑来跑去的样子,但是还是无法描绘出这幅情景。这里真安静,她想。她给自己泡了一杯咖啡,坐在沙发上。我就待十分钟,然后又要回到我那乱七八糟的家里去了。然而伴随着公寓里的安静祥和,她闭上眼睛沉沉睡去。

电话响了,一下子把薇安惊醒。

"你好。"

"阿丽克丝?"

"不是,我是薇安。"

"哦,薇安,她姐姐吧?"

"是我。有什么事情吗?"

"我想找阿丽克丝。"

"她刚出门,"薇安说,"不好意思。"

"哦,她很快会回来吗?"

"不会,"薇安说,"她回巴黎了。"

"哦,天哪!已经走了?"

"我可以帮你留言吗?请问您是?"

"我是——她的朋友,我觉得。"

"哪个朋友?"

"我叫马特。"

"是那个同她约会的朋友吗？"薇安问道。

"什么？"

"约会？阿丽克丝之前告诉我她去见一个客户，结果变成了约会。"

"她这么说？"

"不过，我不确定她说的是不是真的。她说那个人想和她做朋友，是你吗？"

马特叹了口气。"是的，是我。"

"你们没有约会？"

"事情没有按我想象中的发展。"马特说，"不过我想去改变，我尽量去巴黎见她。"

"哦，"薇安将话筒抓得更紧了，"你现在在哪儿？"

"我在都柏林，"马特说，"他们告诉我阿丽克丝回来过圣诞节了。我打了好几次电话，可是她都没有接，也没有把电话留言机打开。"

"我觉得她没想着有人会给她打电话。"薇安说。

"我平安夜给她打电话来着，也没有人接。"

"她跟我父母在一起呢。"薇安说。

"父母？"马特问，"两个人都在？"

"是的。"

"你的意思是，她见他父亲了？"

"你都知道些什么？"薇安问。她不敢相信阿丽克丝会跟别人说卡莉和约翰的事情，即使是他们在约会！这不是她妹妹的风格。而且，她知道阿丽克丝几天前一直都对约翰持否定态度的。

"什么都知道。"马特说。

"你在开玩笑吧！"

"她去巴黎之前跟我提起过他的。"

"阿丽克丝告诉你的？"

"难道她不应该吗？"

薇安很惊讶。"我只是没想到她会说这些。她不是那种人……"

"很可能她没打算说，但是——她确实说了。"

"你和阿丽克丝——她……？"

"问得好。"马特说，"我们只一起出去过一次。只有一次！但是感觉很好。然后她就丢下我去了巴黎了！你的妹妹，她有一些很古怪的想法。"

她慢慢地呼了一口气。"这就是阿丽克丝。"

"她真的是非常的实际。"马特说，"她跟我说我们之间不可能，因为我只是想要她安定下来，一起生孩子，而且也指望不上我能在事业上给她什么支持。"

"这听起来才像我妹妹说的。"薇安严肃地说道。

"她跟我说了这些，我就让她走了。但是我犯了一个错误，我想要再跟她谈谈。自从她离开后我脑子里想的只有她。"

"哦，上帝啊。"薇安被他的话给吸引住了。对于阿丽克丝新的感情，她还蒙在鼓里，这段新的感情她根本就不知道。阿丽克丝一如既往地没有告诉她。她还假装说生活中只有要去巴黎工作，其实她一直都处在浪漫之中，马特·康纳利跟她说的这些听起来真的是特别的浪漫。

"她没有太多地跟我提到你。"薇安对马特说。

"她好像从来不跟任何人说太多的事。"

"那你现在想怎么办？"薇安问。

"她的飞机是几点？"马特问。

"两点。"薇安回答说。

"我现在就去机场。"马特说着挂掉了电话。

薇安非常震惊地站在她妹妹房间的客厅里。接着她拿起电话，拨通了卡莉的电话号码。

都柏林机场人头攒动。阿丽克丝经过行李安检之后，径直走向了候机厅，那里的人相对少一些。她买了一杯咖啡，然后找了一个椅子坐下。她从包里拿出一本《嘉人》杂志漫不经心地浏览着，可是她的脑子里不断充斥着最近几天的画面——见到卡莉、约翰，以及她同父异母的妹妹凯特，甚至还有凯特的宝贝儿子。她本来没打算见凯特，但是约翰提出之后她却没有拒绝。其实阿丽克丝还挺喜欢她的，她不是一个喜欢幻想而又脆弱的女孩，而是一个有坚强意志的女人，在呼叫中心领导着大约五十名员工。阿丽克丝发现她之前对凯特的想法完全错了。她们约定以后要保持联系，而且阿丽克丝认为，他们一定会和她联系的。

广播里传出登机的播报，阿丽克丝站起身，开始排队登机。当飞机在跑道上猛烈滑行的时候，阿丽克丝翻过一页杂志，然后将目光转向窗外。这次是真的了，马上要起飞离开了。

马特默默地目送阿丽克丝的飞机远去。他将双手放在口袋里攥紧,低声咒骂着。他想着在她通过安检口的时候给她打电话;想着让她在登机之前回头张望看到自己,然后跑回来;想着让她扑进自己的怀抱,告诉自己她是多么爱他。他完全没有想到花了二十分钟才找到停车位;没有想到在候机楼里拥挤的人群中奔跑着寻找她的身影,却发现她的飞机已经起飞了。他没有想到自己会一个人孤零零地回家。

第二天她一点儿都不想去考虑工作的事情。好像脑子里装了太多的东西,没有其他的空间来想工作的事。她人生中第一次感觉到工作其实没有其他事情那么重要。不过只要去上班肯定都会好起来的,她想。当她再一次坐在电脑前看到那些数字的时候,她另一部分的脑细胞一定会重新活跃起来,占据她的整个精神层面,然后自己就可以一切回归到正常状态。在她的生活中一向如此。

她把旅行包打开简单收拾了一下,然后又蜷缩在沙发上看电视。她将频道切到了 CNN 新闻,想看看美国市场的情况。

她的心情很烦躁,无法静静地在电视机前看下去。她披上羽绒马甲,穿上皮靴,沿着特尔特广场走向巴黎圣心大教堂。她登上教堂的台阶,然后停下来环视整个城市的灯光。这里真美啊,她想,人们说得没错,巴黎的确是一个浪漫的城市。她一个人来也怪可惜的。她又想起了保罗,但这一次不像以前一样充满怨恨。之后又想到了马特·康纳利,她咂了咂嘴。想到他亲吻她的样子、拥抱她时的感觉,以及有他在身边时自己无尽的安全感。

她没想到今晚这里会有那么多人。一对年轻情侣坐在离她不远的台阶上,相互依偎着取暖、亲吻。阿丽克丝看了他们一会儿,发现这样很不礼貌,就不好意思地转过身走下台阶。在台阶脚下有一个小商店,阿丽克丝给自己买了一张小煎饼,上面撒了柠檬和糖。她一边吃一边往回走,一阵冷风吹来,她不禁打了个寒战。

“阿丽克丝!”

她很惊讶,停了下来,煎饼还留在嘴里。她转过身。

“阿丽克丝!”

她惊奇地眨眨眼。不可能是马特·康纳利沿着街道向她走来，这一定是她的幻觉。可是这不是幻觉，真的是他——她认出了他的声音、他的体形，甚至走路的样子。她的心脏开始急剧跳动，急忙将煎饼塞进嘴里，嚼也没嚼就吞了下去，然后用手抹了一把嘴上残留的柠檬和糖。

"马特！你来这儿干什么？"他追上她的时候，她问道。

他沉默地看着她。他以前从来没有见过她这个样子：穿着随意的休闲装，长发松散开，被风轻轻地吹拂在脸上。她看起来更年轻，没那么强势，而且对看见他感到非常、非常吃惊。

"听着，"他终于开口，找寻着正确的词汇，"我知道这样做很疯狂，如果吓到你的话，我很抱歉。"

"你真的吓到我了，不过没关系。"她环视了一圈找到一个垃圾桶，将剩下的煎饼扔了进去，"你是来出差的吗？"

"不是。"

她满脸疑惑地看着他。她想伸出手去摸摸他，确认他是真实的。

"我觉得自己犯了一个非常严重的错误。"他说。

"你想跟我一起回公寓吗？"她问道，"不远——大概五分钟的路吧。你可以给我讲讲你那非常严重的错误，当然你不愿意讲也没关系。"

他跟上了她的脚步。跟着她来到这儿似乎是一个十分正确的决定。他在错过阿丽克丝的飞机之后给薇安打电话，然后她给了他阿丽克丝在巴黎的住址，鼓励他到这儿来找她。然而他发现这简直既疯狂又愚蠢，因为阿丽克丝——即使是与平常不同的阿丽克丝——也将自己的窘迫隐藏起来，以冷冰冰的礼貌态度对待自己。他装做来出差可能会更好，这样就不会把自己疯狂的欲望显露无遗：他想把她拥在怀里，一遍一遍地告诉她，她是自己这辈子唯一的女人。

"到了，"阿丽克丝在一扇古旧绿漆的大门前停了下来，"只是看起来比较难看而已。"

他跟着她走进狭小昏暗的走廊，走进房间。

"喝咖啡吗？"她问道，"或者来点儿更猛烈的？"

"来点儿猛烈的吧，"马特说，"柯纳克白兰地，如果你有的话。"

"非常好，"她微笑地看着他，"在法国嘛……"她倒了一大杯琥珀色的酒递给他。

"我听说你见了你的父亲，"马特说，"我很高兴。"

她盯着他问道："谁告诉你的？"

"你姐姐，薇安。我今天给她打电话来着。"

"今天！"她的声音里充满惊讶，"你今天给薇安打电话了？"

他点点头。

"为什么？"

"因为我往你的公寓打电话，她接的。"

阿丽克丝眨眨眼。"你往我公寓打电话？可是你知道我在巴黎啊。"

他耸耸肩。"我知道你上周在巴黎，"他说，"但是我到巴黎的那一天，你刚刚回都柏林。"

"你到巴黎来干吗？"

"我去拜访一个公司，"他说，"我给你打电话想见见你，可是你已经回家了。"

"太遗憾了。"阿丽克丝小心地说。

"第二天我就一个人回都柏林了，"马特说，"所以我想看看能不能联系上你。可是不管我怎么打电话都没有人接。我还去过你公寓，可是也没人在。"

"对不起，"她说，"听起来你为了找我好像遭遇了很大的麻烦。"

"是啊，"他说，"你不会简单地认为我就会这样任由事情发展下去吧？"

"你什么意思？"她问。

"哦，阿丽克丝，别让我说那些你对我多么重要的话，我会害羞，"马特说，"到这儿来我已经觉得自己是一个大傻瓜了。"

她盯着他。"我以为你同意我的观点，"她说，"我以为你也认为对我们来说事业很重要，而且我不可能像你想象的那样支持你……"她的声音渐渐弱了下去。

"那些都是你说的，"马特提醒她，"我没有表示同意或者不同意。"

她站起身，双臂抱在胸前。"我不想参与这种事。"她告诉他，"我很在乎你，马特，但是这样下去就会像我和保罗一样——有一天你想要更多，而我给不了你，结果双方都会受到伤害。"

"阿丽克丝，我从来没有想要更多。"

她想让自己相信他。自从她来到巴黎之后，她对他的思念比对任何一个人都强烈，甚至比对卡莉、薇安和保罗的都要强烈。她从来没有一天没有想过他，而且和他在一起是一件多么美好的事情。她太想念他了，可是自己又不想承认。

她想知道自己离开他照样可以生活，她的生命里不需要任何人的帮助。

"事业对我来说很重要，"她告诉他，"我努力工作就是想成为理想中的自己。"

"我没想剥夺你的事业，"马特说，"我只是建议你的生活中应该有一些其他的事情。"

"我不想把一切都弄砸了。"她缓缓地说，"可是只要碰到感情上的事，一切都会搞砸了。而且我现在这个年纪已经不能再犯同样的错误了。"

"阿丽克丝，你只有三十三岁而已！"

"我都有白头发了。"她告诉他。

他笑了起来。"我也有，这象征着阅历丰富。"

"那天早上对你说的话，我很抱歉。"阿丽克丝说，"但是我怕自己跟你在一起之后会突然不想去巴黎工作而舍弃了这一个好机会。马特，我们要面对现实，你在都柏林工作，而我在巴黎，这几乎没有什么意义。"

"谁说一定要有意义？"马特问，"我在这儿找到工作之前，还可以互相见面的。

她大笑道："你——来这儿工作？"

"为什么不呢？"他反问道，"你自己也说过，我出差的时候太多了，的确是这样。所以无论我是在爱尔兰或者欧洲大陆工作，都没有太大关系。我会说法语、意大利语和德语，还懂一点儿西班牙语。"

"马特，我没让你为了我放弃自己的事业，"她说，"这样你会怨恨我，我也会内疚的。"

"阿丽克丝，我没有放弃任何事。我热爱自己的工作，但是人生中还有更重要的事。雅纳电子马上会被一家美国动画公司收购，我从股份里可以得到一大笔钱。我有的是时间来选择自己做什么。"他起身站在她的旁边，"如果你想让我走，我会走的，阿丽克丝。但是我需要和你谈谈，上次一直都是你在说。"

她看着他的眼睛，他深蓝色的眼睛里满是关心和爱意。

"你有多少钱？"她问。

"什么？"

"从股份中赚的钱？"

他让她面对着自己。"阿丽克丝，你不是唯一一个能赚钱的人，难道你担心你还要养我吗？"

"和保罗在一起的时候，这的确是个问题。"她将头靠在他的胸前，"他对我比他赚钱多十分不满，这也可能是他离开我的一个原因。"

"你不会比我赚得多的。"马特说。

"是吗？"她抬起头看着他，"股份价值这么高？"

"阿丽克丝，我的股份的确很值钱，而且钱也不是最紧迫的问题。我更关心的是你今后还想不想和我一起出去吃饭。"

"哦！"她又把头靠回他的胸前，"那孩子的事呢？"

他笑了。"怎么了？"

"我不知道自己什么时候想要孩子，有可能想要，有可能不想要。马特，到时候你可能会……"

"阿丽克丝，我爱你。爱你本人，而不是你所能给予我的东西。不是钱，不是孩子，不是任何事，只爱你。"

他们一动不动地站在客厅中央。她可以感觉到他棉衬衫下面的心跳。

"我不知道说什么，"她喃喃低语，"我不擅长言辞。"

"没必要说话，"他告诉她，"给彼此一个机会吧。"

她把他的脸捧到面前。他开始亲吻她的嘴唇，她更紧地抱着他。她感觉到他用力地拥抱自己，一点一点地靠近他，这种感觉好极了。

"卧室在那边。"她低声说。

他把她扛起来，直接抱进了卧室。

"简直太勇敢了，"他把她扔到床上时，她说道，"没有几个人能把一个五英尺八英寸的女人抱起来后竟然还活着。"

"闭嘴，阿丽克丝。"马特说完，一头吻了下去。

阿丽克丝第二天上午又请假休息了。临近年末，市场反复无常，交易近乎疯狂，交易员们也想尽快平仓。但是这些她都帮不上什么忙。之后还会有其他的交易，但是今天，她的重心已然远离这些了。